D1832510

# पिंक स्लिप डैडी

# पिंक स्लिप डैडी

गीत चतुर्वेदी

राजकमल प्रकाशन

ISBN : 978-81-267-1933-4

मूल्य : ₹695

© गीत चतुर्वेदी

पहला संस्करण : 2010
दूसरा संस्करण : 2021

प्रकाशक : राजकमल प्रकाशन प्रा. लि.
1-बी, नेताजी सुभाष मार्ग, दरियागंज
नई दिल्ली-110 002

शाखाएँ : अशोक राजपथ, साइंस कॉलेज के सामने, पटना-800 006
पहली मंजिल, दरबारी बिल्डिंग, महात्मा गांधी मार्ग, प्रयागराज-211 001
36-ए, शेक्सपियर सरणी, कोलकाता-700 017

वेबसाइट : www.rajkamalprakashan.com
ई-मेल : info@rajkamalprakashan.com

मुद्रक : बी.के. ऑफसेट
नवीन शाहदरा, दिल्ली-110 032

PINK SLIP DADDY
*Stories by* Geet Chaturvedi

इस पुस्तक के सर्वाधिकार सुरक्षित हैं। प्रकाशक की लिखित अनुमति के बिना इसके किसी भी अंश को, फोटोकॉपी एवं रिकॉर्डिंग सहित इलेक्ट्रॉनिक अथवा मशीनी, किसी भी माध्यम से, अथवा ज्ञान के संग्रहण एवं पुनःप्रयोग की प्रणाली द्वारा, किसी भी रूप में, पुनरुत्पादित अथवा संचारित-प्रसारित नहीं किया जा सकता।

*विपश्यना और स्वधा के लिए*

Tell me, O Muse, of that ingenious hero who travelled far and wide after he had sacked the famous town of Troy. Many cities did he visit, and many were the nations with whose manners and customs he was acquainted; moreover he suffered by sea while trying to save his own life and bring his men safely home; but do what he might he could not save his men, for they perished through their own sheer folly in eating the cattle of the Sun-god Hyperion; so the God prevented them from ever reaching home. Tell me, too, about all these things, oh daughter of jove, from whatsoever source you may know them.

**Homer,** The Odyssey

# आभार

संग्रह की कहानियां क्रमशः 'नया ज्ञानोदय', 'प्रगतिशील वसुधा' और 'अकार' में प्रकाशित हुईं। इनके संपादकों के प्रति मेरा हार्दिक आभार। पोलिश कवि एडम ज़गायेवस्की का आभार, उन्होंने 'गोमूत्र' की शुरुआत में अपनी कविता का इस्तेमाल करने की अनुमति दी। इसी कहानी में मैंने अपने प्रिय कवियों ब्रेख़्त, मायकोवस्की और रघुवीर सहाय की काव्य-पंक्तियों का तोड़कर इस्तेमाल किया है। इसके लिए क्षमाप्रार्थी हूं। 'सिमसिम' में हर अध्याय के पहले इस्तेमाल किए गए उद्धरणों के लिए संबंधित लेखकों का आभार; ज़ाहिर है, उनसे अनुमति नहीं ली गई है।

और उन सभी मित्रों, पाठकों का आभार, जिन्होंने पत्रिकाओं में प्रकाशन के बाद इन कहानियों पर अपनी प्रतिक्रियाएं दीं; उनके फ़ोन कॉल्स और मेल मेरे लिए बहुत क़ीमती हैं।

# अनुक्रम

गोमूत्र

*संभवतः मैं एक आम मध्य-वर्गीय हूं*
*व्यक्ति के निजी अधिकारों में विश्वास करने वाला*
*आज़ादी बहुत आसान शब्द है मेरे लिए*
*इसका मतलब किसी वर्ग-विशेष की आज़ादी से नहीं*
*सियासी तौर पर नादान, शिक्षित औसत दर्जे का*
*(कभी-कभार कुछ ख़ास लम्हों में मुझे सब कुछ साफ़ दिखने लगता है*
*यही लम्हे मेरी तालीम की रोटी-बोटी है)*
*मैं याद करता हूं उस आग को*
*जिसकी चमक की तरफ़ मैं खिंचा चला गया था*
*जो अपनी तपिश से सुखा देती है*
*प्यासी भीड़ के होंठ*
*फूंक देती है किताबों को*
*झुलसा देती है शहरों की चमड़ी*
*मैं गुनगुनाता हूं उसी आग के गीत*
*और जानता हूं*
*दूसरों के साथ-साथ दौड़ना कितना बड़ा काम है*
*फिर मुंह में घुस आई राख के स्वाद के साथ*
*मैं सुनता हूं अपने ही भीतर से निकलती*
*झूठ की विडंबना भरी आवाज़*
*और भीड़ की चीख़ें*
*और जब छूता हूं अपना सिर*
*तो लगता है*
*छू रहा हूं अपने देश की गोल खोपड़ी को*
*उसके सख़्त किनारों को।*

**–एडम ज़गायेवस्की**

## 1

एक रात अचानक, मुझे ऐसा लगा कि मेरी कंखौरियों में जो इकट्ठा होता है, जो मेरे माथे

पर चुहचुहाता हुआ सरकता है, जो मेरी भंवों के ऊपर से चलता हुआ कानों के पास पहुंच जाता है, जो बालों के भीतर जमा होकर उसे मेह-भरी मिट्‌टी-सा बना देता है, वह पसीना गोमूत्र जैसी बदबू मारता है। पलंग पर चित लेटे-लेटे वह पसीना गद्‌दे तक में घुस जाता है, चादर को गीला कर देता है, उससे पहले मेरी क़मीज़ को पानी का चक्रव्यूह बना देता है, उससे पहले मेरी पीठ पर बड़े फूहड़ तरीक़े से चिपका रहता है, उससे पहले मेरी त्वचा के भीतर तफ़रीह करता ख़तरनाक मुस्कान के साथ साज़िश करता नज़र आता है, उससे पहले मेरी नसों में बहते रक्त में गुप्तचर की तरह शामिल हो उसके रंग के बारे सूचनाएं लीक करता है, ऐसा लगता है, जैसे यह पसीना किसी बहुत बड़े षड्‌यंत्र का हिस्सा हो। पहले यह बदबू इस तरह नहीं आती थी। वह उसी तरह होती थी, जैसे मेरी देह की गंध हो, भीनी-भीनी, जो मादाओं के नथुनों में बस जाए, उनके दिमाग़ को बेक़ाबू कर दे। उस गंध में पॉन्ड्स पाउडर के कई सफ़ेद कण घुले होते थे, जो उसकी गंध को एक रहस्य में तब्दील कर देते थे। ऐसा रहस्य, जिसे भेदने के लिए मादाओं में बेचैनी हो उठे। वे अपनी आवृत्त उत्कंठाओं में दौड़ पड़ें, वर्जनाओं की तरह कपड़ों को उतार फेंके और रहस्य का प्रसारण करती इस गंध के सरोवर में कूद जाएं।

पर अब ऐसा नहीं हो रहा। इच्छाएं मेरी अब भी ऐसी ही होती हैं, पर पसीना रंग दिखाने लगा है। वह अपनी साज़िश को अंजाम देता नज़र आ रहा है। उसने पता नहीं कहां से, गोमूत्र की गंध पा ली है। उस गंध को मेरे शरीर की मिल्कियत दे दी है। मैं अपनी देह में सोया हूं और दुर्गंध से बेज़ार हूं। मैं पलंग छोड़कर उठ जाता हूं। मुझे लगता है, मेरे साथ कोई और भी है, जो उठा है। मैं चप्पल पहनता हूं और बाहर की ओर सरकता हूं। अंधेरे में आज़मा रहा हूं अपनी याददाश्त कि कहीं आलमारी या पलंग के कोने से न टकरा जाऊं। मुझे लगता है कि कोई और भी है, जिसने अभी-अभी सरकाकर चप्पल पहनी है। यह वही दुर्गंध है, जो मेरे साथ पलंग से उठी है। मैं बेहद सावधान क़दमों से चल रहा हूं, इस क़दर कि चप्पल की आवाज़ तक न हो, सांसों पर मैं क़ाबू कर रहा हूं, मुझे अपनी सांसों से निकलती उसकी आवाज़ साफ़ सुनाई पड़ रही है। वह मेरी चप्पल की चुप्पी में फुसफुसा रहा है। गोमूत्र मेरे पीछे-पीछे आ रहा है।

मैं बाल्कनी में आकर खड़ा हो जाता हूं। चारों ओर सड़क पर रात की पीली रोशनी बिछी हुई है। कहीं-कहीं अंधकार भी है। कहीं बहुत दूर से किरकिराती हुई सीटी की आवाज़ आती है। चौकीदार अपना काम कर रहा है। उसकी लाठी की बहुत हल्की ठक् की आवाज़ देर तक गूंजती है, जैसे बम विस्फोट हो। रोशनी थोड़ी हड़बड़ा जाती है। मैं एक बहुत मीठी और ठंडी हवा की उम्मीद कर रहा हूं, जिससे यह रात सर्वथा वंचित है। रीढ़ की हड्‌डी पर एक लकीर-सी खिंचती जा रही है। जाकर पाजामे के नाड़े में समा जाती है। गोमूत्र जैसा महकने वाला पसीना हरकत में है। वह नाक में घुस जाता है। चक्कर आ जाएगा। मैं सिगरेट सुलग़ाता हूं। नाक तक आई उंगलियों में भी वही बदबू है। सिगरेट के धुएं से उस बदबू में थोड़ी कमी आती है। मैं मुंह उठाकर धुआं छोड़ता हूं।

हवा में अलग-अलग परतों में वह तैर रहा है। मेरे सिर के ठीक ऊपर बादल बनकर बैठ गया है। मैं फूंक मारता हूं। उसके घनेपन पर असर पड़ता है। छितराने लगता है। मैं किसी मौन की तरह फिर स्थिर हो जाता है।

हवा की कोई ख़बर नहीं। मैं कमरे में आता हूं और बत्ती जला देता हूं। वह गंध अभी भी मेरे नथुनों में कुलबुला रही है। थोड़ी देर अगर और ये गंध रही, तो मुझे भयंकर एलर्जी हो जाएगी। अच्छा है, कम से कम उसके बाद गंध तो नहीं आएगी। इस कमरे ने गोमूत्र के साथ कोई गठजोड़ किया है। बू से भभक रहा है। मैं हर कमरे की बत्ती जला देता हूं। बाथरूम तक की। मैं पलंग के नीचे झुककर देखता हूं। दरवाज़ा खोलकर गैलरी में ताकता हूं। कहीं कोई गाय तो इस कमरे में नहीं आ गई? मैं सोई हुई पत्नी पर शक करता हूं कि कहीं इसने कोई गाय तो नहीं छुपा दी है इस कमरे में, जिसने सू-सू, पॉटी कर दी हो और जिससे यहां रहना मुहाल हो रहा हो। न गैलरी में, न बाल्कनी में, न बाथरूम में, न पलंग के नीचे, न अलमारी के पीछे। गाय कहीं नहीं है। गोमूत्र हर जगह है। दीवार पर टंगे डेढ़ फीट के मंदिर से लेकर दरवाज़े के पीछे बेतरतीब पड़े जूते-चप्पलों के ढेर तक में। मैं गोमूत्र के युग में हूं। कंप्यूटर के यूपीएस की लाइट चमक रही है। मैं मोबाइल उठाकर समय देखता हूं। मेरी कल्पनाओं में आंखों से न दिखने वाली नैनोटेक्नोलॉजी के सारी करामातें हुलस रही हैं। पर इस वक़्त मुझे सच का पता चल गया है। यह सब मिथ्या है। ऊंची इमारतों से लेकर शंघाई-ल्हासा ट्रेन तक। इंट्रावेन्यस इंजेक्शनों से लेकर ओपन हार्ट तक। सब मिथ्या है। सच यह है कि गोमूत्र है, चारों ओर है। ये सारी चीजें उसी में लिथड़ी हुई हैं। मैं गोमूत्र के समय में तैर रहा हूं। मैं उसकी गंध की पीठ पर सवार एक उड़वैया हूं।

मुझे पहली बार नथुनों में बसी यह गंध याद आ गई। छह साल का था मैं। गाय को छूकर देखा था तब। कई मांओं को देखता हूं कि कैसे अपने बच्चों को गोद में लेकर गाय के पास ले जाती हैं, कैसे बार-बार कहती हैं—बेटा, वो देख गाय। फिर गाय की पूंछ उठाकर बच्चे के सिर पर फिराती हैं। उन्होंने बताया था कि ऐसा करने से बाल घने आते हैं। दीदी कहती थी कि जब मैं छोटा था, तो वह मुझे अपनी गोद में लेकर गायों की पूंछ को मेरे सिर से फिराती थीं। मैं हंसता नहीं था। उस उम्र में भी नहीं, जब सिर्फ़ रोते रहना जायज़ था। हंसाने को कितने भयंकर उपक्रम किए जाते होंगे। लेकिन जब गाय की पूंछ पर उगा बालों का गुच्छा मेरे माथे और सिर पर रेशम की तरह फिरता था, तो मैं किलक उठता था। मुझे हंसाने के लिए दीदी को अच्छा तरीक़ा मिल गया। दीदी मुझसे छह साल बड़ी थी।

मैं आईने में अपने बाल देखता हूं। अब बहुत कम बचे हैं। गाय की पूंछ के फिरने का इस पर कोई असर नहीं पड़ा। मेरी उम्र के तमाम लोगों को घने बाल नसीब हैं। उन्होंने जाने किस प्रजाति की गाय की पूंछ अपने टक्कल पर फिरवाई होगी?

छह साल का मैं दीदी के पीछे-पीछे चल रहा हूं। उसे पूजा के लिए एक कटोरी गोमूत्र चाहिए। पंडित ने पहले नहीं बताया था। घर में बरसों पुरानी एक बोतल रखी थी, जिस पर इतनी मिट्टी जमा हो चुकी थी कि छू लो, तो अस्थमा हो जाए। पर पूजा के

समय वह बोतल नहीं मिल रही थी। बहुत खोज लेने के बाद बड़े भैया ने बताया था कि उन्होंने बोतल फेंक दी है! माता बहुत दुखी हुईं।

तो दीदी के साथ मैं गोमूत्र एक्सप्लोर करने निकला था। आसपास कोई तबेला नहीं था और दीदी को समझ में नहीं आ रहा था कि राह चलती गाय को कैसे सू-सू करने पर मजबूर करे। वह काफ़ी देर तक सड़क के किनारे गाय के एक्शन का इंतज़ार करती रहीं। मैं मूक हवा की तरह साथ था। एक जगह चार गायें खड़ी थीं। बटर-पापड़ी के ठेले वाले से दीदी ने पूछा–अंकल, इसमें से गाय कौन है?

उसने दूर इशारा करते हुए कहा–वो देख, सांड़ खड़ा है। जाके उससे पूछ ले।

हंसते हुए लोगों में से किसी ने बताया कि नामे की दुकान के पीछे एक तबेला है, वहां से जाकर मांग लो। नामे की दुकान तक जाने में आधा घंटा लग गया। रास्ते में पांच बार गायें मिलीं, जिन्हें कोई रोटी खिला रहा था, तो कोई उसके आगे पानी की धार चढ़ा रहा था। एक गाय ठेलेवाले की सब्ज़ी में मुंह मार रही थी। ठेलेवाले ने उसे एक डंडा मारा। गाय हड़बड़ा कर सड़क की तरफ़ भागी। एक स्कूटर वाला बहुत तेज़ी से इसी दिशा में आ रहा था। गाय ने अपनी हड़बड़ाहट से उसकी रफ़्तार को आतंकित कर दिया। स्कूटर गाय के पेट पर टकराया। स्कूटर वाला चार हाथ दूर छिटक गया। देर तक स्कूटर की घों-घों करती आवाज़ गूंजती रही। गाय ने अपनी हड़बड़ाहट पूरी सड़क को दान कर दी।

दीदी दस मिनट तक वहीं खड़ी रही। सड़क ख़ाली थी, लेकिन पार करने की हिम्मत नहीं हो रही थी। ख़ैर, तबेले के पास यही गंध आ रही थी, जो इस वक़्त मेरी नाक के भीतर उगे रोओं पर झूल रही है। गोमूत्र की इतनी सांद्र गंध मैंने उससे पहले कभी महसूस नहीं की थी। उसके बाद सीधा आज। मैंने नाक पर हथेली रख ली। बड़े पेट और सफ़ेद धोती वाला वह आदमी बोला–बेटुआ, बरी पवित्तर गन्ह होती है ए। खें-खें करके हंसने लगा। वह नहीं हंस रहा था, उसका बड़ा पेट हंस रहा था।

लौटते समय मैंने दीदी से पवित्तर का अर्थ पूछा। उसने बताया–भगवान!

जब दीदी मरी थी, तो उसके आसपास गोमूत्र छिड़कने के लिए मुझे ही कहा गया था। तब वह गंध आई थी क्या?

मैं एक और सिगरेट सुलगाता हुआ बाथरूम में घुस जाता हूं। सारे कपड़ों को अलगनी पर टांग देता हूं और सिर के ऊपर शॉवर को देखता रहता हूं। उसके मुंह पर लाल ज़ंग लगी हुई है। जैसे सदियां गुज़र गई हों, उसने कभी पानी नहीं उगला। निशाना बनाकर मैं धुएं को उसके मुंह पर दे मारता हूं। उसे बिल्कुल खांसी नहीं आती। मेरी हथेली में हरकत होती है और शॉवर पानी फेंकने लगता है। साज़िश करने वालों की हर बूंद को मैं अपने शरीर से मिटा देना चाहता हूं। सबसे ख़ुशबूदार साबुन को मैं अपने शरीर की बलि चढ़ा देता हूं। पूरे शरीर को ग्यारह बार साबुन से रगड़ा है। बालों को वहां मौजूद गुलाबी बोतल वाली शैंपू के सफ़ेद झाग के हवाले कर दिया है, ताकि उसकी सुगंध से गोमूत्र को रिप्लेस कर दूं। ज़िंदगी में पहली बार मैं ढाई बजे रात में नहाया हूं। बदन पोंछने के बाद पूरी

तरह पाउडर में डूब गया हूं। हर कोने में पाउडर। इस बार पॉन्ड्स नहीं, रैक्सोना लगाया है। उस पर से भरोसा डिग गया है इस वक़्त। बहुत उम्मीद के साथ रैक्सोना के डिब्बे को देखता हूं। मेरी लाज अब उसी के हाथ है।

## 2

सुबह जब बाल्कनी में उठकर आया, तो अहसास हुआ कि दिन बहुत चढ़ गया है। देर तक सोए रहने के कारण शरीर तप रहा था। तपिश को मैंने बुख़ार का नाम दिया। इसलिए भी कि रात चार घंटे के बीच मुझे चार बार नहाना पड़ा था। गंध थी कि पीछा नहीं छोड़ रही थी। मैंने अपने शरीर को सूंघकर देखा। कोई गंध नहीं थी। कांख से खांटी पसीने की बू आ रही थी, जो रात-भर एक ही जगह जमा होने के कारण गाढ़ी हो गई थी। मैं उस गंध को याद भी नहीं करना चाहता, जिसके कारण मेरी एक रात और आज का दिन ख़राब हो गया है। अब दिन चढ़े उठूंगा, तो कहां से ऑफ़िस जाऊंगा। और न ही मन हो रहा है। ऐसी उचाटावस्था दुर्लभ ही आती है। अंदर से खट-पट की आवाज़ आ रही है। बर्तन मांजा रहा है।

मैं भीतर जाता हूं और पूछता हूं, तुम्हें नींद कैसी आई?

ठीक थी। उसने पतीली में जमा गीली चायपत्ती को एक पन्नी में ख़ाली करते हुए कहा।

मैंने सुबह की पहली सिगरेट मुंह को लगाई।

गर्मी बहुत हो गई थी रात को।

इसीलिए तो कहती हूं, तुम नहाकर सोया करो। दिन-भर की थकान, धूल-मिट्टी। वैसे ही सो जाओगे, तो गर्मी तो लगेगी ही।

उसे पता नहीं चल पाया कि रात मैं चार बार नहाया था। मुंह खोलकर सो रही थी। भले कीड़े घुस जाएं भीतर।

आज गए क्यों नहीं?

ठीक नहीं हूं।

उसने डॉक्टर को दिखाने को कहा। वह कड़ाही में से तेल के निशान छुड़ा रही थी। उसके लिए सबसे ज़रूरी काम उस वक़्त वही था। डॉक्टर को दिखाने की सलाह भी तेल का ही एक निशान था, जिसे उसने धो डाला।

आधा बाल्टी पानी लेकर मैं बाल्कनी में गया। मग्गा निकाला ही था कि उसकी आवाज़ आई–धीरे फेंकना पानी। नीचे वालों के कपड़े सूखते रहते हैं। कल आई थी अम्मा शिकायत करने।

पौधों को पानी देना मेरा नया शौक़ है। तीन पौधे लगाए हैं। एक नीम का, एक गुलाब और एक डहेलिया। गुलाब और डहेलिया मुझे बहुत पसंद हैं। डहेलिया का पौधा लगाने से

पहले मैंने डहेलिया कभी नहीं देखा था। अभी मेरे पौधे में फूल नहीं आए हैं, सो मैंने अभी तक इसका फूल भी नहीं देखा। बस पढ़ा है। इसके नाम में ही कितनी ख़ूबसूरती है। आदिवासी सौंदर्य। इंका औरतों की तरह। हालांकि मैंने इंका औरतें भी नहीं देखी हैं। नीम के बारे में एक अख़बार में पढ़ा था कि घर के बाहर इसका पौधा लगाकर रोज़ पानी दिया जाए, तो क़र्ज़े उतर जाते हैं। एक-दो दिनों की कुनमुनाहट के बाद शाम को हाट जाते समय रास्ते से मैंने ये पौधे और तीन गमले ख़रीदे थे। मैं रोज़ सुबह इन्हें पानी देता हूं। उससे पहले ख़ुद तीन गिलास पानी पीता हूं। ऐसा करने के लिए एक दोस्त बताकर गया था, जो सांस ऊपर-नीचे करके ख़ूब करतब दिखाता है और योगा क्लासेस चलाता है। इससे कांस्टीपेशन नहीं होगा। मेरे सिरदर्द का सबसे बड़ा कारण उसने यही बताया था। हालांकि तीन गिलास पानी पीने के बाद भी मुझे बहुत ज़ोर लगाना पड़ता है।

मैं नीम को पानी देकर सहलाता हूं। उसमें सात पत्तियां हैं। सब पुरानी हैं। एक भी नई कोंपल नहीं। मैं एक-एक पत्ती को अपनी उंगलियों से साफ़ करता हूं। इस पर चौबीस घंटे की धूल जमा है। मैं मन ही मन उससे बातें करता हूं। वह मेरी किसी बात का जवाब नहीं देता। हवा आती है, तो हिलने लगता है बस। मुझे उसकी पत्तियां नहीं चाहिए। निंबोली भी नहीं। उसकी लकड़ियों का कुछ नहीं करना मुझे। बस, यहां पलता रहे और क़र्ज़े उतार दे। बात करते-करते मैं न जाने किस स्वप्न में चला जाता हूं। वहां आसमान से पंखे लटक रहे हैं। पंखों पर इंसान झूल रहे हैं, गले में फंदा डाले। यहां से वहां तक। बहुत सारे। बताया जाता है, ये किसान हैं। ये क़र्ज़ा नहीं चुका पाए। फिर वहां कुछ लोग आते हैं, जिनके हाथों में नीम के पौधे हैं। वे सारे मरे हुए किसानों को नीम के पौधे दे रहे हैं। इनसे क़र्ज़ा चुकता हो जाएगा। किसान गले से फंदा उतारकर ख़ुशी-ख़ुशी घर जा रहे हैं। तालियां।

अपने आप में शर्मिंदा होता हुआ मैं गुलाब और डहेलिया की ओर मुड़ जाता हूं। पौधों से आंख नहीं मिला पाता। जल्दी-जल्दी उन पर पानी छिड़कता हूं। इस बीच कुछ छींटे छलक कर नीचे की दौड़ लगाते हैं। मैं उन्हें बीच में पकड़ने की कोशिश करता हूं। छींटे छटक जाते हैं।

बर्तन मांजने वाली बर्तन मांज चुकी है। अब चाय बनाने वाली चाय बना रही है।

शक्कर बिल्कुल मत डालना।

वह चुपचाप खड़ी है।

मैं लाड़ में आता हूं। तुम्हारा हाथ वैसे ही बहुत मीठा है।

वह किचन के थल्ले से हट जाती है। आओ, बना लो। मुझे भी पिला देना।

मैं रिरियाने लगता हूं। अरे बना दो यार। तुमसे मज़ाक़ नहीं कर सकता क्या?

मज़ाक़ करने के बाद मुझे समझाना पड़ता है कि मज़ाक़ कर रहा हूं।

वह चाय बनाने वाली से प्यार करने वाली में बदल रही है। मैं उसके हिप्स पर गुदगुदी करने लगता हूं। वह चाय के ऊपर से काली मिर्च का पाउडर डाल रही है। उसका मानना है कि इससे मेरी खांसी दुरुस्त रहती है। फिर वह दूध को एक गिलास में डाल

रही है। फिर वह चाय के खौलते पानी में फूंक मार रही है। फिर वह गिलास से दूध उसमें उंड़ेल रही है। मेरी उंगलियां बदस्तूर उसके हिप्स पर खेल रही हैं।

उसे कुछ नहीं होता। मुझे भी नहीं हुआ।

मैं हॉल में बैठकर चाय का इंतज़ार करने लगता हूं।

चाय पीते हुए वह अपने सपने के बारे में बताती है। उसे अक्सर सपनों में सिंह पर बैठी हुई दुर्गा दिखाई देती है। वह उसे अपने साथ ले जाती है। पहाड़ों के ऊपर। क़गारों पर। वह घने जंगल में है। उसके चारों ओर सांप हैं। वह एक-एक सांप से बचते हुए एक छोटे-से मंदिर में पहुंचती है। वहां वह चलने की कोशिश करती है, लेकिन चल नहीं पाती। बस घिसटती है। चिल्ला तक नहीं पाती। हर किसी के सपने की तरह उसकी नींद भी यहीं कहीं टूट जाती है।

उसकी स्वप्नकथा हर रोज़ ऐसी ही होती है, जिसे बहुत ध्यान से सुनना पड़ता है, क्योंकि वह बीच में कभी भी सवाल कर सकती है और सही जवाब न पाने पर लाखों आरोप लगते हैं कि तुम मेरी बात नहीं सुनते। उसका हर सपना एक नाकामी पर टूटता है। नहीं, उसका हर सपना नाकामी का सफ़र तय करता है। वह टूटता तब है, जब वह उस नाकामी के ख़िलाफ़ मुंह नहीं खोल पाती।

तुम्हारे सपने में शाहरुख ख़ान क्यों नहीं आता?

वह बिना मुस्कराए देखती है। मैंने मुस्कान की उम्मीद की थी, एक बहुत प्रेमिल आरोप की या नखरीली हुंकार की या एक मीठी धौल की या बांकी निगाह की या शाहरुख़ के आने की संभावना के विस्तार की या एक शट-अप ओढ़े दुलार की।

पर ऐसा कुछ नहीं आया।

वह चाय का कप उठा ले जाती है। कप से भारी उसका चेहरा है। उससे भारी उसका मन है।

मैं ऐसी करोड़ों स्त्रियों के बीच ख़ुद को खड़ा पाता हूं, जिनके चेहरे पर मुस्कान का एक तिनका तक नहीं। वे ख़ाली आंखों से मुझे देख रही हैं। उनके भारी चेहरों पर कोई भाव नहीं। वे कभी बर्तन मांजने वाली बन जाती हैं, तो कभी कपड़े धोने वाली। कभी पोंछा लगाने वाली, तो कभी निर्वस्त्र होकर प्यार करने वाली। इन करोड़ों स्त्रियों का रूप पल-पल बदलता है, लेकिन उनके चेहरे का सपाटपन नहीं। मैं हास्य क्लबों और लाफ्टर चैलेंज के इस दौर में इन करोड़ों चेहरों पर एक अदद मुस्कान का इंतज़ार करते हुए गड़ रहा हूं।

## 3

मेरी दिनचर्या इतनी फिक्स है कि उसमें ज़रा-सा भी बदलाव होता है, तो मुझे सहन नहीं होता। जैसे रेडियो की फ्रिक्वेंसी होती है, रेडियो को ज़रा तिरछा कर दो, तो सिंसियाने

लगता है। मैं सुबह छह बजे उठता हूं। उठते ही तीन गिलास पानी पीता हूं। जब तक पेट पानी को स्वीकार करके उसे बिलोड़े, मैं एक पूरी सिगरेट पीता हूं। दूसरी जलाने से पहले कुछ अहसास होता है, तो मैं रेस्टरूम में भागता हूं। वहां दूसरी सिगरेट जलाकर देर तक ज़ोर-आज़माइश करता हूं। कई बार ज़ोर की आवाज़ बाहर तक पहुंच जाती है और वह दरवाज़े के पास खड़ी होकर कहती है कि धीरे, वरना वहां का लाल फूल नीचे गिर जाएगा। लाल फूल की चिंता में कई बार मेरा प्रेशर बीच में ही रुक जाता है। बाहर निकलकर मैं एक कप चाय मांगता हूं और टीवी लगा देता हूं। वहां बाबा रामदेव फूं-फां करता हुआ बड़ी कुशलता से पेट अंदर-बाहर कर रहा होता है। उसे देखकर मुझे बड़ी हैरत होती है। किसी-किसी दिन मैं भी कुर्सी पर बैठे-बैठे फूं-फां करता हूं। पैर को मोड़कर सिर तक लाने की कोशिश करता हूं। ऐसा करने में मुझे एक विशेष जगह घने दर्द का अहसास होता है। फिर मुझे लाल फूल की फ़िक्र हो जाती है। फिर मैं एक सिगरेट और जला लेता हूं। उसे पूरी करने से पहले मैं वाश बेसिन में जाकर ज़ोर-ज़ोर से अपना गला साफ़ करता हूं। ऐसा करते हुए मेरे सीने से भयंकर घर्राहट की आवाज़ निकलती है। और मैं टुकड़ों-टुकड़ों में झौआ-भर बलग़म वाश बेसिन पर उगलता हूं। मैं उस काले-पीले द्रव्य को बेसिन की सफ़ेदी में देर तक देखता हूं और संतोष से भर जाता हूं कि इतना सारा कु-पदार्थ मैंने अपने शरीर से बाहर निकाल फेंका है। फिर मैं टीवी के सामने लौटकर आता हूं। वहां एक और बाबा प्रवचन कर रहा है। वह कृष्ण की रासलीला का वर्णन कर रहा है। मैं चैनल बदल देता हूं, तो वहां एक दूसरा बाबा ब्रह्मचर्य के महत्व के बारे में बता रहा है। मुझे दुख होता है, वह डेमो क्यों नहीं देता? फिर कहीं पर पत्रकार पागलों की तरह चीख़ रहे होते हैं। उन्हें देखकर मेरे मुंह से हमेशा गाली निकलती है। मुझे लगता है, ये सृष्टि के सबसे बड़े लबार हैं, जो झूठ को चिल्लाकर कहने से उसके सत्य में बदल जाने के सिद्धांत पर यक़ीन करते हैं। फिर मैं एक कप चाय और सुड़कता हूं। फिर एक बार और पॉटी करके आ जाता हूं। फिर ख़बरों की इसी चीख़-पुकार में मैं नहा भी लेता हूं। इससे पहले बेटाजी स्कूल जा चुकी होती हैं। वह कब उठती हैं, कब तैयार होती हैं, मैं नहीं देख पाता। रोज़ सोचता हूं कि कल से देखूंगा, पर रोज़ भूल जाता हूं। वह चौथी या पांचवीं बार बाय डैडी बोलती हैं, तब मैं उनकी ओर देख पाता हूं। और फिर सोचता हूं कि कल उनसे पहले मैं उन्हें बाय बेटाजी कहूंगा, पर रोज़ यह रह जाता है। जब बेटाजी कहती हैं कि टीवी पर कितने अच्छे-अच्छे डैडी होते हैं, जो हल्के-हल्के मुक्कों से प्यार करते हैं, लौटते वक़्त चॉकलेट लाते हैं, और देर तक बाय-बाय में हाथ हिलाते हैं, तो मुझे लगता है कि दुनिया-भर के सुंदर, प्रेमिल और स्नेहिल विज्ञापनी डैडियों ने मेरा टेंटुआ पकड़ लिया है और मुझे झिंझोड़ रहे हैं। रोज़ मैं एक अपराधबोध की तरफ़ जाता हूं और उसके दरवाज़े पर दस्तक देकर लौट आता हूं। नहाने से पहले ही मैं अख़बार पर नज़र डालता हूं। शेयर बाज़ार और म्युचुअल फंड्स के रेट्स को देर तक पढ़ता हूं। कुछ हिसाब-किताब करता हूं और

लगभग रोज़ यह सोचता हूं कि अगली बार एकमुश्त पैसा आए, तो फलां फंड में डालूंगा। मैंने कुछ फंड्स के नाम और उनकी डिटेल्स अपनी ऑफिस डायरी में नोट कर रखी है। हालांकि वह इससे चिढ़ती है, क्योंकि पिछली बार मैं एक बड़ी रक़म शेयरों में खो चुका हूं। वह अपनी शादी में चालीस हज़ार का एक हार लाई थी, जिसे बाज़ार ने साठ का बना दिया था। उसमें अपना खाता ख़ाली कर एक लाख लगाए थे मैंने, पर उसके कुछ हीं दिनों बाद बुल्स ने...नहीं, बियर्स ने...नहीं यार...बुल्स ही थे शायद...पता नहीं, पर बाज़ार बैठ गया था। एक लाख रुपए सीधे नौ हज़ार सात सौ तिरसठ रुपए में बदल गए थे। तब मेरी सांस फूलने लगी थीं। उन्हीं दिनों मेरी सिगरेट दस से बढ़कर बीस-पच्चीस हो गई थीं, जो अब तक जारी है। मुझे अपने सीने के पास दर्द का अहसास होने लगा था, पर मेरी तमाम आशंकाओं के बाद भी मुझे हार्ट-अटैक नहीं हुआ। इसके बाद बहुत दिनों तक मुझे क़ब्ज़ की शिकायत रही थी। कितना भी ज़ोर लगाता, न लाल फूल बाहर निकलता, न कुछ और। उसके बाद सिरदर्द बहुत बुरी तरह बढ़ गया था, जो अब भी हर दूसरे-तीसरे रोज़ होता है। एक डॉक्टर को दिखाया था, तो उसने बताया कि यह माइग्रेन है, जीनियस वाला माइग्रेन। मुझे बहुत ख़ुशी हुई थी माइग्रेन की यह क़िस्म जानकर। सिरदर्द के बाद मैं एक गर्व में आ जाता था। मैं दवाएं खाता रहा। तीन रातें उसने गुनगुने दूध में दो चम्मच काली मिर्ची पाउडर भी दिया था, पर सिवा जलन के कुछ नहीं हुआ। याद नहीं कि वह क़ब्ज़ कैसे मिटी थी, या शायद अब तक न मिटी हो, पर पिंक पेपर पर नीली स्याही से निशान लगाने की आदत तब से पड़ी है। पिंक पेपर शब्द पहली बार मैंने बाबा के मुंह से सुना था। तब तक मुझे पता नहीं था कि बिजनेस अख़बारों को पिंक पेपर कहा जाता है। वह समय था, जब पूरा ऑफिस पिंक हो रहा था। मेरी गली, मेरा चौराहा, मेरा मोहल्ला, मेरा शहर, मेरा देश, सब कुछ पिंक था। बाज़ार इतना उछला था कि उसका रंग पिंक हो गया था। बस, ट्रेन, ऑटो, साइकल रिक्शा, सुलभ शौचालय सब पिंक। लोग सुबह मुंह धोकर आईना देखते, तो उन्हें अपना चेहरा पिंक दिखाई देता था। शराब पीने के बाद आंखों में लाल नहीं, पिंक डोरे पड़ते थे। गुस्से में चेहरा लाल नहीं, पिंक होता था। इसी तरह, लज्जा का रंग भी पिंक हो गया था। जब मैंने अख़बार वाले को कहकर एक पिंक पेपर अपने यहां भी डलवाना शुरू किया, तो उस दिन से मेरे घर का रंग भी पिंक हो गया। मैं डिक्शनरी की सहायता से उस अख़बार को पढ़ता, कुछ शब्दों का अर्थ पेंसिल से लिखता और नीली स्याही से कुछ लेखों पर गोल निशान लगाता। कुछ कंपनियों के बारे में अपनी बीवी को बताता। उनकी प्रोग्रेस रिपोर्ट, प्रॉफिट, प्रॉस्पेक्ट्स और ऑब्जेक्टिव्स सुनाता। यह बताता कि एक साल से भी कम समय में हमारा पैसा दोगुना हो जाएगा। वह मुस्कराते हुए बहुत ध्यान से सुनती थी। इस तरह से हम दोनों के बीच का रिश्ता भी पिंक हो गया था।

बाद में जब हिंदी में अनुवाद होकर पिंक पेपर निकलने लगे, तो मेरा यह काम भी काफ़ी आसान हो गया। हालांकि मैं दफ़्तर अपने साथ अंग्रेज़ी वाला पिंक पेपर ही लेकर

जाता और बड़े गर्व से उसे अपनी मेज़ पर रखता था। हालांकि हर मेज़ पर एक पिंक पेपर पड़ा रहता था। हालांकि कुछ मेज़ें मुझसे ज़्यादा आगे थीं और उन पर पिंक किताबें भी होती थीं।

किताबों का मुझे गहरा शौक़ है। रेलवे स्टेशन से मैंने कई किताबें ख़रीदी हैं। प्रेमचंद की अमर कथाएं से लेकर चाणक्य नीति तक। ओशो की समाधि से आदि शंकराचार्य की जीवनी तक। सच कहूं, तो इनमें ज्ञान भरा होता है, जो आज की तारीख़ में जल्दी मिलता नहीं। एक दिन मैंने अपनी किताबें गिनी थीं। कुल तिरपन। कई बार मेरा मन करता है कि मेरे पास एक बड़ी-सी रैक हो, जिसमें ये सब सजाकर रखूं, पर उतनी किताबें नहीं हैं मेरे पास। बड़ी रैक के लिए और किताबें लेनी होंगी। और किताबें ले लीं, तो सच में बड़ी रैक लेनी होगी। मुझे एक घंटा ट्रेन में सफ़र करना होता है ऑफिस जाने के लिए। उस समय में मुझे पढ़ना पसंद है। हालांकि मेरे सिवाय उन किताबों को भी नहीं पता होगा कि मैंने उन्हें पढ़ा है या नहीं। मैं पढ़ने लगता हूं, तो ध्यान भटक जाता है। मैं पांच लाइनें पढ़ता हूं, तो पचास की कल्पना कर लेता हूं। इस तरह उस किताब से बहुत दूर चला जाता हूं। और इस तरह कभी पूरी नहीं कर पाता।

आख़िरी किताब जो मैंने ली थी, वह झुंपा लाहिड़ी की 'द नेमसेक' थी। मैंने बाबा की टेबल पर देखी थीं वे दोनों किताबें। दूसरी 'काफ्का ऑन द शोर' थी। उसका लेखक कोई जापानी था। नाम याद नहीं। बाबा ने दोनों किताबें एयरपोर्ट से ली थीं। मैंने घर जाकर काफ्का और शोर दोनों का मतलब डिक्शनरी में खोजा था। इसलिए यह नाम याद है। एक पेपर में मैंने झुंपा लाहिड़ी की तस्वीरें देखी थीं। बहुत ख़ूबसूरत। बड़ी-बड़ी कजरारी आंखें। गोल नाक। रंगे हुए होंठ। और उससे भी ख़ूबसूरत उसके बूब्स। पूरे नहीं देखे थे। उन तस्वीरों में वह ऐसे बैठी थी कि उसके गाउन से उसके उभारों का हिस्सा दिख रहा था। वे एक काली स्पोर्ट्स ब्रा में छिपे थे। एक में वह कैटवॉक करती दिख रही थी। एक तस्वीर में उसने लांग स्कर्ट पहना था और उसके गोरे पेट का ख़ासा हिस्सा दिख रहा था। एक में वह ब्राउन पट्टे वाली बहुत महंगी घड़ी पहने थी। मैं उन तस्वीरों से बहुत प्रभावित हुआ। कई-कई दिनों तक उन्हें देखता रहा। लगता, एक लेखिका आइटम गर्ल में तब्दील हो रही है। अभी वह तस्वीर से बाहर निकलेगी, कमीना, हरामी या कंबख़्त इश्क़ कहते हुए किसी खंभे से चिपक कर स्ट्रिप्टीज़ में तब्दील हो जाएगी। मेरी फंतासियां बनती रहीं। स्टेशन पर मुझे वह किताब मिल गई। मैं उसे रोज़ पलटकर देखता। मुझे बड़ा दुख होता, उसकी तस्वीर हर पन्ने पर क्यों नहीं दी गई? मैं उसे पढ़ने की कोशिश करता, पर मेरा मन काली स्पोर्ट्स ब्रा की पट्टी से नीचे फिसल जाता। कई सप्ताह तक वह मेरी मेज़ पर पड़ी रहती। क़रीब से गुज़रने वाला उसे ज़रूर पलटकर देखता। मैं उसकी उम्र बताता और उसकी ख़ूबसूरती के बारे में भी।

एक दिन बाबा ने टोक दिया कि इतने दिनों में तुम यह किताब पूरी नहीं पढ़ पाए?

मैंने बिना उसकी ओर देखे कहा, सर, दुबारा पढ़ रहा हूं। पिछली बार मेरी देह ने

पढ़ी थी यह किताब, इस बार मेरी रूह पढ़ रही है।

बाबा खें-खें करता अपने केबिन में चला गया। मुझे सुकून हुआ, उसकी रूह और देह की थ्योरी उसी को रसीद कर दी।

बाबा कहता है, जो रूह करती है, उसे देह नापसंद करती है। जो देह करती है, उसे रूह ग़लत मानती है। जबकि देह और रूह दोनों एक हैं। लेकिन देखा जाए, तो दोनों अलग भी हैं। जैसे पानी और बर्फ़ एक ही हैं, लेकिन दोनों अलग भी हैं। यही एक होना तो अद्वैत है। और अलग होना विशिष्ट-अद्वैत है।

बहुत दिनों तक इस अद्वैत को मैं अदैत्य बोलता रहा। मुझे यह कोई बहुत बड़ा दैत्य लगता था। मुझे कभी बाबा का यह भाषण समझ नहीं आया। सच कहूं, तो वह बड़ा ज्ञानी है। यह भी झूठ नहीं कि बाबा चूतिया-बसंत है। ज्ञानी और चूतिए दिखते अलग हैं, पर होते एक ही हैं। यही इनका अद्वैत है।

केबिन से बाहर निकलकर मैं अद्वैत को इस तरह परिभाषित करता और पूरे स्टाफ के बीच ठहाके उड़ते। बाबा मुझसे ख़ास मोहब्बत करता है। इसीलिए चूतिया है, यह नहीं कह सकता। पर मेरी दिनचर्या को तोड़ने की हद कोशिश करता है। शाम को घर लौटता हूं, तो बाबा मेरी पीठ पर सवार होता है। मैं मन ही मन उससे बहस कर रहा होता हूं। उसकी चूतियागीरी का जवाब सोच रहा होता हूं। कई बार मैं अपने भीतर ही उसे पीट भी चुका होता हूं। अपने भीतर से उसकी चीख़ निकलते हुए भी सुनता हूं। उस वक़्त वासुदेव कृष्ण की तरह मेरे चेहरे पर स्निग्ध मुस्कान आ जाती है। चाय-सिगरेट पीने और एक बार फिर ज़ोर लगाकर आने में काल-कपाल-महाकाल और लाफ्टर शो आ जाते हैं। उनके चुटकुलों पर मैं दिल खोलकर हंसता हूं और महसूस करता हूं कि ज़िंदगी में हंसने के लिए अभी भी बहुत कुछ बचा है। बेटाजी या उसकी मांजी को चुटकुलों पर हंसी नहीं आती। वे उस समय टीवी को कम, हंसती हुई मेरी तोंद को ज़्यादा देखते हैं। रात का खाना खाकर मैं केबल पर कोई फिल्म देखता हूं और जब बिस्तर में पहुंचता हूं, तो वे लोग सो चुके होते हैं। मैं बर्तन मांजने वाली, खाना पकाने वाली, कपड़े धोने वाली, झाड़ू लगाने वाली, प्रेस करने वाली को मुंह खोलकर सोने वाली में बदला हुआ देखता हूं। कभी-कभी उसकी साड़ी कुछ ख़ास जगहों से हटी होती है। मैं जाकर छूता हूं, उसे प्यार करने वाली और खेलने वाली में तब्दील करना चाहता हूं, लेकिन उसके शरीर में थिरकन नहीं होती। कई बार मैं डर जाता हूं, वह मर तो नहीं गई! फिर मैं सो जाता हूं। नींद में कई बार मैं फिर उसे खेलने वाली में तब्दील करना चाहता हूं, पर उसकी नींद नहीं खुल पाती। मैं आश्चर्य करता हूं, इतने उत्तेजक और मादक समय में, जब युवतियां कपड़ों को उतार फेंक रही हैं, टीवी पर चौबीसों घंटे मांसलता दिख रही है, लड़के कपड़े उतारकर नंगी छाती पर स्प्रे कर रहे हैं, रोज़ ब्लू फिल्मों की हज़ारों सीडियां पकड़ी जा रही हैं, ईमेल पर हर दूसरा संदेसा अनजाने व्यापारियों की ओर से एक क्लिक से वियाग्रा पाने और दो क्लिक से पेनिस बड़ा करने का प्रस्ताव देता हो, हमारे बीच में ऐसी मनहूस

वीरानगी छाई हुई है। फिर मैं अपनी क़िस्मत को कोसता हूं। फिर कुछ अनएक्सप्लोर्ड देहों, अनटेम्ड रूहों का स्मरण करते हुए सो जाता हूं।

तो ऐसे रुटीन में, जहां जी-भर थकान हो, उससे निकली नींद हो, काम हो, आराम हो, दुख-सुख हों, मासूम, पवित्र और प्रेम से पगा पिंक कलर हो, साबुनों, पाउडरों और डियो की ख़ुशबू हो, वहां अनिद्रा आ जाए, गोमूत्र की दुर्गंध नाक की नोक पर बैठ हिंडोले लेने लगे, बेइंतहा थकान के बाद भी बिस्तर जागती हुई करवटों से सिकुड़ जाए, तो टेंशन होगी ही।

## 4

उस दिन मैं घर पर था, जब वे चार लोग आए थे। उनमें से सिर्फ़ एक ही शरीफ़ लग रहा था। उसने शरीफ़ दिखने के लिए बाक़ायदा बिना नील वाली सफ़ेद शर्ट पहनी थी और गले में लाल-सुनहरे चकत्तों वाली एक टाई भी। उसके बाल छोटे-छोटे, पर खड़े थे, जैसा कि आजकल टीवी पर ज़्यादातर लौंडों के दिखते हैं। उस एक के रूप का ही वर्णन किया जा सकता है, बाक़ी तीनों का कोई रूप नहीं था। वे अरूप थे, निराकार थे, निर्गुण थे।

उसने बहुत गर्मजोशी से हाथ मिलाया। उससे पहले उसने मुझसे मेरा नाम कन्फर्म किया था। उससे पहले उसने दरवाज़े पर घंटी मारी थी। उससे पहले वह किसी साज़िश में डूब रहा था। उससे पहले वह एक हत्या कर चुका था।

उसने याद दिलाया कि पंद्रह दिन पहले उसी ने मुझे फ़ोन करके टेली स्काई शॉप की ओर से एक बड़ी वॉशिंग मशीन इनाम में जीतने की ख़ुशख़बरी दी थी। मैं इस बात को लगभग भूल चुका था। मैं हैरान था क्योंकि मैंने किसी पुरस्कार के लिए आवेदन नहीं किया था, न ही यार-दोस्तों की मिन्नतें की थीं, फिर कैसे मिल गया। उसने बताया कि उन्होंने अख़बार में कूपन दिया था, और जिस कूपन को लकी ड्रा की क़िस्मत हासिल हुई है, उसमें यही मोबाइल नंबर है। मैंने हैरानी छोड़ दी। हालांकि मुझे अच्छी तरह याद है कि मैंने ऐसा कोई कूपन नहीं भरा था, पर अब इनाम जीत लिया है, और नंबर भी मेरा ही है, तो हां बोलने में क्या जाता है? मशीन तो आ ही जाएगी। उसके बाद उसने मुझे एक स्कीम बताई थी, जिसके अनुसार, कुछ दिनों बाद वह आएगा, मुझसे कुछ पेपर्स साइन करवाएगा, कुछ गिफ़्ट कूपन्स देगा, जिसमें से तीन हम इस्तेमाल कर सकेंगे, और बाक़ी अपने दोस्तों को बांट सकेंगे। उन कूपन्स की क़ीमत दस हज़ार रुपए से ज़्यादा बताई उसने। फिर उसने मुझसे मेरा पता लिया था। नज़दीकी लैंडमार्क्स पूछे थे और यह भी पूछा था कि किस समय मैं घर में मिलता हूं, क्योंकि उसे काग़ज़ों पर मेरे ही साइन चाहिए थे। मैंने बिना गीता पर हाथ रखे उसे जो कुछ बताया, सच ही था।

भले मेरे पास एक वॉशिंग मशीन है, पर इनाम जीतना ख़ुशी की बात थी और मैं

क़रीब दो दिन तक ऐसी फूल में था, जिसमें सिर्फ़ हवा ही नहीं होती। मैं कपड़े धोने वाली के हाथों को देखकर वैसे ही दुखी होता था। मैं उसे कभी कपड़े धोते देख नहीं पाया था, इसलिए कभी ये सोचा नहीं था। मेरी स्मृतियों में वह तवे पर रोटी और एक गमछे टाइप का कपड़ा फिराकर जला हुआ लाल आटा साफ़ करते हुए या मुंह खोलकर सोते हुए ही आती है। वह कई बार कह चुकी थी कि एक वॉशिंग मशीन ले ली जाए। मैं ही आलस करता था। हालांकि क़िस्तों की तमाम सुविधा है। अब तो कस्टमर की हर इच्छा मानी जाती है। किंग होता है वह। मैं एक बार भी दुकान में जाता, तो घर तक पहुंचाकर जाते वे लोग। चार-पांच महीने पहले मैं गया भी, और वे लोग घर तक आए क़िस्तों वाला फॉर्म साइन करवाने, मशीन डिलीवर करने। यही नहीं, मेरे पास पैन कार्ड की फोटोकॉपी नहीं थी, तो एग्ज़ीक्यूटिव ख़ुद दौड़ा-दौड़ा गया था जेरॉक्स वाली दुकान तक। और उसका रुपया भी स्वीकार नहीं किया था। मैंने कपड़े धोने वाली की तरफ़ रुआब से देखा था। वह मुस्करा रही थी, रुआबित हो गई थी।

मशीन होने के बाद भी एक और मशीन मिल जाने से मैं ख़ुश ही था, क्योंकि अगले ही महीने एक बहुत ख़ास रिश्तेदार का गृह-प्रवेश है और उसे वह मशीन गिफ्ट में दी जा सकती है।

मैंने उनके लिए शरबत मंगाया और मुस्कराते हुए इंतज़ार करने लगा। उसने अपने बैग से एक लैपटॉप निकाला और पूरे घर में नज़रें फिराते हुए टिक-टिक करने लगा। वह मुझसे घर का हाल लेता। बच्चों के बारे में पूछता और मेरी पत्नी को प्यार से भाभीजी कहकर बुलाता। ऐसा लग रहा था, वह मेरा कोई रिश्तेदार था, जो शताब्दियों बाद मिलने आया हो। बीच-बीच मे वह पूछ लेता, एक शताब्दी पहले तो आप पंडागीरी किया करते थे। दो शताब्दी पहले तो आप नवाबों की पत्री बांचकर उनके गले का हार मार लेते थे, पांच शताब्दी पहले तो आप पूरे गांव का ख़ून चूसा करते थे और दस शताब्दी पहले आप आग में सीसा पिघला रहे होते थे और ज्ञान को झांक कर पा लेने वालों को एक कमरे में कोंड कर उनके कानों में उड़ेला करते थे...

मैं हैरान था। उसे मेरा शताब्दियों पुराना इतिहास पता था, जिसे सभ्यता का चरणवर्ती विकास समझकर मैं भूल चुका था।

उसके बाद उसने रुख़ बदला। चार काग़ज़ मेरी ओर बढ़ाए।

सर, माफ़ कीजिएगा, पर काफ़ी समय हो गया, आपने अपने क्रेडिट कार्ड का बिल नहीं भरा।

मैं तो हमेशा भरता हूं, पर इस बात का इनाम से क्या लेना-देना? मैं सकपका गया। मेरी समझ में बहुत तेज़ी से कुछ आया।

कोई लेना-देना नहीं है। सही बात है। इनाम का आपके क्रेडिट कार्ड से कोई लेना-देना नहीं।

बोलने के अंदाज़ से वह टीवी छाप एक्टर लग रहा था, जिसकी त्योरियां इतनी बार

हिलती हैं कि चार चमाट लगाने को दिल करे। पर इस वक़्त दिल की सुनाई नहीं पड़ रही।

होंठ सूख गए थे।

ये काग़ज़ हैं मेरे पास। आपने कई महीनों से नहीं भरा है। आप पिछला मकान भी छोड़ आए हैं। और आप बैंक का कोई फ़ोन अटैंड नहीं करते। आपने इन्फार्म तक नहीं किया एड्रेस चेंज का। और न ही आप अपनी क़िस्तें जमा करते हैं।

उसके पास सारे फैक्ट्स थे। और वह बोल भी रहा था, बहुत कुछ।

उसकी बात सही थी। मैंने कई महीनों से बिल नहीं भरा है। जब उस मकान में था, तो हर महीने कोरियर आ जाता था, जिसमें बिल की रक़म लिखी होती। मैं जमा कर देता था। इस मकान में आने के बाद हाथ इतना तंग हो गया था कि मैं नहीं भर पाया। एड्रेस चेंज के बारे में बताना भी ध्यान नहीं रहा। यह भी सच है। एक समय क्रेडिट कार्ड का इस्तेमाल भी ख़ूब किया, यह बात भी सच है। मेरे अपने हिसाब के मुताबिक़ सत्तर हज़ार से ज़्यादा का ख़र्च कर चुका था मैं। कुछ महीनों तक जब मैंने बिल नहीं भरा, तो बैंक से फ़ोन आया। कोई लड़की थी उस तरफ़, जिसकी आवाज़ में इतनी मिठास थी कि अकेले मिलने को दिल करने लगे। उसने प्यार से बात की और मेरे बारे में पूछा। मैं उसे बताना चाहता था कि मैंने घर बदल लिया है, सो उनके कोरियर नहीं मिले हैं मुझे और मैं नहीं भर पाया हूं, पर किसी शक्ति ने मुझे ऐसा कहने से रोक दिया। उसने एक अमाउंट बताया और इस बात पर ज़ोर देने लगी कि मैं अपना एड्रेस बता दूं, ताकि वह अपना एग्ज़ीक्यूटिव भेजकर पैसे कलेक्ट कर ले। मैंने एड्रैस नहीं बताया और कहता रहा कि मैं पैसे सीधे बैंक में ही भरवा दूंगा। पर वह पीछे पड़ी हुई थी। मैं चिढ़ गया। बोला, कहा न आपको, मैं प्रॉब्लम में हूं। जल्दी ही जाकर बैंक में जमा करा दूंगा। क्यों पीछे पड़ी हैं आप?

उसकी आवाज़ थोड़ी बढ़ गई, सर, चिल्लाइए मत। मैं अपना काम कर रही हूं। और आपको तो देने ही हैं पैसे, तो मेरे एग्ज़ीक्यूटिव को दे दीजिए। बैंक तक जाने की दिक़्क़त क्यों करते हैं?

वह किसी भी तरह मेरे घर पर आदमी भेजना चाहती थी।

मैं चीख़ा, मैंने कहा न, आ जाएंगे आपके बैंक में पैसे। क्यों भिखारी की तरह पीछे पड़ी हो तुम?

भिखारी मैं हूं या आप? क्यों इस तरह चिल्लाकर बात कर रहे हैं? क़र्ज़ा आपने लिया है, मैंने नहीं। ऊंची आवाज़ में बोलने का हक़ नहीं है आपको। पहले क़र्ज़ा चुकाइए, फिर जितना मर्ज़ी हो, चिल्लाइए। जब नहीं भर सकते, तो क्यों ले लेते हैं क़र्ज़ा?

मैं आपके पास नहीं आया था ये दो कौड़ी का कार्ड मांगने? आपका एग्ज़ीक्यूटिव नाक रगड़ रहा था कि ले लो सरजी, ले लो सरजी...

इतना कहकर मैंने फ़ोन काट दिया। लाल वाला बटन इतनी ज़ोर से दबाया, मानो उससे कट होने की ज़ोरदार आवाज़ उस लड़की के कानों को ठोंकेगी। उसके बाद उसने

फ़ोन नहीं किया। करती भी, तो मैं नहीं उठाता।

भले मैं बहुत चीख़कर बोला था, पर उस लड़की की आवाज़, उसके शब्द मेरे कानों को छेदते रहे। उस दिन बहुत देर तक मेरी धड़कनें बढ़ी रहीं। बाबा कहता है, हर टू-पार्टी कन्वर्सेशन में एक पार्टी को गेन होता है, और दूसरी को लॉस। विक्ट्री एंड डिफीट। मैंने बहुत चिल्लाकर फ़ोन बंद किया था, पर मुझे बार-बार यह अहसास होता रहा कि मेरी पराजय हुई है। मुझे किसी ने नंगा कर दिया है। दो-टके की कॉलसेंटर वाली एक लड़की, जो शायद कॉलगर्ल भी होगी, ने मुझे नंगा कर दिया था। मैं कभी सबसे विकट एकांत में, सबसे पवित्र निजता में भी, ख़ुद तक से नहीं कहता था अपने हालात के बारे में, कभी यह सोचता तक नहीं था कि कोई क़र्ज़ है मुझ पर और वह किसी सुक्खी लाला की तरह मुझे हड़का कर चली गई। यह अहसास दिला गई कि कितना गिरा हुआ हूं मैं। पट लेटा हुआ हूं किसी के चरणों में। और इस लेटे हुए को मैं साष्टांग दंडवत् मानता हूं क्या?

अगर मैं उससे चिल्लाकर बात नहीं करता, तो वह इस तरह मुझे नंगा नहीं करती? पर मैं लगातार यह पढ़ता-सुनता आ रहा हूं कि कस्टमर इज़ किंग। आज कस्टमर ज़रा-सा चिल्ला देता है, तो कंपनियों की चूलें हिल जाती हैं। एग्ज़ीक्यूटिव्स की नौकरी चली जाती है। मैंने अपनी आंख से देखा था ऐसा होते। हमारे एकाउंट्स मैनेजर ने एक की नौकरी खा ली थी। एक मोबाइल कंपनी ने हमारी कंपनी के तीन बड़े अफ़सरों की आउटगोइंग बंद कर दी। पता चला कि उनके बिल में तीन हज़ार रुपए आउटस्टैंडिंग थे। भरे नहीं गए थे। वे बेचारे कॉलसेंटर में फ़ोन करते, तो बिल भरने को कहा जाता। उन्होंने एकाउंट्स मैनेजर को बताया। मैनेजर ने मोबाइल कंपनी के एक एग्ज़ीक्यूटिव को फ़ोन पर समझाया कि हम महीने में एक लाख से ज़्यादा का बिल भरते हैं, उसमें तीन हज़ार के लिए किसी सीनियर आदमी का फ़ोन नहीं कट करना चाहिए। एग्ज़ीक्यूटिव ने सुनने से मना कर दिया और बिल भरने को कहा। फिर मैनेजर ने उस कंपनी के ज़ोनल मैनेजर को फ़ोन लगाया और जो चिल्लाया कि बाप रे! बोला, अभी तुम्हारे सारे सिमकार्ड निकालकर पानी में फेंकता हूं मैं, और फलां कंपनी की सर्विस लेता हूं। अगले पंद्रह मिनट में तीनों फ़ोन चालू हो गए। इनकार करने वाले एग्ज़ीक्यूटिव की नौकरी गई बताते हैं। हमने मैनेजर को बधाई दी। उसकी शूरता के क़सीदे पढ़े। वह बोला, भाई, कस्टमर किंग होता है। इतना पैसा देते हैं हम लोग इनको। हमारी बात नहीं मानेंगे?

एक किंग को वह लड़की इस तरह नंगा बोलकर चली गई। मुझे उस दिन बहुत रोना आया।

उसके बाद बैंक से कोई भी फ़ोन आता, मैं नहीं उठाता। वे एक लैंडलाइन नंबर से फ़ोन करते थे। उसे मैंने अपने मोबाइल में सेव कर रखा था। उस वक़्त मैं फ़ोन को साइलेंट कर देता था। गूंगा फ़ोन घिंघियाता रहता। फिर थक जाता। उसके बाद अनजाने मोबाइल नंबरों से फ़ोन आते। मेरी सहज बुद्धि उन्हें उठाने से मना कर देती। ऐसा कई

दिनों से हो रहा था। दो बार ग़लती से उठा भी लिया था। उस ओर से मेरा वह नाम लिया गया, जो क्रेडिट कार्ड पर दर्ज है। मैं आवाज़ बदलकर देर तक हैलो-हैलो करता रहा, जैसे सुनाई नहीं पड़ रहा हो। दूसरी बार लगभग हड़काते हुए मैंने बैंकवाले से कहा था–हेल विद यू। आएम इन जर्मनी। कॉल मी आफ्टर समडेज़। चार-पांच दिनों बाद एक एसएमएस भी आया, जिसमें पूछा गया था–आर यू बैक फ्रॉम जर्मनी? मैंने कोई जवाब नहीं दिया। तीन से दस तारीख़ के बीच ऐसे फ़ोन आते। बाक़ी महीने में शांति रहती। उन सात दिनों में मैं बहुत घबराया हुआ होता। मुझे रिंग्ज़ाइटी हो गई। किसी भी समय लगता कि फ़ोन की घंटी बज रही है। मैं हाथ जेब पर ले जाता। मोबाइल को बार-बार सहलाता। उसकी स्क्रीन में दीदे फाड़कर झांकता। फिर जेब में कोंड देता। थोड़ी देर बाद मेरे कानों को फिर घंटी बजती सुनाई देती। इसी चक्कर में मैंने पत्नी को सख़्त मना कर दिया था कि बिना मुझसे पूछे फ़ोन मत उठाना। इसी घबराहट में मैंने लगभग सारे फ़ोन उठाने बंद कर दिए। कुछ इनकमिंग नंबरों को मैं ऑफ़िस जाकर लैंडलाइन से मिलाता। जांचता कि कहां के हैं। उनमें से कुछ उसी बैंक के निकले। मैं उनकी और अपनी चालाकी की तुलना में मुस्कराता, पर फ़ोन उठाने से और तौबा कर लेता। मैंने मकान बदल लिया था, लेकिन फ़ोन नंबर वही था। कई जाननेवालों के फ़ोन आते, लेकिन मैं नंबर न जानता होता, तो न उठाता। मैं नंबरों से पहचानता था, या सेव किए गए नामों से। पहचान का कोई और आधार नहीं होता था उन दिनों। जो बाद में मुझसे फ़ोन न उठाने का उलाहना देते, उन्हें ऑफ़िस में फ़ोन करने की सलाह देता।

इतने दिनों तक एक किंग भागता रहा। अपने गुलामों से। आज दबोचा गया। जिस किंग की एक तनी हुई त्योरी से इन्हें झुलस जाना था, इनके सामने बेबस बैठा है। मुझमें इस वक़्त पोरस की तरह यह कहने की हिम्मत नहीं है कि एक राजा से राजा की तरह व्यवहार हो। न ही इन्होंने सिकंदर की तरह पूछा है कि कैसा व्यवहार हो?

उसके साथ जो तीन निर्गुण और निराकार लोग आए थे, अचानक सगुण और साकार हो गए। मैं उन्हें अब तक नहीं देख पाया था। सिर्फ़ ईश्वर की तरह उनकी उपस्थिति को ही महसूस कर पाया था। अब वे वैज्ञानिक सबूतों की तरह सामने बैठे थे। वे बहुत मज़बूत और हट्टे-कट्टे थे। उनमें से एक उठा, और उसने खुले हुए दरवाज़े को बंद कर दिया। मुझे समूचा दृश्य बड़ा फ़िल्मी और चालू टाइप का लगा।

मैं उस सुंदर छोकरे और साथ आए तीनों मुश्टंडों को अलग-अलग देखने लगा। अद्वैत के बारे में सोचने लगा। ये वो है और वो ये है। दोनों एक ही हैं। जो मज़बूत और हट्टा-कट्टा है, वही कमज़ोर है। अरूप और सरूप दोनों एक हैं। सुंदर और असुंदर दोनों एक ही हैं। माया और संन्यास दोनों एक हैं। सामने बैठे चारों एक ही हैं। जो पानी है, वही बर्फ़ है। जो बर्फ़ है, वही पानी है। एक जीवात्मा है, एक परमात्मा।

आपका अमाउंट बन गया है, तीस हज़ार रुपया। ये सिर्फ़ इतने महीनों की बक़ाया

क़िस्त और फ़ाइन है, सर।

उसने सर पर ख़ास स्ट्रेस दिया।

अभी हाथोहाथ दे देवें, तो रसीद भी कट जावे, वरना ब्याज़ बनता रहेगा, यह रक़म और बड़ी हो जावेगी।

मैंने देखा, शरबत देने वाली परदे की ओट में खड़ी है।

अभी दे रहे हैं या...?

यार, इतनी रक़म घर में रखते हैं क्या?

कोई बात नहीं सर। मैं कल आ जाता हूं।

नहीं, दो-तीन दिन रुक कर आना। और हां, एक बार फ़ोन कर लेना।

किंग का रुआब गया नहीं था।

कोई बात नहीं, सर। फ़ोन कर लूंगा। वही, टेली स्काई शॉप वाले नंबर से करूंगा, सर। प्लीज़, उठा लेना। वैसे, इन लोगों ने भी अब घर देख ही लिया है।

उसमें भी ग़ुलामियत बरक़रार थी। एक पल को उसका चेहरा ईस्ट इंडिया कंपनी के पहले लॉर्ड की तरह लगा।

वह मंद-मंद मुस्करा रहा था। उस मुस्कान में वह सुंदर, मासूम और जादूगरों जैसा लग रहा था। उसके सिर के ऊपर वैसा ही छल्ला चमक रहा था, जो अंग्रेज़ी कार्टूनों में फ़रिश्तों के सिर पर चमकता दिखाया जाता है।

## 5

उनके जाने के बाद मैं शाम को सो गया। उस छोकरे के मुस्कराने के कारण, ज़्यादा सिगरेट पी लेने के कारण या गोमूत्र की ख़तरनाक गंध के कारण जो मेरी कंखौरियों से फिर निकल रही है...पता नहीं...पर मेरे मुंह के भीतर एक उबकाई बस गई है। मेरे सिर में दर्द पंजे चुभो रहा है। सांस धौंकनी की तरह हो गई है। और हृदय की गति बहुत बढ़ गई है। मैं इन सबको अपने भीतर समोते हुए सो गया। इन सबने मेरे सोने का लाभ उठाया और अपनी-अपनी मात्रा में वृद्धि कर ली। जब उठा, तो देखा, बूंदें खिड़की पर तड़-तड़ हाथ मार रही हैं। शायद वे घर के भीतर आना चाहती थीं। मैंने खिड़की खोल दी और जैसे बाढ़ का पानी भीतर आता है, हवा उसी तरह आई। सीधे मेरी नाक से टकराई। सांस दो पल को रुक गई।

जितनी देर मैं सोता रहा, उतनी ही देर तक एक सपना भी देखा। सपना क्यों आता है, मुझे नहीं पता। कभी ग़ौर से सोचा ही नहीं। मां कहती थी कि जो हमारे साथ होने वाला होता है या बहुत पहले हो चुका होता है, वही बातें सपने में आती हैं। हम पूरे जीवन में दो हालात में सबसे पवित्र होते हैं। एक तो बालपन में, दूसरा गाढ़ी नींद में।

ईश्वर हमसे हमारी जाग में नहीं मिलता। उसे उन लोगों से मिलना पसंद नहीं होता, जो जाग रहे होते हैं। ईश्वर को सोए हुए लोग बहुत पसंद होते हैं। वह सोए हुए लोगों के प्रति अपने प्रेम का प्रदर्शन करने के लिए उनकी नींद में सपनों की भेंट भेजता है। अगर वह आपसे नाराज़ है, तो आपके पास बुरे सपने भेजता है। मुझे ईश्वर अपने दफ़्तर के बॉस, अपने शहर के मेयर, ज़िले के सांसद और विधायक, राज्य के मुख्यमंत्री, देश के प्रधानमंत्री और उनकी सरकारों की तरह लगता है। इन सबको भी जागे हुए लोग बिल्कुल अच्छे नहीं लगते। परपुरुषगमन करने वाली स्त्री की तरह, जिसे जागता हुआ पति बिल्कुल अच्छा नहीं लगता। मैंने बताया है न, मुझे कभी-कभार कुछ ख़ास लम्हों में सब कुछ साफ़-साफ़ दिखने लगता है। यही लम्हे मेरी तालीम की रोटी-बोटी भी है। इसीलिए सियासी तौर पर नादान होने के बाद भी कभी-कभार मैं बहुत गहरी बातें बोल जाता हूं।

सपनों से बाबा भी बहुत परेशान रहता है। किसी-किसी दिन आता है, तो चेहरा ल्ल्ले कद्दू की तरह सूजा हुआ। क्या हुआ, आज ठीक से सोया नहीं क्या? बीवी ने दिया है रखके, जैसे कई कमेंट्स हमारे रोकने के बाद भी मुंह से बेसाख़्ता निकल जाते। थोड़ी देर में मैं उससे पूछ ही लेता और उसका जवाब होता–सपने। मुझे सपने सोने नहीं देते। मुझे इतने सपने आते हैं कि नींद नहीं आती। मेरे पास नींद कम हैं, सपने बहुत ज़्यादा। कई बार मैं सुबह उठता हूं, तो लगता है, लत्तों से ठुंसा हुआ कोई बोरा हूं, जिसमें से सारे लत्ते जगह की कमी के कारण बाहर झांक रहे हों। मैं हर लत्ते की शिकायत तो नहीं सुन सकता। इसीलिए सूज जाता हूं।

आज क्या हो गया? क्या देख लिया?

आज मैंने गांधी को देख लिया। वह मेरे दरवाज़े पर उकडूं बैठा था। छटपटा रहा था। उसकी लाठी दूर पड़ी थी। उसके चारों ओर चड्ढियां पहने लोग खड़े थे। वे उससे उसकी लंगोट छीन रहे थे।

गांधी के पास लंगोट के सिवाय था ही क्या? वो भी छीन लेगा कोई तो...मैंने उससे सहानुभूति जताई। मुझे यह काम अच्छी तरह आता है। बाहर के लोग कहते हैं कि मेरे इसी हुनर के कारण बाबा मुझे अपने केबिन में सबसे ज़्यादा बुलाता है, मुझसे बातें करता है और कई बार मुझे समझदार आदमी बताता है। मुझे बाबा की बातों पर हमेशा शक होता है।

फिर क्या हुआ?

क्या होना था? गांधी छटपटा रहे हैं। बेचारे। उकडूं बैठे अपनी लंगोट संभाल रहे हैं। कोई यहां से खींच रहा है, कोई वहां से। मैंने दरवाज़ा खोला, तो चड्ढी-बनियान वाले भागने लगे। एक ने भागते-भागते अपने सिर से टोपी उतारकर पीछे फेंकी और चिल्लाते हुए बोला–अगली बार मिलना गांधी, देखते हैं तुझको। पता है, वो गांधी टोपी थी। मैंने उसे उठाकर गांधी को दे दी। गांधी रोने लगे। मैंने उन्हें एक गिलास ठंडा पानी पिलाया। वह मुझसे भी घबरा रहे थे और बार-बार अपनी लंगोट संभाल रहे थे। मैंने उन्हें समझाया

कि मेरे पास पहनने को बहुत सारी पैंटें हैं, आपकी लंगोट नहीं छीनूंगा मैं। पर उनका डर नहीं जा रहा था। मैं उनसे पूछ रहा था कि वे लोग ऐसा क्यों कर रहे थे? उन्होंने अपना चश्मा संभाला, मैंने देखा, वह मुड़-तुड़ गया था, उसका कांच चरक गया था और शायद उन्हें साफ़ नहीं दिख रहा था। उन्होंने पलटकर मुझसे ही पूछ लिया, तुम बताओ, क्यों छीन रहे थे वे लोग? मैंने कहा, शायंद उनके पास कपड़े नहीं होंगे, चड्डियों में उन्हें शर्म आती होगी, तो आपकी लंगोट को लपेट लेना चाहते होंगे। गांधी फिर रोने लगे। रोते-रोते वह कह रहे थे, क्यों नंगा करना चाहते हैं ये लोग मुझे? क्यों? उनके रोने की आवाज़ बढ़ती जा रही थी। जैसे कोई भयंकर तूफ़ान हो, जैसे आसमान से बादल फटने की आवाज़ आ रही हो, जैसे बादलों के पार बैठा कोई देव रो रहा हो, जैसे दुनिया का सबसे ख़तरनाक डायनामो चल रहा हो...

और इसी शोर ने मेरी नींद तोड़ दी। मैंने मोबाइल में समय देखा, पौने एक बज रहे थे। मैं तब से सुबह आठ बजे तक एक कमरे से दूसरे कमरे में भटकता रहा। मैं बार-बार बाल्कनी में जाकर नीचे देखता। दरवाज़े के छेद से बाहर देखता। मुझे गांधी कहीं नहीं दिखा। पूरी नींद ख़राब कर दी उसने। मैं पांच मिनट के लिए सोफ़े पर बैठता, तो लगता, कई सारे सपने इसी ताक में हैं कि कब मेरी आंख लगे। वे एक साथ मुझ पर आक्रमण करना चाहते थे। मैंने भी ठान ली, नहीं सोना है, तो नहीं सोना है। सपनों की मां की आंख।'

बाबा इस समय विचित्र लग रहा है। उसका फ्यूज उड़ा हुआ है। मैंने ऐसे कई मौक़ों को भुनाया है। किसी समय नियम के ख़िलाफ़ एडवांस की अर्ज़ी पर साइन करा ली है, तो किसी समय अपने दुख का बहाना मारकर छुट्टी ले ली है। उसे आधे घंटे सुनकर काम निकाला जा सकता है। जिस दिन उसका फ्यूज उड़ा हो, उसके संपट नहीं पड़ती।

बाबा चूतिया है। उसके सपनों में कोई भी आ जाता है। कभी राजा अशोक, तो कभी गांधी, कभी अकबर, तो चे ग्वारा।

एक दिन बाबा बहुत डिस्टर्ब था। कोई सपना देखकर आया था। पूरे दिन मग़ज़ ख़राब। दोपहर तक सबकी बैंड बजा दी। जो दिख जाए, उसको पड़ जाए। सबने मुझसे कहा, यार, बाबा को घर भेज, वरना एक-दो को निपटा ही देगा आज। साला, फुक्कट में नौकरी खा जाएगा।

वह पल मेरे लिए गौरव से भरा हुआ था। बाबा ऐसा नखरैला घोड़ा था, जो सबकी नांद में नहीं लगता। मैं जाकर पुचकारता हूं, लाइन पर आ जाता है। पर मुझे भी बहुत आंख दिखाता है। बोलता है, तुझको नहीं डांटूंगा, तो सब बोलेंगे कि मेरा ख़ास है, इसलिए पार्शल्टी करता हूं। मैं भी सुन लेता हूं। जब आपको पता हो कि डांटना स्वांग है, तो आप उसका आनंद लेते हैं। बचपन में ऐसे मौक़ों पर मुझे हंसी आ जाती थी। बड़े होने के बाद मैंने एक ही चीज़ पर क़ाबू पाया है, और वह है हंसी। वह मेरे इशारे पर ही मेरे दांतों और होंठों के बीच की जगह से निकलती है। निशाने पर लगती है।

मैं बाबा को चाय पिलाने बाहर ले गया। यह सौभाग्य मुझ ही को है। इतने बड़े ऑफ़िसर को मंगल की रेहड़ी तक ले जाने का। कई बार किया है यह जादू। बाबा रो दिया उस दिन। मुझे बहुत बुरा लगा। मैं पहली बार पचास से ऊपर किसी आदमी को रोते देख रहा था—पांच साल के बच्चे की तरह। हिचक-हिचक कर। उस दिन उसके सपने में चे ग्वारा आया था। रौद्रावतार था। अपनी चे टोपी पहनकर। उसने चे टी-शर्ट भी पहनी थी, जो उन दिनों बहुत फ़ैशन में थी। मुझे याद है उसकी शक्ल, क्योंकि एक दिन बीवी मेरे लिए वही लाई थी—बीस रुपए में। मैं उसे रात को पहनकर सोता था। एक बार बिस्तर के किसी उन्माद में बीवी ने मेरी वह टी-शर्ट बीच से फाड़ दी थी। निवृत्त होने के बाद मैंने देखा था, चे का आधा चेहरा एक टुकड़े पर था, आधा दूसरे। पर इसके बावजूद मेरे सपने में कभी नहीं आया वह। तब तक मुझे पता नहीं था कि चे ग्वारा है कौन? मैंने पांच बार पूछा था बाबा से, कौन आया था सर? कौन? उसने बताया। अब याद नहीं ढंग से। इतना याद है, कोई क्रांतिकारी टाइप का था, गोली-वोली बहुत चलाता था। एक दिन एफएम पर भी सुना था उसके बारे में। लड़का बोल रहा था, एक्शन हीरो था रियल में।

तो चे टोपी और चे टी-शर्ट पहनकर चे ग्वारा मेरे बाबा के सपने में आया था। रौद्रावतार में। बाबा रोता जाए, आगे कुछ बोले ही नहीं।

'फिर सर? क्या बोला वो?'

'क्या बोला?' उसने एक और सिसकी मारी। 'वह हमारी पूरी नस्ल को गाली दे रहा था। बहुत दुखी था हमसे। बार-बार बंदूक़ तान देता मेरी तरफ़। क्या बोला, मुझे याद नहीं। पर मैं नहीं सो पाया उसके बाद। मुझे तब से बहुत रोना आ रहा है। मैं बहुत उदास हो गया हूं।'

'आपकी नींद ले गया। छह-सात घंटे जागना पड़ा होगा आपको?'

'यार, पूरी उमर ले गया वो। हमने जवानी में उसके बहुत सपने देखे थे, पर सब चूर हो गए। वह उन्हीं सपनों का हिसाब लेने आया था।'

फिर वह बोला, 'तुमने देखा है, कई लोगों के बदन में माता की सवारी आती है।'

'हां, देखा है। धामी या डंगरिया कहते हैं ऐसे लोगों को, हमारे पहाड़ में।'

'कहते होंगे, पर मुझे लगता है कई बार, मेरे शरीर पर भी सवारी आने वाली है, चे ग्वारा की। वह मेरे बदन में आने के लिए हबुआ रहा है।'

मैंने उसकी आंख में देखा। वह बहुत सच कह रहा था। आंखें ही तो हैं, तो हमेशा गवाही देती हैं।

'उन्होंने मेरे चे को भी बाज़ार बना दिया। टी-शर्ट, टोपी, पोस्टर, टैटू। चे को बेच डाला सबने। यार, बेच डाला...तुम्हें पता है, जब चे को दफ़नाया जा रहा था, तो एक साथी ने उसका एक बाल तोड़कर अपने पास रख लिया। अब इतने दिनों बाद उसने वह

बाल नीलाम किया है...जानते हो कितने में...चालीस लाख रुपए में...दो-चार रोज़ पहले ही पेपर में आया था...चे के बाल भी नहीं है वे लोग, जो उसके बाल को शो-केस में सजाकर रखेंगे...'

वह फिर रोने लगा।

यह सब मुझे बहुत फ़िल्मी और लिज़लिज़ा लग रहा था। दो कौड़ी का सीन, जिसे कोई बहुत घटिया डायरेक्टर शूट कर रहा हो। पर मैंने उसकी रुलाहट सोख ली।

उस दिन बाबा ने खुलकर मेरे साथ सिगरेट पी। एक, दो, दस। उसका चेहरा सूजा रहा। जैसे गुब्बारे में बहुत सारी हवा। निकलने का रास्ता न हो। उसकी आंखें लाल थीं, जैसे डिब्बे में लाल मिर्च। मैं उसे ठंडा करता रहा। फिर उसके ड्राइवर को बोल उसे घर भिजवा दिया।

अगले दिन बाबा बहुत फ्रेश था। शायद आज किसी ने उसकी पवित्र नींद में ख़लल नहीं डाली थी। उसने ऑफ़िस का पूरा हिसाब-किताब देखा। साइट पर भी हो आया, जहां दो महीने से कंस्ट्रक्शन चल रहा था। वहां उसने ग्यारह मज़दूरों की छंटनी कर दी। जब लौटा, तो होंठों को गोल कर सीटी बजा रहा था। 'फिर भी दिल है हिंदुस्तानी वाला।' मैं पहुंचा, तो भी रुका नहीं। बजाता ही रहा। फिर बोला, 'तुम्हें पता है, राज कपूर ने ये गाना बनाकर हमारे देश की तक़दीर लिख दी थी।'

मैं हमेशा की तरह मुग्ध होकर मुस्कराया।

'वह कहता है, मेरा जूता है जापानी, ये पतलून इंगलिस्तानी, सर पे लाल टोपी रूसी, फिर भी दिल है हिंदुस्तानी। समझे?'

'जी सर।'

'मतलब आगे चलकर सिर्फ़ हमारा दिल ही बचेगा, बाक़ी सारा सामान विदेशों से आएगा। देख लो, सिर्फ़ दिल ही बचा है अपना, बाक़ी सब ग़ैर-मुल्कों के हवाले। वहीं से आ रहा है सब सामान। गाना और लंबा होता, तो और मुल्क जुड़ जाते इसमें, मीटर नहीं बना होगा पर। देख लो, सब कुछ तो बेच दिया है, दिल बचा है, बचा सको, तो बचा लो, वरना वो भी जाएगा–हा, हा, हा!'

बहुत ज़ोर से हंसा था। मुझे लगा कि उसकी हंसी में एक साथ कई हंसी शामिल थीं। कुछ हंसी पूरब से आई थीं, कुछ पश्चिम से, कुछ उत्तर-दक्षिण से। कुछ के आने के रास्तों का पता नहीं था। वे हंसी दिव्य रूप में कहीं से प्रकट हुई थीं।

'देख लो, हर तरफ़ ग़रीब आदमी का शोषण है। जब चाहो, तब उनका निवाला छीन लो।'

इतना कहकर वह फिर ज़ोर-से हंसा।

'ख़त्म हो जाएगा ये सब, ये देश ख़त्म हो जाएगा, लोकतंत्र ख़त्म हो जाएगा, मिलिटरी ज़्यादा दिन देखेगी नहीं, आ जाएगी सेंटर में, देख लेना।'

यह कहकर वह फिर हंसा। कौन-सी हंसी ज़्यादा ज़ोर की थी, नहीं समझ में आया।

'देख लो, कितना करप्शन है चारों तरफ़। पानी चाहिए, तो पैसा खिलाओ। राशन चाहिए, तो भी। एडमिशन से लेकर इरीगेशन तक, पैसा ही पैसा। खाओ, खाओ, और खाओ।'

यह कहकर वह फिर ज़ोरों-से हंसा। मुझे बहुत बेतुका लग रहा था। उसके सामने मैं ख़ुद को लाचार महसूस करने लगा।

बाबा मेरी हालत देख रहा था। बोला, 'लाचारी ही तो है, क्या कर सकते हैं, बताओ? इसमें तो यही ठीक है कि अपना तेल देखो, अपनी धार देखो। मस्त रहो मस्ती में, आग लगे बस्ती में। क्या करें, भई, कितनी लाचारी है।'

यह कहकर वह फिर ज़ोर से हंसा।

मुझे लगा, वह कमरे से अंतर्ध्यान हो गया है। बाबा नहीं दिख रहा था, उसकी हंसती हुई कुर्सी दिख रही थी। उसकी मेज़ हंस रही थी। उसका वायो लैपटॉप हंस रहा था। उसका ब्लैकबैरी मोबाइल हंस रहा था। उसकी टेबल पर पड़ा पित्ज़ा हंस रहा था। ये सब चीज़ें हंसते-हंसते किसी रोलर-कोस्टर में बदल गईं। ज़ोर-ज़ोर से घूमने लगीं–सर्रर्रर्र...!

ऐसा मुझे एक बार तब भी महसूस हुआ था, जब बाबा का चेहरा एक दुकानदार के चेहरे में बदल गया था और वह लगातार आधे घंटे तक बिना पलक झपकाए मुझे देखता रहा था।

मेरे माथे पर पसीना आ गया। तब तक पसीने से गोमूत्र की गंध मैंने महसूस नहीं की थी। वह पहला मौक़ा था, जब मुझे ऐसा लगा था कि कोई गाय मुझ पर मूतकर चली गई हो। हलकी-सी एक गंध, सूत बराबर, मेरे नथुनों को चीरती हुई गुज़र गई। मुझे लगा, इस कमरे में ही नहीं, पूरी दुनिया में मैं अकेला खड़ा हुआ हूं। निपट अकेला। मैं, अपने समय का एक बहुत ही मामूली आदमी, बहुत अकेला हूं। मेरा मन रोने को करने लगा। मुझे घबराहट होने लगी।

सहसा मुझे अकेला पाकर फिर से वह हंसा।

मेरे गले में कांटे उगने लगे। मैं अपनी रुलाई नहीं रोक पा रहा था। पता नहीं क्यों, पर मुझे ऐसा लगा। उसने क्या-क्या कहा था, मेरी समझ में कुछ नहीं आया। सिर्फ़ उसकी हंसी। वही मेरे कान भेद रही थी। उसकी हंसी में सुरक्षा की गहरी भावना थी। मेरी घबराहट में असुरक्षा की। एक हंसी कैसे पूरे समय को डरा सकती है, मुझे दिखने लगा।

मुझे अपने समय के सबसे चालाक लोगों की हंसती हुई तस्वीरें अख़बारों और चैनलों पर दिख रही थीं। बजट से पहले किसानों के साथ मीटिंग में मुर्दनी ओढ़े बैठे वित्त मंत्री दूसरी तस्वीर में उद्योगपतियों को संबोधित करते वक़्त बहुत हंस रहे थे। दोनों तस्वीरों में महज़ आधे घंटे का फ़र्क़ था। बाबा और वित्त मंत्री की हंसी सुपरइंपोज़ हो रही थी।

मुझे अंदाज़ा-सा होने लगा, हंसी के जंगी मुक़ाबलों के इस दौर में सबसे ज़्यादा हंसी

किनको आ रही है।

जब यह घुटन मुझसे बर्दाश्त नहीं हुई, तो अपनी आदत और अभ्यास के अनुसार सहानुभूति दिखाते हुए मैंने पूछा, सर, आज तो कोई सपना नहीं आया?

अरे, सपनों की मां की आंख। आने दो स्साले, कितने आते हैं। अपने राम भी ठाने बैठे हैं। न सोएं, तो न सोएंगे, पर सपनों के कारण लाइफ थोड़े बर्बाद करेंगे। देखो बेटा, मैं तो मानता हूं कि सपने रूह का भोजन होते हैं। रूह को भूख लगती है, सपनों को बुला लेती है। साथ में भूत-प्रेत, दमफ्शािच सब आ जाते हैं। फिर उसने सपनों का इतिहास बताया कि सपनों के पीछे दौड़ने वाले देशों, समाजों, लोगों को कैसे ज़लील होकर मरना पड़ा है।

मैं पूरा सुने बिना बाहर भागा। मंगल की दुकान की तरफ़। मैं वहां जाकर रोना चाहता था। बुरी तरह। जैसे कोई चुप न करा सके। मैं दरअसल बाबा से बहुत घबरा गया था। उसकी बातों से डर गया था। कब वह हबुआने लग जाए, कब वह चीख़ने और रोने लग जाए, नहीं पता। पर मैं बहुत दुखी हो रहा था। बाबा उस वक़्त मुझे बहुत कपटी लग रहा था। वह अपनी केंचुल उतारने के लिए मेरे कंधे से अपना बदन रगड़ता है। उसके बाद ताज़ा होकर नया ज़हर बनाता है। मैं उसके सपनों से घबरा गया। उसके यथार्थ से भी। उसकी हंसी से तो ख़ैर बहुत ही। उसकी दो जुबानें थीं–दोनों लपलपा रही थीं। मैं अपनी नाक पर उन दोनों जुबानों का लपलपाता गीलापन महसूस कर रहा था।

## 6

काफ़ी देर तक बाल्कनी में खड़े रहने के बाद मैं भीतर से चटाई ले आया और वहीं बैठ गया। चौथी मंज़िल से नीचे देखने पर डर-सा लगता था। मैंने दीवार के सहारे पीठ टिकाई और पैर फैला दिए। वे रेलिंग से टकरा रहे थे। मैंने एक पैर रेलिंग के बाहर निकाल दिया। मुझे पता था, वह गिरेगा नहीं। सिर के ऊपर खिड़की थी, जिसमें से थोड़ी देर पहले घुसी हवा ने मुझे बाहर आने का न्यौता दिया था, पर अब हवा बिलकुल नहीं चल रही थी। उसे पता चल गया था कि मैं बाहर आ गया हूं। हवाएं ऐसी ही छलिया होती हैं। इसीलिए तो कहा जाता है कि हवा लग गई है। मैंने बाल्कनी का बल्ब नहीं जलाया था, इसलिए ख़ासा अंधेरा था। मेरी ऊंचाई पीली स्ट्रीट लाइट से ज़्यादा थी, इसलिए वह भी नहीं आ रही थी। नीचे एक पतली-सी गली गुज़र रही थी, जिसे कॉलोनी वाले रोड कहते हैं। हमारी कॉलोनी की किसी भी बिल्डिंग में पार्किंग की जगह नहीं, सो लोग अपनी गाड़ियां इसी रोड पर खड़ी करते हैं। मैंने ऊंचाई नापने के लिए अपने मुंह से थूक का गोला निकालकर नीचे फेंका। वह थोड़ी देर तक हवा में लहराता रहा, फिर चप्प से नीचे गिरा। उसके गिरने की आवाज़ आई थी या नहीं, पता नहीं, पर गिरने की उस आवाज़ को मेरे कानों ने किसी

शोर की तरह महसूस किया था। धड़ाम्।

बाल्कनी में बैठकर मैं थोड़ी देर पहले नींद में हुए वाक़यों के बारे में सोच रहा हूं, जिसे आम भाषा में सपना कहा जाता है। मैंने अपना एक हाथ हवा में ऊपर उठाया। वह कांप रहा था। मैं उस कांप को भाषा में अनुवाद करना चाहता था, पर कोई सही शब्द नहीं मिल पाया। इसी तरह स्वप्न के दृश्यों का भी शब्दों में अनुवाद के लिए मैं भाषा के रहम का इंतज़ार कर रहा था। उस सुंदर-से छोकरे को आए हुए और आकर गए हुए कुछ घंटे हो रहे हैं। उसके बाद मैं नींद का एक सफ़र करके लौट चुका हूं। मुझे ऑफ़िस की वह शाम बार-बार याद आ रही है, जब मैंने क्रेडिट कार्ड लेने का फ़ैसला किया था। वह बहुत जल्दी में लिया गया फ़ैसला नहीं था। उस पर तीन दिनों तक सोचा था मैंने। शुरू में मुझे उसके नाम से ही डर लगा था, क्रेडिट यानी उधार। जब मैं उधार के बारे में सोचता हूं, तो मुझे मदर इंडिया और सुक्खी लाला याद आते हैं। गोदान का होरी याद आ जाता है। मुझे लगता है कि एक बार उधार ले लो, तो फिर कभी चुकाया नहीं जा सकता। आप पैसे भले चुका दें, लेकिन जिससे उधार लिया है, उसके सामने बार-बार जाने का साहस नहीं होता।

मैंने अपने डर के बारे में बाबा को बताया। उसने कहा कि यहां उधार देने वाले की कोई शक्ल नहीं होती। उसके न कोई सींग है, न लंबे-लंबे दांत। फिर उसने अपने पर्स से मुझे चार क्रेडिट कार्ड निकालकर दिखाए थे। कहा था, आड़े वक़्त में काम ही आते हैं, अगर ढंग से इस्तेमाल किया जाए तो। मैंने बारीकी से उसके फंडे को समझने की कोशिश की थी।

पहली बार आया था, तो वह लड़का सबको फॉर्म देकर गया था और हर टेबल पर आधा-आधा घंटा बैठकर अपने बैंक और फ्री कार्ड की स्कीम के बारे में बताकर गया था। वह किस तरह से बोला था, यह याद नहीं, पर उसने बताया था कि इससे ख़रीदारी करने पर पॉइंट्स मिलते हैं, जो जुड़ते चले जाते हैं। जुड़कर एक बड़ी रक़म में तब्दील हो जाते हैं। इस तरह यह उधार न होकर कमाई का ज़रिया बन जाता है। उधार लेकर ब्याज़ चुकाने के बजाय हमें पॉइंट्स मिलते थे, जो हमें और अमीर बनाते थे। हमारी टेबलों पर बैठने से पहले वह आधा घंटा एकाउंट्स मैनेजर के पास बैठा था और यह बाद में पता चला कि पूरा दिन ऑफ़िस में हम लोगों के साथ गुज़ारने के एवज़ में उसने एकाउंट्स मैनेजर को गोल्ड कार्ड मुफ़्त दिया था, जिसके लिए सालाना सात सौ रुपए फ़ीस भरनी पड़ती है, जिसके साथ पॉइंट्स कमाने की और भी बड़ी सुविधा थी। बाबा और कुछ लोगों ने उसी दिन फॉर्म भर दिया था। कुछ ने दूसरे दिन। मुझे याद है, मैं फॉर्म भरने वाला आख़िरी व्यक्ति था।

मेरी बिल्कुल इच्छा नहीं थी। मैं बिना क्रेडिट कार्ड के बहुत ख़ुश था। एक छोटा-सा परिवार था, जिसके बीच जाकर मैं समय गुज़ारता था। ज़्यादातर चुप रहने के बाद भी कभी-कभी उनके साथ हंस लिया करता था। जब कोई चीज़ उन्हें चाहिए होती थी और

मैं ख़रीद पाने में असमर्थ होता था, तो उन्हें समझाने में जितने तर्क देने पड़ते थे, उनमें मेरा मनोरंजन हो जाता था। मैं उस एग्ज़ीक्यूटिव को बार-बार मना कर रहा था। वह दिन-भर में पांच बार मेरी टेबल पर आया था। हर बार मैं उससे कहता, मुझे नहीं लेना यार। वह कहता–सर, सब ले रहे हैं। आप थोड़ी देर सोच लीजिए। वह फिर थोड़ी देर बाद आता और पूछता, क्या सोचा सर? मेरा जवाब वही होता। फिर थोड़ी देर बाद वह इमोशनल हो गया। वह जितने कार्ड बेचेगा, उसे उतना कमीशन मिलेगा। वह कॉलेज में पढ़ाई करता है और साथ ही क्रेडिट कार्ड बेचने का धंधा भी। इस तरह वह अपनी पढ़ाई और परिवार का ख़र्च निकालता है। वह कई बार स्ट्रीट लाइट के नीचे पढ़ता था, क्योंकि बिजली का बिल न भरने के कारण उसके घर की लाइट कट गई थी। फिर उसने यह बताया कि लाइट ऑफ़िस में कितना भ्रष्टाचार है और उसे लाइट दुबारा शुरू करवाने के लिए कितनी मशक़्क़त करनी पड़ी थी। इस तरह से वह जो पैसे कमा रहा है, उससे अपनी दिन ब दिन बूढ़ी हो रही मां की दवाएं भी लेनी होती हैं।

मैं उसकी आंखों में झांक रहा था। बार-बार ऐसा लग रहा था कि वह झूठ बोल रहा है। एकबारगी मैंने अविश्वास भी किया, पर जवाब में वह उठकर जाने लगा। मुझे अपनी शक की आदत बुरी लगी। वह इमोशनल हो रहा था और मैं कोतवाली कर रहा था। मैंने उसे प्यार से बिठाया और एक गिलास पानी पिलाया। तब तक वह ऑफ़िस से काफ़ी परिचित हो चुका था और प्यून को ख़ुद ही बोला, बिना दूध वाली चाय के लिए।

मैंने फिर एक तीर छोड़ा, यार, ये तो अमीरों की चाय हुई।

वह बोला, नहीं सर, मुझे दूधवाली चाय की आदत नहीं, और न ही डालनी है। वह इतनी संजीदगी से बोला कि मैं चुप लगा गया। उसके बाद शर्मिंदा होता रहा। उसे किसी तरह सामने से हटाया। वह तीन दिन तक लगातार ऑफ़िस आता रहा। मैं उसके सामने पड़ने से बचता था। वह आता, और सिर पर खड़ा हो जाता। मैं भरसक उसे न देखने का प्रयास करता, पर जब वह हैलो बोलता, तो सिर उठाकर देखना ही पड़ता। फिर बिठाना ही पड़ता। मैंने उसे समझाना चाहा कि मेरी आदतें अच्छी नहीं हैं। अगर जेब में कार्ड जैसी कोई चीज़ पड़ी रही, तो मैं बिना देखे ख़र्च कर दूंगा। इस तरह मैं ख़र्च पर नियंत्रण के मध्य-वर्गीय सिद्धांत का पालन नहीं कर पाऊंगा।

उसने कहा, फिर तो सर, आप मेरे बैंक के आदर्श ग्राहक साबित हो सकते हैं। मेरा बैंक इस सिद्धांत को नहीं मानता कि ख़र्चों पर नियंत्रण करना चाहिए। दरअसल, यही लिक्विडिटी का सिद्धांत है। आप दिल खोलकर ख़र्च करें। हर उस देश की अर्थव्यवस्था मज़बूत है, तो दिल खोलकर ख़र्च करता है। हर वह आदमी अमीर होता है, जो ख़र्च करता है। ख़र्च करना ही हमारे समय का सबसे बड़ा सच है। भले आपके पास पैसे न हों, फिर भी आपको ख़र्च करना चाहिए। इसीलिए हम आपको ख़र्च करने के लिए पैसे देते हैं। आपको बचत करनी है, तो उसके लिए भी ख़र्च ही करना होगा। रही बात उधार की, तो हर कोई लेता है। क्या एक राष्ट्र उधार नहीं लेता? क्या एक बड़ी कंपनी बैंक से

पैसे उधार नहीं लेती नया प्लांट डालने के लिए? क्या आपने सुना है कभी कि क़र्ज़ा न चुकाने के कारण किसी राष्ट्र की कुर्की हुई हो? क्या कभी किसी कंपनी को क़र्ज़ा न चुकाने के एवज़ में नीलाम होते पाया है? नहीं न। उधार और क़र्ज़े की परिभाषा बदल गई सर। हम आपको पैसे उधार नहीं देते, बल्कि आपको एक बेहतर भविष्य, बेहतर जीवन देते हैं। हम आपकी ख़ुशियों में सांझा करते हैं। हम वक़्त पर आपके आंसू पोंछते हैं और पेंसिल से आपके चेहरे पर मुस्कान का चिह्न बनाते हैं। आप चिंता क्यों करते हैं सर? हम हैं न! ये कार्ड पॉपुलर है क्योंकि आधुनिक अर्थशास्त्र कहता ही यही है कि अपनी जेब से पैसे मत ख़र्च करो, उसे पड़े रहने दो। बाज़ार में ख़र्च करने के लिए बाज़ार से ही पैसे उठाओ। उसी से कमाओ और चुका दो। इस तरह हम बाज़ार का विस्तार करते हैं, फिर उससे लाभ कमाते हैं।

अर्थशास्त्र पर उसका ज्ञान बहुत अच्छा लगा। मुझे यह भी अच्छा लगा कि आप अपनी जेब के पैसे अपने ही पास रखते हैं। वह तो सुरक्षित है। आप बाज़ार के पैसे बाज़ार में ही घुमाकर कमाई कर लेते हैं। वहीं से मेरी ज़िंदगी का पिंक पीरियड शुरू हुआ था। मैंने क्रेडिट कार्ड लिया और कुछ ही दिनों बाद पिंक पेपर पढ़ना शुरू कर दिया था। मुझे बाज़ार का फंडा बहुत अच्छा लगा था। सबसे मज़े की बात यह थी कि जेब से थोड़ा-सा निकालना था और ज़्यादा डालना था। आईपीओ, बीपीओ, शेयर्स, इक्विटी, बांड फंड, म्युचुअल फंड जैसे शब्द मुझे तभी सीखने को मिले थे। वरना मैं तो एक बाबू था, एक बड़ी कंस्ट्रक्शन कंपनी में, जिसका दुनिया-भर में व्यापार फैला था। एक ऐसा बाबू, जो स्टोर में रखी चीज़ें जारी करता हो, नई चीज़ें मंगाता हो। हमारे लोग उसे स्टोर को-ऑर्डिनेटर कहते थे।

तो मायने यह कि मैं बैंक नहीं गया था कार्ड ख़रीदने। दरअसल, जिस बैंक का वह कार्ड था, मैं वहां कभी गया ही नहीं। यह तो वह लड़का था, जो स्ट्रीट लाइट के नीचे पढ़ता था, बूढ़ी मां की दवा ख़रीदता था, और जिसे पैसों की सख़्त ज़रूरत थी, और जो झूठ बोलकर, भावुक कहानियां सुनाकर और रुला देने वाले विज्ञापन बनाकर सबको कार्ड बेचा करता था, और अगर उसका एक कार्ड मैंने न ख़रीदा होता, तो उस महीने उसका कमीशन थोड़ा कम बनता। और उसने मेहनत तो की ही थी। तीन-चार चक्कर मारे थे। मेरे डॉक्यूमेंट्स को ख़ुद ही कॉपी करवा लाया था। मैंने नहीं मांगा था कोई कार्ड। मैंने नहीं मांगा था कोई उधार। मैंने नहीं कहा था अर्थव्यवस्था से कि मेरी ख़रीदारी की क्षमता को बढ़ाया जाए। मैंने शेयर मार्केट से नहीं कहा था कि मुझे प्रवेश दिया जाए। मैंने बड़ी-बड़ी चमचमाती दुकानों से यह विनती नहीं की थी कि मुझे ये सामान दे दो। ये सब मेरे पास आए थे, मिन्नतें करते हुए। जिस वक़्त आए, उस वक़्त मैं इस बात से फूला रहा कि मैं एक उपभोक्ता हूं, जिसे अपनी फ़ेहरिस्त में जोड़ना इन सबके लिए बहुत अनिवार्य है।

उल्टे जब मैंने रिश्तों को जोड़ने वाली एक घड़ी मांगी, तो इन दुकानों ने मुझे लिज़लिज़

करता एक केंचुआ दिया था।

और आज वह स्काई शॉप वाला लड़का ये सारी बातें मान ही नहीं रहा। मैंने उसे कितनी बार समझाना चाहा कि मैंने नहीं मांगा था कार्ड, चाहे तो वह वापस ले जाए, पर वह कहता रहा कि सर, आपने यूज़ कर लिया है, तो पैसे तो भरने ही होंगे, वरना एक्शन हो जाएगा। मुझे नहीं पता, वह कैसे एक्शन की बात कर रहा था, पर जिस तरह उसके साथ तीन मुश्टंडे थे, मुझे बार-बार पुरानी ख़बरें याद आ रही हैं, जिनमें बताया गया था कि फलां बैंक के गुंडे फलां की कार, टीवी, या बाइक उठा ले गए, पीट गए, सर फोड़ गए या पूरी कॉलोनी के सामने कपड़े उतार ले गए।

मैं ऐसी अर्थव्यवस्था नहीं चाहता था।

उससे पहले तक तो मेरी अर्थव्यवस्था में मात्र इतना था कि हर महीने जितने पैसे आएं, उनमें से काट-कूटकर कुछ बैंक में ही रहने दिए जाएं, बाक़ी से घर का ख़र्चा चला लिया जाए। मुझे बचपन से ही यह सिखाया गया था कि कम से कम ख़र्च करने से अर्थव्यवस्था हमेशा मज़बूत रहती है। मुझे इन लोगों ने बताया कि अर्थव्यवस्था की मज़बूती का राज़ ज़्यादा से ज़्यादा ख़र्च करने में है। उधार लेकर ख़र्च करने में। मैंने दोनों ही तरीक़े अपनाए। जब मुझे सूट करता, मैं ज़्यादा से ज़्यादा ख़र्च कर देता। एक महीने जब मुझसे कुछ ख़र्च नहीं हुआ, तो मैंने कार्ड से कैश निकालकर उनसे म्युचुअल फंड ख़रीद लिया। क्रेडिट कार्ड के पॉइंट्स बनाकर मैं कमाई करना चाहता था। उस वक़्त मैंने एक सपना देखा था–एक बेहतर जीवन का। बाज़ार के पेट में घुसकर बाज़ार का अर्क़ निचोड़ लाने का। उसकी अर्थव्यवस्था से अपनी अर्थव्यवस्था के भाग संवारने का।

इस वक़्त मैं ख़ुद को एक मुलैट्टो में तब्दील होता देख रहा हूं। मुलैट्टो यानी अलग-अलग रंगों और नस्लों के मिलन से पैदा हुआ व्यक्ति। मैं ऐसा मुलैट्टो जो अलग-अलग रंगों वाली अर्थव्यवस्था का उत्पाद है। बुल्स और बियर्स की संतान। इक्विटी और लिक्विडिटी का पुत्र। प्लास्टिक और लिक्विड का लाल। लोकतंत्र और लोभतंत्र का वंशज। समाजवाद और पूंजीवाद का अंश। धर्म और विज्ञान की औलाद।

मेरा जीनियस वाला माइग्रेन फिर शुरू होने लगा था।

रात काफ़ी हो गई थी। रोड पर कोई आवाजाही नहीं थी। मैंने थूक का एक और गोला नीचे की तरफ़ फेंका, जिसकी आवाज़ मुझ तक नहीं आई। इतना सन्नाटा था, उसमें कहीं खो गई। मैंने होंठों को गोल किया और सीटी बजाने लगा। ग़म जो सताए, सीटी बजाना, पर मसख़रों से दिल न लगाना।

मेरे पूरे युग के साथ कोई बहुत ख़तरनाक मसख़री चल रही है, जिससे मैं दिल लगा रहा हूं।

सीटी बजाना छोड़कर मैं उस गीत को गाने लगा।

वह भीतर से बाल्कनी के दरवाज़े पर आ गई।

यहां बैठे हो?

हुम्म।

तुम इतने अंधेरे में बैठे गाना गा रहे हो?

हां, अंधेरे का ही गाना गा रहा हूं।

वह थोड़ी देर तक यूं ही खड़ी देखती रही। फिर चटाई पर मेरे किनारे आकर बैठ गई। दीवार से सिर टिकाकर। कंधा मेरे कंधों से लगाकर। उसके भीतर से ताप आ रहा था।

हम दोनों धीरे-धीरे अंधेरे में रासायनिक तौर पर घुलनशील बन रहे थे।

## 7

ऐसी किसी बात का दोष मैं खाना बनाने वाली को नहीं दे सकता। आप इसी से समझ सकते हैं कि मैं कभी उसे खाना बनाने वाली कहता हूं, कभी कपड़े धोने वाली। अगर कोई यह सोचे कि वह आग जिसकी चमक की तरफ़ मैं खिंचा चला गया था, जो आग अपनी तपिश से प्यासी भीड़ के होंठ सुखा देती है, जो किताबों को फूंक देती है और शहरों की चमड़ी को झुलसा देती है, उस आग की तरफ़ मुझे भेजने में उसका हाथ है, तो यह ग़लत ही होगा। हालांकि इसमें थोड़ा सच भी है। वह चुप रहा करती है। चुपचाप मुझे देखा करती है। मेरे हर काम को। मेरी हर झक को। वह क्यों चुप रहा करती है? मैं हर उस शख़्स से पूछना चाहता हूं कि वह क्यों चुप था, जब मैं उस आग के अंगारे अपने हाथों में लेकर बाज़ीगर की तरह हवा में उछाल रहा था, कैच कर रहा था। क्यों सब मेरी ही तरह उस आग के बाज़ीगर बने बैठे हैं?

मैं खाना बनाने वाली को कैसे छोड़ दूं? क्या जो सज़ा मुझे मिल रही है, उससे खाना बनाने वाली का कोई लेना-देना नहीं? क्या बेटाजी उससे मुक्त हो सकती हैं?

वह शुरू में चुप नहीं रहा करती थी। वह अपने साथ जो कुछ लाई थी, उसमें उसके सपनों की तादाद बहुत ज़्यादा थी। जब घर छोड़ने के बाद हम चटाई पर सोते थे,तो उसके सपने बोलने लग जाते थे। मुर्गों की तरह बांग देते थे और हम दोनों को जगा देते थे। मैं बहुत चिढ़ा करता था। मुझे ऑफ़िस में अजीबो-ग़रीब सपने देखने वाला बाबा मिला है, तो घर में उससे भी अजीब सपने देखने वाली यह औरत। उसके सपनों ने ही मुझसे कभी बड़ा-सा डबल बेड मांगा, जिसमें कांच लगा हो और जब वह खाना बनाने वाली से प्यार करने वाली में तब्दील हो, तो उस कांच में वह हम दोनों को प्यार करता देख सके। उसके सपनों ने ही कहा था मुझसे कि घर में टीवी ले आओ, ताकि हम नई-नई चीज़ें देखा करें। उसी के सपने बताते हैं अब भी कि किस शो-रूम में क्या सेल लगी है और कहां क्या मिल रहा है।

आप सोच सकते हैं कि उस दिन मुझे कितना गुस्सा आया होगा, जब सुबह-सुबह

मैं अख़बार में वर्ल्ड ट्रेड सेंटर पर हमले की ख़बर पढ़कर हताश हुआ था, उस वक़्त खाना बनाने वाली मुझे ताने दे रही थी कि मैं उसके साथ अभी तक बाज़ार नहीं गया, ताकि वह अपने लिए कुछ नया ख़रीद सके। मैं बार-बार यह कहता रहा कि देखो, इस वक़्त मन नहीं कर रहा, कल-परसों चले जाएंगे। इतने लोगों की जान चली जाने के कारण मेरा मन वैसे ही बहुत दुखी है। तो उसका जवाब था कि तुम्हारे पूरे ख़ानदान की आदत है कि दूसरों की ट्रैजेडी पर आंसू बहाओ और अपनों को छोड़ दो। मैं बहुत मन मारकर उसके साथ बाज़ार गया और ले आया सामान, जिसे पहनने के लिए उसने एक दिन का इंतज़ार करना मुनासिब नहीं समझा, उसी शाम को पहनकर पड़ोस में टहल्ला मार आई। उसी के कहने पर सोने की एक महंगी-सी चेन ली थी मैंने उसकी बहन की शादी के लिए। उसी के लिए मैंने सोने की एक घड़ी ख़रीदी थी, जो केंचुए में बदल गई थी। उसी के कहने पर हर संडे बाज़ार जाता और साथ में जाने क्या-क्या घर में लाता। मेरे घर में ये जो बाज़ार घुसा पड़ा है, सबको उसी ने न्यौता है।

लेकिन यह तो बहुत मोटी बात है। बारीक बात तो यह है कि एक दिन मैंने उसे कसके झापड़ दिया था। वह टीवी पर सीरियल बहुत देखा करती थी और उसी के हिसाब से डिमांड्स भी किया करती थी। कई बार उसकी मांगें पूरी करने के लिए मुझे बाबा से एडवांस की अर्ज़ी साइन करवानी पड़ती। एक दिन बाबा ने मना कर दिया। मुझे इतना गुस्सा आया कि मैंने बाबा को एक झापड़ मार दिया। झापड़ मारने के बाद जब बाबा के रोने की आवाज़ आई, तो मुझे पता चला कि झापड़ मैंने बाबा को नहीं, खाना बनाने वाली को मारा था। मैं अपने आप पर हैरान रह गया। मैं अभी एक पल पहले दफ़्तर में बाबा की चिरौरी कर रहा था, और यह पलक झपकते मैं घर कैसे पहुंच गया और जो झापड़ मैंने बाबा को निशाना कर मारा था, वह इस औरत के गाल पर कैसे पड़ गया? मैं उसे कई दिनों तक यह समझाने की कोशिश करता रहा कि मैंने उसे नहीं, दरअसल बाबा को मारा था वो झापड़, पर वह सुने ही नहीं। तब से मुंह फुलाकर जो बैठी कोप भवन में, ऐसे कि ख़ुश करने के लिए मुझे हर हफ़्ते कुछ न कुछ लाकर देना ही होता। ये ऐसी गंदी आदत थी, जिसके लिए मुझे उसे नहीं, अपने आप को दोष देना चाहिए या फिर बाबा को, जो ऐन वक़्त पर मेरे झापड़ के सामने से ग़ायब हो गया?

ऐसी चीज़ें दो-तीन बार हुईं। एक बार उसने मुझसे घड़ी लाने को कहा। मैं लंबे समय तक अनसुना करता रहा। एक दिन ऐसे ही किसी नाजुक मौक़े पर मैं उसे ख़ुश करना चाहता था। टाइटन के शो-रूम में गया। कार्ड मेरी जेब में था। मैंने दो हज़ार रुपए की एक घड़ी पसंद की। उसे बैग में रखा और हल्लू-हल्लू आ गया। आकर मैंने उसे ख़ूब पप्पियां लीं और उसके हाथ में एक डिब्बा रखा—आज बहुत मन हो गया था मेरा, एक घड़ी पसंद आई है तुम्हारे वास्ते।

उसने डिब्बा खोला, तो उसमें से हैरानी निकली। घड़ी थी ही नहीं। वहां एक मोटा-सा केंचुआ रेंग रहा था। केंचुआ कैसे डिब्बे में घुस सकता है? घड़ी कैसे केंचुआ बन

सकती है? मैं बुरी तरह परेशान हो गया। उसे कितना बताया कि मैंने घड़ी ही ली थी, मैंने शो-रूम का बिल उसे दिखा दिया, जिसमें बाक़ायदा गारंटी कार्ड था और घड़ी का मॉडल लिखा था और घड़ी को काउंटरबॉय ने मेरे सामने ही डिब्बे में पैक किया था। मैंने टीवी पर बार-बार घड़ी के ज़रिए प्यार और रिश्ते को मज़बूत होते देखा था। एक बहुत मीठी धुन के साथ विज्ञापन आता था, पर उस विज्ञापन में कोई घड़ी केंचुए में तब्दील नहीं होती थी। किसी में वह सोने की चेन में बदल जाती थी, किसी में हथेली पर लिपटी हुई प्रेयसी की तरह नज़र आती थी, किसी में ऐसा लगता था कि सात जन्मों तक का बंधन सोने के एक धागे से बांध दिया गया है, पर केंचुआ तो कभी नहीं। मैं उसे अपने साथ ले गया। वह दुकान दिखाई। उस दुकान वाले को कन्विंस किया कि मुझे पहचाने। उसने पहचाना भी। मैंने वह घड़ी भी दिखाई, जिसे मैंने पसंद किया था। और जब दुकानवाले को यह बात बताई कि घड़ी तो केंचुए में बदल गई, तो वह झन्ना गया। कभी मुझे, कभी खाना बनाने वाली को देखता रहा। फिर खाना बनाने वाली मुझे वहां से ले आई। खाना बनाने वाली पर दुकानदार की आंखों का बहुत गहरा असर पड़ा। तब से वह मुझे उसी तरह देखने लगी, जिस नज़र से दुकानदार ने देखा था। वह आज तक मुझे वैसी ही सूखी निगाह से देखती है और यह बिलकुल नहीं मानती कि घड़ी केंचुए में बदल गई। वह बार-बार कहती है कि कोई और है, जिसे मैं वह घड़ी दे आया और उसे चिढ़ाने के लिए मैंने उसमें केंचुआ डाल दिया।

दूसरे दिन जब बाबा को मैंने यह बताया कि मैं जो घड़ी ख़रीदकर लाया था, वह केंचुए में बदल गई है, तो बाबा का चेहरा ही बदल गया। वह दुकानदार बन गया और देर तक मुझे इस तरह देखता रहा, जैसे कल शाम को वह मुझे देखता रहा था। मैं बार-बार सर, सर, सर, सर कहता रहा, पर दुकानदार ने पलकें नहीं झपकाईं। पूरे आधे घंटे तक वह बिना पलकें झपकाए मुझे देखता रहा। पूरे आधे घंटे तक। मुझे मालूम है, आप ये बात नहीं मानेंगे। किसी ने नहीं मानी थी। न बाबा ने, न ऑफ़िस के दूसरे लोगों ने। जब बाबा ने मेरे लाख कहने पर भी पलकें नहीं झपकाईं, तो मैं केबिन के बाहर से अपने साथियों को बुला ले गया। मैं उनसे भी बार-बार कहता रहा कि देखो, बाबा का चेहरा बाबा का नहीं है, यह उस दुकानदार का है, जो घड़ियों की जगह केंचुए बेचा करता है और वह दुकानदार पिछले आधे घंटे से पलक ही नहीं झपका रहा, तो वे लोग थोड़ी देर तक केबिन में खड़े रहे, फिर बाहर निकल गए। मैं उनके हंसने की आवाज़ सुनता रहा। मेरा तनाव बढ़ता रहा। मुझे बहुत बुरा लग रहा था कि बाबा एक काइयां दुकानदार में बदल गया है और लोगों को इस बात पर हंसी आ रही है। मैंने बाबा के चेहरे पर गिलास से पानी फेंक दिया। बाबा अपनी शक्ल में आने लगा। उसको चेहरा बदलने में एक पल लगा था, वापस अपने चेहरे में आने में पांच मिनट पूरे लग गए।

अपना चेहरा वापस पाने के बाद उसने मुझसे बाहर जाने को कहा। उसके टेबल

पर काग़ज़ गीले हो गए थे। मैं बाहर आया, तो एक साथी ने मेरी ओर रूमाल बढ़ा दिया। कहा, पोंछ लो। मैंने देखा, मेरी ठुड्डी से पानी टपक रहा था। मैंने हाथ फिराकर पाया कि मेरा पूरा चेहरा गीला था, आगे से पूरी शर्ट गीली थी और पैंट पर आगे की तरफ गीलेपन के शर्मसार कर देने वाले धब्बे थे।

मैं फिर हैरान था, पानी मैंने बाबा पर फेंका था, फिर मेरा चेहरा गीला कैसे हो गया?

कई दिनों के बाद बाबा ने मुझसे कहा था, मुझे लगता है कि घड़ी केंचुए में बदल सकती है। ख़ासकर आज के वक़्त की घड़ी। मैंने तुम्हारी बात पर अध्ययन किया, तो लगा, आज कुछ भी हो सकता है। हमारे साथ जो भी होता है, वह हमारे भूत, भविष्य या वर्तमान के रूप का संकेत ही होता है। हम एक केंचुआ समय में जी रहे हैं। हमारा काम खाना और हगना है। हम जो खाते हैं, जो हगते हैं, उससे किसी की ज़मीन उपजाऊ होती है। वह उससे गाढ़ी कमाई करता है। हम सब ही केंचुए हैं, जो जाने-अनजाने किसी के लिए ज़मीन उपजाऊ कर रहे हैं।

मुझे बाबा की एक भी बात संपट नहीं पड़ी। हमेशा की तरह। ये भाषण था। किसी की ट्रैजेडी को अपने शब्दों में बेच डालने का हुनर। मेरे समय में यही हो रहा है। बाबा ऐसे ही लोगों का प्रतिनिधि है, जो ख़ुद के स्वप्नों को कीलित करके रखते हैं और दूसरों के यथार्थ को स्वप्न बताकर शास्त्रीयता पेलते हैं।

मैं बाबा को उसी तरह देखता रहा, जैसे उस दिन दुकानदार देख रहा था। मेरा चेहरा बदलकर दुकानदार का चेहरा हो गया था, पर बाबा यह बात क़बूल नहीं कर रहा था।

## 8

तो उस दिन बाल्कनी में अंधेरे में बैठकर अंधेरे का गीत गाने और होंठों को गोल कर सीटी बजाने से पहले जब मैं सोया था, तो ऐसे ही कितने सपने मेरी आंखों में सफ़र कर रहे थे, जिनके बारे में कोई भी पढ़ा-लिखा आदमी सुने, तो मुझे पागल क़रार देने में कोई कोताही न बरते। पर यह हमारे समय का अजीब विरोधाभास है कि यह आदमी को दो स्तरों पर ले जाता है–एक जिसमें हम पागल होकर या न होकर रहते हुए भी न रहने जैसा जीवन जीते हैं और दूसरे हम अपनी आत्महत्या की गुफा में प्रवेश कर जाते हैं और उसे आत्महत्या न साबित करने के लिए विद्वानजन सजीवन समाधि जैसा कोई शब्द गढ़ लेते हैं। ऐसे शब्दों से मुझे लगता है कि सारा खेल भाषा के माध्यम से खेला जा रहा है और मैं जिस भाषा में जीता-खाता हूं, उसके शब्द छांट-छांटकर खेल बनाने वाले अपने शब्दकोश में टांक रहे हैं। शब्दों को इतना चबा-चबाकर बोल रहे हैं कि ऐसा लगता है, यह कोई पराई भाषा है। वे किसी और भाषा में बोते हैं और मेरी भाषा में काटते हैं। मैं

बार-बार यह सोच रहा हूं कि जिन पन्नों पर क्रेडिट कार्ड के लिए मुझसे दस्तख़त कराए गए थे, वे मेरी भाषा में क्यों नहीं थे, ताकि मैं उन्हें एक निगाह पढ़ने की हिम्मत तो कर पाता?

ऐसे ही कुछ सवाल मेरे उन सपनों में आ रहे थे, जो मैं बैंक का अद्वैत चरित्र दिखाने वाले उन लौंडों के आने के बाद देखकर उठा था। मैंने जो सपना देखा था, उसमें गोमूत्र की गंध थी, हज़ारों गाएं बंधी थीं, बहुत बड़े-बड़े हाट थे, और एक वीराना था। बता दूं कि मेरा दिमाग़ इस समय बहुत विचारशील हो रहा है, जैसा कि प्रायश्चित के मौक़ों पर हर किसी का हो जाता है।

मैं उस जगह पता नहीं कैसे पहुंचा था, पर रास्ते में मैं बहुत सारी चीज़ें देखता हुआ आया था। रास्ते के दोनों ओर बहुत सुंदर लड़कियां और लड़के थे और उन्होंने बहुत कम कपड़े पहने थे। उनमें से कई अपनी छाती खोलकर उस पर स्प्रे कर रहे थे। उनसे ख़ुशबू आ रही थी और लड़कियां दौड़कर उनकी तरफ़ जा रही थीं। उन लड़कों को मैंने कई बार देखा है। कई को मैं पहचानता भी हूं। वे दौड़कर मेरे पास आते हैं और कहते हैं कि अगर तुम्हें गोमूत्र की गंध से निज़ात पानी हो, तो ये वाला डियो यूज़ करो। इसकी सिर्फ़ एक ही बोतल बची है। मैं उनसे डियो लेता हूं। वे मुझसे पैसे भी नहीं लेते। आगे बढ़ता हूं। पीछे से मुझे उन सबके हंसने की आवाज़ सुनाई देती है। वे मुझ पर हंस रहे हैं। मैं पलटकर देखता हूं, उन्होंने झोले से एक और बोतल निकाल ली है और किसी और को रिझा रहे हैं।

उनके आगे एक नदी आती है। नदी पर एक पुल है। वहां एक छोटा बच्चा खड़ा है। उसके पीछे उसके मां-बाप खड़े हैं। बच्चा नदी में कूदना चाहता है। उसके पापा उसे मना कर देते हैं। बच्चा उदास हो जाता है। उससे आगे मैं एक कमरे में पहुंचता हूं। वहां एक कर्मचारी अपने बॉस से लड़ रहा है। वह तैश में उठता है। मुझे लगता है, वह अभी अपने बॉस को कान के नीचे देगा। वह हाथ उठाता भी है, पर रुक जाता है। मुझे उसके सिर के बग़ल एक विंडो में उसकी गर्भवती पत्नी दिखती है, जो उसे रोक रही है। फिर एक कार का शो-रूम आता है, जहां वह आदमी कार ख़रीद रहा है। पैसे देने से पहले उसे अपने स्कूल जाते दो छोटे बच्चे दिखते हैं। वे दोनों उसे इतना पैसा ख़र्च करने से मना करते हैं। आदमी उदास हो जाता है। मैं थोड़ा और आगे बढ़ता हूं। वह पुल और नदी फिर आ जाते हैं। मैं देखता हूं, वहां एक बूढ़ा खड़ा है, नदी में कूदने की तैयारी करता हुआ। मैं उसे इस आत्महत्या से रोकना चाहता हूं, पर यह क्या, वह कूद जाता है और छपाक-छपाक पानी का मज़ा लेने लगता है। पुल पर खड़ी उसकी पत्नी ताली बजा रही है। वह उस बच्चे में बदल जाता है, जिसे बचपन में उसके बाप ने पानी में कूदने से रोक दिया था। अचानक मेरे सामने वही बैंक वाला लड़का आता है। मैं घबरा जाता हूं। वह मुझे हाथ से पकड़ता है और कहता है—बचपन और जवानी में ज़िम्मेदारियों के कारण जो आनंद आप नहीं ले पाए थे, वे हम आपको बुढ़ापे में देंगे।

हमारी पेंशन योजना अपनाइए। मैं उससे डर कर भागता हूं। कहीं उसे मेरी बक़ाया क़िस्तें न याद आ जाएं। फिर सामने बहुत बड़ा और नीला समंदर आ जाता है। वहां एक सुंदर-सी लड़की, जिसने मिनी पहन रखी है और जिसके घुटने बहुत सैक्सी लग रहे हैं, कहती है कि मैंने आपकी छुट्टियां पूरी तरह प्लान कर दी हैं। आप अपनी दस दिन की छुट्टियों में पूरा यूरोप घूम लेंगे, इतनी रातें यहां और उतने दिन वहां। आपके पूरे परिवार का ख़र्च होगा सिर्फ़ इतना, जबकि हम आपसे कुछ भी नहीं ले रहे। मैं बुझ जाता हूं। मेरे पास कम ही छुट्टियां हैं, जिन्हें मैं सोकर गुज़ारना चाहता हूं। इन लोगों ने मेरे ख़ाली समय का शेड्यूल भी बना दिया। इन्हें कहां से पता चल गया कि मैं छुट्टियां लेने का मन बना रहा हूं। अचानक ये सब कुछ हट जाता है और सामने एक वीरान जंगल आ जाता है। यह जगह ज़मीन से बहुत ऊंचाई पर लगती है। मुझे ठंड लगने लगी है। यहां आसपास कोई नहीं दिख रहा। कोई सेल्समैन नहीं। कोई मार्केट नहीं। कोई घर नहीं। मुझे यहां पवित्र शांति का अहसास होता है। तभी गले में फूलों की माला डाले, हाथ में एक वीणा और ज्ञानेश्वरी की एक प्रति लिए एक कोमल-सा नौजवान आता है। मैं उसके रूप को देखता रह जाता हूं। वह बहुत दुखी है। मुझे वहीं ज़मीन पर बैठने का इशारा करता है। वह सामने एक पेड़ की जड़ में बैठ जाता है। मैं उससे पूछता हूं—आप संत ज्ञानेश्वर हो क्या? वह मुस्कराता है, जिसमें से कुछ फूलों की शक्ल लेकर दुख झरता है। वह ज्ञानेश्वरी को थपथपाता है। वह कहते हैं—आंखें बंद करो और ध्यान लगाओ। मैं आंखें बंद कर लेता हूं, पर कहां ध्यान लगाऊं, यह समस्या है। मुझे बार-बार उस लड़की की मिनी स्कर्ट और घुटने के ऊपर का हिस्सा दिख रहा है। मैं आंख खोल देता हूं। उनसे पूछता हूं—यहां अकेले रहते हो? हां। यहां धरती का कोई नहीं आता। मैं घबरा जाता हूं। क्या यह धरती नहीं? वह कहते हैं, धरती ही है, पर और कोई नहीं आता। अचानक सामने से सरसराता हुआ एक कुत्ता भागता है। छोटा-सा। मेरे मुंह से बरबस निकलता है—कुत्ता! वह कहते हैं—नहीं, वह कुत्ता नहीं है, मोबाइल का नेटवर्क है। यहां हवा, पानी, अन्न और इंसान नहीं आते, लेकिन नेटवर्क आता है। यही नहीं, वहां एक मारुति सर्विस स्टेशन भी है। वह एक तरफ़ को हाथ करके कह रहे थे। मुझे ख़ुशी होती है। सोचता हूं—कहां-कहां नहीं पहुंच गए हम। अचानक दाहिनी तरफ़ की पहाड़ी पर मुझे कुछ लोग चलते दिखते हैं। मैं उनसे कहता हूं—वो हैं तो सही इंसान, देखो। ज्ञानेश्वर उस तरफ़ देखकर कहते हैं, नहीं, वे इंसान नहीं। वे चिरंजीवी हैं। मैं पूछता हूं कि कौन होते हैं चिरंजीवी?

और यहीं पर ये सपना टूट जाता है।

तब से मुझे हल्का-हल्का बुख़ार है। गोमूत्र की गंध फिर मेरी कंखौरियों से निकल रही है। मुंह के भीतर एक उबकाई बस गई है। सिर में दर्द पंजे चुभो रहा है। सांस धौंकनी की तरह चल रही है। मुझे समझ में नहीं आ रहा है कि मेरे साथ क्या हो रहा है। क्यों ऐसी ऊलजलूल चीज़ें मुझे दिख रही हैं। क्या ऊपरवाले की तरफ़ से ये कोई

इशारा है? या फिर मैं पागल हो रहा हूं, बहुत अधिक दबाव ले लेने के कारण? क्या बैंक वाला लड़का कोई टोना करके गया है? क्या है ये सब?

मैं अपने कमरे में आकर बैठा हूं और कुछ नहीं सोच रहा हूं। ये बहुत कुछ सोचने और न सोच पाने के बाद की स्थिति होती है। खाना बनाने वाली भीतर चली गई है। थोड़ी देर तक वह मेरे कंधे पर एक दाब बनकर बसी रही, फिर ग़ायब हो गई। अचानक मेरी दाईं तरफ़ की दीवार पर हरकत होती है। एक बिस्तुइया दीवार के सबसे ऊंचे कोने से सबसे नीचे कोने की ओर तिरछा दौड़ रही है। वह चार क़दम दौड़ती, फिर थम जाती। फिर चार क़दम। फिर थम। आगे। थम। आगे। थम। क्या लय है। मैं श्श्श्श...की आवाज़ करके उसे भगाना चाहता हूं। अचानक वह फ़र्श पर कूद पड़ती है और जब तक मैं उचक कर देखूं, वह एक कॉक्रोच को दबोच लेती है। दौड़ते हुए अगली दीवार पर चढ़ जाती है। कॉक्रोच के पंख उछल रहे होंगे, इतनी दूर से मुझे इतनी बारीकी नहीं दिख पाती। वैसे भी उस दीवार पर अंधेरा है। शिकार को कोई रोशनी में क्यों नहीं खाता? हर शिकारी के पास अपना अंधेरा होता है, वह जिसमें शिकार को ले जाकर मारता है।

कोई शोर नहीं हुआ। बिस्तुइया ने कोई दहाड़ नहीं लगाई। जीत की ख़ुशी में उसने कोई जश्न नही मनाया। कॉक्रोच की कोई चीख़ नहीं आई। उसे मौत से पहले अंतिम इच्छा बताने का मानवीय सुख तक नहीं दिया गया। इस मौत को कहीं दर्ज नहीं किया गया।

मैं देखता हूं, एक और कॉक्रोच दूसरी दीवार पर टहल रहा है।

## 9

सू-सू करने के बहाने मैं दो-तीन बार उठ चुका हूं और केबिन में झांक आया हूं। बाबा अभी तक नहीं आया है। मैं बाथरूम में जाता हूं। पहली बार गया था, तो सचमुच सू-सू कर ली थी। दूसरी बार ज़ोर लगाने पर भी सू-सू नहीं आई। तीसरी बार मैंने कोशिश ही नहीं की। मुझे पता था, नहीं आएगी। मैं आईने में ख़ुद को देखता हूं। मेरा रंग बदल गया है। मैं कहीं से गोरा और कहीं से काला नज़र आ रहा हूं, जबकि मेरा वास्तविक रंग सांवला है। मैं मुंह धोता हूं और रूमाल से रगड़-रगड़कर चेहरे का कालापन पोंछ डालना चाहता हूं। रूमाल पर कालेपन के निशान आ जाते हैं, लेकिन मेरे चेहरे से कालापन जाता नहीं। इसी समय मेरी तालीम बढ़ाने वाला एक लम्हा प्रकट होता है। उस लम्हे में मेरे मुंह से उद्‌गार फूटते हैं—रंग राजनीति होता है और समय रजकनीति। जैसे रजक या धोबी कपड़े को उठाकर कब अपना पेटेंट धोबीपाट मारेगा, किसी को पता नहीं चलता। अस्तु।

मैं बाथरूम से बाहर निकलता हूं और एक बार केबिन में झांकता हूं। बाबा अभी तक नहीं आया। वह कई बार लेट आता है। कई बार आता भी नहीं। फिर भी सारा काम होता है। मेरे साथी अक्सर ये चर्चा करते हैं कि जब इसके बिना भी सारे काम चल जाते हैं, तो इसकी ज़रूरत क्यों है? कंपनी क्यों हर महीने इस पर दो लाख ख़र्च करती है? एक बार बहुत ही इशारे में ये बात मैंने बाबा को बताई थी। उसका कहना था कि कंपनी उसे पैसे ही इसलिए देती है कि उसे काम न करना पड़े। जब तक मैं काम नहीं करूंगा, तब तक कंपनी नफ़े में चलती रहेगी। जिस दिन मुझे काम करने की ज़रूरत पड़ जाएगी, कंपनी बैठने लगेगी।

मुझे हमेशा की तरह उसकी ये बात भी नहीं समझ आई। मैंने इस बात का मतलब पूछ लिया। उसने सरल करके समझाया–मेरा काम है सबसे काम करवाना। सबसे अच्छा मैनेजर वही होता है, जो ख़ुद कुछ नहीं करता, हर काम दूसरों से करवाता है। मैं अगर ख़ुद काम करने लगा, तो दूसरे क्या करेंगे? तब मैं उनकी ग़लती कैसे पकड़ूंगा? सिस्टम की ग़लती पकड़ने के लिए सिस्टम से दूर रहना ज़रूरी होता है। ये मैनेजमेंट का सिद्धांत है।

इसका मतलब है कि जो सिस्टम को ठीक करना चाहते हैं, उन्हें कभी सिस्टम का हिस्सा नहीं बनना चाहिए?

बिल्कुल। उन्हें हमेशा बाहर खड़े होकर देखना चाहिए। वह सिस्टम को ठीक नहीं करता, क्योंकि सिस्टम को वही ठीक करते हैं, जो उसमें शामिल होते हैं। बल्कि बाहर खड़ा आदमी ग़लती पहचान लेता है और बाहर खड़े-खड़े ही भीतर वालों को ग़लती ठीक करने के लिए कहता है। इसीलिए वह लीडर होता है। लीडर मैनेजर।

इसीलिए हमारे सारे लीडर भी आम लोगों में इन्वॉल्व नहीं होते? वे अगर इन्वॉल्व हो जाएंगे, तो समाज की ग़लतियों को कैसे पकड़ पाएंगे?

मैं बहुत छिछला प्रश्न करता हूं। अब ऐसा हो गया है कि लीडर शब्द सुनते ही उबकाई आती है।

वह हंसने लगता है–बहुत प्यारा सवाल है। पॉलिटिकल लीडर अलग होता है, मैनेजमेंट का लीडर अलग। हालांकि दोनों काम एक ही करते हैं, पर देश मैनेजमेंट लीडर्स चलाते हैं, पॉलिटिकल लीडर्स नहीं।

मुझे उसकी बात में दम लगा। मैंने देखा है, जब से पॉलिटिकल लीडरों पर से लोगों का विश्वास उठा है, तब से मैनेजमेंट के लीडर्स अचानक फ्रंट में आ गए हैं। अब अख़बारों में पॉलिटिकल डॉक्ट्राइन्स पर कोई लेख नहीं होता, मैनेजमेंट फंडे और पॉलिसीज़ हर जगह होती हैं। हर जगह मैनेजमेंट लीडर्स की मुस्कराती, जोश में बोलती तस्वीरें छपती हैं। उनकी आत्मकथाएं अब सबसे ज़्यादा बिकती हैं।

दिस इज एन एज ऑफ मैनेजमेंट, यंग मैन! एवरीथिंग इज़ मैनेजमेंट। इवेन द बेकिंग ऑफ अ ब्रेड इज़ मैनेजमेंट। वन हैज़ टु मैनेज द टाइम एंड द टेंपरेचर टु बेक

अ केक।

मुझे किसी किताब में पढ़ी एक लाइन याद आ गई—एवरीथिंग इज़ पॉलिटिक्स। इवेन द बेकिंग ऑफ अ ब्रेड इज़ नथिंग बट शीयर पॉलिटिक्स।

मैंने बाबा की दाद दी, विश्वास किया और कहा, सचमुच यह मैनेजरों का समय है। मेरे मन में सवाल आया। बात को लाइट बनाने के लिए हंसते हुए मैंने कहा, सर, पर मज़दूरों का समय कब आएगा?

वह मुस्कराया। आते-आते चला गया। सब कहते थे कि आएगा, आएगा, पर नहीं आया। हम भी माने बैठे थे कि आएगा, पर वह कभी नहीं आएगा।

बोलते-बोलते बाबा उदास हुआ था। मुझे उसकी उदासी अच्छी लगी। मुझे लगा, वह मेरे लिए उदास हो रहा है।

हालांकि वह मेरे लिए कभी उदास नहीं होता। होता, तो उसे पता चल जाता कि मैं यहां आज उसका बहुत शिद्दत से इंतज़ार कर रहा हूं। वह यूं ही कहता है—मेरी और तुम्हारी रूह की मैपिंग एक-सी है। इसीलिए तुम्हें मेरी बात समझ में आ जाती है। इसी कारण मेरी रूह को तुम्हारी रूह से मोहब्बत लगती है।

और वह होंठों को गोल कर एक चुम्मा फेंकता है। यह बाबा की ख़ास आदत है। जब वह बहुत ख़ुश होता है, तो हवा में चुम्मा फेंकता है। जब नाराज़ होता है, तो बुरी तरह गालियां देता है। उसकी गालियां और चुम्मे औरतें भी खा चुकी हैं और कुनमुन-कुनमुन करने के बाद भी बाबा का घंटा नहीं उखाड़ पाई हैं। जब वह औरतों को गाली देता है, ज़्यादातर पीठ पीछे, तो अपने ज़माने का ख़तरनाक वूमैनाइज़र लगता है, जिसे गाली से रिलेट होने वाले सारी दैहिक क्रियाओं की अन्वेषी जानकारियां हों।

वह कहता है—गाली मैं नहीं देता, मेरी देह देती है। चूमता मैं नहीं, मेरी रूह चूमती है।

यानी गाली देना नितांत भौतिक आवश्यकता है और चूमना रूहानी अहसास का हस्तांतरण।

वह इस बात का भावार्थ मेरे सामने प्रस्तुत करता, जो कि उसके अन्य भावार्थों की ही तरह मूल से भी गूढ़ होता है और एक सरल भाष्यकार की दरकार महसूस करवाता है। हालांकि मेरी प्रेमिल-सी कन्विंसिंग मुस्कान ऐसा महसूस नहीं होने देती।

कई बार मुझे लगता है कि मैं बाबा के लिए गिनीपिग हूं, क्योंकि वह अपने सारे तजुर्बों को मुझे सुनाते हुए मुझ पर तजुर्बा करता रहता है। मुझे नहीं पता, इससे क्या हासिल होगा उसे? या ऐसा सोचना सिर्फ़ मेरे रुग्ण दिमाग़ की एक और उपज हो?

इस समय जितने भी लोग मेरे आसपास बैठे हैं, मुझे देख भी रहे हैं, क्योंकि इंतज़ार की व्यग्रता मुझ पर तारी है। एक बुजुर्ग सज्जन जिन्हें हमेशा यह दुख रहता है कि वह पिछले कई वर्षों से इसी पद और वेतनमान पर हैं, मुझसे एक बार पूछ भी चुके हैं कि क्या सबकुछ ठीक है? और मेरे हां के जवाब पर कह चुके हैं, अतिमूत्र भी एक रोग

होता है। वह औरत जिसकी उभरी हुई छातियों पर पहरेदार की तरह एक मंगलसूत्र टंगा हुआ है, कई बार मुस्करा चुकी है। और वह औरत जिसकी छाती सपाट है, सपाट चेहरे से ही कुछ ज़्यादा ही टाप रही है आज।

मैं सबसे नज़रें बचाकर कभी मेज़ पर रखे काग़ज़ों में खो जाता हूं, तो कभी सिर के ठीक ऊपर टंगे पंखे की गतिमान घूम में।

सामने से डोलता-डोलता बाबा आ रहा है, सीधे केबिन में घुस जाता है। फिर वहां से निकलकर हॉल में बैठे हर आदमी से हाथ मिलाता है, हर औरत को विश करता है। यह लीडरशिप वाला मैनेजमेंट है, जो कि हर आदमी तक अपनी पहल पर पहुंचता है। मुझसे भी हाथ मिलाता है और थोड़ी देर बाद आना कहकर वापस केबिन में चला जाता है। वह कहता है–जब मैं लोगों से हाथ मिला रहा होता हूं, तो मेरी निर्वाक देह हर एक को यथोचित गालियों से नवाज़ रही होती है। उसके बाद वह एक ठहाका मारता है। उसके ठहाकों से मुझे चक्कर आता है।

मैं हाथ में कुछ बेकार की फाइलें दबा उसके केबिन में जाता हूं। वह अपनी मर्ज़ी के हिसाब से मेरा स्वागत करता है। मैं उसे अपने साथ घटे वाक़ये बताता हूं। सबसे पहले मैं उन सपनों के बारे में बताता हूं, जिन्होंने मुझे परेशान कर दिया। वह बहुत ध्यान से सुनता है। और फिर उतने ही ध्यान से अनसुना कर जाता है। मैं कहता हूं, सर, आपको गांधी ने परेशान कर दिया था, मुझे ज्ञानेश्वर ने कर दिया। उसके साथ कुछ लोग भी थे। सबका नाम चिरंजीवी था। वे सब एक ही नाम से पुकारे जाते थे शायद। पर उसके आगे कुछ नहीं दिखा।

वह कुछ नहीं बोलता। उसकी चुप्पी मुझे अखरने लगती है। जब उसे सपने आते थे, तो मैं उसे ढांढस देता था। वह सुनता है और चुप रह जाता है। मुझे लगता है, उसकी चुप्पी कोई जवाब है।

उसके बाद वह कुछ फ़र्ज़ी फाइलों को देखने लग जाता है। मैं उसे अपने पूर्वज के रूप में देखता हूं। वह है भी। उसका कोई रिस्पॉन्स न देखकर मैं उसे क्रेडिट कार्ड वाले वाक़ये के बारे में बताता हूं। वह फिर चुपचाप सुन रहा है। उसके चेहरे पर चिंता की लकीरें आती हैं। मैं कहना चाहता हूं कि मैं बुरी तरह फंस गया हूं। वह अपना कंप्यूटर चालू करता है और कहता है, देखो छन्नूलाल मिश्रा की एक नई ठुमरी आई है। इसे सुनो।

मैं चुपचाप उस ठुमरी को सुनता हूं। उसके बीच में ही बाबा कहता है–ज़िंदगी भर भरना पड़ेगा तुम्हें।

क्या?

क़िस्तें, और क्या? कभी ख़त्म नहीं होंगी। एक ही तरीक़ा है, जितना भी पैसा है, एक साथ जमा कर दो और मुक्ति पा लो। क़िस्त जमा करते-करते तो पूरी उम्र निकल जाएगी।

............

हां, वे लोग क़िस्तें बनाते ही इस तरह हैं कि आप सौ रुपए भरोगे, तो उसमें से अस्सी रुपए ब्याज़ होगा और बीस मूल से कटौती। तो आप मूल कभी पूरा कर ही नहीं पाएंगे और समय के साथ ब्याज़ बढ़ता ही जाएगा। क़िस्तों की संख्या भी बढ़ती जाएगी।

........

क्रेडिट कार्ड का सिस्टम ही यही है कि आप जितना चाहें, ख़र्च करें, लेकिन जो चालीस-पचा:स दिन की ब्याज़रहित लिमिट है, उसी में पूरा भर भी दें, क्योंकि अगर एक बार आपकी री-पेमेंट की क़िस्त शुरू हो गई, तो आप मकड़जाल में फंस गए।

........

मैंने कितनी बार समझाया है तुम्हें, अपने तजुर्बों से कि अर्थव्यवस्था का नियम ही यही है कि अगर आपकी जेब में पैसा है, तो ही क़र्ज़ लीजिए आप। जेब में सौ रुपए हैं, तो डेढ़ सौ का क़र्ज़ लीजिए। अगर जेब ख़ाली है, तो कभी मत लीजिए। और कोई भी बैंक, साहूकार या कोई भी, उसे क़र्ज़ नहीं देता, जिसकी जेब ख़ाली हो।

पर सर, अगर जेब में पैसा हो, तो क़र्ज़ लेने की ज़रूरत ही क्या?

तुम नहीं समझोगे। ठसबुद्धि हो।

बाबा मेरे प्रतिप्रश्न से तप गया था। या हो सकता है कि उसके पास इसका कोई जवाब ही न हो, इसीलिए तप गया।

सर, न तो मैं एक साथ पूरा चुकाने की स्थिति में हूं और न ही उनकी क़िस्तें। जुर्माना वग़ैरह मिलाकर वे तीस हज़ार तो अभी मांग रहे हैं। पता नहीं, कितने महीनों का बक़ाया है।

बहुत ज़्यादा मांग रहे हैं। उनसे बातचीत करके कम कराने की कोशिश करो।

नहीं मानते वो।

कोशिश करो, मान जाएंगे। पांच-सात हज़ार कम कर देंगे।

पर मेरे पास उतने भी नहीं हैं?

क्या बात कर रहे हो? कितना समय हो गया तुम्हें नौकरी करते हुए? इतने भी नहीं रखे हैं तुमने अपने पास?

सर, सच कह रहा हूं। बहुत कोशिश की है मैंने बचाने की, पर मुझे उतने पैसे कभी नहीं मिले, कि बचाने में सफल हो जाऊं।

बात तो सही कह रहे हो, जिनको पचास हज़ार मिलते हैं, बचा तो वे भी नहीं पा रहे। क़िस्तों ने सबको परेशान कर रखा है।

बाबा केबिन की सफ़ेद छत को देखने लगा। उसे लगा, वह कोई शून्य है, जिसमें उसकी ख़ाली आंखें कुछ खोज रही हैं। शायद अर्थव्यवस्था को मज़बूत करने वाला कोई नया अंक, जो अब तक किसी की पकड़ में न आया हो।

तुम एक काम करो, जाकर एकाउंट्स से एडवांस ले लो।

सुबह आकर मैंने एकाउंट्स मैनेजर से बात की थी, उसने पूरा लेजर दिखा दिया मुझे। चालीस हज़ार रुपए तो मेरे वहां ही खड़े हैं। कह रहा था, एचआर पॉलिसी के हिसाब से बेसिक का तीन गुना ज़्यादा ही एडवांस मिल सकता है और मेरा पहले ही साढ़े चार गुना ज़्यादा हो गया है।

पॉलिसी से ज़्यादा कैसे हो गया?

आपने ही तो रिकमेंड किया था पिछली बार, स्पेशल केस मानकर।

तो अभी भी कर देता हूं।

मैंने पूछा उससे, बोला, स्पेशल केस की भी लिमिट क्रॉस हो चुकी है मेरी।

तो इतना एडवांस तुम लेते क्यों हो? लिमिट में नहीं चल सकते।

क्या करूं सर? पिछली बार जो लिया था, वह बीवी के ऑपरेशन के लिए था। उसके सीजेरियन में पस भर गया था। उससे पहले बेटाजी का एडमिशन कराना था। हमेशा कुछ न कुछ प्रॉब्लम आई, तभी लिया न।

अब मैं इरिटेट हो रहा था। मुझे अपना इतिहास खोलना कभी अच्छा नहीं लगता। और बाबा को इतिहास में बहुत दिलचस्पी होती है।

ऑफ़िस में भी क़िस्तें कट रही हैं उन एडवांस की। अभी-अभी बाइक की क़िस्त पूरी हुई है, पिछले ही महीने। कंप्यूटर की क़िस्त भी सैलरी से ही कटती है। म्यूज़िक सिस्टम और उस घर वाले लोन की क़िस्तें भी। आपको बताया था न मैंने कि लोन लेकर मैंने गांव में घर बनवाया है, ताकि मां-बाप रह सकें वहां पर। इन सारी क़िस्तों के बाद कहां बचता है पैसा, इसीलिए तो कार्ड की क़िस्त नहीं भर पाया। वरना पहले भरता था न मैं। हर महीने। फिक्स। आठ तारीख़।

बाबा चुप हो गया।

इन्फ़्लेशन बहुत बढ़ गया है। सारे रिकॉर्ड्स टूट गए।

बाबा उसांस भरते हुए बोलता है। सामने अख़बार बिछा हुआ आज का। मैंने अभी तक नहीं देखा था। महंगाई ने पिछले चालीस महीनों का आंकड़ा पार कर लिया था। सरकार के नाकाम होने की सुर्ख़ी थी। मुद्रा स्फीति ने महंगाई को सातवें आसमान पर पहुंचा दिया था। मार्केट में कैशफ्लो रुक गया था। उधार और वादे के धंधे ने बाज़ार को सुखा दिया था। ये सारी छोटी-छोटी हेडिंग्स में लिखा था। उसके नीचे एक इलेक्ट्रॉनिक्स कंपनी का ऐड था, जो मोबाइल से लेकर ओवन तक बेचती है। वह हर चीज़ पर ज़ीरो परसेंट पर लोन दे रही थी। उसके विज्ञापन में एक ख़ुश परिवार था, बैकग्राउंड में ख़ुशी की चमक दिखाने वाले सितारे थे और उल्लास का प्रतीक माना जाने वाला रंग नीला था।

नील, सितारे, ख़ुशियां सब बेमानी लग रही थीं।

बाबा अभी तक छत पर एक नया अंक खोज रहा था।

मैंने बहुत हिम्मत करके कहा, सर, आपके पास कुछ हों, तो हेल्प कर दें आज। धीरे-धीरे वापस हो जाएगा।

ऐसा कहते हुए मैं बहुत शर्मिंदा हुआ था। पैंट के भीतर मेरे पैर कांपे थे। हथेलियों से पानी रिसा था और धड़कन ने हल्ला कर दिया था।

बाबा को अभी तक नया अंक नहीं मिला था।

मैं उसे खोज में डूबा देखता रहा। वे लाइनें दुबारा मेरे मुंह से नही निकल पा रही थीं। अगर कोई मुझे फिर उन लाइनों को उसी तरह बोलने को कहे, तो मुझसे कभी न हो पाए।

यार, दिक़्क़त यही है कि मैं भी ख़ाली हूं। मेरे पास भी कुछ नहीं है।

मेरा मुंह खुला का खुला रह गया।

मुश्किल से पांच-सात हज़ार रुपए पड़े हैं एकाउंट में। वरना ज़रा भी कैश नहीं।

मैं कभी सपने में भी यह बात नहीं सोच सकता कि बाबा मुझसे इस तरह झूठ बोल जाएगा।

तुम्हें लग रहा होगा कि मैं झूठ बोल रहा हूं, पर है ऐसा ही। मैंने कहा न, क़िस्तों ने सबको परेशान कर रखा है।

बाबा चुप हो गया। मुझे वह सदी का सबसे बड़ा झूठा लग रहा है। इतने समय का साथ है, ऑफ़िस में सबसे अच्छा रिश्ता इसका मेरे ही साथ है। मैं इसके साथ क़दम-क़दम पर खड़ा रहा। जब इसने मुझसे ग़लत काम करवाए, किसी की जासूसी कराई, किसी की चुग़ली कराई, किसी के ख़िलाफ़ झूठा लेटर लिखवाया, तब भी कभी मैंने इसे मना नहीं किया। इसके साथ-साथ लगे रहने के कारण स्टाफ के बाक़ी लोग मुझसे कट गए। कोई सीधे मुंह बात नहीं करता। मेरे सामने सब अपनी जुबान बंद रखते हैं। हर किसी को लगता है कि उसकी शिकायत मैंने ही की है, उसकी जासूसी कर रहा हूं, इसलिए हर कोई मुझसे दूर रहता है। इसके सबसे बड़े राइवल डिप्टी जीएम को मेरी ही शिकायत पर ट्रांसफर झेलना पड़ा। इतना सब कुछ किया मैंने इसके लिए, और आज यह दिन दिखा रहा है यह मुझे। मेरा मन बुरी तरह खट्टा हो गया। मुझे लगा, नैं अभी खड़ा होकर इसे एक चमाट रख दूं। अरे, बैठे-बैठे ही रख दूं। तभी मेरे सिर के पास हवा में एक विंडो खुलती है। उसमें से मेरी बीवी और बेटाजी का चेहरा झांकता है। मुझे ऐसा करने से मना करता है। ठीक कल रात के सपने की तरह। ठीक उस विज्ञापन की तरह, जो टीवी पर दिखता है।

अचानक बाबा के होंठ कांपे। उसकी आंखें डबडबा गईं।

बोला, यार मैं कह रहा हूं न, क़िस्तों ने सबको परेशान कर रखा है। जो कुछ भी दिख रहा है, गाड़ी, बंगला, पोजीशन, सब उधार पर है। लोन पर। हम दोनों में कोई फ़र्क़ नहीं। तुमने चार लाख का लोन लेकर घर बनवाया था, मैंने चालीस लाख का लेकर। जिस उम्र में मैं हूं, वहां यह लोन मेरे रिटायर होने के बाद भी पूरा नहीं होगा। तुमसे ज़्यादा क़िस्तें भरता हूं।

मुझे बाबा बहुत सच्चा लगा। उसके सकुचाते हुए आंसू बड़े असली थे।

तो हर महीने ये लाख रुपए भी कम पड़ जाते हैं। महीने के अंत में मुझे वैसे ही सोचना होता है अपने बारे में, जैसा मैं तब सोचा करता था, जब दस हज़ार रुपए पाता था। मेरे पास कैश नहीं है।

केबिन में भयंकर चुप्पी छा गई थी। छन्नूलाल मिश्रा बजकर रुक गए थे। उन्हें भी बाबा की बातों से शॉक लगा होगा, जो गा नहीं पा रहे थे।

पर मुझे बाबा से ऐसी उम्मीद न थी। यह अर्थव्यवस्था का एक मटमैला सच था, जिस पर बाबा रेशमी चद्दर डाले बैठा था और चद्दर के हटने के बाद भी मेरी नौबत नहीं हो रही थी यक़ीन की।

अचानक बाबा थोड़ी ऊंची आवाज़ में बोला—मार्केट में कैश कहां है भाई? पूरा फ्लो रुका हुआ है। देख लो, कैसा ख़तरनाक इन्फ्लेशन आया है। सूनामी जैसा। मानो इसे। किसी के पास कैश नहीं है।

बोलते-बोलते बाबा की टहलती हुई नज़र मेरी आंखों में घुस गई। मेरी आंखों में पता नहीं, पहले से क्या पड़ा हुआ था।

बाबा को मैंने पहली बार नज़रें झुकाते हुए देखा। शायद कोई शर्म थी, जो उसके चेहरे पर अरसे बाद लौटी थी।

कुछ देर तक झुकी रही नज़रें उसके बाद बेक़रारी में इधर-उधर नाचने लगीं। वह मुझे जाने का इशारा कर रहा था।

तड़ाक्।

कुछ टूटने की आवाज़ आई, पर बाबा ने मेरी तरफ़ नहीं देखा। मैंने भी उसकी तरफ़ नहीं देखा।

उसकी रूह ने मुझसे पूछा—कैसी आवाज़ थी?

मेरी रूह ने उससे पूछा—क्या सच में कोई आवाज़ ही थी?

## 10

मैं अपनी मेज़ पर सिर झुकाए बैठा हूं और बाबा की बातों के बारे में सोच रहा हूं। इस समय फिर मेरे मन में अद्वैत की बातें आ रही हैं। संसार में दो वर्ग हैं—काम कराने वाले और काम करने वाले। काम कराने वालों के पास पैसा है, काम करने वालों के पास नहीं है। ऐसा मैं सोचता आ रहा था। पर यह ग़लत लगता है मुझे। यहीं पर आकर मुझे अद्वैत बहुत सही लगता है। सब एक हैं। बाबा और मैं दोनों ही एक हैं। दोनों की स्थिति एक है, नियति एक है। जो दिखता है, वह सच नहीं होता। जो नहीं दिखता, वो भी सच कहां होता है? हालांकि जो दिखता है, और जो नहीं दिखता, वे भी एक ही होते हैं। लक्ष्मी और अलक्ष्मी दोनों ही एक हैं। ब्रह्म और जीव की तरह। यह जगत मिथ्या है। कागद की

पुड़िया है। भ्रम है। सत्य सिर्फ़ ब्रह्म है। ब्रह्म भी भ्रम है। ईश्वर। परमात्मा। जीवात्मा भी वही है। सत्य और भ्रम दोनों एक ही हैं। जो पानी है, वही बर्फ़ है। जो बर्फ़ है, वही तो पानी है। जो शिकार है, वही शिकारी है। जो शिकारी है, वही तो शिकार है। अहं ब्रह्मास्मि। अहं भ्रमास्मि। दोनों का उच्चारण भी एक ही तो है। देख लो।

उफ़, ये गोमूत्र की गंध फिर निकली मेरे भीतर से। इसका संबंध कहीं अद्वैत से तो नहीं। ब्रह्म से? या भ्रम से? मुझे फिर उबकाई आने लगी। यह गोमूत्र जितना पुराना होता जाता है, उतनी ज़्यादा बास मारने लगता है। कब से यह मेरे शरीर के पीछे पड़ा हुआ है। मैं दौड़कर बाथरूम में जाता हूं और शर्ट उतार देता हूं। फिर हथेली में पानी लेकर अपनी कंखौरी को धोने लगता हूं। जितना पानी लगता है, बास उतनी ज़्यादा आने लगती है। ऐसा लगता है, मेरी नाक को चेहरे से हटाकर कंखौरी के पास चिपका दिया गया है। मैं गंध से बेसाख़्ता तड़पने लगता हूं।

जब मैं बाथरूम से बाहर निकला, तब तक मैं गंध से निज़ात पाने की कोशिश में बुरी तरह पस्त हो चुका था। मैं वापस अपनी कुर्सी पर बैठता हूं और सारे लोगों को मेरी ही ओर देखते महसूस करता हूं। मैं केंद्र में हूं। लगातार हाशिए पर पड़ा रहने वाला आदमी केंद्र में है। या तो हाशिया उठकर केंद्र में आ गया है, या फिर केंद्र अपनी जगह छोड़कर हाशिए पर रहने चला गया है। देखा जाए, तो हाशिया और केंद्र दोनों ही एक हैं। यही अद्वैत है।

इसकी मां की आंख। बस कर यार। बस कर ये अद्वैत-फद्वैत। भैनचो....

सारे लोग मेरी तरफ़ देखने लग गए हैं। मैं सुपरकेंद्र हूं। सब उठकर मेरे पास आ गए हैं। बाबा भी केबिन से भागता हुआ निकला है।

क्या हो गया? क्या हो गया?

कोई जवाब नहीं दे रहा।

बाबा मुझसे पूछ रहा है—क्या हो गया?

कुछ तो नहीं।

फिर? इतना ज़ोर-से चीख़े क्यों तुम?

मैं कब चीख़ा? मैं तो चुप था बिल्कुल।

तुम ज़ोर-ज़ोर से गालियां दे रहे थे?

नहीं तो। मेरी तो देह भी गाली नहीं देती कभी।

मैं आसपास जुटे लोगों की तरफ़ देखकर कह रहा हूं। मैं चाहता हूं कि वे बताएं, मैंने कोई चीख़ नहीं मारी। मेरे मुंह से कोई शब्द तक नहीं निकला है इतनी देर में। पर वे सब लोग चुप थे। उनमें से कुछ मेरी ओर देख रहे थे, कुछ बाबा की ओर।

कम ऑन। गेट अप। टेक योर स्टफ। कम ऑन। गेट अप। मूव टू योर प्लेस। इसी टाइम। मूव।

मैं अपलक बाबा को देख रहा हूं।

गेट अप मैन। मूव मतलब मूव। गो एंड टेक अ कंप्लीट रेस्ट। एंड गेट अ डॉक्टर, इफ़ यू फ़ील सो। किसी को भेजूं क्या साथ में?

मैं ठीक हूं सर। कुछ नहीं हुआ है मुझे।

नहीं, तुम ठीक नहीं हो। उठो, घर जाओ, आराम करो। ठीक महसूस करना, तो सुबह आना। वरना आराम करना। यहां काम होता रहेगा। इसकी चिंता मत करना। ख़ुद पर ध्यान दो पहले।

बाबा ने एक-एक शब्द बहुत इत्मीनान से, चबा-चबाकर कहा। बहुत लाड़ में। जैसे डब फिल्मों में वॉइसओवर होता है।

मैंने अपना बैग कंधे से टांगा। और हल्लू-हल्लू वहां से चल दिया। इस तरह चलने में मैं बहुत अपमानित महसूस कर रहा हूं।

क्यों कर रहा है बाबा ऐसा? क्यों मुझे ऑफ़िस से निकाल रहा है? वह कह रहा है, मैं चीख़ा था, गाली दे रहा था। कब दी मैंने गाली? नहीं, मैंने तो कोई गाली नहीं दी। अगर दी होती, तो दूसरे लोग भी यह बात कहते? बाबा मनगढ़ंत कहता है। वैसा ही करता है। मैं भला बीच दफ़्तर क्यों देने लगा गाली? बाबा नहीं जानता क्या, इतना असभ्य तो कभी नहीं रहा मैं। जिससे मैं बुरी तरह चिढ़ा, उसे भी कभी मुंह खोलकर गाली नहीं दी। मन ही मन दी। वह भी बीच हॉल कभी नहीं। अगर कभी किसी के लिए गाली मन में आती भी, तो मैं उसे मन ही मन गाली देने के लिए उठकर बाथरूम में चला जाता। ताकि ग़लती से भी किसी को मेरे मन की पता न चले।

मैं चुपचाप स्टेशन पहुंचता हूं। वहां भयानक भीड़ है। जैसे सारी दुनिया के लोग घर-बार छोड़कर स्टेशन पर रहने आ गए हों। मैं भीड़ के बीच खड़ा हूं और यह सोच रहा हूं कि मुझे यह ट्रेन छोड़ देनी चाहिए। इसमें मुझे चक्कर आ जाएगा और मेरी कंखौरियों से निकल रही बू के कारण हो सकता है कि लोग मुझे बुरी तरह अपमानित भी कर दें। ट्रेन आती है और मैं ख़ुद को उसके भीतर पाता हूं। पता नहीं, मुझे किन लोगों ने ढकेला था, पर मैं ट्रेन के भीतर हूं। उसकी सीटों के बीच कई दूसरों के साथ खड़ा। यहां से वहां तक लोग, लोग, मार तमाम लोग। मैं देखता हूं कि जो लोग बैठे हैं, वे मुझे बहुत टेढ़ी नज़र से देख रहे हैं। मैं ट्रेन के झटके से एक ओर को झुकता हूं। वे लोग मुझे अपने ऊपर झुकता देख चौंक जाते हैं। उनमें से एक डरकर बिल्कुल पीछे हो गया है। मुझे बहुत आश्चर्य होता है–इस स्वाधीन देश में लोग एक स्वाधीन व्यक्ति को देख किस क़दर चौंक जाते हैं। मैं मुस्कराकर उसे सहज करने की कोशिश करता हूं। वह इतना चौंका हुआ है कि उठकर अपनी जगह मुझे बिठा देता है।

मैं अपने आसपास चौंके हुए लोगों से बात करने लगता हूं। उनसे पूछता हूं कि क्या वे लोग भी क़िस्तों से परेशान हैं? क्या उन्होंने भी क़र्ज़े लिए थे? क्या वे भी क़र्ज़ चुकाने में हलाकान हो रहे हैं? क्या उन्हें भी आज के बैंक वैसे ही लगते हैं, जैसे सत्तर साल पहले के गांवों के साहूकार? क्या वे आज भी अपने गली, मोहल्ले, आंगन, गांव के

साहूकारों के आगे मियाद बढ़ाने के लिए गिड़गिड़ाते हैं? क्या उनका भी मन करता है कि सल्फास खा लिया जाए? क्या उनका भी मन करता है कि जब बीवी और बच्चे सो रहे हों, तो पंखे से एक फंदा टांगकर झूल जाया जाए?

वे सब मुझे हां में जवाब देते हैं। फिर उनमें से कोई कहता है–जब बचपन से यह सिखाया जाता है कि क़र्ज़ नहीं लेना चाहिए, तो क्यों ले लिया तुमने?

मैंने जानकर नहीं लिया। न ही मैं मांगने गया था। मैं तो यह सोचकर बैठा था कि मुझे क़र्ज़ नहीं लेना। जैसे कि मैं यह सोचे हुए था कि मुझे इस ट्रेन में नहीं जाना। मुझे नहीं पता, किन लोगों ने ठेल कर मुझे चढ़ा दिया। मैं तो बस भीड़ में खड़ा था। उसी तरह मुझे नहीं पता कि किसने मेरे सिर पर इतना क़र्ज़ डाल दिया है। सच बताना, क्या आपने नहीं सोचा था कि इस ट्रेन में नहीं जाना? क्या आपने अगली ट्रेन का इंतज़ार करने के बारे में एक बार भी नहीं सोचा था? क्या आपको महसूस हुआ कि कैसे चढ़ गए, किसने चढ़ा दिया आपको इस ट्रेन में?

सारे लोग चुप थे। उनके पास कोई जवाब नहीं था।

हम सब एक ही ट्रेन में सवार हैं। यह ट्रेन हम सबको एक ही जगह ले जाएगी, जबकि वहां हम जाना नहीं चाहते। आपको नहीं लगता कि हमें एक साज़िश के तहत इस ट्रेन में जबरन कोंड दिया गया है?

वे सब हां कहते हैं। मैं उन्हें और भी बहुत सारी बातें बताता हूं। उन साज़िशों के बारे में, जो अर्थव्यवस्था के नाम पर हमारे साथ की जा रही हैं, जिनके बारे में मुझे तालीम के कुछ ख़ास लम्हों में जानकारी मिलती है, जब मुझे थोड़ी देर के लिए सब कुछ साफ़ दिखने लगता है।

वे मुझसे पूछते हैं–तो आप ही बताइए, हमें क्या करना चाहिए?

लड़ना चाहिए। अपने हक़ के लिए। हमें इस सरकार का गला पकड़ लेना चाहिए और टेबल पर घूंसा मारते हुए चीख़ते हुए यह कहना चाहिए–हमारा हक़्क़, यहां पे रक्ख।

पूरे डिब्बे में तालियां बजने लगती हैं। ज़ोर-ज़ोर से नारे लगने लगते हैं। मैं ख़ुद को केंद्र में महसूस कर रहा हूं। फिर। मैं इस सरकार को, इस खोखली और ख़ून चूसने वाली अर्थव्यवस्था को, इन सारी नेशनल-मल्टीनेशनल्स को, उनकी औक़ात बताकर रख दूंगा। उनका सारा मैनेजमेंट, उनकी सारी लीडरशिप, उनके सारे फंडे उल्टा करके उनके पिछवाड़े डाल दूंगा।

कुछ होगा, कुछ न कुछ होगा, अगर मैं बोलूंगा। सत्ता का तिलिस्म न टूटे, भले न टूटे, कम से कम मेरे अंदर एक कायर तो टूटेगा। टूट मेरे मन, टूट एक बार सही तरह। अच्छी तरह टूट। मत झूठमूठ। ऊब मत। रूठ मत। डूब मत। सिर्फ़ टूट।

मेरा चेहरा कांप रहा है।

बताओ न, हमें करना क्या है?

हम इसी स्टेशन पर उतरेंगे और चक्का जाम कर देंगे। हम पूरे शहर को रोक देंगे।

उन्हें हमसे बात करने के लिए आना ही होगा।

हो-हो-हो करते हुए पूरा डिब्बा जोश में आ गया है। मैं महसूस कर रहा हूं, सबकी नसों में एक जोश को भरते हुए। जो ख़ून है, वही आग है। जो आवाज़ है, वही घंटनाद है।

सारे लोग अगले स्टेशन पर उतर जाते हैं। स्टेशन के बाहर एक गोल घेरा करके खड़े हो जाते हैं। वे तीन हज़ार से ज़्यादा लोग हैं। पूरी ट्रेन है। ट्रेन प्लेटफॉर्म पर खड़ी है। उसके आगे हमारे लोगों ने पत्थर अड़ा दिए हैं। ड्राइवर और गार्ड को खींच कर मारा जाता है। दोनों रोने लगते हैं और कहते हैं–हम भी आपके साथ हैं। हम भी इस अर्थव्यवस्था से परेशान हैं, जो पल में हमारी आंखों के सपनों को फोड़ डालती है।

हम बहुत लाउड हैं इस समय। पर मैं हैरान हूं। हमें चारों ओर से मिलिट्री घेरे खड़ी है। उसके बीच में पुलिस है। मैं देखता हूं, वित्त मंत्री सामने एक बुलेटप्रूफ शीशे के पीछे खड़ा है। मैं हैरान हूं। इन सबको कैसे पता चल गया कि हम ट्रेन से यहां उतरेंगे, इन सबकी ईंट से ईंट हिला देने की शपथ खाकर। इन्हें कैसे पता चल गया कि हम क्रांति करना चाहते हैं, जो ऐसे ही आती है।

बाबा मेरे पास आता है। कहता है–मैं भी बहुत परेशान हूं इस क़िस्त वाली परेशानी से। मेरे ऑफ़िस के सारे लोग भी मेरे साथ खड़े हैं।

मैं कहता हूं–घबराने की कोई ज़रूरत नहीं। वित्त मंत्री को कोई अधिकार नहीं कि वह सेना या पुलिस को हुक्म दे। यह रक्षा मंत्रालय का मामला है और रक्षा मंत्री यहां नहीं दिख रहा। इसलिए बेख़ौफ़ रहो।

मैं नारे की तरह ज़ोर से चिल्लाया–हम अपनी लड़ाई नहीं छोड़ेंगे। गाढ़ी मेहनत से कमाता हूं। मैं अपनी कमाई नहीं दूंगा।

मेरी आवाज़ स्टेशन के आसपास की घनी इमारतों से टकरा कर लौटी। लौटते समय वह मर्दाना आवाज़ से एक ज़नाना आवाज़ में बदल गई। लौटे हुए शब्द मुझे सुनाई पड़े–मैं अपनी झांसी नहीं दूंगी।

हम सबमें ख़ून का उबाल और तेज़ हो गया।

लाउडस्पीकर से आवाज़ आ रही थी कि सारे लोग पीछे हट जाएं। जाकर ट्रेन में बैठ जाएं और अपने-अपने घर जाएं।

हममें से कोई नहीं मानता। हम आज इस सिस्टम को बदल डालेंगे। इस चोरकट सिस्टम को। इस मोहिनी भस्मादेवी को।

तभी रेट-रेट-रेट करके गोलियां चलने लगीं। मिलिट्री ने अपनी मशीनगनों का मुंह हमारी ओर कर दिया था। हम यानी भीड़। हम यानी क्रांतिकारी। हम यानी सिस्टम को बदल डालने की मांग करते सिस्टम के शिकार।

और गोलियां चलती रहीं। उन्होंने एक बार भी यह नहीं सोचा कि हमारे भी बाल-बच्चे हैं, कि हम सुबह जब घर से निकले थे, तो बच्चे के लिए एक चॉकलेट लेते आने

का वादा कर आए थे, कि हमारे बैग में बीमार मां की दवा भी है, जो उस तक पहुंचानी ही है, कि हम अपने परिवार को खिलाने के थोड़ी-सी सब्ज़ी भी लेते आए थे और यह मांग पूरी होने के बाद हम एक सुकून की मुस्कान के साथ अपने परिवारों में लौटेंगे। किसी ने भी हमारे पक्ष में, रुला देने वाले भावुक विज्ञापन बनाकर कभी टीवी पर प्रसारित नहीं किए थे।

उन्होंने नहीं सोचा ये सब। वे सिर्फ़ गोलियां दाग़ते रहे। हर तरफ़ अफ़रातफ़री मची थी। हम सब गोलियों से बचना चाहते थे। भाग रहे थे। कोई शेड के पीछे छिप रहा था। कोई दीवार की आड़ में। कोई सरपट भाग रहा था और उसके हाथ से ख़ून की धार छूट रही थी। एक तरफ़ एक आदमी अपने कुचल गए पैर को घिसट रहा था और बुरी तरह रो रहा था। लोग उस पर से दौड़े जा रहे थे। गोलियां अब भी हमारी ओर आ रही थीं। एक बच्चा बहुत बुरी तरह घायल था और चीख़ रहा था। एक गोली से उसकी तड़प समाप्त हो गई। उसे देखकर एक औरत पछाड़ खाकर गिर गई। वह शायद उसकी मां होगी।

मिट्टी में ख़ून लसड़ रहा था। दीवारों पर छींटे थे। ज़मीन पर बेशुमार लाशें थीं। उनमें से किसी के हाथ में अभी भी हरकत थी। कोई कराह रहा था। कोई टांग उठाकर दर्द से कलप रहा था। गोली ऐसी हर अधमरी लाश का निशाना लेती और उसे पूरी तरह ख़त्म कर देती।

एक भयानक मुर्दनी चारों ओर छाई हुई थी। मकानों की खिड़कियों पर लोग नहीं थे। चौराहों और रास्तों में लाशें पड़ी थीं। स्टेशन बुरी तरह सुनसान था। किसी फ़ाख़्ते के पंखों की आवाज़ तक नहीं थी। मैं एक मरघट में खड़ा था।

बुलेटप्रूफ शीशे के पार से वित्त मंत्री की आवाज़ आई। वह मेरे बिल्कुल पास आ खड़ा हुआ था। चारों ओर देखता। उसने किसी को साफ़ करने का हुक्म दिया।

मेरी तरफ़ देखा और धीरे-से बोला, तय है, तेरी हत्या होगी।

उस दिन वह ट्रेन कहीं से नहीं चली थी। कहीं नहीं पहुंची थी। रास्ते में वह कहीं नहीं रुकी थी। और हां, उसमें कोई सवार भी नहीं हुआ था। यह जलियांवाला से बड़ा नरसंहार था, स्टेशन नरसंहार। आपका कोई भी नज़दीकी स्टेशन। 3417 लोग मारे गए थे, पर कोई भी मारा नहीं गया था।

## 11

घर के एक कोने में कुर्सी पर अलग-थलग बैठा मैं ख़ुद को पृथ्वी के सबसे निर्जन कोने में पाता हूं। मैं एक बहुत थके हुए आदमी की तरह लाशों के उस महासागर से निकला था। गोलियों की आवाज़ और एक-एक व्यक्ति की चीख़ मेरे कानों में लगातार गूंज रही

है। मैं दहाड़ें मारकर रोता, जब मुझे अहसास होता कि तीन हज़ार लोग मारे गए हैं। मुझे बार-बार ऐसा लग रहा था कि यह सिर्फ़ एक स्टेशन की घटना नहीं है। लोक़ल ट्रेन जितने स्टेशनों से होकर गुज़री होगी, सब पर ऐसा ही हुआ होगा। हर स्टेशन ख़ून, छल, अत्याचार, अन्याय, कपट, सीनाज़ोरी, लोकतंत्र, तानाशाही, यंत्रणा, प्रतिशोध, निराशा, मरघटी शांति और दुखी पिशाचिनियों की सिसकियों से पटा होगा। मेरा रोना सुनने के लिए कोई नहीं बचा था। मैं हैरान हूं कि एक भी गोली मुझे क्यों नहीं लगी? क्या जिस वक़्त गोलीबारी हो रही थी, उस वक़्त मैं छिप गया था? मुझे नहीं याद। किस जन्म का पुण्य है, जो बच गया? किस जन्म का पाप है, जो मैं बच गया?

घर आते ही मैं गोली से घायल किसी मृतप्राय की तरह गिर गया। खाना बनाने वाली ने साड़ी के पल्लू से मेरे माथे पर चुहचुहाते पसीने को पोंछा। मैं लंबी-लंबी सांसें लेकर फेफड़ों में हवा भरता रहा।

उसने पंखे की रफ़्तार बढ़ाते हुए पूछा—क्या हो गया?

मैं चुप रहा। उसकी ओर देखता हुआ। मेरे बैग में एक चॉकलेट थी। उसे निकालकर टेबल पर रख दिया। सचमुच, मुझे बहुत रोना आ रहा था।

उन्होंने सबको मार डाला।

क्या?

हां, एक साथ तीन हज़ार लोगों को गोलियों से भून डाला।

कहां? कब?

वह जहां बैठी थी, वहां से बुरी तरह उछल गई।

अभी, दो घंटे पहले।

मैंने उसे पूरा क़िस्सा सुनाया। सुनाते-सुनाते अहसास हुआ कि मैं रो भी रहा हूं और मेरे रोने के कारण शब्द अस्पष्ट निकल रहे हैं, जिससे वह एक ही बात चार बार पूछ रही है।

मैंने उसे बताया, वित्त मंत्री मुझसे कह कर गया है, तय है, तेरी हत्या होगी।

खाना बनाने वाली ने वैसी ही निगाह से मुझे देखा, जिस निगाह से उस दिन दुकानदार ने देखा था। मैं समझ गया, यह मेरा यक़ीन नहीं कर रही। मैं उठकर बैठ गया।

हां, वह बोलकर गया है।

उसकी निगाह मेरे पूरे बदन को चीरकर रख देगी।

वह टीवी चलाती है। ख़बरों के सारे चैनल बदल देती है। वह हर भाषा के हर ख़बर-चैनल को देखती है।

और कहती है—पर ऐसी तो कोई भी ख़बर नहीं है।

होगी, ध्यान से देखो।

मैं उसके साथ बैठकर पूरे दो घंटे ख़बरें देखता हूं, लेकिन जलियांवाला बाग़ से भी बड़े नरसंहार की कोई ख़बर वहां पर नहीं है।

कल पेपर में तो आ ही जाएगा।

तुम खाना खा लो और सो जाओ।

मैं आज्ञाकारी बच्चे की तरह, टेम्ड जानवर की तरह खाता हूं और नींद की शरण में चला जाता हूं।

## 12

सुबह उठा, तो पत्नी काग़ज़ पर हिसाब-किताब कर रही थी। घर सामान अस्त-व्यस्त था। कपबोर्ड में से कई सामान बाहर निकले थे। ऐसा लग रहा था, जैसे किसी ने घर की नंगी तलाशी ली हो। क्या रात को कोई आया था, जिसने पूरा घर तलाश मारा हो? क्या इस घर में अब भी कुछ बचा है, जिसकी तलाशी लेने पर कुछ मिल सके? क्या इस संसार के किसी भी घर में ऐसा कुछ छिपा है, जिसे जानने के लिए तलाशी लेनी पड़े?

मुझे ख़्याल आया कि रात को कहीं वे बैंक वाले न आए हों। उस दिन वह बहुत अविश्वास से देख रहा था, जब मैंने कहा था कि घर में इतना पैसा कोई कैश थोड़े रखता है। उसके बाद उसने घर के भीतर मौजूद हर दिशा में निगाह दौड़ाई थी।

मैंने रात को कपड़े तक नहीं बदले थे। बेल्ट अधखुला कमर से लटक रहा था। शायद बीवी ने रात को मेरी बेल्ट उतारने की कोशिश की होगी, या ढीली करने की। पैरों में अभी मोज़े थे और उसके कारण एक अजब-सी गर्मी लग रही थी। टखनों के ऊपर जहां मोज़ों की नायलॉन पट्टी चिपकी होती है, जहां गोल-लंबे निशान पड़ जाते हैं, वहां बहुत ज़ोरों की खुजली हो रही थी। मैं एक टांग पर खड़े-खड़े खुजली करता रहा। कभी गिरते हुए ख़ुद को संभालने की कोशिश में।

काग़ज़ पर अब भी उसका हिसाब-किताब चल रहा था। उसे ख़बर नहीं लग पाई थी कि मैं जाग गया हूं। मैं ठीक उसके सामने जाकर खड़ा हो गया।

उसे कोई फ़र्क़ नहीं पड़ा यह जानकर कि मैं जाग गया हूं।

उसने मेरी तरफ़ वैसे ही देखा, जैसे उस दिन दुकानदार ने देखा था। इसकी आंखों में दुकानदार रहने लगे हैं? मैं सोचना चाह रहा था।

उसने एक बार भी नहीं पूछा कि कैसा हूं। अगर वह पूछती, तो मैं ज़रूर यही कहता कि मुझे क्या हुआ था? क्या तुम मुझे पागल समझ रही हो?

शायद उसे पता लग गया था कि मैं ऐसा कहने वाला हूं, इसीलिए उसने कुछ नहीं पूछा।

क्या कर रही हो?

कुछ नहीं, थोड़ा हिसाब कर रही हूं।

मैं एक तरफ़ को खड़ा हो गया। फिर छोटी बाल्टी में पानी और मग्गा लेकर बाल्कनी में चला गया। मुझे अपने पौधों को पानी देना है। नीम की सात पत्तियों को उंगली से

घिसकर धोना है। डहेलिया के फूल का इंतज़ार करना है।

अचानक उसकी आवाज़ आई, तुमको याद है, फ्रिज कितने में लिया था हमने?

ग्यारह हज़ार सात सौ।

बिजली की गति से मेरे मुंह से निकला। मैं ख़ुद भी हैरान हो गया।

और टीवी?

बारह हज़ार का।

मैं तो किसी बेयरे की तरह बोल रहा हूं। जिस समय मैं सब कुछ भूल चुका हूं, उस समय सब कुछ याद आ जाने-सी ख़ुशी महसूस हो रही है।

मैं ख़ुश होकर पौधों को पानी देने लगता हूं कि उसका यह पूछना मुझे बहुत अजीब लगता है। मैं उसके पास जाकर पूछता हूं। वह कुछ नहीं कहती। उसके काग़ज़ पर घर के ऐसे कई सामानों का नाम और क़ीमत लिखे हैं।

क्या कर रही हो?

हिसाब?

किस चीज़ का हिसाब?

कौन-सा सामान कितने का।

इससे क्या होगा?

जो चीज़ निकल सकती होगी, उसे निकाल देंगे। कुछ तो पैसा आ जाएगा।

मैं चुपचाप उसके सामने बैठ जाता हूं। इस तरीक़े से मैंने नहीं सोचा था।

दरअसल, मैंने कुछ सोचा ही नहीं था।

दरअसल, मुझे कुछ सोचना आता ही नहीं था।

दरअसल, आख़िरी बार कब इस तरह से सोचा था मैंने, यह बिल्कुल याद नहीं।

वह घर के छोटे-बड़े तमाम सामानों का मूल्य जोड़ती है और वह लाखों में जाता है। मुझे संतुष्टि-सा आभास होता है कि मेरी परिसंपत्ति लाखों में है।

फिर वह बारह हज़ार की टीवी के सामने लिखती है तीन हज़ार रुपए। चौवालीस हज़ार की मोटरसाइकिल के सामने बीस हज़ार रुपए। ग्यारह हज़ार के फ्रिज के सामने तीन हज़ार रुपए। इक्यावन हज़ार तीन सौ रुपए के कंप्यूटर के सामने तेरह हज़ार चार सौ।

ये किसी कबाड़ी की तरह भाव क्यों लगा रही है?

री-सेल में क़ीमत हमेशा घट जाती है। मैं तो फिर भी बहुत ज़्यादा-ज़्यादा लिख रही हूं। उसने इस तरह कहा, जैसे अर्थशास्त्र का कोई बहुत बड़ा फंडा समझा रही हो।

कितना अवमूल्यन है ये? सामान घर में आया नहीं कि उसकी री-सेल वैल्यू आधे से भी कम हो गई। जिस समय लिया जा रहा था, उस समय तो किसी ने नहीं बताया था ये सब। तो ये सब मेरी संपत्ति कैसे हो गई? इनका तो मोल कौड़ी में भी नहीं। जितने में मैंने लिया है, उतने में तो कभी बेच भी नहीं सकता? यह कैसे हो रहा है कि शो-रूम

से सड़क के बीच बाइक अपनी क़ीमत चौबीस हज़ार घटा बैठी? क्या चलते समय छीजती है इसकी क़ीमत, जैसे उसका टायर?

मेरी री-सेल वैल्यू कितनी है? एक बार बिक जाने के बाद धेला कोई नहीं पूछेगा मुझे? दुबारा नहीं बिक सकता मैं? काठ की हांड़ी हूं, एक बार में तल्ला काला। राख। अगली बार कौड़ियों के मोल। पहली बार चमचमाते शो-रूम से बिकना, अगली बार कबाड़ के भाव।

सच कहूं, ये अर्थशास्त्र कभी मेरी समझ में नहीं आएगा? आपके आता है क्या?

ये सिर्फ़ नाम के वैल्यूएबल्स हैं, दरअसल इनकी कोई वैल्यू नहीं। ये मेरा भ्रम है। दिमाग़ी गुहांधकार का औरांग उटांग है ये, जो चाहे जब खींस निपोर दे, चाहे जब काम निपोर दे। मेरी संपत्ति भ्रम है। माया है। उपभोग की वस्तु मात्र है। संपत्ति सिर्फ़ उनके लिए है, जो फेंस के उस तरफ़ बैठे हैं।

कौन हैं वे लोग, जो फेंस के उस तरफ़ बैठे हैं? उनके चेहरे नहीं हैं? सिर्फ़ उनकी बड़ी-सी तोंद दिखाई देती है? सिर्फ़ चिकन की फेंकी हुई हड्डी और उलीची गई शराब की भाप दिखाई देती है? सिर्फ़ एक भयंकर अट्टहास, एक कानफोड़ू डकार और न समझ में आने वाली एक सर्वव्यापी भाषा सुनाई देती है?

दस रुपए में ख़रीदा गेहूं वापस दस रुपए में बेच पाऊंगा? बाईस का दूध फिर बाईस में? पचास रुपए की यह चाय बनाकर फिर पचास रुपए में बिकेगी क्या? मुझसे नहीं बिकेगी। जो बेच सकते हैं, अर्थव्यवस्था वही बनाते हैं, वही चलाते हैं। जो नहीं बेच सकते है, वे अर्थव्यवस्था का शिकार हो जाते हैं। कैसा लंपट बेचू समय है यह? यहां लोग कान का बाल कुंडल के मोल बेच डाल रहे हैं और हम हैं कि ससुरा दस रुपए का गेहूं पूरे दस रुपए में नहीं बेच सकते? आठ घंटे का श्रम पूरे आठ घंटे की क़ीमत पर नहीं। धिक्कार है तुम्हें।

घर में जो चाय पीता है, वह दाम नहीं चुकाता। जो खाता है, वह नक़दी नहीं गिनता। जो गद्दे पर सोता है, वह मुफ़्त में सोता है।

कैसा अजीब एकाधिकार है? मुझे ख़रीदने का हक़ दिया गया है, बेचने का नहीं। मैं इस बाज़ार को वापस कुछ नहीं बेच सकता। ये ई-वेस्ट है। पूरी अर्थव्यवस्था ई-वेस्ट है, जहां कचरा बेमोल है, जिसकी रीसाइकिलिंग भी नहीं हो सकती। जिसे सिर्फ़ एक ढेर की तरह जमा होते जाना है। जिसमें कीड़े भी नहीं लगेंगे और हज़ार साल बाद आने वाली पुश्तों को भी ये खुदाई में साबुत ज़मीन के नीचे से मिलेंगी। जिसे डी-कोड करना उनके लिए नामुमकिन होगा। जिससे सभ्यता को सिर्फ़ नुक़सान ही होना है। जो एक करवट में एक लाख बीमारियां दे देगी, जिन्हें जब तक साइंस समझ पाएगा, सृष्टि शिव की तीसरी आंख में घुस जाएगी। जो मुझे ऐसी भुलभुलैया में ले जाएगी, जैसी तिब्बत के किसी पुराने इलाक़े की कोई अनसुलझी लिपि।

मैं उसके हाथ से काग़ज़ ले लेता हूं।

इससे कुछ नहीं होने वाला। मैं बर्दाश्त नहीं कर पाऊंगा कि मेरी बारह हज़ार की टीवी को कोई दो हज़ार में लेवे। तुम्हें नहीं पता, उस बारह हज़ार को कमाने में मैंने कितनी बार अपनी रूह को मारा है, जो समय मुझे अपने आप को देना चाहिए था, उस कंपनी को दिया है, जिसने मेरे समय की क़ीमत आढ़तियों की तरह लगाई है। जहां सुबह जाते समय मुझे हमेशा लगा कि मैं अपने भीतर कुछ काट रहा हूं। जहां से मैं हमेशा नाख़ुश लौटा। जहां से मुझे माहवार तनख़्वाह के अलावा यंत्रणा, यातना, दुख और अपमान ही मिले। जिसने दफ़्तर के दरवाज़े से लेकर टॉयलेट के कमोड तक सिर्फ़ मेरा मज़ाक़ ही बनाया। जिसने हमेशा यही कोशिश की कि मैं उतना ही पैसा ले जा सकूं घर तक, जितने में मेरा लोभ ज़िंदा रह सके, जितने में वापस वहां आने की मेरी ललक बनी रहे।

वह अवाक् मुझे देख रही है।

सच कहता हूं, मैं नहीं देख पाऊंगा। उपभोग की क़ीमत उपयोग से ज़्यादा लगाई जाती है यहां। मैं इस दुनिया में नहीं रह पाऊंगा। मैं अपना नाम वापस लेता हूं, जीने वालों की फ़ेहरिस्त में से।

बंद कर दो यह सब। एक बार बिका हुआ माल वापस नहीं होता। भूल-चूक लेनी-देनी।

कहकर मैं बाथरूम की तरफ़ भागा। मेरा प्रेशर बन रहा था।

## 13

जब मैं ऑफ़िस पहुंचा, तो सारे लोग मुझे ही देख रहे थे। चीज़ों को बेजान माना जाता है, लेकिन वे भी मेरी ही ओर मुंह किए बैठी थीं। पानी की एक सादी-सी बोतल भी मुझे ही ताक रही थी। दफ़्तर के वे सारे लोग जो कल शाम को ट्रेन में मेरे साथ अचानक आ गए थे, इस समय अपनी-अपनी मेजों पर बैठे काम कर रहे थे या सिर खोभ रहे थे या कुर्सी पर टांग चढ़ाकर बैठे थे या लेमनचूस चाट रहे थे। ये सारे लोग कल मार डाले गए थे या मेरी तरह बचकर भाग गए थे? बाबा कहां है? कल वो दग़ा देकर भागा था। जब गोलियां चली थीं, तो मैंने उसे भागते हुए देखा था। ये सारे लोग उसी के साथ भागे थे क्या?

वे मुझे देख रहे हैं। मैं प्याज़ की तरह ताज़ा छिला हुआ हूं।

बच गए फिर कल?

बात मैंने ही शुरू की।

क्या?

उसने कहा।

कल बच के निकल लिए न? सही पहुंच गए थे घर तक?

हां, पहुंच तो गया था।

अच्छा किया, बहुत गोली चली थी।

क्या?

काम कीजिए, काम। मैंने महटिया दिया। अब वह भी मुझे ग़लत साबित करना चाहेगा। अब वह भी कहेगा कि कौन-सी गोली? ये सारे लोग इस व्यवस्था का हिस्सा बन गए हैं। ये कभी नहीं कहेंगे कि गोली चली थी, इतने सारे लोग मारे गए थे। ये क्षुद्र हैं। बिके हुए लोग हैं। मौन रहने वाला हर आदमी बिका हुआ है। उसे अपने बिके होने का मर्म ही नहीं पता।

आपकी तबीयत अब कैसी है?

कोई हमदर्दी लेकर आया था।

मुझे क्या होना था?

नहीं, कल ज़रा परेशान लग रहे थे।

नहीं तो। मैं बिल्कुल परेशान नहीं। मैं तो हंसता हूं।

मैं हंस नहीं पाया।

हां, आज तो बहुत सही हैं आप।

वह मुस्कराकर गया।

मैं नहीं मुस्कराया।

मैं अपने काम में लग जाता हूं। मुझे कुछ नहीं याद करना है। मुझे कोई क्रांति नहीं करनी है। मुझे सिर्फ़ पैसों का इंतज़ाम करना है। पर काम करने से पैसे नहीं मिलते। और क्या किया जाना चाहिए?

मैं मोबाइल उठाता हूं और परली तरफ़ के गलियारे की ओर जाता हूं। वहां एक स्मोकिंग ज़ोन बना हुआ है। अघोषित। वहां एक सोफ़ा भी रखा है। बहुत पुराना। शायद पहले डीजीएम के केबिन में होता था यह सोफ़ा। बाद में उसने अपने केबिन का रिनोवेशन कराया था। सारे फ़र्नीचर और कर्टेन्स बदले थे। मेरी मेज़ पहले उसी के केबिन में थी। जब वह अपना फ़र्नीचर बदल रहा था, तो बाबा से बोलकर वह मेज़ मैंने ले ली थी। उस मेज़ में बीचोबीच ग्लास लगा है, जिसके नीचे मॉनीटर रखा जा सकता है। इससे मेरी मेज़ काफ़ी खुली-खुली हो गई थी। उस पर मुझे अलग क़िस्म की मुक्ति का अहसास होता है। उस ग्लास में से नीचे देखकर काम करना होता है। उस टेबल पर कई लोगों की नज़र थी। पर बाबा ने मेरे बारे में कहा था कि उसे स्पॉन्डिलाइटिस है। इस कारण ज़्यादा देर तक ऊपर नहीं देख पाता। सो मेरे पास आ गई। बाद में उसी डीजीएम के ख़िलाफ़ मुझे शिकायत करनी पड़ी थी। बाबा ने कहा था।

उसके सोफ़े में किसी को दिलचस्पी नहीं थी। ना ही कहीं जगह थी। मैंने ही बाबा से कहा था कि उस सोफ़े को गलियारे में रखवा दिया जाए। वहां विजिटर्स बैठ सकेंगे। दरअसल, सिगरेट पीते हुए कई बार मुझे बैठने की ज़रूरत लगती थी। इसलिए बाबा को

वह सुझाव दिया था मैंने। अब उस पर मेरे जैसे दो-चार सिगरेटची बैठते हैं। विजिटर्स को बहुत कम देखा है। दरअसल, वे इस रास्ते आते ही नहीं।

मैंने मोबाइल में कुछ नंबर तलाशे थे। कुछ रिश्तेदारों को फ़ोन कर हालचाल पूछा। उनकी माली हालत के बारे में सोचा। उनसे कुछ पैसे लेना चाहता था। पर जैसे सबको पहले से ही पता हो कि मैं पैसे मांगना चाहता हूं। हैलो बोलने के बाद से ही वे अपनी तकलीफ़ें गिनाने लगते।

मैंने सिर पीछे कर लिया। सोफ़े के कंधे से टिक गया। जैसे मेरा पूरा बदन हवा में उड़ रहा हो। सिर्फ़ गरदन के सहारे टिका हुआ होऊं मैं।

पता नहीं, कब तक उसी तरह पड़ा रहा मैं। आंख तब खोली, जब कान में मेरा नाम गया। कोई पुकार रहा था। बहुत दूर से आवाज़ आ रही थी।

जो आवाज़ दे रहा था, वह मेरे बिल्कुल बग़ल में बैठा था।

उसे देखकर मैं हड़बड़ा गया। सच में। हवा में उड़ता मेरा बदन गिर पड़ा। जिस गर्दन पर टिका था, उसे बुरी तरह झटका लगा।

मैं सोच भी नहीं सकता था कि वह यहां भी आ जाएगा।

क्या हुआ सर? रिलैक्स हो रहे हैं।

नहीं, आपका ही काम कर रहा था।

अरे वाह सर। पर तीन दिन हो गए सर। अब तक तो आपको कर लेना चाहिए था सर।

........

आपने तो कहा था कि बस एटीएम से निकाल कर दे दूंगा।

मैंने तो नहीं कहा था ऐसा।

यही कहा था सर। छोड़िए, और बताइए। कैसे हैं?

........

इस सवाल का क्या जवाब दे सकता था मैं।

अभी भी पैसों का इंतज़ाम करने में ही लगा हुआ हूं भाई मेरे।

वो तो कब से कर रहे हैं सर आप। मैंने तो अपनी रिस्क पर आपको तीन दिन का समय दिया था। घर-गृहस्थी वाले हैं आप, सोचकर। मेरे सीनियर्स ने हड़काया भी मुझे इसी कारण। पर शरीफ़ हैं आप, इसीलिए मैंने रिस्क ले लिया। आज तो आपको जमा करना ही होगा पैसा। वरना एक्शन हो जाएगा।

भाई, मैं कहां से लाऊं पैसा? नहीं हैं मेरे पास।

सर, इसीलिए तो धीरे-धीरे जमा करना था। इतने महीने तो ग़ायब रहे आप। बताया तक नहीं। डिफाल्टर हैं। क्या करूं मैं, बताइए?

आप बताइए, मैं क्या करूं?

मैं उसके आसपास, आगे-पीछे देखने लगा। इसके मुस्टंडे साथी यहीं हैं, या नीचे

छोड़ आया है।

सर, अकेले ही आया हूं आज। शरीफ़ आदमी हैं आप। इसलिए अकेला ही आ गया।

पर यहां क्यों आ गए?

घर देख लिया था सर आपका। सोचा, ऑफ़िस भी देख लें।

भाग थोड़े जाऊंगा।

मैं भुनभुन बोला।

भाग ही तो गए थे सर। बड़ी मुश्किल से खोजा है आपको।

बहुत कड़वा बोल गया वह। इतनी देर से जिस शराफ़त से वह बात कर रहा था, उसमें यह पंक्ति अजीब लगी। मैं चुप लगा गया। सच में मैं भाग गया था। चाहता था कि बैंक वाले भूल जाएं वह क़र्ज़, जो मैंने ले रखा है।

फिर? क्या करूं मैं, बताओ।

आज के बाद तो एक्शन हो जाएगा। मेरी ड्यूटी यहीं ख़त्म हो जाएगी। कल से कोई दूसरा एग्ज़ीक्यूटिव आपको डील करेगा। मैंने तो सिर्फ़ सर्च करके रिपोर्ट दे दी।

मेरा ब्लडप्रेशर बढ़ गया। सांस लेने में तकलीफ़ होने लगी। छत पर बनी किसी जगह को मैं ऐसे देखने लगा, जैसे वहां कोई सुराख कर दूंगा।

आप जैंटलमैन हो सर। तीस हज़ार ज़्यादा रक़म नहीं। कहीं से जुगाड़ लीजिए। आठ बजे शाम तक भर सकते हैं आजकल तो। बैंक खुला रहता है। नहीं तो सुबह साढ़े दस से पहले कर दीजिए। वरना तकलीफ़ हो जाएगी। बिना मतलब ऑफ़िस या कॉलोनी में बेइज़्ज़त होना पड़ेगा।

मैं बेइज़्ज़ती की कल्पना करके कांप रहा था। चुप था, क्योंकि कुछ बोल ही नहीं पा रहा था। गला सूख गया था। रह-रहकर थूक गटक रहा था। गले में कोई धारदार कांटा चुभा हुआ था। ज़ख़्म दे रहा था।

वह बोलकर चला गया। मैं इस तरह बैठा था, जैसे वह स्टैच्यू बोलकर भागा हो। उस जगह से उठने का मन नहीं कर रहा था। बाक़ी हर जगह असुरक्षित थी। एक बार को मन में आया कि घर ही न जाऊं कुछ दिनों के लिए। आएंगे, और घर में नहीं पाएंगे, तो वापस चले जाएंगे। इसी तरह कुछ दिन का समय मिल जाएगा। पर उन्होंने तो ऑफ़िस भी पता कर लिया है मेरा।

अब वे सब पता कर लेंगे। वह पब्लिक टॉयलेट, जहां से गुज़रते ही मुझे सू-सू लग जाती है, पान की दुकान, जहां भी एक क़र्ज़ कर रखा है मैंने पान-सिगरेट का, सैलून, जहां कभी-कभी दाढ़ी बनवाने की अय्याशी कर लेता हूं मैं। हर जगह उन्हें पता चल चुकी होगी अब तक। हर जगह वे मुझे घेर सकते हैं, मार सकते हैं, बेइज़्ज़त कर सकते हैं।

मैं बुरी तरह डर रहा हूं। कहां से लाऊं पैसे?

सैंया दिल में आना रे...आके फिर न जाना रे...

मैं घबराकर उठ खड़ा हुआ। मोबाइल बज रहा था। उसकी रिंगटोन थी। सोफ़े पर रखा वह वाइब्रेशन के कारण कांप रहा था। सामने खड़ा मैं पता नहीं किस वजह से।

एग्ज़ीक्यूटिव मुझे वाइब्रेशन मोड पर लगा गया था।

## 14

मैंने फिर ऑफ़िस में अपने आसपास बैठने वालों से पैसों की बात चलाई। उनमें से कइयों ने कई मौक़ों पर कहा था कि यार, हम तो तेरे लिए जान भी दे सकते हैं, लेकिन इस वक़्त वे जान क्या, पैसे भी नहीं देना चाहते थे। उन सबके नाम एक जैसे थे, वे सब एक जैसे दिखते थे, उन सबके कपड़े एक जैसे थे, वे एक ही जैसा चश्मा पहनते थे, एक ही जैसा संगीत सुनते थे, एक ही जैसे अख़बार पढ़ा करते थे, एक ही जैसे टीवी थे उनके पास और हमेशा वे एक ही जैसे प्रोग्राम्स देखा करते थे, उनकी पसंद एक जैसी थी, उन सबकी बातें, आदतें, नाराज़गी और ख़ुशियां एक जैसी थीं, वे सब एक ही जैसी बातों पर उछल पड़ते थे और एक ही जैसी बातों पर उदास हो जाते थे, वे एक ही जैसे खेल खेलते थे, वे सब एक ही जैसा खाना खाते थे, वे सब एक जैसी करवटों में सोया करते थे और एक जैसी गुप्तता में एक जैसे तरीक़े से चुंबन लेते थे, वे सब एक जैसी अर्थव्यवस्था में रहते थे और उसके प्रति उन सबके विचार एक ही जैसे थे, वे तरक़्क़ी और बरकत के एक जैसे सपने देखा करते थे, वे सब एक जैसी चमचमाहट से चमक रहे होते थे, लेकिन इस चमक के भीतर उनकी एक जैसी रंग वाली चड्डियां एक जैसी जगह से फटी होती थीं, कंगाली और तंगहाली से सबको एक जैसा डर लगता था और एक जैसी ख़राब माली हालत, एक जैसी बदहाली, एक जैसी अनिश्चितता के बाद भी उन सबके चेहरे पर या तो एक जैसी हंसी होती थी या एक जैसी उदासी, वे सब स्टीरियोटिपिकल इमेजेस में ही जिया करते थे, वे सब प्रोटोटाइप थे मेरे वर्ग के–जिसे मध्य वर्ग कहा जाता है। उन सबमें एक जैसी लंपटई थी।

उन सबने मुझे एक जैसे चेहरे पर एक जैसी भंगिमाओं के साथ एक जैसे शब्दों में इंकार किया था।

इस एक जैसे-पन के बाद भी उनमें से हर कोई अपने को अद्वितीय परेशानियों से घिरा हुआ बताता था।

हर किसी को क़िस्तें भरनी थीं, हर कोई क़र्ज़ों से बेहाल था, किसी को कार उठ जाने की फ़िक्र थी, किसी को बाइक और टीवी की, कोई होमलोन की क़िस्त भर रहा था, किसी ने पर्सनल लोन लिया था और जिसके इस्तेमाल के बारे में न बैंक ने उनसे पूछा था, न ही सरकार ने। हर किसी की अंटी आधे महीने में ही ख़ाली हो जाती थी। हर किसी ने पैसों की मदद न कर पाने का यही कारण बताया था।

हममें से कोई कर्मयोद्धा नहीं, सब क़र्ज़योद्धा हैं क्या? बरबस मेरे मुंह से निकला।

वे सब एक जैसी ख़ामोशी से भर गए और एक जैसी कुर्सियों पर बैठकर एक जैसे काम करने लगे।

जब मैं सड़क पर चल रहा था, तो मेरे क़दम सही जगह पर नहीं पड़ रहे थे। बार-बार मेरी आंखों के आगे काले साये आ जाते थे और मेरी कंखौरियां गन्हाने लगती थीं। गोमूत्र की गंध मेरी कंखौरियों में घर बनाकर रह रही थी। स्थाई निवास बना लिया था। थोड़ी देर पहले मैंने रास्ते से थोड़ी सब्ज़ी ली थी, हालांकि मेरा मन बिल्कुल नहीं था और उसके बाद से मेरा दिल इसलिए भी डूबा जा रहा था कि घर जाते ही खाना बनाने वाली की डपट सुननी होगी कि कितनी सड़ी हुई सब्ज़ियां ले आए हो, कि पैसे किसी पेड़ पर नहीं उगते जो इस तरह फूंक देते हो, कि इतने में तो मैं चार दिन सब्ज़ी ले आती, कि फलां...कि ढिमका...

पता नहीं, मेरे क़दम किस तरह पड़ रहे थे कि मैं कैसे चल रहा था कि मैं गिर क्यों नहीं जा रहा था कि मैं सीधा था कि मैं टेढ़ा था कि मैं सिर के बल चल रहा था कि मेरी टांगों में ज़ंग लगी हुई थी कि मेरा मगज फिर गया था कि मेरी आंखें उलट गई थीं कि मुझे सांस लेने में दिक़्क़त हो रही थी कि क्या हो रहा था, पता नहीं। पर मुझे कुत्तों के बुरी तरह भौंकने की आवाज़ आई। मैंने पलटकर देखा, तो वे गोल बनाकर मेरे ही ऊपर भौंक रहे थे। उनमें से एक भौंकता-भौंकता आगे तक चला आता था और तीन पीछे से भौंकते थे, एक मेरी जांघों के बहुत क़रीब तक आ गया था कि मैंने मुंह से बड़ी भयानक आवाज़ निकाली और वह घबराकर चार क़दम पीछे हटा। मुझे तोष हुआ कि मेरे भीतर एक जानवर अभी भी सुरक्षित पड़ा है, एक दैत्य, ज़ो समय आने पर इतनी भयानक आवाज़ निकाल सकता है, पर कुत्तों को कोई फ़र्क़ नहीं पड़ना था। वे चार क़दम पीछे हटकर वहीं से भौंकने लगे। मैंने एक पत्थर उठा लिया और उन्हें ललकारने लगा। उनका भौंकना और बढ़ गया।

उन कुत्तों को किसी ने पाला नहीं था। वे सड़क पर पले थे, ख़ुद से पले थे और उन्हें संभवतः किसी ने मेरी ओर इशारा करके छूः भी नहीं कहा था, फिर वे मुझ पर क्यों भौंक रहे थे? ऐसा मैंने उस वक़्त नहीं सोचा था। उनकी भौंक मुझे सोचने भी नहीं दे रही थी।

कोई मेरे पास से कहते हुए गुज़रा, अरे निकल लो यार। कुछ नहीं करने वाले। ऐसे ही मस्ती में आए लगते हैं।

मैंने उनका क्या बिगाड़ा है कि मुझे देखकर इन्हें मस्ती आ गई है।

मैं चुपचाप अपनी राह चलने लगा। मेरे कंधे पर बैग था और हाथ की पन्नी में तरकारी। उनमें से एक गुर्राता हुआ बिल्कुल मेरी पिंडलियों तक आया। मैं पलटता, तब तक उसने तरकारी की पन्नी में मुंह मार दिया। पन्नी उसके दांतों में अटक गई और वह उसे ले दौड़ा। पन्नी उसकी टांगों में फंस गई और सारी तरकारी सड़क पर बिखर गई।

इससे बाक़ी कुत्तों का ध्यान भंग हुआ। वे भौंकना छोड़कर पन्नी को सूंघने लगे। पर अगले ही पल वे फिर मिलकर भौंकने लगे। मैंने देखा, उनकी भौंक सुनकर अगली गली से कुछ और कुत्ते निकले, उनके सुर में शामिल हो गए। मुझे लगा कि अब यहां से भागना चाहिए, क्योंकि अब उनके दांत बहुत पैने लग रहे थे और इरादे भी ख़तरनाक।

मैं पलटा और तीन-चार क़दमों तक दौड़ा। उनकी भौंक तेज़ हो गई। वे मुझे दौड़ा रहे थे।

मैं फिर रुक गया। पलटकर खड़ा हो गया। उन सबकी मिली-जुली भौंक बेहद डरावनी लग रही थी। ऐसा लग रहा था, हमारे समय का सारा आतंक इसी भौंक से निकल कर आ रहा है, ऐसी भौंक, जिसमें कोई कमिटमेंट नहीं, जो सिर्फ़ मस्ती से निकली है, ऐसे व्यक्ति के प्रति, जो सिर्फ़ अपनी राह जा रहा है, जो दफ़्तर से छूटा है, जिसके पास बहुत बड़े-बड़े तनाव और जीनियस वाला एक सिरदर्द है, जिसने अपने परिवार को ख़ुश करने के लिए बहुत दिनों बाद आज तरकारी ली थी, जो बेबस है, असहाय है और इस अहायता में अद्वितीय तरीक़े से कायर है, जो किसी का नुक़सान नहीं कर सकता, लेकिन फिर भी नुक़सान करने वालों की नज़रबंदी में हमेशा रहता है, जिसे किसी से लेना-देना नहीं, लेकिन जिसकी ले-दे पर पूरे सिस्टम की नज़र रहती है, उस मामूली-से आदमी पर भी तुम लोग सिर्फ़ मस्ती के कारण भौंक रहे हो?

मैं उन कुत्तों के सामने रो देना चाहता था। आसपास देख रहा था, कोई पत्थर नहीं था।

मैं अपने भीतर से अगली भयंकर आवाज़ के निकलने का इंतज़ार करने लगा, पर मेरे भीतर का जानवर स्खलित हो चुका था। उसके गुस्से का शीघ्र-पतन हो गया था।

बग़ल की दुकान से एक आदमी निकला और बिजली की तेज़ी के साथ उसने एक डंडा एक कुत्ते की पीठ पर मारा। कें-कें करता कुत्ता वहां से भागा। उसके साथ बाक़ी भी भागे। भौंक एकदम से बंद हो गई।

आदमी भुनभुना रहा था—कान फाड़कर रख दिया सालों ने। कमेंटरी भी नहीं सुनने दे रहे हैं।

मैं उसके प्रति आभार प्रकट करना चाहता था, कम से कम नज़रों से ही, पर उसने मेरी तरफ़ उसी तरह देखा, जैसे उस दिन दुकानदार ने देखा था, जैसा खाना बनाने वाली ने देखा था, जैसा बाबा ने देखा था और जैसा मेरे आसपास बैठने वालों ने देखा था। उसी तरह जैसे वित्त मंत्री ने देखा था। उन सबकी आंखों में कोई दुकानदार रहने लगा था।

इस अहसास ने मुझे शर्म की ज़मीन में गाड़ दिया कि जिसके पीछे कुत्ते पड़ते हैं, दरअसल वह उसी लायक़ होता है।

मैं सड़क के एक किनारे खड़ा हो गया, जहां लोग नहीं थे। बैग से बोतल निकालकर दो घूंट पानी पिया और चश्मा निकालकर जेब में रख दिया। ऊपर से नीचे तक पसीने की गंगा बह रही थी। वह आसमान से उतरी थी और इस बार शिव ने उसे अपनी जटाओं

में लेने से इंकार कर दिया था। वह मेरे पूरे शरीर पर नाच रही थी। उसमें किसी ने बूंद भर गोमूत्र मिला दिया था। क्यों आते थे मुझे वैसे सपने, जिनमें मेरे ऊपर बरसात हो रही है और बरसात का सारा पानी गोमूत्र में बदला जा रहा है? क्या ऐसे ही किसी वक़्त के लिए मैंने वैसा सपना देखा था? क्या इसी गंध के कारण इन कुत्तों ने मेरी मस्ती ले ली? मैं ऐसा क्यों दिख रहा हूं, कि मेरे पीछे कुत्ते पड़ रहे हैं।

जहां-जहां पोंछ सकता था, वहां से मैंने पसीना पोंछा।

आज स्टेशन तक जाने में इत्तना समय क्यों लग रहा है मुझे?

रास्ता वही है, पर नाप नहीं पा रहा। डग भी वहीं हैं, लेकिन डिग ही नहीं रहे।

मैं बहुत सुस्त क़दमों से आगे बढ़ रहा हूं। मेरे भीतर का जानवर एक बार फिर गुर्राता है और मैं अपनी कल्पना में उस अद्वैत वाले एग्ज़ीक्यूटिव को यादकर उसे एक भद्दी गाली देता हूं। मेरे भीतर से फिर गुर्राहट निकलती है। उस एग्ज़ीक्यूटिव को मैं एक थप्पड़ रसीद करता हूं। उसके बाद ग्रेट खली की तरह उसे कान चॉप मारता हूं। बतिस्ता की तरह मैं उसकी टांगों पर कुहनियों के बल कूद जाता हूं। अंडरटेकर की तरह उसे आर्मलॉक में ले लेता हूं। वह कराह रहा हैं, कांख रहा है, पोंक रहा है, रिरिया रहा है, रो रहा है, मुझे बहुत सुकून मिलता है, मेरे दांत भिंचे हुए हैं और आंखें मिंची हुई, मैं द रॉक की तरह उसे अपने सिर के ऊपर उठा लेता हूं और पटक देता हूं। वह चकनाचूर हो गया है। पैरों से उसे पलटता हूं और एक ज़ोरदार आख़िरी लात उसकी चूतड़ पर मारता हूं।

चिल्लाकर कहता हूं, इसको कहते हैं जीपीएल...गांड़ पे लात। क्या समझे?

विजय का उल्लास मेरे भीतर भर जाता है। मैं एक असली शत्रु से काल्पनिक तरीक़े से लड़ रहा हूं। उसे अब और धाराप्रवाह गालियां दे रहा हूं।

पता नहीं, मेरे मुंह से आवाज़ निकल रही है या नहीं, पता नहीं, मेरी इस कुश्ती का प्रसारण किसी टीवी चैनल पर किया जा रहा है या नहीं, पता नहीं, मेरी कमर पर चमड़े का कोई बेल्ट बांधा गया है या नहीं, पर ये सात लोग मेरे सामने आकर खड़े हो गए हैं, इन्होंने मुझे बुरी तरह डरा दिया है।

इनमें से दो ने खद्दर का कुर्ता, खद्दर की सदरी और पैजामा पहन रखा है। इनके सिर पर गांधी टोपी है। उनके साथ पांच मुश्टंडे हैं।

उनमें से एक जो सबसे गोरा और सुंदर है, मुझसे पूछता है–क्या बात है सर, बहुत चिंता में हैं?

मैं अवाक् हूं। बस उसे देखता रह जाता हूं।

क्या बात है सर? चिंता में हैं? ख़ुद से ही बातें किए जा रहे हैं?

कुछ नहीं।

नहीं सर, टेंशन तो है आपको। किसकी टेंशन है, बोलो सर?

किसी की नहीं भाई। चलिए हटिए।

अरे सर, आप इतना टेंशन में हैं, साफ़ दिख रहा है, ख़ुद से ही बोले चले आ रहे

हैं, कुछ तो है? बॉस ने डांटा है क्या?

नहीं तो।

बीवी ने अंगूठी मांगी है? नहीं लाए, तो घर में घुसने नहीं देगी? उसने हाथ और आंख नचा-नचाकर फिल्मी जोकरों की तरह कहा।

नहीं भई, अपने रस्ते जाइए। चलिए, रास्ता छोड़िए।

अरे सर, ऐसे कैसे छोड़ दें। क्यों भाइयो, ऐसे कैसे रास्ता छोड़ दें?

उसके भाइयों ने कहा, नहीं जी, रास्ता तो नहीं छोड़ सकते। वह तो इनके बाप का है नहीं।

तो क्या आपके बाप का है? मैं पलटा।

हमारे बाप तो राष्ट्रपिता हैं। उन्हीं का है।

खे-खे-खे करके वे सब हंसने लगे। मुझे लगा, गड़बड़ है कोई। मैं पलटने लगा। उन सबने मेरी बांह पकड़ ली।

अरे सर कहां? अभी तो मिले हो। आपका स्वागत ही नहीं हुआ। सर, सच्ची बताइए, गर्लफ्रेंड से पंगा हुआ क्या? उसने आंख मारते हुए पूछा।

अरे नहीं यार।

फिर तो पक्का आप इंडिया की टेंशन कर रहे हैं? देश की चिंता अच्छी बात है। सच्ची बोलिए, वही कर रहे हैं न?

मुझे लगा, पागल हैं ये सब लोग या लुटेरे। अभी चाकू-पिस्तौल न निकाल लें? मैं थोड़ा नरम हुआ, देश की चिंता तो सबको है।

ये हुई न बात। सर, नाम क्या है आपका?

आपसे मतलब?

लगता है, अनामदास हैं। बोलो, अनामदास जी की...

उसके भाइयों ने कहा,...जय।

वे अनामदास की जय के नारे लगाने लगे। वहां काफ़ी लोग इकट्ठा हो गए।

उनके नारे नहीं रुक रहे थे। अनामदास ज़िंदाबाद, अनामदास ज़िंदाबाद। वे शायद लोगों को इकट्ठा करने के लिए ही नारे लगा रहे थे।

मैं वहां से हटना चाहता था, पर सबसे मज़बूत तीन लोगों ने मुझे इस क़दर पकड़ रखा था कि मैं हिल तक नहीं सका।

अनामदास जी हमारे नेता हैं। इस देश को इनके जैसे नेता की ही ज़रूरत है। ये रास्ते पर चलते हुए भी देश की चिंता में लगे रहते हैं। ख़ुद से बातें करते हुए देश की समस्या का हल खोजते रहते हैं। वह आदमी भाषण देने लगा।

अनामदास जी, बताइए, देश की कितनी चिंता करते हैं आप? आख़िर आप हमारे देश के नेता हैं?

अरे भई, मैं कोई नेता-वेता नहीं। बख़्शो मुझे।

—

अरे, आप ही हमारे नेता हैं। बोलिए, भारत माता की जय।

अरे यार क्यों बोलूं?

बोलना तो पड़ेगा ही। कैसे नेता हैं आप, देश को अपनी मां बोलने में शरम आती है क्या? बोलिए, भारत माता की जय। मेरी बांहों पर कोई पकड़ मज़बूत होती जान पड़ी।

मैंने कह दिया, मरी हुई-सी आवाज़ में, भारत माता की जय।

अरे, ज़ोर-से बोलो, भारत माता की जय।

मेरे मुंह से फिर मरी हुई-सी आवाज़ निकली, भारत माता की जय।

अरे, ये कैसा नेता है? इसमें तो दम ही नहीं। इसकी तो आवाज़ ही नहीं निकल रही। उनमें से कोई बोला।

अरे देखो, नेता की जेब में कितने पैसे हैं?

अरे रे रे.. क्या कर रहे हो? मैंने ज़बर्दस्ती जेब में हाथ डालते उस आदमी को रोकना चाहा, पर मेरा हाथ तो किसी और के हाथ में था।

जेब में से दस रुपए का एक नोट निकला। पसीने से पूरी तरह भीगा हुआ नोट। और कुछ काग़ज़।

अरे ये देखो, सिर्फ़ दस रुपए हैं हमारे नेताजी की जेब में।

ख़ाक नेता है यार? न आवाज़ में दम, न खीसे में माल। ख़ाली ग़म ही ग़म। बोल बम बोल बम। क्या नेतागिरी करेगा रे तू? चल हट।

उनमें से एक ने मुझे धक्का दिया, पर पकड़े हुए लोगों ने मुझे गिरने नहीं दिया।

मेरे चेहरे के भाव लगातार बदल रहे थे। मैं रोना चाह रहा था। उस धक्के ने मेरे क़ाबू को हिला दिया।

अरे, इस नेता को चप्पल दो।

उनमें से कोई दो फुट की एक चप्पल ले आया। सफ़ेद रंग की। एक पैर की चप्पल।

ये हमारे नेता का इनाम है।

मैं उखड़ गया, तुम्हारी मां की आंख। भैनचो...

मैं छटपटा गया। ख़ुद को छुड़ाने के लिए, तिलमिलाता हुआ। अपमान का ज़हर पीता हुआ।

और वे सब हंसने लगे। सारे लोग एक साथ भयंकर हंसी में डूब रहे थे। उनकी समवेत हंसी वैसी ही भयानक लग रही थी, जैसी थोड़ी देर पहले कुत्तों की समवेत भौंक।

मैं भौंचक उन्हें देखता रह गया।

सर, सॉरी सर। दरअसल आप बन गए हैं हमारे आज के बकरा। आप मुर्ग़ा बन गए सर, हा हा हा।

और उसने दूर वैन की तरफ़ इशारा किया। वहां एक आदमी टीवी कैमरा लिए बैठा था और शायद इस पूरे दृश्य को शूट कर रहा था।

अरे सर, हंसिए, प्लीज़।

और मुझे रोना आ गया। सच में। बुक्का फाड़कर रोने लगा मैं।

अरे सर, सॉरी सर। ये हमारा एक टीवी प्रोग्राम है सर। आपने देखा होगा...चैनल पर। बहुत हिट प्रोग्राम है सर। आप रोइए मत।

मैं रोए जा रहा था।

अरे सर, थोड़ी मस्ती ले ली आपकी। थोड़ा फ़न, सर। कम ऑन सर, कम ऑन, जस्ट चिल। ओह मैन, शिट, चिल मैन चिल।

हां, मैंने देखा है आप लोगों का प्रोग्राम।

मैं चुप होते बोला।

मैंने देखा है टीवी पर, किस तरह रास्ते पर किसी को पकड़कर अपमानित किया जाता है। उसकी ग़रीबी का अपमान, उसकी मामूलियत का अपमान, उसके पैदल होने का अपमान, उसके शरीफ़, सीधे और भोले होने का अपमान। और अपमान की उसकी मुद्राओं को हंसी के वायसओवर के साथ बेच दिया जाता है।

आप मेरा भी अपमान बेचेंगे टीवी पर। मेरा अपमान, मेरा डर, मेरी घबराहट, मेरी खिसियाहट, सब आपके लिए बिकाऊ हैं। आप पूरे देश को दिखाएंगे कि ये पैदल छाप लोग सिर्फ़ बकरे हैं, मुर्ग़े हैं, और कुछ नहीं। मनुष्य तो बिल्कुल नहीं। इन्हें जब चाहो, हलाल कर डालो। टंगड़ी में सरिया डालकर भून डालो। ये उफ़ तक नहीं कर सकते।

मैं उन्हें ये सब कह नहीं पाया। उससे पहले ही वे मेरी पीठ पर थाप मारते हुए अंग्रेज़ी में चिल-चिल करते वैन की तरफ़ चले गए।

ये सब मैं सिर्फ़ सोच पाता था, बहुत-बहुत दिनों बाद, उस समय तो मैं अपने आप से भी कुछ नहीं कह पा रहा था। सिर्फ़ ठगा-सा खड़ा था। किसी ने मेरी मासूमियत, मामूलियत, अबोधत्व की मस्ती ले ली थी सरेराह और उसे टीवी पर प्रसारित किया जाएगा, यह अहसास ही मुझे शर्म से गाड़ रहा था। जैसा कुत्तों के पीछे पड़ने का अहसास। क्या मेरे पूरे समय में सिर्फ़ एग्ज़ीक्यूटिव, मैनेजर, दुकानदार और आवारा कुत्ते ही भरे पड़े हैं?

वे सब हंस रहे थे। ख़ुश थे।

उन्होंने अपने चैनल के लिए एक और सेलेबल कैप्सूल बना लिया था।

मैं उन्हें गीली आंखों से, जाता हुआ देख रहा था, खिलखिलाते हुए, उछलते और एक-दूसरे को तालियां देते।

जैसे कोई मुझे ऊपर से नीचे तक लूट ले गया था, कंगाल बना गया था।

## 15

प्लेटफार्म पर हमेशा की तरह भीड़ थी और मुझमें ट्रेन में दौड़कर चढ़ जाने की हिम्मत की कमी। ये दोनों चीज़ें साथ ही रहती हैं। मैं लगातार यह महसूस कर रहा हूं कि मैं

डरपोक होता जा रहा हूं और इस बात का अहसास मैं किसी को होने नहीं देना चाहता। इसीलिए अपने चेहरे पर सयानों वाली एक तटस्थता मैं हमेशा धारण करता हूं।

अचानक एक धक्का मुझे भीड़ के एकदम बीच खड़ा कर देता है। मैं ट्रेन के भीतर हूं, पर अंदर से भी प्रतिरोध की वैसी ही लहर आ रही है। मैं लोकल में बहुत भीतर तक नहीं जा पाता। दरवाज़े के पास ही अटककर रह जाता हूं। मैं चारों ओर चेहरा घुमाता हूं। सिर्फ़ हत्थों से लटके हुए हाथ नज़र आते हैं। बीच-बीच में कुछ चेहरे भी दिख जाते हैं। ये सारे चेहरे उस एग्ज़ीक्यूटिव के हैं।

मेरा पसीना बढ़ने लगता है और दिमाग़ के किसी कोने से एक चक्कर निकलता है और पूरे बदन पर छाने लगता है। मैं घबराकर वहीं बैठ जाता हूं। पैरों के जंगल के बीच किसी बच्चे-सा। या किसी पिग्मी-सा।

लोग कहते हैं कि मैंने बहुत शराब पी रखी है। उन्हें किस चीज़ की बू आ रही है? क्या मेरी गोमूत्र वाली पसीने की गंध शराब की गंध में ट्रांसलेट होकर उन तक पहुंच रही है? मैं अपने नाम दी जाने वाली गालियां सुनता हूं।

इसको हटाओ यहां से। एक लात लगेगी, तो सीधा नीचे जाएगा ये।

मैंने इतना-भर सुना। कुछ लोग मुझे उठाकर अविश्वसनीय तरीक़े से भीतर ले गए। इतनी भीड़ चीरना मेरे बस का नहीं था। वहां किसी को उठाकर मुझे बिठा दिया गया। मुझे बेहोशी के उस आलम में दुनिया एक ख़ूबसूरत बुनावट लगी, एक छोटे सफ़ेद रूमाल पर कोमल हाथों से की गई फूलदार महीन बुनावट, जिसमें चक्कर खाए एक आदमी को तमाम गालियों के बाद अब भी बैठने की जगह दे दी जाती है। जिस हिसाब से मुझे चक्कर आ रहा था, उस तरह से मुझे अब तक मनों वज़नी नींद के नीचे दब जाना चाहिए था, लेकिन मैं आंखें फाड़-फाड़कर आसपास की हर चीज़ को देखना चाहता था। दृश्य थोड़ी-थोड़ी देर के लिए ग़ायब हो जाते थे। शायद मैं एक जाग और एक नींद के बीच झूल रहा था। जिस तरफ़ झुक जाता, उसमें चला जाता था। मेरे बग़ल में साठ से ज़्यादा का कोई पुरुष बैठा था और अपनी उम्र के ख़िलाफ़ चैन की ऊंघ में था। उसके बाल सफ़ेद थे। मूंछ तक के। आंखों पर चश्मा चढ़ा था और हाथ में आठ आने का चारपेजी अख़बार था, जिसमें कोई भी ख़बर छह लाइन से ज़्यादा नहीं होती और जिसमें आधे पेज से भी बड़ी वर्गपहेली होती है। वर्गपहेली भरी हुई थी और अख़बार इस तरह मुड़ा हुआ था कि वह बच्चे की पॉटी पोंछने या समोसा दाब देने के सनातन उपयोग को उद्यत था। वह सज्जन अपनी ऊंघ में बार-बार मेरे कंधे पर आ धमकते थे। उनके वज़न से मुझे घबराहट होती और मैं पूरा एक ओर को झुक जाता। मेरे झुकने से मेरा बग़लवाला भी झुकता है और प्रतिक्रिया में कंधे से एक गहरा धक्का मेरी ओर मारता है। हम सब वापस सीधे होते, पर थोड़ी ही देर में सफ़ेद मूंछ वाले सज्जन फिर मुझ पर धमकते और एक तरफ़ झुकने, फिर सीधे होने की प्रक्रिया फिर शुरू होती।

मैंने उन सज्जन की सफ़ेद मूंछ को चुटकी में दबाया और इस तरह मूंछ पकड़कर

सज्जन को सीधा कर दिया। मूंछ के बालों में खिंचाव के कारण उन्होंने आंखें खोल दीं और बदतमीज़ कहकर दूसरी तरफ़ सिर करके सो गए।

पहले मुझे हैरत हुई कि यह मुझसे लड़ा क्यों नहीं। फिर मुझे ख़ुशी हुई कि यह मुझसे नहीं लड़ा।

क्या पता, मैं उसे दबा देता या उससे दब जाता।

मेरी ज़िंदगी ऐसे प्रसंगों से भरी हुई है, जिनका विश्लेषण तालीम और समझ के उन गहरे क्षणों में ही किया जा सकता है। मुझे दुनिया एक ख़ूबसूरत बुनावट लग रही थी और मैं मासूम ऊंघ में खोए एक मनुष्य की मूंछों को खींच रहा हूं।

क्या यह दुनिया सिर्फ़ उन्हीं को ख़ूबसूरत लगती है, जो निर्दोष, निरीह और हर क़िस्म का झगड़ा टालने वालों की मूंछों को खींचा करते हैं? क्या यह ख़ूबसूरत अहसासों का कंफर्ट लेवल है, जिसमें मैं किसी की मूंछ खींचने का दुस्साहस कर सकता हूं? अभी यह पलटकर मुझे दो हाथ लगा देता, तो ख़ूबसूरत बुनावट का मेरा सारा अहसास हवा हो जाता।

मैं मूंछ खींचने की ग्लानि का अनुभव करने लगा।

मैं उसे जगाकर सॉरी कहना चाहता हूं। मैं उससे यह पूछना चाहता हूं कि उसने मुझसे झगड़ा क्यों नहीं किया? हम दोनों एक ही वर्ग के हैं, जो दोषी को अनर्गल क्षमा देकर स्वयं के श्रेष्ठ होने के अहसास से रति करते हैं।

पर मैं उसे नहीं जगा पाता।

मेरे बाईं तरफ़ बैठा आदमी अचानक उठता है। शायद उसका स्टेशन आने वाला है। मैं बला की फुर्ती के साथ, लकड़ी की सीट से बिना पिछवाड़ा उठाए, खिसककर उसकी जगह घेर लेता हूं। अब विंडो सीट मिल गई है। जैसे ऑफ़िसों में हर किसी की निगाह में मैनेजर वाली कुर्सी होती है, उसी तरह ट्रेन में हर किसी की निगाह विंडो सीट पर होती है। यहां हवा मिलती है। दृश्य मिलता है। हाथों को एक्स्ट्रा रूम मिलता है। लत्तों से ठुंसे हुए बोरों की तरह इन ट्रेनों में, जहां खड़े होने पर नाक को सांस लेने लायक़ हवा नहीं मिल पाती, विंडो सीट विलास से कम नहीं। सत्ता होती है विंडो सीट। सत्ता की शक्ति का स्वाद नितंबों के रास्ते ऊपर उठता है, फिर दिमाग़ की ओर धावा बोलता है।

और मैं इस समय सत्ता पर हाथ चाढ़े बैठा हूं। हैंड रूम, लेग रूम, हांफती हवा और चकराते दृश्यों को एंज्वाय करता हुआ।

गाड़ी पता नहीं, किस स्टेशन् पर रुकती है और स्टेशन का नाम दिख सके, इससे पहले ही चल पड़ती है। थोड़ी देर बाद फिर रुक जाती है। बाहर अभी शाम पूरी तरह नहीं उतरी है। रोशनी बरक़रार है। हरी झाड़ियां यहां-वहां छितराई हुई हैं। और उन हरी झाड़ियों के बीच बहुत सारे लोग अपने प्राकृतिक आवेगों से निपट रहे हैं। उनके पीछे क़तार से झोपड़ियां बनी हैं। उनके आगे पानी से भरे डिब्बे रखे हैं। उनमें से कोई उठकर

अपनी लुंगी बांध रहा है। ट्रेन के रुकने के कारण कुछ शायद आधे में ही उठ गए हैं। कुछ अभी भी पूरी बेबसी या निर्लज्जता के साथ उसी अवस्था में बैठे हैं। शायद इससे अगला डिब्बा लेडीज कंपार्टमेंट है।

वहां कुछ कुत्ते दौड़ रहे हैं। मैं पहचान लेता हूं, ये नेटवर्क वाले कुत्ते हैं। लोग निपटान के समय ट्रेन से ध्यान हटाकर अपने मोबाइल पर लगाते हैं। कोई कान पर साट बतिया रहा है, तो कोई शायद गेम खेल रहा है। या इस समय अपनी फ़ोनबुक में किसी को तलाश रहा है।

मैं बैठे-बैठे खिड़की से झांकता हूं। दरवाज़े पर लटके लोग साफ़ दिख रहे हैं। ये बड़े विचित्र लोग हैं। व्यवस्था की किसी भी गाड़ी में इन्हें फुल एंट्री नहीं मिल पाती। ये हमेशा दरवाज़ों पर लटकने को अभिशप्त रहते हैं। ये अंदर जाना चाहते हैं, पर अंदर के लोग लगातार एक प्रेशर बनाते हैं, जिससे ये बाहर ही लटके रह जाएं। ये हर स्टेशन पर उतर जाते हैं। अंदर वालों को उतरने देते हैं, बाहर वालों को चढ़ने देते हैं। ट्रेन चढ़ते ही फिर दौड़कर लटक जाते हैं। इनमें अंदर जाने की इच्छा होती है, लेकिन लगातार बाहर रहने के कारण इन्होंने अंदर जाने की इच्छा का त्याग कर दिया है, या यह इनका विरोध है, एक क़िस्म का। तभी ये मौक़ा मिलने पर भी अंदर नहीं जाना चाहते। क्या यही हाशिया है? क्या लटके हुए यही लोग हाशिए के लोग हैं? लेकिन ये तो बीच में हैं। न अंदर की सुरक्षा इनका कवच है और न ही बाहर की अनिश्चितता व असुरक्षा इनका भय। हालांकि ये किसी भी पल अंदर हो सकते हैं और किसी भी पल किसी खंभे से टकरा इस ट्रेन से हमेशा के लिए गिर सकते हैं। दरवाज़े पर लटकना भी सत्ता का एक खेल है। सत्ता के संतुलन का नट-खेल।

गाड़ी रुके हुए काफ़ी देर हो गई है। मैं दरवाज़े पर लटके हुए एक से पूछता हूं, क्या हो गया?

वह एक हाथ से अपना गला कटने का इशारा करता है। मतलब फिर कोई इस ट्रेन के नीचे आकर मर गया।

कोई कट गया लगता है? मेरे मुंह से निकलता है।

इसी ट्रेन के नीचे आना था स्साले को? अब आधा घंटा लेट हो जाएगी ये।

ये आवाज़ पता नहीं कहां से आई थी। मैं उसे खोजने की कोई कोशिश नहीं करता। पता नहीं कितने बरसों से मैं इसे संवाद की तरह सुनता आ रहा हूं। यह आवाज़ और ये शब्द हवा में भटकती अमर तरंगों और नाद की तरह हैं। कहते हैं कि करोड़ों साल पहले निकली हुई ध्वनियां भी अभी तक हवा में भटक रही हैं। हर ध्वनि हवा में भटकती रहती है। वह निश्चित सेकंड्स की अवधि तक सुनाई देती है, फिर उसका डेसिबल इतना कम हो जाता है कि नंगे कानों से नहीं सुनाई पड़ती। उसकी ऑडिटरी मर जाती है। मुझे लगता है, यह पूरा आसमान, सारी हवा, ज़मीन पर मौजूद सारी स्पेस, गूंगी हो गई आवाज़ों से भर गई है। वे आवाज़ें कुछ कहना चाहती हैं, लेकिन हम बहरे हो गए हैं। इतनी सारी

आवाज़ें कि नई आवाज़ों के लिए बिल्कुल जगह नहीं। हमारी आवाज़ें मुंह से निकल ही नहीं रहीं। उनके लिए बाहर वैसे भी कोई जगह बची नहीं है।

मैं उन आवाज़ों की एक झलक के लिए पूरे डिब्बे को देखता हूं। उनकी कोई विज़ुअल इमेज नहीं है।

मैं खिड़की के डंडे से सिर टिकाकर पड़ जाता हूं।

अचानक बग़ल से एक हाथ मुझे जगाता है। मैं देखता हूं कि हाथ में करताल लेकर संत ज्ञानेश्वर बैठे हैं। मैंने उन्हें उस दिन देखा था। उनके गले में फूलों की माला है। चेहरे पर दुखी कर देने वाली एक मुस्कान और हाथ में ज्ञानेश्वरी। वह मुझे ट्रेन से उतार देते हैं और अपने साथ ले जा रहे हैं। वह पता नहीं, कौन-सी दुनिया में पहुंच गए हैं और उनके पीछे-पीछे मैं भी हूं। वह पता नहीं किस जगह जाकर पता नहीं किस पेड़ के नीचे बैठ जाते हैं। मैं उत्साहित हो गया था। मुझे लगा, वह ख़ास लम्हा आ गया, जिसमें मुझे सब कुछ साफ़-साफ़ दिखने लगेगा। यही लम्हा मेरी तालीम की रोटी-बोटी होगा। मैं एक आम मध्य-वर्गीय, जो सियासी तौर पर नादान और औसत दर्जे का शिक्षित है, तालीम के ऐसे लम्हों की बहुत क़द्र करता है।

वह मेरी तरफ़ देखते हैं। फिर कहते हैं, मैंने ज़िंदगी में कभी विंडो सीट की उम्मीद नहीं की। मैं भी हमेशा दरवाज़ों पर लटक कर यात्रा करता रहा। मैंने हमेशा ट्रेन के भीतर घुसना चाहा, लेकिन मुझे घुसने नहीं दिया गया। हर बार भीतर से कोई धक्का आता, ताकि रास्ते में मैं किसी भी खंभे से टकराकर हमेशा के लिए गिर जाऊं। लेकिन मुझे हमेशा अंदर से आया हुआ कोई हाथ गिरने से बचा लेता था। शायद वे डरते थे कि मेरे गिर जाने की वजह से उनकी ट्रेन न कहीं लेट हो जाए। फिर एक दिन मैंने अंदर घुसने की इच्छा को हमेशा के लिए त्याग दिया। मैं दरवाज़े पर खड़ा-खड़ा ही ज्ञानेश्वरी लिखने लगा। मैं चाहता था कि जितने भी लोग लटक कर यात्रा करते हैं, मैं उन सबको उनकी भाषा में ज्ञान बांट सकूं। मुझे अंदर की भाषा आती थी और बाहर की फ़िक्र थी। इसलिए मैंने ज्ञान को अंदर की भाषा से निकाला और बाहर की भाषा में अनुवाद किया। उसे सुनकर लटके हुए लोगों ने अंदर घुसने की इच्छा का त्याग करना शुरू कर दिया। इससे अंदर के लोगों को भयंकर तकलीफ़ हुई। उन्हें मितली और चक्कर आने लगे थे। वे अब मुझे अंदर खींच लेना चाहते थे, क्योंकि उन्हें लगता था, कि मैंने उनकी सारी हवा दरवाज़े पर ही रोक रखी है। वे बाक़ी लोगों को बाहर ही लटकाए रखना चाहते थे, क्योंकि उनसे उनकी हवा को ख़तरा नहीं होता था शायद। मैं भीतर नहीं जाना चाहता था। पर भीतर से कोई धक्का आया और मैं एक खंभे से टकरा गया। मैं गिर गया, उस ट्रेन से हमेशा के लिए बाहर हो गया। फिर उन्होंने मुझे कभी दरवाज़े तक पर नहीं लटकने दिया। वे कहते रहे, मेरा काम पूरा हो गया है। वे चौबीसों घंटे मुझसे कहते, ट्रेन में चढ़ने की मेरी हर कोशिश पर लंगी मार देते। मैंने उनसे परेशान होकर ख़ुद को ही मार डाला। उन्होंने एक गुफा के आगे बड़ा-सा पत्थर रख दिया। कहा

कि मैंने सजीवन समाधि ले ली है। मेरी आत्महत्या, जिसे ध्यान से देखो, तो हत्या दिखेगी, उसे उन्होंने सजीवन समाधि कह दिया। फिर मेरी तस्वीर को उन्होंने दरवाज़े पर नहीं, ट्रेन के भीतर टांग दिया। इस तरह बहुत ग़लत तरीक़े से उन्होंने मुझे अंदर वाला बना दिया।

ज्ञानेश्वर ने यह पूरी कहानी एक सांस में नहीं कही थी। वह बीच में कई बार अटके थे, माथे पर बल डालकर उन्होंने कुछ शब्द तलाशे थे, कुछ भंगिमाएं बनाई थीं, थोड़ी-थोड़ी देर के लिए ख़ामोश हो गए थे, दो-एक बार गीली हो रही आंखों को सूखने का मौक़ा दिया था और कई बार आसमान की तरफ़, कई बार सामने मैदान की तरफ़ देखा था। वह मैदान, जहां नेटवर्क का कुत्ता अब भी दौड़ रहा था। कई बार तो उनके होंठ तक नहीं हिले थे। ऐसा लगता था, जैसे सैकड़ों साल पहले हवा में छोड़ी गई कोई आवाज़ अपनी ऑडिटरी आज जाकर पा सकी थी, जब छोड़ी गई थी, तो उस आवाज़ के फाइल इन्फो में आज की तारीख़ और समय पर सुने जाने की एंट्री कर दी गई थी, या ऐसी कोई एंट्री थी ही नहीं। वह तो सैकड़ों सालों से किसी कंपैटिबल एंटेना की तलाश में अब भी अपने सुने जाने और कहे जाने के इंतज़ार में भटक रही थी। या वह बाई डिफॉल्ट ऐसी ही थी।

मैं कुछ नहीं बोला। मेरी आवाज़ तो हज़ारों-लाखों साल पहले ऑडिबल नहीं रह गई थी। मैंने हवा में ठुंसी हुई कई ऑडियो इमेजेस को देखा। वे अब दिख रही थीं। वे सारी इमेजेस दरवाज़ों पर लटके हुए लोगों की थीं। गूंगी आवाज़ों की इमेजेस।

तभी पीछे से वही आठ लोग दिखाई पड़े। वही आठ, जिनके बारे में ज्ञानेश्वर ने पिछली बार बताया था। वे अष्ट चिरंजीवी थे। मैं उनमें से हनुमान और अश्वत्थामा को पहचान रहा था। बाक़ी को नहीं। वे अजीब-सी हरकतें करते हुए बौद्ध लामाओं की तरह क़तार में चल रहे थे।

फिर भी, मैं बहुत क़िस्मतवाला हूं, जो सजीवन समाधि ले सका। ज्ञानेश्वर आगे कहते हैं, उनको देखो, वे अष्ट चिरंजीवी हैं। कभी नहीं मर सकते। वे भी हमेशा दरवाज़ों पर लटके रहे। अंदरवालों ने उनसे कहा कि तुम दरवाज़ों के रक्षक हो और उन्होंने मान लिया। वे तब से इसी गुमान में भटक रहे हैं कि वे दरवाज़ों के रक्षक हैं। उन सबने अपने समय के सच को जान लिया था, लेकिन उनमें से कोई लटके हुए लोगों को नहीं बता पाया कि अंदर जाना उनका अधिकार है। और अगर ट्रेनें ठुंसी हुई हों, तो अपने लिए नई ट्रेनें पा लेना भी। बस, यहीं उनकी आवाज की ऑडिटरी खो गई। और वे भटकने लगे। जैसे हवा में आवाज़ें भटका करती हैं। उन्हें सज़ा भी मिली। यह सज़ा भी अंदर वालों ने ही दी। जो सच को जान लेता है, उसे सज़ा मिलती है। इन्हें ज़िंदगी की सज़ा मिली। मृत्यु ही मुक्ति है। जीते रहना अपनी सज़ा को एक्सटेंड करवाते रहना मात्र है।

मैंने देखा, अष्ट चिरंजीवी क़तार से गड़बड़ा गए थे। छितरा गए थे। नेटवर्क वाला कुत्ता उन्हें देखकर बेतहाशा भौंक रहा था। वे इधर-उधर हो रहे थे। शायद इस समय वे उसी आभास से गड़ रहे हों कि उनके पीछे कुत्ता पड़ा, क्योंकि वे इसी लायक़ हैं। लियाक़त

का यह अहसास बनी-बनाई किसी भी क़तार को गड़बड़ाने के लिए पर्याप्त होता है।

मैं ज्ञानेश्वर के गले से फूलों की माला उतार रहा था। शायद इनकी सुगंध से मेरे पसीने में बसी गोमूत्र की गंध हट जाए।

## 16

उस दिन मैं कैसे घर पहुंचा, नहीं जानता। कई दिन ऐसे गुज़रे हैं, जब मैं कैसे घर पहुंचता हूं, कैसे घर से निकलता हूं, कैसे चलता हूं और कैसे रुक जाता हूं, कैसे नींद में जाता हूं और कैसे जाग में लौटता हूं, पता नहीं चल पाता। कौन-सा लम्हा नींद का है, कौन-सा लम्हा स्वप्न का है, किसे मैं सच मानूं, किसे झूठ, नहीं जान पाता। मैं एक अनवरत दौड़ का हिस्सा हूं बस। दौड़ा जा रहा हूं, दौड़ा जा रहा हूं, चुपचाप खड़ा हूं, लेकिन लगता है, ज्यों दौड़ा जा रहा हूं। जो मुझे दौड़ा रहे हैं, वे कुत्ते हैं।

मैं डायनासोरों से बच निकला,
मैं इगुआना छिपकलियों से दूर ही रहा,
मैंने ड्रैगनों की मुखाग्नि को छका दिया,
पर जिन्होंने मुझे दौड़ाया,
वे कुत्ते थे।

जीवन में दो ही रूप होते हैं—एक जीवात्मा है, एक परमात्मा। जो दौड़ रहा है, वह भी वही है, जो दौड़ा रहा है। दौड़ रहे और दौड़ा रहे को एक दिन आपस में मिल जाना है। एक तत्व की ही प्रधानता, कहो उसे जड़ या चेतन। यही अद्वैत है। जीवन अद्वैत के सिवा और क्या है। मृत्यु भी अद्वैत ही है। यह बाज़ार और यह ग्राहक दोनों एक ही हैं। दोनों को एक-दूसरे में डूब जाना है एक दिन। शिव और शक्ति भी एक ही हैं। शक्ति के बिना शिव शव हैं। ग्राहक के बिना बाज़ार शून्य है। शिव अपनी शक्ति की उत्पत्ति स्वयं करते हैं। सांख्य कहता है, शिव तत्व निष्क्रिय होता है। शक्ति उसकी क्रिया है। बाज़ार अपना ग्राहक स्वयं बनाता है। बैंकवाले अपना कार्ड ख़ुद बेचते हैं। ख़ुद आकर लोन दे जाते हैं। ऐसे वह अपनी शक्ति बनाते हैं। यानी बाज़ार ही शिव है।

हर आदमी एक ब्रांड है। कोई दीवालिया होता ब्रांड, तो कोई पावर ब्रांड। अहं ब्रांडास्मि!

हालांकि पावर पर्सुअल और डेप्रीवेशन भी एक ही हैं। अद्वैत।

जब मैंने बाबा को यह बात बताई थी, तो वह मेरा मज़ाक़ उड़ा रहा था। उसने पूछा, किस झाड़ के नीचे बैठे थे आज? मैं वहां जाकर अगरबत्ती लगाऊंगा।

मैं चुप ही रहा।

अरे भाई, ज्ञान प्राप्त हो गया है तुम्हें। इस ज्ञान के लिए शंकराचार्य कितना भटका

था। शिव को पटाने के लिए शिवसहस्रनाम बोला उसने। लक्ष्मी को पटाने के लिए कनकधारा। फिर दुर्गा को भी क्षमास्तोत्र से पटाया। लेकिन तुमको तो बिना कोई स्तोत्र रचे ही ज्ञान मिल गया। बुद्ध को भी पूरी दुनिया का अपमान झेलना पड़ा था। कौंडिन्य और उसके साथी गाली देते गए थे उसे। तब जाकर मिला उसे ज्ञान। तुम तो बिना किसी प्रयास के ही ले आए इतना बड़ा ज्ञान।

मैं फिर चुप रहा।

ऐसी उल्टी-सीधी बातें मत करो! तुम पर शिव कुपित हो जाएंगे।

मैंने कहा, शिव कुपित ही हैं इन दिनों। मैं दरवाज़े पर लटकता हूं। मुझसे शिव कुपित ही हैं। शिव यानी बाज़ार।

पर तुम तो शिव की शक्ति हो?

हां, वही कहा न मैंने, मैं शिव के दरवाज़े पर लटका हूं। इससे शिव की तंद्रा भंग होती है। उनको सांस लेने में दिक़्क़त होती है। वह मुझे धक्का मारकर ट्रेन से गिरा देंगे। या तीसरी आंख खोलकर मुझे विदेह कर देंगे। हर ब्रह्मांड में ग्यारह शिव होते हैं। हर शिव एक जैसे ही हैं। हर समाज में ग्यारह बाज़ार होते हैं। हर बाज़ार एक जैसा ही होता है। हर शिव के पास तीसरी आंख होती है, जो किसी को दिखती नहीं। हर बाज़ार के पास तीसरी आंख की तरह हिडेन वीपन्स होते हैं। हर बाज़ार विदेह करने के अस्त्र चलाता रहता है। आपको दिखता नहीं, कितने अनंग हो गए?

बंद करो यह बकवास। फालतू बात कर रहे हो। न सिर न पैर। क्या मतलब है इसका? पागल हो गए हो क्या?

ये बकवास नहीं है सर। मुझे अपने समय का सच पता चल गया है। धर्म और बाज़ार का सच।

फालतू बात है। सच यह है कि तुम पागल हो गए हो। उज़बक जैसी बातें करते हो। नहीं सुननी मुझे तुम्हारी ये बातें। जाओ यहां से।

अरे सर, मैं तो अपना ज्ञान शेयर कर रहा हूं। आप ही तो कहते हैं–नॉलेज इज़ टु बी शेयर्ड। यही है नॉलेज लीडरशिप! अपनी बातें सुना रहा हूं सिर्फ़ आपको।

तुम पैसों का इंतज़ाम करो और पिंड छुड़ाओ क्रेडिट कार्ड वालों से। तुम पागल हो जाओगे इस तरह।

मैं तैश में आने लगा। बाबा अब मेरा अपमान कर रहा है।

सर, वो तो कर लूंगा मैं। पर पागल नहीं हुआ। इस पूरे समय को देखकर यह थ्योरी बनी है मेरी। जब शिव का कॉन्सेप्ट बनाया जा रहा था, तब उसका हिडेन प्रॉस्पेक्ट था ये बाज़ार। और उसे सहन करने के लिए, आत्मसात कर लेने के लिए यह पूरा धर्मशास्त्र रचा गया।

शटअप यार। तुम्हें कुछ पता है नहीं, बस बोले जा रहे हो। नहीं सुनना मुझे।

कैसे नहीं सुनेंगे मुझे? मैं भी तो आपको सुनता रहा हूं। आपके सपने में आने वाला

चे, गांधी, आपका रोना, सब सुनता रहा हूं। उस समय तो आप ही मेरे सामने रो-रोकर कहते थे कि इन बातों को कोई नहीं समझ सकता। मैं समझता था आपकी बातें। अब आप मेरी बातों को सुनने से इंकार कर रहे हैं?

हां, नहीं सुननी मुझे। वे फालतू बातें थीं। उस वक्त मुझे ज़रूरत थी किसी को सुनाने की। पर अब मुझे ज़रूरत नहीं कि तुम्हें सुनूं मैं।

मैं डिल्डो हूं क्या आपके लिए? जब आपका मन हुआ, इस्तेमाल कर लिया, जब नहीं हुआ,तो फेंक दिया? मेरी कोई इच्छा नहीं कि आपको सुनाऊं?

हां, तुम डिल्डो ही हो। सिर्फ़ डिल्डो। तुम्हारी पूरी क़ौम, जमात, जात, बात–सब डिल्डो हैं। तुम्हारी ग़रीबी डिल्डो, तुम्हारा आंसू डिल्डो, तुम्हारा प्यार डिल्डो, तुम्हारा साथ डिल्डो। तुम्हारी आस डिल्डो, तुम्हारी बकवास डिल्डो। तुम्हारा दुख, सुख सब डिल्डो हैं। जब मेरी मर्ज़ी होगी, यूज़ करूंगा। याद रखना, डिल्डो की कोई मर्ज़ी नहीं होती। उसका कोई लिबिडो नहीं होता।

मैं फिर उठकर बाबा के सामने से भागा। आज अकेला था। सीधे मंगल की चायदुकान पर पहुंचा। वहां तक पहुंचने से पहले मैं बुरी तरह रो रहा था। मुझे लगा था, बाबा कुछ भी हो, कितना भी बुरा हो, कम से कम मेरी बात सुन तो लेगा। भले वह मेरी कोई मदद न कर सके, लेकिन शराफ़त के दो बोल तो बोलेगा। पर उस दिन ऐसा कुछ नहीं हुआ था।

उस समय भी मैं उसी स्थिति में था, कि कुछ पता न चल पाए। अब भी उसी स्थिति में हूं।

मैं एक आग का गीत गा रहा था। वह आग जो शहरों को जला देती है, किताबों को फूंक डालती है, प्यासे लोगों के होंठों को झुलसा देती है। मैं उसी आग के गीत गा रहा था। मैं उस आग की चमक की ओर खिंचा चला गया था। अब वह आग पलटकर मेरी ओर लपट फेंक रही थी। और मैं बचता-बचाता यहां-वहां भाग रहा हूं।

इस लज्जित और पराजित युग में भला मैं कहां से ले आऊं वह दिमाग़, जो आदतन ख़ुशामद नहीं करता। पर लोगों को सिर्फ़ वही पसंद है। जिस समय मैं बाबा की ख़ुशामद करना बंद करता हूं, थोड़ा-सा अपनी निर्धनता के बारे में सोचता हूं और उसके बदले कुछ चाहता हूं, तो वह पाला बदल लेता है। जिस समय वह मज़दूरों का युग न आने पर रोता है, उसी तरह वह इस होंठों को गोलकर सीटी बजाते हुए कुछ लोगों को छांट देता है। फिर हंसता है। भयानक हंसी। जिससे एक हिलोर इधर से आती है, एक हिलोर उधर से आती है और सबकुछ डरावने में तब्दील होकर रह जाता है। मेरे पास ख़ालिस अपनी निर्धनता है। अपनी बेबसी। अपनी इच्छाएं हैं और अपनी मांग है, जिसकी कोई सुनवाई नहीं। मैं कहां से लाऊं वह निर्धनता, जो अपने बदले में कुछ नहीं मांगती।

ये कैसी बेबसी है। इस बारे में कोई कुछ बोलता क्यों नहीं? कोई कुछ सोचता क्यों नहीं? क्या ऐसा दिन आएगा एक दिन कि किसी की कोई राय न होगी। क्रोध होगा, पर कोई

विरोध नहीं होगा। जब क्रोध होगा, तो हम भागकर अपने अंधियारे में छुप जाएंगे और उसके शांत होने पर दोबारा इसी रोशनी में आकर छुपमछुपाई खेलेंगे? सिर्फ़ अर्ज़ियां होंगी मेरे जैसे व्यक्ति के पास? ख़तरा होगा, ख़तरे की घंटी होगी और उसे बादशाह बजाएगा?

बाबा जैसा बादशाह?

उस सेल्स एग्ज़ीक्यूटिव जैसा बादशाह?

पिंक पेपरों पर गहरा नीला सूट पहनकर दंतुरित पंक्तियां दिखाकर हंसता हुआ उद्योगपति बादशाह?

छाती पर बेस्टसेलर का मुहर लगाए सफल सोच का सफल जादू बताने वाले लीडर मैनेजर बादशाह?

यह नॉलेज लीडरशिप है, जिसमें सिर्फ़ वह नॉलेज बांटना है, जिससे बांटने वाले का कोई नुक़सान न हो...

*

घर में फिर निढाल व्यक्ति की तरह घुसता हूं। घुसकर आरसी की एक बहुत पुरानी बोतल खोजता हूं। कपबोर्ड छान मारा है।

चीज़ों को क़रीने से रखनेवाली पूछती है, क्या खोज रहे हो?

आरसी की एक बोतल थी यहां पर।

वह तो मैंने भैया को दे दी थी, पिछली बार जब वह आए थे।

किससे पूछकर?

तुमने ही कहा था। इतने दिनों से तुम पी नहीं रहे थे, तो मुझे लगा, अब नहीं पियोगे। तुमसे ही पूछा था। फिर भैया ले गए उसे।

पूरी बोतल?

हां। अब कटोरी में तो लेके जाने से रहे।

मैं पलंग पर ढह जाता हूं।

एक बहुत लंबी, तलब से मीलों लंबी, सिगरेट पीना चाहता हूं। इतना लंबा कश कि सधा हुआ दम उसांस के साथ बाहर निकल जाए।

डिब्बी में सिर्फ़ एक सिगरेट बची है।

ऐश-ट्रे देखता हूं। उसमें कई अधपिये टुकड़े हैं। और पूरी रात सिर पर खड़ी है।

## 17

वे सामने खड़े थे।

पायजामे के भीतर मेरी टांगें कांप रही थीं। इस कंपकंपाहट को पायजामे के बाहर

कोई नहीं देख सकता।

रात बहुत ख़राब गुज़री थी। अच्छी गुज़रने की कोई उम्मीद भी नहीं थी। पहले तो सिगरेट नहीं। टोंटियों में भी स्वाद नहीं। पोर-भर की टोंटी जलाने में बार-बार होंठ जल जाते। फिर कभी बाबा आकर तंग करता, कभी संत ज्ञानेश्वर आकर शिकायत करते कि उन्हें भी नींद नहीं आ रही। मुंह खोल कर सोने वाली पास में सो रही थी। कंखौरी से गोमूत्र की गंध वैसे ही आ रही थी। गर्मी के कारण मैंने टी-शर्ट भी उतार रखी थी। हाथ को माथे पर रखने से कंखौरी उघड़ जाती और बू का भभूका नाक में घुस जाता। मन करता, कंखौरी को काटकर बदन से अलग कर दूं। यही वह जगह है, जो हमेशा पसीने का गोदाम बनी रहती है।

फिर दो बार उठकर नहाया। फिर इसी चक्कर में सुबह हो गई। फिर बुख़ार आ गया। फिर जीनियस वाला सिरदर्द भी परेशान करने लगा। फिर नींद और दूर चली गई। फिर पैसों के बारे में सोचने लगा। फिर...फिर...

पता नहीं, कब सोया था और कितनी देर के लिए। सुबह उठाने वाली कंधों को धीरे-धीरे हिला रही थी। कह रही थी कि कुछ लोग आए हैं, मिलना चाहते हैं।

मैं हड़बड़ाकर उठा। साढ़े दस बज चुके थे। आज फिर ऑफ़िस रह गया।

मुंह धोकर बाहर आया, तो वे चार लोग बैठे हुए थे। उन्हें देखते ही समझ में आ गया कि ये बैंक से आए हैं। उनमें वह एग्ज़ीक्यूटिव नहीं था। उसी दिन बोल गया था कि आगे मैं नहीं आऊंगा। उसके बंदे आएंगे।

जब उन्होंने अपने मुंह से कहा कि वे उसी बैंक से आए हैं, तो मेरी टांगों ने पायजामे के भीतर कांपना शुरू कर दिया।

जी, बोलिए। मैं औपचारिक हो गया। चाय बनाने वाली को इशारा किया।

उनमें से एक लीडर था। ऐसा मैं उसके बोलने से ही समझ गया। जब वह बोल रहा था, तो बाक़ी के तीनों सिर झुकाए बैठे थे। लीडर अलग कुर्सी पर बैठा था। बाक़ी तीनों फॉलोअर तीन वाले सोफ़े पर।

आप फलां फलां नंबर का क्रेडिट कार्ड इस्तेमाल करते हैं?

करता था। अब वह एक्सपायर हो गया है।

आपने उसकी क़िस्तें पूरी नहीं भरी हैं। आपको बैंक की तरफ़ से इंफॉर्म कर दिया गया है न?

हां, जल्द ही भर दूंगा।

आपको तो दो दिन पहले तक का समय दिया गया था। ख़ुद आपने ही मांगा था इतना समय?

हां, पर कुछ ज़रूरी कामों की वजह से इंतज़ाम नहीं हो सका।

मुझे ज़्यादा घुमा-फिराकर कहने की आदत नहीं है, पर अगर आज आपने पैसे नहीं दिए, तो हमें मजबूरन एक्शन लेना पड़ेगा।

पर मेरे पास आज नहीं हैं पैसे। जल्द ही भर दूंगा। आप चिंता न करें।

सर, मैं भी नौकरी करता हूं। आपकी बात मैं मान लूंगा, पर मेरा बैंक नहीं मानेगा। वे काग़ज़ बोलते हैं, काग़ज़ सुनते हैं, काग़ज़ खाते हैं, काग़ज़ हग...

रुककर उसने किचन की तरफ़ देखा। वहां परदा लगा हुआ था।

खें-खें कर हंसने लगा।

ठीक है आपकी बात, पर मेरे पास आज नहीं हैं। मैंने आपके फलां एग्ज़ीक्यूटिव को बता दिया था। वह राज़ी भी हो गया था कि दो-चार दिन आप और ले लें भले।

मैंने चालाकी से झूठ कहा। वे चारों एक-दूसरे का चेहरा देखने लगे।

वह ऑफ़िस में आया था मेरे। उसे बता दिया था मैंने कि क्या प्रॉब्लम है मेरे साथ। अब पर्सनल प्रॉब्लम्स को हमेशा बताते रहना अच्छा भी नहीं लगता।

मैंने एक और वार किया।

वे चुप हो गए। उन्होंने इसकी उम्मीद नहीं की होगी।

मेरी समझ में नहीं आ रहा है कि फिर आप लोग कैसे आ गए? उनसे बात हो गई थी मेरी। क्या, मैनेजर हैं न वह आपके? उनके कार्ड में तो यही लिखा है।

मेरी टांगों की कंपकंपी बंद हो गई। आंखों में हल्की चमक आ गई।

उसने फाइल निकालकर कुछ देखा। फिर मोबाइल में कोई नंबर तलाशने लगा।

पर काग़ज़ में तो ऐसा कुछ लिखा नहीं? और आते समय ज़ुबानी बात भी हुई थी उनसे...आप कहें, तो फ़ोन कर लूं उन्हें?

मैं कुछ बोलता, उससे पहले ही उसके साथ आया एक आदमी बोला, सरजी, जे ऐसे नहीं सुणेगा। काण के नीचे दो पड़ेंगे, तभी सिद्दा होगा जे।

मैंने इसकी उम्मीद भी नहीं की थी।

लीडर उसे शांत कराने लगा। जेंटलमैन की तरह...बाबू...जेंटलमैन। सर जेंटलमैन हैं न? तुम भी वैसे ही रहो।

ओए नहीं सरजी, दो हाथ का भी ना है जे तो। एक में लमलेट जाएगा...बोलो तो रक्खी देवें...आपै सारा पैसा निकालकर धर देवेगा टेबल पर...

चुप कर बाबू। चुप। शांत। एकदम शांत।

शांत क्या सरजी...इतना टैम थोड़े है...घणे लोग देखें सै...

चुप हो जा।

मैं मुंह फाड़े उन्हें सुनता रहा। उन तीनों की मुद्रा से लग रहा था कि अब वे मुझे पीट देंगे। और चौथा उन्हें शांत कराना चाहता था।

कोई ड्रामा है? मेरी ज़ुबान सूख रही थी, फिर भी मैं बोला, क्या बात है? पीटना चाहते हैं मुझे? आइए। मुझे पीटकर आपके पैसे मिल जाएं, तो अच्छा। देख लीजिए यह तरीक़ा भी। वैसे भी, आप लोगों ने जीना मुहाल कर रखा है। अक़्ल घास चरने गई थी मेरी, जब कार्ड लिया था। वह भी मैंने नहीं लिया था, ज़बर्दस्ती पकड़ाकर गया था वह,

उस पर एहसान ही किया था...

सर, पर ख़र्चा तो आपने ही किया, उसने थोड़े किया?

हां, तो वही बोल रहा हूं, भर दूंगा। बी जेंटलमैन।

तेरी तो...दूसरा खड़ा हो गया हाथ तानकर। झपटा मेरे ऊपर। पर बाक़ी के लोगों ने उसे पकड़ लिया।

ये क्या तरीक़ा है जी? गुंडागर्दी करने आए हैं आप लोग? मैं अभी पुलिस को फ़ोन करता हूं।

यहीं मारके गाड़ देंगे तुझे, पुलिस-पुलिस करता है। बैठ चुपचाप।

बोलते-बोलते मैं खड़ा हो गया था। उसने चिल्लाकर मुझे बैठने को कहा।

घर में भी मारूंगा और बाहर चौराहे पर भी। साले, पैसे चुकाने की औकात नहीं और पुलिस की बात करता है। बुला पुल्सि को, बुला। मैं भी देखूं, कितनी चलती है तेरी पुलिस में?

यह लीडर था। अब तक उस पहलवान को चुप करा रहा था, अब ख़ुद ही रंग में आ गया। मैं उसे देखता रह गया।

देखिए भाईसाहब, शरीफ़ों का घर है ये, शराफ़त से पेश आइए। पैसे ही हैं न? जान ले लेंगे क्या आप लोग बदले में? चाय बनाने वाली बाहर आ गई थी।

भाभीजी, शराफ़त की बात इन्हें समझा दीजिए। हमारे पल्ले नहीं पड़ती। सीधी-सी बात है, पैसे रख दीजिए, वरना एक्शन के लिए तैयार रहिए।

क्या एक्शन लेंगे आप? वह तमतमा गई।

कुछ भी। कुर्की कर देंगे आपकी।

तो जाइए, पहले कोर्ट से नोटिस लेकर आइए।

इनकी मां की...पहलवान फिर उठा।

मैंने चाय बनाने वाली को किनारे किया। आप अंदर जाइए, मैं बात कर रहा हूं न।

वह अंदर चली गई।

भाई, ये बात-बात में तैश में मत आइए। कह दिया मैंने कि आपके पैसे दे देंगे हम। जल्दी ही। ये तरीक़ा अच्छा नहीं आपका।

देखिए सर, हमारा रोज़ का काम है हाथ-पैर चलाना, तोड़ना-फोड़ना...आपके लिए नया होगा ये...सीधी उंगली से गू नहीं निकलता...पिछवाड़े टेढ़ा करके ही डालना होता है...हमको भी अच्छा नहीं लग रहा...क्रेडिट लिया है आपने, तो दीजिए भी...वरना पंगा हो जाएगा..

मैं चुपचाप बैठ गया। मेरे पैर ही नहीं, हाथ, होंठ, गाल सब कांप रहे थे। आवाज़ कांप रही थी। मैं कोई भी झगड़ा टालना चाहता था। किसी तरह उन्हें यहां से भगाना चाहता था।

देता है या रखूं एक...पहलवान का हाथ मेरे माथे तक आया और पड़ ही गया।

सिर झन्ना गया। झटके में पीछे हुआ। उसके तीनों साथियों ने उसे रोक लिया। वह एक और मारने को बेचैन हो रहा था।

बस कर बाबू। बहुत हो गया। बैठ उधर कोने में। नहीं तो बाहर जाकर बैठ।

मेरी आंखों से आंसू आ गए। उस थप्पड़ की वजह से, उसके दर्द से, या उसके अपमान से?

मैं अभी चिल्लाने लगूंगी, अगर आप लोग यहां से नहीं गए, तो...गुंडागर्दी मचा रखी है...

भाभीजी, सॉरी बोलता हूं मैं...गरम दिमाग़ का है यह थोड़ा...सॉरी... सॉरी...सर...ऐ...तू बाहर जा...चल...

नहीं, मैं चिल्लाऊंगी...बोलूंगी कि आप लोग घर लूटने आए हैं...मेरी इज़्ज़त पर हाथ डाला है आपने...मैं अभी पूरी बिल्डिंग को उठाती हूं...

बस शांत भाभीजी...हमारा कुछ नहीं जाएगा...आपकी ही इज़्ज़त जाएगी...बिना बात के बिल्डिंग में आप ही बदनाम होओगी...

वह चुप हो गई यह सुन।

और फिर भी आपको शौक़ है, तो हमको आपकी इज़्ज़त लूटने में कोई एतराज़ नहीं। ये पहलवान बहुत कर चुका है ऐसा पहले...

मैं सिर पकड़े बैठा था। मैंने चाय बनाने वाली से वहां से हटने को कहा, पर मेरी नज़रें उसकी ओर उठ ही नहीं रही थीं। वह कहीं गड़ रही थीं।

वह दीवार से सिर टिका सुबकने लगी।

बस, अब नो मोर ड्रामा। सर, नीचे नीले कवर में एक स्प्लेंडर खड़ी ह, पचपन ग्यारह। आपकी ही है न?

........

बोलिए सर, आपकी ही है न?

........

आपकी ही है। पता है हमको। सारे रिकॉर्ड जमा कर लिए हैं आपके। चवालीस हज़ार की थी, रीसेल वैल्यू है बीस हज़ार के आसपास। एक बार सॉलिड ठुक चुकी है। तब आपको इंश्योरेंस भी नहीं मिला था...है न? चाभी दे दीजिए। पहलवान उसको यहां से इज़्ज़त से ले जाएगा।

पागल हो गए हैं क्या आप लोग?

नहीं सर, बहुत इज़्ज़त से बोल रहा हूं, आपकी इज़्ज़त भी कर रहा हूं, इज़्ज़त से ले जाने दीजिए, बिना मतलब ज़बर्दस्ती करेंगे, तो इज़्ज़त आपकी ही ख़राब होगी...हमारा क्या, हमारा तो रोज़ का काम है...

मैं अपनी जगह से हिल भी नहीं पाया।

सर, तीस आपको अभी भरने हैं। पूरा मिलाकर आपने सत्तर-अस्सी हज़ार से ज़्यादा भरना है। बीस की बाइक निकलेगी, फिर भी आपको दस तो अर्जेंट में भरना ही होगा...सर हम एक साथ पूरा नहीं मांग रहे...आप तीस दे दीजिए...बाक़ी हर महीने देते रहिएगा...नहीं तो बाइक हमारी...सात दिन हमारे पास रहेगी...एकदम सेफ़...आप पैसे लेकर आ जाओ, बाइक लेकर जाओ...सात दिन के बाद उसको बेच देंगे हम...और बाक़ी के दस हज़ार...

वह कमरे में यहां-वहां देखने लगा।

टीवी है, फ्रिज है, कंप्यूटर भी है...इनको लेकर जाएंगे...इनसे पूरा कर लेंगे...तब हमारा काम ख़त्म...फाइन के पैसे पूरे हो गए, तो रिकवरी डिपार्टमेंट की जिम्मेदारी पूरी...फिर बैंक वाले निपटें...

बोलो सर...दे दो चाभी।

मैं अभी भी बैठा ही था। दरअसल, मुझे कुछ समझ में ही नहीं आ रहा था। वह किस भाषा में क्या बोल रहा था, पल्ले नहीं पड़ रहा था। बस, बार-बार लगता, अब वह एक हाथ और मारेगा मुझे। मैं बार-बार अपना सिर संभालता, उसके हाथ के ज़रा इशारे-भर से सावधान हो जाता।

तभी टेबल पर छन्न से चाभी गिरी। चाय बनाने वाली ने उसे टेबल पर उनके सामने फेंक दिया था।

ले जाओ कुत्तो...ले जाओ...वह दांत पीस रही थी।

थैंक्यू भाभीजी...उसने चाभी उठा ली।

सर, अब एक तकलीफ़ और, नीचे तक चलिए हमें छोड़ने...अगर कोई देखे, तो लगे, आपने ही बिठाया है पहलवान को...

मैं उठा और नीचे चल दिया।

उसने चलते-चलते हाथ जोड़े, नमस्ते भाभीजी...

यह किसी फूहड़ फिल्म के फूहड़ विलेन जैसी फूहड़ हरकत थी। फिल्मों में देखे थे अब तक ऐसे सीन। फिल्में और ज़िंदगी एक हो गई हैं क्या?

सर, चलिए...

थारी बेटी तो घणी चिकणी है...बिब्बी से भी घणी...

पहलवान दीवार में लगी तस्वीर देख रहा था।

ऐस नूं कित्थे इन्हवेस्ट कर दे...लाख-डेढ़ लाख तो इसी उमर में मिहल जावेंगे...और दस साल बाद तो घणी जवाण हो जावेगी छोरी...खूब चलेगी...फेर छपाछप...छपाछप डिबिडेंड देवेगी...मुच्चैल फंड से भी जाद्दा...

वे सब हंसने लगे। हमारे समय के सबसे बुरे खलनायकों की तरह। हमारी फिल्मों के सबसे घृणित पात्रों की तरह। लपलपाती जीभ वाले तमाम पुरुषों की तरह। उनकी हंसी में पूरा बाज़ार हंस रहा था।

चुप कर बाबू...चुप। हर बख़त...एक बोला।

पहलवान हंसता ही जा रहा था।

कोंट्रा फंड है थारी बेट्टी तो...बेच दे एस नूं कित्थे...

आपको चाभी मिल गई न? अब आप लोग सीधे नीचे जाइए। मैं तमक गया।

पहलवान ने मेरा हाथ पकड़कर खींच लिया।

चल निच्चे...खल्ली पहलवान समझ रखा है ख़ुद को तैणे...

और वह तीन मंज़िलें मुझे पकड़कर उतारता रहा। जबर्दस्ती। सीढ़ियों भर गालियां देता रहा।

नीचे उतरकर चूं-चपड़ की, तो थारा खोपड़ा फोड़ दूंगा।

मैंने अपने हाथ से बाइक का कवर उतारा। अपने हाथ से उसमें चाभी डाली। और पहलवान उस पर बैठ गया। बाक़ी के तीनों एक टाटा सुमो में बैठ गए।

ओए खल्ली पहलवान...दो क्या, तू अद्धे हाथ का भी नहीं है...पैसे ला, गड्डी ले जा...

ढुग-ढुग करती मेरी गाड़ी मेरी आंखों के सामने सड़क पर निकल गई।

न मैं गाड़ी को पहचान पा रहा था, न उसकी आवाज़ को। न उस जगह को, जहां मैं खड़ा था, न ही ख़ुद को।

## 18

कटकर गिरे हुए पेड़ को देखा है कभी? सड़क किनारे पड़ा रहता है। कोई पूछता तक नहीं है। जिस पर चिड़ियां बैठी रहती थीं, उसे कोई कुत्ता सूंघता हुआ गुज़र जाता है। उस पेड़ की सारी पत्तियां, सारी डालियां उसके साथ एक जगह पड़ी रहती हैं।

मैं उसी तरह चिथड़ा-चिथड़ा हूं। देखिए, बाज़ार में एक ढेर है चिथड़ों का। पर एक मैं हूं, जिसके सारे चिथड़े, सब एक जगह नहीं हैं। कोई भयानक विस्फोट हुआ है, जिसमें मैं छितराकर गिरा हूं। कोई चिथड़ा यहां, कोई वहां। रात को इन चिथड़ों को मैंने सिरहाने बहुत सहेज कर रखा था और सो गया था। वो मेरी धज्जियां कहां गईं? कोई खोजेगा उसे?

दुनिया-भर के चिथड़े जोड़कर लोग शान-शौकत दिखाते हैं, पर आज से मेरी यही पहचान है कि मैं चिथड़े-चिथड़े हो गया हूं।

मुझे ज़्यादा चिथड़ों की ज़रूरत नहीं थी। उतना ही चाहिए था, जितने में मैं खुला दिखूं।

पर वे चिथड़े भी न जाने कहां जाकर गिरे।

मैं उस तस्वीर के सामने आकर खड़ा हुआ, जो दरवाज़े की तरफ़ मुंह करने पर दीवार पर टंगी दिखाई देती है। जिसमें कुल जमा तीन लोग हैं। प्रिय पाठक, उस तस्वीर में मैं हूं, मेरी पत्नी और बच्ची है। जैसा कि इस कहानी में मैं हूं, मेरी पत्नी और बच्ची

है। यह कोई रूपक, उपमा, उदाहरण, छवि या श्लेष नहीं है। तस्वीर में नीचे की तरफ़ पीली स्याही में डिजिटल क्लॉक की तरह समय दर्ज है। प्रिय पाठक, यह मेरा समय है और इसे घड़ी में पढ़ना जानता हूं मैं। तस्वीर के पीछे पीले रंग का एक परदा है, पुराने काग़ज़ों के रंग का। प्रिय पाठक, यह मेरे समय का रंग है। कलर ब्लाइंडनेस के इस समय का पीला, पिंक बोल दिया जाता है। सुनने में मासूम लगने वाला पिंक दिखने में वैसा नहीं है, जैसा कि पिंक सुनकर आप कल्पना कर लेते हैं, मेरे प्रिय पाठक।

मुझे दिखता है, दुबली, थकी-हारी एक छोकरी काम पर जाती हुई, कौन-से काम पर, मुझे पता नहीं चलता। पहलवान की पंक्तियां मेरे कानों में गूंजती हैं। दूर से उस छोकरी को आते हुए मैंने देखा, पर जितनी देर में मैंने पहचाना, वह मेरी ही बेटी थी, उतनी ही देर में कितनी बदल गई वह।

उस तस्वीर में मैं देर तक बेटाजी को देखता हूं। उस पहलवान की बातें बार-बार मेरे कानों में गूंजती हैं।

और मैं बुक्का फाड़कर रोता हूं।

मैं सुबकता और सिसकता नहीं, ज़ोर-से रोता हूं। बहुत ज़ोर-से।

क्या मैं बेटाजी के लिए ऐसी वसीयत छोड़कर जाऊंगा कि उसके लिए उसे बदल जाना पड़े? कि काम से लौटकर आती हुई वह ख़ुद अपने आप को न पहचान सके?

क्या मैं ऐसे समय में हूं कि मेरी बेटी बड़ी होकर एक स्त्री बनने की जगह एक फंड बन जाए?

मेरे गले में दर्द हो रहा है। गाल कांप रहे हैं। होंठ सूज रहे हैं।

चुप कराने वाली मेरे कंधे पर हाथ फिराती है। मैं पलंग पर ढह जाता हूं। तकिये में मुंह छुपाकर रोता हूं। बह आई नाक उसकी साड़ी में पोंछता हूं। आंख की कोर से बहकर आते हुए आंसू को कान के भीतर जाते महसूस करता हूं।

उस तरह मैं कब सो गया, मुझे पता नहीं। सपने में मैं उन्हें बार-बार अपनी बाइक ले जाते और ख़ुद को रिरियाते देखता रहा। सपने में मैं बार-बार संत ज्ञानेश्वर से उनका अपराध पूछता रहा। मैं जानना चाहता था कि चिरंजीवियों ने ऐसा कौन-सा अपराध किया था, क्या था उनके समय का सच, जिसे उन्होंने जान लिया था और इस तरह भटकने को अभिशप्त हो गए, लेकिन मुझे किसी ने जवाब नहीं दिया। मैं नीम की पत्तियों को सहलाना चाहता था, उन पर अपने मग्गे से थोड़ा पानी छिड़कना चाहता था, लेकिन मेरे देखते ही देखते नीम का पौधा इतना बड़ा हो गया कि मेरे हाथों से दूर हो गया। मैं उस पौधे को पहचान नहीं पा रहा था। बहुत ध्यान से देखने पर कभी वह बबूल का पेड़ दिखता, तो भी पॉपलर या यूकेलिप्टस जैसा कोई पेड़। डहेलिया मेरे सपनों में भी अभी तक फूल नहीं दे पाया था और बेटाजी ऐसे रूप में आ गई थीं कि मैं पहचान ही नहीं पा रहा था।

उस स्वप्न में मैं और न जाने कितनों से मिला। नींद के बाहर मेरी बड़बड़ाहट साफ़

सुनी जा सकती थी। मैं बार-बार रामदास-रामदास, मोहनदास-मोहनदास, टोपी शुक्ला-टोपी शुक्ला, गोंगेश पाल-गोंगेश पाल बुदबुदा रहा था। मुझे नहीं पता, कौन थे ये लोग, और मेरे सपने का पता इन्हें किसने दिया था। मैं बार-बार गांधी, चे, ज्ञानेश्वर को भी बुला रहा था।

और मैं ऐसे डंगरिया के पास पहुंचा, जिस पर माता की सवारी आती थी। मैंने उससे पूछा कि क्या तुम्हारे सिर पर चे ग्वारा की भी सवारी आती है, तो वह और ज़ोर-ज़ोर से हबुआने लगा। उसने मुझसे कहा कि मैं तुम्हारे सारे दुखों का नाश कर दूंगा। कि दुखों से डरा मत करो कि जो दुख है, वही सुख होता है। यही अद्वैत है। तुम जिससे भागते हो, दरअसल तुम उसी के पास रहना चाहते हो। यह कहते हुए उसने बोतल से एक द्रव निकाला। गोमूत्र की गंध से मेरी पूरी दुनिया खड़बड़ा उठी। उसने अपने हाथ में गोमूत्र की कुछ बूंदें लीं और उन्हें मुझ पर छिड़क दिया। फिर मेरे हाथ में गोमूत्र की कुछ बूंदें रखकर बोला, पी जा। मैं वशीभूत की तरह उसे पी गया। मुझे मितली आने लगी।

उसने कहा, बड़ा पवित्तर होता है ये।

मैंने दीदी से पूछा, पवित्तर क्या होता है?

उसने कहा, भगवान!

और इस तरह मैं भगवान हो गया।

जब मैं जागा था, तब भी गोमूत्र की वह गंध मेरी कंखौरियों से निकल रही थी। मुझे कभी यह लॉजिक समझ में नहीं आएगा। क्या मेरी कांख में गाय रहती है? जैसे शिव के सिर पर चांद, विष्णु के पदनख में गंगा।

मैं बहुत थका हुआ सिगरेट सुलगा रहा था। चाय बनाने वाली मुझे जागा देखकर चाय बनाने लगी। बेटाजी अपनी ड्राइंग बुक लेकर मेरे पास आईं और मैंने बिना उनकी ओर देखे वेरी गुड बेटाजी कह दिया। वह ख़ुश होते हुए वापस चली गईं। मुझे पता है, वह हमेशा एक पहाड़, उसके पीछे से उगता सूरज, सामने से बहती नदी, उसके किनारे बनी एक झोपड़ी, उसके पीछे हरियाली में खिला एक वृक्ष और उड़ते हुए कुछ परिंदे बनाती हैं।

कल को जब तुम बड़ी होओगी बेटाजी, तो हमने न जाने कौन-सी तस्वीर बना रखी होगी तुम्हारे लिए, जिसमें तुम्हें रंग भरना होगा? अपनी नहीं, दूसरों की मर्ज़ी का रंग?

बेटाजी, मुझे क्षमा करना, मैं न जाने किस समय की बुनियाद छोड़ रहा हूं तुम्हारे लिए।

चाय बनाने वाली, मुझे क्षमा करना। तुम मेरे साथ हमेशा खड़ी रहीं, इस तरह कि कमर टूट जाए तुम्हारी, पर न जाने कैसा जीवन मैं दे पाया तुम्हें।

मेरे बाद आने वाले तमाम वंशजो, मुझे क्षमा करना। मैं तुम्हारे लिए साफ़ हवा, साफ़ पानी, रहने लायक़ ज़मीन और सांस लेने लायक़ समय नहीं बना पाया। मुझे क्षमा करना

कि जो लोग हवा, पानी, ज़मीन और समय को हड़प रहे थे, मैं उनके ख़िलाफ़ न अपना क्रोध दर्ज कर पाया और न ही विरोध।

मैं क्या करता, ख़तरा है, लेकिन ख़तरे की घंटी मेरे नहीं, बादशाह के हाथों में है।

अब तक बाहर अंधेरा छा चुका था। मैंने बालकनी की बत्ती बुझाई और वहां जाकर बैठ गया। ठीक उसी तरह, जैसे मैं होंठों को गोलकर सीटी बजाते हुए अंधेरे का गीत गाता था।

वह एक ट्रे में दो कप चाय लाकर मेरे पास बैठ गई। कंधे से कंधा मिलाकर। मैं उसके ताप को महसूस कर सकता था।

वहां बैठे-बैठे हम अंधेरे में, बहुत रासायनिक तरीक़े से घुल रहे थे।

सुबह दीवार के सहारे खड़े होकर सुबकने और उसके बाद गाली देते हुए उनके सामने बाइक की चाभी फेंकने के बाद मैंने इसके मुंह से कोई शब्द नहीं सुना है।

शायद मैंने ख़ुद भी कुछ नहीं कहा है।

क्या यह मेरी नपुंसकता के प्रति इसका विरोध है? या दुख की साझेदारी है? पता नहीं।

हम देर तक वैसे ही पड़े रहे। एक-दूसरे पर झुके हुए बेआवाज़।

बहुत पहले किराए के किसी और मकान की बालकनी में इसी तरह एक-दूसरे पर झुके हुए पल को याद करते, जब मैं उसे खोल रहा था और वह सिमट रही थी, मैं खेल रहा था और वह भाग रही थी, मैंने उसे पूरे घर में दौड़ाया था और वह हर जगह से फिसल जाती थी, बालकनी में आकर वह निढाल हो गई थी और हम एक-दूसरे पर झुक गए थे।

हम देर तक अंधेरे में घुलते रहे थे, एक-दूसरे में, किसी रासायनिक क्रिया की तरह।

शायद उसी रात, हमारे घुलने से बेटाजी का आना तय हुआ था।

ऊपर आसमान में स्वर्गतारा खिला हुआ था। और कुछ नहीं था उसके सिवा। अंधकार था। वह हमारी बातें सुन रहा था। वह उससे पूछ रही थी–जुन्यैली रातां कौ सुणा छौ तेरी-मेरी बातां...

मैंने उस पर हाथ फिराया। पर मुझे उस वक़्त गहरी शर्म लगी। मैं हाथ फिराने से ही डूबने लगा था।

मैंने ऊपर आसमान में देखा। कुछ नहीं था। उसकी और मेरी ख़ामोशी को सुन लेने वाला स्वर्गतारा भी नहीं।

पता नहीं, वहां बैठे कितनी देर हो गई थी। अब सड़क से गाड़ियों की आवाज़ भी नहीं आ रही थी।

चौकीदार की सीटियां गूंज रही थीं।

भीतर बेटाजी रो रही थीं।

उसने कहा, यहां कंफर्टेबल नहीं हो। अंदर चलकर सो जाओ।

नहीं, यहीं पर बैठा हूं। कंफर्टेबल हूं यहां।

उसने मुस्कराना चाहा। मैंने भी।

यह बेटाजी का शब्द था। वह अब भी कंफर्टेबल को कंपेबल कहती हैं।

## 19

खांसते-खांसते मैं दोहरा हो रहा था। बालकनी का दरवाज़ा इसी तरह भेड़ दिया था। ज़्यादा सिगरेट पी ली थी। धुआं छाती के भीतर कसमसा रहा था। वहां दर्द हो रहा था।

हवा ठंडी हो रही थी। सुबह जब नज़दीक होती है, तो ऐसी ठंडक आती है।

अचानक मेरे दरवाज़े पर दस्तक हुई। मेरा मन बिल्कुल न हुआ कि इस अंधेरे को छोड़कर वहां तक जाऊं। पर दस्तक बढ़ने लगी। कहीं बेटाजी और उसकी मां न जाग जाएं, मैंने जाकर दरवाज़ा खोला और भीतर तक कांप गया।

वहां वित्त मंत्री खड़ा था।

वह भीतर आकर सोफ़े पर पसर गया। इस तरह जैसे वह यहां पहले भी कई बार आ चुका हो।

मैं उससे कुछ नहीं कह पाया। जैसे पहले भी मैं उससे कुछ नहीं कह पाया था। जब वह मेरे बटुए में आ घुसा था, तब। जब वह मेरी तनख़्वाह का संतुलन बिगाड़ रहा था, तब। जब वह चश्मा पहन पिंक पेपरों पर हंसते बैठा रहता था, तब। जब वह पेपरों से निकलकर मेरी मेज़ पर आ बैठता था, तब।

इस बार भी मैं उससे कुछ नहीं कह पाया। उसमें यंकियों जैसी बेतकल्लुफ़ी थी।

मैं घबराया हुआ-सा उसके सामने बैठा था। वह पूरे घर का मुआयना कर रहा था।

उस दिन तो तुम बच गए थे?

...

पर मैंने कहा था न, तय है, तेरी हत्या होगी।

वह बूढ़ा हो रहा था। उसके चेहरे पर झुर्रियां थीं। उसने धोती-कुर्ता पहन रखा था। पैरों में मोजरी थी। उसके हाथों में किताबें थीं। उसकी आंखों पर सोडावाटर चश्मा था। आगे से उसके बाल उड़े हुए थे। उसके माथे पर तेज था। उसके गाल फूले हुए थे। उसके होंठ लाल थे। रंग गोरा था। स्निग्ध मुस्कान थी। और मासूमियत थी।

बचपन में क्लासरूम में सबसे ज़्यादा पढ़ने वाले, टीचर का सबसे ज़्यादा प्यार पाने वाले बच्चों की तरह था वह।

उसे देखकर कहीं से नहीं लगता था कि वह हत्यारा था। मुझे उसके पास कोई हथियार भी नहीं दिख रहा था।

फिर कैसे करेगा वह मेरी हत्या?

वह उठने लगा।

सिर्फ़ इतना ही बोलने आया था।

दरवाज़े तक बढ़ते-बढ़ते वह मुड़ा और उसने मेरे हाथ में मेरा बटुआ दिया। तुम्हारा ही है न?

हां। तुम्हारे पास कहां से आया?

हा हा हा।

मुझे याद है, बटुआ मेरी पैंट की पिछली पॉकेट में था। और पैंट दूसरे रूम में दरवाज़े के पीछे टंगी थी। और दूसरे रूम में मैंने इसे जाने नहीं दिया है।

मैं सरकार से बड़ा जादूगर हूं। उसने कहा।

मैंने मुस्कराने की कोशिश की, गिरहकट थे क्या पिछले जन्म में?

इस लाइट-से सवाल से मैं उससे रिश्ता सुधार रहा था? उसे पैंपर कर रहा था? या उसके डर से पैदा हुई ख़ुशामद?

इस जन्म में भी वही हूं। उसने जवाब दिया, चश्मे के पीछे से एक आंख मारते हुए।

खड़े-खड़े वह मुझे अर्थशास्त्र के फंडे बताने लगा। वही सारे फंडे, जो मुझे बाबा, क्रेडिट कार्ड बेचने आए झूठे एग्ज़ीक्यूटिव, टेली स्काई शॉप वाला एग्ज़ीक्यूटिव, पिंक पेपर, अमीरों के पांच नियम, अमीर पापा ग़रीब पापा, जीत आपकी और चिंता छोड़ो, सुख से जियो जैसे लोगों-किताबों ने कई बार बताया है।

मैंने उससे पूछा, क्या तुमने डेविड जे. श्वाट्र्ज, डेल कारनेगी और शिव खेड़ा को पढ़ रखा है?

वह मुझे ऊपर से नीचे देखता रहा।

मैंने फिर पूछा, पर इससे निकलने का कोई रास्ता तो होगा ही?

तुम एक पर्सनल लोन ले लो। लाख-दो लाख का। अब तो गारंटी भी नहीं दिखानी होती। सैलरी स्लिप पर काम हो जाएगा।

मैं और लोन नहीं ले सकता। पहले ही बहुत परेशान हूं मैं। उसकी क़िस्तें कैसे भर पाऊंगा?

और कोई रास्ता नहीं है, उसने देवताओं की तरह कहा, यही एक तरीक़ा है, जिससे तुम बच सकते हो। पर्सनल लोन ले लो, उससे अपने दूसरे क़र्ज़े चुकाओ। बाक़ी सारे क़र्ज़ ख़त्म हो जाएंगे, तो एक जंगह की क़िस्तें इत्मीनान से भरते रहना। दस जगह हाथ नहीं फंसेगा। अर्थशास्त्र का यही नियम है। चार छोटे-छोटे क़र्ज़ों से निकलने के लिए एक बड़ा क़र्ज़ ले लेना हमेशा अच्छा होता है।

उसने किसी अर्थशास्त्री का कोट सुनाया और बताया, वह उससे कैंब्रिज में हाथ मिला चुका है और उसकी हथेली पसीने से तरबतर रहती है। यह उसकी अति-संवेदनशीलता की निशानी है।

मैंने कहा, मुझमें हिम्मत नहीं है और लोन लेने की। पहले ही मैं छह से ज़्यादा जगहों की क़िस्तें भर रहा हूं।

देखो दोस्त, लोन से बचकर नहीं रह सकते। यही इस समय का सत्य है। कलयुग

नहीं, यह क़र्ज़युग है। और क़र्ज़ ही इस समय का सत्य है। क़र्ज़ लेकर तुम देश की अर्थव्यवस्था को भी मज़बूत करोगे। तुम्हारी रीपेइंग कैपेसिटी बढ़ जाएगी इससे। तब तुम अर्थव्यवस्था के भी विश्वस्त बने रह सकोगे।

मैं बेवक़ूफ़ों की तरह उसे देखता रहा। बाबा की तरह उसकी बातें भी मेरे सिर से ऊपर जा रही थीं।

फिर दरवाज़ा खोल बाहर निकल गया। बोलते हुए, तय है, तेरी हत्या होगी।

मैं कान लगाकर सीढ़ियों से उसके जाने की आवाज़ सुनता रहा।

फिर एक कुर्सी पर धप से पड़ गया।

मैं जिस आग की तरफ़ आकर्षित हुआ था, वह यही थी। जो किताबों को फूंक डालती है, शहरों को झुलसा देती है, होंठों को सुखा देती है। यह बाज़ार ही है, जिसके गीत मैं गा रहा था और जो एक सामूहिक रुदन में बदल गया है। मैं सिर्फ़ दूसरों के साथ दौड़ रहा हूं और इसे बहुत बड़ा काम मान रहा हूं। मैं अपने ही भीतर से निकलती विडंबना भरी आवाज़ों को सुन पा रहा हूं।

मेरा जीनियस वाला माइग्रेन फिर शुरू हो गया। माथा अब फट रहा था। मैंने गीली हथेलियों से अपना सिर छुआ। वह तप रहा था। मुझे लगा, मैं अपने देश की गोल खोपड़ी को छू रहा हूं, उसके सख़्त किनारों को महसूस कर रहा हूं।

मेरी धड़कनें बढ़ी हुई थीं। पायजामे के भीतर टांगें कांप रही थीं। इस कांप को बाहर से नहीं देखा जा सकता। कंखौरी से बेतहाशा गोमूत्र गंधा रहा था। माथे पर चुहचुहा रहा था। मेरा गला सूख रहा था।

मैं नहीं चाहता था कि वह एक बार भी भीतर झांक कर देखे। मैं बहुत डरा हुआ हूं, वह मेरी बेटी या बीबी को किसी फंड में न तब्दील कर दे। कहीं वह मुझे ही ब्याज़ पर न चला दे।

मैंने झांककर भीतर के कमरे में देखा। वहां ज़ीरो बल्ब लाल हल्की रोशनी बिखेर रहा था। वहां एक मां और एक बेटी एक-दूसरे से चिपककर सो रहे थे। एक पवित्र और मासूम नींद। उनके सपनों में पता नहीं क्या आ रहा होगा।

मैंने चप्पल पहनी।

ज़रूरी है कि क्या सिद्धार्थ जितनी बार कुछ जीवों को सोता छोड़ घर से निकले, उतनी बार उसे ज्ञान मिल ही जाए?

## 20

मैं न जाने कब से चल रहा था। जैसे न जाने कब से जी रहा था। जैसे न जाने कब से लड़ रहा था। जैसे न जाने कब से झुका हुआ था। न जाने कब से इस देश में पल रहा

था। न जाने कौन-से लोग थे आसपास।

न जाने कौन-सी जगह थी। सड़क बहुत चौड़ी थी, गली पतली थी। आसपास लोग ही लोग थे, मार तमाम लोग। न जाने कौन-सा वक़्त था, पर ऐसा लगता था जैसे दिन का समय था और घनी बदली थी। अंधेरा छाया हुआ था। हाथ को हाथ नहीं सूझ रहा था, लेकिन चारों ओर लोग दिख रहे थे। सायों की शक्ल में।

उस समय बहुत उदास था मैं। ऐसा लग रहा था, जैसे अंत समय पास आ गया था। वित्त मंत्री कह कर गया था कि मेरी हत्या होगी। ऐसा बाबा ने भी कहा था। वह सामने से आ रहा है।

आकर मुझे देर तक देखता रहा, जैसा कि उसकी आदत है। वह मुझे अच्छा लगा। किसी खांटी चेहरे पर दुनियाभर की गुत्थियां होती हैं। उन्हें सुलझाने की कोशिश में आदमी कितना सुंदर हो जाता है।

उसने सिर्फ़ एक ही शब्द कहा–महाभिनिष्क्रिमण?

मैंने कहा–संभव है निर्वाण। महापरिनिर्वाण।

ओह, तो तुम्हें ज्ञान प्राप्त हो ही गया था। उस दिन।

मैंने बाबा से कहा–'मेरी रूह, तुम्हारी रूह को चूमना चाहती है।'

बाबा की पूरी देह मुस्कराई। वह बोला–'किसी और दिन। आज मेरी रूह छुट्टी पर हैं।'

मैं भी अहमक हूं। बाबा चूतिया नहीं, चालू है। रूह को घर छोड़ आता है। मैं साथ लिए फिरता रहा।

मैंने सोचा कि उसे साथ ले लूं, पर वह निकल गया। उसे जल्दी थी। उसे कहीं नहीं जाना था।

मैं अकेला रह गया। सड़क पर सब निहत्थे थे। मैंने उनकी आंखों में झांककर देखा। उन सबको पता था, मेरी हत्या होगी। उनकी आंखों में ख़ौफ़ नहीं था। ऐसा लग रहा था, वे सब वहां किसी न्यौते से खड़े थे।

मैंने देखा, उनमें वे भी थे, जिन्होंने उस दिन मुझे नेता बना दिया था और मेरे अपमान को टीवी पर दिखाया था। उनका कैमरा तैयार था। वे मेरी नई बाइट लेने वाले थे। मेरी हत्या की बाइट।

मैं बीच सड़क खड़ा हो गया। चारों ओर की भीड़ को देखते हुए। पेट पर हाथ रखकर। इतने में कहीं से हत्यारा आया। उसने ललकार कर मेरा नाम पुकारा। मैं हैरत में उसे देखने लगा। इस समय मुझे आभास हो रहा था कि मेरा कोई नाम भी है।

उसने हाथ तौलकर चाकू मारा और मेरे भीतर से लहु का फ़व्वारा निकला। मैं उसका चेहरा देख रहा था। वह पता नहीं कौन था। वित्त मंत्री थी, सेल्स एग्ज़ीक्यूटिव था, पहलवान था, बाबा था, मैनेजर था, पता नहीं कौन था। शायद वह मेरा समय था। शायद वह आग थी, जिसके प्रति मैं आकर्षित हो गया था।

मैं तड़पता हुआ बीच सड़क गिर गया। हत्यारा लोगों को ठेलकर चला गया।

आसपास खड़े लोग मुझे देख रहे थे। मुझे उनकी आंखों में रंचमात्र भी डर नहीं दिख रहा था। वे निडरतापूर्वक उन लोगों को आवाज़ दे-देकर बुला रहे थे, जिन्हें संशय था कि मेरी हत्या होगी।

मुझे तड़पता हुआ वहीं छोड़ दिया गया। थोड़ी देर बाद मैंने दम तोड़ दिया होगा। थोड़ी देर बाद मेरे घरवालों को बुलाया गया होगा और उन्हें सांत्वना दी गई होगी। थोड़ी देर बाद...थोड़ी देर बाद...सच बताइए, आप क्या करेंगे इस थोड़ी देर बाद?

टीवी वालों ने, अख़बार वालों ने, अफ़वाह वालों ने, सबने कह दिया होगा कि ये एक आत्महत्या थी। इसे एक दृश्य की तरह देखा और दिखाया जाएगा। बिना इस दृश्य से एक पल को भी डरे। इसे एक फंतासी बता दिया जाएगा, किसी पागल दिमाग़ की कल्पना। इसे हत्या, जिबह, वध या फिर एक मृत्यु ही, मानने से इंकार कर दिया जाएगा।

कोई नहीं मानेगा इन सारी बातों को। इस कहानी को।

कोई नहीं मानेगा कि मेरी हत्या की गई। साफ़-साफ़ कई दिनों से साज़िश करके। मेरे पीछे पड़कर। मेरी घड़ी को केंचुआ बनाकर। मेरे शरीर को गंधक बनाकर। मेरे मेहनत के पसीने को जिससे मैं अपना छोटा-सा घर और छोटी-सी दुनिया चलाना चाहता था, गोमूत्र बनाकर।

मेरी मेहनत का पसीना गन्हा रहा था।

कोई नहीं मानेगा।

## पोस्ट स्क्रिप्ट

*कोई नहीं मानेगा कि जो बातें मैं बता रहा हूं, वैसा कभी हुआ था। कोई नहीं मानेगा कि रेलवे स्टेशन पर इतनी हत्याएं हुई थीं, और अख़बारवालों-टीवीवालों को पता ही नहीं चला। कोई नहीं मानेगा कि एक आदमी को बीच सड़क मार डाला गया, जबकि सब देख रहे थे। कोई नहीं मानेगा कि एक पूरी नस्ल के सपनों को रोडरोलर के नीचे रखकर कुचल दिया गया, जबकि सपनों के ख़ून के छींटे जगह-जगह दिखते हैं। कोई नहीं मानेगा कि इतिहास से सारी ठगी निकलकर मेरी इस सदी में आ गई है, हालांकि हर किसी के बटुए चोरी होते हैं। कोई नहीं मानेगा कि वित्त मंत्री पिछले जन्म में गिरहकट था, क्योंकि हम पुनर्जन्म को बहुत पिछड़ी हुई बात मानते हैं। कोई नहीं मानेगा कि मैं एक छोटे से काग़ज़ पर साइन करके, एक चिंदी बराबर कार्ड लेकर एक बहुत बड़ी साज़िश का शिकार हुआ था, जबकि सबकी जेब में वैसे कार्ड हैं और सब कहेंगे कि ये बहुत साधारण-सी बात है कि यह तो एक टूल है, जिसका सही तरीक़े से इस्तेमाल करना चाहिए कि अगर तुम्हें इस कार्ड को चालाकी से इस्तेमाल करना नहीं आया, तो यह तुम्हारी ही ग़लती है, किसी और की नहीं। कोई नहीं मानेगा कि अपने समय की चिंता करने वाले सैकड़ों संतों-*

महात्माओं को आत्महत्या करने पर मजबूर किया गया था, जिसे सजीवन समाधि कह दिया गया और उनकी कविता में वाद-विवाद की तफ़्तीश करते हुए उनके असली विचारों को हमेशा के लिए दबा दिया गया। कोई नहीं मानेगा कि ये सारी राजनीति भाषा में हुई थी और मेरी भाषा में अभी भी ऐसे तमाम अक्षर हैं, जिन्हें जान-बूझकर किसी पाठशाला में नहीं पढ़ाया जाता। कि मेरी भाषा का सारा कार्य-व्यवहार ऐसी भाषा में होता है, जिसे पढ़ना किसी के बूते का नहीं। कोई नहीं मानेगा कि हमारे समय में हार्ट अटैक, ब्रेन हैमरेज और हाइपरटेंशन से होने वाली लाखों मौतें सहज मृत्यु नहीं, बल्कि साफ़-साफ़ हत्या हैं और उनके हत्यारे दिन-ब-दिन फल-फूल रहे हैं और ख़तरनाक ख़तरा है, लेकिन ख़तरे की घंटी बादशाह के हाथ में है, जिसे बजाने में उसके स्वार्थ आड़े आते हैं और बादशाहत जाने का ख़तरा भी। कोई नहीं मानेगा कि हर आत्महत्या दरअसल हत्या थी, जिसके लिए मरने वाला दोषी नहीं था। कोई नहीं मानेगा कि हममें से हर किसी को चौराहे पर घेरकर रामदास की तरह पूर्वघोषणा के साथ मार दिया जाता है कि मरे हुए लोग अपनी ही शक्लोसूरत में लाश के पैरों पर खड़े होते हैं और लाशों जैसा जीवन जीने लगते हैं, ज़िंदा होने का भ्रम देते हुए। क्रॉनिकल ऑफ द डेथ फोरटोल्ड की तरह हर आंख ने देखी होती है वह हत्या, लेकिन फिर भी किसी ने स्वीकार नहीं किया आज तक कि कोई हत्या हुई भी थी। कोई नहीं मानेगा कि दुनिया बहुत ख़ूबसूरत हो सकती थी, पर कुछ लोगों ने उसका ख़ूबसूरत हिस्सा अपनी ओर घुमा लिया है और असंख्य लोगों को चेहरे के पीछे का घुटन-भरा अंधकार और बदसूरती दे दी है। कोई नहीं मानेगा कि इस समय भी अपनी कविता, गीतों, धुनों, फिल्मों, पेंटिंग्स और तस्वीरों में दुनिया को ख़ूबसूरत कहने वाले लोग दरअसल समय और सभ्यता के सबसे बड़े गुनहगार हैं, जिन्हें कोई कठघरे में खड़ा नहीं करता क्योंकि अदालत का जज घूस में मिले पैसे, डिनर में मिला मुर्ग़ा और विदेशी शराब छककर तोंद के नीचे की ज़िप खोले चित सोया है, फ़ैसला लिखने वाली निब को तोड़कर। कोई नहीं मानेगा कि मेरे समय में बाबा जैसे लोग हैं, जिन्होंने समय देखकर पाला बदल लिया, जिनके कारण चे ग्वारा और गांधी जैसे लोग बहुत दुखी हैं आज किसी दुनिया में, बल्कि उसके जैसे लोगों को हमेशा पुरस्कृत किया जाएगा, वे हर छठे महीने मिडटर्म इंक्रीमेंट पाएंगे, प्रमोशन पाकर और सिर छाटेंगे। कोई नहीं मानेगा कि चे और गांधी लोगों के सपनों में आना चाहते हैं, लेकिन सबकी नींद एक थ्री रूम फ्लैट, एक लग्ज़री कार, एक ब्लैकबेरी मोबाइल और सिलिकॉन बूब्स वाली किसी सुंदरी के सपनों से फुल हाउस ठुंसी पड़ी है और चे व गांधी से कहा जा रहा है—सब्र कीजिए, आप क़तार में हैं। कोई नहीं मानेगा कि नींद पूरी हो जाने और सूरज के सिर चढ़ जाने के बाद कभी इनका नंबर नहीं आ पाया। कोई नहीं मानेगा कि ये पूरी तरह मैनेजरों का समय है, जिसमें मातहतों के भीतर मैनेजर बनने के अलावा और कोई सपना नहीं बचा। कोई नहीं मानेगा कि वह आज पहले के मुक़ाबले ज़्यादा ग़रीब है, भले उसके घर में सबकुछ इकट्ठा क्यों न हो गया हो। कोई नहीं मानेगा कि जो कुछ भी लिखा है मैंने, वह सच है, सहज

ज़बान में है और ऐसा ही हो रहा है चारों तरफ़। कोई नहीं मानेगा क्योंकि यह बहुत अविश्वसनीय समय है, जिसमें सच पर विश्वास नहीं किया जाता, क्योंकि वह बहुत पकाऊ, लंबा, पेचीदा और अतिकथन वाले अतियथार्थ से भरा होता है। क्योंकि सच को कभी भी सुकून देने वाले, मुसु-मुसु हासी टाइप के कलात्मक सौंदर्य और नज़ाकत के साथ नहीं कहा जा सकता। कोई नहीं मानेगा यह सब क्योंकि यह हर बात में ठहाका लगाने वाले मनोरंजन के बाप का युग है और कोरे सच से कभी मनोरंजन नहीं होता, जब तक कि उसमें झूठ और कल्पनाएं न मिलाई जाएं, कम से कम सनसनाता संगीत ही। कोई नहीं मानेगा, क्योंकि सच जितना पुराना होता जाता है, उतना ही बास मारता है और बास मारने वाली चीज़ों को हम दूर कूड़े के ढेर पर फेंक आते हैं। अगर अभी मैं कह दूं कि इस कहानी की सात फोटोकॉपी कराके सात अलग-अलग लोगों को कोरियर करने या बांटने से आपको सिर्फ़ सात घंटे में सौभाग्य की प्राप्ति होगी, और ऐसा न करने पर आपको वैष्णो देवी या साईं बाबा का कोप झेलना पड़ेगा, तो इसे झूठ मानते हुए भी आप इस पर यक़ीन कर लेंगे और सात नहीं, सत्तर को बांट देंगे, पर मेरे कहे हुए सच को प्रेमीजन एकालाप मान लेंगे, एक सनक गए आदमी की बेरियायत भाषा वाली अपठनीय-असुननीय बड़बड़ाहट। अतिकथन से बचते हुए कि़फ़ायत से भाषा का इस्तेमाल करने की सलाह देने वाले विज्ञापन फिल्मों के कॉपीराइटर छाप अर्धकवि-अर्धलेखकों और हिंदी साहित्य के सुर-सुरा-सुंदरी आशिक़ आलोचकों को इरिटेट करने वाली बड़बड़ाहट। सुख की चकाचौंध की मुख़ालफ़त करती बोझिल अंधेरी ऊटपटांग बातें। न ढिबरी, न बाती। न सिर, न पैर। न अंग, न जननांग। न बाजा, न बाराती।

पर सबको क़सम है बचे हुए ईमान की, सच बताना, क्या आपको नहीं लगता कि जब संत ज्ञानेश्वर ने ख़ुद को एक गुफा के भीतर बंदकर बाहर से बड़ा पत्थर रखवा दिया था, जब हेमिंग्वे ने कई बार अभ्यास के बाद ख़ुद को गोली मारी थी, जब वैन गॉग ने अपना कान काटा था और अपनी छाती को छेद डाला था, जब लखनऊ की एक इमारत से कवि विजय शर्मा कूदा था, जब मानबहादुर सिंह को इसी तरह घेरकर चाकुओं से गोद डाला गया था, जब रशिया के कवि मायकोवस्की और सिर्फ़ 21 साल के बोरिस रिंज़िन्त्सकी ने ख़ुदकुशी की थी, जब सिल्विया प्लेथ ने अपना सिर ओवन में झोंक दिया था, जब टोपी शुक्ला और गोंगेश पाल ने अपनी जीवनलीला समाप्त कर ली थी, जब नामदेव सखाराम बांडेकर, हरजीत सिंह हन्नी और जोगन्नाथ दाश जैसे महाराष्ट्र, पंजाब और उड़ीसा के सैकड़ों किसानों ने सल्फास खा लिया था या नहर में कूद पड़े थे या फंदा लगा लिया था, तब ये सारे लोग भी मेरी ही तरह बड़बड़ाती हुई एकालापी ख़ामोशी की किसी पतली-सी डोर पर, हुनर भूल गए नट की तरह, झूल नहीं रहे थे?

(2008)

# सिमसिम

## 1

***सबसे** पहले एक नदी थी। नदी, सड़क बन गई और सड़क शाखाओं में बंटकर पूरी दुनिया में फैल गई। और चूंकि सड़क एक ज़माने में नदी थी, इसलिए वह हमेशा भूखी रहती थी।*

***बेनओकरी***

*(द फैमिश्ड रोड)*

# मेरा नाम 'मैं' है–1

मैं इसी सड़क पर चलता था। सड़क का आसपास बदल जाता, लेकिन सड़क नहीं बदलती थी। नदियों को एक दिन समंदर में जाकर गिरना होता है, लेकिन सड़क कहां जाकर गिरती है, कोई नहीं देख पाया। वह कहती, दुनिया-भर की सड़कों को इकट्ठा कर दिया जाए, तो वे उसके बालों का जूड़ा बन जाएंगी।

इस तरह हर सड़क एक जूड़े में तब्दील होने के लिए अपनी जगह से चलती है।

फिर मैं उसके बालों में हाथ फिराता और कहता, देखो, कितनी सारी सड़कें मेरी उंगलियों में आ फंसी हैं।

मैं उंगलियों से नहीं चलता था। उंगलियों के बाद हाथ ख़त्म हो जाता है, पर हाथ का अहसास बना रहता है। वैसे ही एक किनारे जाकर सड़क मुड़ जाती थी, लेकिन सामने फिर भी उसका अहसास बना रहता था।

अब तक सबसे ज़्यादा बार मैं इसी सड़क पर चला हूं। नेहरू चौक से लेकर फ्लॉवर्स लेन तक। मैं नेहरू चौक पर नहीं रहता और न ही फ्लॉवर्स लेन पर मेरा कोई काम है, फिर भी। इन दोनों के बीच जो दुनिया चलती है, उसमें मुझे हर रंग दिख जाता है। इस तरह मेरा चलना दुनिया के चलने के भीतर होता है।

वह मेरी उंगलियों में फंसी सड़क को देख कहती, तुम्हारे हाथ में लंबा सफ़र लिखा है। मैं मुस्करा देता और चाहकर भी उसे नहीं बता पाता कि मैं रोज़ शाम इतने चक्कर मारता हूं कि सड़क ख़ुद-ब-ख़ुद मेरी उंगलियों में आकर बैठ जाती है।

उंगलियों में मेरे सिगरेट फंसी हुई है, लेकिन मैं उसे जलाना नहीं चाहता। मैं किसी

बूढ़े की तरह मंथर गति से चलूंगा और बाद में सेंट्रल अस्पताल के सामने किसी पत्थर पर बैठकर देर तक सिगरेट को देखूंगा, फिर पास से जाते किसी से माचिस मांगूंगा और तीन-चार के मना करने के बाद चौथा कोई मुझे माचिस दे देगा और फिर मैं इसे जलाऊंगा। ऊब से भरी मणि कौल की किसी फिल्म की तरह। या उस तरह, जैसे पेस्तनजी दरवाज़ा खोलता है।

और यह सारा काम पूरी लंबाई में होता है, इस तरह कि मैं ख़ुद को एक सड़क की तरह महसूस करने लगता हूं। जो दरअसल चल रही होती है, पर इतना धीरे कि रुकी हुई लगती है। नदी जब सड़क बनती है, तो सबसे पहले अपनी रफ़्तार खोती है। फिर नमी। फिर ख़ुद को खो देती है। जैसे अगले पन्नों में चलने वाले ये सारे लोग खो गए।

सड़क बन जाना नदी के साथ हुई सबसे बड़ी क्रूरता है।

## 2

*मनुष्य की स्मृति अद्भुत लेकिन भ्रामक उपकरण होती है। हमारे भीतर रहने वाली स्मृति न तो पत्थर पर उकेरी गई कोई पंक्ति है, और न ही ऐसी कि समय गुज़रने के साथ धुल जाए। लेकिन अक्सर वह बदल जाती है, या कई बाहरी आकृतियों के जुड़ जाने से बढ़ जाती है।*

***प्राइमो लेवी***
*(द रेंच)*

## बूढ़े की कहानी-1

थर्मस खोलने में उसे इतनी मेहनत करनी पड़ती है, जैसे थर्मस एक पूरी ज़िंदगी हो या बरसों पहले उसके जीवन में आई एक लड़की, जिसका चेहरा उसे बिल्कुल नहीं याद, पर वह जिस गली में रहती थी, वह उसे ज़रूर याद आती है। याद में सिर्फ़ इतना है कि उसने उससे प्रेम किया था, पर कितना, यह नहीं याद।

पचास साल से ज़्यादा हो गये होंगे, जब उसने पहली बार उसकी गरदन पर हाथ रखा था। यह किसी भी जवान स्त्री को किया गया पहला स्पर्श था और उसे अच्छी तरह याद है कि उसके हाथ बुरी तरह कांपे थे। वह उसकी गरदन और गले पर उंगलियां फिराता, फिर घबरा जाता, फिर फिराता, हाथ फिसलकर गले से नीचे की ओर गिरने लगते और वह फिर घबराकर हाथ पीछे खींच लेता। लड़की उसके कांपते हाथों को देखकर हंसने लगी थी। वह और कांप गया था।

थर्मस खोलने की कोशिश में बार-बार उसके हाथ फिसल रहे थे। वह ज़ोर लगाता, थर्मस से सीं-सीं हवा की आवाज़ आती, वह छोड़ देता। जांघ पर रखे नैपकिन से हाथ पोंछता, फिर थर्मस का गला। और फिर ज़ोर लगाता।

आधी सदी बाद वह लड़की फिर हंस रही है। उसकी आवाज़ थर्मस के भीतर से आ रही थी।

बसरमल जेठाराम पुरस्वाणी ख़ुद को याद दिलाता है कि अब वह 67 साल का हो गया है, लेकिन उसका ख़ुद बार-बार उसे उस लड़की की याद दिला रहा है, जिसे पंद्रह या सोलह की उम्र में उसने सिंध सूबे के लड़काना ज़िले के लड़काना नाम के ही क़स्बे में शाहनवाज़ लाइब्रेरी के अहाते में उगे एकमात्र छायादार पेड़ के नीचे बैठकर सस्सी-पुन्नू का क़िस्सा सुनाते हुए चूमा था। तपती हुई रेत पर नंगे पैर दौड़ती सस्सी के तलुवों में कितने छाले पड़े होंगे, इसकी कल्पना से वह लड़की पहले रोई थी और फिर देर तक चुपचाप लाइब्रेरी की ऊंची दीवारों को देखती रही थी।

बसरमल एक बार फिर थर्मस पर ज़ोर लगाता है। इस बार वह खुल जाता है। वह उसके खुलने के ज़ोर को रोक नहीं पाता। थोड़ा-सा दूध उछलकर उसकी टेबल पर रखे अख़बारों पर गिर जाता है। डस्टबिन से कुछ पुराने काग़ज़ निकालकर वह अख़बारों पर रखता है और थर्मस के कपनुमा ढक्कन में दूध उंड़ेलता है।

बाहर शाम उतर रही है। अभी थोड़ी देर में बिजली चली जाएगी। उससे पहले उसे आज शाम के तीनों अख़बार पढ़ लेने हैं, ज़रूरी ख़बरों की कतरनों को फ़ाइल में लगाना है, पीछे वाली रैक की किताबों में शायद फफूंद उगने लगी है, उसे साफ़ करना है और घर लौटने से पहले मंगण मां के लिए कुछ दवाएं भी लेनी हैं।

शर्ट की तरह दिखते सफ़ेद कुरते की बाजू को ऊपर करते हुए वह कप में कॉफ़ी का बुरादा छिड़कता है और सामने खिड़की पर खड़ा हो जाता है।

भीतर किसी नस में अचरज की लहर बह रही है कि वह लड़की, जिसका चेहरा भी उसे याद नहीं और नाम में वह भ्रमित है, सिर्फ़ उसे चूमने के बाद होंठों पर आई सिहरन, हाथों की कंपकंपी और ऐसे ही कुछ विवरण याद हैं, जो कि आज से पहले याद नहीं आए थे, और अभी आए हैं, इसलिए कह सकते हैं कि याद हैं, अचानक आज ही क्यों याद आई है? इतने बरसों तक कहां थी वह लड़की?

मग को अपने होंठों के पास लाते हुए उसे कॉफ़ी की गहरी ख़ुशबू और उठती हुई भाप महसूस होती है। वह याद करना चाहता है कि उस लड़की की ख़ुशबू भी कॉफ़ी जैसी ही थी और उसके होंठ व नाक के बीच की जगह पर फिर उग आई उस लड़की की सांसों की गर्मास कॉफ़ी की इसी गर्म भाप की तरह।

कॉफ़ी की चुस्की लेते हुए उसे याद आता है कि शायद उस लड़की के होंठ भी कत्थई रंग के थे। नहीं, गुलाबी नहीं। और उसका शरीर दूध में मिली कॉफ़ी की तरह।

खिड़की से सड़क दिखती है। सड़क के उस पार इमारतें हैं। इस खिड़की से बाहर

चार फीट बाएं हटकर, एक और खिड़की है, जिसके पल्लों का रंग पीला है, जिसमें फूलदार जालियां बनी हैं और जिनका रंग भी पीला है, जिसके ऊपर एक बार्जा निकला हुआ है, शायद टीन का, जिसका रंग भी पीला है; वह उस खिड़की को देखता है। एक और चुस्की लेते हुए बावन साल पहले लिए गए एक चुंबन को याद करता है। स्मृति से पूछता है कि क्या वही पहला चुंबन था?

तब चूमते हुए उसके हाथ कांपे थे, अब चलते हुए उसके पैर कांपते हैं।

दीवार के पीछे से जब दोनों साथ निकले थे, तो उसे अहसास भी नहीं था कि वह लड़की चाहती है कि उसका हाथ कसकर पकड़ लिया जाए। उसने ऐसे ही ख़ामख़याली में उसकी हथेलियों में अपनी उंगलियां फंसा दी थीं। बाद के दिनों में लड़की ने उसे बताया था–उस समय मैं अपने भीतर के सभी देवताओं से प्रार्थना कर रही थी कि यह लड़का मेरी हथेली क्यों नहीं पकड़ लेता, और उसके थोड़ी ही देर बाद तुमने मेरी हथेली पकड़ ली थी और उसी समय मैंने अपने भीतर के देवताओं को आभार कहा था और यह भरोसा हो गया था कि तुम ही वह हो, जिसे खोजने के लिए मैं इस धरती पर आई हूं कि तुम ही हो, जो नमक की तरह मेरी त्वचा का मालिक है।

काफ़ी की चुस्की लेते हुए वह जो याद कर रहा है, क्या सच में सबकुछ वैसा ही हुआ था? या इतने बरसों में ऐसे ही दृश्यों को फिल्मों में कई बार देखने के बाद उसकी स्मृति ने अपने लिए एक नई कहानी गढ़ ली है, जो दिखने में बाक़ी सारी कहानियों जैसी ही है, पता नहीं, अहसास में कितना अलग हो? बावन साल बाद लौटकर आया यह अहसास सच में तब भी वैसा ही रहा हो या जैसा रहा हो, ठीक वैसा ही लौटकर आया हो?

कल्पनाओं से स्मृतियां बनती हैं। बसरमल को अपनी कल्पनाओं का सम्मान करते हुए स्मृति पर भरोसा करना है।

वह उचक कर देखता है। पीले पल्ले और पीले जालीदार फूलों वाली खिड़की अब भी ख़ाली है।

पता नहीं, फिर वह लड़की कहां चली गई थी। एक दिन वह उसे शहदादकोट ले जाने वाला था। वह कहती थी लाहौर चलने के लिए, पर वह बहुत दूर था। और उस समय भी बसरमल जेठाराम पुरस्वाणी के पैर कांपे थे, जब उसने कहा था कि नहीं, लाहौर नहीं जाना। लड़की नाराज़ हुई थी। फिर उसने कभी बात न करने को कहा होगा, फिर वह मुंह फुलाकर एक तरफ़ बैठ गई होगी, शाहनवाज़ लाइब्रेरी की सीढ़ियों पर, या फिर पुराने कॉलेज के लॉन में, या फिर पार्क में, जिसे बाद में जिनाह पार्क कहा गया और जहां पहली बार उसने किसी जीते-जागते आदमी को गोली लगते और फिर गोली की मार से तीन हाथ पीछे उछलकर गिरते हुए देखा था।

उसके बाद का कुछ भी याद नहीं आता। लड़की कहीं चली गई थी। सुना था कि वह मीरो ख़ान चली गई। फिर सुनने में आया कि पठानों के साथ भाग गई। फिर सुना कि उसे बलूच उठा ले गए। फिर सुना...फिर सुना...और एक दिन उसके बारे में सुनना

बंद हो गया।

सामने की खिड़की में हलचल हुई और किसी ने परदा खींचकर उसका मुंह ढांप दिया। यह वह हलचल नहीं थी, जिसका वह इंतज़ार और उम्मीद कर रहा था।

बावन साल पहले लिए गए एक चुंबन को याद करते बसरमल जेठाराम पुरस्वाणी ने थोड़ी-सी कॉफ़ी मग में ही छोड़ दी और बुकशेल्फ़ की तरफ़ चला गया। किताबों पर उंगली फिराई। उतनी जगह की धूल उंगली पर चिपक गई। कुछ किताबों की फफूंद को उचककर देखा और सबसे नीचे से खींचकर एक जर्जर किताब निकाली। रैक के किनारे टंगे कपड़े से उसे पोंछा। फिर एहतियात से उसे झटककर थपका और थोड़ी देर तक उसे सूंघता रहा। वह सूफ़ी सिंधी कवि शाह अब्दल लतीफ़ की 'सस्सी-पुन्नू' थी।

टेबल पर आकर वह भर्राई और कांपती हुई बूढ़ी आवाज़ से पढ़ने लगा।

## 3

*__हम__ अपनी कहानी कभी भी, ठीक-ठीक उसी तरह नहीं सुना सकते। वह हमें इस लायक़ लगती ही नहीं। इसीलिए हम हमेशा दूसरों की कहानियों में चले जाते हैं। ख़ुद को वहां खोजते हुए।*

***इमरे कर्तेश***
*(लिक्विडेशन)*

# मेरा नाम 'मैं' है-2

अगर आप उस जगह को नहीं जानते, तो संभव है कि आप इस सड़क से बरस-दर-बरस गुज़र जाएं, लेकिन कभी उस जगह पर आपकी निगाह न पड़े। नेहरू चौक से फारवर लाइन ('फ्लॉवर्स लेन' शब्द को तोड़कर फारवर लाइन बना दिया गया था और किसी के सामने उसका असली नाम ले लिया जाए, तो वह चौंक पड़ता था) जाते समय दाहिनी तरफ़ वह छोटी-सी लाइब्रेरी थी, जिस पर अरबी सिंधी में उसका नाम लिखा था। हिंदी और अंग्रेज़ी में भी था, लेकिन बोर्ड पर से लगभग मिट चुका था। उसके ऊपर किसी ज़माने में एक बल्ब जलता होगा, क्योंकि होल्डर और लटकता हुआ तार अब भी मौजूद थे। एक अहाता था और उसके बीच छोटा-सा मकान था। अहाते में मकान के चारों ओर ख़ाली जगह थी और उसमें तमाम तरह के पेड़ थे। जो झाड़ियां थीं, उन्हें किसी ने उगाया नहीं होगा। किसी भी क़िस्म की तरतीब के ख़िलाफ़ उनका फैलाव बता रहा था कि वे

यूं ही मौज में उग आई होंगी। उनके बीच में जो मकाननुमा था, वह कहीं से भी अंदाज़ा नहीं देता था कि यह कोई लाइब्रेरी होगी। मैंने पहले भी उसे कई बार देखा है, लेकिन हर बार यही सोचा कि मिट्टी की खपरैल वाला यह स्थापत्य, जिसमें खिड़की पर लकड़ी की चिक लगी हैं और जहां दिन के उजाले में भी मुर्दनी-सी दिखती है, दरअसल पुराने दिनों का कोई सरकारी स्वास्थ्य केंद्र होगा। जैसा कि दो सौ मीटर आगे जाने पर सेंट्रल अस्पताल है। वहां भी एक इमारत ऐसी ही है।

मैं जो कि उस सड़क पर दिन में बीसियों बार चलता था, सिर्फ़ चलने की अपनी सनक को मिटाने के लिए या ख़ाली समय को किसी और काम से पाट सकने में असमर्थ, मेरा ध्यान सिंधु लाइब्रेरी नाम की उस जगह पर पहली बार तब गया, जब नाक को ज़ुक़ाम और सड़क को कीचड़ दे देने में समर्थ एक बारिश के तुरंत बाद मैं हवाई चप्पल पहने वहां से गुज़र रहा था।

हवाई चप्पल छींटे उड़ाती है और बारिश के बाद उसे पहनना रिस्की होता है, क्योंकि वह किसी भी वक़्त गिरा सकती है। मेरी सफ़ेद रंग की जीन्स, जिसके पांयचों को मैंने उधेड़ दिया था और धागों को फैला दिया था, जो कि लटक रहे थे और लिसड़ भी रहे थे, का निचली हिस्सा बुरी तरह कीचड़ में लिपटा था और छींटे उछलकर मेरी बैकपॉकेट तक आए हुए थे। पर कीचड़ की इस हरकत के बारे में ठीक उसी वक़्त मुझे पता न था।

सिंधु लाइब्रेरी से पांच क़दम पहले मैंने ठिठककर जेब से सिगरेट-माचिस निकाली थी और वहीं खड़े होकर उसे सुलगाया था। जलती तीली बाईं ओर सड़क पर बने डबरे के पानी में फेंकने के दौरान मुझे लगा था कि किसी तरफ़ से कोई निगाह आई है और मेरी बाईं टांग पर बिलकुल नीचे, टखने से ऊपर की ओर चढ़ रही है। उस सिहरन को नहीं भूला जा सकता। पहले वह मेरी चप्पल पर गिरी थी। फिर मेरे टखने पर रुक गई। टखने के बाहर मेरी जीन्स थी। फिर मैंने उस नज़र को अपनी पिंडली में गड़ते हुए महसूस किया। फिर घुटने पर, फिर और ऊपर। मैंने झुककर अपनी जीन्स का जायज़ा लिया, तब मुझे पता चला था कि उन पर कीचड़ के छल्ले जोंक की तरह चिपके हैं।

और अपने आप मेरी नज़र बाईं तरफ़ चली गई, जहां एक बिल्डिंग थी, और जिसके ग्राउंड फ़्लोर के फ्लैट की खिड़की से मैं दस क़दम दूर था। वह पीले रंग की खिड़की थी, जिस पर लोहे की जालियों में बड़े-बड़े फूल बने थे, जिसके पल्लों का रंग भी पीला था और उनके ऊपर टीन का एक बार्जा निकला था, जिसका रंग भी पीला था। टस पीली खिड़की से एक लड़की का चेहरा और उतना ही शरीर दिख रहा था, जितना कि खिड़की से दिख सकता है। वह लड़की चीर देने वाली निगाह से मेरी पैंट, चप्पल और कीचड़ को देख रही थी। उसने भी मेरी नज़र को महसूस किया होगा, सिर उठाकर वह मेरी आंख में देखने लगी।

न उसके चेहरे पर कोई भाव था, न उसकी आंखों में। पता नहीं, उसकी निगाह में क्या था कि मेरी पिंडली में चुभन और सिहरन होने लगी। उसने खिड़की की सलाख पकड़ रखी थी। मुझे याद नहीं कि उसने क्या पहना होगा, क्योंकि मुझे सिर्फ़ उसका चेहरा दिख

रहा था, जो पीले पल्ले, पीली जाली और पीले बार्जे के बीच पीला ही लग रहा था। उसके चेहरे पर वैसा सूखापन था, जैसे किसी ने लोहे को रगड़ने वाले पॉलिश पेपर से उसे रगड़ दिया हो। वह शायद सोकर उठी थी। उसके बाल एक ख़ास अदा में बिखरे हुए थे, और लटें तो नहीं, कुछ खुले हुए बाल ज़रूर चेहरे के आगे झूल रहे थे। सच यह है कि वह खड़ी थी और इसके आगे-पीछे जो कुछ भी जोड़ूंगा, वह मेरी काल्पनिक स्मृति ही होगी।

उस वक़्त उस भावहीनता के पीछे मुझे हिकारत का भाव दिखा था, क्योंकि क़ायदे से, मेरी आंखों में देखने के बाद उसे चुपचाप खिड़की से हट जाना चाहिए था, लेकिन बजाय हटने के, उसने एक बार फिर नज़र नीची कर कीचड़ पर टिका दी, मेरी नज़रों को गाइड करते हुए।

कुछ दिनों बाद जब मैं उसी रास्ते लौट रहा था, तो उसी जगह आकर मैंने महसूस किया था कि कोई हिकारत भले न हो, उसके देखने में सन्नाटा, अवसाद और प्रतीक्षा ज़रूर थे।

उस शाम पूरे रास्ते वह नज़र मेरी पिंडली से बंधी रही, गंडे-ताबीज़ की तरह। फारवर लाइन से लौटने के बाद सड़क पर उसी जगह मैं रुका। खिड़की पर कोई नहीं था। वहां पीले रंग का एक पर्दा हलचल कर रहा था। हवा से जब वह पीछे की तरफ़ जाता, तो ट्यूबलाइट की दूधिया रोशनी दिख जाती या फिर परदा जाली से पेट सटाकर चिपका रहता। वहीं खड़े रहने के दौरान मेरी नज़र ठीक उसके सामने, सड़क के इस तरफ़ सिंधु लाइब्रेरी पर गई थी।

मैंने बताया कि वह ऐसी जगह नहीं थी, जिस पर सहज ही ध्यान दिया जाए, लेकिन फिर भी उसे देखकर यही लगा कि सड़क के दोनों ओर जहां गज़ भर ज़मीन भी ख़ाली नहीं, वहां ऐसा ख़ालीपन क्यों है। अहाते के इस तरफ़ ईंटों, गिट्टियों का अंबार पड़ा था। और उसमें कोई ताला भी नहीं था। वहां घुसकर उस खिड़की पर थोड़ी देर निगाह रखने के साहस ने सिंधु लाइब्रेरी से मेरा परिचय कराया था।

बाहर से झांककर उसे देखना और समझना मुश्किल था। ईंटों केढेर, सीमेंट की बोरियां, रेत का टीला, लोहे का सरिया, और भी बहुत सारे अगड़म-बगड़म सामान। जब पहली बार मैं उसमें घुसा था, तो रात हो चुकी थी। कोई आवाज़ तक न आती थी। अगली दोपहर वहां गया, तो दरवाज़े पर लटका ताला दिख रहा था। एक गौरैया उस पर ठोंगा मार रही थी।

## 4

*वह साठ साल से इसी समय का इंतज़ार कर रहा है। जो बहुत इंतज़ार करता है, दरअसल, उसे बहुत कम उम्मीद करनी चाहिए।*

***गाबरीयल गार्सीया मारकेस***
*(नोवन राइट्स टु द कर्नल)*

# बूढ़े की कहानी-2

बसरमल जेठाराम पुरस्वाणी को फिर एक हंसी सुनाई देती है। वही हंसी, जिसे वह अब पहचान रहा है। पहले उसे लगता है कि वह उस पर हंस रही है। इस अहसास से वह अपनी ऐनक उतारकर टेबल पर रख देता है और दोनों हाथों को पेट पर बांध आंख बंद कर बैठ जाता है।

थोड़ी देर बाद वह आंख खोलता है और थर्मस को खोलकर उसके भीतर झांकता है। ऐनक पहनते हुए वह थर्मस को उसकी जगह रख देता है।

लड़की एक बार अपने साथ ब्लैक एंड व्हाइट तस्वीर ले आई थी उसे दिखाने। उसने बड़े पांयचे वाला एक शरारा पहन रखा था। सिर पर गाढ़े रंग की चुन्नी ओढ़ी थी। हाथों को आगे बांध रखा था। उस तस्वीर से अमरूद की महक आ रही थी। लड़काना से जो भी आता है, उसकी हथेलियों से अमरूद महकता है। उस समय वे भी अमरूद के पेड़ों के नीचे बैठे थे, जब पता नहीं, किस ख़्याल से बसरमल जेठाराम पुरस्वाणी उस लड़की की हथेलियों पर अमरूद की पत्ती धीरे-धीरे मसलने लगा था। उसके रस में अपना अंगूठा डुबो वह उसके माथे पर एक टीका लगा रहा था। और थोड़ा ऊपर बढ़कर उसने उसकी मांग में वह रस लगा दिया था। लड़की खिलखिलाने लगी थी। फिर उसने हथेली बसरमल के चेहरे पर पोत दी थी। फिर हंसते हुए दौड़ पड़ी थी। इसी में रस की एक छोटी-सी बूंद तस्वीर पर गिर कर फैल गई थी। पेड़ के नीचे बैठा बसरमल पाजामे के कोने से तस्वीर पोंछ रहा था।

इस समय वह जिस तरह मुस्करा रहा है, ठीक ऐसा ही बावन साल पहले भी मुस्कराया था। एक तरफ़ का होंठ उठाकर टेढ़ी मुस्कान।

उसने दराज़ से कपड़ा निकाला और बग़ल से फूल झाड़ू उठा लिया। रैक के पीछे जाकर उसने कपड़ा चलाना शुरू किया। आहिस्ता-आहिस्ता। फिर फूल झाड़ू से किताबों को ठोंकने लगा। फफूंद की सीली गंध आसपास फैल गई। उसने हथेली के उल्टे हिस्से से अपनी नाक पोंछी। कुछ किताबों को बाहर निकाल लिया। बाहर आने की कोशिश में एक किताब ने अपनी जिल्द छोड़ दी। उसने मुंह बिचकाकर उसे देखा और कहा, 'ओह मेरी बच्ची! इतनी नाराज़गी?'

और उस किताब को उखड़ी हुई जिल्द समेत मेज़ पर रख आया।

उसने लगभग पचीस किताबें ज़मीन पर बिछा दीं। सब पर फफूंद उग रही थी। कुछ के काग़ज़ इतने पीले और गीले हो गए थे कि स्पर्श से बिखर जाते। काग़ज़ लुगदी की तरह नज़र आता। जिन किताबों की जिल्द कपड़े या रेग्ज़ीन की बनी थी, उन्हें उसने कपड़े से पोंछना शुरू किया। पेपरबैक किताबों को वह फूल झाड़ू से थपथपा देता।

जब लड़की रो रही होती, तो वह पत्तों से भरी अमरूद की टहनी से उसकी पीठ पर थपकी देता। फिर टहनी से एक पत्ती निकालकर पीठ तक लटकती उसकी चोटी में

अटका देता। फिर टहनी को उसकी चोटी में बंधे फीते में खोंस देता और 'देखो-देखो, तुम्हें पूंछ उग आई' कहते हुए हंसने लगता। कई बार लड़की अपना रोना छोड़ उसकी हंसी में शामिल हो जाती या खिसियाकर हाथ उठा देती।

वह रैक के ऊपर छत की तरफ़ देखता है। मिट्टी की खपरैल हैं। कुछ नहीं दिखता। स्टूल पर चढ़कर रैक देखता है। पूरी रैक गीली है। वह सारी किताबें निकाल देता है। प्लाईवुड फूलकर खुल गया है। कुछ किताबें वहीं चिपक गई हैं। कुछ खींचते समय अपने निशान वहीं छोड़ आई हैं। वह उंगली से छूकर देखता है, पानी भीतर तक घुस गया है। वह फिर ऊपर देखता है। जाने कब से पानी टपकता रहा होगा, उसकी आंखों को दिखा नहीं। कानों ने कभी टपकती ध्वनि सुनी नहीं। भीतर किसी ने भी टहोका क्यों नहीं मारा?

नेफ्थलीन की एक पुरानी गोली नीचे गिरती है। वह अभी पूरी तरह भाप नहीं बनी है। हालांकि उसका गोल आकार खो गया है। वह कपड़े से रैक को पोंछने लगता है। सीलन, गीलन और फफूंद की गंध के कारण कपड़ा तेज़ी से नहीं सरकता।

एक बार उसने पका हुआ अमरूद लड़की के कंधे पर फोड़ दिया था। बड़े गले वाली क़मीज़ से उसका कंधा और पीठ झांक रहे थे। उसने अमरूद वहां रखा और अंगूठे से दबाने लगा। लड़की दर्द से ऐंठने लगी। अमरूद बीच से फट गया। उसने अपने हाथों से अमरूद के दो फांक किए और उसकी पीठ पर रगड़ दिया। लड़की फिर कुनमुनाई और उसने अपनी चुटकी में उसकी नाक पकड़कर ज़ोर से दबा दी। बसरमल ने सिर को झटका देकर नाक छुड़ाई। और दूसरी फांक को भी उसकी पीठ पर रगड़ने लगा। लड़की ने उसे धक्का देकर गिरा दिया।

जब वह जा रही थी, तब बसरमल ने अपने पाजामे से रूमाल निकालकर उसकी पीठ पोंछी थी। आहिस्ता से। उसका हाथ चल रहा था, लेकिन आंख गरदन पर उगे एक तिल पर टिक गई थी। उसके बग़ल ही नाख़ून की खुरच के निशान थे। नज़र तिल में अटकती, मन उस खुरच में और हाथ तेज़ी से नहीं सरकता।

पार्टीशन के कई बरस बाद वह इस शहर आ गया, तो लड़काना से आने वाले हर शख़्स को सूंघकर देखता था। हाथ मिलाने के बाद उसकी हथेली को सूंघता और आंखें बंद कर लेता था। उसे अमरूद की वह महक किसी हथेली में नहीं मिली।

किताबें फैली हुई छोड़ वह अपनी मेज़ पर आ बैठा। हथेलियों को सूंघने लगा। वहां कपड़े का गीलापन महक रहा था।

मेज़ पर एक जिल्द अलग पड़ी थी। उसने किताब को अच्छी तरह पोंछा। फिर उसकी जिल्द को भी। किताब के आख़िरी पन्ने पर लाइब्रेरी का कार्ड लगा था। उसने तारीख़ देखी। इस किताब को आख़िरी बार सत्रह साल पहले इशू कराया गया था। ले जाने वाले का नाम था भगतराम आर. जुनेजा। नीले रंग के उस कार्ड पर न जाने कितने निशान थे।

उसने दराज़ से गोंद निकाली और जिल्द में लगाने लगा।

'ओह मेरी बच्ची! इतनी नाराज़गी? यह लो। अब ख़ुशी-ख़ुशी चिपके रहना। ओके?'

कहकर उसने रजिस्टर उठाया। उसमें कई बरसों के छोटे-छोटे कैलेंडर चिपके हुए थे। एक पन्ने पर जाकर वह रुक गया। उसके आगे पूरा रजिस्टर ख़ाली था। वहां तारीख़ पढ़कर वह शुरुआती पेजों के कैलेंडर पर लौटा। फिर हिसाब लगाया। पूरे ग्यारह साल, चार महीने और इक्कीस दिन हो गए, इस लाइब्रेरी से किसी ने कोई किताब इशू नहीं कराई।

## 5

*मैं लगातार दो रात इस कॉफ़ीहाउस में आता रहा, ताकि हत्यारा बन जाने से पहले जो ख़ुशी मैं महसूस किया करता था, उसे फिर से जी सकूं, ताकि मेरी रूह बुलंद रहे, ताकि मैं कहानियां भी सुन सकूं।*

***ओरहान पामुक***

*(माय नेम इज़ रेड)*

## दिलख़ुश-1

आगे जाकर दिलख़ुश सम्बोसेवाले की दुकान थी। समोसा, सम्बोसा कब और कैसे हो गया था, कोई नहीं जानता। हर समय वहां एक कोलाहल-सा होता। दिन-भर में कितने लोग उसकी दुकान में घुसते और निकल जाते, इसका हिसाब उसे भी नहीं था। उसके तो एक हाथ में चम्मच होती, जिससे वह छह फीट ऊंची केटली को लगातार टनटनाता रहता। केटली के नीचे नल था। कप को नल के नीचे लगाता, चाय आ जाती। और चाय का स्वाद भी खांटी क़िस्म का। दूध सादे दूध की तरह नहीं। दूध को शायद वह एक ख़ास क़िस्म से जला देता था। सुबह साढ़े पांच बजे से ही अधजली मलाई की ख़ुशबू आने लगती। मलाई की प्लेटें बनाकर वह केटली के बग़ल में रखता था। लाल मलाई। जैसे सेवइयां हों। जालीदार चद्दर से ढंक देता। चारों ओर उसकी ख़ुशबू फैलती रहती। सड़क के दोनों ओर लगी पीली बत्तियों की रोशनी जब उसकी प्लेट पर गिरती, तो ललाई और बढ़ जाती। जाने कौन-सी डिश थी, पर आसपास के ऑटोवालों में ख़ासा चलती थी। पास ही नेहरू चौक का ऑटो स्टैंड था। किसी भी समय वहां पचीस ऑटो रहते। कभी-कभी तो ऑटो की लाइनें इतनी लंबी हो जाती थीं कि नेहरू चौक से लेकर दिलख़ुश सम्बोसेवाले तक सड़क ही जाम हो जाती। सिर्फ़ पार्किंग से। और अगर सम्बोसेवाले के यहां ज़रा भी भीड़ हो, तो माज़रा दंगल की तरह हो जाता। कोई कार-

ट्रक आ जाए, तो अफ़रातफ़री मच जाती। पतली-सी सड़क थी और कोई चारा न था। वहीं बेगार मज़दूरों का रेला जमा होता था। सुबह आठ बजे से उनकी जो भीड़ इकट्ठा होती, तो दस-ग्यारह बजे तक मेला लग जाता। जिन्हें मज़दूर चाहिए होते, वे नौ-दस बजे से आना शुरू करते और मोलभाव कर ले जाते। फिर भी बीस-पचीस मज़दूर हमेशा ख़ाली रह जाते। दोपहर होते-होते वे छंट जाते। ख़ाली होकर वे कहां जाते थे, कभी समझ में नहीं आया।

दिलख़ुश सम्बोसेवाले की दुकान में जो आइटम सबसे कम चलता था, वह था समोसा। दुकान उसने समोसे के लिए ही खोली थी, लेकिन जल्द ही वह चाय और वड़ा-पाव सेंटर में बदल गई। उसकी दुकान में गोली-बिस्किट भी मिल जाते, लेकिन उनके भी लेनदार कम थे। एक चीज़ वहां इफ़रात में होती थी—तस्वीरें। गुरु नानक से लेकर सत्यनारायण भगवान की तस्वीरें। ईसामसीह से लेकर दत्तात्रय की। महात्मा गांधी से लेकर इंदिरा गांधी तक। गौतम बुद्ध से लेकर भीमराव आंबेडकर की। हाल ही में उसने किसी अख़बार से काटकर छत्रपति शिवाजी महाराज की एक बड़ी तस्वीर लगवाई थी।

जबकि दिलख़ुश सम्बोसेवाला सरदार था। लबाणा सरदार। दिलख़ुश सरदार बात-बात में कह देता कि धंधे का कोई धर्म नहीं होता। यह ख़ुद एक धर्म का नाम है। बात यह थी कि जब जिसकी लहर चल जाए, उसकी दुकान में वह तस्वीर लग जाती। दलित पैंथर की लहर चले, तो आंबेडकर, संघ की चले तो जय श्रीराम। इन दिनों ऑटो चलाने वालों में शिवसेना वाले बहुत हैं, तो दिलख़ुश ने शिवाजी की तस्वीर लगा ली। किसी के पंगे में नहीं पड़ना। इसकी भी जय-जय, उसकी भी जय-जय। जिसकी लहर चली जाए, उसकी तस्वीर वह नहीं हटाता। इस तरह वह एक अद्भुत समभाव बनाए रखता।

***

## 6

*आसमान से गिरने वाली हर चीज़ को कोसा मत करो।*
*बारिश भी आसमान से ही गिरती है।*

***एलिफ़ शफ़ाक***
*(द बास्टर्ड ऑफ इस्ताम्बुल)*

# मेरा नाम 'मैं' है-3

जब पहली बार मैं सिंधु लाइब्रेरी में घुसा था, तो उसके अंधेरे, बू, सीलन और रहस्य से घबरा गया था। अहाते में एक औरत कुछ गुब्बारे लेकर बैठी थी। हर रंग के गुब्बारे, जो

हवा में मचल रहे थे, छोड़ दिए जाने के इंतज़ार में। थोड़ी देर पहले बारिश हुई थी और जिस जगह वह बैठी थी, उसके पास की ज़मीन गीली थी। उसके और गीलेपन के बीच बोरी पर लुगदी ओढ़ाया हुआ एक-डेढ़ साल का बच्चा सोया था। उस पर बार-बार मक्खियां घिर जातीं, जिन्हें वह दूसरे हाथ से उड़ा देती।

वहीं काग़ज़ पर एक अधखाया वड़ा-पाव था। मक्खियां वहां भी थीं।

जब मैं अंदर घुसा, तो डरा हुआ था। सबसे पहले तो मुझे उसी औरत ने डरा दिया था। अंदर की सीलन भी इसके लिए काफ़ी थी। दरवाज़े के पास ही ठिठक कर मैंने देखा था, सारी किताबें ज़मीन पर बिखरी हुई थीं। आलमारियां ख़ाली थीं। उनके ख़ालीपन में किताबों का अहसास भी न होता था। उस ख़ालीपन के पार और आलमारियां थीं। उनमें भी ख़ालीपन था। उस ख़ालीपन के पार एक और ख़ालीपन, जो दीवार की ओट लेकर बैठा होगा। बाईं ओर एक कुर्सी-मेज़ थे, जिन पर भी कई किताबें सजी हुई थीं। एक खुला हुआ थर्मस था। मेज़ के इस तरफ़ ज़मीन पर रखी एक बोरी थी, जिससे पायदान का काम लिया जाता था। फ़र्श जैसी कोई चीज़ नहीं थी या कभी रही होगी। जगह-जगह गड्ढे थे और सीमेंट का कोबा बनाकर उन्हें ढंकने की कोशिश थी। किसी समय यहां प्लास्टिक का कार्पेट बिछाया जाता रहा होगा, इसके चिह्न थे। कोनों में जहां दीवार और ज़मीन मिलती हैं, वहां उसके कुछ टुकड़े थे, जो पूरी तरह उखड़ने से बच गए थे। ऊपर लटका पंखा था। उसके किनारों पर चीकट धूल थी और मोटर की जगह संकोच में पीली पड़ गई थी। कुर्सी के पीछे एक ट्यूबलाइट चमक रही थी, जिसकी चोकपट्टी से लंबे-लंबे जाले लटक रहे थे। ज़मीन पर ही एक चादर बिछी हुई थी, जिसके एक तरफ़ तकिया और दूसरी तरफ़ मसनद रखी हुई थी। चादर पर जिस तरह सिलवटें थीं, लगता था कि अभी-अभी कोई यहां से उठकर गया है।

लाइब्रेरी का वह भुतहा सन्नाटा मुझे कभी नहीं भूलेगा। वैसे भी लाइब्रेरियों में महान लेखकों, पुरानी किताबों, फटी जिल्दों, टूटे फर्नीचरों, अनमने लाइब्रेरियन, काम में व्यस्त दीमकों और तफ़रीह करते तिलचट्टों की आत्माएं भटका करती हैं।

मैं जाकर मेज़ के पास खड़ा हो गया। उसके सामने दो कुर्सियां थीं। थोड़ा और इंतज़ार करके मैं एक कुर्सी पर बैठ गया।

आलमारियों के पीछे से चलने की आवाज़ सुनकर मैं खड़ा हुआ। एक बूढ़ा बहुत धीमे क़दमों से आ रहा था। उसने मोज़ों पर चप्पल पहन रखी थी। उसकी क़मीज़ कुर्ते जैसी थी, यानी लंबाई में क़मीज़ और डिज़ाइन में कुर्ता। उसका पायजामा पुराने ज़माने का था। नीचे से बड़े पायचे। जैसे कुर्ते के कपड़े से पैंट सिला ली हो। ज़्यादातर उड़े हुए बाल। तीखी लेकिन थोड़ा झुकी हुई नाक। मोटे फ्रेम का चश्मा। मैंने ऐसे लोगों को कम ही देखा था। और जब भी देखा था, उन्हें जी-भर खिझाया था। इसे देखकर भी मेरा मन यही करने लगा।

मुझे देख वह ठिठका। फिर आकर कुर्सी पर बैठ गया।

शाम पूरी तरह गाढ़ी हो गई थी। बाहर से ठंडी हवा आ रही थी। साथ में कुछ बूंदें भी। बारिश हो रही थी या होने को तैयार थी। मुझे बाहर बैठी गुब्बारे वाली औरत का ख़्याल आया।

'मैं दिन में भी दो-एक बार आया था, पर बंद थी।'

'सिर्फ़ शाम को खुलती है लाइब्रेरी। टाइम नहीं पढ़ा क्या?'

'कहां लिखा है टाइम?'

'बोर्ड पर?'

मैं चुप हो गया।

वह ख़ुद से बोला, 'टाइम तो मिटा ही हुआ है।'

वह मेज़ के नीचे झुक गया। मैंने झांककर देखा, वह जूते बांध रहा था। पाजामे पर स्पोर्ट्स शूज़ पहने थे, सफ़ेद रंग के।

'पांच से सात का टाइम है इसका। और अब सात बज रहे हैं। किसी से मिलना है या किसी ने भेजा है, कोई संदेसा देकर?'

'नहीं। यहां से गुज़रते लाइब्रेरी के बोर्ड पर नज़र पड़ गई, तो आ गया।'

मैं खिड़की के पास गया। यहां से वह पीली खिड़की साफ़ नज़र आती है। लेकिन इस समय वहां कोई हलचल नहीं थी। मैं किताबों के पास गया। कई सड़ रही थीं। भीतर अनुमान से भी लंबी जगह थी।

'देख सकता हूं?'

मैंने उसके जवाब का इंतज़ार नहीं किया और अंदर चला गया। जगह में मेरी दिलचस्पी बन रही थी। यहां किसी फिल्म का सेट लग सकता है।

भीतर दो-चार पुरानी कुर्सियां और थीं, जिनके हत्थे, पैर या कुछ न कुछ टूटा हुआ था। आलमारियों के उस पार एक टूटा हुआ स्टोव रखा था। एक जार था, जिसमें मटमैली हो गई शक्कर पड़ी थी। स्टोव की दो-चार पिनें बिखरी थीं। और दीवार पर स्टोव के जलने से कालिख के निशान थे। उस कालिख में किसी ने कभी हाथ या उंगली रख दी होगी। उसकी छाप अलग से दिख रही थी।

उसके पास एक खिड़की थी और एक बाथरूम।

बूढ़ा जाने के लिए तैयार हो चुका था। उसने अपना झोला बंद कर लिया था। थर्मस झोले के अंदर जा चुका था।

उसकी नज़र में मेरे लिए कोई सवाल नहीं था। कोई जिज्ञासा भी नहीं थी। कोई जवाब भी नहीं था। कुछ-कुछ वैसा ही ख़ालीपन था, जैसा इस समय आलमारियों में बिखरा हुआ है। पहले यहां कुछ रहा होगा, यह बताता हुआ ख़ालीपन। रोशनी इस दरवाज़े से आती होगी और भीतर की इस सपाट भूलभुलैया में खो जाती होगी। यहां से कोई आवाज़ बाहर निकलने को बेचैन होगी। दीवारों, खिड़की और दरवाज़ों पर आवाज़ के ठोंगों के निशान मैं पहचान सकता हूं?

'कोई किताब मिल सकती है मुझे?'

'किसलिए?'

'पढ़ने के लिए।'

'कल पांच बजे आ जाना, मेंबरशिप ले लेना।'

इस परित्यक्त जगह को देखते हुए उसकी जल्दबाज़ी किसी को भी खल जाती। मैं रोककर उसे हड़काना चाहता था कि फिर दुकान खोल कर क्यों बैठे हो, पर लाख चाहने के बाद भी न मैं उसे हड़का पाया, न खिझा पाया।

मैं उसके साथ ही बाहर निकला। उसने झुककर ताला लगाया।

गुब्बारे वाली औरत अभी भी वहीं बैठी थी। उसने अपने गुब्बारे दीवार में लगी एक कील में बांध दिए थे। उसकी बग़ल में सोया बच्चा उठ गया था। वह उसे काग़ज़ में पड़ा अधखाया वड़ा-पाव खिला रही थी।

बूढ़ा ठिठका। उसने लहराते गुब्बारों को देखा। फिर छड़ी पर अतिरिक्त ज़ोर डालता धीरे-धीरे बाहर की ओर निकल गया।

औरत अपनी बोरी खिसकाते हुए सूखी जगह की ओर बढ़ने लगी।

## 7

*प्याज़ की सूखी और चटकती हुई त्वचा के नीचे एक और त्वचा होती है, ज़्यादा गीली, जिसे छीलो, तो तीसरी त्वचा निकलती है, फिर चौथी, फिर पांचवीं फुसफुसाते हुए इंतज़ार कर रही होती हैं। हर त्वचा के नीचे ढेर सारे शब्द छिपे होते हैं। जैसे किसी जादूगर ने बहुत पहले, प्याज़ के बनने से भी पहले, जादू और कूट के सहारे ख़ुद को इसमें छुपा लिया हो।*

**गुंटर ग्रास**

*(पीलिंग द ऑनियन)*

## बुढ़िया चुप है-1

लोग उसे मंगण मां कहकर पुकारते, इसलिए समझा जा सकता है कि उसके बेटे का नाम मंगण था। लेकिन मंगण कहां था, किसी को नहीं पता। किसी ने मंगण को नहीं देखा था। किसी की स्मृति में यह नहीं कि मंगण नाम के इस लड़के ने कभी मोहल्ले में क्रिकेट खेलते हुए किसी की खिड़की तोड़ दी होगी, कि कभी इस लड़के की मारी हुई गुल्ली से

किसी के माथे पर चोट आई होगी, कि कभी वह इतना भी छोटा रहा होगा कि उसने मोहल्ले में ही किसी दादा-ताया पर सूसू कर दिया होगा, कि किसी दिन वह इतना भी बड़ा हो गया होगा कि गली में ठुमक-ठुमक चलते उस पर किसी को प्यार भी आया होगा। मंगण कहीं नहीं था। मंगण कोई नहीं था। बस, मंगण मां थी।

मंगण मां का चेहरा झुर्रियों से भरा था। उसके दांत नहीं थे, जिससे मुंह अजीब पोपला नज़र आता था। वह इतनी पतली थी कि हवा से ख़तरा महसूस हो। दुपट्टे को हमेशा सिर पर ओढ़े रखती। ज़्यादातर एक गुलाबी समीज़ पहनती और लंबे पायचे वाला शिकारपुरी पाजामा। और उस पर हवाई चप्पल। चेहरे पर मोटे फ्रेम वाला एक सोडावाटर चश्मा। उसकी दाढ़ी में उंगली बराबर तीन सफ़ेद बाल लटकते रहते। कई बार उनमें से दो गोल होकर ठुड्डी में सिमट जाते।

सफ़ाई के लिए ऐसी दीवानगी कि हर चीज़ को धोने की आदत पड़ गई थी। वह सिर्फ़ बर्तन और कपड़ा नहीं धोती थी, फ़र्श और चप्पलें ही नहीं धोती थी, बल्कि हर दूसरे रोज़ दीवार धो देती थी। घर का सारा फ़र्नीचर धो देती थी। खाना गरम-गरम हुआ, तो खा लेगी। रोटी अगर ठंडी हो गई, तो वह उसे भी धो देती थी। एक बार पानी में डुबाने के बाद पंखे के नीचे रखकर सुखाती थी और सूखने से पहले ही दाल में बुरककर खा जाती थी। पकी हुई सब्ज़ी धोने का अलबत्ता उसे कोई तरीक़ा कभी समझ में नहीं आया, लेकिन सिक्के, नोट, फ्रेम्ड-अनफ्रेम्ड तस्वीरों को धो कर ही इस्तेमाल करती थी। कई बार बसरमल ने उसे बिजली का स्विचबोर्ड धोते हुए देखा था। गीले कपड़े से बटन पोंछने के चक्कर में एकाध बार उसे करंट भी लगा है। पानी का इतना ज़्यादा इस्तेमाल करने के कारण उसकी उंगलियों की पोर पर चमड़ी हमेशा सफ़ेद रहती थी।

पानी के लिए भी ऐसा ही भाव कहना चाहिए। लोग कहते थे कि मंगण मां की प्यास कभी बुझती नहीं। वहां पानी आने का समय तय था और लोग उसी बीच पानी भी भर लेते, लेकिन मंगण मां को किसी भी समय मोहल्ले के नल पर, चापाकल पर लोहे की पुरानी बाल्टी या प्लास्टिक का कोई गुग्गी-पीपा लिए देखा जा सकता था। वह किसी भी समय आपके दरवाज़े पर दस्तक देकर पूछ सकती थी–डिस त पुट्र, पाणी आयो आ छा? (देख तो बेटा, पानी आया है क्या?)

न अम्मा, पाणी अची करे वयो। हाणे न ईन्दो। सुबाणे अचो तवां। (नहीं अम्मा, पानी आकर चला गया है। अब नहीं आएगा। आप कल आना।)

हट मुआ चण्ड्रा। चरयो। (हट मुए चंट। पगले।)

मंगण मां बुदबुदाते हुए लौट जाएगी, पर अगले दिन हो सकता है कि वह फिर आकर आपसे यही सवाल पूछ ले।

बसरमल बार-बार उसे समझाता है कि घर की टंकी भरी पड़ी है। और पानी की ज़रूरत नहीं। लेकिन मंगण मां की बेआवाज़ निगाह उसे चुप करा जाती है। वह अपना गुग्गी-पीपा संभालकर दरवाज़े के पास रख देती है।

बसरमल ऑटो से उतरा, तो मंगण मां चापाकल पर उकडूं बैठी दिखती है। गुग्गी पानी से भरी हुई है। मंगण मां चापाकल चला-चलाकर थक चुकी है और अब गुग्गी ढोकर घर ले जाने से पहले दो मिनट आराम करना चाहती है।

वह उसके पास जाकर खड़ा हो गया। मंगण मां ने चेहरा उठाकर देखा। उसके पास कोई मुस्कान नहीं थी। बसरमल को देखने के बाद एक बार उसने गुग्गी की तरफ़ देखा। फिर घुटने पर हाथ रखकर खड़ी होने लगी। बसरमल ने गुग्गी उठाई और आगे-आगे चलने लगा। अपनी छड़ी उसने मंगण मां को थमा दी थी।

बसरमल को याद नहीं आता, कितने साल पहले मंगण मां को हर चीज़ धोने की आदत पड़ गई थी। उसे यह भी याद नहीं आता, कब से मंगण मां पानी को लेकर इतना असुरक्षित हो गई थी। उसे यह भी याद नहीं आता, आख़िरी बार मंगण मां ने कब उससे कोई शब्द कहा था।

उसे वह प्याज़ की तरह लगती है, जिसकी बाहरी त्वचा सूखी है। जितना छीलो, भीतर से एक नम और नर्म त्वचा दिखाई देती। ऐसा प्याज़, जिसने अपने छीले जाने को स्थगित कर दिया हो। त्वचा के भीतर छिपे कूटशब्दों को बचाने के लिए जिसने कोई और त्वचा ओढ़ ली हो। प्याज़ के इतने सारे दरवाज़ों के भीतर से कोई आवाज़ नहीं आती। शायद भीतर की क़ैद हो, जहां से निकलने के लिए वह सिमसिम वाला मंत्र भूल गई थी। यह भी संभव है कि भीतर जाने के लिए ज़रूरी वह मंत्र ख़ुद बसरमल ही भूल गया हो।

उसे एक बहुत पुरानी दुपहरी याद आती है, जब स्टेशन से पैदल आते समय मंगण मां, जिसे वह जालो के नाम से बुलाता था, ने कहा था कि बस, अब और पैदल नहीं चला जाता, मुझे गोद में उठा लो। बसरमल ने जवाब में कुछ नहीं कहा था, बस जालो की आंखों में झांक कर देखा था और वह खिलखिला कर हंसने लगी थी। उसकी हंसी के नाम पर बसरमल को उसका हंसता हुआ चेहरा याद है।

उसे एक रात याद आती है, जब वे खाना खाकर घर से बाहर निकले थे और एक मैंगो कैंडी को इतनी देर तक चूसते रहे थे कि उनके होंठ लाल हो गए थे। घर लौटने पर पाया था कि उनके कपड़े भी आगे से लाल हो गए हैं।

बसरमल को वह रात याद है, जब पलंग पर उसकी गोद में जालो हिचक-हिचक कर रोई थी और बसरमल से बार-बार पूछ रही थी कि यह मंगण आख़िर आ क्यों नहीं जाता?

'ईन्दो, जालो, ईन्दो। मंगण ईन्दो हेकड़ो डियँ। चव झूलेलाल।' (आएगा, जालो, आएगा। मंगण आएगा एक दिन। झूलेलाल का नाम लो।)

दोनों बहुत देर तक गुमसुम रहे थे, अपने-अपने भीतर डूबते हुए। जालो बार-बार अपने पेट पर हाथ रखती। बार-बार अपनी समीज़ उठाकर पेट देखती। और आंख बंद कर बसरमल की हथेली पर कुछ लिखती। अगली सुबह से बसरमल ने उसे जालो की जगह मंगण मां कहना शुरू कर दिया था। वह जितनी बार मंगण मां कहता, जालो की

आंख चमक जाती, फिर भर आती, फिर एक ख़ालीपन में जाकर अटक जाती। हर बार कहे जाने के साथ मंगण के होने का आभास गहरा जाता। उसके इस दुनिया में आने की उम्मीद हरी हो जाती। धीरे-धीरे सारे पाड़े ने उसे मंगण मां कहना शुरू कर दिया।

बसरमल को कई चीज़ें नहीं याद हैं और कई चीज़ें रह-रहकर याद आती हैं।

मंगण मां कुछ नहीं बोलती। बसरमल को उसकी खिलखिलाहट याद आती है।

मंगण मां चुप रहती है। बसरमल को उसकी शरारत याद आती है।

मंगण मां सिर झुकाकर एक बेबी गिटार धोती है। बसरमल को मंगण का न आना याद आता है।

## 8

*वह किसी चीज़ में हिस्सा नहीं लेता, किन्हीं में शामिल नहीं होता, न यक़ीन करता है, न विद्रोह और न ही कभी उसका भरम टूटता है।*

***इमरे कर्तेश***
*(लिक्विडेशन)*

## दिलख़ुश-2

दिलख़ुश सम्बोसेवाला मुझसे पूछता है कि बताओ, बीस साल तक यहां दुकान चलाने के बाद यह दुकान हटाई जा सकती है? मैं कुछ नहीं कहता। वड़े पर लहसुन की लाल सूखी चटनी बुरकते हुए उसे देखता-भर हूं। वह छह फीट की केटली पर टन-टन-टन, जाने कितने हाथ मारता है। लगता है कि किसी स्कूल में हमेशा के लिए छुट्टी हो जाने की घोषणा में घंटी बजा रहा है।

'बोलो, हटा सकता है कोई?' वह फिर पूछता है।

'कौन हटा रहा है तेर्को यहां से?' मैं प्लेट उसके सामने बढ़ाता हूं, 'थोड़ा गीली चटनी मार।'

'कोई नहीं।' वह एक कलछुल से हरी चटनी वड़े पर उंड़ेल देता है। उसके कुछ छींटे उड़कर मेरी शर्ट पर गिर जाते हैं। मैं दिलख़ुश को घूरता हूं। वह केटली बजाने में व्यस्त हो गया है। मैं रूमाल निकालकर छींटे पोंछता हूं। दोपहर को उसकी दुकान पर कम भीड़ होती है। वह इसका कारण बताता है कि दिन में लोग खाना खाते हैं, चाय-समोसा नहीं खाते। इस समय दुकान में वे लोग आते हैं, जो चाय और समोसे से खाने का काम चला लेते हैं।

मैं छींटे पोंछते हुए फिर उसे घूरकर देखता हूं, तो वह हंसने लगता है। छोटी-सी पगड़ी और बड़ी दाढ़ी के बीच उसका सिर इतना बड़ा लगता है कि कई बार मुझे वह किसी और ही नस्ल का नज़र आता है। लगता है, किसी उड़नतश्तरी के साथ वह पृथ्वी पर तफ़रीह करने आया था और जल्दबाज़ी, गड़बड़झाले में उनसे यहीं छूट गया। यहां के लोगों में मिक्स होने के लिए उसने सरदारों की पगड़ी पहन ली। सफ़ेद खिचड़ी दाढ़ी के बीच जब उसकी हंसी का आकार देखता हूं, तो यह अहसास मुझे और गहरा लगने लगता है। कई बार मुझे वह एसएमएस लगता है। अधूरे शब्दों, वाक्यों से बना हुआ छोटा-सा कोई संदेश। इनबॉक्स में अटका हुआ अनपढ़ा एसएमएस।

'दिलख़ुश, कभी तेर्को लगा कि तेरे ग्राहक तेर्से प्रेम करते हैं?'

वह जिस स्तर का दुकानदार है, उससे ऐसा सवाल करना फ़ालतू लगता है। पर वह जवाब देता है,

'क्या कभी किसी ग्राहक को लगा कि मैं उससे प्रेम करता हूं?'

और वह ज़ोर-ज़ोर से केटली बजाते हुए हंसने लगता है। मुझे भी हंसी आ जाती है। उसकी बात से ज़्यादा उसके अंदाज़ पर। उसका केटली बजाना देख मुझे किंगकांग याद आ जाता है, जो दोनों हाथों से छाती पीटते हुए गुर्राता है।

फिर मैं उससे लाइब्रेरी वाले बूढ़े के बारे में पूछता हूं। वह उसे सनकी मानता है। मेरी भी उसके बारे में कल से यही राय बनी हुई है। दिलख़ुश बताता है कि वह बीस साल से उसे इसी तरह देख रहा है। बीस साल पहले भी वह इतना ही बूढ़ा नज़र आता था। तब दिलख़ुश को लगता था कि बीस साल बाद वह जवान हो जाएगा, पर उसके बीस साल बाद यानी आज भी वह बूढ़ा ही दिखता है।

दिलख़ुश फिर केटली बजा-बजाकर हंसने लगता है–'साला बुड्ढा, जवान इच नईं होता।'

किसी ग्राहक को वड़ा-पाव बांधकर देने, गल्ले में पैसे खड़काने, केटली बजाने और ठठाकर हंसने के बीच रुक-रुककर वह बूढ़े के बारे में बताता है कि वह सिंधी है कि पहले उसके पास बहुत ग्राहक आते थे कि उसकी जगह बहुत बड़ी है कि उसमें फ़ालतू का कचरा भरा है कि पता नहीं उसका ख़र्चा कैसे चलता है कि पहले वह एक बैंक में नौकरी करता था कि पहले भी सिर्फ़ शाम को ही दुकान खोलता था कि वह ग़ुस्सा करता है कि मैं उसकी लाइब्रेरी को दुकान कहता हूं कि मैं उससे कई बार कह चुका हूं कि दुकान के भीतर थोड़ी ज़मीन मुझे दे दे कि मुझे किचन की जगह बहुत छोटी पड़ती है कि पहले शाम को उसके यहां मैं ही चाय भेजा करता था कि मैंने उससे कहा था कि बार-बार कहने के बाद भी आप मेरी मदद नहीं कर रहे कि थोड़ी-सी ज़मीन मुझे दे देने के बाद आपकी लाइब्रेरी बंद थोड़े ही हो जाएगी कि आपको थोड़ी एक्स्ट्रा इनकम ही हो जाएगी कि वह इतना भड़क गया कि मुझको गेट आउट कर दिया कि तब से मैंने भी उसके लिए शाम की चाय भेजनी बंद कर दी कि मैंने कभी उससे चाय के पैसे नहीं लिए

थे कि वह इतना बुजुर्ग है कि अपने आप इज़्ज़त हो जाती है कि अब देखा कि कोई उसके पास आता ही नहीं कि हफ़्ते-दो हफ़्ते में एक-दो बूढ़े दोस्त आ जाते हैं कि ये...कि वो...कि...कि...

मैं उसे बताता हूं, 'मैंने देखी है उसकी ज़मीन।'

'फिर? कितनी फ़ालतू स्पेस है उसके पास? फुक्कट में अटका के रखी है।'

'तेकों क्यों चाहिए थी स्पेस?'

'किचन के वास्ते। मेरा किचन उधर हो जाएगा, तो मेरी दुकान में स्पेस हो जाएगा। फिर मैं अंदर सिटिंग कर सकता न। फिर इसका रिनोवेशन कर देता।'

'तो क्या बोलता?'

'क्या बोलेगा? नहीं दिया। बोला, मेरे बच्चों की जगह मत छीन।'

'कितने बच्चे हैं उसके?'

'अरे कोई नहीं है रे। गले में बांध के जाएगा वो। अंदर जो रद्दी रखी है, उसको वह अपना बच्चा बोलता है। एक ख़्याली बच्चा है, जो कभी पैदा ही नहीं हुआ।'

मैं उससे उस लड़की के बारे में पूछना चाहता था, जो पीले पल्लों पीली जालियों और पीले परदों के बीच खड़ी रहती कि जिसके चेहरे पर कोई भाव नहीं दिखता कि जिसने मेरी पैंट पर लगे कीचड़ को इस तरह देखा था कि मैं उसके देखने को अभी तक देखता रहता हूं कि इतने दिनों से उसे देखते यहां से गुज़र रहा हूं कि वह लड़की हमेशा वहीं दिखती है कि दो हाथों से जालियों को पकड़े रहती है कि जैसे किसी जेल में खड़ी है कि उसके चेहरे को ध्यान से देखो तो लगता है कि बस अभी रो देगी।

मैं पूछना चाहता था कि वह लड़की कौन है रे...

और मेरे मुंह से निकला–'कौन हटा रहा है रे तेकों यहां से?'

अपनी जगह खड़े-खड़े वह भीतर किसी नौकर को हड़का रहा है। पलटकर मेरी ओर देखता है। उसके चेहरे पर अजीब क़िस्म की गंभीरता आ जाती है। इस समय उससे कोई भी डर जाए। केटली पर उसका चम्मच दनादन पड़ने लगता है। टन-टन-टन-टन से पूरी सड़क गूंजने लगती है। यह आवाज़ केटली से भी सौ गुना ऊंची हो जाती है।

## 9

*अपने अंगरखे लपेट कर उन्होंने तकिए बना लिए हैं और पुआल में लेटने की जगह बना रहे हैं। वे सब पूरे कपड़े पहने हुए ही सोने जा रहे थे, जैसे किसी भी समय उठकर, फिर यात्रा पर चल निकलने के लिए तैयार हों।*

***पेर लागरक्विस्त***

*(द डेथ ऑफ अहस्वैरस)*

## मेरा नाम 'मैं' है-4

मैंने इससे पहले कोई लाइब्रेरी नहीं देखी थी। लाइब्रेरी के नाम पर मेरा ज्ञान उन ठेलों तक ही था, जहां कॉमिक्स, पत्रिकाएं और कुछ उपन्यास किराए पर मिल जाते थे। जो या तो ठेला हुआ करती थीं या रद्दी की दुकान। जिस स्कूल में मैं पढ़ा था, वहां कोई लाइब्रेरी नहीं थी। जिस कॉलेज में मैं गया था, वहां लाइब्रेरी के नाम पर ही मुझे बुख़ार आता था। सो, उसके रीडिंग रूम के अलावा कहीं गया ही नहीं। कंप्यूटर की स्क्रीन पर या नेट से प्रिंट निकालकर जो मैं पढ़ लेता था, बस, वही पढ़ पाता था। किताबें तो बिल्कुल नहीं। कॉलेज में किताबों से उतना ही पढ़ता, जितना काम का होता। कितने पेज काम के हैं, ये लेक्चरर बता देता या फोटोस्टेट वाला। सो, इतनी सारी किताबें देखकर मैं हैरान रह गया। मैं बूढ़े से जानना चाहता था कि क्या उसने सारी किताबें पढ़ रखी हैं? क्या उसे सारी किताबों के नाम याद हैं? और जब इन सारी किताबों की पीडीएफ़ बनाकर सिर्फ़ दस डीवीडी में रखा जा सकता है, वह भी एक छोटे-से सीडी वैलेट में, तो भला इनसे इतनी जगह क्यों घेर रखी है?

मैं यह भी सोच रहा था कि किताबें कौन पढ़ता है? ये किनके लिए लिखी जाती हैं? और जब बूढ़ा लाइब्रेरी में नहीं होता, तो ये किताबें क्या करती होंगी? और जब वह अपनी कुर्सी पर शिथिल-सा बैठा रहता होगा, तब उसे देखती होंगी? क्या उसकी अनुपस्थिति में ये सारी किताबें अपनी-अपनी जगहों से बाहर आ जाती होंगी, अपने खोल और जिल्द को पहने रखती होंगी या उतार देती होंगी, किसी गौरैया की तरह झटक देती होंगी, अपने बदन से धूल और दीमकों को पोंछ देती होंगी और किसी धुन पर थिरकती होंगी या कोई गीत ही गाती होंगी? वह कौन-सा ताल होगा, जिस पर किताबें नाचती होंगी? वह कौन-सा राग होगा, जिस पर किताबें गाती होंगी?

मैं दिलख़ुश सम्बोसेवाले की दुकान पर नहीं रुकता। वहां बहुत भीड़ है इस समय। मैं उससे भी आगे चलता हूं। सेंट्रल अस्पताल की तरफ़। फिर वहां से फारवर लाइन की तरफ़। एसएमएस बजने की आवाज़ आती है। लंबी टीं-टीं। उस तरफ़ से निक्की ने चुटकुला भेजा है। संता और बंता के नाम देखते ही बिना पढ़े मैं रिप्लाई करता हूं—:-) कोलन, हाइफ़न और क्लोज़्ड ब्रैकेट से एक स्माइली बनाता हूं, जिसका मतलब है, हैप्पी या फ़नी। उसे भेज देता हूं। और मोबाइल वापस जेब में कोंड देता हूं। मुझे पता है, वह तप जाएगी।

मुझे याद आता है, कहीं तो पढ़ा था कि बहुत-सारे देवदूत रात-भर किसी मैदान में नाचते हैं। उस समय वे अपने पंख उतार देते हैं। माथे से मुकुट भी उतार देते हैं और सिर पर चमकते छल्लों की लाइट ऑफ़ कर देते हैं। वे उन्मुक्त होकर नाचते हैं। पहली नज़र में उनका नाच किसी उत्सव की तरह दिखता है, लेकिन भीतर से वे सब बहुत दुखी हैं। दरअसल, वे किसी से बदला लेना चाहते हैं, लेकिन देवदूत होने की मजबूरी

इस ख़्याल को उनसे दूर कर देती है। वे अजीब क़िस्म की बेबसी में अपने भावों को दबाते हुए नाचते हैं और उत्सव का स्वांग करते हैं।

क्या किताबें भी ऐसे ही नाचती होंगी? शोक की किसी धुन पर? अवसाद की किसी थाप पर? उपेक्षा और अपमान की मिली-जुली ताल पर?

मैं सेंट्रल अस्पताल से आगे नहीं जाता। बहुत पहले मैं इसी अस्पताल में पैदा हुआ था। मैं इसके आगे से न जाने कितनी बार गुज़रा हूं, लेकिन पैदा होने के बाद दुबारा कभी इसके भीतर नहीं गया। जब पाऊ यहां एडमिट थे, तब मैं इस शहर में नहीं था। और फ़ोन पर जब मुझे पता चला कि उन्हें यहां एडमिट किया गया है, तो मेरा मन ही नहीं हुआ कि उन्हें देखने के लिए यहां आऊं। जब लौटकर आया था, तो मैंने उनसे कहा भी था कि अक्खे शहर में उनको यही अस्पताल मिलता है क्या? जैसे मैं उनसे कई बार कई सवाल करता हूं। जब अंग्रेज़ी न आने के कारण कॉलेज में मैं शर्मिंदा होता था और क्लास से भाग जाने का कोई न कोई कारण खोजा करता, तब मैं उनसे पूछता था कि अक्खे शहर में कोई इंग्लिश मीडियम स्कूल नहीं था क्या, जो पहली से दसवीं तक हिंदी में रट्टा मरवाया मेर्से? पाऊ के पास कोई जवाब नहीं होता। वह अपनी बात बस ऐसे खोलते हैं–'बेटे के सवालों का जवाब किसी बाप के पास नहीं होता। बेटे के दिल में सवाल आने लगें, तो परवरिश अधूरी रह जाती है।' उसके बाद पाऊ उठ जाते हैं। कभी वो बिजली का मीटर चेक करने लगते हैं, कभी पानी की मोटर। मां मुझे दिलासा देती है– 'बहुत सारे लोगों को अंग्रेज़ी नहीं आती, फिर भी वे पढ़ रहे हैं, कमा रहे हैं। तू क्यों फ़िक्र करता है? एक दिन तेरा भी हो जाएगा।' और मैं तय कर लेता हूं कि इनसे कभी कोई बात नहीं करनी, इन सब पर। रोटी के टुकड़े से अचार तोड़ते हुए मैं सोचता हूं कि अचार के मर्तबान के भीतर जाकर सो जाऊं। जिस दिन निकलूंगा, स्वादिष्ट और काम का हो चुका होऊंगा। यहां मुझे फिर स्माइली लगाने की ज़रूरत महसूस होती है...:-)

बालाजी टी-स्टॉल पर रुकता हूं। एक सिगरेट पीता हूं और ज़िंदगी के तमाम बूढ़ों से मन हटाने की कोशिश करता हूं। बार-बार मेरे ख़्याल में वह पीली खिड़की आती है। मैं अनायास ही अपनी पैंट के पीछे झांकता हूं। ओहो! तो छींटे आज भी हैं, लेकिन अभी तक उसने इन छींटों को नहीं देखा? इस क़यास पर मुझे ख़ुद ही हंसी आ गई, जैसे वह मेरी पैंट पर छींटे देखने के लिए ही वहां खड़ी होती हो। उसके बाद से मैं उसे कई बार खिड़की पर खड़े देख चुका हूं। कई बार तो ठिठक कर उसके सामने ही खड़ा हो गया हूं। अब तो वह मुझे पहचानने लगी है। पर वह एक बार भी मुस्कराई क्यों नहीं? क्या पीले पल्लों, जालियों और परदों के बीच रहने वाला उसका चेहरा भी पीला नहीं दिखता?

टीं-टीं बजता है। उसने स्माइली का जवाब स्माइली से दिया है। उल्टी स्माइली। :-( यानी मुंह बिचकाती हुई। अच्छा है, अब मैं उस लड़की को अपने जीवन में नहीं रख सकता। अब वह सिर्फ़ मेरे इनबॉक्स में रहेगी। मुझे वैसे भी उन लोगों को याद करने या रखने का कोई शौक़ नहीं, जो जा चुके हैं। जीवन से या मेरे जीवन से। मैं बहुत जल्दी

भूल जाता हूं और भूल जाना मुझे पसंद भी है। चाहें, तो इसे आप कोई स्मृतिहीनता भी मान सकते हैं। इसीलिए मैं उनको पसंद नहीं करता, जो हमेशा अपने ज़माने की बात करते हैं। इसीलिए पाऊ के साथ मेरा छत्तीस रहता है, जब वह बताते हैं कि मेरी उम्र तक वह इतना कर चुके थे या इतना कमा चुके थे। एक दिन चिढ़कर मैंने उनसे कह दिया था, 'पाऊ, मुझे मत सुनाया कीजिए। आप जितने पर रिटायर होंगे न, उतनी तनख़्वाह मैं ज्वाइनिंग पर पाऊंगा।'

वह पूछते–'कैसे? बोलो, कैसे?'

मैंने कहा, 'उसके बारे में मत सोचिए। साढ़े तीन-चार लाख का पैकेज कोई बड़ी बात नहीं होती।' इसके बाद या तो वह कमरे से बाहर निकल जाते हैं या मैं।

लौटते समय दिलख़ुश वाले के यहां बहुत भीड़ दिखती है। शायद कोई दंगल हो रहा है।

## 10

*जब मैं छोटा था, तो सोचता था, बड़ा होकर किताब बनूंगा। लोगों को चींटियों की तरह मारा जा सकता है, एक लेखक को मारना भी मुश्किल नहीं, लेकिन किताबों को नहीं मारा जा सकता। उन्हें नष्ट करने की कितनी भी कोशिश की जाए, यह संभावना हमेशा रहती है कि दुनिया के किसी निर्जन कोने में, किसी लाइब्रेरी के किसी ख़ाने में, उसकी एक प्रति तब भी बची रह जाए।*

***अमोस ओज़***

*(अ टेल ऑफ़ लव एंड डार्कनेस)*

# बूढ़े की कहानी-3

पेंसिल उसे परेशान करती है। छीलते-छीलते जब लगता है कि ख़ासी नुकीली हो गई है, ठीक उसी समय जाने क्या हो जाता है कि नोंक टूट जाती है और शार्पनर में अटक जाती है। किसी तरह ठोंक-ठाककर वह नोंक निकालता है और पेंसिल को नए सिरे से छीलना शुरू करता है।

दीवार के सहारे पीठ टिकाकर अधलेटे बसरमल की जांघों पर ड्राइंग बुक है। बूढ़े और कांपते हाथों से वह उस पर पेंसिल बिछा देता है। आड़ा-तिरछा हिलाकर कुछ लकीरें बनाता है।

मंगण मां धीमे क़दमों से बाहर आती है। उसके हाथ में पानी से भरा मग्गा है, जो छलक रहा है और दूसरे हाथ में प्लास्टिक का गुड्डा है। मग्गे के पानी में साबुन का झाग है। गुड्डे को पानी में डाल, तल्लीनता से उंगलियों से रगड़-रगड़कर उसे धो रही है।

बसरमल कुर्सी पर बैठी मंगण मां की तस्वीर बनाने लगता है। सबसे पहले कुर्सी की पीठ बनाता है। फिर उस पर टिकी हुई मंगण मां की पीठ। फिर कुर्सी की सीट बनाता है। फिर उससे सटी हुई मंगण मां की सलवार। फिर सलवार से बाहर निकले उसके पैर।

एक आकृति-सी बन गई है। सलवार को देखकर लग रहा है कि यह मंगण मां है। बस, इससे ज़्यादा नहीं बनाना उसे। पता नहीं, कितने साल पहले, उसने मंगण मां से कहा था, 'यह समझ में आ जाए कि आप क्या सोच रहे हैं और क्या बनाना चाहते हैं, तो उसके बाद नहीं बनाना चाहिए।'

याद नहीं, उस समय मंगण मां ने क्या कहा था।

वह फिर वही बात उससे कहता है। उसका गुड्डा पानी में डूबा हुआ है। उसकी उंगलियां भी वहीं पर है। वह पानी में ही हाथ डाले-डाले उसकी ओर देखती है। इस तरह, जैसे सुन ना पाई हो। वह अपनी बात दुहराता है। मंगण मां का चेहरा फिर वैसा ही है। जैसे चाहती हो, एक बार और कही जाए वही बात, उसी तरह। कुछ पल पहले की तरह, कुछ बरस पहले की तरह।

वह उठकर चली जाती है। भीतर से वाश बेसिन में पानी गिरने की आवाज़ आती है। उसने गुड्डे को अब साफ़ पानी से धो दिया है।

बसरमल अपनी ड्राइंगबुक के पिछले पन्नों को देखता है। वहां कई पन्नों से मंगण मां नहीं है। उसने बहुत दिनों बाद उसकी देह और आकृति पर पेंसिल फिराई है। वह उस पर आहिस्ता से उंगली फिराता है। याद नहीं, आख़िरी बार कब उसने मंगण मां की देह पर उंगलियां फिराई थीं। वह तस्वीर के बग़ल में सिंधी में लिखता है–'जालो'। फिर रबर से मिटा देता है। फिर अंग्रेज़ी में लिखता है–'शी'। फिर उसे भी मिटा देता है। फिर वह अंग्रेज़ी में ही लिखता है–'मेलन्कली'।

अमरूद की ख़ुशबू पूरे कमरे में फैल जाती है। इतनी बारीक होती है वह ख़ुशबू कि कई बार नाकों की पकड़ में नहीं आती। पर बसरमल उस महक को मीलों दूर से भी पहचान लेता है। वह एक पुराने पन्ने की ओर जाता है। वहां एक पीठ है, और उस पर एक लंबी चोटी लहरा रही है। उसके पीछे एक पन्ने पर किसी बच्चे के पैर हैं और एक फुटबॉल। उसके किनारे लिखा है–

*उसका आना तय था बहुत पहले से*
*वह आज भी इंतज़ार कर रही है*

वह उन पैरों के आसपास दो जोड़ी पैर और बनाता है। एक ने पैंट और बूट पहने हैं, दूसरे ने सलवार और चप्पल। फ़ैमिली पूरी हुई।

मंगण मां भीतर से लंबी पाइप लेकर निकली। रबर की पीली पाइप, जो क़रीब चालीस फुट की होगी। उसने उसका एक सिरा वॉश बेसिन के नल में लगाया है और दूसरा सिरा पकड़कर खींच रही है। वह उसे बाहर लेकर जाएगी। सामने की सड़क धोएगी।

'सड़क को क्यों धोना भई? वैसे ही वहां से पब्लिक निकलती है।'

मंगण मां फिर बसरमल की तरफ़ उसी तरह देखती है, जैसे सुनी हुई बात को एक बार और सुनने की इच्छा हो। कमर झुकाए धीरे-धीरे बाहर निकल जाती है।

बसरमल ड्राइंग की किताब में और पीछे जाता है। वहां एक खिड़की बनी है। जैसे पूरा पन्ना एक दीवार हो और उस पर एक खिड़की। अधूरी-सी। उसमें एक ही पल्ला है। दूसरा कहीं गिर गया या बनाया नहीं गया। खिड़की पर जाली है, जिस पर बड़े-बड़े फूल बने हैं। वह जाली के बीच बची सफ़ेद जगह पर तिरछी पेंसिल से पतली-पतली लकीरें भरने लगता है। थोड़ी देर बाद एक पन्ने पर जाकर रुक जाता है। वहां किताबों की रैक है, जिसमें किताबें नहीं हैं। वे नीचे फ़र्श पर बिखरी हुई हैं। उसके किनारे लिखा है,

*एक डॉट यानी फुल स्टॉप*
*तीन बार डॉट डॉट डॉट यानी*
*चीज़ें अभी ख़त्म नहीं हुईं*
*ज़िंदगी जारी है*

किताबों की बग़ल में वह एक बोरी बनाता है। उसकी बग़ल में एक और बोरी। फिर एक और। फिर एक कुदाल। फिर कुछ ईंटें। ईंटें, ईंटों जैसी नहीं दिखतीं। वह उन्हें मिटा देता है। फिर वह बोरियों को मिटा देता है। फिर कुदाल को। फिर रैक को। फिर किताबों को। वह सब कुछ मिटा देता है। पूरे पन्ने को फिर से सादा बना देता है।

दराज़ से वह नया इरेज़र निकालता है और पूरी ड्राइंग बुक को सादा करने पर जुट जाता है।

उसे नहीं याद, यह आदत उसमें कब और क्यों आई। वह एक ड्राइंग बुक लेता है, उसमें कुछ समय तक तस्वीरें बनाता है और कुछ समय बाद सबको मिटा देता है। फिर उन्हीं पन्नों पर कुछ और बनाता है। तब तक, जब तक कि वे पन्ने इस लायक़ बचे रहें।

वह एक पेंसिल बन जाना चाहता है, ताकि इस दुनिया की आकृति में कुछ ज़रूरी रेखाएं जोड़ दे।

वह एक इरेज़र बन जाना चाहता है, ताकि इस दुनिया की आकृति से कुछ फ़ालतू रेखाएं मिटा दे।

या एक खिड़की। या एक गेंद। या एक बच्चा। या एक स्त्री। वह बसरमल बनना छोड़ बाक़ी कुछ भी बन जाना चाहता है।

बाहर आकर मंगण मां के पास बैठ जाता है। वह पानी के फ़व्वारा से सड़क धो रही है। उसकी धोई हुई सड़क से फटफट करती एक मोटरसाइकल गुज़रती है। मंगण मां बुदबुदाने लगती है। मेहनत का ज़ाया होना उसे बुरा लगता है।

बसरमल कहता है, 'उसका फ़ोन फिर आया था। वही सारी बातें। पर मैं नहीं बेचना चाहता।'

मंगण मां उसकी तरफ़ नहीं देखती।

वह उसके हाथ से पानी की पाइप ले लेता है और ख़ुद भी वहीं बैठकर सड़क धोने लगता है।

## 11

*मैं पहाड़ी की चोटी पर गया, जहां देवी का एक मंदिर*
*था, लेकिन मूर्ति की जगह सिर्फ़ एक शिलाखंड था।*
*सामने पेड़ पर हवा में फड़फड़ातीं रंग-बिरंगी झंडियां।*

***निर्मल वर्मा***
*(धुंध से उठती धुन)*

# मेरा नाम 'मैं' है-5

मुझे यह समझ में नहीं आता कि जब मैं लाइब्रेरी की खिड़की पर आकर खड़ा होता हूं, तो यह बूढ़ा भी क्यों आ जाता है? अभी भी मेरे पीछे खड़ा है और बाहर झांक रहा है।

आज कई दिन हो गए यहां आते। मैं लगभग हर शाम आने लगा हूं। बूढ़ा भी मेरे आने का इंतज़ार करने लगा है। उसकी बातों से यह समझ में आ गया है। जब पहले दिन यहां आया था, तो इसने देखा तक नहीं था। दूसरे दिन आया, तो यह बैठकर किताबें साफ़ कर रहा था। मैं भी इसके साथ लग गया। कितनी तो किताबें थीं और उनमें से कितनी हमेशा के लिए बर्बाद हो गईं। दीमक चाट गए। टपकते पानी से गल गईं। दो दिन लगे मुझे इसके साथ उन किताबों को ठीक करने में। वापस रैक में जमाकर रखने में।

ख़राब हो गई किताबों को अलग कर मैंने उससे कहा, 'इन्हें रद्दी वाले को दे देना होगा।'

'पीछे एक साथ रख देना।' वे किताबें वहां से कभी नहीं हटीं।

उसके बाद मैंने रैक्स को उनकी जगह से हिलाया। ऐसी जगह बनाई कि छत से टपकने वाला पानी सीधे इन पर न गिरे। कई दिन सात की जगह आठ बजे तक रुके रहे हम।

जाते समय मैं एक-दो किताबें शर्ट के नीचे दबा लेता, बूढ़ा जिस समय सामने न होता। पढ़ना शुरू करना है, इस ख़्याल से। इतनी तो मजूरी बनती ही है! चौथे, पांचवें या छठे दिन, याद नहीं, पर जब हम बाहर निकल रहे थे और मैं बूढ़े के हाथ से ताला लेकर लगा रहा था, तब वह बोला, 'ऐसे तो लाइब्रेरी ख़ाली हो जाएगी बेटा!' और मुस्कराने लगा, तो मुझे लगा कि उसने सीधे मेरी शर्ट के नीचे हाथ डाल दिया है, मेरी पैंट खींचकर फेंक दी है और मुझे नंगा कर दिया है। मैंने ज़ाहिर तौर पर उसकी बात पर ध्यान नहीं दिया और झुककर ताला लगाता रहा। लग जाने के बाद भी ताले को बार-बार खींचकर आश्वस्त होता रहा। जब सिर उठाकर देखा, तो बूढ़ा बाहर के लिए चल चुका था। झुका हुआ। छड़ी पर टिकता। कंधे से बैग लटकाए हुए। उसकी खादी की शर्ट के कॉलर पर बहुत थोड़े से सफ़ेद बाल गरदन के हिलने के साथ हिल रहे थे। लाइब्रेरी सड़क के मुक़ाबले निचाई पर थी। दस फ़ीट का वह रास्ता चढ़ाई में था। बूढ़ा छड़ी को दबा झुककर उसे पार कर रहा था।

मैं हतप्रभ उसे जाता देख रहा था। अनजाने, उस दिन चाभी मेरे ही पास रह गई थी। और मैं अगले दो दिन इस सड़क पर आया ही नहीं।

पीछे बूढ़ा बेचैन होता रहा। मुझे नहीं पता था। जब आया, तब पता चला। वह पढ़ रहा था। इसके लिए उसे सोडावाटर चश्मे के बाद भी हाथ में मैग्नीफाइंग ग्लास लेना होता है। जिस समय वह पढ़ रहा होता है, इतिहास की किसी गली में बैठा पुरातत्त्वविद् लगता है, जो अक्षरों, घटनाओं, रहस्यों, बयानों और दर्ज दुखों को उनके आकार से बड़ा कर देखने की कोशिश कर रहा हो। मैं उसकी मेज़ के सामने खड़ा हो गया, पर उसे पता चला मेरी आवाज़ सुनकर–'क्या अंकल?'

उसने सिर उठाकर देखा। पहली बार मुझे लगा कि किसी को देखकर इस तरह भी ख़ुश हुआ जा सकता है। बूढ़ा मुंह खोलकर मुझे देखता रहा। उसने एक भी शब्द नहीं कहा, लेकिन चश्मे के पीछे से झांकती उसकी आंखें इस तरह चमकीं, उसके होंठ फैलकर इस तरह मुस्कराए, गालों पर लटकी झुर्रियां और चमड़ी जाने कितनी बार फड़फड़ाईं और भवें ऊपर हो गईं कि मैं बस देखता रह गया। देर तक देखने रहने से झेंपने लगा। उसकी इतनी ख़ुशी मुझसे झेली नहीं जा रही थी।

तब लगा कि बूढ़ा अब मेरा इंतज़ार करने लगा है।

लेकिन उसकी यह आदत मुझे अच्छी नहीं लगती कि जब भी वह लड़की खिड़की पर आकर खड़ी होती है और उसे देखकर मैं इस खिड़की पर आ जाता हूं, तो यह भी मेरे पीछे-पीछे यहां खड़ा हो जाता है। मैं नॉर्मल होकर लड़की को देख ही नहीं पाता। कितनी बार मैंने उससे इशारों में बात करने की कोशिश की है, और मुझे लगता भी है कि वह मेरे

इशारों का जवाब दे देगी, पर यह साइड में खड़ा रहता है। इसी के कारण वह जवाब नहीं देती होगी। हालांकि इधर बार-बार देखती है। मैं इसे भगाने की कोशिश करता हूं, लेकिन हिलता तक नहीं। मुझे कॉफ़ी देने के बहाने यहां आ जाता है, फिर ख़ुद भी यहीं खड़े हो कॉफ़ी पीता रहता है। मुझे यक़ीन हो चला है कि यह एक बदमाश बूढ़ा है।

पीली जालियों के पीछे खड़ी वह लड़की चली जाती है। मुझे गुस्सा आ जाता है। मैं घूरकर बूढ़े को देखता हूं, पर वह अभी तक बाहर ही देख रहा है।

मैं उठकर बाहर चला जाता हूं और एक सिगरेट सुलगा लेता हूं। बूढ़ा मेरे पीछे-पीछे बाहर भी आ जाता है। वह अपने साथ एक कुर्सी ला रहा है, खींचकर।

'छोड़ो अंकल। अंदर आ रहा हूं मैं।'

'थोड़ी देर यहीं बैठते हैं।'

वह मेरे लिए वहां कुर्सी रख देता है। फिर दूसरी कुर्सी लेने अंदर जाता है। मैं उसे रोक कर ख़ुद दूसरी कुर्सी लाता हूं।

वह मेरे साथ वहां बैठ जाता है। फिर कहता है, 'एक कश मुझे भी देना।'

मैं उसकी तरफ़ सिगरेट बढ़ाता हूं। यहां से भी वह खिड़की साफ़ दिख रही है, बस, एंगल थोड़ा-सा बदला हुआ है। बीच में एक झाड़ आ रहा है। थोड़ा-सा झुक कर या गरदन को साइड में करके देखना पड़ता है।

वह चश्मा निकालकर जेब में रख लेता है और सिर को पीछे दीवार में टिका देता है। फिर हाथों को उठाकर सिर पर बांध लेता है।

वहां ढेर सारी गिट्टियां पड़ी हैं। एक तरफ़ रेत का टीला है। और उस तरफ़ ईंट का। ज़मीन कच्ची है, लेकिन उस पर रेत ही रेत बिखरी है। दिन में शायद बच्चे इस रेत में ऊधम मचाते हैं।

'अंकल, ये इतना सामान क्यों पड़ा है यहां? बांधकाम करने वाले हो क्या?'

'नहीं, ये सामने वालों का है। उनके रिनोवेशन का।'

'सामने वाले बोले, तो ये खिड़की वाले।'

'हां।'

कोई हाथ बाहर निकलता है और पीले पल्लों और पीली जालियों वाली उस खिड़की पर पीले रंग का एक परदा खींच देता है। उसके पीछे रोशनी में कोई आकृति रह-रहकर हिलती है।

बूढ़ा आंख खोलकर पूछता है, 'तुम्हें यहां कहीं अमरूद की ख़ुशबू आ रही है?'

'नहीं तो। यहां कोई ख़ुशबू है ही नहीं।' मैं नाक पर ज़ोर देता हूं।

'ध्यान नहीं दिया तुमने। आती है, उस खिड़की से अमरूद की ख़ुशबू आती है। इसीलिए मुझे वह खिड़की बहुत अच्छी लगती है।'

सुनकर मैं ज़ोर-से हंसता हूं, बिल्कुल पागलों की तरह। मेरी सारी चिढ़ और गुस्सा उड़ चुके हैं और मैं बहुत दिनों बाद इतना खुलकर हंस पा रहा हूं। मुझे हंसता हुआ देख

वह झेंप गया है। उसका सिर झुक गया है और गरदन डोल रही है। उसे इस तरह देख मुझे और हंसी आ जाती है। मैं बेरियायत हा-हा-हा हंस रहा हूं। हंसते-हंसते ही मैं कहता हूं–'और मुझे वह खिड़की वाली।'

फिर और ज़ोर-से हंसने लगता हूं।

बूढ़ा ज़मीन से कुछ कंकड़ उठाकर अंधेरे में फेंक रहा है। उसके फेंकने से कोई आवाज़ नहीं हो रही। मेरी हंसी की आवाज़ धीरे-धीरे मद्धम हो रही है।

***

## 12

*अगर मुझे एक अपराधी की तस्वीर बनानी हो, तो मैं उसे फूलों से इतना सजा दूंगा कि वह उनमें इतना अदृश्य हो जाए कि ख़ुद एक फूल बन जाए–एक नया और विशाल फूल।*

**ज्यां जेने**

*(द थीफ़्स जर्नल)*

# दिलख़ुश–3

वहां इतनी भीड़ देखकर मन सच में घबरा गया।

'क्या हो रहा है यहां?'

मैं भीड़ में पीछे खड़े किसी से निहायत रिवायती सवाल करता हूं। रिवायत के ही मुताबिक़ वह मुझे कोई जवाब नहीं देता। मैं उचक कर देखने की कोशिश करता हूं। कुछ नहीं दिखता। बस, फट-फट की आवाज़ आ रही है। साथ में गालियां भी।

एक्सक्यूज़-मी-एक्सक्यूज़-मी करता मैं भीड़ चीरने लगता हूं। दिलख़ुश की दुकान से लगा बिजली का एक पोल है। दिलख़ुश की पीठ उस तरफ़ रहती है। उसकी दुकान से बाहर निकला उसका गल्ला है। और उससे भी बाहर निकली उसकी केटली, एक बड़ा-सा गैस स्टोव और फिर शो-केस जैसा कुछ, जिसमें उसके सम्बोसे, वड़े, भजिया पड़े रहते हैं।

बिजली के पोल से सत्रह-अठारह साल का एक लड़का बंधा हुआ है। बदन पर सिर्फ़ पैंट है। उसे उसकी शर्ट से ही बांधा गया लगता है। कोई आदमी गाली देता है और उसे थप्पड़ मारता है। लड़का बिलबिला जाता है। उसके होंठों से थूक गिर रहा है। आंखें सूज गई हैं। अधखुली। उसका सिर बार-बार नीचे हो जाता है। आदमी उसके बाल

पकड़कर सिर उठाता है, फिर कुछ बोलता है, जो यहां सुनाई नहीं पड़ता। फिर एक थप्पड़। इतने में दूसरा आदमी पीछे से एक मोटा डंडा लेकर आ गया है। वह उसे डंडे से मारने का प्रस्ताव करता है। पहला आदमी उससे डंडा ले लेता है और बंधे हुए लड़के के पैरों पर डंडा मारता है।

दिलख़ुश भी वहीं पास में खड़ा है। उसके बड़े सिर और दाढ़ी के बीच जहां मुझे हमेशा चमकते हुए दांत दिखते थे, बेतहाशा ख़ौफ़ है। वह बार-बार उन लोगों को रोक रहा है। उन दोनों से कहता है, जाने दो। उसके हाथ कांप रहे हैं। शायद पैर भी। मुझे पता है, उसे हाई ब्लडप्रेशर रहता है। मुझे देख वह मेरी तरफ़ आ जाता है। पूछने पर कहता है, 'पता नहीं, बोल रहे हैं कि चोरी की है इसने। यहां से चौकी ले जा रहे थे जुलूस बनाकर। पता नहीं क्यों, मेरी ही दुकान के आगे ये नाटक शुरू कर दिया इन लोगों ने।'

हमारे पास ही खड़ा एक आदमी हैंडीकैम से इसकी तस्वीर उतार रहा है। कुछ लोग मोबाइल कैमरे से शूट कर रहे हैं। अभी कुछ दिनों पहले ही टीवी पर देखा था, चेन्नई के एक कॉलेज के गेट पर एक लड़के को इसी तरह गिरा-गिराकर मार डाला गया। उससे पहले दिल्ली में एक ऑटोवाले को इसी तरह पीटा गया। उससे पहले मेरठ में एक महिला को इसी तरह पीटा जा रहा था।

ये हैंडीकैम वाला सिटीज़न जर्नलिज़्म के नाम पर यह टेप किसी चैनल वाले को बेच देगा। फिर पूरा देश इसे एक फिल्म की तरह देखेगा। फिर पूरा देश चोरों के नाम एक गाली देगा। फिर पूरा देश इस चोर को देखते हुए बाक़ी चोरों को भूल जाएगा।

पहली बार मुझे एक लड़का एक देश की तरह दिख रहा था। मेरे अपने देश की तरह।

दिलख़ुश के साथ मैं भी उन लोगों से कहने लगता हूं–'बस करो यार, मार डालोगे क्या इसको?' फिर बेतहाशा चिल्लाने लगता हूं–'खोलो, इसको खोलो। चौकी ले के चलो।' अब दिलख़ुश भी चिल्लाने लगा है। उसके नौकर भी।

वे लोग, पता नहीं, उसे पीट-पीटकर थक चुके थे या हमारे चिल्लाने का असर था या भीड़ चीरकर घुसते दो हवलदारों का कि उन्होंने पीटना बंद कर दिया। वे दिलख़ुश की दुकान से बेंच खींचकर बैठ गए। दोनों बुरी तरह हांफ रहे थे। लड़का शायद मर गया था। उसमें कोई हरकत नहीं हो रही थी। मैं दिलख़ुश को लेकर उसकी दुकान के भीतर जाने लगा, पर उसने रोक दिया। वह मोटा आदमी लगातार दिलख़ुश को घूरे जा रहा था। दिलख़ुश अब भी कांप रहा था। उसकी आवाज़ इतनी घबराई हुई है कि अब रो देगा। उस लड़के के चेहरे को देखकर मुझे उबकाई आने लगी है। छाती में अजीब हो रहा है। थूक का एक धागा उसके मुंह से निकलकर घुटनों तक, लटक रहा है। डोलता हुआ। वह धागा धीरे-धीरे लंबा हो रहा है। जाकर ज़मीन को छूता है। छूते ही धागा टूट जाता है और बचा हुआ हिस्सा वापस जाकर मुंह से चिपक जाता है।

उसके नौकर ने पानी लाकर उन दोनों पीटने वालों को दिया। दो गिलास पानी हवलदारों को भी। हवलदार बेंच पर बैठकर उन दोनों से पूछ रहे हैं। वे सुना रहे हैं।

पीटने वाले आदमी ने गिलास का बचा पानी उस लड़के के चेहरे पर फेंक दिया है। लड़के के सिर में हरकत होती है।

***

## 13

*90 के दशक में मार्केटर्स अपने साथ नई रणनीतियां लाए। जैसे 'कैल्विन क्लीन' म्यूज़िक कंसर्ट्स के टिकटों के पीछे अपने परफ़्यूम का सैशे चिपकाकर मुफ़्त देने लगा, या यूरोप के कुछ देशों में लंबी टेलीफ़ोन कॉल्स के बीच छोटे-छोटे विज्ञापन सुनाए जाने लगे। ऐसे इनोवेशन के आगे पुरानी मार्केटिंग दो क़दम भी नहीं चल सकती थी।*

***नाओमी क्लीन***
*(नो लोगो)*

## मेरा नाम 'मैं' है-6

तीन-चार महीने से मैं ख़ाली हुआ हूं और वह जान को पड़े रहते हैं। इसीलिए मैं उनके सामने से भाग जाता हूं, लिट्रली।

सुबह तीन-चार घंटे नेट पर बैठने के बाद मैं निकल जाता हूं। नेट सर्फ़िंग को मैं अपना स्ट्रगल का समय मानता हूं, क्योंकि उतनी देर में मैं कुछ जॉबसाइट्स पर अपना रिज्यूमे अपलोड करता हूं, गूगल टॉक पर दोस्तों से हालचाल लेता हूं, कुछ जगहों पर रिज्यूमे अटैच करके भेजता हूं और जिनके ई-मेल आईडी मेरे पास नहीं हैं, उन्हें एक वेबसाइट से फ्री एसएमएस करता हूं। ये समय जॉबहन्ट का होता है। रिज़ल्ट आने के तुरंत बाद मैं अपना पासपोर्ट बनाने में लग गया था। पिछले हफ़्ते वह भी आ गया है। और जैसी उम्मीद लग रही है, पहला मौक़ा मुझे बैंगलोर में मिल जाएगा। पर यह सब सिर्फ़ मुझे पता रहता है। पाऊ को मैं कभी नहीं बताता। मेरे चुप रहने से उनको लगता है कि मैं कुछ नहीं करता, कोई कोशिश तक नहीं। रिज़ल्ट आते ही मेरे कई दोस्त यहां-वहां सेट हो गए, पर मैं ख़ाली हूं, तो उन्हें बेकार लगता हूं। कितनी बार उन्हें

समझाया कि कैंपस प्लेसमेंट के समय मैं बीमार हो गया था और अटैंड नहीं कर पाया था, वरना मैं भी कहीं चिपका होता। जो यहां-वहां चिपके भी हैं, तो सिर्फ़ ढाई-तीन लाख पर। छह महीने में चेंज का प्लान है सबका। और मैं छह-सात लाख से नीचे ज्वाइन ही नहीं करने वाला। ढाई-तीन तो ख़ुद मैंने ठुकराए हैं कितनी दफ़ा। और मुझे पता है, कि मिल जाएंगे, क्योंकि मुझे बार्गेनिंग आती है।

उस रात मैं स्क्रीन पर नेट से डाउनलोड किया 'मार्लबोरो फ्राइडे क्राइसिस' पर एक डिसर्टेशन पढ़ रहा था, तो वह आकर चांव-चांव करने लगे। तब मैंने उन्हें वह ई-मेल पढ़ाया, जिसमें मुझे ऑलरेडी चार लाख का ऑफ़र था और मैं नेगोशिएट कर रहा था कि वे कम से कम डेढ़ लाख और बढ़ाएं। मैंने उन्हें बताया कि वे एक भी बढ़ा देंगे, तो मैं ज्वाइन कर लूंगा। जितना पाऊ इस समय पाते हैं, उससे ज़्यादा ही होगा यह भी।

वह बजाय ख़ुश होने के भड़क जाते हैं, 'अगर तुम चार में ज्वाइन नहीं कर सकते, तो तुम्हारा राम मालिक है। लालच मत करो। धीरे-धीरे चलो।'

'पाऊ, जब कैंपस प्लेसमेंट में किसी को दस लाख का स्टार्ट ऑफ़र हो सकता है, तो मुझे पांच लाख का स्टार्ट भी नहीं मिलेगा क्या?'

'एक्सीपीरियंस चाहिए होता है। हमें साढ़े तीन मिलते हैं, तो इतने लंबे काम के बाद। कंपनी में एक ट्रस्ट बिल्ड करने के बाद।'

'अरे पाऊ, बस करो। आपको मार्केट का अंदाज़ा नहीं। नौकरी झुक कर नहीं, ठसक कर मांगी जाती है। आप लोग झुक कर करते रहे, इसीलिए हमेशा दबे रहे। एक्सपीरियंस-फीरियंस कुछ नहीं होता। जहां मैं ज्वाइन करूंगा, वहां आपकी उम्र के दस होंगे मेरे अंडर। और साल-भर झुक-झुक के सलाम करेंगे, ताकि उनका अच्छा इंक्रीमेंट रिकमेंड करूं मैं।'

पाऊ कुछ नहीं बोलते। वह बैठ जाते हैं। मुझे लगता है कि अब वह देर तक यहां बैठे रहेंगे। मैं वापस 'मार्लबोरो फ्राइडे' में घुस जाता हूं।

उनको चुप बैठा देख मुझे लगता है कि मैंने उनका दिल दुखा दिया है। मैं उन्हें समझाता हूं, 'पाऊ, वी आर अ यंग नेशन। प्लीज़। समझिए। मुझे पता है, कैसे प्लान करना है अपना कैरियर। अपने मुंह से बोलना मुझे अच्छा नहीं लग रहा, पर मैं इतने कॉन्फीडेंस के साथ ख़ाली बैठा हूं, तो समझिए, कि मेरे हाथ में भी कुछ है। ये अपना सेवेंटीज़ वाला अनएंप्लॉयमेंट कॉम्प्लेक्स हटाइए। मैं ब्रैंडिंग का आदमी हूं और मुझे पता है कि मेरा ब्रांड अगर एक बार किसी मिडीओकर कंपनी से जुड़ गया, तो मेरे लिए आगे प्रॉब्लम्स ही होंगी। सो, मैं स्टार्ट ही बड़े ऑफ़िस से करना चाहता हूं। और ये, मेरे लिए कोई मुश्किल नहीं। मैं पैशन और नॉलेज में यक़ीन करता हूं, एक्सपीरियंस तो आते-आते आता है। ऐसा अंडरडॉग मत समझिए मुझे। प्लीज़, स्टॉप टॉकिंग लाइक ओल्ड गूफ़्स, माय यंग पाऊ!'

मेरे लहजे में प्रार्थना आ गई है, जैसे आजिज़ आने के बाद की जाती है, पर मैं दुलार भी दिखाना चाहता हूं। मैं टेबल लैंप के बटन के साथ खेलने लगता हूं। उसे बंद-चालू करता हूं। पाऊ हाथ से इशारा करके मुझे रोक देते हैं।

'तुम्हें लगता है कि मुझे बोलना बंद कर देना चाहिए?'

क्या जवाब दिया जा सकता है, ऐसे टिपिकल मेलोड्रामेटिक सवाल का?

मुझे लगता है, अभी वह मेरी सिगरेट पर बोलना शुरू कर देंगे। उसके बाद मेरे पैदल चलने की आदत पर। उसके बाद इस पर कि मैं कभी-कभी बीयर पीता हूं। फिर इस पर कि मैं ब्लडी बर्डवॉचर हूं। फिर इस पर कि मैं ओवर कॉन्फीडेंट हूं। फिर इस पर कि हमारे समय में ऐसा नहीं होता था। फिर इस पर कि यह घर उन्होंने बीस साल की नौकरी के बाद बनाया है। अब क्या बताऊं उनको कि दो साल की नौकरी पर इससे बड़ा घर बनाया जा सकता है। कि सिगरेट, पैदल चलना या बीयर पीना, ख़ुद को कॉन्सनट्रेट, एनर्जाइज करने या वर्कआउट का मेरा अपना तरीक़ा है। इसमें तो आई नेवर केयर्ड द ब्लडी गर्ल्स आई रोम्ड विद, तो किसी और का क्या बोलूं। बट आई नो, लाख समझाने के बाद भी वह अपना ही टेप बजाएंगे।

'यू आर अ यंग नेशन, डूड! मैं क्या बोलूं?'

'ओह नो! अगेन दैट जनरेशन गैप वाला फिल्दी फंडा! वही फ़ालतू का मोनोजेनेसिस। ऐसा नहीं है, पाऊ। समझिए।'

पर पाऊ उठकर जा चुके थे। बोलकर वह अचानक उठे, उनकी आंखों में पानी आ चुका था और होंठ कांपने लगे थे। शायद उनका हाथ भी कांपा था। बेचारे, फिर फुक्कट में दुखी हो गए।

'शिट! टु हेल विद पाऊ! हेल विद ऑल दिस!'

मैं आंख बंदकर कुर्सी की पीठ पर अधलेट जाता हूं। मशीन पर एनरिके इग्लेसियस का गाना 'एस्केप' चला देता हूं।

***

## 14

*जब हम यहां रहने आए, तो हमें चींटियों के बारे में नहीं पता था। हमें लगा, हम यहां ठीक से रहेंगे। हम इतना परेशान थे कि साफ़ आकाश और हरियाली ने हमें यक़ीन दिला दिया था। ऐसे में आप बताइए, मैं और मेरी पत्नी, कैसे सोच सकते हैं कि यहां इतनी घातक चींटियां भी होंगी?*

***ईतालो कल्वीनो***

*(द अर्जेन्टाइन एंट)*

# बूढ़े की कहानी-4

लकड़ी की एक पुरानी अलमारी के दो खुले पल्लों के बीच बसरमल खो गया है। जब भी वह इस अलमारी को खोलता है, लगता है, कोई दुनिया खुल गई है। और वह इस दुनिया को कहीं से नहीं जानता। एक बड़ा-सा ग्लोब है, मुलायम-सा, जिसे वह कहीं से भी छुए, उंगली उसमें धंस ज़ाती है। उसे निकालने के लिए वह हाथ से ग्लोब को दबाता है, उसका हाथ फंस जाता है। इस हाथ को निकालने की कोशिश में दूसरा हाथ फंस जाता है। यह फंसान लगातार चलती रहती है।

प्लास्टिक का एक कैरी बैग निकालकर वह तेज़ी से दरवाज़ा बंद कर देता है। अंदर पता नहीं, क्या-क्या था। लटके हुए कपड़े, कपड़े कहां थे, वे तो मनुष्य थे। लॉकर में पड़ी हुई फाइलें, फाइलें कहां थीं, वे तो पूरा इतिहास थीं। पूरी उम्र ही इतिहास है। जहां से झांक कर देखो, पकड़े जाते हो। लगता है, स्मृतिहीनता भी साधना से आती होगी। इस उम्र में तो हर चीज़ स्मृति का एक अध्याय-मात्र जान पड़ती है।

वह एक बार फिर पल्ला खोलता है। उसे लग रहा था कि कुछ तो है, जो छूट गया है। थोड़ा-थोड़ा सबसे तो बतिया लिया, पर इस अलमारी के भीतर कोई तो चीज़ ऐसी है, जिससे वह अभी बात नहीं कर पाया।

सामने उसकी स्मोकिंग पाइप पड़ी थी।

फाउंटेन में अकबरअलीज़ के सामने कोई दुकान हुआ करती थी। मंगण मां यानी जालो वहां से लाई थी। कैलाबाश पाइप, जिसमें मीरशाम बॉउल लगा था। जिसे पहली नज़र देखकर उसे लगा था, सैक्सोफ़ोन का मिनिएचर है ये। साथ में वैन गॉग टोबैको। उसके बाद कई दिनों तक बसरमल, सुबह उठते ही पाइप मुंह से लगा लेता था और रात सोने जाने से पहले ही उसे हटाता था। बीच में एकाध बार उसमें तंबाकू डालकर धुआं भी फूंक लेता था।

पाइप के पास ही वैन गॉग टोबैको का एक पुराना पैकेट पड़ा था। उसे अब तक ख़राब हो चुका होना था। उसने खोलकर सूंघा, बिल्कुल वैसी ही ख़ुशबू, जैसी कभी जालो की कंखौरियों से उठती थी, नहाने के ठीक बाद। देह, पसीना, साबुन, पाउडर की मिली-जुली ख़ुशबू। उसने पलटकर देखा, पलंग पर जालो सो रही थी। उसके पास लकड़ी का एक माउथऑर्गन पड़ा था। देवास में जब यह अपनी मां के पास गई थी, तब वहां किसी मेले से लेती आई थी इसे, जो मंगण के लिए था।

बसरमल मुस्कराता है कि उसे हर चीज़ याद है। वह एक बार फिर वैन गॉग को सूंघता है। पाउच हाथ में लेकर जालो के पास जाता है। उसके होंठ चिपक गए हैं, जैसे कभी थे ही नहीं। ठुड्डी के पास से झुर्रियां उसके होंठों की तरफ़ दौड़ती दिखती हैं। गाल अब नहीं रहे। वहां गाल की ख़ाली जगह है। धंसी हुई। जैसे समय की कोई उल्का यहीं गिरी थी।

गाल की ख़ाली जगह पर वह अपने होंठ रख देता है। लगता है, होंठ कहीं धंस गए हों। होंठ से कोशिश करता है, क्या गालों की झुर्रियां महसूस होती हैं? उसे सिर्फ़ ठंडी और गुलगुली त्वचा का स्पर्श महसूस होता है। उसकी नाक से निकलती सांस जालो के गाल को छूकर लौटती है और उसके नाक व होंठ के बीच की जगह पर आकर टकराती है। वह आंख बंदकर होंठों को बहुत धीरे-धीरे उसके गाल पर फिराता है। लगता है, नदी की लहरों से चिकने हो चुके छोटे-छोटे सफ़ेद पत्थरों पर फिर रहे हैं उसके होंठ। एक गर्म सांस और।

जालो में कोई हरकत नहीं होती। इस तरह झुक कर खड़े होने में उसकी पिंडलियों के ऊपर की पेशियों में खिंचाव-सा महसूस होता है। वह हटकर कुर्सी खींचता है। लकड़ी की बनी हुई कुर्सी, जिसे जालो ने ही बनवाया था। वैन गॉग की 'रूम ऑफ अ आर्टिस्ट एट आर्ल्स' देखकर। एक ऐसी ही कुर्सी उसमें पड़ी थी। यह तंबाकू देखने के बाद उसने जालो को वे पेंटिंग्स दिखाई थीं। उसे यह बहुत पसंद आई थी, क्योंकि इसमें वैसा एक कमरा था, जिसे वह दर्द का कमरा कहती थी। कहती, इस कमरे से अभी-अभी कोई निकल कर गया है, बस, ठीक अभी कोई आने वाला है इस कमरे में। यह एक दरवाज़े से एक के आने और दूसरे दरवाज़े से किसी दूसरे के आने के बीच की स्थिति है। और यही स्थिति हमारे पूरे जीवन की होती है। इंतज़ार का कमरा।

जालो के गाल देखकर उसे बावन साल पहले लिया गया वह चुंबन याद आ जाता है। उस लड़की से अमरूद की ख़ुशबू आती थी। लड़काना में बालकन जी बाड़ी से दाईं तरफ़ जाने पर उसका मकान था। एक बड़ी-सी दीवार थी और ठीक उसके बीच में एक खिड़की, जिसके पल्ले पीले रंग के थे और उस पर पीले रंग की फूलदार जाली बनी हुई थी।

वह कैलाबाश पाइप में बरसों पुराना वैन गॉग टोबैको भरता है और किचन से माचिस ले आता है। अब उसे सुलगाने का अभ्यास नहीं रहा। एक लंबा कश लेकर धुआं ऊपर की तरफ़ फेंक देता है। तंबाकू ठीक से जला नहीं है। धुआं बहुत कम है। प्लास्टिक के कैरी बैग को टेबल पर रखता है और वैन गॉग की कुर्सी को वापस उसकी जगह पर।

जालो गहरी नींद में है। उसके पुराने गालों पर एक खिड़की नज़र आती है।

बावन साल पहले की वह खिड़की वैसी ही दिखती थी, जैसे लाइब्रेरी के सामने मूलचंदानी लोगों की खिड़की? पहले कभी इस पर ध्यान नहीं दिया था। शायद बावन साल पहले लड़काना में कुरैशियों की कुदाल से जो खिड़की टूटी थी, भटकते-भटकते यहां आकर इस दीवार में आ बसी हो। इतने बरसों तक वह खिड़की भटकती रही हो, तो शायद मेरे ही इंतज़ार में, शायद मेरी ही तलाश में।

कैरीबैग खोलकर वह एक फाइल निकालता है। सारे काग़ज़ बुरी तरह पीले पड़ गए हैं। सब कुछ याद रखने वाले बसरमल को यह याद नहीं पड़ता कि आख़िरी बार कब उसने यह फाइल खोलकर देखी थी।

कब वह लड़की परदा खोलकर देख ले, बसरमल इसी इंतज़ार में रहता था। उसे उस लड़की की आख़िरी छवि याद है। ख़ालिस हरे रंग का अमरूद हाथ में लेकर दांतों से काटती लड़की। उस समय उसकी आंखें हंस रही थीं और उसने तेज़ी से पलटकर परदा खिसकाया था। बसरमल उससे कुछ कहना चाहता था, पर शायद उसने 'हुंह' करते हुए परदा बंद कर दिया था। परदे के पीछे से तेज़ी से लौटकर जाती उसकी आकृति क्या याद है? क्या परदा बंद करने के बाद, परदे से छनकर आई उसकी खिलखिलाहट उसे याद है?

'कितना कुछ तो तुझे याद ही नहीं है बसरमल!'

वह एक बार फिर माचिस जलाकर पाइप सुलगाता है। उसी शाम लड़काना में दंगा हो गया था। ज़्यादातर सिंधी पार्टीशन के समय ही हिंदुस्तान चले गए थे। वहां के कुरैशियों ने बचे हुए सिंधियों के घरों पर हमला बोल दिया था। जितने बचे थे, उन्हें भी हिंदुस्तान भगा देना था। बसरमल का परिवार बड़ी मुश्किल से बचा था। वे शहदादकोट आ गए। फिर वहां से भटकते हुए यहां। लौटकर वह कभी बालकन जी बाड़ी के उस पार नहीं जा पाया। सिर्फ़ इतना याद आता है कि कोई बता रहा था, उस घर पर कुरैशियों ने क़ब्ज़ा कर लिया था। वह लड़की कहां गई, नहीं पता।

'क्या वह ख़ुशबू बनकर अमरूद में बस गई? या अमरूद की ख़ुशबू बनकर मेरे जीवन में?'

वह पाता है, उसके हाथ कांप रहे हैं। छाती के भीतर एक झुर्रीदार कंपकंपी उठती है। बवंडर की तरह गोल-गोल होकर वहीं कहीं बैठ जाती है। वह उठता है और अलमारी से हैदराबादी चद्दर निकालकर जालो को ओढ़ा देता है।

फाइल में बहुत पुराने काग़ज़ हैं। सनद के काग़ज़। बैरक नंबर 918 बटे 9, 1701 स्क्वैयर फीट जगह, भारत सरकार और म्युनिसिपैलिटी के आदेश से मिल्कियत बसरमल जेठाराम पुरस्वाणी, जहां नक़्शे में सिंधु लाइब्रेरी बनी है। एक बरसाती क़िस्म के काग़ज़ पर कार्बन कॉपी में बना हुआ नक़्शा, जिसमें दीवारें हैं, तीरों के निशान, फीट और मार्किंग। बग़ल में एक सड़क। और कुछ बक्से, जिन्हें तिरछी लकीरों से रंग दिया गया है। नक़्शे में उसकी किताबों की अलमारी की कोई जगह नहीं। छत पर लगी लकड़ियों, खपरैल और वहां से टपकते पानी का भी कोई ज़िक्र नहीं। उसमें किताबें नहीं हैं। किताबों की ख़ुशबू भी नहीं।

एक बार फिर पाइप सुलगाता है। कुर्सी की पीठ पर सिर टिका लेता है। जालो नींद में ऊं-ऊं की आवाज़ कर रही है। करवट बदल रही है।

वह अपने आसपास किताबों की ख़ुशबू महसूस करता है। ख़ुद से ही कहता है, 'ख़ुशबुएं न होतीं, तो ये उम्र कैसे गुज़रती? ख़ुशबुओं के सहारे ही पैरों पर चल सका मैं। अमरूद की ख़ुशबू, कंखौरियों से निकलती वैन गॉग की ख़ुशबू, जिल्द के भीतर से निकलती किताबों की ख़ुशबू।'

सनद की फाइल को बंद करते हुए वह मेज़ से टिकी छड़ी उठा लेता है और धुआं उड़ाते हुए मेज़ और पलंग के बीच की जगह में तफ़रीह करने लगता है।

***

## 15

*मैं कहानी जानता था, लेकिन मैं सच नहीं जानता। एक तरह से देखें, तो वहां मेरी उपस्थिति भी एक झूठ ही थी।*

***कार्लोस फुएंतेस***

*(द ईयर्स विद लॉरा डियास)*

# मेरा नाम 'मैं' है-7

मुझे लगता है कि जब मैं उसके सामने नहीं होता, तो वह मुझे याद करता है और जब उसके सामने आता हूं, तो जैसे उसका पूरा इंतज़ार किसी निःशब्दता में बदल जाता है। वह मेरी किसी बात का जवाब नहीं देता। हुम्म, ऊं, आं से ही काम चला लेता है। और कई बार यह भी लगता है कि मुझे देखते ही इसे पचास क़िस्म के काम याद आते हैं। इसे पता होना चाहिए कि मैं लाइब्रेरी साइंस नहीं जानता, फिर भी मुझसे लाइब्रेरी को व्यवस्थित कराने में लगा रहता है। जैसे पाऊ को पता है कि मुझे होम साइंस भी नहीं आता, लेकिन फिर भी वह हाउसकीपिंग के हज़ार फंडे रोज़ समझाते रहते हैं। मैं कैरियर काउंसलर भी नहीं और न ही वह हैं, फिर भी अच्छे कैरियर के बारे में हज़ार बातें।

लगता है, एक उम्र तक सारे लोग एक जैसे होते हैं। फिर एक उम्र के बाद सारे लोग एक जैसे हो जाते हैं। ये बूढ़ा और पाऊ। एक जैसे। बस उम्र का हिसाबी फ़र्क़ होगा दोनों में। पाऊ के सामने मैं कभी सिगरेट नहीं पी सकता और न ही सपने में कभी सोच सकता हूं कि पाऊ मुझसे सिगरेट का एक कश मांगेंगे। मैं पाऊ के सामने बिंदास रोज़ एक ही समय खिड़की के सामने खड़े होकर सामने वाली खिड़की को नहीं ताक सकता। उसमें हलचल नज़र आने पर अपने दिल को उछाल नहीं सकता। और न ही हल्के-फुल्के इशारे से कोई बात वहां तक पहुंचाने की कोशिश कर सकता हूं। पाऊ के साथ और सामने मैं बहुत सारी चीज़ें नहीं कर सकता।

उस दिन जिस समय मैं लाइब्रेरी में पहुंचा, बूढ़ा खिड़की पर खड़ा था। दोनों हाथों से छड़ी पकड़कर। मुझे उसका खिड़की पर खड़ा होना अच्छा नहीं लगता। उसके वहां खड़े होने पर मुझे अंदाज़ा हो गया कि उस तरफ़ परदे के पार कोई हलचल हो रही होगी, या वह पीला चेहरा खिड़की से झांक रहा होगा। मैं भी उसके पीछे खड़ा हो गया।

पहली बार खिड़की का एक पल्ला बंद था। एक खुले पल्ले से जितना परदा दिख सकता था, उतना हिल रहा था। खिड़की के नीचे की दीवार भीगी हुई है। उस पर काई उग आई है। कुछ जगहों से पलस्तर उखड़ा हुआ है। वहां से ईंटें झांक रही हैं।

मुझे पीछे पाकर बूढ़ा वहां से हट जाता है। शायद उसे मेरा पीछे आकर खड़ा होना अच्छा नहीं लगा। किताबों की तरफ़ चला जाता है। वहां कुछ किताबें अभी भी ज़मीन पर पड़ी हैं। दो-तीन रोज़ से हम किताबों पर पुराने अख़बारों का कवर चढ़ा रहे हैं। एक मोटे मार्कर पेन से कवर के साइड में किताब का नाम और उसका नंबर लिखते हैं। यह मेरा ही आइडिया था। इससे किताबें सुरक्षित रह सकती थीं। पता नहीं क्यों, बूढ़ा बहुत मुश्किल से माना था। पर जब से माना है, लगातार लगा रहता है। मैं कवर पहनाता हूं, नाम और नंबर लिखता हूं। वह पास में एक पुराने स्टूल पर बैठकर कोई किताब उलटता रहता है। मेरे बोलने पर एक नए रजिस्टर में किताब व लेखक का नाम, नंबर और रैक नंबर लिखता है। मेरे अगली बार बोलने तक वह फिर किसी और समय के पन्ने खोलने लगता है।

मैं कुर्सी को खिड़की के पास खींचकर बैठ जाता हूं और जेब से सिगरेट निकाल लेता हूं। टेबल से सिगरेट की एक पुरानी डिब्बी, जिसे ऐश-ट्रे की तरह इस्तेमाल करता हूं, को उठा गोद में रख लेता हूं। धुआं खिड़की से बाहर उछालते हुए फिर उसी इंतज़ार में चला जाता हूं कि अभी यह खिड़की खुलेगी और वह आकर खड़ी होगी और जैसे मैं उसे देख रहा हूं, वह भी मुझे देखने लगेगी।

तभी बूढ़ा मुझसे पूछता है, 'तुम्हें हंसने की कोई आवाज़ सुनाई दी?'

मैं ध्यान से सुनता हूं और कहता हूं, 'नहीं तो।'

ऐसा वह रोज़ कम से कम एक बार पूछ लेता है और मैं भी कम से कम एक बार तो नहीं कह ही देता हूं।

यही नहीं, वह रोज़ लगभग ऐसा भी कुछ पूछता है, 'इधर आओ, इधर आओ। देखो, इस किताब से (या इस कमरे से या उस खिड़की से या अपनी आस्तीन से या थर्मस के भीतर से या ज़मीन पर पड़े पतले गद्दे या उसके गावतकिए से) कैसी ख़ुशबू आ रही है? यह शायद अमरूद की ख़ुशबू है।'

मैं उसके पास जाता हूं। किताब को उलट-पुलटकर सूंघता हूं। कई-कई बार। फिर मुंह बिचका देता हूं, 'नहीं तो अंकल। बस फंगस की बास है।'

'तुम ख़ुशबू और बास में फ़र्क़ नही कर पाते?'

'बास है...नक्कीच बास है अंकल', मैं बहुत संजीदगी से कहता हूं।

'एक दिन तुम्हें यह ख़ुशबू परेशान करेगी।'

उसने पहली बार ऐसा कोई सॉलिड डायलॉग मारा है। एकदम पिक्चर जैसा। मैं मुंह दबाते हुए फिस्स-फिस्स हंसने लगता हूं।

'अंकल, मेर्को तो अब्बीच ये ख़ुशबू परेशान कर री है। आप डेलीच ढूंढ़ने का ये ख़ुशबू। नहीं क्या?' मैं दुलराते हुए कह रहा था।

वह मुस्कराने लगा। सोडावाटर चश्मे के भीतर से उसकी आंखें हंस रही थीं। छोटी और पतली आंखें, जिनके बीच में कभी एकदम काली पुतली होती होगी, अब पुतली का रंग फीका पड़ गया है। वह मटमैले रंग की है। उसके बाहरी किनारों पर एक सफ़ेद गोल घेरा बनता है। उसमें झांक कर देखने से ही मन में धुंधलापन छा जाता है। गोल पतले होंठ। और सलीके से लगे दांत। नीचे लटकता हुआ गाल। कुछ झुर्रियां। होंठों के आसपास शेविंग से छूट गए कुछ छोटे-छोटे सफ़ेद बाल।

वह वापस अपनी कुर्सी पर बैठ जाता है। पूछता है, 'तुम्हारी डीवीडी से कोई ख़ुशबू आती है?'

मैं बिना किसी भाव के उसे देखता हूं। वह शायद मेरी किताबों और डीवीडी की तुलना के कारण पूछ रहा है। थोड़ी देर बाद मुस्कराकर पूछता हूं, 'अंकल, आज कॉफ़ी नहीं पिलाओगे क्या?'

वह बिना मेरी तरफ़ देखे दराज़ खोलता है। दस का नोट और पांच का सिक्का निकालकर कहता है, 'जा, ले के आ। दूध नहीं है आज।'

मैं दूध लेकर लौटता हूं, तो पाता हूं कि वह भीतर स्टोव से जूझ रहा है।

'ये चल ही नहीं रहा। तुम कोशिश करो।'

'मैंने अक्खी लाइफ़ में कभी स्टोव नहीं जलाया अंकल। मेकों ये भी नहीं पता, ये चलता कैसे है?'

वह बग़ल में रखे कपड़े से अपने हाथ की कालिख पोंछता है। फिर दूध की पन्नी मुझसे ले लेता है। वह बहुत ठंडी है। उसके बाहर से पानी की बूंदें गिर रही हैं।

हम वापस मेज़ पर आ जाते हैं। मैं 'छोड़ो, जान्दो' वाली अदा के साथ वापस खिड़की पर चला जाता हूं। वहां खिड़की का खुला हुआ पल्ला हल्के-हल्के हिल रहा है।

वह एक रजिस्टर खोलकर मुझे बुलाता है और मोबाइल से एक नंबर मिलाने को कहता है। उसे मोबाइल देकर मैं वापस खिड़की पर चला जाता हूं। वह किसी से सिंधी में बात कर रहा है।

फिर वह मेरे पीछे खड़ा हो जाता है। दूध की थैली मुझे पकड़ाता है और कहता है, 'सामने खिड़की के बग़ल से जाओ, लेफ़्ट में दरवाज़ा है। नेमप्लेट लगी है मूलचंदानी। उनको बोल दिया है। वहां से गर्म करवा लाओ दूध।'

मैं सच में घबरा जाता हूं, 'अरे अंकल छोड़ो, नहीं पीनी कॉफ़ी।'

मैं देर तक टालता हूं। फिर उठकर चल देता हूं। दूध की पन्नी हाथ में लिए। कितना अजीब लगेगा यह सोचते हुए। मुझे लगा, दरवाज़ा खुला हुआ होगा, हल्के-से ठेलने पर ही खुल जाएगा, भीतर रहस्यमयी अंधेरा और कोई भीनी ख़ुशबू होगी और उन सबके बीच वह होगी। इससे आगे कुछ सोचने से पहले ही दरवाज़ा आ गया।

दो-तीन कॉलबेल के बाद दरवाज़ा उसी ने खोला। मेरे मुंह से कोई शब्द नहीं निकल पाया। वह दरवाज़े पर खड़ी थी, पर मुझे लगा, खिड़की पर खड़ी है। होंठ वैसे ही झुके

हुए। शायद सदियों से इन होंठों पर मुस्कान नहीं आई। वैसी ही अधखुली आंख, जैसे सदियों से एक गहरी नींद का इंतज़ार करती अलसाई हुई एक जाग।

हाथ में दूध की पन्नी देखते ही उसने ले ली। और मुड़कर भीतर चली गई। मैं खुले हुए दरवाज़े के ठीक बीच में खड़ा था। सामने एक कमरा था, जिसमें पलंग पर एक बूढ़ी औरत लेटी थी। और इस तरफ़ सोफ़े पर एक बूढ़ा हाथ में रिमोट लेकर बैठा था। मैं दो क़दम और अंदर हो गया। टीवी चल रही थी, लेकिन उसमें से कोई आवाज़ नहीं आ रही थी। उस पर एक पुराना कॉमेडियन हाफ़ पैंट पहनकर उछलकूद कर रहा था। पूरी ब्लैक एंड व्हाइट स्क्रीन पर महज़ चैनल का नाम और म्यूट का निशान ही रंग पैदा कर रहे थे। स्क्रीन का दृश्य बूढ़े को नहीं हंसा पा रहा था। वह मूर्ति की तरह सीधा और तना हुआ बैठा था। दोनों जांघों के बीच रिमोट को दोनों हाथों से थामे हुए।

अचानक मेरे सामने वह लड़की आ गई।

'दस मिनट तो लगेंगे ही। आप चाहें, तो दस मिनट बाद आ जाइए या फिर अंदर बैठ जाइए।'

यह कहकर वह फिर अंदर चली गई।

मैं अंदर घुसा। दाहिनी तरफ़ दोनों बूढ़े थे और बाईं तरफ़ एक दरवाज़ा, जिसमें से वह खिड़की दिख रही थी। मैं उसी कमरे में घुस गया, बिना यह सोचे कि उसे यह बुरा भी लग सकता है।

वह किसी का बेडरूम था। शायद उसी लड़की का। बग़ल में एक कंप्यूटर ऑन था। उसके सामने की कुर्सी को कंप्यूटर से थोड़ा दूर खींचकर मैं बैठ गया, ऐसे कि दूसरे कमरे की टीवी भी दिखे, वह बूढ़ा भी, यह कंप्यूटर भी और घूमने वाली उस कुर्सी को दाहिनी तरफ़ मोड़ लूं तो उसका पूरा कमरा भी।

पीले पल्लों और पीली जाली वाली उस खिड़की पर अंदर से पीले रंग का परदा खिंचा हुआ था। परदे के पार से बहुत कम रोशनी आ रही थी। उसके ऊपर की दीवार में बुरी तरह सीलन लगी हुई थी। पपड़ियां उधड़ गई थीं। इधर गिफ्ट गैलरीज़ में मिलने वाली तस्वीरों जैसी सीपिया टोन में एक ब्लैक एंड व्हाइट तस्वीर फ्रेम में टंगी थी, जिसमें एक सूने प्लेटफॉर्म पर ट्रेन से लटकता शायद अंग्रेज़ युवक है, जो हाथ बढ़ाकर स्टेशन पर शायद छूट गई एक अंग्रेज़ लड़की को पकड़े हुए है। शायद ट्रेन चल चुकी है और शायद वह युवक पहले चढ़ गया है और शायद वह उसे खींचकर अपने साथ चढ़ा लेना चाहता है। लड़की के दूसरे हाथ में गुलाब के फूलों का एक गुच्छा है, जो शायद वह लड़के के लिए लाई है या शायद चढ़ने से पहले लड़के ने उसे दिया है। शायद जैसे अनिश्चित अंधेरे में डूबी उस तस्वीर में सिर्फ़ फूल रंगीन हैं।

कमरे के भीतर एक छोटा-सा प्लास्टिक का कूलर रखा हुआ था, जिसके ऊपर मार तमाम सामान गँजे हुए थे, जिनमें चेहरे पर लगाने वाली कुछ क्रीम भी थीं।

सामने कंप्यूटर पर जीमेल खुला हुआ है। ड्राफ्ट वाला फोल्डर खुला हुआ है। कोई मेल लिखी जा रही है, लेकिन एड्रेस लिखने की जगह ख़ाली है। शायद उसे सबसे बाद में लिख जाएगा। उसके ऊपर गूगल टॉक की विंडो खुली हुई है और रह-रहकर चमक रही है। उस तरफ़ से किसी 'मेरा नाम जोकर' का संदेश आया है–wru?

वह आख़िरी संदेश है।

उसके ऊपर 'मी', जो शायद यही लड़की है, की तरफ़ से भेजा गया संदेश है–m not cnfm. jst waitin. waitin. n waitin.

:-(

मेरी हिम्मत नहीं होती कि मैं कंप्यूटर की तरफ़ देखूं। लगता है, कोई और है कमरे में, जो ऐसा करते देख रहा है मुझे। तमाम घबराहट के बाद भी चैट बॉक्स में माउस से मैसेज अप कर देता हूं।

**mera naam joker:** bakwas.

**me:** but...main aana nahi chahti.

**mera naam joker:** nopes! u'll hav to.

:-{}

**me:** GTH.

:-/

**mera naam joker:** u bludy GTH. aana hai...means aana hai.

:-{}

किस की इस स्माइली के बाद यहां से वेटिंग के अलावा कोई मैसेज टाइप नहीं हुआ, तो जोकर ने परेशान होकर 'कहां हो तुम' पूछा होगा। जोकर कहीं बुला रहा है, पर यह जाना नहीं चाहती, उसे गो टू हेल कहती है।

पढ़ते समय मेरा दिल बहुत बुरी तरह धड़क रहा था। चैट बॉक्स और ऊपर करने की हिम्मत नहीं हो रही। मैं डर जाता हूं, उसे समझ में आ जाएगा कि उसका कंप्यूटर छेड़ा गया है। मैं कुर्सी को कंप्यूटर से और दूर कर लेता हूं।

वह एक छोटे-से थर्मस में दूध लाकर देती है। मैं खड़ा होकर उसके हाथ से ले लेता हूं।

'कॉफ़ी और कप हैं वहां पर?'

'जी...हैं।'

वह चुप हो जाती है। मैं खड़े-खड़े उसे देख रहा हूं। उसके होंठ पतले हैं। कत्थई रंग के। चीकबोन्स थोड़ा-सा बाहर को हैं। रंग गेहुंआ। त्रिभुजाकार माथा और कमर से नीचे जाते बाल, जिन्हें चोटी बनाकर उसने आगे की तरफ़ कर रखा है। नाक के नीचे पसीने की बहुत छोटी-छोटी बूंदें उभरी हैं और ऐसी ही बूंदें माथे पर भी। कान के छोटे-से फूल लटक रहे हैं।

वह कहती है...'और?'

मैं पूछता हूं...'और? '

वह चेहरा झुका लेती है और उस कमरे के दरवाज़े से हट जाती है।

उसने सफ़ेद कॉटन का एक लंबा कुर्ता पहना है, जिसकी आस्तीनें कलाई तक आई हैं। उस पर सफ़ेद रंग में ही एंब्रॉयडरी है। उसकी भवें थोड़ी घनी हैं और माथे पर बिंदी की ख़ाली जगह बनी हुई है।

वह कहती है...'और?'

मैं झटके से सिर हिलाता हूं और कहता हूं...'और?...और तो कुछ नहीं।'

वह आगे बढ़कर दरवाज़ा खोल देती है।

मैं कहता हूं...'और...हां और...थैंक्स!'

वह मुस्करा देती है।

मैं पलटकर नहीं देखता, पर मुझे दरवाज़ा बंद होने की आवाज़ नहीं सुनाई दी। सड़क पार कर लाइब्रेरी के दरवाज़े तक आ जाने के बाद भी मुझे अहसास होता रहा कि उसने दरवाज़ा बंद नहीं किया है, क्योंकि जब तक मैं वापस अंदर न आ जाऊं, वह दरवाज़ा कभी बंद नहीं होना। लाइब्रेरी के दरवाज़े पर ठिठक कर मैं पलटता हूं। वहां से खिड़की दिखती है। खिड़की पर कोई हलचल नहीं है। परदा उसी तरह हिल रहा है।

बस, उसका दूसरा पल्ला अब खुल गया है।

***

## 16

*मैंने दुनिया-भर के वाचालों से चुप्पी सीखी, असहिष्णु लोगों से सहनशीलता और क्रूर लोगों से उदारता। लेकिन फिर भी, इन गुरुओं के प्रति मुझमें कोई कृतज्ञता नहीं।*

***ख़लील जिब्रान***
*(सैंड एंड फ़ोम)*

# बुढ़िया चुप है-2

मंगण मां गा रही है, इसका मतलब यह है कि वह हमेशा चुप नहीं रहती। वह कुछ लोगों से सवाल भी करती है। इसका मतलब है कि वह हमेशा से चुप नहीं रहती आई। थोड़ी देर पहले वह सिंधी में एक गीत गा रही थी, जिसका मतलब है–'किसमें यह हिम्मत कि वह साहिब से जाकर पूछे, इस दुनिया को बनाने में तूने कितनी गड़बड़ियां कर दीं।' और

इस समय वह अपने एक गुड्डे को मग में धो रही है। उसके बालों में बेबी सोप लगा रही है। साबुन के पानी से उसका बदन मल रही है। और साथ-साथ गा रही है–

मुहिंजो सोण जो रुपयो, अल्ला री अल्ला।
मुहिंजो चांदी जो रुपयो, अल्ला री अल्ला।
अरे गोट मां, अरे गोट मां।

*(तू मेरा सोने का रुपया, मेरा चांदी का रुपया, अल्ला रे अल्ला।*
*अरे दूल्हे की मां, अरे दूल्हे की मां।)*

मुंह चुभलाती हुई कांपती हुई आवाज़ का यह गीत चम्मच से ढोल बजाते हुए उसने हर शादी में गाया था और इसकी एक धुन अपने लिए बचा रखी थी। उसे लगता था कि बाक़ी शादियों में गा-गाकर वह दरअसल रियाज़ कर रही है, एक दिन उसे फाइनल परफॉर्मेंस मंगण की शादी में देनी है। मंगण, जो कभी इस दुनिया में आया ही नहीं और जिसके इंतज़ार में जालो, मंगण मां बन गई। हंसती-खेलती जालो कब चुप्पी के अतल में जा धंसी, किसी को महसूस नहीं हुआ। उसके भीतर एक-एक करके शब्द सूखे होंगे। भीतर कोई बहुत घना आलस पैठ गया होगा, जो शब्दों को बाहर तक जाने में मटिया या बरग़ला देता होगा। पता नहीं क्यों, पर एक दिन उसे अहसास हुआ होगा कि दुनिया की चांव-चांव के बीच उसके कहे गए शब्द की कोई बख़त नहीं। चीज़ों के साथ उसका रिश्ता महज़ दृश्य और दृष्टि का रह गया।

गुड्डे को धोते हुए वह उसकी आंखों को देखती। लिटा दो, तो मुंद जाएं। उठा दो, तो खुल जाएं। सुबह एक तय समय पर वह उसे बाथरूम में रख देती थी, ताकि वह निपट सके। फिर उसे नहलाती-धुलाती। नाश्ते में 'कोकी' बनाती, अचार या दही के साथ जब बसरमल को देती, तो उसकी बग़ल में गुड्डे को भी बिठा देती और उम्मीद करती कि बसरमल अपनी थाली से एक-दो कौर उसे भी खिलाएं। किसी दिन उसे लगता कि उसके गुड्डे को कोकी से ज़्यादा पसंद सेलमाणी है, तो वह रात की बची रोटियों को टुकड़े करके कड़ाही में तल देती, पानी के कुछ छींटे मार। और फिर कई दिनों तक नाश्ते में सेलमाणी ही बनती। इन दिनों उसके गुड्डे को मीठा लोला पसंद आता है।

वह कभी गुड्डे से बात नहीं करती। कभी कोई शिकायत, उलाहना नहीं। पर कुछेक बार उसने उसके चमाट ज़रूर मारे हैं। उस समय मंगण मां को ग़ुस्सा आया होता है। दिन में वह गुड्डे को घर से बाहर रख देती है, सड़क के एक किनारे। यह उसके खेलने का समय होता है। एक दिन गुड्डा रखी गई जगह से दस मीटर आगे मिला, वह भी मिट्टी में लिसड़ा हुआ। औंधा पड़ा हुआ, तो वह गुड्डे को उठाकर घर ले आई और नहलाने से पहले उसने उसे चार चमाट मारे। एक बार उसे ऐसा लगा कि गुड्डे की भाषा बदल गई है और वह बहुत ज़्यादा ज़िद करने लगा है, तब भी उसने उसकी पिटाई की। पीटने के बाद वह देर तक ख़ुद ही उससे रूठकर बैठी रहती। सोचती कि गुड्डा उसे मनाने आएगा, पर अंत में थककर उसे ख़ुद ही उसके पास जाना होता। और यह सब बिना किसी शब्द के होता था।

एक बार उसने बसरमल को अपने इस अहसास के बारे में बताया था। उसने पलटकर जिस निगाह से देखा था कि वह डर गई। तब से उसने बसरमल से इस बारे में बोलना भी बंद कर दिया। ख़ुद मंगण मां को भी कभी यह पता नहीं चल पाया कि उसने बसरमल से हर क़िस्म की बातचीत कब बंद कर दी थी।

बसरमल उससे बार-बार कहता है कि वे लोग लाइब्रेरी की ज़मीन मांग रहे हैं। बेचने को कहते हैं। जब भी उसे कोई फ़ोन आता है, तो उसके पास आकर बैठ जाता है। बताता है कि उसने इस बार और कड़क होकर मना किया है और शायद अगली बार वे उसे फ़ोन नहीं करेंगे, पर हर चौथे-पांचवें दिन कभी दोपहर, तो कभी शाम को बसरमल उसके सामने आकर बैठ जाता है। उसके बैठने से मंगण मां को समझ में आ जाता है। उसे लगता है कि बसरमल अब उसे कोई बुत समझता है। उसके सामने बैठकर कहता है और जवाब की उम्मीद नहीं रखता। वह उसे जवाब देना चाहती है, लेकिन फिर यह बहुत बेमायने लगता है। क्या कहा जाए, किस शब्द में कहा जाए? कह दिया जाए कि लाइब्रेरी बेच दो? या कि मत बेचो। या कि...

मंगण मां गुड्डे को पलंग पर लिटा देती है। लिटाते ही उसकी पलकें मुंद जाती हैं। वह अपना दुपट्टा उतारकर उसे ओढ़ा देती है। फिर वह टीवी का रिमोट, बसरमल और अपने चश्मे का कवर, कुछ बेहद पुरानी पेन और प्लास्टिक का बना एक पुराना गुलाब लेकर बसरमल के सामने बैठ जाती है। मग में गीला कपड़ा डालकर वह बारी-बारी से एक-एक चीज़ को पोंछ रही है।

बसरमल के सामने कुछ पुराने काग़ज़ बिखरे पड़े हैं। वह एक काग़ज़ पर मैग्नीफाइंग ग्लास से कुछ पढ़ रहा है। बग़ल में एक ड्राइंग बुक पड़ी है और उसके ऊपर एक घिसी हुई पेंसिल और एक रबर इरेज़र हैं। काग़ज़ पर रबर रगड़ने से पैदा हुई चुटकी-भर मैल को गोलिया कर पलंग के सिरहाने रखा गया है। फिर पढ़ना छोड़कर अपनी ड्राइंग बुक में लग जाता है। उसमें एक अधूरा स्केच है, जिसमें चलते हुए कई सारे पैर हैं और हर पैर के साथ एक छड़ी है। उनके ऊपर गंजे सिर हैं। उनका कोई धड़ नहीं। उनके आसपास कई चश्मे बिखरे पड़े हैं, जिनका कांच टूटा हुआ है। पन्ने के किनारे पेंसिल से ही लिखा हुआ है–

*हम उस ग़ज़ल के शेर हैं,*
*जिसका क़ाफ़िया टूट कर*
*कहीं छूट गया...*

उस काग़ज़ में कुछ और पैर व छड़ी जोड़ते हुए बसरमल सिर उठाता है और वापस झुका लेता है। फिर थोड़ी देर बाद जैसे अपने आप से ही कहता है, 'फिर आया था उसका फ़ोन। कह रहा था कि उसमें बहुत सब्र है। वह मेरे मरने तक का इंतज़ार कर लेगा।'

मंगण मां देखना चाहती थी कि यह कहने के बाद उसकी आंखों में कितना पानी आया है, पर वह वहां मौजूद पानी में फ़र्क़ नहीं कर पाई कि कौन-सा पानी उस वाक्य के पहले का है, और कौन-सा बाद का।

बसरमल का सिर झुका ही हुआ था। वह बोल रहा था, 'उसने कहा, उसे पता है, मैं ज़्यादा दिन थोड़े बचूंगा कि मुझे इतना बूढ़ा होना ही नहीं चाहिए था कि मुझे पहले ही मर जाना चाहिए था कि किसी दिन वह मुझे एक ट्रक के नीचे कुचल डालेगा कि वह किसी दिन मेरी लाइब्रेरी में पेट्रोल छिड़क कर किताबों को फूंक डालेगा कि उसका सब्र ख़त्म हो रहा है कि मैंने उसे ज़मीन नहीं बेची, तो किसी दिन वह मुझे किताबों के साथ ही ज़मीन में गाड़ देगा।'

मंगण मां चश्मे के कवर को पोंछते-पोंछते अपना चश्मा उतार लेती है और उसे मग के पानी में डुबो देती है। उसके बाद कपड़े से उसे पोंछने लगती है।

बसरमल उठता है और अलमारी से वैन गॉग का पैकेट ले आता है। उसे गहरे तक सूंघने के बाद वह पूछता है, 'जालो, याद है ये?'

मंगण मां ने चश्मा उतार रखा है। उसे साफ़-साफ़ दिखता नहीं। वह एक बार ऊपर देखकर फिर चश्मे को पोंछने में लग जाती है। बसरमल उसे सुंघाता है। वह अपनी नाक फिरा लेती है। वह कुर्सी खींचकर बैठ जाता है।

फिर कहता है, 'दस साल हो गए उसे मना करते-करते। मैंने भी सोच लिया है, अबकी उसे बहुत कसके मना करूंगा।'

मंगण मां को लगता है कि कहीं से रोने की आवाज़ आ रही है। हड़बड़ा कर वह गीला चश्मा ही आंख पर लगा लेती है और दीवार पकड़कर कांपते-कांपते भीतर के कमरे की ओर जाती है। उसे लगता है, पलंग पर सोया उसका गुड्डा रो रहा है। धीरे-धीरे वहां पहुंचती है। शायद गुड्डे ने नींद में दुपट्टा हटा दिया है। उसे किसी मच्छर ने काट लिया है, जिससे उसकी नींद उचट गई है और वह रोने लगा है।

***

## 17

*वह बहुत साफ़ आवाज़ थी, इतनी सुंदर कि पूरी तरह दुखी जान पड़ती थी। शिमामुरा इंतज़ार करने लगा कि उस आवाज़ की गूंज लौटकर आएगी।*

***यासुनारी कवाबाता***
*(स्नो कंट्री)*

# दिलख़ुश-4

दिलख़ुश सम्बोसेवाले की दुकान पर आज फिर एक सीन क्रिएट हुआ है।

मेरी समझ में नहीं आता कि वहां ऐसा क्यों हो रहा है? इससे पहले भी उसकी दुकान के सामने बीस-पचास लोगों की भीड़ दिख जाती थी, लेकिन कभी ऐसा नहीं लगा

कि कोई पंगा हो रहा होगा। अब वहां पांच लोग भी एक साथ दिखते हैं, तो मन में डर की लहर उठती है, पता नहीं क्या हो रहा होगा?

शायद दिलख़ुश को भी ऐसा लगता हो।

पांच-छह लोग खड़े हैं। ग़ुस्सा हो रहे हैं। चिल्ला-चूट मची हुई है। एक पहलवाननुमा शख़्स ने दिलख़ुश का कॉलर पकड़ रखा है। ऐसे दृश्यों के अनुकूल आसपास भीड़ भी जुटी है। दिलख़ुश पता नहीं, किस गुनाह के लिए लगातार माफ़ी मांग रहा है। रिरिया रहा है। उनको ठंडा करने की कोशिश कर रहा है। पर वे उतना ही बमक रहे हैं।

शायद इससे पहले उन्होंने दिलख़ुश पर हाथ भी उठाया है।

दिलख़ुश की दाढ़ी सफ़ेद हो चुकी है। उसे कभी गालियां देते हुए नहीं सुना। दुकान में उसने इतनी तस्वीरें लगा रखी हैं कि वह हर पार्टी का लगता है। ग्राहकों के साथ वह सेठ, राजा, जनाब, साहेब, बड़े भैया, सरकार, अफ़सर, मेरे मालिक, मेरे मौला जैसे संबोधनों से बात करता है और इतना मीठा बोलता है कि बस! बेगार मज़दूर को भी वहां चाय पीते हुए अहसास होता है कि किसी कलेक्टर से कम नहीं।

किसी ने ऐसे दिलख़ुश का गला दबोच रखा हो, अजीब लगेगा ही। मैं वहां पहुंचता हूं। बीच-बचाव करता हूं। मुझे देख और भी कई लोग बीच में आ जाते हैं और उन लोगों को ठंडा करते हैं। उसके बाद वहां जो बात होती है, उससे पता चलता है कि ये पांच लोग वहां चाय-नाश्ते के लिए आए थे और एक की चाय से तो साबुत छिपकली निकली है और दूसरे के वड़े से तिलचट्टा। तिलचट्टे वाला ग्राहक तो कुछ नहीं बोल रहा, पर छिपकली वाले ग्राहक ने तमाशा कर दिया।

वह चीख़-चीख़कर कह रहा था कि दिलख़ुश की चाय पीने के कारण पहले कई लोग बीमार पड़ चुके हैं, पर आज तो इसका प्रूफ़ मिल गया कि ये चाय में छिपकली तक डाल देता है। दिलख़ुश को कुछ बोलने ही नहीं आ रहा था। वह कभी उस आदमी को, कभी बेंच पर चाय में लिसड़ी पड़ी छिपकली को देखता।

उस आदमी का चीख़ना बंद नहीं हो रहा था। वह बार-बार धमका रहा था कि अभी फ़ूड सप्लाई वालों के यहां कंप्लेन करेगा कि वह दिलख़ुश की दुकान को ही बंद करा देगा कि लोगों के साथ ऐसा खिलवाड़ जाने कब से चल रहा है कि जाने कब तक चलता रहेगा कि गिरगिट की नाक कि छछूंदर की छाती...कि ये...कि वो...

और दिलख़ुश हाथ जोड़कर रिरिया रहा था कि नहीं साब, मेरे सेठ, मेरे सरकार, ग़लती से हो गया होगा कि उसके यहां कभी ऐसी लापरवाही नहीं होती और बार-बार छिपकली को देखे जावे।

बेंच पर पड़ी छिपकली को देखकर चाय पीते हुए एक दूसरे व्यक्ति ने वहीं पर उलटी कर दी और ग़ुस्से में कांच का गिलास फेंकता हुआ चला गया।

काफ़ी देर तक चले इस ड्रामे के बाद थोड़ी देर तक उसके यहां कोई ग्राहक नहीं था। दिलख़ुश की दुकान में ऐसा समय मुश्किल से आता है। वह गल्ले पर जाकर

बैठ गया और ज़ोर-ज़ोर से केटली पर चम्मच मारकर टन-टन आवाज़ करने लगा। उसकी आंख पता नहीं कहां, पत्थर की तरह गड़ी हुई थी और हाथ लगातार चल रहा था।

फिर मुझसे बोला, 'एक बात बता, यह छह फीट की केटली में चाय कितनी गर्म होगी? नीचे ट्वंटीफोर आवर गैस जलती रहती है। छिपकली अंदर ही गल नहीं जाएगी?'

मैं उसका चेहरा देखने लगा। वह मुझसे बोल रहा था, लेकिन आंख कहीं और गड़ी थी। वह फिर बोला, 'और ये केटली के नलके का छेद इतना तो बड़ा नहीं कि इसमें से छिपकली निकल कर आ जाए?'

'पॉइंट है। पन उनके सामने बोलना मंगता था ये?' मैंने कहा।

वह चुप हो गया। उसका हाथ भी शायद थक गया था। वह भीतर दीवारों पर लगी तमाम तस्वीरों को देखने लगा। प्रार्थना की दृष्टि से या उलाहना की दृष्टि से, नहीं पता।

मैंने फिर कहा, 'उनके सामने कायको नहीं बोला तू?'

'देख रे। धंदे में बोलते नहीं। सुन के लेते हैं। बस। हाथ जोड़के जितना काम निकल जाए, उतनाच राइट।'

कहने के बाद उसके होंठ कांपे होंगे, उसकी दाढ़ी ज़रूर कांप रही थी।

'लगता है, पीछे पड़ गए मेरे।'

उसने ख़ुद से कहा या मुझसे, नहीं पता, पर मेरे बार-बार पूछने के बावजूद उसके बाद उसने किसी बात का जवाब नहीं दिया।

थोड़ी देर बाद उसकी दुकान में फिर ग्राहक जमा होने लगे। उन्हें देख वह थोड़ा सहज होने लगा। मैं उठकर आगे की तरफ़ टहलने चला गया।

बाद में पता चला कि उसी शाम को फूड सप्लाई वाले आए थे। उन्होंने दुकान से हर सामान का सैंपल लिया और दूसरे दिन दुकान को सील कर दिया। एफएसआई की रिपोर्ट कहती थी कि उसकी दुकान में पड़ा हर माल सेहत के लिए ख़तरा है, सफ़ाई की कमी है, कीटाणु भरे पड़े हैं और वह बासी सामान बेचता है।

दिलख़ुश रोज़ सुबह अपनी सील्ड दुकान के सामने खड़ा रहता है। खड़े-खड़े थक कर बैठ जाता है। कभी मुंसीपैलिटी दौड़ कर जाता, कभी कार्पोरेटर के पास। कई दिनों तक उसकी दुकान खुल नहीं पाई।

आख़िरी बार मैंने दिलख़ुश को लाइब्रेरी में बूढ़े के सामने बैठे देखा था। बूढ़ा कुर्सी की पीठ पर टिका सिर ऊपर किए बैठा था। दिलख़ुश सामने की कुर्सी पर बैठा सिसक रहा था। मुझे अपने पीछे खड़ा पा दिलख़ुश तेज़ी से उठा और बिना मेरी तरफ़ देखे बाहर निकल गया।

उसके बाद मैंने उसे कभी नहीं देखा।

बूढ़ा अभी भी उसी तरह बैठा था। उसका सिर ऊपर था। खपरैल की छत में वह जाने क्या देख रहा था, जाने क्या खोज रहा था।

***

## 18

*फिर मैं वापस घर के भीतर गया और लिखा—यह आधी रात है, बारिश खिड़की पर तड़ातड़ गिर रही है। वह आधी रात नहीं थी। बारिश भी नहीं हो रही थी।*

***सैमुअल बैकेट***

*(मॉली)*

# मेरा नाम 'मैं' है-8

**:-।**

मेरी चुप्पी सुन वह खिलखिलाई। मैं सिर झुकाकर बैठा था। उससे पहले वह धीरे-धीरे मेरे बालों के बीच उंगलियों से सैर कर रही थी। उससे पहले वह सामने बैठी थी और मैं उसके कांपते हुए होंठों को देख रहा था। उससे पहले वह नहाकर निकली थी और उसके माथे पर पानी की एक बूंद ढुलकने को थी। उससे पहले वह अंगड़ाई ले रही थी और उसका शरीर मध्ययुग के किसी खंडहर की तरह टूट रहा था, भसक रहा था। एक-एक ईंट धप् से गिरती, और धूल बनकर बिखर जाती।

उससे पहले उसने पूछा था, 'तुम्हें प्यार करना आता है?'

उसके पूछने से पहले ही मैंने बता दिया था, 'नहीं, मैं एक पुरुष हूं।'

मेरे ऐसा बताने से पहले ही उसने अपनी पलकों से मेरे गाल पर गुदगुदी की थी।

उसके ऐसा करने से पहले ही मैंने हल्की फूंक से उसके कान के बूंदे हिला दिए थे।

उसके कान की कांपती हुई लौ, देहरी पर रखे दिए की कांपती हुई लौ की तरह थी।

**:-{}**

उसने कहा, 'और...'

मैंने कहा, 'और...और मै तेरे माथे पर बूंद की तरह चिपका रहना चाहता हूं, मैं सूरज का अवतार हूं, जो इस माथे पर रहने के लिए ही आया है, मैं चांद का अर्क हूं, तेरी आंखों में रहता हूं, तुझे पता है, तेरी आंखों की रोशनी मुझसे है...'

:-)

उसने कहा, 'और...'

मैंने कहा, 'और...और मैं उंगली की पोर पर बैठा तिल हूं, अकेला...जैसे पूरे अंधेरे में आसमान पर अकेला बैठा हुआ तारा, किसी दूसरे तारे के इंतज़ार में बार-बार अपने गिरने को स्थगित करता...तेरे कानों की लौ में मैं बूंदा बनकर रहता हूं और तेरे लंबे केश में लट बनकर, जिसे सुलझाना तुम जानकर टाल देती है, मैं झूठ-मूठ का रेगिस्तान हूं और तुम सचमुच का नख़्लिस्तान, मैं तुममें इस तरह मिल जाऊं कि मेरी रेत का हर कण नन्हे हरे पत्ते में बदल जाए, मुट्ठी-भर बालू अंजुरी-भर पानी बन जाए...एक बहुत पुरानी छुअन हूं, जो अपने अहसास में गीली होती रहती है...'

:-0

उसने कहा, 'और...'

मैंने कहा, 'और...और तुम एक जंगल हो, जिससे मैं हरी पत्ती बनकर मिलता हूं। तुम एक नदी हो, जिसमें मै एक धारा की तरह बहता हूं। कोई झुरमुट हो, जिसमें मख़मली ख़रगोश की तरह छुप जाता हूं। तुम एक दूरी हो, जो लगातार तुम्हारे पीछे हटने से बनती है। तुम एक नज़दीकी हो, जो मेरे आगे बढ़ने से बनती है...'

उसने कहा, 'और...'

मैंने कहा, 'और...और तुम्हारा हर केश एक लंबी सड़क है, जिस पर मैं चलता हूं, चलता हूं और ताउम्र चलने की उम्मीद संजोता हूं।'

उसने कहा, 'और...'

मैंने कहा, 'और?'

उसने कहा, 'हां, और...'

मैं ख़ामोश हो गया। वह ठीक सामने खड़ी थी। हाथ में थर्मस लेकर। खुले हुए थर्मस से भाप का परदा हम दोनों के बीच तन गया था। उसके नहाए हुए बालों से बेहोश कर देने वाली कॉफ़ी की ख़ुशबू आ रही थी। उसके चेहरे के पीले रंग के बीच कॉफ़ी जैसे रंग वाले उसके होंठ चमक रहे थे। वह टहलते हुए किताबों की अलमारी की तरफ़ गई और एक किताब निकालकर, पलटकर मुस्कराते हुए मुझे देखने लगी।

उसने कहा, 'और...'

:-।

मैं फिर ख़ामोश ही रहा।

मेरी चुप्पी सुन वह खिलखिलाई। मैं सिर झुकाकर बैठा था। वह अंगड़ाई ले रही थी और उसका शरीर मध्ययुग के किसी खंडहर की तरह टूट रहा था, भसक रहा था। एक-एक ईंट धप से गिरती, और धूल बनकर बिखर जाती।

खंडहर की दीवारें भसकने से पहले थोड़ी देर तक हवा में ही अटकी रही थीं। वे मेरे इंतज़ार में अटकी थीं। पेड़ से टूटे किसी पत्ते की तरह, ज़मीन पर गिरने से पहले वह देर तक हवा में लहराती रही थीं। वे मेरी ही प्रतीक्षा में लहरा रही थीं।

जबकि मैं सिर झुकाए बैठा था। वह फिर खिलखिलाई। मैंने सिर उठाकर देखा। खिलखिलाते हुए वह एक चिड़िया बन गई। खिलखिल करती चिड़िया।

खिलखिल फड़फड़ाते पंखों से मेरे सिर के पास आई। उसके डैनों की हवा मैं अपने गाल पर महसूस कर सकता था।

मैं उसे इस समय अपने चारों ओर महसूस कर सकता था। इस खिड़की पर भी, जहां मैं खड़ा हूं और सामने उसकी खिड़की देख रहा हूं। उसके पीले पल्ले खुले हुए हैं, परदा वैसे ही झूल रहा है। जालियां उसी तरह ख़ामोश हैं और उनके पीछे से कोई चेहरा नहीं झांक रहा। थोड़ी देर पहले उसकी झलक थी, अब नहीं है। उसने मुझे यहां खड़े देखा था और मेरे मुस्कराने पर वह भी मुस्कराई थी। थोड़ी देर पहले वह लाइब्रेरी के इसी कमरे के भीतर किताबों के बीच घूम रही थी, एक-एक किताब को क़रीने से उठाती, पलटकर मेरी ओर देखती, फिर रख देती। उसने वही सफ़ेद रंग का कुर्ता पहन रखा था, जिसकी आस्तीनें लंबी थीं और जिस पर सफ़ेद रंग में ही एंब्रॉयडरी बनी हुई थी।

फिर वह खिलखिल नाम की चिड़िया बनकर उड़ गई और उस खिड़की के ऊपर बने बार्जे पर जाकर बैठ गई।

मैं वापस अपनी कुर्सी पर आ गया। बूढ़ा अभी तक नहीं आया था। उसने कल ही बता दिया था कि वह देर से आएगा।

लाइब्रेरी के दरवाज़े पर हलचल होती है। मैं पलटकर देखता हूं। वहां दो लोग खड़े हैं। उनके पीछे कुछ मज़दूर हैं। वे एक छोटे ट्रक से सीमेंट की बोरियां उतार रहे हैं। दोनों भीतर आ जाते हैं और बूढ़े के बारे में पूछते हैं। मैं बताता हूं कि वह अभी नहीं आया है। फिर उनमें से एक बाहर खड़े मज़दूरों से कहता है कि सीमेंट की बोरियां भीतर रख दें।

मज़दूर लाइन से आते हैं और किताबों के बग़ल दीवार से सटाकर बोरियां रखते जाते हैं। क़रीब तीस-चालीस होंगी।

मैं उनसे पूछता हूं, 'अंकल से पूछ लिया था न?'

'हां, अंकल ने ही बोला है।'

मज़दूर जिस तरह बोरियां पटक रहे थे, उससे सीमेंट की धूल पूरे कमरे में छा गई। उसकी गंध जब मुझसे बर्दाश्त नहीं हुई, तो मैं उठकर बाहर आ गया और एक किनारे खड़ा होकर सिगरेट जलाने लगा। अभी शाम नहीं हुई थी और आसपास बिखरी रेती-गिट्टी साफ़ दिख रही थीं। मैं सोचने लगा कि आख़िर ये मूलचंदानीज़ क्या करने वाले हैं, जो इतना सामान यहां रखवा रहे हैं। मेरे पीछे-पीछे वे दोनों भी बाहर आकर खड़े हो गए।

वे मज़दूरों को बार-बार कुछ ताक़ीद कर रहे थे। मैंने झांककर देखा, भीतर पूरा कमरा धूल से भर गया था। मुझे बूढ़े पर कोफ़्त हो रही थी कि उसने सीमेंट भीतर रखने को क्यों बोला होगा। बड़ी मेहनत से तो किताबें और अलमारी साफ़ की थीं। अब फिर से गंदी हो गईं।

***

## 19

*जैसे काले सांप की निगाह पड़ते ही पक्षी सुन्न हो जाता है, होश नहीं रहता, कुछ वैसा ही निष्क्रिय करने वाला भारी आतंक। उन्होंने घूमकर पीछे की ओर देखा। जो वे सोच रहे थे, सत्य निकला।*

***यूआर अनंतमूर्ति***
*(संस्कार)*

# बूढ़े की कहानी-5

बाथरूम में पेशाब करते वक़्त बसरमल जेठाराम पुरस्वाणी को पहली बार लगा कि अब वह मर जाएगा। पेशाब करते समय इतनी बेबसी, उसे अचरज भी हो रहा था और घबराहट भी। बहुत ज़ोर लगाने के बाद उसे राहत जैसी महसूस हुई। लेकिन तब तक उसका दिल बुरी तरह धड़कने लगा था, टांगें कांपने लग गई थीं, माथे पर पसीना आ गया था और बार-बार लग रहा था कि वह गिर जाएगा। नल पकड़कर वहीं बैठ गया। उसके बदन का हर जोड़ कांप रहा था। उस घबराहट का कोई ओर-छोर नहीं था।

क़रीब आधे घंटे तक वैसे ही बैठे रहने के बाद वह उठा, तो मालूम पड़ा कि इतनी देर तक बैठे रहने के कारण घुटनों में विचित्र क़िस्म का दर्द होने लगा है। बाहर निकलकर उसने दरवाज़े के पास रखी छड़ी उठाई और आहिस्ता-आहिस्ता अपनी जगह पर लौट आया। दीवार से सिर टिकाकर उसने आंखें बंद कर लीं।

शाम गहरा चुकी थी। मंगण मां बाहर बैठी अभी भी पाइप से सड़क धो रही थी। पलंग पर दुपट्टे में लिपटा हुआ एक गुड्डा पड़ा था। उसने खिड़की से देखा, बाहर अच्छा-ख़ासा चांद निकला हुआ था। बावन साल पहले जिस लड़की को उसने अमरूद के पेड़ के नीचे चूमा था, जो अब कभी उसकी किताबों के बीच से उचक कर निकल आती है, कभी थर्मस के भीतर से जिसकी हंसी सुनाई पड़ती है, अलमारी खोलने पर लगता है कि जो धड़ाम से अभी उस पर आ गिरेगी और 'हुंह' कहते हुए एक तरफ़ को दौड़

जाएगी, उसने बावन साल पहले किसी रात चांद के इतनी जल्दी उग आने पर एतराज़ जताया था।

स्मृति इस बेतुके तरीक़े से परेशान करेगी, कभी सोचा भी न था।

हल्ला करते हृदय पर दाहिना हाथ रखकर वह धड़कन गिनने की कोशिश नहीं कर रहा, बल्कि अपनी सांस पर क़ाबू करने और दर्द को कम करने के लिए उसे दबा रहा है और सोच रहा है कि इस समय जब उसे सबसे ज़्यादा दर्द हो रहा है, मार दिए जाने की धमकी मिल रही है, लाइब्रेरी की जगह को छीन लिए जाने का ख़तरा मंडरा रहा है, वह बावन साल पहले छूट गई एक लड़की को क्यों याद कर रहा है? क्या यह स्मृति कोई विलंबित क्षमा-याचना है? उस लड़की से क्षमा? जालो से क्षमा? उन बरसों से क्षमा, जब ये स्मृतियां गुमचोट की तरह छिपी रहीं?

कल शाम दिलख़ुश आया था, शायद बरसों बाद। उसकी दुकान उन लोगों ने बंद करा दी है। वहां वे कोई होटल खोलना चाहते हैं। साल-भर से वे दिलख़ुश को वह जगह बेच देने को कह रहे हैं।

वह छड़ी टेकता हुआ उठता है और बाहर की ओर जाने लगता है। मंगण मां ने सड़क पर ख़ासा कीचड़ कर दिया है। सड़क धोने की उसकी आदत से सब वाक़िफ़ हैं और इस कीचड़ से शायद सभी परेशान भी होते होंगे। एक ऑटो रिक्शा किरकिराता हुआ वहां से गुज़रता है। गीली सड़क पर एक डबरे में जमा पानी उछल जाता है। आगे सूखी सड़क पर उसके टायरों के निशान बहुत दूर तक दिखते हैं।

दिलख़ुश की आंख के नीचे एक काला निशान बन गया था। सामने बैठा वह बुरी तरह रो रहा था। पहले लगातार उसकी दुकान के सामने मारपीट करवाई गई, ताकि लोग उस जगह से ही दूर हो जाएं। फिर उसकी ग्राहकी तोड़ने के लिए चाय में छिपकली डलवा दी गई और बदनाम करना शुरू कर दिया। फिर उसकी दुकान ही सील करवा दी। अब वह उन्हीं लोगों को दुकान बेचना चाहता है, लेकिन वे सही क़ीमत नहीं दे रहे।

बसरमल को बार-बार लग रहा था कि सामने दिलख़ुश नहीं बैठा है, बल्कि वह ख़ुद बैठा है। जो रो रहा है, वह भी वही ख़ुद है। सरेराह जिसकी दाढ़ी खींची गई, केसक़तल की धमकी दी गई, कॉलर पकड़कर गालियां दी गईं, वह भी बसरमल है। उसे दिलख़ुश का चेहरा अपनी तरह दिख रहा था।

वह उसका चेहरा नहीं देखना चाहता था, इसीलिए उसने पीठ कुर्सी पर टिका दी और ऊपर खपरैल देखने लगा।

दिलख़ुश चुप हो गया था। उसे कोई रास्ता नहीं सूझ रहा था। बसरमल के पास कोई शब्द नहीं था।

किताबों के पीछे से उसे फिर किसी के हंसने की आवाज़ सुनाई दी। उसने बिल्कुल ध्यान नहीं दिया। इस वक़्त वह कोई हंसी नहीं सुनना चाहता। बावन साल पुरानी हंसी भी नहीं।

कई बार कोशिश करके भी वह दिलख़ुश को नहीं बता पाया कि उसके पास दस साल से फ़ोन आ रहे हैं। पहले साल-छह महीने में, फिर पिछले एक साल से हर पांच-सात रोज़ पर। वे हत्या तक कर सकते हैं।

उसने अपना सिर झटका। टांगों की कंपकंपी झुरझुरी में बदल गई थी। होंठों के पास की त्वचा रह-रहकर फड़क उठती थी।

मंगण मां सड़क के किनारे उसी तरह उकडूं बैठी थी। उसने पाइप में लगा प्लास्टिक का नल बंद कर दिया था। शायद वह सड़क से थक गई थी। बसरमल भीतर ही भीतर तय कर रहा था, इस बार वह गालियां देगा और रिपोर्ट लिखाएगा।

***

## 20

*हममें से ज़्यादातर लोग सिर्फ़ यही जानते हैं कि वहां नदी और टूटी हुई सड़क और पास में कुछ चीज़ें हैं। उनके पार की चीज़ें हमें नहीं पता; वे चीज़ें हमें चौंका सकती हैं।*

***वी एस नायपॉल***
*(अ बेंड इन द रिवर)*

# मेरा नाम 'मैं' है-9

पाऊ से भागकर मैं घर से निकला था। उनके मुंह का नल फिर खुल गया है।

उस दिन लाइब्रेरी का अहाता पूरी तरह साफ़ था। वहां से गिट्टी, रोड़े, रेता हट चुके थे। भीतर सीमेंट की बोरियां भी नहीं थीं। वे सब सामने जा चुकी थीं।

सामने कोई दीवार नहीं थी। खिड़की भी नहीं। बांस का ढांचा था, जिन्हें जोड़-जोड़कर सलाखों जैसा बनाया गया था। उसके पार सब कुछ दिख रहा था। वह बेडरूम, जहां उस दिन मैं बैठा था। पर उसमें कुछ नहीं था। न पलंग, न कंप्यूटर, न दीवार पर लगी हुई तस्वीरें। ज़मीन पर रेती-सीमेंट के निशान थे। टूटी हुई ईंटें थीं।

दो पल उसे देखते रहने के बाद मैं भीतर घुसा। वहां बूढ़ा अपनी मेज़ पर सिर रखकर सोया हुआ था। दोनों हाथों को तकिया बनाकर, कुर्सी पर बैठा-बैठा ही। जहां-जहां से बोरियां उठाई गई थीं, वहां सीमेंट की धूल अब भी पड़ी थी। बोरियों के ही आकार में।

और वह धूल हर जगह थी।

लगा, बूढ़ा मेरी आहट सुनकर उठ जाएगा। मैं उसके सामने रखी कुर्सी पर बैठ गया। पेपर पलटने के बाद मैं खिड़की पर जाकर खड़ा हो गया। वहां कोई हलचल नहीं थी। अंधेरा होने को था। मिस्त्री-मज़दूर जा चुके थे।

बूढ़ा अब भी नहीं उठा। मर तो नहीं गया। क्या भरोसा?

मैंने उसका कंधा पकड़ कर झकझोर दिया। वह अचकचाकर उठा। सीधे बैठ गया। मैंने पूछा, 'क्या हो गया, अंकल? नींद निकाल्ले हो?'

वह अभी भी अचकचाया हुआ था। उसके माथे पर पसीना आ गया। जैसे मुझे देखकर बुरी तरह घबरा गया हो। या एक घबराई हुई नींद से उठा हो। वह रूमाल से पसीना पोंछने लगता है। फिर बोतल से पानी पीता है।

चारों तरफ़ उदासी है। सीमेंट की बोरियां हट जाने से भी जैसे एक ख़ालीपन आ गया है।

'इन लोगों का रिनोवेशन शुरू हो गया?'

वह वहीं बैठे-बैठे खिड़की से बाहर देखता है। मेरी बात का कोई जवाब नहीं देता। खड़ा होकर कपड़े झाड़ता है और छड़ी के सहारे खिड़की पर चला जाता है। थोड़ी देर वहां खड़े रहने के बाद वापस लौट आता है। अपनी जगह बैठ मैग्नीफाइंग ग्लास को उलटने पुलटने लगता है।

'तबीयत तो ठीक है आपकी?'

वह मुस्करा देता है।

उसके चेहरे पर उदासी का मटमैला रंग है। सीमेंट की बोरियों से निकली धूल जैसा। मैं उससे पूछता हूं, 'दिलख़ुश का कुछ पता चला, अंकल?'

वह नकार में सिर हिलाता है।

कभी पेपर के साथ, तो कभी पेंसिल और इरेज़र के साथ, कभी थर्मस के ढक्कन के साथ, तो कभी सिर पर बचे दो-चार बालों के साथ खेलने के बाद वह कहता है,

'अब वहां खिड़की नहीं रहेगी।'

'हम्म। शायद वे बड़ी बालकनी बना रहे हैं।'

'हम्म।'

वह फिर चुप हो जाता है। कुछ देर फिर ऐसी ही चीज़ों के साथ खेलने के बाद वह कहता है,

'इस शहर की सबसे ख़ूबसूरत चीज़ थी वह खिड़की।'

मैं उसका चेहरा देखता हूं। उस दीवार और खिड़की के टूटने पर जितना भी मलबा बना होगा, मैं उसके चेहरे पर देख सकता हूं। वहां से उड़ती हुई धूल भी। हथौड़ा दीवार पर नहीं, इसके चेहरे पर गिरा होगा। जब उसमें से पहली ईंट निकली होगी, तो इसके चेहरे पर ख़ून की कोई बूंद भी आई होगी।

उसके मुंह से शब्द बड़ी मुश्किल से निकल रहे थे। जैसे उसका साथ छोड़ चुके हों। जैसे उन्हें याद करने में उसे बहुत मुश्किल हो रही हो।

...पर वह लड़की अब ज़्यादा बड़ी खिड़की से बाहर देखा करेगी।

मैं कहना चाहता था, पर उस वक़्त कह नहीं पाया।

***

## 21

*__उसकी__ छोटी, लाल गेंद बेंच पर बैठे आदमी ने उठा ली, यह देखकर वह बच्चा डर गया था। शायद सोच रहा था–इस दुनिया में लोग दूसरों की चीज़ें इसी तरह उठा लेते हैं क्या?*

***भाऊ पाध्ये***

*(फाइव गार्डन)*

# दिलख़ुश-5

दिलख़ुश का पता नहीं चलता। उसकी गुमशुदगी के इश्तहार भी अख़बारों में छप चुके हैं। अब पता नहीं, कितने दिन हो गए हैं। लोगों ने उसके बारे में पूछना भी बंद कर दिया है। आज मैं बहुत दिनों बाद इस तरफ़ आया, तो देखा, अब दिलख़ुश की दुकान भी नहीं रही। वहां कांच का एक भव्य शो-रूम है, जिसके सामने ख़ासी भीड़ है। लोग बाक़ायदा क़तार लगाकर खड़े हैं। वह एक नया इटिंग ज्वाइंट था, जिसका नाम था–वॉव। उसकी सुंदरता देखते ही किसी के भी मुंह से यही निकलता। उसमें कोई किचन नहीं दिख रहा, छह फीट की कोई केटली नहीं, टन-टन की कोई आवाज़ नहीं। वहां सब कुछ मिलता है, लेकिन वॉव को उसके वड़ा-पाव और एस्प्रैसो चाय के लिए जाना जाता है।

मैं वॉव को जानता हूं। इसकी चेन सारे सबर्ब्स में फैल रही है। इनके और भी कई ब्रेंड्स हैं। एक बड़ा शॉपिंग मॉल भी है, जिसका एक्सपांशन बहुत स्पीड में हो रहा है। पिछले दिनों किसी पेपर में पढ़ा था कि इन्होंने वड़ा-पाव जैसे लोकल और एथनिक आइटम को इंटरनेशनल फास्ट फूड में बदलने की घोषणा की है। मैं उसके काउंटर पर जाता हूं। वहां उस अख़बार की कटिंग लैमिनेट करके लगाई गई है–'वॉवः अ देसी ऑन्सर टू मैकडी एंड केएफसी...'

अंदर छह-सात लोग काम कर रहे हैं। सारे बीस-बाईस की उम्र के। काउंटर पर एक बीस साल की लड़की बैठी है, रेड ब्लेज़र पहने। उसके सामने एक छोटी-सी विंडो है, जिसके बाहर लोग लाइन लगाकर अपना पैकेट ले रहे हैं। जिन्हें भीतर बैठना है, उनके लिए कुछ कुर्सियां लगी हैं। सारे लड़कों ने रेड यूनिफॉर्म पहन रखी है। वॉव का थीम कलर ही रेड है। उसके नीचे व्हाइट स्ट्राइप्स। वहीं एक और कटिंग लगी है–'रेड रिवॉल्यूशन हिट्स सबर्ब्स...' और उसमें 'मेन इन रेड' की टीम का फोटो है, दो उंगलियों से विक्टरी का साइन बनाते हुए। साथ ही यह सूचना भी कि यह देश का पहला इटिंग ज्वाइंट है, जो वड़ा-पाव एक्सपोर्ट भी करता है और जल्द ही यूरोप और स्टेट्स में इसकी ब्रांच खुलने वाली हैं। 'लोकल वड़ा-पाव गेट्स ग्लोबल' हेडिंग से।

यहां सफ़ाई का पूरा ध्यान रखा जाता है। दिलख़ुश का वड़ा-पाव कभी प्लेट में, तो कभी काग़ज़ में, तो कभी सीधे हाथ में ही मिल जाता था, यहां बाक़ायदा सिस्टम है। टिशू पेपर में लपेटकर टूथपिक खोंसकर दिया जाता है।

डिस्प्ले में उनका मेन्यू भी था। वहां एक नया आइटम था–सैमबर्गर। यह समोसे और बर्गर को मिला कर बनाया गया था। फिर पफ़्स थे, कई तरह के पीत्ज़ा और बर्गर। कुछ चाइनीज़ आइटम्स और कुछ साउथ इंडियन।

मैं वहां से एक टिशू पेपर में लिपटा हुआ वड़ा-पाव लेकर बाहर निकलता हूं। दिलख़ुश की दुकान के मुक़ाबले सिर्फ़ तीन रुपया महंगा, लेकिन उससे ज़्यादा बिकने वाला। वड़ा-पाव खाते हुए मैं लाइब्रेरी के सामने आता हूं और देखता हूं कि बालकनी पूरी बन गई है। वह घर अब पहले से कहीं ख़ूबसूरत दिखने लगा है। मैं काफ़ी देर वहां खड़ा रहता हूं, लेकिन उसके परदों पर कोई हरकत नहीं होती।

मैं अंदर बूढ़े के पास चला जाता हूं। वह हमेशा-सा ठहरी हुई घड़ी की तरह बैठा है। मैं उसे बताता हूं कि मैं वॉव देख आया। वह कुछ नहीं कहता। अपनी ड्राइंग बुक में खोया है। पेंसिल से कुछ बनाता है, फिर मिटाता है। उचक कर देखता हूं, वह कोशिश कर रहा है, पगड़ी वाला सरदार बनाने की।

मुझे झांकता देख कहता है, 'मैंने आज तक कभी किसी सरदार का स्केच नहीं बनाया।'

बहुत थकी हुई-सी मुस्कान उसके चेहरे से गिर पड़ती है।

'दिलख़ुश को बना रहे हो?'

वह कोई जवाब नहीं देता। उसकी कोई लकीर फिर ख़राब चल गई। वह मिटाने लगता है। मिटा-मिटाकर वह पूरा काग़ज़ ही सफ़ेद कर देता है। फिर जाकर खिड़की के सामने खड़ा हो जाता है। उसकी कुर्सी और खिड़की में सिर्फ़ छह क़दम का फ़र्क़ है।

'ये मकान भी देख लिया?

'हां। अच्छा बनाया है।'

बूढ़ा मेरी तरफ़ बहुत आश्चर्य से देखता है। मैं उसके पीछे जाकर खड़ा हो जाता हूं। वह उसी तरह बाहर देखे जा रहा है। शायद उस दीवार में कभी बसने वाली खिड़की को खोजता हुआ।

मैं उसे छेड़ता हूं, 'पर अंकल, वह लड़की तो इस खिड़की पर भी आती होगी?'

वह अपनी कुर्सी पर चला जाता है।

'मैं उसे नहीं देखता था। सिर्फ़ वह खिड़की देखता था, जिसे तुम कभी नहीं समझोगे। तुम उन लोगों में से नहीं हो, जो दीवार के टुकड़े या खिड़की के पल्ले या काग़ज़ की एक चिंदी से प्रेम करते हों।'

निश्चित ही, मुझे उसकी बात बुरी लगी थी।

'शायद मुझे ज़रूरत भी नहीं। प्रेम करने के लिए इंसान काफ़ी हैं मेरे लिए।'

उसने बेइंतहा अविश्वास के साथ मेरी ओर देखा, 'पर तुम्हें यह बता दूं कि वह बेडरूम अब इस तरफ़ नहीं। उस लड़की के बेडरूम में अब कोई खिड़की ही नहीं।'

मैं हें-हें करते हुए हंसने लगा, 'तो क्या हुआ अंकल? ...वो नहीं, और सही। कमी है क्या?'

बूढ़े के चेहरे पर कोई भाव नहीं था। वह मुझे देखे जा रहा था। मैंने कह तो दिया कि 'क्या हुआ', पर सच कहूं, तो मेरे दिल में कोई खाई बन गई। जैसे किसी ने विस्फोट कर दिया हो भीतर। यानी वह लड़की उस खिड़की पर नहीं नजर आएगी। मैं सिर्फ़ उसके लिए इस जगह पर आता था और उसने मेरे सपनों और कल्पनाओं में बेशुमार जगह ले ली थी। किसी को देखने-भर से खड़े होने की ताक़त मिल जाए, ऐसा मैंने सिर्फ़ उसी को देखते हुए महसूस किया था। मैं भले कितना भी ख़ुद को दबा रहा होऊं, मुझे इस वक़्त रोना आ रहा है।

मैं बात बदलने के लिए बुझी हुई आवाज़ में ही पूछता हूं, 'वॉव का वड़ा-पाव नहीं खाया आपने?'

वह नहीं में सिर हिलाता है और वापस अपनी ड्राइंग बुक में लग जाता है। वह फिर एक सरदार बनाने की कोशिश कर रहा है।

'कोई बहुत यंग एंड डायनामिक एंत्राप्रिन्यर है यह वॉव वाला। ग़ज़ब का आइडिया है। वड़ा-पाव को भी ग्लोबल बना डाला। ग्रेट। इसको कहते हैं बिजनेस स्ट्रैटजी। है न?'

वह फिर चुप रहता है। अपने स्केच में उलझा हुआ। मैं उसके पीछे खड़ा हो जाता हूं, तो उसका हाथ रुक जाता है। वह सिर ऊपर नहीं उठाता, उसी तरह रुका रहता है और आवाज़ के साथ सांस छोड़ता है। मैं हटकर उसके सामने बैठ जाता हूं। उसका हाथ फिर चलने लगता है। इस बार काफ़ी तेज़ी से। लगता है, जैसे उसे स्केच में प्रवेश कराने वाली लकीर मिल गई हो। अब वह ऊपर देख ही नहीं रहा।

और मैं भी उसे नहीं देख रहा। मेरी नज़रों में वह पीली खिड़की, उसकी फूलदार

जाली, पीले परदे और पीला चेहरा बार-बार आ रहे हैं। लगता है, जैसे कोई बहुत धीरे-धीरे मेरा छिलका उतार रहा हो।

***

## 22

*मेरा सारा सामान जा चुका है। अब मैं बोझ से हल्का होकर सफ़र कर सकता हूं। जंगल में भीतर तक जा सकता हूं। मेरा पूरा ध्यान सिर्फ़ आगे बढ़ने पर है। किसी पेड़ पर निशान लगाने की कोई ज़रूरत नहीं, पीछे छूटते रास्ते को याद रखने की भी नहीं। मैं आसपास बिल्कुल नहीं देखता। आसपास की सीनरी तो हमेशा एक-सी होती है, उसे देखने का क्या मतलब?*

***हारुकि मुराकामी***
*(काफ़्का ऑन द शोर)*

## मेरा नाम 'मैं' है-10

अंततः मैंने पाऊ को हरा ही दिया। मैं बार-बार कहता था, लेकिन उन्हें मुझ पर भरोसा नहीं होता था। अंततः मैंने साबित कर दिया कि यह यंग एंड डायनामिक लोगों का दौर है। मैं उनसे कहता था कि हर तरफ़ यंग लोगों की पूछ है, आपमें पैशन, डिटरमिनेशन, विज़न, पेशेंस और इफ़ेक्टिव ह्यूमन मैनेजमेंट होना चाहिए। पर वह दुनिया को पुराने चश्मे से ही देखते थे। मैं बता नहीं सकता कि मैं कितना सुकून महसूस करता हूं। साढ़े पांच लाख के पैकेज पर मेरी फर्स्ट ज्वाइनिंग हुई है। बीस साल का एक्सपीरियंस होने का दावा करने वाले जब मेरे सामने फाइल दबाकर खड़े होते हैं, अटैंशन की मुद्रा में, तो मेरे चेहरे पर अपने आप मुस्कान आ जाती है। मैं उनसे अतिरिक्त स्नेह के साथ बात करता हूं। उनका संकोच तोड़ते हुए उन्हें बिठाता हूं, कई बार अपने हाथ से जैस्मीन फ्लेवर वाली ग्रीन टी बनाकर उन्हें पिलाता हूं, तो वे इतना कृतज्ञ महसूस करते हैं कि बिछ-बिछ जाते हैं।

:-)

उनमें से ज़्यादातर लोगों की आंखें हमेशा पानी से भरी होती हैं, वे कंधों को थोड़ा झुका कर खड़े होते हैं और बैठते भी हैं, तो पीठ सीधी करके, बिना कुर्सी की बैक से सटे। वे हाथ मिलाने की पहल नहीं करते, बल्कि सिर को हल्का-सा झुकाकर विश करते हैं और बिना पूछे कभी केबिन में नहीं घुसते। मैं उनसे कई बार कह चुका कि वे मुझे मेरे फ़र्स्ट नेम से बुलाया करें, पर वे हमेशा मुझे सर कहते हैं। हालांकि मैं अभी फ्रेशर हूं और मैनेजमेंट की हायरेर्की में नीचे, पर वे आपस में कई बार मुझे बड़े साब संबोधित

करते हैं। मीटिंगों में वे हमेशा सबसे ज़्यादा नोट्स लेते हैं और मेरे हंसने के बाद ही हंसते हैं। वे बहुत सकुचाते हुए सलाह देते हैं, जबकि मेरा काम है, उनके अनुभव का लाभ उठाते हुए उन्हीं से सलाह लेना, फिर उसी को आदेश बनाकर उन्हीं के सिर पर डाल देना। सलाह देने के बाद वे भूल भी जाते हैं कि ये सलाह उनकी ही थी, लेकिन वे हर आदेश को शब्दशः याद रखते हैं।

वे जब मुझे देखते हैं, तो उनके देखने में इतनी उम्मीद होती है कि लगता है, वे अपने बेटे को देख रहे हैं।

जब मैं उन्हें देखता हूं, तो लगता है, पाऊ को देख रहा होऊं।

मेरे ही लेवल पर कुछ यंग एंड डायनामिक और भी हैं, पर वे मेरे कंफर्ट ज़ोन को तोड़ देते हैं। वे इस कार्पोरेट लाइफ़ में मेरे राइवल्स बन जाएंगे। पर ये तो होना ही है।

जब तीन महीने बाद मैं घर लौटता हूं, तो ऐसे कई अनुभव पाऊ को सुनाता हूं और वह बहुत ध्यान से सुनते हैं। सुनते समय उनकी आंखें तारीफ़ और चमक से भरी होती हैं, जैसे ऑफ़िस में वे लोग चमकती हुई आंखों से मेरा प्रेज़ेंटेशन देख रहे होते हैं। जब मैं पाऊ से कहता हूं कि सिर्फ़ एक बार चाय के लिए पूछ लेने या घर में बच्चों की पढ़ाई के बारे में पूछ लेने से वे लोग इतना ख़ुश हो जाते हैं कि मुझे फ़ादर फ़िगर बना लेते हैं, तो पाऊ कहते हैं, हां, मैंने तो कभी इस बात पर ध्यान ही नहीं दिया, कितनी सिंपल बात है, इस तरह भी काम निकाला जा सकता है, तो मुझे फिर वही लोग याद आ जाते हैं, जो बार-बार कहते हैं, अरे वाह सर, ये चीज़ तो हम भी पिछले कई दिनों से देख रहे थे, लेकिन जितनी बारीकी से आपने पकड़ लिया इसे, हम नहीं पकड़ पाए।

पाऊ जब भावुक होकर मुझे गले लगा लेते हैं, तो मैं उनके तमाम रिजेक्शंस याद करता हूं और उनसे कहता हूं, पाऊ, सच्ची बताऊं, ये गले मिलने का फंडा भी आजकल बहुत नया है। सुइशिरो होंडा ने पहली बार अपने एंप्लॉइज़ के साथ गले मिलने का रिवाज शुरू किया था, तब से दीपक चोपड़ा से लेकर प्रमोद बत्रा और मुन्नाभाई तक, सारे मैनेजमेंट गुरु इंटर-पर्सनल रिलेशनशिप डेवलप करने के लिए हैंडशेक से अच्छा तरीक़ा मानते हैं इसे। और अब तो हार्वर्ड बिज़नेस रिव्यू ने भी इस पर मुहर लगा दी है।

:-)

ऐसा कहकर मैं ज़ोर से हंसता हूं और पाऊ को एक बार फिर गले लगा लेता हूं। पर कहीं लगता है कि पाऊ की पकड़ इस बार थोड़ी ढीली है। उनके हाथ बहुत ढीलेपन के साथ मेरी पीठ से खिसक जाते हैं और लगता है, जैसे वह ख़ुद को मुझसे छुड़ा रहे हों। वह बुदबुदाते हैं–'यह बाप का प्यार है, इंटर-पर्सनल रिलेशनशिप नहीं।'

फिर वह बैठ जाते हैं। मैं जेब से सिगरेट निकालकर मुंह पर लगाता हूं, पर उन पर निगाह जाते ही झेंपकर वापस जेब में रख लेता हूं। वह इस पर एक शब्द नहीं कहते। जैसे उन्होंने देखा ही नहीं। फिर मैं और बहुत-सी बातें बताता हूं और वह हल्का-हल्का मुस्कराते हुए सुनते हैं। चश्मे के पीछे उनकी आंखों में वही चमक है।

फिर वह उठकर जाने लगते हैं। ठिठक कर मुड़ते हैं और थोड़ा सकुचाते हुए कहते

हैं, 'या तो छोड़ दो या अच्छी क्वालिटी की पियो।'

'ये बेंसन एंड हेज़ेस है, पाऊ। द बेस्ट!' मैं मुस्कराते हुए कहता हूं।

:-)

वह बिल्कुल नहीं मुस्कराते, सिर झुका लेते हैं और पलटकर कमरे से बाहर जाने लगते हैं। जाते हुए वह मुझे ज़्यादा असहाय, ज़्यादा बूढ़े नज़र आते हैं। लाइब्रेरी वाले उस बूढ़े की तरह। उनके चेहरे की वह झलक मुझे पीली दिखाई देती है, पीली खिड़की वाली उस लड़की की तरह।

***

## 23

*राज्य को कभी यह चिंता नहीं होती कि नागरिक जी रहा है या मर रहा है। राज्य और उसके रिकॉर्ड्स को यह चिंता हमेशा रहती है कि नागरिक जीवित है या मृत?*

**जे एम कोएट्ज़ी**

*(डायरी ऑफ़ अ बैड ईयर)*

# बूढ़े की कहानी-6

उसके बाद मैं वहां कभी नहीं गया।

मुझे नहीं पता कि उस लड़की का क्या हुआ, मैंने उसे बहुत डूबकर प्यार किया था, जितने भी दिन, पर मैं वहां कभी नहीं गया। प्यार–सड़क में डूबकर या नदी में डूबकर, नहीं कह सकता।

उसने जब मुझसे कहा था कि ये सारी सड़कें मेरे जूड़े में जाकर ख़त्म हो जाती हैं, तब भी मैं वहां नहीं था। जब मैंने उसके बालों को अपनी उंगलियों के बीच फंसाया था, तब भी नहीं। जब उसने मुझसे पूछा था...और..., तब उस और का जवाब देने के लिए भी मैं नहीं था।

मैं दरअसल कहीं नहीं था।

मैं लगातार अपने कॉर्पोरेट प्लेज़र में था।

बसरमल वहां था कि नहीं, मुझे नहीं पता, लेकिन मैं बसरमल के साथ भी नहीं था।

जिस दिन सिंधु लाइब्रेरी के सामने जेसीबी मशीन पहुंची, तब भी मैं वहां नहीं था।

उसके सामने ईंट-गिट्टियों के ढेर गिराए गए। सीमेंट की सैकड़ों बोरियां पटक कर उतारी गईं। उन बोरियों से सीमेंट की धूल उड़ी होगी। उसमें से जाने कितनी धूल किताबों पर जमा हुई होगी, कितनी आसपास की इमारतों की दीवारों पर जाकर चिपक गई होगी।

किताबों को भीतर से निकालकर लाइब्रेरी के अहाते में गोलिया दिया गया। उसके

बाद उन पर मिट्टी का तेल छिड़क कर आग लगा दी गई। लोहे की आलमारियों को तौल-तौल कर कबाड़ियों को दे दिया गया और जो लकड़ी की कुर्सियां और मेज़ थीं, उन्हें भी किताबों के साथ बाल दिया गया। लाइब्रेरी की सीली दीवारें जेसीबी के छूने मात्र से ढह गई होंगी या फिर देर तक खड़े रहकर उन्होंने उस मशीन को चुनौती दी होगी, किसी को नहीं पता। और उस बोर्ड का क्या हुआ, जिस पर तीन भाषाओं में उस लाइब्रेरी का नाम लिखा था? किताबों ने आख़िरी बार उपेक्षा की किसी ताल पर, अपमान की किसी थाप पर किस तरह शोकनाच किया होगा? देवदूतों की तरह किस प्रकार उन्होंने अपने भीतर उठते दुर्भावों को दबा दिया होगा?

बरसों से वहां चल रही लाइब्रेरी महज़ कुछ घंटों में राख, ईंट, गिट्टी, पत्थर, टूटी खपरैलों में तब्दील हो गई। अब वहां जले हुए काग़ज़ों की गंध थी, नाक में खुजली करती मलबे की धूल महक रही थी।

वॉव ग्रुप वहां एक शॉपिंग मॉल खड़ा कर रहा था। वही शॉपिंग मॉल, जिसका एक्सपांशन वह बहुत तेज़ी से कर रहा था। वह ग्रुप, जिसके पास एक बहुत ही यंग एंड डायनामिक लीडरशिप है और जो लगातार एक यंग नेशन बना रहा है। पांच-मंज़िला ऊंचा एक शॉपिंग मॉल, जिसकी पहली मंज़िल पर पार्किंग की अनूठी व्यवस्था होनी थी और जिसमें कंडोम से लेकर कार तक बिकनी थी और जिसके टैरेस पर यंग राउंड द क्लॉक डिस्कोथेक खुलना था।

फाउंडेशन के लिए चालीस फ़ीट गहरा गड्ढा खोदा गया था। उसमें क्या-क्या चीज़ें दफ़न की गईं, किसी को नहीं पता। दीवार के टुकड़ों, खिड़की के पल्लों या काग़ज़ की चिंदियों से प्रेम करने वाले जानते होंगे कि दीवार, खिड़कियों और काग़ज़ों की भी रूहें होती हैं। क्या आधी रात वे वहां भटकती होंगी? कंस्ट्रक्शन साइट की रखवाली करते चौकीदार अचानक आधी रात अचकचाकर क्यों जाग जाते हैं और खड़े होकर किरकिराती हुई सीटी बजाते हैं?

क्या अमरूद, कॉफ़ी या तंबाकू की ख़ुशबू भी वहीं दफ़न कर दी गई? या ये ख़ुशबुएं अब भी सिसकते हुए हवा में भटक रही हैं, शिद्दत से एक बार महसूस किए जाने के इंतज़ार में?

इन सवालों के जवाब मैं नहीं जानता। कोई भी नहीं जानता, क्योंकि उस समय वहां कोई नहीं था। न बसरमल, न मैं।

इन सबसे पहले ही बसरमल कहां चला गया, किसी को नहीं पता। जैसे दिलख़ुश कहां गया, आज तक किसी को नहीं पता चला।

***

*(2008)*

# पिंक स्लिप डैडी

# 1

*हर पलंग के पास एक बुरा सपना होता है। कमर टिकाते ही जकड़ ले।*

*हर घर में कुछ बूढ़ी रूहें होती हैं, जो नींद या जाग में, सफ़ेद साड़ी पहने इस कोने से उस कोने तक जाती दिख जाती हैं। रात को जब दरवाज़ों की किर्र-किर्र आठवें सुर की तरह रहस्यमयी लगती है, तभी किचन में गिरी कॉफ़ी की बोतल उठाने में अचानक पीठ पर वे आ लदती हैं। अकबकाकर पीछे मुड़ने पर दीवार में जाकर खोता एक लंबा ख़ालीपन नज़र आता है, जिसे सांस की हवा भर देती है।*

*हर नींद में एक ग़फ़लत होती है और हर ग़फ़लत अपने साथ एक विशेष क़िस्म का भय ले आती है।*

*सपना चाहे जैसा भी हो, सच होने का बीज भी उसमें छिपा होता है। (या नींद की ग़फ़लत का एक और भय है यह।) शायद इसी कारण पलंग पर चित पड़े पैर अचानक हिलता है और लगता है, एक अछोर खाई में गिर रहे हैं। बेनियाज़ी में पैर की पोजीशन बदल जाती है।*

*एक कामयाब नींद क्या होती है? उसमें प्रवेश कर लेना या उसमें से सही-सलामत निकल आना? मेरी जाग क्या है? उसमें से सही-सलामत निकल नींद में पहुंच जाने की क्या गारंटी?*

*सच कहूं, मुझे लगता है कि मेरी जाग एक नियंत्रित नींद है।*

*बीते कई दिनों का फ़साना है। जागते हुए भी लगता है, सो रहा हूं और सोने जाता हूं, तो लगता है, नींद दुनिया की सबसे निरर्थक चीज़ है। अगर नींद नाम की यह चीज़ मेरे दफ़्तर में काम कर रही होती, तो अब तक मैं इसकी छंटनी कर चुका होता।*

कॉन्फ्रेंस रूम में अफ़सरों की शालीन चुप्पी के बीच अपनी बारी का इंतज़ार करते प्रफुल्ल शशिकांत उर्फ़ पीएस दाधीच को इस वक़्त अपनी कुर्सी एक पलंग की तरह जान पड़ती है, जो थोड़ी-थोड़ी देर बाद उसे झटका देती है या फिर एक फूहड़ क़िस्म की चीं की

आवाज़ पैदा करती है। उसे जागे हुए चार घंटे से ज़्यादा हो चुके हैं, लेकिन बार-बार लगता है कि वह अपने साथ पेन-ड्राइव में आज का प्रेजेंटेशन नहीं, बल्कि रात की बची रह गई नींद कॉपी करके लाया है, जो इस वक़्त 'द कंप्लीट मैन' का अहसास कराते उसके गहरे नीले कोट की निचली जेब में बैठ उसके भीतर नींद एक्सपोर्ट कर रही है। वह जितनी भी देर सो पाया, अजीब क़िस्म के सपनों से परेशान रहा और इस वक़्त उस बूढ़े को शिद्दत से याद कर रहा है, जो कुछ दिनों पहले उसके केबिन में बैठ नींद और सपनों पर बात कर रहा था, जिसने यह बताया था कि वह कई बार सुबह सात-सात बजे तक नहीं सो पाता है कि कुछ ही दिन पहले एक डॉक्टर दोस्त ने उसे एक गोली दी है, जिसे खाने से न केवल नींद आ जाती है, बल्कि सपनों का बनैलापन भी कंट्रोल हो जाता है। उसकी बातें सुनते-सुनते पीएस दाधीच ने एक बेबस क़िस्म की उबासी ली थी, जो रोकने की लाख कोशिश के बाद भी आ ही गई थी, जिसके आने के बीचोबीच उसने आं-आं करते हुए उस बूढ़े से गोली का नाम पूछा था, जिसे अपनी आदत के अनुरूप बूढ़ा भूल चुका था, यह जोड़ते हुए कि शायद उस गोली के साइड इफ़ेक्ट्स में एक यह भी है कि आदमी कुछ बेहद ज़रूरी चीज़ों को बहुत जल्दी भूल जाता है, बिना यह अहसास हुए कि वह कुछ भूल रहा है। बूढ़े ने अपने अनुभवों के आधार पर यह भी कहा था कि उसे लगता है, इस गोली को इस समय हिंदुस्तान के सारे लोगों को खिलाने की ज़रूरत है। ऐसा कहकर बूढ़ा हंसते हुए खांसने लगा था, उसके बाद खांसते-खांसते हंसने लगा था। पीएस दाधीच यह तय नहीं कर पाया कि उसे बूढ़े की हंसी में संगत देनी चाहिए या उसकी खांसी में, इसलिए वह ऐसा मुंह बनाकर बैठा रहा, जिससे पता चल जाए कि उसे बूढ़े की बात, उसकी हंसी और खांसी का कारण समझ में नहीं आया है।

उस बूढ़े को याद करते हुए एक बार फिर उसे उबासी आई और बिना इस बात का ध्यान रखे कि इस वक़्त वह कहां है, उसने ज़ोर लगाकर पूरा मुंह खोल दिया और ग़फ़लत में उसके मुंह से एक बनैली-सी आवाज़ निकली, जिसे सुनकर वह पहले भी कई बार शर्मिंदा हो चुका है। उसने सिर झुका लिया, क्योंकि आवाज़ निकलने के साथ ही उसने देख लिया था कि सामने व्हाइट बोर्ड पर प्रोजेक्टर से पड़ रही किरणों से बनते दृश्य और शब्दों के ज़रिए कंपनी में इमोशनल इंटेलीजेंस का स्तर बढ़ाने की दलीलों के साथ प्रेज़ेंटेशन करता नाटा वाइस प्रेसीडेंट चुप हो गया था और अपनी जगह खड़े-खड़े ही अचरज में आंख-मुंह फाड़े दाधीच को घूर रहा था। पीएस दाधीच ने शिष्टता की खाई में गहरे धंसते हुए 'आई बेग योर पारडन' जैसा कोई वाक्य इस तरह कहा था कि कम से कम वह अगली क़तार में बैठे मैनेजिंग डायरेक्टर के कानों में पहुंच जाए।

वाइस प्रेसीडेंट अपना प्रेज़ेंटेशन फिर शुरू कर पाता कि एमडी ने उसे अगले चार-पांच मिनट में कन्क्लूड करने को कहा और सिर पीछे घुमाकर नीमअंधेरे में पीएसडी को लोकेट करने की कोशिश करते हुए, कन्क्लूड होते ही एक कॉफ़ी ब्रेक का प्रस्ताव रखा। एमडी संभवतः यह नहीं देख पाया कि उसके इस प्रस्ताव के अनुमोदन में 'बैडली नीडेड,

सर' कहता पीएसडी ऐन उसके पीछे बैठा हुआ था। भरी जवानी में गंजा हो जाने का अभिशाप झेल रहे एमडी ने अभी दस दिन पहले ही यूरोप के किसी प्रसिद्ध सलून में महंगा हेयर ट्रीटमेंट करवाया था। दाधीच को अच्छी तरह याद है कि एक सुबह जब वह अपनी आंख से बेचैन नींद का कीचड़ तक नहीं पोंछ पाया था और पलंग पर आलथी-पालथी मारे आंख मलता बग़ल की मेज़ पर सिगरेट का पैकेट खोज रहा था, तभी उसकी पत्नी सबीना ने उसके सामने सुबह के चार-पांच अख़बारों का भारी पुलिंदा पटकते हुए 'बॉम्बे टाइम्स' का पेज थ्री खोल कर रख दिया था, जिसमें उसके एमडी की दो तस्वीरें छपी थीं, 'राजू बन गया जेंटलमैन' शीर्षक के साथ। एक तस्वीर में एमडी गंजा था, जिसके नीचे 'शादी से पहले' कैप्शन लगा था और दूसरी तस्वीर में नई स्टाइल के उसके बाल थे, जिसके नीचे 'शादी के बाद' लिखा था। उसमें हेयर ट्रीटमेंट की तकनीक और ख़र्च के साथ-साथ एमडी राजकुमार पसरीचा का वर्शन भी था कि पत्नी के कहने पर उसने हेयर वीविंग का फ़ैसला लिया है। उसी इंटरव्यू में राजकुमार ने बताया था कि उसे दफ़्तर में काम करना जितना अच्छा लगता है, उतना ही घर में बेबी-सिटिंग करना भी। 'टाइम्स' ने उसे आदर्श मेट्रोसेक्सुअल के रूप में पेश किया था। उसके साथ ही कुछ और एंत्राप्रिन्यर्स के ऐसे वर्शन थे, जिन्हें पढ़कर साफ़ लगता था कि आज पूरे दिन कॉर्पोरेट वर्ल्ड में राजकुमार पसरीचा की जमकर ली जाने वाली है। कॉर्पोरेट वर्ल्ड का तो नहीं पता चला, लेकिन ऑफ़िस में ज़रूर दिन-भर उसकी ली जाती रही, बिना उसे पता चले, और बार-बार चाहने के बावजूद पीएसडी मनख़ुश अंदाज़ में कमेंट्स पास नहीं कर पाया क्योंकि उसकी नज़र में हर दूसरा मैनेजर एमडी का जासूस था, इस माह जिनसे बचकर रहने की सलाह उसकी टैरो कार्ड रीडर उसे दे चुकी थी।

उस टैरो कार्ड रीडर से पहली बार वह दिल्ली-मुंबई जेट फ़्लाइट में मिला था। प्रफुल्ल शशिकांत उर्फ़ पीएस दाधीच हमेशा जेट एयरवेज़ में सफ़र करता है, क्योंकि उसका मानना है कि उसकी ज़िंदगी में जो कुछ भी अच्छा है, वह जेट से ही मिला है। तीन लोगों ने उसकी ज़िंदगी को बड़े मोड़ दिए हैं और तीनों ही उसे जेट में मिले थे। छह साल पहले दिल्ली से सुबह साढ़े सात बजे मुंबई जाने वाली फ़्लाइट के बिज़नेस क्लास में उसे राजकुमार पसरीचा मिला था, जो पहली नज़र में बहुत बड़ा पप्पू लगा था, लेकिन जो अब उसका एमडी है। वह विंडो सीट पर था, राजकुमार उसकी बग़ल में। राजकुमार ने उससे सीट बदलने की गुज़ारिश की थी और वह मान गया था। अमूमन बिज़नेस क्लास में ऐसा नहीं होता, जब यह बात दाधीच ने उससे कही, तो राजकुमार बोला कि उसने लाउंज में ही तय कर लिया था, अगर इस आदमी को विंडो मिली, तो वह एक्सचेंज कर लेगा। फिर उसने बताया कि वह दाधीच को लगातार फ्लाई करते देखता है और यह भी संयोग ही है कि उस समय वह ख़ुद भी इसी फ़्लाइट में हुआ करता है। उसने कहा कि तुम 21 जनवरी को भी इसी बस से फ़्लाई कर रहे थे, तो दाधीच चौंक गया था। बाद में उसे पता चला कि 21 जनवरी राजकुमार पसरीचा का जन्मदिन है। दो साल तक वे

अच्छे दोस्त बने रहे और अक्सर चेकइन, सिक्योरिटी या बोर्डिंग के दौरान मिल जाते। इस बीच राजकुमार पसरीचा ने कई बार दाधीच को अपने यहां आ जाने के लिए भी कहा था। एक दिन दाधीच को आईल सीट पर एक लड़की बैठी मिली, जिसने देखते ही उससे कहा कि आपका चेहरा बता रहा है, आपके सामने एक बहुत बड़ा अवसर खड़ा है, लेकिन आप पहचान नहीं पा रहे। उससे बात करने के दौरान दाधीच ने महसूस किया कि वह अवसर शायद राजकुमार पसरीचा का दिया ऑफ़र है। पृशिला पांडे नाम की वह अजनबी टैरो कार्ड रीडर उस दिन से दाधीच की दोस्त बन गई और उसका दोस्त राजकुमार उसका मालिक। उसके ज्वाइन करने की बात सुनते ही राजकुमार ने ट्राइडेंट ओबेरॉय में उसे डिनर के लिए बुलाया, उसके बाद नरीमन पॉइंट की रेलिंग पर देर तक बैठकर भावुक होता रहा। अपनी कंपनी को लेकर वह रोज़ सपने देखता था और साथ के सारे लोगों में इंजेक्ट करता था। इस बात पर दुखी रहता कि वह साल-भर तक एंप्लॉई की तारीफ़ करे, तो लोगों को फ़र्क़ नहीं पड़ता, लेकिन एक दिन उन्हें डांट दे, तो लोग बुरा मान जाते हैं। जिन्हें वह 'लोग' कहता था, उन्हें 'फूल्स' भी कहता था। दोनों उसके लिए समार्थी थे। जब उसने अपनी इच्छा बताई कि वह चाहता है, उसके सारे दोस्त उसके नौकर बन जाएं, उसके सपनों को अपनी आंख से देखें, तो ठीक उसी समय प्रफुल्ल शशिकांत उर्फ़ पीएस दाधीच को पहली बार अहसास हुआ कि उसने अपनी ज़िंदगी में आए सबसे ताक़तवर और रसूख़मंद दोस्त को कुछ घंटों पहले हमेशा के लिए खो दिया है। उसके बाद वे फिर कभी किसी रेस्टरां में अकेले नहीं बैठे, कभी नरीमन पॉइंट की डेढ़ फ़ीट चौड़ी रेलिंग पर, बेतहाशा पीकर, लड़खड़ाते हुए नहीं चले। ज्वाइन करने के बाद दाधीच ने पाया कि वहां ऊंची कुर्सियों पर बैठे ज़्यादातर लोग पहले राजकुमार के दोस्त हुआ करते थे और आने वाले हर नए दोस्त को सबक़ देते कि ऑफ़िस में कोई किसी का दोस्त नहीं होता, लेकिन दाधीच को अपनी दोस्ती एक हासिल की तरह लगती थी। पसरीचा का कॉल आने पर बल्लियों उछल पड़ने वाला और 'लुक, राजकुमार पसरीचा कॉल्स मी पर्सनली' कहते हुए मोबाइल अपने पुराने एमडी तक को दिखाने वाला पीएस दाधीच, अब उसका कॉल आने पर बुरी तरह घबरा जाता है। उसे पता होता है या कई बार नहीं भी पता होता कि आज किस बात पर उसे चार बात सुननी पड़ेगी, पर जब बोर्ड रूम में उसके पुराने मॉडल के मोबाइल को देख राजकुमार ने सार्वजनिक तौर पर उससे कहा था कि मेरा ड्राइवर इससे अच्छा हैंडसेट रखता है, तो अपने 17, वीपी रोड, विलेपार्ले वाले पुराने विट को याद करते हुए दाधीच ने वैसे ही सार्वजनिक जवाब दिया था–'मोबाइल पांच हज़ार का रखूं या पचास हज़ार का, दिन में दस बार उस पर आपकी डांट ही तो सुननी है, तो पांच हज़ार के मोबाइल पर डांट सस्ती पड़ती है', जिसे सुन वह बहुत ख़ुश हुआ था और बाद में उसने कई मीटिंग्स में बाक़ायदा दाधीच को कोट भी किया था, क्योंकि ऐसा कहकर दाधीच ने सबके सामने यह मैसेज दे दिया था कि राजकुमार पसरीचा इतना स्ट्रिक्ट है कि अपने दोस्तों को भी नहीं बख़्शता और दूसरे दिन ख़ुद दाधीच के

केबिन में आकर उसने 41 हज़ार रुपए का ब्लैकबैरी उसे गिफ़्ट किया था, यह कहते हुए कि चीफ़ जनरल मैनेजर के सस्ते मोबाइल रखने से कंपनी की इमेज ख़राब होती है। उस दिन पूरे पार्थ ग्रुप ऑफ कंपनीज़ ने पीएस दाधीच की क़िस्मत पर रश्क किया था, क्योंकि सब मानते थे, दोस्तों पर करोड़ों रुपए क़ुर्बान कर देने वाला पसरीचा एंप्लॉई को कानी कौड़ी भी मुफ़्त में नहीं देता। दाधीच की ख़ुशी को काफ़ूर करने का काम सबीना ने किया, जो तीन महीने बाद उसका बैंक स्टेटमेंट चेक करने का बिल्कुल गृहिणीनुमा करतब कर रही थी। उस समय उसने यह डिवाइन रिवीलेशन किया कि बैंक में गए उसकी सैलरी के पार्ट वन में से 41 हज़ार रुपए दो समान क़िस्तों में काटे जा चुके हैं। कभी-कभी सीधे पल्ले की साड़ी पहनकर पूरे ऑफ़िस को चौंका देने वाली फाइनेंस मैनेजर नताशाबेन मेहता ने पूछने पर बताया था कि ऐसा एमडी ऑफ़िस से आए एक ईमेल के कारण किया गया था। दाधीच ने बिना बताए पैसा काटने पर ऑब्जेक्शन लिया, तो अंग्रेज़ी में ग़ज़ल लिखने वाली नताशाबेन ने बिना बह्र मापे शे'र कह दिया कि राजकुमार इज़ योर कूलेस्ट फ्रेंड, गो एन आस्क हिम इफ़ यू कैन।

पसरीचा के कूलेस्ट फ्रेंड वाली कैटेगरी से बाहर निकलने के साथ ही पृशिला पांडे नाम की वह दुबली-पतली टैरो कार्ड रीडर उसे एक दोस्त के रूप में मिली थी, जिसके प्रेडिक्शंस को वह आज इस पोजीशन पर पहुंचने का कारण मानता है और जो बिला नागा हर महीने उसके लिए नए प्रेडिक्शंस करती है। एक इवनिंगर अख़बार में हर संडे पृशिला पांडे का डेढ़ कॉलम का कलर कट आउट और छह कॉलम का वीकली हॉरोस्कोप छपता है, जिसमें उसका नाम पृशिला पांडे नहीं, मदर सैबास्टियन होता है। पृशिला नाम सिर्फ़ क़रीबी दोस्तों के लिए है, क्लाइंट्स उसे इस नाम से बिल्कुल नहीं जानते। पेडर रोड पर सॉलीटेयर अपार्टमेंट की दूसरी मंज़िल के फ़्लैट नंबर 207 की नेमप्लेट पर भी मदर सैबास्टियन ही लिखा हुआ है। सांताक्रूज एयरपोर्ट से बाहर निकलने पर जब दाधीच ने पाया कि पृशिला अपने लिए टैक्सी तलाश रही है, तो उसने उसे ड्रॉप करने का ऑफ़र दिया। दाधीच को लेने के लिए एक ह्युंडई एक्सेंट आई थी और उन दिनों उसे एक्सेंट इतनी पसंद थी कि उसके लिए वह बीएमडब्ल्यू को भी नकार देने का जज़्बा रखता था। बाद में मुंबई में जब उसने अपनी छोटी सैंट्रो ज़िंग को बदलकर बड़ी कार ली, तो वह एक्सेंट नहीं, बल्कि श्कोडा ओक्टाविया थी, जिसका रंग चुनते समय पृशिला ने उसे कन्फ़्यूज़ कर दिया था, और उस दिन उसके लकी कलर्स की मंथली लिस्ट बनाकर दी थी, जिन रंगों की शर्ट पहनना वह कई बार भूल जाता है। पृशिला को पेडर रोड तक छोड़ने जाने, फिर उसके फ़्लैट में उसे टैरो कार्ड्स शफ़ल करते देखने, फिर प्रेडिक्शंस सुनने और नोट करने, फिर वहीं बैठे-बैठे पसरीचा को ज्वाइन करने का फ़ैसला कर लेने तक उनमें इतनी अच्छी दोस्ती हो चुकी थी कि हर चौथे-पांचवें रोज़ फ़ोन पर बात हो जाती। और कुछ दिनों बाद जब दाधीच नई नौकरी के साथ एक बार फिर पूरी तरह मुंबई शिफ़्ट हो गया, तो वे रेगुलर मिलने लगे। हर महीने की 27 तारीख़ पृशिला, दाधीच के

लिए ख़ाली रखती। तीन-चार दिन पहले से फ़ोन कर-कर के उसे रिमाइंड कराती। अगर 27 तारीख़ को दाधीच आउट ऑफ स्टेशन होता, तो वे अगले महीने की 9 तारीख़ को मिलते। पृशिला ख़ुद को मार्शियन मानती थी और 9, 18 और 27 तारीख़ों को (तीनों तारीख़ों का जोड़ 9 होता है और जो मार्स का नंबर है) कोई क्लाइंट या विज़िट एक्सेप्ट नहीं करती थी। उस दिन उसका घर पूरी तरह ख़ाली रहता था। सारे नौकरों और पर्सनल सेक्रेटरी की भी छुट्टी। सुबह उठकर पृशिला मंगल की पूजा करती थी, लाल रंग के कपड़े पहनती थी, एक पानीदार नारियल को चांदी के तार से बांधकर अपने चारों ओर घुमाती थी, फिर उसे आम के पत्तों से ढंके एक कलश पर रखती थी, फिर बाईं टांग को मोड़कर दाईं टांग पर खड़ी होती थी, फिर हाथ में कमलगट्टे की माला लेकर दुर्गा के 32 नामों का 108 बार जाप करती थी, इस दौरान जब उसकी दाईं टांग दुखने लगती, तो वह तुरंत बाईं टांग पर खड़ी हो जाती और इस तरह अदला-बदली करते क़रीब डेढ़ घंटे तक एक टांग पर खड़े होकर माला फेरती थी। उसके बाद बैठकर नवग्रहों की शॉर्ट कट जय करती थी और 'अथ देवी कवच' पढ़कर पूजा ख़त्म करती थी, जिसे वह अपने ज़्यादातर क्लाइंट्स को एडवाइस करती, यह कहते हुए कि रावण से युद्ध के ठीक एक रात पहले समंदर के किनारे स्वयं राम ने इसका पाठ किया था। फिर चांदी के पतले तार में बंधे पानीदार नारियल को एक पॉलिथीन में लपेटकर ख़ुद ड्राइव करते चौपाटी जाती, समुद्र की ओर पीठ कर घुटने तक पानी में खड़े हो पॉलिथीन से नारियल निकालती और सिर के पीछे समुद्र में फेंक देती। फिर पीछे मुड़कर देखे बिना वापस कार में बैठती, और जिस रास्ते आई थी, उसके बजाए किसी और रास्ते घर लौटती थी। रास्ते में ग्रेवयार्ड में किसी ख़ास क़ब्र पर उगे बूटों से तीन पत्तियां तोड़ कर लाती। एक पत्ती, उस पर कपास की एक शीट, फिर उस पर दो पत्ती रखकर उसे चारों ओर से सिल देती और कुछ ख़ास क़िस्म के मंत्र पढ़ते हुए उसे पूजाघर में रख देती। अगली सुबह घर से निकलते वक़्त वह उसे अपने पर्स में रख लेती और रात घर लौटने के बाद वापस पूजाघर में। यह सब करने में दिन के ग्यारह बज जाते थे और उसके बाद ख़ुद खाना पकाते, खाते हुए मिस्ड कॉल्स चेक करती, कई पुराने दोस्तों को देश-विदेश में कॉल करती और फ़ुरसत के लिए रख छोड़े ईमेल्स का जवाब देती। दाधीच उसके नाम और क्रियाकलापों से कन्फ़्यूज हो जाता, बार-बार पूछता, वह क्रिश्चियन है या हिंदू, जिसके जवाब में पृशिला कहती– 'ऑलमाइटी के लिए मैं कोई भी रास्ता अपना सकती हूं, जैसे टारगेट अचीव करने के लिए तुम कुछ भी कर सकते हो।' दाधीच ने उससे कई बार पूछा था कि वह छुट्टी के इन तीन दिनों में क्या करती है, तब उसने अपनी पूजा के बारे में बताते हुए कहा था कि अगर वह महीने में तीन बार इस तरह पूजा न करे, तो कभी भी उसकी हत्या हो सकती है, क्योंकि उसके पास शहर के पॉलिटिकल डैडीज़ के बहुत सारे राज़ छिपे हुए हैं। एक बार मेन्सेस होने के कारण वह पूजा नहीं कर पाई थी और अगले दिन एक कार एक्सीडेंट में बाल-बाल बची थी। तब से वह मेन्सेस की डेट मैनीपुलेट कर लेती है।

जब पहली बार 27 तारीख़ को दोपहर तीन बजकर पचास मिनट पर वह उसके फ़्लैट में पहुंचा, तो दरवाज़ा खोलते ही पृशिला पांडे उससे पांच क़दम दूर हट गई और बोली कि बिना मेरी तरफ़ देखे सीधे बाथरूम में जाओ, वहां चेंज रखा है, टेक अ बाथ एन चेंज, देन बाहर आओ। वहां बिल्कुल नया कुरता-पायजामा था, नीले रंग की बिल्कुल नई वॉकर और ग्यारह दानों वाली छोटे रुद्राक्ष की माला। नहा-धोकर उन्हें पहनकर जब वह बाहर आया, तो पृशिला पांडे अपनी स्टडी में थी, जिसे उसने अपने ऑफ़िस की तरह बना रखा था। वहां उसने दाधीच के कार्ड्स शफ़ल किए, प्रेडिक्शंस किए, बाक़ायदा उन्हें नोट करवाया, कुछ रेमेडीज़ बताईं, कुछ चीज़ें अपने पास से दीं, जिनमें अंगुल भर की एक सीपी भी थी, जिसके बारे में उसने बताया कि इसे दुनिया की सबसे क़ीमती चीज़ की तरह अपने पास रखना, कि विषुवत रेखा पृथ्वी पर जहां से गुज़रती है, यह ठीक उसी जगह के समंदर से निकाली गई सीपी है, जो सिर्फ़ तुम्हारे जैसे सैजीटेरियंस के लिए होती है, जो अचूक निशानेबाज़ और हर मौक़े का फ़ायदा उठाने वाले होते हैं, कि हर वर्किंग-डे पर इसे अपनी शर्ट के फ्रंट पॅकिट में रखना और कभी ज़मीन से टच मत होने देना, और ध्यान रहे, सेक्स करते समय यह सीपी कम से कम तुमसे पांच मीटर की दूरी पर हो, उससे ज़्यादा क़रीब होने पर यह अपवित्र हो जाएगी। इस तरह वह हर बार कुछ चीज़ें देतीं, जिनमें से कोई एक इतनी ख़ास होती कि उसे एक निश्चित दूरी से कम पर रखना मना होता।

स्टडी से निकलने तक पृशिला बुरी तरह थक जाती। एक लाइट शॉवर लेती और दाधीच को बेडरूम में इंतज़ार के लिए कहती। पांच बजकर इक्यावन मिनट पर जब उसने पहली बार पृशिला पांडे में प्रवेश किया था, तो उस उत्तेजना में कहीं से नहीं सोचा था कि उससे ग्यारह साल बड़ी वह स्त्री उसे इतनी क्रूरता से नष्ट कर देगी। 32 साल की उम्र में महज़ कुछ सेकंड्स में एक्ज़ॉस्ट हो जाने के बाद वह गुस्से और अचरज के साथ पैताने, बेड के ऊपर, खड़ा हो गया और चीख़ने लगा कि उसकी वैजिना में कांटे हैं, तो पूरी तरह नग्न पृशिला पांडे ने बग़ल से तकिया उठाकर उसके मुंह पर मारा, 'यू ब्लडी स्काउंड्रल' कहते हुए और पलटकर दूसरे तकिए में मुंह छिपा लिया था। पीएसडी को लगा कि पृशिला उससे असंतुष्ट होकर तकिए में मुंह छिपाकर रो रही है। उसने हड़बड़ाहट में माफ़ी मांगते हुए उसे उठाने की कोशिश की। पृशिला के चेहरे पर कोई आंसू नहीं था, बल्कि गुस्से और शर्म का मिला-जुला भाव था, जो उसके सफ़ेद गालों पर छोटे-छोटे लाल दानों की तरह अचानक उभरा था, जैसा कि ठंडी के दिनों में गाल फटने पर हो जाता है। थोड़ी देर बाद फ्रेश होकर जब वह बाथरूम से बाहर निकली और दाधीच को उसी अवस्था में, आंखें फाड़ पंखे को घूरते हुए देखा, तो उसे चादर से ढंकती हुई बोली–'आइ थिंक यू नीड सम्मोर टाइम। आइ वुड लव टु वेट। लेट्स टेक अ कॉफ़ी ब्रेक!'

कॉन्फ्रेंस हॉल के बाहर लॉबी में पंद्रह मिनट तक चले कॉफ़ी ब्रेक के दौरान पीएसडी, लगातार एमडी राजकुमार पसरीचा के साथ खड़ा रहा और मोटी दीवार वाले सफ़ेद कप-प्लेट में उसके लिए कॉफ़ी ले आया। बीच में साढ़े तीन मिनट के लिए वह यूरिनल गया

था, और लौटने पर एमडी को ख़ुद को खोजता हुआ पाकर उसे ख़ुशी हुई थी। तुरंत बाहर निकलने की जल्दबाज़ी में उसने कुछ बूंदें अपनी पैंट पर गिरा ली थीं, जिन्हें छिपाने के लिए उसने दोनों हाथों में फ़ाइल को दबा पैंट की ज़िप के आगे कर लिया था। वाइस प्रेसीडेंट ने आगे बढ़कर उससे पूछा कि क्या सच में उसका प्रेज़ेंटेशन इतना उबाऊ था कि उसे उबासी आ गई थी? पीएसडी समझ गया था कि यह सवाल उससे नहीं, एमडी से किया जा रहा है और उसने उसकी तरफ़ 'पहले आप' वाली निगाह से देखा, तो राजकुमार ने वाइस प्रेसीडेंट के कंधे पर हाथ रखते हुए दिल पे मत लो जैसा कोई वाक्य अंग्रेज़ी में कहा और दाधीच को तैयार रहने की ताक़ीद की। नाटे वाइस प्रेसीडेंट के पुराने ट्रैक रिकॉर्ड को देखते हुए दाधीच को आश्चर्य हो रहा था कि उसने उसकी उबासी की नोटिस ली और बिना किसी तल्ख़ी के आकर पूछ भी लिया।

उसने बाक़ायदा पावरपॉइंट में कम से कम शब्दों, ज़्यादा से ज़्यादा इन्फोग्राफ़िक्स और बॉलीवुड के जोश भरने वाले हिंदी गीतों की एमपी-3 को हाइपरलिंक करते हुए मंदी के दौर में सेल्स प्रोमोशन के चार बुनियादी तरीक़ों पर प्रेज़ेंटेशन तैयार किया था और उसे अपने डायलॉग्स इतनी अच्छी तरह याद थे कि बटन दबाते ही उसका मुंह शुरू हो जाता। बावजूद इसके, हर प्रेज़ेंटेशन से पहले उसकी धड़कनें बढ़ जातीं, उसके हाथ कांपने लगते और बार-बार मुस्कराने की कोशिश में उसके चेहरे पर अजीब क़िस्म की गंभीरता आ जाती, जिसे वह आवेग भरी इच्छा के बाद भी कभी आईने में नहीं देख पाया, क्योंकि गंभीरता के ठीक उन्हीं क्षणों में उसे कभी आईने तक जाने का मौक़ा नहीं मिल पाया।

वह अपनी कुर्सी पर बैठा ही था और अपनी सांसों को लय में ला रहा था कि उसका मोबाइल बोल पड़ा। टीं-टीं की आवाज़ बता रही थी कि कोई नया एसएमएस है। मोबाइल को अनलॉक करके देखा, तो पता चला कि फोर्थ फ़्लोर पर आते ही दाहिनी तरफ़ को बने हाफ़ क्यूबिकल में बैठने वाली असिस्टेंट फ़ाइनांस मैनेजर उत्प्रेक्षा जोशी का था, जो अपने नाम के पीछे एएफ़एम लिखती है और जिसका फुल फ़ॉर्म दाधीच ने 'अमेज़िंग फ़किंग मटीरियल' बना रखा है। वह कभी-कभी दाधीच को नॉन-वेज जोक्स भेजती है, जो ज़्यादातर पुरुषों के अंगों से संबंधित होते हैं। दाधीच उसके एसएमएस का कभी जवाब नहीं देता, क्योंकि उसे डर लगता है, किसी भी क़िस्म का जवाब वर्कप्लेस पर वीमेन्स सेक्सुअल हैरासमेंट का सबूत बनाया जा सकता है। इस बार भी उसने वैसा ही एक जोक भेजा है, जिसे पढ़कर दाधीच की हंसी रुकने का नाम नहीं ले रही। वह अपनी मुस्कराहट को छिपाता हुआ कॉन्फ्रेंस रूम से बाहर भागता है और बाल्कनी में जाकर सिगरेट सुलगा लेता है। अमूमन उसके एसएमएस मिलने के बाद वह सिगरेट पीने जाता है और लौटते समय उसके क्यूबिकल पर उचक कर खड़ा हो जाता है। जब वह एक सेड्यूसिव मुस्कान के साथ उसे देख रही होती है, वह 'यू डिज़र्व टु बी अ टैरिफ़िक एफ़एम' कहता हुआ लौट आता है। उत्प्रेक्षा जोशी की मुस्कराहट से लगता है कि उसके 'एफ़एम' को वह फ़ाइनांस मैनेजर ही समझती है।

फटाफट चार-पांच पफ़ खींचने के बाद एक सुंदर डिब्बे में रखी बालू में सिगरेट खेंसकर रूम की तरफ़ दौड़ता है। अंदर ज़्यादातर बत्तियां बुझ चुकी हैं और शायद उसका इंतज़ार शुरू हो गया है। हल्की रोशनी में वह टेबल पर रखे लैपटॉप में पेन-ड्राइव इंसर्ट कर रहा है कि उसके मोबाइल से गायत्री मंत्र की आवाज़ आने लगती है। हड़बड़ाकर वह मोबाइल निकालता है। एक जाना-पहचाना नंबर ब्लिंक कर रहा है, जिसे काटकर वह तुरंत फ़ोन को वाइब्रेशन मोड में डाल देता है। उस नंबर को देखते ही उसकी धड़कनें बढ़ जाती हैं। बेआवाज़ कॉन्फ्रेंस रूम में एक-एक को लोकेट करता है। फुट मूबमेंट का हिसाब लगाता है कि फोर्थ राइट में वह एमडी से मुख़ातिब होगा और थर्ड लेफ़्ट में वाइस प्रेसीडेंट से। बाक़ी पिछली क़तार वालों से गरदन की मूवमेंट से।

व्हाइट बोर्ड पर उसके प्रेज़ेंटेशन का पहला पेज दिखने लगा है, जिसकी तरफ़ इशारा करते हुए वह जैसे ही कुछ कहना चाहता है, टेबल पर रखा मोबाइल वाइब्रेशन मोड में इस तरह कांपता है कि रूम के सन्नाटे में किसी चिंघाड़ की तरह सुनाई पड़े। फिर उसी नंबर से फ़ोन आया है। वह उसकी तरफ़ हाथ बढ़ाता है कि एमडी की आवाज़ आती है, 'ईदर स्विच इट ऑफ़ ऑर आस्क द कॉलर टु कॉल यू आफ़्टर अ व्हाइल'। वह फ़ोन काट कर उसे स्विच ऑफ़ कर देता है और मीटिंग से पहले फ़ोन को स्विच ऑफ़ कर देने के एटीकेट्स का भूलवश उल्लंघन हो जाने का ज़िक्र करते हुए जोशीली आवाज़ में माफ़ी मांगता है।

लगातार आ रहा कॉल अज़रा जहांगीर का था, जिसे अभी कुछ समय पहले ही नासिक शिफ़्ट किया गया है। दाधीच और उसने साथ मिलकर चार प्रोजेक्ट्स किए हैं। पहले आउटडोर के समय ही दाधीच को अंदाज़ा हो गया कि उसकी लिखी कैचलाइन्स से वह क़हर ढा सकता है। वह वाइस प्रेसीडेंट (ऑपरेशंस) की टीम में थी और स्पेशल प्रोजेक्ट्स देखा करती थी। बेशुमार आत्मविश्वास से भरी हुई स्त्री, जो पलक झपकते ही पुरुषों को ध्वस्त कर देती है, तीन शब्द कहती है और पूरी मजलिस उसकी ओर चमकती आंखों से देखने लगती है, जिसके सामने खड़े होने में भी पसीना आ जाए, जो लगातार तीन दिनों तक काम करती रहे, फिर एसएमएस कर बताए कि उसे थकान नहीं होती। उसमें गृहिणियों जैसा आलस, बहाने और रुदन नहीं, एक उन्मुक्त जोश, स्वप्न और उसे पूरा करने का हंसता हुआ पागलपन है, जिसे पता है कि जीत किस रास्ते आती है। जो सबीना की तरह सांस नहीं छोड़ देती, बल्कि ज़िद की सिलवटों के बीच उसका कॉलर पकड़कर इस तरह खींचती है कि सारे बटन फ़र्श पर बिखर जाएं। उसके साथ के प्रोजेक्ट्स बेहद सफल रहे थे। दूसरी सफलता के बाद ही दाधीच को एजीएम से जीएम बना दिया गया और चौथे के बाद अज़रा का प्रमोशन हो गया। दाधीच का अनुभव है कि उसने एक बार कॉल करना शुरू किया है, तो जब तक वह फ़ोन उठाकर उससे बात नहीं कर लेगा, घंटी बजाती ही रहेगी। उससे कितनी भी बार कहा जाए कि वह किसी मीटिंग में है और थोड़ी देर बाद बात हो सकती है, तो फ़ोन पर ही अड़ जाएगी कि तेल लेने गई सारी मीटिंग, पहले बात करो मुझसे।

अज़रा जहांगीर के सिर पर हाथ रखने के बाद से ही नाटा वाइस प्रेसीडेंट खुले तौर पर दाधीच की बैकबाइटिंग करने लगा था। दाधीच उसे ख़ुश रखने की तमाम कोशिश करता है, लेकिन कुछ न कुछ ऐसा हो जाता है, जिससे वाइस प्रेसीडेंट, जिसका नाम जयंत लाल है और जो क़रीबी लोगों के बीच लाल है, तप जाता है। ज्वाइन करने के तुरंत बाद दाधीच को जिन लोगों से ख़तरा हुआ था, उनमें लाल पहला था। बोर्ड रूम में एमडी ने जब बिग गन्स से दाधीच को इंट्रोड्यूस किया था, तब उन दोनों में पहला हैंड शेक हुआ था और लाल ने हाथ मिलाते समय उसकी हथेली को जितने जोश और ताक़त के साथ दबाया था, उसे समझ में आ गया था कि यह वार्म्थ का नहीं, हथेली की ताक़तों में संघर्ष का संकेत है। दोनों में एक शांतिपूर्ण दूरी बनी रहती और इस दूरी के बढ़ते ही दोनों एक-दूसरे के बारे में पूछताछ करने लगते। लाल इससे पहले सनफ्लॉवर ऑइल में था और वहां से उसके निकलने से जुड़ा एक अति-प्रचलित क़िस्सा था। वह हैदराबाद में सेल्स देखता था, जब एक रात टैंक बंड के पास पुलिस ने उसे पकड़ लिया था। वह और उसका एक साथी अधिकारी उस समय मारुति 800 की पिछली सीट पर बीच में बैठी एक सेल्सगर्ल से चूमाचाटी कर रहे थे। दो-ढाई बजे रात का वक़्त था और पुलिस ने कांच पर आंख लगाकर उन्हें देख लिया था। सुबह तक चौकी में बैठे रहने के बाद बड़ी मुश्किल से लाल और उसका साथी छूटे थे। यह क़िस्सा सुनने के बाद पीएस दाधीच ने एक बार छोटी कारों पर चल रही एक बहस के बीचोबीच जयंत लाल से पूछ लिया कि उसे तो छोटी गाड़ियों का ख़ासा एक्सीपीरियंस है, तो लाल ने जिस क़दर उसे घूर कर देखा, आसपास बैठे सभी लोगों को समझ में आ गया था कि इस घूरने के कई हिडन प्रॉस्पेक्ट्स हैं। दाधीच को लगा था कि वह राज़ की यह बात इशारों में कहकर लाल को दोस्ती के लिए मजबूर कर लेगा, लेकिन ऐसा किसी भी सूरत में नहीं होना था, क्योंकि लाल ने कभी ख़ुद भी इसे राज़ नहीं माना था। कुछ क़रीबी लोगों के साथ शराब पीने के बाद इस घटना को वह अपने जीवन के तमाम क़िस्सों का सिरमौर मानते हुए सुनाता था। कुछ घंटों बाद उसने दाधीच को अपने कमरे में बुलाया और बताया कि उस रात चौकी में बैठकर कटिंग चाय पीते रहने के बाद जब वह सुबह बाहर आया था, तो घर जाकर नहाने, अपने बेटे को स्कूल छोड़कर आने और नामपल्ली के पास एक बैंक में नौकरी करने वाली बीवी को उसका छूटा हुआ लंच बॉक्स पहुंचाने के बाद उसने सबसे पहला काम यह किया था कि उस रात वाली सेल्स गर्ल के हॉस्टल गया, जो कि बुरी तरह घबराई हुई थी, उसे वहां से नामपल्ली में अपनी बीवी के बैंक के सामने ही मौजूद न्यू आशियाना लॉज में ले आया, एक कमरा बुक कराया और शाम तक उसके साथ उसी कमरे में रहा। फिर सामने बैंक से बीवी को लेकर घर छोड़ा, और उसके बाद फिर उसी लॉज में चला गया। रात फिर टैंक बंड के पास, जहां पिछली रात वह पकड़ा गया था, वहीं कार पार्क की और पिछली सीट पर ही *ही जस्ट फ़क्ड दैट गर्ल।* कार से निकलकर वहां टहलने वाले हवलदार को पचास का नोट पकड़ाया। फिर लड़की को उसके हॉस्टल छोड़ा। अगली सुबह लड़की को दूसरी कंपनी में नौकरी

लगवा दी और ख़ुद ऑफ़िस जाकर इस्तीफ़ा दे दिया। यह सब सुनते-सुनते दाधीच को तीन बार दाहिनी कनपटी पर दर्द का अहसास हुआ, दो बार खांसी आई, एक बार पानी पिया और सामने रखी ग्रीन-टी के सिर्फ़ तीन घूंट भर पाया। उसे अपना माथा गर्म लग रहा था। महसूस होता, वहां पसीना है, पर हाथ से छूने पर बूंदें न मिलतीं।

जयंत लाल ने जैसे हवा में तलवार लहराते हुए कहा कि उसे सारे कॉर्पोरेट गॉसिप का मुक़ाबला करना आता है, घंटा नहीं उखाड़ सकता कोई उसका। फिर बोला, टेक योर सिप! पीएस दाधीच ने कप-प्लेट को दो इंच दूर सरकाते हुए बताया कि वह अपनी सिप ले चुका है और वह वाइस प्रेसीडेंट से बहुत कुछ सीख सकता है, क्योंकि अभी तो उसकी सीखने की ही उम्र है। जैसे ही वाइस प्रेसीडेंट ने यह कहा कि इस बात को बीस से भी ज़्यादा बरस हो गए हैं और उसके बाद से उसका नाम बीवी के अलावा किसी महिला के साथ नहीं जुड़ा, तो दाधीच को लगा कि सिर्फ़ उसे डराने के लिए उसने इतनी बड़ी कहानी बना ली है। उसने देखा कि लाल के चेहरे पर एक अजीब क़िस्म की कठोरता थी, जैसा किसी को पिंक स्लिप देने और अकाउंट्स से अपना हिसाब ले लेने की बात कहते समय होती है। उसने माना कि उसकी कहानी, इतिहास की खुल चुकी ग़लतियों को खुले दिल से स्वीकार कर लेने और इन दिनों चल रही किसी भी चीज़ को ग़लती न मानने के कॉर्पोरेट लॉ से ज़्यादा और कुछ नहीं। बिना हथेली पर दबाव बनाए हैंड शेक करने के बाद चलते-चलते दरवाज़े से झांककर वह बोला, 'यू आर ग्रेट, सर!'

उसके बाद जब भी लाल से मुलाक़ात होती, वह एक-दो बार किसी न किसी तरीक़े से उसे 'यू आर ग्रेट, सर' कह देता, पर लाल के चेहरे पर कोई शिकन तक न आती। कुछ दिनों बाद पीएस दाधीच ने निष्कर्ष निकाला कि वाइस प्रेसीडेंट पद पर बैठा यह आदमी ज़माने-भर का खाया-खेला है और बेहतर है कि उसकी नांद में न लगा जाए। वह उसके प्रति एक ग़ैर-नुक़सानदेह उदासीनता से भरकर व्यवहार करने लगा।

लाल के काम करने का तरीक़ा सबसे अलग था। वह हमेशा पावर को डिफ़ाइन करता, किसी भी मीटिंग, गपशप या डिस्कोर्स के दौरान। वैसे, उसकी ज़्यादातर बातें डिस्कोर्स की तरह ही होतीं, जिनमें सामने वाले को बोलने का बहुत कम मौक़ा मिलता। वह इंडीविजुअल स्पेसेज़ का जिस तरह अतिक्रमण करता था, उसे देख लोग कहते, अगर यह बिल्डिंग कंस्ट्रक्शन में होता, तो सबसे बड़ा लैंडमाफ़िया बन जाता। और जब उसे पार्थ कंस्ट्रक्शंस का ज़िम्मा सौंपा गया, तो उसने बहुत कुछ ऐसा कर दिखाया, जैसा मुंबई जैसे शहर में अब तक सबसे पावरफुल लोग भी नहीं कर पाए थे। वह कहता, 'पावर दो क़िस्म का होता है। एक होता है पोजीशनल पावर और दूसरा पर्सनल पावर। पोजीशनल पावर लिमिटेड होता है, उसकी लिमिटेड लाइबिलिटी होती है, एकदम कॉर्पोरेट की तरह। वह हर आदमी के पास होता है। अपने केबिन, डिपार्टमेंट या ब्रांच ऑफ़िस तक। पर्सनल पावर अनलिमिटेड होता है। पोजीशनल पावर आपको यह लाभ नहीं देता कि आपका सीनियर आपके पीछे दौड़ता फिरे। पर्सनल पावर हो, तो अपने बच्चे का

एडमिशन कराने के लिए सीनियर आपके केबिन के चक्कर काटेगा। मेरे पास पर्सनल पावर है। यहां सबसे ज़्यादा रिसोर्सफुल मैं ही हूं।'

यही पर्सनल पावर था, जिसके कारण कई बार ठान लेने के बाद भी राजकुमार पसरीचा उसका कुछ नहीं बिगाड़ पाया। यही पर्सनल पावर था, जिसके कारण राजकुमार पसरीचा को यह लगभग मान लेना पड़ा कि पार्थ ग्रुप की नींव रखने वाले उसके बाप चंदूलाल के चार बेटे हैं–राजकुमार, शिवकुमार, प्रेमकुमार और जयंत लाल। जब खचाखच भरे ग्रेड वन एंप्लॉई कॉन्क्लेव में भी जयंत लाल, एमडी सहित सारे डायरेक्टर्स को छोड़, सामने अपने सेक्रेटेरिएट के साथ आते चंदूलाल पसरीचा के पैरों पर गिरकर ठेठ पंजाबी अंदाज़ में 'पैरी पैणा, पापाजी' कहता था, तो हमेशा हैंडशेक कर मिलने वाले तीनों बेटों की ओर देखता हुआ चंदूलाल उसे उठाकर गले लगा लेता था। राजकुमार और उसके भाइयों ने अपने पिता की रंगीन तबीयत का भरसक अंदाज़ा लगाते हुए जयंत लाल की उत्पत्ति और उसकी फ़ैमिली ट्री की टोटल मैपिंग कर ली, और तमाम छानबीन के बाद इस पर एकमत हुए कि जिन अदृश्य शुक्राणुओं ने समय के साथ जयंत लाल का चेहरा और शरीर धारण कर लिया था, वे उनके पिता के अंडकोष से नहीं निकले थे। हालांकि तब उन्होंने बहुत असहाय महसूस किया, जब पूरे ग्रुप में चंदूलाल चेयरमैन और जयंत लाल की मां के रिश्तों के बारे में फिल्मी टाइप की एक कहानी फैल गई। सबके नामों का एब्रीविएशन या फ़ुल फ़ॉर्म बनाने वाले पीएस दाधीच ने एक नारा ही उछाल दिया था, 'चंदू का चौथा लाल–जयंत लाल।' इसे भीतर ही भीतर वह अपनी क्रिएटिव ब्रैंडिंग का एक और मैनिफ़ेस्टेशन मानता और बाहर कोशिश करता कि नारे के उद्गम-स्थल के रूप में उसका नाम कभी न आए।

कई बार तो चंदूलाल और जयंत लाल इतने दिनों के लिए साथ-साथ होते कि फैलाने वालों ने उनके बारे में भी कहानियां फैला दीं। ऐसा इसलिए भी हुआ कि जयंत लाल ने चंदूलाल चेयरमैन को पंजाब में नकोदर, बरनाला और जालंधर के सूफ़ी मज़हबी डेरों का पता बता दिया, जो उसे इतना रुचे कि हफ़्तों वहां रहने लगा। चेयरमैन बार-बार यह चिंता ज़ाहिर करता कि एक दिन उसे भगवान को मुंह दिखाना है, सो वह जल्द से जल्द अपने मुंह को इस लायक़ बना लेना चाहता था। देश के कई साधु-संतों के साथ जयंत लाल के निजी रिश्ते थे। उसका पुश्तैनी घर अंबाला के पास किसी क़स्बे या गांव में था और उसके पुरखे कट्टर आर्य समाजी थे। ख़ुद लाल से वे सारी चीज़ें छूटती चली गईं, वरना ज्ञान तो उसमें अद्भुत था। एक ज़माना था, जब जयंत लाल हर सुबह अपने घर में हवन होता देखता था। वेदादि का पाठ सुना करता था। अपने घर में भी उसने यह परंपरा चालू रखने की कोशिश की, पर लाख शिकायतों, करोड़ों इंतज़ार और सैकड़ों संकल्पों में यह भी शामिल था कि रिटायर होने के बाद वह यही सब करेगा। उसने गीता, पुराण, उपनिषद आदि अच्छी तरह पढ़ रखे थे और मैनेजमेंट की किताबें भी। बिजांत्रा पब्लिकेशंस से उसकी 'हिंदू गॉड्स एंड मॉडर्न मैनेजमेंट थ्योरीज़' जैसी किताब भी आई थी, जिसकी एक-एक प्रति पार्थ ग्रुप

ऑफ़ कंपनीज़ के हर ग्रेड-वन एंप्लॉई को दी गई थी और चंदूलाल चेयरमैन के विशेष आग्रह पर कई बी-स्कूलों के लेक्चरार, रीडिंग-सेशन्स के दौरान, स्टूडेंट्स को वह किताब मस्ट-रीड की तरह रिकमेंड करते थे, जिसमें गणेश, हनुमान, राम और कृष्ण की लीलाओं-कर्मों को पुरातन भारतीय मैनेजमेंट शास्त्र माना गया था। लाल के बायोडाटा में बोल्ड-इटैलिक अक्षरों में लिखा होता था कि उसने बीसियों देशी-विदेशी यूनिवर्सिटियों और बी-स्कूलों में 'मैनेजमेंट इन एंशिएंट इंडियन कॉन्टेक्स्ट' पर लेक्चर दे रखा है। उसके मन में एक सपना लगातार पला करता–सब कुछ छोड़-छाड़कर एक दिन साधु बन जाना है, लोगों को ज्ञान देना है, सही रास्ता बताना है और अज्ञान के अंधेरे को हमेशा के लिए दूर कर देना है। वह हमेशा एक कहानी सुनाया करता, जिसे कभी स्वामी दयानंद से, तो कभी स्वामी विवेकानंद से जोड़ देता, कि एक दिन स्वामी डॉट डॉट डॉट ज्ञान की तलाश में एक दरवाज़े पर पहुंचे। उन्होंने दस्तक दी। भीतर से आवाज़ आई, कौन है? तो स्वामी डॉट डॉट डॉट ने जवाब दिया, वही तो जानने आया हूं।

यह इकलौता सपना एक दिन ज़रूर पूरा होगा, यह सोचते हुए वह अनुभव के लिए डेरों, आश्रमों, पंथों में जाया करता। इस तरह बहुत सारे डेरेदार बाबा-साधुओं के बहुत क़रीब पहुंच गया था। इससे साधुओं को एक बड़े कॉर्पोरेट घराने की कुरबत मिल जाती, और जयंत लाल को साधु-संगत। बाबाओं को बाक़ायदा लॉन्च करना जयंत लाल के एक्सपर्टीज़ का काम था, हालांकि इसका ज़िक्र उसके किसी क्यूरीकुलम वाइटे में नहीं था, न ही डब्ल्यूडब्ल्यूडब्ल्यू डॉट जयंतलाल डॉट कॉम में। वह नॉर्थ के बाबाओं को साउथ में लॉन्च करता और साउथ के बाबाओं को नॉर्थ में। साउथ की एक नौसिखिया लेडी-बाबा, जिसे आगे चलकर सबने श्री गुरु मां देवी के नाम से जाना, को दिल्ली में इस तरह लॉन्च किया कि पूरे नॉर्थ में उसकी उपस्थिति किसी पौराणिक देवी की तरह हो गई। उसने एमबीए करके निकले सात लड़कों को मज़बूत पैकेज पर रखकर एक कमेटी बनाई, और श्री गुरु मां देवी की लॉन्चिंग का दो साल लंबा एक प्रोजेक्ट बनाया। इन लड़कों ने सबसे पहले गुरु मां के व्यक्तित्व पर काम किया। उसे भगवा रंग के सुंदर कपड़े पहनाए गए। लगातार चार महीने तक लंदन के एक आयुर्वेदिक मैस्यर के पास गुरु मां का स्किन ट्रीटमेंट कराया गया, जिससे उसमें अपेक्षित चमक आ सके। महज़ सैंतीस साल की उम्र वाली गोरी गुरु मां जब भगवा साड़ी पहनकर, माथे पर लंबा लाल टीका लगाकर, गुदाज़ बांहों और पतली कमर पर रुद्राक्ष की गझिन मालाएं बांधकर, कमर तक लहराते बालों के साथ श्रोताओं के आगे हाथ लहराने का अभ्यास करती, तो उसके भव्य रूप को देख जयंत लाल के मुंह से बरबस निकलता कि योआ गोइन टु बी द किलर-मोस्ट गुरु मां ऐव एवर सीन। फिर हिंदी और संस्कृत के विद्वानों से गुरु मां के उच्चारण और लहजे को दुरुस्त किया गया। एक साल तक स्पोकन इंग्लिश का कोर्स कराया गया। इस तरह के एटिकेट्स दिए गए कि वह आम लोगों के बीच दिव्यात्मा की तरह व्यवहार कर सके और हाई-प्रोफ़ाइल लोगों के बीच एक बहुत ही समझदार-सलीक़ेदार पॉलिटिकल पोटैंशियल के रूप

में। तीन पॉलिटिकल पार्टीज़ के जनरल सेक्रेटरीज़ के साथ अलग-अलग समय गुरु मां की मीटिंग कराई गई। दो पब्लिकेशन हाउस और एक टीवी चैनल को गुरु मां की लॉन्चिंग का अन-ऑफ़िशियल मीडिया पार्टनर बनाया गया। उसके बाद साउथ में गुरु मां के छोटे-से आश्रम को हाई-टेक किया गया, वहां यूरोप और अमेरिका के गोरे बेरोज़गारों को तीन साल के कॉन्ट्रैक्ट पर लाया गया, उन्हें भी भगवा वस्त्र पहनाए गए। इस बीच मॉरीशस, हॉलैंड और कनाडा में गुरु मां के दो-तीन लेक्चर रखे गए। उसके बाद चालीस फ़िरंगियों, 110 दक्षिण भारतीयों और 60 उत्तर भारतीयों को मिलाकर एक एलीट क्लब बनाया गया, जिसे बीस दिनों तक ट्रेनिंग दी गई, जो गुरु मां की नेशनल लॉन्चिंग से दो महीने पहले दिल्ली व आसपास के इलाक़ों में फैल गया और उसकी दिव्यता के गुण गाने लगा। यह क्लब लोगों को बताता था कि सच्चा सुमिरन करने पर किस तरह गुरु मां साक्षात उनके सामने प्रकट हो गई और उसने संकट को दूर कर दिया। किस तरह गुरु मां एक ही दिन, एक ही समय, अलग-अलग शहरों-देशों में ग्यारह भक्तों को दिखी। इन सबको 'डिवाइन एक्सीपीरियंस' नाम से एक किताब के रूप में छापकर बांटा गया। इसके साथ ही गुरु मां के नाम से गीता, रामचरित मानस और उपनिषदों की टीकाएं छपवाई गईं, 'आधुनिक स्त्री और धर्म का महत्व' जैसे विषयों पर उसके प्रवचनों की ऑडियो और वीडियो सीडी बनाकर मुफ़्त बांटी गईं। जिस दिन दिल्ली में श्री गुरु मां देवी की लॉन्चिंग थी, उस दिन उसका प्रवचन सुनने के लिए दो लाख से ज़्यादा लोगों की भीड़ इकट्ठा हुई थी। अपने आसन पर बैठी गुरु मां ने अगले दिन सोलह हज़ार भक्तों को गले लगाकर आशीर्वाद दिया। गले लगते समय वह भक्तों के कान में 'ओम नमो भगवते वासुदेवाय' कहती। कुछेक बार यह मंत्र कहने के बाद जब वह थक गई, तो मंच के पास ही बैठे जयंत लाल की सलाह पर उसने 'मेरा बेट्टा, बोलो राम' कहना शुरू कर दिया और आज तक वह यही कहती है। उसके भक्तों ने इन शब्दों को गुरुमंत्र की तरह स्वीकार किया और हर रोज़ अपने घरों में गुरु मां की तस्वीर के आगे खड़े होकर इसका जाप करते।

गुरु मां की इतनी कामयाब लॉन्चिंग से स्पिरिचुअल इंडस्ट्री में, जिसे बाद में डिवाइन इंडस्ट्री कहा जाने लगा, जयंत लाल की तूती बोलने लगी। उसे इस तरह के बीसियों प्रोजेक्ट्स मिले, लेकिन पुराने क्लाइंट्स के नाराज़ होने के डर से उसने बहुत चुनकर एक-दो को ही स्वीकार किया। लाल के कारण चंदूलाल चेयरमैन भी गुरु मां के क़रीब पहुंच गया और उसके भक्तों की श्रेणी में शामिल हो गया।

चंदूलाल चेयरमैन उर्फ़ सीएल पसरीचा ज़्यादातर समय बंद गले का कोट पहनने वाला पुराने ज़माने का एंत्राप्रिन्यर था, जो अपने सैकड़ों पुराने कर्मचारियों को उनके फ़र्स्ट नेम से जानता था। अपने दफ़्तरों, आउटलेट्स और कारख़ानों में, जिन्हें उसने ख़ुद खोला था, पांचवें-छठे महीने विज़िट करता और सामने पड़ने वाले कर्मचारी को जब उसके फ़र्स्ट नेम से पुकार उसके परिवार के बारे में कोई बहुत बिसरी हुई बात पूछ लेता, तो कर्मचारी धन्य होकर उसके क़दमों में लोट जाता था। उसका सेक्रेटेरिएट हर बात से

अपडेट रहता। पुराने कर्मचारियों की निजी समस्याओं से भी। उसे अब भी याद था कि किस कर्मचारी की मां के ऑपरेशन के लिए उसने दो लाख रुपए का क़र्ज़ दिया था, जिसके कारण उसकी मां बच गई थी और जिसकी तनख़्वाह से हर महीने ब्याज समेत कितने पैसे कटते थे और जब क़र्ज़ की क़िस्त पचास हज़ार रुपए बची थी, तो किस क़दर दिल में उठती मेहर की मौज में उसने उसकी बाक़ी क़िस्तें माफ़ कर दी थीं। एक कारख़ाने की विज़िट के दौरान अपने बेटे के भविष्य को लेकर दुखी होते एक पुराने कर्मचारी से उसके दुख का कारण पूछा था और ख़ुद को ऊपरवाले को मुंह दिखाने लायक़ बनाने की ज़िद में उसने आईआईएम, अहमदाबाद के डायरेक्टर को निजी फ़ोन करके उसके बेटे को एमबीए में दाख़िला दिलाया था। उसकी फ़ीस का पैसा एडवांस में देते हुए और उसके बाद हर महीने ब्याज़ सहित उसकी तनख़्वाह से क़िस्तें काटते हुए। उसके बाद उसका सेक्रेटेरिएट हर तीसरे महीने आईआईएम के पब्लिक रिलेशंस ऑफ़िसर से उस लड़के की प्रोग्रेस रिव्यू लेता और चेयरमैन के सामने पेश करता। चंदूलाल पसरीचा, जिसने कभी बिजनेस मैनेजमेंट की कोई किताब नहीं पढ़ी थी और जो हमेशा अपने इंट्यूशंस और व्हिम्स पर चला करता था, ने आईआईटी, खड़गपुर के एक सालाना जलसे में स्टूडेंट्स के सामने इस काम का ज़िक्र कर बेतहाशा तालियां बटोरी थीं। वहां से लौटकर स्टेकहोल्डर्स के साथ मीटिंग में उसने एलान किया कि वह एक ऐसी बॉडी बनाने वाला है, जिसमें कर्मचारियों के बच्चों को ऊंची पढ़ाई मिल सकने का पूरा बंदोबस्त हो, क्योंकि चैरिटी भी कंपनियों के कामों में शामिल है। दोनों ही जगह उसे सॉलिड रिस्पॉन्स मिला, हालांकि स्टेकहोल्डर्स की मीटिंग के बाद कॉकटेल के दौरान लोग लगातार इसी मुद्दे पर चर्चा करते रहे और एमडी के लिए उनके अनौपचारिक सवालों का कोई औपचारिक-सा जवाब देना भी मुश्किल हो गया। अगली सुबह नाश्ते की मेज़ पर उसने अपने बाप को घेर लिया और उसकी इस प्लानिंग को ख़ारिज घोषित कर, बिना कठोर शब्दों का इस्तेमाल किए कह दिया कि चंदूलाल ने पूरी उम्र काम-धंधे में गुज़ार दी है और समय आ गया है, जब उसे हरिद्वार-बद्रीनाथ या बैंकॉक-पटाया की यात्रा पर निकल जाना चाहिए। चंदूलाल उसे ग्रुप की सोशल और हायरिंग इमेज के बारे में समझाता रहा कि किस तरह एक ज़माने में उसकी कंपनियां एंप्लॉई-फ्रेंडली मानी जाती थीं और अब नई लीडरशिप लगातार उसकी उल्टी इमेज बना रही है। उसने यह भी साफ़ किया कि पढ़ाई पर क़र्ज़ देने वाली उसकी प्रस्तावित बॉडी ब्याज़ भी वसूलेगी और वह घाटे का धंधा नहीं होगा, तो एमआईटी से पढ़कर लौटा उसका बेटा दस मिनट तक चुप रहा। फिर बोला कि ग्रुप के सीएसआर के बारे में उसे भी चिंता है और वह जल्द ही एक नया प्लान बनाएगा, तब तक उसके पूज्य पिताजी चैरिटी वाले मुद्दे पर कोई और बयान न दें।

कुछ घंटों बाद जब उसका प्रिंसिपल सेक्रेटरी अगले दो दिनों की पॉलिटिकल मीटिंग्स की ब्रीफ़िंग कर रहा था, तो आंख मलते और उबासी लेते चंदूलाल ने उससे पूछा कि सीएसआर क्या होता है? पूना यूनिवर्सिटी से तीन कोशिशों के बाद बीबीए क्लीयर करके

निकले उस नाटे शख़्स ने बताया कि इसका फुलफॉर्म कॉर्पोरेट सोशल रिस्पॉन्सिबिलिटी होता है यानी हर कंपनी अलग-अलग तरीक़े से अपनी सामाजिक ज़िम्मेदारियों को पूरा करती है। एक और लंबी उबासी के बाद चंदूलाल के मुंह से निकला, 'यही तो मैं भी कह रहा था, लेकिन हिंदी में।'

सीएसआर ही वह कारण था कि पार्थ ग्रुप ऑफ़ कंपनीज़ में स्पेशल जनरल मैनेजर (ब्रांडिंग) का पद पैदा किया गया और पीएस दाधीच को ख़ास तौर पर लाकर बैठाया गया। चंदूलाल ने बहुत कोशिश की कि सीएसआर का वह प्रोजेक्ट जयंत लाल को मिल जाए, लेकिन एमडी जेट की एक ख़ास फ़्लाइट में अक्सर मिल जाने वाले अपने एक दोस्त प्रफुल्ल शशिकांत उर्फ़ पीएस दाधीच के नाम पर अड़ गया। छह महीने तक लगातार कंपनी की 45 यूनिट्स में घूमने, दस से ज़्यादा ब्रेन स्टॉर्मिंग सेशन्स, कमर्शियल्स के डेढ़ सौ से ज़्यादा वीडियो, 72 से ज़्यादा स्क्रिप्ट्स और 18 से ज़्यादा ऐड एजेंसियों से बात करने के बाद पीएस दाधीच ने उसी लाइन पर चलने की योजना बनाई, जिस पर किसी ज़माने में डू जोन्स, मेरिल लिंच, होंडा, फोर्ड, मर्डोक और टाटा चले थे। हर रोज़ दस बार राजकुमार पसरीचा के 'जल्दी करो यार' जैसे कॉल्स अटैंड करके बौराने और एक ऐड एजेंसी के साथ रात-रात भर आंखें फोड़ते हुए खिसियाए रहने के बाद एक दिन जब बोर्ड के सामने उसने एक मिनट चार सेकंड का कमर्शियल वीडियो प्रेज़ेंट किया, तो सारे लोगों की आंखें चौंधिया गईं। राजकुमार पसरीचा मुग्ध भाव से अपनी डिस्कवरी को देख रहा था और उस समय वह फूलकर दोगुना हो गया, ज़ब पीएस दाधीच ने अपनी कन्क्लूडिंग स्पीच में इस वीडियो का पूरा श्रेय उसे दे दिया। वह वीडियो कई-कई बार चलाया गया, जो कहता था–

*हम सिर्फ़ काग़ज़ नहीं बनाते*
*सिर्फ़ पेंसिल नहीं*
*हम सिर्फ़ फ़र्नीचर, चादर और चड्डियां ही नहीं बनाते*
*सिर्फ़ बिजली और नमक भी नहीं*
*दरअसल हम,*
*एक मीठा सपना बुनते हैं*
*एक सुनहरा भविष्य बनाते हैं*
*पार्थ ग्रुप ऑफ़ कंपनीज़...*
*हम एक देश बनाते हैं*

इसमें कैमरे के तमाम इफेक्ट्स, भावुक कर देने वाले दृश्य, एक ग्रुप की विशालता और अपने लोगों के लिए चिंता दिखती थी। पीला हेलमेट पहनकर काम करते लोग एक देश के मानचित्र में बदल जाते थे। अंत में 'जय हे...जय जय जय जय हे...' की लंबी धुन बजती थी।

हर बार इसके ख़त्म होने पर तारीफ़ में टेबल बजाई जाती थी और कोई न कोई एमडी की तरफ़ देखता हुआ उसे एक बार फिर चलाने की गुज़ारिश करता। तभी एमडी

के पास बैठे जयंत लाल ने उससे कहा, ऐम जस्ट वंडरिंग हाऊ वन कुड कंपेयर अ ब्लडी चड्ढी विद अ देश, तब एमडी ने बिना उसकी ओर देखे पीएस दाधीच से यह बात कही। दाधीच ने इसे डिफेंड करने के लिए कई लॉजिक खोजे, पर लाल ने 'चड्डियां' को 'कपड़े' करवा कर ही दम लिया।

यह कमर्शियल एयर पर जाते ही दाधीच की लिखित योजना के मुताबिक़ पीआर एजेंसी ने ग़ज़ब की सक्रियता दिखाई। प्रिंट व टीवी पर चंदूलाल और राजकुमार पसरीचा आदर्श बाप-बेटे की तरह दिखने लगे। दोनों के बेतहाशा इंटरव्यू हुए और उसमें दोनों ने अगले बीस साल के लिए एक विज़न बताया, जिसके मुताबिक़ भारत को सुपर पावर बना दिया जाएगा। उसमें बाप-बेटे ने पार्थ की सैकड़ों कल्याणकारी योजनाओं का भी ख़ुलासा किया और चंदूलाल की जनकल्याण भावना का विशेष तौर पर उल्लेख किया गया। पीएस दाधीच ने जैसे एक-एक शब्द मैनेज कर लिया था। किसी भी तरह से उसे पार्थ की एक नई ब्रैंड पर्सनैलिटी बनानी थी कि ये कॉर्पोरेट एक देश बनाने, उसे चलाने और उसकी फ़िक्र करने की क़ुव्वत रखता है। उसके बाद उसने एक मोबाइल सर्विस प्रोवाइडर से बात करके कुछ एसएमएस पूरे देश में फैला दिए, जिनमें इस तरह की बातें होती थीं–

–क्यों नहीं चंदूलाल पसरीचा को अगला प्रधानमंत्री या राष्ट्रपति बना दिया जाए?

–मुंबई को मुंसीपैलिटी या मेयर की क्या ज़रूरत, उसे राजकुमार पसरीचा जैसा एक सीईओ चाहिए!

–भ्रष्टाचार से लड़ना है, देश को आगे बढ़ना है, तो नेता हटाओ, सीईओ लाओ।

कमर्शियल और उसके बाद की सक्रियता का जादू की तरह असर हुआ। पार्थ के शेयर्स ऐतिहासिक तेज़ी के साथ उछले। यह हालिया बरसों का सबसे कामयाब क्रिएटिव कैंपेन था। कुछ ही समय में सारे आईआईएम्स में इस कैंपेन पर केस स्टडीज़ होने लगीं। इसके उदाहरण दिए जाने लगे। हर जगह प्रमुखता से छपा–'द मैन बिहाइंड दिस कैंपेन–राजकुमार पसरीचा, अ न्यू विज़नरी लीडर।'

तब लाल ने दाधीच की इस कामयाबी पर एक पार्टी थ्रो की थी, जिसमें ज़्यादा पी लेने के बाद दाधीच ने नताशाबेन का पल्लू गिरा दिया था और उसके क्लीवेज को देखते हुए 'पैसेज टु सक्सेस' जैसा कोई वाक्य कहा था। हंगामे की शुरुआत करती नताशाबेन, जयंत लाल के समझाने पर ग़म खा गई और बात आई-गई हो गई। बाद के दिनों में जब नताशाबेन के साथ उसकी पटने लगी थी, तो उसने बताया था कि उस समय उसे लगा था, इस आदमी के बाल पकड़कर इसका मुंह पैसेज टु सक्सेस में खुभो दिया जाए और इतनी ज़ोर से दबाया जाए कि दम घुटने से साला टें बोल जाए।

पीएस दाधीच के आने के बाद जयंत लाल चीफ़ जनरल मैनेजर से वाइस प्रेसीडेंट बना था और तब से दाधीच वाइस प्रेसीडेंट की कुर्सी को इस तरह देखता है, जैसे कल ही वह उसकी होगी। हालांकि कंपनी के पास छह वाइस प्रेसीडेंट थे, लेकिन वाइस

प्रेसीडेंट को एक नाम की तरह जयंत लाल के लिए ही इस्तेमाल किया जाता था। अज़रा जहांगीर नाम की एक असिस्टेंट मैनेजर जो पहले लाल की ख़ास थी, और बाद के दिनों में दाधीच की ख़ास मानी जाने लगी, जिसके बार-बार फ़ोन करने से दाधीच परेशान महसूस करता है, पर दोनों में छीना-झपटी होने लगी थी। उन्हीं दिनों जयंत लाल ने दाधीच को एक मीटिंग के दौरान 'फ़नी पाई-चकर' कहा था और मुस्कराते हुए पीएस दाधीच ने आदत के अनुसार सोचा था कि किसी दिन फ़ुरसत से वह लाल का ख़तना करेगा। दोनों के बीच वैसा ही रिश्ता बन गया था, जैसा 1980 के दशक के शुरुआती बरसों में अमेरिका के बाज़ार में नए प्लेयर डोमिनोज़ पीत्ज़ा और पुराने प्लेयर पीत्ज़ा हट में बना था। पुराना प्लेयर, नए को लगातार हल्का लेता रहा और एक दिन पुराने को अपनी जगह बचाने के लिए एक बड़े कॉर्पोरेट संघर्ष का सूत्रपात करना पड़ा। पार्थ में यह संघर्ष किस ओर को जाकर रुकेगा, न दाधीच जानता है, न ही लाल। जबकि दोनों ही कई बार यह कह चुके हैं कि जल्द ही वह दिन आएगा, जब दोनों को हाथ मिलाकर काम करना होगा, क्योंकि दोनों ही किसी अज्ञात तीसरे प्लेयर को सिर उठाने का पूरा स्पेस दे रहे हैं। यही संघर्ष था, जिसके कारण पिछले कुछ समय में पीएस दाधीच को पांच बड़े प्रोजेक्ट्स से हाथ धोना पड़ा है, कम इंक्रीमेंट पर संतोष करना पड़ा है, और कुछ महीनों पहले पार्थ जब अपने की-पर्सन्स को नए सिरे से आधे से भी कम क़ीमत पर शेयर्स के स्टॉक ऑप्शंस दे रहा था, दाधीच को उम्मीद से आधे शेयर एलॉट हुए। चाहे घर की पलंग हो, कार की सीट या दफ़्तर की कुर्सी, हर जगह उसे अपने लिए एक दुःस्वप्न तैयार मिलता था। और इसे वह ज़िंदगी का अजीब ब्लैक ह्यूमर मानता कि हर दुःस्वप्न का स्वागत उसे मुस्कराकर करना होता था।

इस समय प्रेज़ेंटेशन देते हुए तीन क़दम लेफ़्ट जाकर वह जैसे ही वाइस प्रेसीडेंट के सामने खड़ा होता है, लाल तुरंत आंखें उसके चेहरे से हटाकर टेबल पर रखे फोल्डर पर टिका लेता है या पीछे मुड़कर देखने लगता है या बग़ल वाले से कुछ फुसफुसाकर बिना आवाज़ किए शालीन तरीक़े से हंसने लगता है। पीएस दाधीच का मन करता है कि वह उसे एक कनटाप बजा दे, लेकिन प्रेज़ेंटेशन एटीकेट्स में हमेशा से यही होता आया है कि दर्शक या श्रोता को टोका नहीं जाता। क़दम नाप-नापकर राइट और लेफ़्ट के बीच घूमते और पहली बार अटक-अटक कर अपने शब्द कहते दाधीच को लगता होता है कि उसके प्रेज़ेंटेशन में किसी की दिलचस्पी नहीं दिख रही, ख़ुद उसकी भी नहीं। यह अहसास होते ही उसके पैर कांपते हैं और वह अपना वाक्य भूल जाता है। वह लेफ़्ट-राइट में बंटे क़दमों की गिनती में अटक जाता है और अकबकाया हुआ बीच में खड़ा हो जाता है। उसे लगता है, उसकी औचक चुप्पी पर भी किसी का ध्यान नहीं, मद्धिम रोशनी में भी लोग अपने काग़ज़ों या सेल फ़ोन में खोए हुए हैं। अचानक छिटपुट तालियां बजने लगती हैं। सिर उठाकर अपनी ओर देखते लोगों से माफ़ी मांगते हुए वह बताता है कि उसका प्रेज़ेंटेशन अभी ख़त्म नहीं हुआ है।

## 2

यह जीवन ऐसा है, जहां आप निरंतर एक भय में रहते हैं। भय यह कि जाने किस पल, किस तरीक़े आपका अपमान हो जाए। आप जीत की ख़ुशी में बल्लियों उछल रहे हों और अचानक बता दिया जाए कि आप जीते नहीं, बल्कि हारे हुए हैं।

उस जीवन को धिक्कारना ही चाहिए, जो हार और जीत जैसे दो ध्रुवों के बीच झूलता हो।

हार और जीत का फ़लसफ़ा सत्ताओं ने अपने फ़ायदे के लिए बनाया था। हम जो इस धरती का जल हैं, सिर्फ़ पिये जाने या उलीच दिए जाने के लिए यहां आते हैं।

फिर भी मैं अपनी कामयाबियों पर इतराता फिरा। मैंने रातों की नींद और दिन का श्रम उन्हें दिया। अपने दिमाग़ के सुंदरतम विचार उन्हें सौंप दिए। अपनी त्वचा के छिलके निकालकर उनके लिए ग़लीचे बनाए। जब मैं यह सब करता, वे तालियां बजाते, जिनसे मैं ख़ुश होता था।

कुछ समय बाद वे मेरी नींद मुझे लौटा देते। मैं पाता, एक पवित्र नींद जब उनके पास से वापस लौटती, उसके पंख नुंचे हुए होते। वह नींद किसी भी उड़ान की संभावना से निरस्त और निराश होती। जब मेरा श्रम लौटकर आता, वह मधुमक्खियों के चुसे हुए छत्ते की तरह दिखता। वे मेरे विचारों को भी लौटा देते, तब मैं सोचा करता कि क्या ये मेरे ही विचार हैं? मैं धूर्त, मक्कार और सयाना नहीं था। अचरज है कि जब मैं बोलने खड़ा होता, मुझे इन्हीं में से एक मान लिया जाता।

एक दिन उन्होंने मेरी त्वचा के छिलके भी लौटा दिए। वह मेरी त्वचा की तरह नहीं थी। उसमें मेरी कोशिकाओं का मानचित्र नहीं था। वह किसी दरी की तरह भी नहीं थी कि मैं अपने घर बिछा लेता। वह पता नहीं, क्या थी।

मैं सीधे को सीधा और टेढ़े को टेढ़ा कहना चाहता था, पर मेरी दराज़ में इक्कीसवीं सदी के बेस्टसेलर लेखकों की किताबें न जाने किसने डाल दी थीं। उनमें हर टेढ़े को सीधा जानने का हुनर था।

वे कभी किसी को मृत्युदंड नहीं देते, डांट भी नहीं लगाते, बस, उसकी नींद छीन लेते हैं। मैं अनुभव से बताऊं, यह मृत्यु से भी भयावह होता है। जिन व्यक्तियों, संस्कृतियों और देशों को नींद नहीं आती, वे अपना मूल खो देने को अभिशप्त हो जाते हैं।

मैं इन सबसे ख़ाइफ़ हूं। बिल्कुल कांपता हुआ-सा।

*मैं कमरे में छोटे बच्चे के साथ खेलता हूं। सड़क पर सुंदर स्त्रियों को देख मुस्कराता हूं। पार्क में फुटबॉल से खेलते वृद्ध दंपति को देख ख़ुश होता हूं। मैं पेड़ों और घास को देख प्रकृति की उदारता महसूस करता हूं। पर अचानक मुझे यह दुनिया दिख जाती है, जहां हर सुंदरता के पीछे मुस्कराती हुई बदबू है। किसी अंडर-वर्ल्ड की तरह। मैं सकपकाकर वापस अपने भीतर घुस जाता हूं। हैरान गौरैया की तरह गर्दन टेढ़ी कर चारों ओर चकबक देखता हूं।*

*मैं प्रसन्न रहना चाहता हूं, पर पाता हूं, ज़्यादातर समय सिर्फ़ सन्न हूं।*

छुट्टी का दिन था और सुबह देर से उठने के बाद आंखें मलते हुए पीएस दाधीच सीधे उस कमरे में आ गया, जहां एक मेज़, एक कुर्सी और किताबों से भरी कुछ आलमारियां थीं। इस कमरे को वह स्टडी कहता था, हालांकि कई बार ऐसा भी होता कि वह हफ़्तों इस कमरे में नहीं आ पाता था। यहां मैनेजमेंट की बहुत-सी किताबें थीं, जिनमें से कुछ उसके मित्रों ने भेंट की हैं, कुछ उसके कॉलेज के ज़माने की हैं और कुछ को उसने शहर-शहर, देश-विदेश की अपनी यात्राओं के दौरान ख़रीदा है। वह कुछ लोकल कॉलेजों और संस्थाओं में मैनेजमेंट पर लेक्चर दे चुका है और हमेशा उस दिन की तैयारी करता है, जब उसे चंदूलाल, राजकुमार या जयंत लाल की तरह आईआईएम या आईआईटी में लेक्चर देना होगा। उसे एंत्राप्रिन्यर्स की जीवनियां और कंपनियों के भीतर का हाल पढ़ने का बहुत शौक़ है। कुछ दिन पहले ही उसने डॉ. यशो वी. वर्मा की एक किताब पढ़ी है, जिसका शीर्षक है–'पैशनः द अनटोल्ड स्टोरी ऑफ़ एलजी इलेक्ट्रॉनिक्स इंडिया'। दो-तीन बार असफल होने के बाद जब एलजी ने अपने एचआर का तरीक़ा बदला, तो उसे इंडियन मार्केट में कामयाबी मिली। उसे पढ़ते हुए वह सोचता है कि कुछ ऐसे तरीक़े खोजे जाएं, जिन्हें पार्थ में अप्लाई किया जा सके। उसने इस किताब से बहुत सारे नोट्स लिए हैं, जिन्हें मौक़े-बेमौक़े वह कोट करता रहता है, जिनसे अलग ही झांकी जमती है। जब उसने राजकुमार के सामने डॉ. वर्मा की किताब का ज़िक्र किया था, वह चौंक गया था। राजकुमार ने डॉ. वर्मा से अपनी दोस्ती के कई क़िस्से बताए। जेट की यात्राओं के दौरान भी उसने कॉर्पोरेट की बड़ी हस्तियों की लिखी किताबों से चीज़ें इस तरह सुनाई हैं कि राजकुमार की आंखें फटी रह जातीं। दाधीच से उसके प्रभावित होने के पीछे यह कारण भी होता। और एक दिन तो उसने चंदूलाल और राजकुमार दोनों को प्रभावित कर दिया, यह बता कर कि जिस तरह चंदूलाल अपने एंप्लॉईज़ को फ़र्स्ट नेम से पुकारता है, वैसा ही एक ज़माने में वॉल-मार्ट का फ़ाउंडर सैम वाल्टन भी किया करता था।

इस समय भी वह पढ़ी जा चुकी इस किताब के पन्ने पलटकर देख रहा है और सोच रहा है कि क्या उसे भी पार्थ की सफलता की कहानी लिखना चाहिए? पर ऐसा

कोई भी अवसर होगा, तो वह लाल को दे दिया जाएगा। यह सोचकर उसे निराशा होती है। वह नोटबुक में एक ईमेल लिखने लगता है।

सबीना पाल कमरे में आती है और हर बार की तरह उस पर टूट पड़ती है कि उसने अभी तक रात के कपड़े नहीं बदले, ब्रश नहीं किया है और न ही नहाया है। सबीना पाल ने सिर पर सफ़ेद तौलिया बांध रखा है और उसके कुछ बाल उससे बाहर निकले हुए हैं। कान के पास निकली एक लट के छोर पर पानी की बूंद लटक रही है। अगर सबीना एक सूत भी हिली, तो यह बूंद गिर जाएगी और पीएस दाधीच इतनी फ़ुर्तीली मनःस्थिति में नहीं है कि वह ज़मीन छूने से पहले ही उस बूंद को अपनी उंगली की पोर या हथेली पर टिका ले। वह उसे बहुत धीरे-धीरे अपने क़रीब आने को कहता है। वह टेबल के पास टिक जाती है। पारदर्शी गाउन के पीछे से आती रोशनी उसे किसी सिलुएट में बदल रही है। वह आहिस्ता से हाथ बढ़ाता है, ताकि उस बूंद को छू सके। सबीना पाल कुछ और सोच झटके से पीछे हटती है और कहती है कि अभी बिल्कुल नहीं, उसे पूजा में बैठना है। उसके पीछे हटने से बूंद हिलती है और उछलकर नोटबुक की स्क्रीन पर जा गिरती है। पीएस दाधीच स्क्रीन पर उसे पानी की एक लकीर बनते देखता है। पूरी बांह की टी-शर्ट से उसे पोंछ देता है।

सबीना उसके क़रीब आते हुए पूछती है कि तुम क्या बचपन में भी ऐसे ही थे? वह पूछता है, कैसा? वह बात को खोलती है कि छुट्टी के दिन आलस में देर तक पड़े रहना, पांच-पांच घंटे तक ब्रश न करना और कभी-कभी नहाना ही नहीं।

पीएस दाधीच इस समय भाषा को स्थगित कर चुका है। कई बार स्थगन ही उसे सर्वश्रेष्ठ स्थिति लगती है। कई बार वह सोचता है कि इस पूरे समय में हर व्यक्ति स्थगित है, अद्वितीय तरीक़ों से स्थगित। यह चुप्पी उसकी बाक़ी निकली लटों से पानी की बूंद खोज रही है।

सबीना बताती है कि वह ऐसी नहीं थी। छुट्टी के दिन उठने के बाद उसका बहुत सारा समय उबटन बनाने, उसे चेहरे और शरीर पर मलने, फिर देर तक उसकी घिसाई करने में जाता था। वह उसकी कलाई की त्वचा देखता है। उसमें गोराई, माखन की तरह चमक रही थी। सबीना की आंखों के नीचे कुछ काले धब्बे बसने लगे हैं। बहुत हल्की मूंछ दिखने लगी है। शायद उसके ब्लीच करने का समय आ गया है। उसका पेट थोड़ा बाहर आने लगा है। कई बार वह चीख़ पड़ती है, जब वह उसके पेट पर गुदगुदी करता है। वहां नाभि से नीचे और वीमेन्स ट्राएंगल के ठीक ऊपर एक आड़ा निशान बना हुआ है। उसके टांकों में कभी-कभार दर्द हो उठता है। वह जिम जाना चाहती है, लेकिन डॉक्टर उसे रोक देती है।

बैठे-बैठे ही वह कमर में हाथ डाल उसके हिप्स पकड़ लेता है और उसकी छातियों पर सिर टिका देता है। साबुन की एक जानी-पहचानी ख़ुशबू उसे सुचेत करने लगती है। गाउन का हल्का गीलापन उसमें ठंडक भर देता है। सबीना कहती है कि वह हमेशा एसी चलता छोड़ देता है। वह दूसरे कमरे में एसी बंद करने चली जाती है।

सबीना पाल उससे कई बार पूछती है कि जेट वाला या कैफ़े कॉफ़ी डे या एस्सेलवर्ल्ड वाला प्रफुल्ल कहां चला गया है, जो हर बात पर ठहाके मारा करता था, हर किसी की चिमटी लिया करता था, जिसकी आंख हर समय भरी रहती थी और उसके बाद भी कहीं से यह नहीं लगता था कि वह रो देगा, जिसे देख लगता था कि यह लड़का विनिंग मैटीरियल है, जिसे हार किसी क़ीमत पर बर्दाश्त नहीं, फिर भी जो लड़का एक ग़लत जीत के मुक़ाबले एक सही हार को प्रिफ़र करता था। कुछ ही बरसों में एक चेहरा इस क़दर बदल जाता है क्या? फिर वह एक ही बात दस बार कहती कि मुझे लग़ता है, तुम्हारा चेहरा बदल रहा है।

पीएस दाधीच ने जब पहली बार सबीना को ऐसा कहते सुना था, तो बुरी तरह नाराज़ हुआ था। सबीना जब कभी उन बातों को दोहराती है, उसे क्रोध आने लगता है।

भीतर के कमरे से बच्चे के रोने की आवाज़ आई। वह उठकर उसके पास गया। उसे थप़की देकर सुलाना चाहा, पर वह उठ चुका था और बेरहमी से रो रहा था। सबीना एक कमरे में पूजा कर रही थी। जेट एयरवेज़ में जीवन को बदल देने वाला पहला शख़्स जो उसे मिला था, वह थी सबीना पाल। मॉरीशस की एक फ्रेंच कंपनी में आठ महीने नौकरी करके लौटा पीएस दाधीच दो दिन मुंबई गुज़ारने के बाद जब जॉइन करने दिल्ली जा रहा था, तब फ़्लाइट में वह उसके बार-बार लेमन जूस मांगने से परेशान हो गई थी। पीएस दाधीच किसी तरह अपनी नर्वसनेस दूर करना चाहता था। उसे लग रहा था कि रात दोस्तों के साथ छकी गई एंटीक्विटी की नाटी बोतल अब उसके सिर पर लंबी हो रही है। मुंबई से दिल्ली के दो घंटे पांच मिनट के सफ़र में ऐसा कुछ भी नहीं हुआ था कि उसे लगे, कुछ हुआ है। वह सबीना पाल को आते देखता और उसके भीतर जूस पीने की इच्छा मचलने लगती। उसके बाद उसका दिल्ली-मुंबई आना-जाना लगा रहा। संयोग भी कैसा कि हर बार उसे अटेंडेंट के रूप में सबीना पाल मिलती। बाद के दिनों में सबीना ने बताया था कि वह उससे इतना डर चुकी थी कि अपना रूट बदलवाने की सोच ली थी। वह उसे कोई साइको लगता था।

बच्चा अपनी ही मर्ज़ी से चुप हुआ था। वह उसके साथ बातें करने लगा। उसे मां बोलना आ गया था। सबीना सिखाती कि वह मॉमा बोला करे। बच्चा मॉमा बोलता, फिर थोड़ी देर बाद मां कहकर चिल्लाता। उसके लिए हर सवाल का जवाब 'क्का' था। उसके जीवन में दो-चार शब्द ही आए थे, जिनमें क्का हावी था। उसकी हां, ना, प्रेम, ग़ुस्सा, चिढ़, शरारत और शिकायत सब क्का थे।

वह उसकी शर्ट में हाथ डालकर कंखौरी में गुद्गुदी करता, तो वह खे-खे-खे करके हंसता। दाधीच का हाथ बाहर निकाल लेना उसे पंसद न आता। वह अपनी शर्ट खींचता हुआ क्का, क्का कहने लगता। ऐसे में उसके झबरीले बाल आंखों पर आ जाते। उनको हटाते हुए भी वह क्का, क्का ही कहता। तो दाधीच ने उसका नाम ही क्का रख दिया। शाम घर आने पर जब वह क्का पुकारता, तो बच्चा क्का कहकर ही जवाब देता था।

सबीना पाल आई। उसके हाथ में तांबे का एक लोटा था। उसने उसमें से थोड़ा पानी निकालकर दाधीच के सिर पर लगाया और उंगलियों से पूरे कमरे में छींटे मारने लगी। सिर पर ठंडे पानी के स्पर्श से वह चिढ़ गया। सबीना पाल का सुबह का समय अब पूजा-पाठ में लगता है। पृशिला पांडे का बताया हुआ हर टोटका करती। सुबह उठते ही फ्लैट की देहरी पर बाहर दोनों तरफ़ तांबे के लोटे में रात-भर रखा पानी गिराती और उस समय लक्ष्मी को प्रसन्न करने वाला मंत्र ओम कमला कमलालये...बुदबुदाती। सबीना को बहुत मुश्किल से यह मंत्र याद हुआ था। शुरुआत में जब वह कमलालये का उच्चारण न कर पाती, तो चिढ़कर दाधीच से कहती, मैंने कभी सोचा भी नहीं था कि ये सब करना होगा मुझे। दाधीच पल्ला झाड़ता कि मैंने तो नहीं कहा यह सब करने को, पर वह मानती थी कि इन सारी बातों का संबंध दाधीच की तरक़्क़ी से है। ख़ुद दाधीच ही उसे बताया करता कि पृशिला पांडे ने फलां-फलां मंत्र दिए हैं। उसके बिना कहे सबीना ने इन मंत्रों को ड्यूटी की तरह अपना लिया था।

सबीना जब कभी गुस्से में होती, यह बोल-बोलकर दाधीच का जीना मुहाल कर देती कि उसका कैरियर बर्बाद होने का सबसे बड़ा कारण दाधीच है, कि शी नेवर थॉट इन अ नाइटमेयर कि वह चार आने की अगरबत्ती जलाने के लिए बनी है। दाधीच को कभी समझ में नहीं आया कि एयर होस्टेस जैसी हाई-प्रोफ़ाइल नौकरी से कैरियर शुरू करने वाली सबीना घर में कैसे रह लेती है। उसे वह दृश्य भी कभी समझ में नहीं आया, जो उसकी स्मृतियों में भूले-भटके आ जाता है। कोहरे से भरी दिल्ली की एक सुबह उसके द्वारका वाले फ़्लैट के दरवाज़े पर देर तक घंटी बजती है। उनींदी आंखों से वह दरवाज़ा खोलता है। सामने सबीना पाल खड़ी है। हाथ में व्हील वाला एक सूटकेस लिए।

'मैंने रिज़ाइन कर दिया है। लौटकर बॉम्बे नहीं जाऊंगी।'

उनींदी आंखों से दाधीच उसे ऊपर से नीचे देखता है। सूटकेस खींच कर भीतर करता है। हाथ पकड़कर उसे भीतर ले आता है और बिस्तर पर फेंक देता है। रज़ाई ओढ़ता है और सो जाता है। उसकी नींद तब टूटी, जब सबीना ने उसके पाजामे में हाथ डालकर चिमटी काट रही थी।

सबीना कहती है कि उसे दाधीच की वह एब्सर्ड नींद भूले-भटके याद आ जाती है, जिसे वह कभी समझ नहीं पाई।

रिज़ाइन के बारे में पूछने पर उसने दाधीच से सिर्फ़ इतना कहा था कि इट वाज़ेंट मेंट फॉर मी। और उसके बाद उसने देर तक यह बताया था कि वह उससे दूर नहीं रह सकती। दाधीच ने पलटकर कभी दुबारा नहीं पूछा। वह लिव-इन चाहता था, सबीना कोर्ट मैरिज पर ज़ोर दे रही थी। एक महीने की बहस के बाद दोनों ने कोर्ट में शादी कर ली और घर फ़ोन पर इत्तला कर दी।

बच्चे को सबीना ने ले लिया था और वह ज़िद कर रही थी कि दाधीच फ्रेश हो जाए। वह थोड़ी देर में नाश्ता बनाने वाली है, लेकिन दाधीच एक फिल्म लगाकर बैठ गया। यह एक स्पैनिश फिल्म थी, जिसकी सबीना ने पिछले दिनों बहुत तारीफ़ की थी।

सबीना ने उसकी फिल्म बीच में ही रोक दी, यह कहते हुए कि यह रात को देखने लायक़ है। उसने नोरा जोन्स का एक नया गाना लगा दिया। म्यूज़िक में दाधीच की कोई दिलचस्पी नहीं थी। घर में होने पर तो बिल्कुल नहीं। ऑफ़िस में उसी ने यह प्रस्ताव दिया था कि कंपनी के सारे दफ़्तरों में एक ख़ास क़िस्म का संगीत बजना चाहिए। शुरुआत में राजकुमार ने उसकी मेल पर कोई ध्यान नहीं दिया, लेकिन जब मंथली मीटिंग के दौरान उसने फिर वह प्रस्ताव रखा, तो उससे पूछ लिया गया कि किस क़िस्म का संगीत हो। उसने कुछ दिनों पहले ही एक किताब में म्यूज़िक और वर्क-प्रोडक्टिविटी पर पढ़ रखा था। उसने वहीं से याद किए कोट्स सुनाने शुरू कर दिए, तो इसे भी एक प्रोजेक्ट की तरह उसे सौंप दिया गया। दाधीच ने बॉलीवुड के एक बड़े संगीतकार से बात की, जिसने कंपनी के कामों का जायज़ा लिया, तीन-चार ऑफ़िसों में विजिट की और दाधीच के साथ बीस से ज़्यादा मीटिंग। तीन महीने में उसने ब्लड प्रेशर घटाने के लिए राग कोमल ऋषभ असावरी में गायत्री मंत्र, राग चारुकेषि में वैदिक ऋचाएं, राग तिलक कामोद में सूर्य कवच; उत्साहमयी वातावरण के लिए राग दुर्गा में ओम लाम ललितायै नमः, राग विभास में सूर्यमंडल स्तोत्र, राग यमन कल्याण में तुलसीदास के दोहे और छह ग़ज़लों सहित कुल 17 नंबर्स तैयार किए। उसके साथ एक सॉफ़्टवेयर मॉडीफ़ाई किया गया, जिससे तय समय पर संगीत अपने आप बजने लगता। अगले कुछ दिनों में कंपनी के तमाम दफ़्तरों में वही संगीत बजने लगा। दाधीच चाहता था कि 'सुर-पार्थ' नाम से उसकी ऑडियो सीडी भी मार्केट में आ जाए, पर राजकुमार उसे पार्थ के लिए एक्सक्लूसिव रखना चाहता था। दाधीच ने उस समय संगीत के बारे में जितनी बातें की थीं, उनसे किसी को भी लग सकता था कि यह दिन में चार घंटे रियाज़ करता होगा। एक महीने बाद उसके सामने परेशानी खड़ी हो गई, जब एमडी ने उससे संगीत बजने से पहले और बाद की प्रोडक्टिविटी की कंपेरेटिव रिपोर्ट मांग ली। इसे क्वांटिफाई कर पाना मुश्किल था, क्योंकि म्यूज़िक प्रोग्राम को फैक्टरियों में लागू करवाना वह भूल गया था। उसने अपनी ग़लती तुरंत ठीक की और सारे यूनिट हेड्स के पास एक फ़ीडबैक प्रोफ़ॉर्मा भेजा। फिर सबसे फ़ोन पर बात की। उन्हें ज़ोर देकर बताया कि इस म्यूज़िक प्रोग्राम में ख़ुद एमडी ने काफ़ी दिलचस्पी जताई है। तीन दिन बाद जब सारी जगहों से फ़ीडबैक आया, तो उसमें लिखा हुआ था– 'इस म्यूज़िक को सुनने पर हमारे कई साथियों के ग़ुस्से और चिड़चिड़पने में कमी आई है, उनमें झगड़ा पहले के मुक़ाबले कम हुआ है, तनाव घटा है, ऑफ़िस में ब्लडप्रेशर की शिकायत में कमी आई है और सिटिंग कैपेसिटी बढ़ी है।' इस फ़ीडबैक की रिपोर्ट बनाकर जब उसने राजकुमार के सामने रखी, तो दोनों ने स्वीकार किया कि उनका यह क़दम हिट हो गया है। राजकुमार ने उसे इस ख़बर के साथ तुरंत मीडिया में जाने को कहा। अगले दिन सारे चैनलों पर पार्थ का संगीत था और अगले महीने सारी बिजनेस मैग्ज़ीन्स में चार-चार पेज की रिपोर्ट। दाधीच के केआरए यानी की-रिजल्ट एरिया के चार्ट में एक और कामयाब प्रोजेक्ट जुड़ गया था।

मानदंड के अनुसार संगीत की तय आवाज़ के मुक़ाबले दाधीच अपने आसपास उसकी आवाज़ बहुत धीमी रखवाता था और किसी के भी टोकने पर बस फ़िस्स से मुस्करा देता था। इस समय भी उसने सबीना से आवाज़ कम करने को कहा और ख़ुद बालकनी में जाकर सिगरेट पीने लगा। सबीना सारा-सारा दिन संगीत सुन सकती थी। उसके कुकिंग गाउन की जेब में आईपॉड होता, कान से सफ़ेद रंग के ईयरफ़ोन झूलते रहते। जोन बाएज़, बोनी एम, बैकस्ट्रीट बॉयज़, व्हिटनी ह्यूस्टन, मैडोना, नोरा जोन्स, ब्रायन एडम्स और शकीरा के नंबर सुनते हुए वह ज़ोर से उनके साथ गाने भी लगती थी। ईयरफ़ोन के कारण ख़ुद उसे अपनी आवाज़ की बुलंदी का अहसास न हो पाता। संगीत के जोश में कभी-कभी इतना ज़ोर से गा देती कि भीतर के कमरे में सो रहा क्का उठकर बाहर आ जाता, हैरत में उसे देखता और उससे भी ज़ोर की आवाज़ में रोने लगता। वह रोते हुए क्का को गोद में उठा लेती, उसका हाथ पकड़ वाल्ट्ज़ नाचने लगती, उत्साह में उसकी आवाज़ और बढ़ जाती, आतंकित क्का के रोने की आवाज़ भी। दोनों आवाज़ें मिलकर जाने कौन-सा संगीत रचतीं कि सबीना को लगता, गुदगुदी की कोई लहर उसकी नसों में दौड़ रही है। वह संगीत और नाच बंद कर देती। एक कुर्सी खींचकर उस पर क्का को बिठा देती, ख़ुद घुटनों के बल हो जाती, आंसू से ज़्यादा निकली उसकी नोज़ी पोंछती और उसे गले से लगा मुस्कराते हुए रोने या रोते हुए मुस्कराने की बेबस-सी कोशिश करती। शादी के कुछ महीनों तक दाधीच को लगता रहा कि वह किसी साइको के साथ जीवन निभा रहा है। कभी लगता कि इस स्त्री के जीवन में न जाने कितने दुख हैं, जिन्हें किसी को न बता, भीतर ही भीतर दबाने के उपक्रम में न जाने वह किसके पक्ष में त्याग करती और इस त्याग की महत्ता को जान अपने आसपास के लोगों के मुक़ाबले ख़ुद को एक सीढ़ी ऊपर स्थापित कर लेती है। या ऐसी कोशिश करती है।

जब पहली बार वे दोनों मिस्टर एंड मिसेज़ जयंत लाल के घर से लौटे थे, तो वरली सी-फेस पहुंचने तक सबीना ने तीन बार कह दिया था कि उसे मिसेज लाल साइको लगती हैं। मिसेज लाल, जिसका नाम विंध्या था, जो एक ज़माने में किसी बैंक में काम करती थी, और पति की लगातार तरक़्क़ी के बाद जिसे न चाहते हुए भी नौकरी छोड़कर घर बैठना पड़ा था और कई बार पति से कहने के बाद भी जिसे पार्थ ग्रुप ऑफ़ कंपनीज़ में नौकरी नहीं मिल पाई थी, दो घंटे तक चुपचाप बैठी थी और कभी सबीना के गले में पड़े नेकलेस को देखती, कभी उसके लो-नेक टीशर्ट से झांकते क्लीवेज को, तो कभी जीन्स से बाहर निकलते उसके हिप्स को। एक बार झटके से मिसेज लाल ने उसका हाथ अपने हाथ में ले लिया, तो सबीना की सांस रुक गई। घबराहट और डर के मारे उसके हाथ कांपने लगे। मिसेज लाल ने बहुत देर बाद कुछ शब्द कहे, 'तुम्हारी स्किन बहुत ग्लो कर रही है। यह मदरहुड की निशानी है। कोई ख़ुशख़बरी है?' सबीना ने उस समय मुस्कराकर हाथ छुड़ाते हुए इतना-भर कहा था कि अभी तो कोई प्लानिंग नहीं है, लेकिन कुछ दिनों बाद जब उसके मेन्सेस बंद हो गए, तो वह मिसेज लाल को याद कर घबरा गई।

मिस्टर लाल ने कुछ समय पहले ही नेपीयन सी रोड पर सात करोड़ रुपए में एक नया घर ख़रीदा था, जिसकी ओपनिंग सेरेमनी में दाधीच नहीं पहुंच पाया था। बहुत दिनों बाद जब वह पहुंचा, तो लाल ने पूरा घर दिखाया, जिसमें उसका बार उसे ख़ास तौर पर पसंद आया, जिसमें दुनिया की हर क़िस्म की शराब पड़ी हुई थी, जिसे देखने के दो दिन बाद ही दाधीच ने भी अपनी स्टडी में वैसा ही एक बार बनवाया था। कुछ बोतलों की तरफ़ इशारा करते हुए लाल कहता कि ये राजकुमार को ख़ास पसंद हैं और कुछ को चंदूलाल की ख़ास पसंद बताता। दाधीच ने राजकुमार की पसंद की एक बोतल की तरफ़ इशारा कर उसे पीने की इच्छा जताई। सबीना ने सादी जिन पसंद की। जयंत लाल अपनी पत्नी से बार-बार कह रहा था कि वह न पिए क्योंकि डॉक्टर ने उसे मना कर रखा है, पर सबके हाथों में गिलास देख उससे रहा न गया और वह अपने लिए रेड वाइन ले आई।

मिसेज लाल अगर सड़क से गुज़र जाए या किसी ग्रॉसरी स्टोर में मिल जाए, तो कहीं से यह नहीं लगेगा कि वह पार्थ के वाइस प्रेसीडेंट जयंत लाल की पत्नी है, जिसके पास नेपीयन सी रोड के महंगे घर के अलावा अंबाला में एक बड़ा फॉर्म हाउस है, जहां 27 नौकर काम करते हैं और जिस लाल के बारे में यह भी सुना जाता है कि ऑस्ट्रेलिया में उसकी बड़ी प्रॉपर्टी है। उसका बेटा वहीं रहता है। ज़्यादातर समय साधारण साड़ी पहनने वाली मिसेज लाल के बाल खिचड़ी हो गए हैं और लाल के बार-बार कहने के बाद भी न कभी वह मेंहदी लगाती है, न रंग। गले में आभूषण के नाम पर सिर्फ़ एक काला धागा। तीस साल पुरानी एक अंगूठी, जिस पर मछली बनी हुई है और जिसका सोना घिसकर ऐसा हो गया है कि पीतल जैसा आभास दे, जिसे दांत से चबाते हुए वह लाल को ऐसी कातर निगाहों से देखती कि किसी मशीन की तरह लाल का सिर अपने आप झुक जाता। उसका पेट हल्का-सा बाहर को निकला था और साड़ी टखने से ऊपर ही ख़त्म हो जाती। इन सबसे ज़्यादा उसके चेहरे पर हर वक़्त रहने वाला एक बैराग या परायापन, जो बताता कि सोलह सिंगार कर ले, तो भी यह बैरागन ही लगेगी। लाल के आध्यात्मिक झुकावों के कारण विंध्या ने भी एक दिन गुरुमंत्र ले लेने की घोषणा की। हर सुबह उसके घर में एक स्वामीजी के प्रवचन बजते और हर महीने सत्संग के लिए वह आश्रम जाती। कुल मिलाकर यही उसकी आउटिंग होती। यह भी तब बंद हो गया, जब उसे पता चला कि लाल ख़ुद ऐसे बाबाओं को उठाने-गिराने का काम करता है।

विंध्या लाल की ज़बान को ठीक किस तारीख़ को काठ मार गया था, किसी को नहीं याद। कोई आ जाता, तो उसे शब्द भी ठीक से याद नहीं आते। ख़ुशी के बजाय उसके चेहरे पर अपमान की लकीरें आ जातीं। उसे लगता कि जो आया है, उसे पता होगा कि एक दिन उसके पति ने उसे बैंक में छोड़ सामने के एक लॉज में एक लड़की के साथ समय गुज़ारा था। उसे लगता कि मेहमान की नज़रों में उसके प्रति उपहास भरा हुआ है, और उस उपहास के फूटने से पहले आत्मरक्षा में वह एक उपहास उसकी ओर फेंक देती। अपने होने को शर्मनाक मानती और भरसक उसके सामने न जाती। हैदराबाद की

पुरानी कंपनी में जयंत लाल ने एक जनरल मैनेजर के मुंह पर रिज़ाइन फेंक कर मारा था, क्योंकि उसे शक था कि पुलिस वाले कांड की सुपारी उसने दी थी। रिज़ाइन फेंकते समय जयंत लाल गुस्से में चीख़ा था और उस सुबह पुलिस स्टेशन से निकलने के बाद अगली रात तक का पूरा क़िस्सा बीच दफ़्तर मुट्ठी भींचकर उसी तरह सुनाया था, जिस तरह कई बरस बाद पीएस दाधीच को। विंध्या लाल तक यह बात दफ़्तर के आदमियों की पत्नियों के ज़रिए पहुंची थी, आधी-अधूरी, जली-फटी। बार-बार पूछने के बाद भी लाल ने उसे कुछ नहीं बताया। उसने एक बार ज़हर पीने की कोशिश की, एक बार ख़ुद को दो घंटे तक बाथरूम में बंद रखा, एक बार कलाई की नस काट ली, पर जयंत लाल हर बार उससे यही कहता कि ऐसा कुछ नहीं हुआ था। विंध्या लाल मरने की हर कोशिश कर चुकी थी और एक दिन थक कर उसने अपने आप से कहा कि वैसा कुछ नहीं हुआ था, लेकिन शायद कहने के बाद उसकी आवाज़ ने ऐसा मानने से इंकार कर दिया। तब से वह जयंत लाल के साथ काम-भर का बोलती और उससे पड़ने वाले ज़्यादातर कामों को टाल देती। कुछ दिनों तक चुप रहने के बाद वह फिर बोलने लगती, जीवन में एक बच्चे की कमी का उलाहना देती-लेती, भूल जाती कि उनके एक बेटा भी है और जब घर में कोई मेहमान आता, तो उसे देख वह फिर चुप के उस बियाबान में लौट जाती, जहां उसका रोपा हुआ आवाज़ का बूटा बढ़ने से बग़ावत करता। उसे लगता कि जयंत लाल को उसकी चुप्पी का नहीं पता, क्योंकि उसने हर बार यही जवाब दिया है, 'मैं कहां चुप रहती हूं? हमेशा बोलती ही तो रहती हूं।' उसके बाद वह लगातार बोलने की कोशिश करती, जो टूटी, बिखरी और कतरी हुई बातों का गुच्छा-भर लगती। कई बार वह कहती कि चिड़ियां उसके साथ बात करती हैं और जब वह चलती है, तो उसे अपने पैरों से चूं-चूं की आवाज़ आती है। उसके तकिए के नीचे से कुछेक बार चिड़िया के पंख मिले थे। पूछने पर उसने बताया था कि जब वह गैलरी में बैठी थी, एक चिड़िया ने उसके पैरों पर इसी पंख से स्पर्श किया था।

रेड वाइन का हल्का-सा नशा भी विंध्या लाल को बोलने पर लगा देता है। जयंत लाल बार-बार उसकी आंखों की ओर देख नशे का अंदाज़ा लगाता। ड्रिंक्स के बीच ही उसने खाना लगाने का ऑर्डर दे दिया। लौटते समय पीएस दाधीच और सबीना को लगा कि दरवाज़े पर खड़ी मिसेज लाल उनसे कुछ कहना चाह रही है। वे कुछ देर तक खड़े होकर उसके बोलने का इंतज़ार करते रहे, पर जयंत लाल ने एक बार फिर हैंड शेक कर इशारा दे दिया कि उन्हें चले जाना चाहिए।

भीतर सबीना हल्ला मचा रही थी कि कम से कम अब तो उसे स्नान कर लेना चाहिए। उसका मन हुआ कि 21वीं मंज़िल से ही सिगरेट नीचे फेंके और देखे कि वह कितनी देर तक नज़र आती है। वैसे ही कोई छूटी हुई बात कितने दिनों तक याद रहती है। कुछ जाने-पहचाने नंबरों से फ़ोन बजते रहे। उसने मोबाइल को साइलेंट मोड में डाल दिया। स्टडी के इस कमरे में उसने रात-रात भर काम किया है। पार्थ का कोई भी प्रोजेक्ट

इस कमरे में बैठ किताबों से जूझे बिना नहीं हो पाया। रात को देर तक नोटबुक से लाइट चमकती रहती। सबीना बीच में उठकर आती और उससे झगड़ने की कोशिश करती। वह उसे बिठाता, उसके माथे को चूमता और किसी तरह वापस भेज देता।

वहां से लौटकर आने के बाद सबीना पाल को अपनी प्रेगनेंसी का पता चला और उसके कुछ समय बाद ही उस पर बुरे सपनों का आक्रमण हुआ। पहले उसे लगता था कि सपने में कोई आकर उसके पैर का अंगूठा खींचता है। जब वह उठती, तो दाहिने पैर के अंगूठे में हल्का-हल्का दर्द रहा करता। जागने के बाद ख़ुद को बहुत त्रस्त और संतप्त महसूस करती, लेकिन उसे याद नहीं रहता कि उसने सपने में देखा क्या है। एक रात जब इस कमरे में बैठ पीएस दाधीच काम कर रहा था, तब सामने बेडरूम से उसके रोने की आवाज़ आई, जिससे एकबारगी वह डर गया। सहजबुद्धि से उसके पैर बेडरूम की तरफ़ गए, जहां बिस्तर पर सबीना रो रही थी। एसी फुल कूलिंग पर था। उसका कंबल नीचे गिरा हुआ था। कांपते हुए वह एक हिचका भरती, फिर और ज़ोर से रोने लगती। बार-बार पूछने पर भी रोने का कोई कारण नहीं बता पाई। दाधीच ने स्टडी में नोटबुक और लाइट बंद की, उसके साथ आकर लेटा, उसके माथे को पप्पियों से भर दिया और किसी जतन उसे फिर सुलाने में कामयाबी पाई। सुबह वह भूल चुकी थी कि रात वह किस क़दर रो रही थी। कुछ दिनों बाद फिर ऐसा हुआ। इस बार सबीना ने बताया कि कोई उसका अंगूठा खींचा करता है, इतनी ज़ोर से कि लगता है कि वह अंगूठा तोड़ देगा। इतना दर्द होता है कि उसे रोना आ जाता है। एक रात वह स्टडी के दरवाज़े पर किसी प्रेत की तरह खड़ी हो गई। उस समय दाधीच नोटबुक पर अज़रा जहांगीर के साथ चैट कर रहा था। सामने सबीना को देख वह घबरा गया और तुरंत साइन आउट कर दिया। अपने डर के बारे में बताते हुए सबीना ने उससे साथ रहने का इसरार किया। दाधीच उसे चुप कराता रहा। उस समय दाधीच के मोबाइल पर बार-बार अज़रा जहांगीर की घंटी बज रही थी। कई बार काटने के बाद दाधीच ने उससे सुबह बात करने के लिए कहा। घबराहट की उस अचेत हालत में भी सबीना को बुरा लगा कि रात के तीन बजे भी उसका मोबाइल लड़कियों के कॉल से बजा करता है। उसके बाद सबीना के बुरे सपने तेज़ी से बढ़ने लगे। वे दिन-रात का ख़्याल न करते, हल्की झपक की झलक भी देखते, तो टूट पड़ते। दफ़्तर में दाधीच का मोबाइल दस बार बजता, तो सात बार सबीना का कॉल होता कि उसे घर में डर लग रहा है। दाधीच को लगता, उसके पेट में बच्चा नहीं, एक भयानक डर पल रहा है। सबीना ख़ुद डरती थी और उसका भयंकर वर्णन कर दाधीच को भी डरा देती। किसी भी पल, कहीं भी दाधीच की घंटी बजती, उस तरफ़ से सबीना की रोती हुई आवाज़ आती, आज उसने मेरी पिंडलियों पर चिमटी काट ली, आज वह अपने साथ एक डंडा ले आई थी, आज वह कह रही थी कि मैं तेरे बच्चे को मार डालूंगी। एक दिन वह बोली कि उसे पता चल गया है, डराने वाली एक औरत है। यह सब इतनी बार होने लगा कि पहले दाधीच उससे चिढ़ने लगा, फिर लगातार चिड़चिड़ा

रहने लगा और जब एक दिन कॉन्फ्रेंस रूम में जर्मन डेलीगेशन के साथ मीटिंग के दौरान उसने सबीना का कॉल काट कर फ़ोन स्विच ऑफ़ कर दिया, तो उसे अहसास हुआ कि वह अब अपनी पत्नी से नफ़रत भी करने लगा है। उन दिनों लगातार उसके भीतर यह चलता रहा कि वह सबीना पाल को जेट की एक फ़्लाइट में बिठा दे और हमेशा के लिए अपने जीवन से बाहर कर दे। या एक सुबह ऑफ़िस निकलते समय अपना ज़रूरी सामान एक बैग में भरे और अज़रा जहांगीर के पास चला जाए। सबीना का चेहरा तक देखने में उसे अजीब क़िस्म की वितृष्णा और डर महसूस होता। फिर पछतावा होता कि उन दिनों उसने कंडोम क्यों नहीं पहना था। फिर पछताने का यह सिलसिला दूर तक जाता और अंततः एक बड़े पछतावे में तब्दील हो जाता कि बिना ढंग से जाने उसने एक साइको से शादी कर ली।

दाधीच ने फ़ोन स्विच ऑफ़ कर दिया, तो डरी हुई सबीना को समझ में नहीं आया कि अब वह किसे फ़ोन करे। ख़ुशी की बातों को शेयर करने के लिए उसके पास कई लोग थे। 24 मंज़िल की उस इमारत में भी ऐसे कई थे, जिनके साथ उसका रोज़ का मिलना और घंटों का बतियाना था, लेकिन बहुत सोचने और देर तक फ़ोन की कॉन्टेक्ट बुक में एक-एक नाम पढ़ने के बाद भी कोई ऐसा समझ में नहीं आया, जिसे वह अपने भय और आशंकाएं बता सके, रुलाहट की ध्वनि सुना सके, थोड़ा-सा विश्वास मांग सके, और बेतहाशा तड़पते हुए कह सके कि इस समय मेरे पास आ जाओ, मेरे बेड के सिरहाने बैठो और अपनी हथेलियों से मेरी आंखें ढांप लो। उसका भय, क्रोध में बदल गया। उसने मोबाइल को दीवार पर दे मारा और लिव-इन मेड को फ़र्श से टुकड़े उठाने को कह बाथरूम में चली गई। घंटा-भर वहां रोने के बाद उसे दिलतोड़ थकान महसूस हुई और आकर सो गई। सोने से पहले नींद के हल्के झोंके में उसने एक काग़ज़ पर लिखा, 'लगता है, तुमने मुझे अपने जीवन से निकाल दिया है। अगर न निकाला हो, तो तुरंत निकाल दो। तब मैं इसे सहन कर लूंगी।'

वह कोई 27 तारीख़ थी। दाधीच हर बार के मुक़ाबले देर से आया था। सबीना को सोता हुआ जान वह सीधा स्टडी में चला गया। किताबों की अलमारी के बीच डिज़ाइन्ड छोटे-से बार से उसने स्कॉच का एक पैग बनाया। तभी उसका ध्यान वोदका की बोतल की तरफ़ गया, जो ख़ाली थी। भवें चढ़ाकर वह सबीना के कमरे में गया, जो उसे देखकर वापस सोने की कोशिश करने लगी। बेड के पास मेज़ पर एक गिलास था, जो वोदका से आधा भरा हुआ था। दाधीच ने बाथरूम का दरवाज़ा खोल गिलास की वोदका कमोड में गिरा दी। बेड पर उताने लेटी सबीना आंख फाड़कर उसे घूरना चाहती, पर नशे के कारण वे पूरी तरह खुलने से पहले ही अधमुंदी हो जातीं। स्टडी में आकर देर तक स्कॉच पीने, नोटबुक पर काम के साथ चैट करने और कुछ किताबों को पलटने के दौरान उसने तीन बार महसूस किया कि उस कमरे में सबीना उठी है, बाथरूम का दरवाज़ा खुला है और उसने उल्टियां की हैं। सोने जाने से पहले दाधीच ने बार में ताला लगा दिया।

अगली रात उसने सबीना के बेड के नीचे से वोदका की एक बोतल बरामद की और मेड पर बरस पड़ा। डर से बचने और एक गहरी ग़ाफ़िल नींद पाने के लिए सबीना शराब पी रही थी। तीसरे दिन उसे शराब न मिली, तो उसने ख़ूब हल्ला मचाया, दाधीच को फ़ोन करके गालियां दीं और फिर एक मोबाइल तोड़ डाला। थोड़ी देर बाद उसे और डर लगा, तो उसने लैंडलाइन से दाधीच को फ़ोन किया। उस तरफ़ से दाधीच ने हैलो कहा, तो न वह चिल्ला रही थी और न ही रो रही थी। शायद वह अपने डर पर क़ाबू पाना चाहती थी। दाधीच ने बहुत प्यार से उसे समझाया और शाम को जल्दी घर आकर उसे डॉक्टर के पास ले गया। डॉक्टर का कहना था कि प्रेगनेंसी की एंग्ज़ाइटी और इनसिक्योरिटी के कारण कई बार ऐसा होता है। इसे सिर्फ़ प्रेम और विश्वास से ही दूर किया जा सकता है। उसने सबीना के लिए कुछ सिडेटिव टैबलेट्स दीं, ताकि अच्छी नींद आ सके। अगले दिन दाधीच ने पृशिला पांडे का दिया एक छोटा-सा काग़ज़ जलाकर उसका चूरा बनाया और कॉफ़ी में डालकर सबीना को पिला दिया। कुछ दिनों तक सबीना को डर नहीं लगा। एक रात वह दाधीच की स्टडी में जाकर चीख़ने लगी कि उसकी समझ में आ गया है, उसे डराने वाली औरत कौन है। वह मिसेज़ लाल का नाम ले रही थी। दाधीच हैरत में पड़ गया, क्योंकि मिसेज लाल का नाम लेकर वह जिसका हुलिया बता रही थी, वह पृशिला पांडे से मेल खाता था। वह बता रही थी कि अभी थोड़ी देर पहले वह चेहरा एसी से झांक रहा था और जैसे ही उसने उस ओर देखा, वह हाउऊ...कहकर चिल्लाया। डरकर वह सीधा यहां आ गई। अगली बार उसने जो हुलिया बताया, वह पता नहीं किसका था, लेकिन वह उसे भी मिसेज लाल मान रही थी।

एक दिन उसे ब्लीडिंग होने लगी। यह बताने के लिए उसने दाधीच को फ़ोन किया। उसने काट दिया। उसने कई बार दाधीच को लगाया। उसने फ़ोन स्विच ऑफ़ कर दिया। सबीना ने डॉक्टर को घर पर बुला लिया, जिसने बाद में फ़ोन पर दाधीच को बेतहाशा डांटा और सबीना के ड्रिंक्स पर पूरी पाबंदी लगा दी। जिस दिन सबीना की सही-सलामत डिलीवरी हुई, दाधीच ने राहत की मीलों लंबी सांस ली और अस्पताल के कमरे में सबीना के माथे पर चूमते हुए कहा, 'बस कुछ दिन और, फिर जितनी चाहे, उतनी वोदका पी लेना।'

जब सबीना को पता चला कि मिसेज लाल उसे अस्पताल में देखने आई है, तो उसका घबरा जाना स्वाभाविक था। दाधीच नहीं चाहता था कि विंध्या अंदर जाए, लेकिन वह इतनी भोली और ख़ुश दिख रही थी कि उसे रोकने की हिम्मत न हुई। वह अपने साथ छोटा-सा गुलदस्ता लाई थी, जिसमें तीन अलग-अलग रंग के गुलाब थे, एक छोटा-सा डहेलिया और रजनीगंधा की चार-पांच डलियां। गुलदस्ते की भीनी ख़ुशबू, मिसेज लाल से निकलती ख़ुशबू-सी जान पड़ती थी। उसके होंठों पर गुलाबी रंग घिस जाने के बाद बची सफ़ेदी थी। उसने कान में दिल के आकार के बूंदे डाले थे और गले में सोने की पतली-सी चेन। पहली बार वह मुस्कराती हुई मिली। बीच में तीन बार पीएस दाधीच भीतर घुसा था, यह देखने के लिए कि सबीना उसके साथ नॉर्मल है या नहीं, पर वह

जब भी जाता, दोनों को हंसते हुए पाता। उन्होंने उसे बाहर रहने को कहा था। भीतर आधा घंटा गुज़ारने के बाद जब मिसेज लाल निकली, तो उसके चेहरे पर आकर्षित करने वाला आनंद था। उसकी सादगी से कुलीन सौम्यता झलक रही थी। आंखों में मातृत्व का भाव और न जाने किन विचारों के प्रति एक ठोस विश्वास दिख रहा था। हमेशा बुझी रहने वाली उसकी आंखें आसमान के सबसे चमकीले नक्षत्र की तरह दिख रही थीं। उसने दाधीच को बताया कि ड्राइवर के हाथों उसने थोड़ा सामान उसके घर भिजवाया है। बाद में दाधीच ने पाया कि बच्चे के लिए अगले एक साल तक कोई सामान न ख़रीदना पड़े, मिसेज लाल ने इतना भिजवा दिया था।

उसके जाने के बाद उसने सबीना से पूछा कि क्या उसे डर नहीं लगा? सबीना ने कहा कि वह चेहरा मिसेज लाल का नहीं था कि उसे जाने क्यों भ्रम हो गया था कि यह तो बहुत ही भली औरत है। बच्चे को दूध पिलाने के लिए दाधीच की मदद से ऊपर उठने की कोशिश करते हुए सबीना ने कहा, 'काश, मिसेज लाल मेरी मां होतीं।' उसने कहा कि वह कितना बड़ा क्षण होता है, जब मां बन जाने के बाद एक स्त्री सिर पर अपनी मां का स्पर्श महसूस करती है। उसके बाद वह पिछले आठ महीने, सत्रह दिनों के दौरान हर दिशा से उछलकर आए अकेलेपन को याद करती रही। बीच-बीच में ख़ुद के व्यवहार और दाधीच की उदासीनता का अर्थ खोजती रही। बहुत पहले, एक रात जब वे किसी पार्टी से लौट रहे थे, तब दाधीच ने कुछ देर के लिए वरली सी-फेस पर गाड़ी रोकी थी। वे उतरकर समंदर का बौराना देख रहे थे। उस रात वह ख़ुश थी या परेशान, याद नहीं आता, लेकिन सी-फेस की रेलिंग पर खड़े होकर दोनों थोड़ी देर चिल्लाते रहे थे। जिस जगह वे रेलिंग से उतरे, वहीं एक बूढ़ी औरत चीथड़ों में लेटी हुई थी। लैंप पोस्ट की पीली रोशनी में उस औरत ने सिर उठाकर इन दोनों को देखा। उसका चेहरा देखकर सबीना डर से चीख़ी और कार की ओर भागी। उसे भागता देख वह औरत उठंगी हो गई। उसके झबरे, चीकट बालों के बीच उसका अंधेरा चेहरा नहीं, बल्ब-सी चमकती महज़ दो आंखें दिख रही थीं। कार में देर तक अपनी धड़कन को क़ाबू करती सबीना पाल ने दाधीच से कहा था, 'एक दिन मैं भी उसकी तरह पागल हो जाऊंगी। सड़क पर लोटूंगी। उस वक़्त तुम किसी बेहद इंपॉर्टेंट शख़्स के साथ बैठे मेरा फ़ोन काट रहे होगे।' दाधीच के चुप रहने पर सबीना को बुरा लगा था। वह कम से कम यह तो कह सकता था कि ऐसा नहीं होगा या ऐसा नहीं सोचा करते। अब सारे चेहरे इतने गड्डमड्ड हो गए हैं कि समझ नहीं आता, एसी से झांककर हाउऊऊ...से डराने वाला चेहरा किसका था। वह बहुत एहतियात से अपने बच्चे का चेहरा देखती है। डर लगता है, बच्चे का चेहरा उस पागल औरत की तरह तो नहीं। वह दाईं ओर बैठे दाधीच का चेहरा देखने लगी। वह गरदन पीछे किए आंख बंद कर कुर्सी की पीठ से सिर टिकाए था। उसके चेहरे पर दुर्लभ क़िस्म की राहत दिख रही थी। वह खोजती है कि भय के इस अध्याय में कौन-से शब्द इसने लिखे, किन-किन वक़्तों पर ख़ुद बेतहाशा ख़ाइफ़ रहा, कभी-कभी पागलों जैसा

दिखता हुआ। फिर आंख बंद कर लेती है–यह आदमी पागल कर सकता है, ख़ुद पागल नहीं हो सकता। सबीना के भीतर अचानक सब कुछ भूल जाने की इच्छा का जन्म होता है। एक बच्चे को जन्म देने से पहले उसके भीतर न जाने कितनी चीज़ों का जन्म होता रहा है। बच्चे का दूध छुड़ाते और कंधे पर रख डकार दिलाने से पहले वह मुस्कराने की कोशिश करती है और पाती है कि वह सच में मुस्करा रही है। सब कुछ भूलने में मुस्कान का भूलना शामिल नहीं।

पीएस दाधीच ने कुल जमा चार बार ही मिसेज लाल को देखा था। अस्पताल में फूलों की ख़ुशबू छोड़कर जाती हुई मिसेज लाल को जब वह देख रहा था, तो सोचा भी नहीं था कि मृत्यु की कोशिशों से थक चुकी उस औरत में अब भी मृत्यु के प्रति कोई दिलचस्पी बची होगी। तीन महीने बाद मिसेज विंध्या जयंत लाल नेपियन सी रोड पर सवा सात करोड़ रुपए के बंगले की छत से गिरकर मर गई।

पुलिस उसे संदिग्ध परिस्थितियों में हुई मृत्यु मान रही थी, तो लोगों का कहना था कि अपनी बीवी के ठंडेपन से बुझ चुके जयंत लाल ने उसे छत से धक्का मारकर गिरा दिया। अख़बारों में जो ख़बरें छपी थीं, उनमें भी तमाम क़िस्म के शक थे, लेकिन जयंत लाल चुप था। उसने सिर्फ़ इतना कहा कि जिस समय यह हादसा हुआ, उस समय मैं घर में नहीं था। उसके बाद आवाज़ ने जयंत लाल का साथ छोड़ दिया। वह ज़्यादातर समय लॉन में बैठा रहता, सफ़ेद रंग की बेंत की कुर्सी पर। उसके आगे रखी कॉफ़ी की प्याली ठंडी होकर शरबत बन जाती, लेकिन उसकी नज़र उन पौधों पर से न हटती, जिन्हें विंध्या लाल ने कुछ दिनों पहले बड़े प्यार से रोपा था। वहीं पीएस दाधीच को पता चला था कि उस दिन अस्पताल में वह उन्हीं फूलों से गुलदस्ता बना कर लाई थी। बैठे-बैठे लाल की दाढ़ी बढ़ गई थी। चौबीसों घंटे थ्री-पीस सूट पहनने वाला जयंत लाल अब हमेशा कुर्ते-पायजामे में नज़र आता था। सोने की मोटी चेन, उंगली की सारी अंगूठियां, जिनमें मूंगा, पुखराज, गोमेद, हीरा और मोती थे, उतार चुका था।

ऑफ़िस और कॉर्पोरेट वर्ल्ड में यह चर्चा चल पड़ी कि जयंत लाल अब सक्रिय जीवन में नहीं लौटेगा। वह सन्न है, सनका हुआ-सा है। एक तो वह बोलता नहीं, दूसरे किसी की सुनता नहीं। वह गुरु मां या डेरा शाह क़लंदर या डेरा राधास्वामी या संत आसाराम या डेरा बाबा सुच्चे शाह के चरणों में चला गया है। चंदूलाल पसरीचा दिन में थोड़ा समय उसके घर बिताता, उसे हंसाने या बोलने की कोशिश करता। जयंत लाल के चेहरे पर अगर कोई भाव आता भी, तो किसी उपस्थिति नहीं, बल्कि किसी अनुपस्थिति के कारण। उसके नज़दीक के लोग कहते कि उसकी पत्नी जाते-जाते अपनी चुप्पी उसे वसीयत कर गई है। ख़ुद उसे भी लगता कि विंध्या के जाने के बाद वह हर क्षण उस जैसा होता जा रहा है।

दो महीने तक जयंत लाल ने कोई काम नहीं देखा, तो यह मान लिया गया कि अब वह नहीं आएगा। पीएस दाधीच को यह एक उम्मीद की तरह दिखा। इसी ख़ुशी में एक दिन उसने वर्किंग हॉल के बीचोबीच दुख-भरी आवाज़ में कहा कि शायद जयंत लाल ने

इस्तीफ़ा दे दिया है। यह ख़बर तेज़ी से फैली और अगले दिन के अख़बार में छप गई। सुबह से ही पार्थ के शेयर्स के भाव गिरने लगे। दोपहर तक किसी को समझ में ही न आया कि ये सब इतनी तेज़ी से क्यों गिर रहा है। राजकुमार पसरीचा उस समय कनाडा में था। गिरते-पड़ते वह मुंबई के लिए निकला। उसके कहने पर शिवकुमार और प्रेमकुमार के साथ राजकुमार की पत्नी निर्मिति, जयंत लाल के घर पहुंचे। किसी की समझ में नहीं आ रहा था कि यह ख़बर फैली कहां से। लाल ने सिर्फ़ इतना कहा कि मैंने अभी तक इस्तीफ़ा नहीं दिया है। बार-बार मना करने के बाद भी देर शाम लाल को पांच मिनट के एक इंटरव्यू के लिए तैयार कर लिया गया, जिसमें उसने कहा कि उसका इस्तीफ़ा देने का कोई मन नहीं है और वह जल्द ही पार्थ में लौटेगा। अगले कुछ दिनों में पार्थ के शेयर फिर संभलने लगे, पर तब से हर बात में लाल को आंख दिखाने वाला राजकुमार पसरीचा उससे घबराने लगा। आमने-सामने की आलोचना को टालने लगा। लेकिन जो शख़्स दफ़्तर लौटा था, वह जयंत नहीं, विंध्या लाल था। वह हर चीज़ को इतनी अपहचानी और अनजान निगाहों से देखता कि लगता, कभी उसने इस जगह काम ही नहीं किया है। ज़्यादातर समय चुप, लोगों की बातों से ज़्यादा ध्यान उनकी बॉडी और उसकी लैंग्वेज पर देता। कई बार वह अपने प्रोजेक्ट्स की रिपोर्ट भी न बनाता, जिससे चिढ़कर राजकुमार घर के डाइनिंग टेबल की पारिवारिक बातचीत में पैरासाइट कहकर उसका ज़िक्र करता। वह जल्द से जल्द उसका कोई विकल्प तलाश लेना चाहता था।

पीएस दाधीच ने भीतर ही भीतर इसे एक अवसर के चले जाने जैसा दुख माना और अगले अवसर के इंतज़ार में हर चीज़ को स्वीकार कर लिया।

अचानक उसे बहुत निराशा महसूस हुई। उसे जीवन की हर चीज़ व्यर्थ लगने लगी। अचानक हुए इस भावनात्मक आक्रमण को परे करने की सोच क्का के साथ खेलने के लिए एक बार फिर बेडरूम में गया, लेकिन सबीना उसे सुला चुकी थी और बाहर मेड को चमका रही थी कि अभी तक उसने कल शाम को ख़राब हुए प्रैम को साफ़ नहीं किया है। शाम को सबीना उसे प्रैम में डालकर नीचे घुमाने ले गई थी कि इलेवंथ फ्लोर वालों का डालमेशियन पट्टा छुड़ा इनके क़रीब से दौड़ते हुए गुज़रा था, जिससे प्रैम का बैलेंस बिगड़ गया और वह पार्क की गीली मिट्टी में जा गिरा। संयोग की बात है कि उस वक़्त क्का को मेड ने गोद में पकड़ रखा था और सबीना उसकी नैपी चेक कर रही थी। वह काफ़ी देर से रो रहा था, जिससे सबीना को लगा था कि उसे गीली नैपी के कारण रैशेज़ हो गए हैं।

क्का के फिर रोने की आवाज़ आई। वह सोते-सोते डर जाता है, चिहुंककर उठता है और पूरा ज़ोर लगाकर रोता है। शायद गर्भ के दिनों में उसने अपनी मां के डर को इनसाइडर की तरह महसूस किया था। ज़रा-सी थप्पी देने पर सो भी जाता है। दाधीच बाहर निकला, तो पूरे कमरे में अगरबत्ती की ख़ुशबू फैली हुई थी। उसने एक गहरी सांस लेकर ख़ुशबू को भीतर भर लिया। उसे लगा कि अब तक उसे नहा लेना चाहिए था।

स्टडी में जाकर उसने केटली का स्विच ऑन कर दिया। दराज़ से चाय की हरी पत्तियां निकाल रहा था कि सबीना ने आकर बताया, जब वह सो रहा था, पापाजी का फ़ोन आया था। दाधीच ने चेहरे की भावहीनता से इशारा दिया कि वह बाद में उन्हें फ़ोन लगा लेगा। उसकी नज़र में पापाजी यानी शशिकांत दाधीच एक अतृप्त और असंतुष्ट आदमी का नाम था, जो हमेशा तृप्त और संतुष्ट होने का भाव चेहरे पर चिपकाए रखता। वह अपने माता-पिता से असंतुष्ट रहते, यह कहते हुए कि वे उन्हें एक सही-साट तालीम दिलाने में नाकाम रहे। जब तक नौकरी की, हर तीसरे साल बदल जाने वाले अपने बॉस, सत्रह साल से नहीं बदली दफ़्तर की इमारत व व्यवस्था और घिसट-घिसटकर बढ़ने वाली अपनी तनख़्वाह से असंतुष्ट रहे। शादी की अगली सुबह से ही पत्नी से असंतुष्ट रहने लगे। उसकी साड़ी, ब्लाउज़, थोड़ी-सी मुड़ी हुई नाक, हंसते समय आंख बंद हो जाने और चलते समय चप्पल की आवाज़ आने से असंतुष्ट रहे। धीरे-धीरे उन्हें इन सबकी आदत पड़ गई, तो असंतुष्ट होने के लिए कुछ न कुछ नया खोज लाते। एक दिन उन्होंने इस बात पर असंतोष जताया कि तुम मुसीबतों के समय मुझे सलाहें नहीं देतीं, तो कुछ बरसों बाद इस बात पर असंतोष जताने लगे कि तुम हमेशा मुझ पर हुक्म झाड़ती हो, मेरे अपने लिए तो कोई स्पेस बचा ही नहीं। एक दिन जब वह मर गई, तो उसके इस तरह अचानक मर जाने पर असंतुष्ट हुए। वह जीवन में कुछ नहीं कर पाई, इस पर भी और वह उसके लिए जीवन में कुछ नहीं कर पाए, इस पर भी। शशिकांत चाहते थे कि उनका बेटा सिविल सर्विसेस क्लीयर करे, लेकिन वैसा नहीं हुआ। उन्होंने अपने असंतोष की घोषणा करते हुए कहा, 'सिर पर लाल बत्ती रखकर घूमने से बड़ा कोई दूसरा सुख नहीं।' अपने असंतोष से उनकी प्रतिबद्धता बेमिसाल थी। जब उनसे बात होती, तो कहते, 'सब कुछ तो देख लिया जीवन में, अब क्या बचा? हालांकि ऊपर वाला कहीं सुन रहा हो, तो मैं उसे बता दूं कि उसके दिए इस जीवन से मैं बिल्कुल संतुष्ट नहीं।' उनके असंतोष ने उनके रिश्तों के बीच लंबी दूरियां बना दी थीं। इन दिनों वह अपने एकाकीपन से असंतुष्ट थे, लेकिन जब झुंझनू से उनकी बहन का बेटा उनके साथ रहने मुंबई आ जाता, तो वह उसके हालो-फ़ितरत से ख़फ़ा रहते। इस तरह वह हमेशा 'डोंट बी संतुष्ट' की विज्ञापनी कैचलाइन का समर्थन करते दिखते। वह अब भी 17, वीपी रोड, विलेपार्ले में रहते थे और इस बात पर असंतुष्ट कि उनका बेटा महज़ बीस किलोमीटर दूर प्रभादेवी में रहता है, लेकिन फ्री के फ़ोन से भी कभी उन्हें फ़ोन नहीं करता। शशिकांत दाधीच को सारा हाल-चाल सबीना के ज़रिए ही मिलता था और उनके बीस बार कहने कि प्रफुल्ल से कहना, मैं याद कर रहा था, बमुश्किल एक बार उनके बेटे का फ़ोन आता। वह एक कॉल कराने के लिए सबीना को कितनी मशक़्क़त करनी पड़ती, यह शशिकांत को नहीं पता था, वरना उनकी नाराज़गी, नैराश्य और असंतोष में एक अध्याय और जुड़ जाता।

जब सबीना कहने लगी कि तुम्हें उन्हें कॉल किए दो महीने हो गए हैं और मिले हुए तो न जाने कितने दिन, तो पीएस ने उसकी बात काटते हुए एडवांस में कह दिया कि मेरा

इस वक़्त बिल्कुल मूड नहीं है। वह जब भी उन्हें फ़ोन करता, उनकी बेलाग हंसी से घबरा जाता। वह फ़ोन पर इस तरह आते, जैसे बरसों बाद मिल रहे बेटे को जकड़कर झप्पी ले रहे हों, बिना इस भान के कि बेटे की पसलियां टूटी हुई भी हो सकती हैं। 'बोलो पुत्तर, हा हा हा...' की आवाज़ सुनकर पीएस सोचता कि क्या सच में कोई इतना उन्मुक्त होकर हंस सकता है या फिर यह महज़ एक स्वांग है, तमाम उदासियों से असंतुष्ट होकर रचा गया? क्या तमाम ख़ुशियों और उनकी घोषणा करती एक बेलाग हंसी से असंतुष्ट नहीं हुआ जा सकता? पीएस को लगता है कि एक बार खुलकर हंसे हुए, बिना यह सोचे कि कितने दांत दिखते हैं, कितनी ऊंची ध्वनि होती है, उस हंसी को कोई अपना उपहास समझ बुरा भी मान सकता है, जिसमें कोई गणित न हो या जिसके असल होने पर अपने भीतर तक कोई शक न उभरे, ऐसी हंसी उसके पास आख़िरी बार कब आई थी? फिर वह उनसे पूछते कि तुम्हारा काम कैसा चल रहा है, जिसके जवाब में पीएस को कुछ ना सूझता। उसे लगता, ऐसा कहकर पिताजी यह बता रहे हैं कि उन्हें उसके काम में हो रही गड़बड़ियों की पूरी जानकारी है। और जब वह पूछते कि इस बार कौन-सी तरक़्क़ी हुई है, तो उसके ख़ून का बहना रुक जाता। यक़ीन-सा हो जाता कि पिताजी उसका मख़ौल उड़ा रहे हैं। उसने कई मिड-टर्म इन्क्रीमेंट पाए हैं, जिनकी सूचना देने पर पिताजी हैरत से पूछ लेते, 'तुम्हारी कंपनी में हर हफ़्ते प्रमोशन होता है क्या?' इसके बाद फिर उनका अपने जीवन के प्रति असंतोष शुरू हो जाता, जिसमें उस कंपनी के प्रति निराशा होती, जहां उन्होंने सैंतीस साल नौकरी की थी, जहां उनके नाम के आगे एक बार भी कभी एब्सेंट का 'ए' नहीं लगा था, और जहां से निकलने पर उन्हें मेमेंटो के रूप में चांदी का एक सिक्का मिला था, जिसे उन्होंने कुछ दिनों तक फ्रेम करा दीवार पर टांग रखा और एक दिन यह कहते हुए उतारकर दराज़ में रख दिया कि सौ रुपए से ज़्यादा का नहीं होगा यह।

कुल मिलाकर वह संतुष्ट चेहरे वाले एक असंतुष्ट पिता और दृढ़ भावों वाले एक घबराए बेटे का संघर्ष था, जिसमें सिवा दूरी के कुछ नहीं बढ़ना था। उनसे मिलते हुए वह घबराता था कि कहीं पिता को देखकर उसके भीतर सोया असंतोष का कोई हार्मोन या जीन जाग न जाए। जितनी भी देर उनके साथ रहता, महसूस करता कि वह उनके जैसा होता जा रहा है। वह असफल बूढ़ों से डर जाता और सफल बूढ़ों में अपने लिए एक नया सामाजिक रिश्ता खोजा करता। सोचता, पापाजी ने थोड़ी मेहनत की होती, तो किसी जगह जीएम होते। कई बार चंदूलाल, जयंत लाल या पुरानी कंपनी के एमडी को अपने पिता की तरह देखता। सोचता, मां सही समय घर से बाहर निकली होती, तो शायद फ़िल्मों में अभिनेत्री होती। हिंदी फ़िल्मों की पुरानी अभिनेत्रियों में वह मां खोजा करता। सोचता, सबीना अगर नौकरी न छोड़ती, तो किसी एविएशन कंपनी में बड़ी अफ़सर होती। सेक्सी और सफल औरतों से पत्नी की तुलना करता और अजीब क़िस्म की चिड़चिड़ाहट से भर जाता। इस तरह वह अपनी पत्नी, नौकरी, मित्रों और रिश्तेदारों के प्रति अजीब-सा असंतोष महसूस करता। बात-बात में इसे ज़ाहिर कर देता, जिस पर यक़ीनन सबको

दुख होता होगा। वहां से लौटता, तो उसके कई दिन इसी संघर्ष में बीत जाते कि शशिकांत दाधीच, मिडिल नेम की तरह उसके नाम से जुड़े रहें, भले उनके डीएनए की मैपिंग कमोबेश एक-सी हो, पर वह किसी भी तरह उसके व्यक्तित्व का हिस्सा न बन जाएं। फिर तय करता, अगर पापाजी जैसा नहीं बनना, तो उनसे मिलना भी बंद करना होगा।

वह उनसे बात कर प्रसन्नता महसूस करना चाहता है, बच्चे के साथ खेलकर थोड़ी देर ख़ुश रहना चाहता है, पत्नी के साथ कुछ पल बिताकर हल्का होना चाहता है। उसे लगता है कि उसका साथ पाकर ये सारे लोग ख़ुश हो जाते हैं, लेकिन ख़ुद उसके साथ ऐसा कब होगा, कोई अंदाज़ा नहीं लगा पाता।

एक दिन कोई न होगा, ये बच्चा न होगा, पत्नी न होगी, जैसे एक समय मां-बाप थे, लेकिन जो अब न होने ज़ैसे हैं, न दफ़्तर होगा न घर, सड़क और स्त्रियां भी न होंगी, बिना बात शिष्टाचार में मुस्कराना न होगा, उत्सुकता न होगी, प्रतिस्पर्धा न होगी, परिचय भी न होगा, कोई स्मृति, कोई भविष्य न होगा, क्या ख़ुश रहने की कल्पनाएं तब भी होंगी?

अलमारी में किताब की तरह रखे एलबम को निकालकर वह उस तस्वीर को देखता है, जिसमें उसके मां और पिता एक पेड़ के नीचे खड़े हैं। उन दोनों चेहरों को इस तरह देख रहा है, मानो याद करना चाहता हो कि इन्हें इन तस्वीरों के अलावा और कहां देखा है। ऐसा लगता है, जैसे उसके पास कोई स्मृति नहीं है। जो जीवन वह गुज़ारकर आया है, उसने न जाने कब उसका साथ छोड़ दिया, चलते रहने की ग़फ़लत में उसने कभी ध्यान ही नहीं दिया कि वह एक भरे-पूरे अतीत को गंवा चुका है, जिसकी स्मृतियों को बचाने और स्वामित्व के दावे के लिए सभ्यताओं में ख़ूनी संघर्ष हुआ करता है। एक और तस्वीर को देखते हुए उसे अहसास होता है कि उसे एक नए अतीत का आविष्कार करना होगा या कहीं बहुत पीछे जाकर उसे खोजना होगा, जैसे बेख़्याली में जेब से गिर गए सिक्के को तलाशने के लिए दुबारा उन्हीं रास्तों पर, सावधानी से, टटोलते हुए जाना होता है। फिर यह भूल जाना होता है कि दरअसल, निकले कहां के लिए थे।

उसे लगता है, उसने बूढ़े की गोली गटक ली है।

## 3

*एक क्षण के भीतर न जाने कितने क्षण रहते हैं। परमाणु का विखंडन किया जाए, तो उसमें उससे भी ज़्यादा ताक़तवर, ज़्यादा रहस्यमयी कणों का निवास मिलता है। उनकी गति और दिशा उस परमाणु की चौहद्दी में सीमित रहते हैं, वैसे ही कणों की गति और दिशा भी उसी क्षण की दुनिया में सीमित होती है। उन पर बाहरी क्षणों का दबाव पड़ता हो, लेकिन प्रभाव न पड़ता होगा।*

परमाणुओं के टूटने पर विस्फोट होता है। जब एक क्षण टूटता है, तो कोई ध्वनि नहीं होती। उसके बुरादे हवा में उड़ जाते हैं, दूसरे कई क्षणों के साथ संसर्ग करना चाहते हैं, लेकिन उन्हें कहीं प्रवेश नहीं मिलता।

मुझे लगता है, मैं वह क्षण हूं, जिसे एक सनक गए वैज्ञानिक ने ग़फ़लत में तोड़ दिया। मैं बुरादे में बदल गया और उड़ गया। मैं उन सारे कणों की तलाश में हूं, जिनसे वापस अपना साबुत रूप पा सकूं।

देखिए न, हम सूरज के चारों ओर घूम रहे हैं। घूमते सौरमंडल से बाहर एक मिल्की-वे है, वह भी घूम रही है। उसके पार घूमती हुई आकाशगंगाएं हैं, जो किसी दूसरे आकाशगंगा परिवार का हिस्सा हैं। वह परिवार भी घूम रहा है, लेकिन हमारी तरह उसके पास कोई सूरज नहीं। वे एक अंधेरे के चारों ओर घूम रही हैं।

इस तरह सब कुछ घूम रहा है।

तो हम जो सूरज की परिक्रमा कर प्रकाश का आभार जताते हैं, दरअसल, बृहत्तर रूप में अंधेरे की परिक्रमा करते हैं।

मैं जिसकी परिक्रमा करता रहा, वह अंधेरा निकला। मैंने परिक्रमाओं को हमेशा पवित्र माना और उसमें लगने वाले श्रम का सम्मान किया। सामाजिक, पारिवारिक, शारीरिक, भावनात्मक या किसी भी क़िस्म का श्रम। प्रेम हो या शत्रुता, सब श्रम के ही पर्यायवाची हैं। एक दिन मैं सारा श्रम उतारकर अलग़नी पर टांग दूंगा और ख़ुद को हवा में एक पंख की तरह छोड़ दूंगा। एक निस्पृह कण की तरह।

एक दिन मैं पाऊंगा कि अंधेरा ही हमारे जीवन का सबसे बड़ा सत्य है। हमें रोशनी के लिए बाह्य माध्यम की ज़रूरत पड़ती है, अंधेरे के लिए नहीं। प्रकाश संभवतः अंधेरे का सबसे विरल या डाइल्यूटेड रूप है। उसे अत्यधिक सांद्र कर दें, तो वह अंधेरे-सा प्रभाव डालता है। अंधेरा ही हमारी इच्छाओं का सबसे हिंसक और वेगवान उद्भासक है।

हम सब एक अंधेरे से निकलते हैं, दुबारा उसी में प्रविष्ट हो जाने के लिए। क्षण से लघु, लघुतर, लघुतम क्षण होते हुए टूटकर उसके बुरादे में बदल जाते हैं और अपने लिए महज़ एक दरवाज़ा खोजते हैं।

ऐसे में लगता है, भ्रम महज़ मानसिक अवस्था नहीं, एक राजनीतिक विचारधारा होता है।

क्या हम श्रम के राग पर भ्रम का गीत गाते हैं?

अपने केबिन के सामने पहुंचते ही पीएस दाधीच को बुरी तरह क्रोध आया, और उससे भी ज़्यादा गहरी आशंका हुई कि क्या यह आदमी इसी तरह उसके पीछे उसकी टेबल पर रखे काग़ज़ों को छेड़ा करता है। दनदनाते हुए वह केबिन में घुसा और लगभग चीख़ने वाले अंदाज़ में पूछा कि यहां क्या कर रहे हो, तो वहां खड़ा 42 साल का वह पहाड़ी आदमी, जिसका नाम रावत था और जो बीस से ज़्यादा बरसों से पार्थ में काम कर रहा था, घबरा गया। उसने बताया कि वह टेबल पर दाधीच के ही पेपर्स रख रहा था। वह शायद आज जल्दी आ गया है या रावत ही आज लेट हो गया, उसे समझ नहीं आया। उसका चेहरा देखने के बाद दाधीच ने ख़ुद को शांत किया और भीतर ही भीतर अपने व्यवहार के लिए ख़ुद को डांट भी पिलाई। उसका पर्सनल असिस्टेंट रावत सिर झुका खड़े रहने के बाद ख़ुद को अजीब स्थिति में पाता हुआ जा चुका था। क्या पता, बाहर भी वह ख़ुद को उसी अजीब स्थिति में पा रहा हो। जिस समय वह केबिन में घुसा था, रावत एसी का टेंपरेचर 17 डिग्री पर फिक्स करने के बाद रिमोट को उसकी दूसरी दराज़ में रख रहा था, जो हमेशा खुली ही रहती थी, जिसमें कुछ एक्सट्रा पेन, स्टैपलर, मार्कर, सेफ्टी पिन्स, पेंसिल, रबर और अनारदाना की एक शीशी पड़ी रहती थीं, जिनका इस्तेमाल करने की ज़रूरत उसे कभी नहीं आई। उसे ख़्याल आया कि उसके आने से पहले रोज़ इसी तरह रावत एसी ऑन करता है, उसकी टेबल पर दिन-भर की मीटिंग और प्रोग्राम्स के काग़ज़ रखता है, पीछे बुकशेल्फ़ में किताबें ठीक करता है और जब कभी उसका मूड अच्छा होता है, पीले रंग के फूलों का एक गुच्छा भी गुलदान में खोंस देता है। दाधीच को पता चल जाता कि उस दिन वह एक या दो घंटे जल्दी निकल जाने का इसरार करेगा, क्योंकि उस दिन उसे अपनी चार साल की बेटी, जिसके दिल में छेद है, को लेकर अस्पताल जाना होगा।

आते ही हमेशा की तरह किताबों के बीच रखी दुर्गा की एक तस्वीर को उसने आंख बंद कर मानसिक प्रणाम किया। दाहिनी दीवार पर छत के ठीक नीचे लगे लाल रंग के ज़ीरो बल्ब को चालू किया, जिसे उसने पृशिला पांडे के यह कहने पर लगाया था कि इससे तुम्हारे पराक्रम का कारक मंगल हमेशा स्ट्रांग रहेगा, बशर्ते इसे तुम ख़ुद चालू किया करो। जब वह यहां आया था, तो उसे जो केबिन मिला था, उसमें उसे पश्चिम की ओर मुख करके बैठना था, जिसके लिए उसने मना कर दिया था। पहले तो राजकुमार ने अपने वास्तु विशेषज्ञ का हवाला देते हुए केबिन के आर्किटेक्चर में बदलाव करने से इंकार कर दिया, पर दाधीच के अड़ने पर वह मान गया था। बाद में जब पूरे ग्रुप ने दाधीच की सफलता के दर्शन किए, तो राजकुमार ने अपना वास्तु एक्सपर्ट बदल लिया और सारे मुख्य अधिकारियों की बैठकी पूरब की ओर करवा दी।

बैठने के बाद उसने दिन-भर के प्रोग्राम पर नज़र डाली। वहां हर आधे घंटे में उसे कोई रिपोर्ट फ़ाइल करनी थी या मांगनी थी, किसी से मिलना था या किसी को कॉल करना था, लेकिन उसे यह सब पर्याप्त नहीं लगता। एक समय था, जब उसे अपना डेली कैलेंडर

देख ख़ुशी होती थी और वह आते-जाते तमाम लोगों को बताया करता कि दिन-भर में वह इनमें से आधे काम ही निपटा पाता है, आधे अगले दिन के शेड्यूल में शिफ़्ट हो जाते हैं। अब प्लानर में कितना भी भरा हो, उसे लगता है कि कम है, ख़ासकर राजकुमार के कमेंट के बाद से। एक दिन जब राजकुमार के केबिन में बैठकर वह कुछ प्रोडक्ट्स की ब्रैंडिंग में सेंसरी को हाईलाइट करने पर नोट्स ले रहा था, बातों-बातों में राजकुमार ने उससे पूछा था कि क्या उसे नहीं लगता, वह अंडर-यूटिलाइज़्ड है? पहले तो दाधीच सन्न रह गया, फिर बोला, आपका मैनेजमेंट ऐसा है कि कोई अंडर-यूटिलाइज़्ड कैसे रह सकता है, जिसे सुनकर राजकुमार ठहाके लगाने लगा। जब से स्लोडाउन आया है, राजकुमार ज़ोर देकर कहता है कि 'रिसोर्सेस का मैक्सिमम यूटिलाइज़ेशन' किया जाए। तब से उसकी जुबान पर 'अंडर-यूटिलाइज़्ड' किसी मुहावरे की तरह रहने लगा है। वह कर्मचारी, कार, कंप्यूटर और कुर्सी-मेज़ को भी इसी तरह से देखता। दो-चार महीने में राजकुमार को एक नया शब्द पसंद आता, वह उसे मंत्रों की तरह दुहराता, फिर वह पूरे पार्थ का मुहावरा बन जाता। इससे पहले उसे 'आइसिंग' शब्द पसंद आया था, तब वह ग्रेड वन से कहता कि उसका काम ग्रेड टू एंड थ्री के कामों पर आइसिंग करना है, जैसे केक पर आइसिंग की जाती है। उससे पहले उसे 'ऊम्फ़' पसंद आया था, तो वह उस पर ज़ोर देता कि यहां किसी की पर्सनैलिटी में ऊम्फ़ नहीं है कि काम में ऊम्फ़ होना चाहिए कि यह प्रोडक्ट नहीं चलेगा, इसमें ऊम्फ़ पैदा करो। पूरा पार्थ ऊम्फ़ ढूंढ़ने लगता, जहां से भी मिल जाए। उससे पहले उसे 'ज़िद' पसंद आया था और वह कहता था, ज़िद हो, तो दुनिया बदली जा सकती है। उतने दिनों तक पूरा पार्थ किसी ज़िद्दी बालक की तरह नज़र आता। 'बेस्ट इन कैटेगरी', 'व्हाट नेक्स्ट', 'वैल्यू-एडीशन' भी ऐसे ही मुहावरे थे।

राजकुमार का यह कहना उसे बहुत बुरा लगा था और अपने केबिन में वापस आकर उसने पिछले चार महीनों में ख़ुद के किए कामों की पूरी रिपोर्ट बनाकर एमडी सेक्रेटेरिएट को भेज दी थी। इसीलिए वह बार-बार अपना प्लानर देखता, उसमें कामों की गिनती करता और ख़ुद से ही पूछता, 'और क्या जान ले लेंगे?' नए-नए काम जोड़ा करता और रावत अगर कुछ भूल जाता, तो उस पर पिल पड़ता। शाम को पूरे हो गए कामों की एक रिपोर्ट बनाकर एमडी को भेज देता। ऐसा करते हुए उसे ख़ुद पर बड़ा ग़ुस्सा आता था। एक दिन एमडी सेक्रेटेरिएट से कॉल आ गया कि वह बिना मांगे ऐसी रिपोर्ट्स न भेजा करे। जिस समय वह कुछ आइटम्स को रेड मार्कर से अंडरलाइन रहा था, रावत ने बताया कि पोतदार साहब का ड्राइवर उसके लिए एक लिफ़ाफ़ा छोड़ गया है। दो महीने पहले हार्ट अटैक से पोतदार साहब की मृत्यु हुई थी।

रामनाथ पोतदार कंपनी के छह वाइस प्रेसीडेंट्स में से एक था। इनमें से हर कोई ख़ुद को सीनियर मोस्ट मानता था, हालांकि सबके महकमे बंटे हुए थे। कहने को तो पोतदार फाइनांस देखता था, लेकिन कहना यह भी था कि वह पूरा ग्रुप देखता है। प्रतिष्ठा की लड़ाई में अक्सर पहले नंबर पर आता। हिंदू पौराणिक कथाओं की तरह वर्चस्व पर

दावे का दृश्य अक्सर बन जाता। जैसे सृष्टि का संचालन करने वाले विष्णु, शिवादि देवता अपने-अपने महकमे बंटे होने के बाद भी 'हममें से कौन बड़ा' जैसा प्रश्न लेकर कभी ब्रह्मा के सामने प्रस्तुत हो जाते, तो कभी दुर्गा के सामने, वैसे ही पार्थ ग्रुप ऑफ कंपनीज़ के वाइस प्रेसीडेंट भी कभी चंदूलाल, तो कभी राजकुमार के सामने प्रस्तुत हो जाते। हमेशा अमूर्त रूप में। उन दोनों का जवाब होता कि कॉर्पोरेट में तो सबसे बड़ा कस्टमर ही होता है। इस पर भी देवताओं को संतुष्टि न होती, तो बताया जाता कि शेयर होल्डर और स्टेक होल्डर सबसे बड़ा होता है। पावर पिरामिड के टॉप-टिप का संधान कर लेने की कवायद का ख़ात्मा तब होता, जब पिता-पुत्र द्वारा यह अंततः यह बताया जाता कि बोर्ड ऑफ़ डायरेक्टर्स सबसे बड़ा होता है। बोर्ड में सब शामिल थे, सो, सब ही इस सम-भाव को एक बार फिर स्वीकार कर लेते। तो सृष्टि जैसा दिखने वाला कॉर्पोरेट, लोकतंत्र की तरह दिखने लगता, जिसमें सबसे पहले जनता के बड़े होने की बात कही जाती, और अंततः सदन और संविधान के सबसे बड़े होने की बात पर सहमति बन जाती।

प्रतिष्ठा के ऐसे ही एक द्वंद्व में पोतदार ने राजकुमार को सार्वजनिक तौर पर सांसत में डाल दिया था। कंपनी ने प्रमुख मेहमानों के लिए एक ख़ास मर्क ख़रीदी थी, जिस पर ज़्यादातर नियंत्रण पोतदार का था, लग्ज़री कारों में बेतहाशा रुचि के कारण। एक बार पोर्च में दोनों साथ पहुंचे। राजकुमार एक साधारण कार में था, जबकि पोतदार कुछ मेहमानों के साथ मर्क से उतरा। राजकुमार को हीनता का नुकीला बोध हुआ। वह पोतदार को देखा-अनदेखा कर भीतर चला गया। शाम होते-होते राजकुमार ने एचआर हेड से कह मर्क अपने बंगले पर रखवा दी। कई दिनों तक राजकुमार के घरेलू नौकर छोटी-मोटी ख़रीदारी के लिए उसका इस्तेमाल करते रहे। अगले महीने एमडी राजकुमार पसरीचा की तनख़्वाह से न केवल मर्क के पेट्रोल, मेटनेंस, ड्राइवर का बिल काट लिया गया, बल्कि ऑफ़िस ऑफ़ द वाइस प्रेसीडेंट (फाइनांस) की ओर से उसे बाक़ायदा ई-मेल भेजा गया, जिसमें इसकी सूचना दी गई थी और पूछा गया था कि कंपनी के मेहमानों के लिए रिज़र्व कार को बिना इजाज़त या बिना सूचना, वह अपने निजी कामों के लिए कैसे इस्तेमाल कर सकता है? राजकुमार हैरान रह गया। ज़ाहिर-सी बात है, उसे बिल के पैसों की इतनी चिंता नहीं थी, जितनी इससे खुरच गए अपने मान की। अगले दिन मर्क वापस कंपनी के पोर्च में खड़ी थी, लेकिन उसके बाद उसका इस्तेमाल किसी ने नहीं किया। उसका ड्राइवर उसे रोज़ धोता-पोंछता, तेल-पानी करता और भीतर बैठ मराठी गाने सुनते हुए इंतज़ार करता कि कोई आए और उसे गाड़ी चलाने का मौक़ा मिले, पर कोई नहीं आया। बाद में छंटनी के दौरान उस ड्राइवर को निकाल दिया गया। तबसे वह अनछुई, वहीं पड़ी रहती है, उस पर जमी धूल पर लोगों ने कुछ नाम, तीर और दिल के निशान बना दिए हैं। कीचड़-पानी के कारण उसके चारों टायर सड़ गए हैं, जिससे वह धप्प-से बैठ गई लगती है।

पोतदार एक बहुत मज़बूत आदमी का नाम था। उसकी भवें हिलने मात्र से कंपनी को करोड़ों का नुक़सान हो सकता था। सारी पॉलिटिकल डीलिंग्स पोतदार के ज़रिए होतीं। ख़ासकर बिजली और तेल सेक्टर की। तीस साल से वह यही काम कर रहा था। उसके भीतर हमेशा यह अहसास बना रहता कि कंपनी उसकी मेहनत के कारण आज इस मुक़ाम तक पहुंची है, वरना ये लोग नमक और चड्डी ही बनाते रह जाते। चंदूलाल उसका बहुत मान करता था, उसकी हर बात मानता था और स्पष्ट तौर पर उससे दबता था, इसलिए पोतदार, राजकुमार को कहीं गिनता ही नहीं था। वह पार्थ के उन पुराने लोगों में था, जो ख़ुद को कर्मचारी नहीं, चंदूलाल का दोस्त मानते थे और कभी इस बारे में नहीं सोचते थे कि चंदूलाल उन्हें क्या मानता है। चंदूलाल ने पोतदार के साथ बरसों बैठकर शराब पी थी और पुराने दिनों में, धुत हो जाने के बाद जब वह ड्राइव करने की स्थिति में न होता, तो पोतदार स्कूटर से उसे घर छोड़ा करता। ऐसे मौक़ों पर वह उसे बंगले के सामने ही उतारकर चला जाता, उसके कॉलबेल बजाने का इंतज़ार तक न करता, क्योंकि चंदूलाल की बीवी उस व्यक्ति पर ज़्यादा भड़कती थी, जो ऐसी हालत में उसे घर छोड़ने आता। यह उस समय की बात है, जब एमडी हाफ़ पैंट पहना करता था, चॉकलेट की ज़िद करता था और उन लोगों को अंकल या चाचा कहता था, जिनकी आज खुलेआम क्लास लिया करता है। पोतदार अब भी कई बार उसे राजकुमार या सर या एमडी कहने के बजाय बबलू कहता था। वह बताता कि बबलू चौथे-पांचवें रोज़ ऑफ़िस आ जाता और पोतदार के टेबल से कैलकुलेटर लेकर भाग जाता था। पोतदार उसे चॉकलेट दिया करता, जिसके कारण वह उसे 'टॉफ़ी अंकल' कहता। एक बार पोतदार की दराज़ से निकाल कर उसने इतनी टॉफ़ियां खा ली थीं कि उसे पॉटी लग गई और देर तक उसे रोकने की कोशिश के बाद वह रोने लगा, तब पोतदार ख़ुद उसे लेकर टॉयलेट गया था। लोग बहुत मज़े से पोतदार के ये क़िस्से सुना करते। हालांकि राजकुमार की स्मृति में ऐसा कुछ नहीं था। उसे सिर्फ़ इतना याद था कि छुटपन में वह कभी-कभार पापा के साथ ऑफ़िस आ जाता था। एक बार उसने हंसते-हंसते पोतदार से कह दिया कि वह उसके बचपन की बातों में, मौक़ा देखकर कहीं मसाले तो नहीं लगा दिया करता। यह इशारा था, जिसे हंसता हुआ पोतदार नहीं समझ पाया। एक बार भरी मीटिंग में पोतदार के किसी प्रपोज़ल पर राजकुमार ने बुरी तरह डांटा था और कहा था कि मुझे लगता है, तीस साल तक आपने सिर्फ़ झख मारी है, बच्चों की सू-सू पॉटी गिनी है, जिस पर ज़्यादातर लोगों को लगा कि अब वाइस प्रेसीडेंट इस्तीफ़ा देकर चला जाएगा, लेकिन दूसरे ही दिन पोतदार पलटकर आया और जिस थ्योरी को राजकुमार ने ग़लत साबित कर दिया था, उसे अमल में लाकर प्रॉब्लम सॉल्व कर लेने की सूचना दे दी। इसके बाद दोनों के बीच ख़ामोशी का रिश्ता बन गया, जिसमें दोनों ही एक-दूसरे के दरवाज़ों की ओर न देखते। बहुत ज़रूरी पड़ जाने पर ही राजकुमार उससे सीधे बात करता, वरना उसका सेक्रेटेरिएट ही डील करता। जबकि पोतदार ज़्यादातर डीलिंग चंदूलाल के मार्फ़त करता। इसीलिए जब मर्क

वाले मामले ने तूल पकड़ा, तो चंदूलाल ने दोनों को घर बुलाकर समझाया, बीच-बचाव कर शांत किया और कंपनी के सांझा विज़न की याद दिलाई। राजकुमार ने सार्वजनिक तौर पर पोतदार के महत्व को कोट किया और उसे मान्यता दी।

तब पोतदार राजस्थान के एक स्पेशल प्रोजेक्ट में लगा था और बार-बार कोशिश के बाद भी कैबिनेट और सीएम उसके हाथ नहीं आ रहे थे। इस कारण पूरे बोर्ड की आलोचना झेल रहा पोतदार एक दिन सांताक्रूज एयरपोर्ट पर उतरा, तो पाया, उसे लेने के लिए हमेशा की तरह उसका ड्राइवर नहीं, ख़ुद राजकुमार आया है, एक मारुति वैन में बैठकर, जिसका सीटकवर उखड़ा हुआ था, डीज़ल की बू आ रही थी और दाहिनी तरफ़ वाला स्लाइडिंग दरवाज़ा नहीं खुलता था। पोतदार को उसे देख ग़ुस्सा और आश्चर्य हुआ, लेकिन ख़ुद राजकुमार के उसमें बैठे होने के कारण वह भी बैठ गया। हाईवे पर पहुंचते ही राजकुमार उतर गया और पहले से खड़ी दूसरी गाड़ी से वर्सोवा चला गया। पोतदार ने भी आगे जाकर वैन छोड़ दी और अपने ड्राइवर को बुला लिया। जब तक वह आता, पोतदार अपने सामान के साथ एक पेड़ के नीचे सिर झुकाए, पसीना पोंछते खड़ा रहा। काले रंग का बैग उसने पैरों के पास टिका रखा था, जिस पर लगी धूल देख उसे चक्कर जैसा कुछ आता। जब ज़ोर की हवा चलती, तो धूल को आंख और दांत पर महसूस कर किरकिराने लगता और मोबाइल की स्क्रीन पर हथेली से छांव कर फ़िज़ूल एसएमएस डिलीट करता। घर आने के बाद उसने सबसे पहले चंदूलाल को फ़ोन कर अपने पुराने दिनों का हवाला दिया, अपनी मेहनत, त्याग और जान जोखिम में डालने की घटनाएं याद कराईं और बार-बार पूछता रहा, 'मुझसे क्या ग़लती हुई, जो इस तरह अपमानित किया गया?' मोबाइल स्विच ऑफ़ कर वह अपने कमरे में चला गया। उसकी गूं-गूं करती घुटी हुई चीख़ सुनकर उसकी पत्नी उसके पास गई, तब वह बुरी तरह तड़प रहा था। कुछ घंटों बाद अस्पताल में उसकी मौत हो गई। उसके चेहरे पर मृत्यु के प्रति अविश्वास था, उसका थोड़ा-सा खुला मुंह बता रहा था कि वह अवाक् मरा है, अपनी वाणी खोजने कहीं गया है और कुछ ही पलों बाद कुछ नई बातें बोलेगा।

उसकी मृत्यु की ख़बर सुनकर राजकुमार पसरीचा सन्नाटे में चला गया। उसके दाह-संस्कार के समय वह सबसे आगे खड़ा था। दो-एक बार पीछे चला गया, तो उसके अफ़सर उसे फिर आगे ले आए। जिस समय पोतदार के बड़े बेटे ने चिता की परिक्रमा कर पानी से भरी मटकी सिर के पीछे गिराकर फोड़ी, राजकुमार के हाथ कांपने लगे। उसने कंपन छुपाने के लिए दोनों हाथ प्रार्थना या माफ़ी की मुद्रा में जोड़ लिए, लेकिन जुड़ने के साथ ही दोनों हाथों का कंपन भी जुड़ गया और एक बड़ी कंपकंपी में बदलने लगा, तो उसने हाथों को कुरते की जेब में डाल लिया। दाह-संस्कार से लौटते वक़्त भी उसकी कंपकंपी नहीं मिटी। घर लौटने के बाद वह पलंग पर गिर गया। घंटों बाद जब वह जागा, तो महसूस किया कि सिर्फ़ हाथ नहीं, पूरा शरीर ही बुरी तरह कांप रहा है। चलने में इतनी मशक़्क़त, जैसे कोई रोबो चल रहा हो। कमरे से उतर डाइनिंग टेबल तक पहुंचने में वह

सात बार सीढ़ियों पर बैठा और तीन बार इतनी बुरी तरह लड़खड़ाया कि लगभग गिर पड़ा। घर के लोग उसकी यह हालत देख हैरान रह गए। सबको लगा कि उसने ज़्यादा शराब पी ली है। वह किसी को बता भी नहीं पा रहा था, क्योंकि उसका मुंह खुला का खुला था, बोलने की कोशिश उसके चेहरे पर कोहराम मचा रही थी, बेबसी में उसकी आंखों से पानी गिर रहा था, गालों पर लगातार खुजली हो रही थी और पूरे शरीर से अपनी स्थिति पर अविश्वास चू रहा था। चंदूलाल के सामने आने पर उसकी कंपकंपी और बढ़ जाती। थोड़ी देर बाद पूरी तरह रुक जाती। वह कोशिश करके बोलने लगता। घंटे-भर बाद उसका कांपना फिर शुरू हो जाता। उस वक़्त लगा, जीवन पूरा भले न हुआ हो, स्थगित ज़रूर हो गया है।

चार दिनों तक वह किसी से नहीं मिला। उसके कमरे को डॉक्टरों ने अस्पताल बना दिया। वहां कई क़िस्म की मशीनें लगी हुई थीं, कई टेस्ट हो रहे थे और शहर के सबसे ज़हीन डॉक्टरों की भी समझ में नहीं आ रहा था कि आख़िर उसे हुआ क्या है। पांचवें दिन सुबह-सुबह उसे लीलावती में एडमिट कर दिया गया, जहां वह लगातार तीन दिनों तक सोया रहा। चौबीसों घंटे बेड के पास बैठे डॉक्टर और नर्स उसकी कंपकंपी का इंतज़ार करते रहे, पर वह नहीं आई। जब वह जागा, तो लगा, इतने दिनों तक किसी और दुनिया में था। वह पैदल ही पूरी पृथ्वी का चक्कर लगाकर आया है और इस क़दर थका हुआ है कि क़दम तक नहीं उठते। थोड़ी राहत अनुभव होने पर दसवें दिन वह बंगले के बेसमेंट में बने दफ़्तर में काम संभालने लगा। अगले एक महीने के लिए उसका सेक्रेटेरिएट वहां शिफ़्ट हो गया। वह फ़ोन पर बात करना टाल देता, किसी से भी आमने-सामने बात न करता, यहां तक कि वीडियो कॉन्फ्रेंसिंग से भी हिचकने लगा। उसकी पत्नी निर्मिति, जो दिन में अपना इवेंट मैनेजमेंट का काम देखती, शाम की पार्टियों की तैयारी करती या फिर वीमन्स लिबरेशन ग्रुप के नए सेमिनारों का आइडिया सोचा करती, हर समय उसके सामने बैठी रहती। वह हर निर्देश उसे देता, वह बाहर जाकर सेक्रेटेरिएट को नोट कराती और पूरे ग्रुप में ई-मेल सर्कुलेट हो जाता। राजकुमार हर बात पर हं... कहकर मुंह खोल देता, कंपकंपी की आशंका से कम्युनिकेशंस का प्रिंट आउट हाथ में लेने से इंकार कर देता और निर्मिति से उन्हें पढ़कर सुनाने के लिए कहता। इस दौरान वह अपना हाथ टेबल के नीचे छिपाकर रखता। जब कभी उसका हाथ हल्के-से भी कांपता, कड़वा मुंह बनाकर उसे देखता और होंठों को भींचते हुए कंपकंपी को बस में कर लेता। कुछ दिनों बाद उसे कंपकंपी की स्मृति-भर रही, लेकिन वह अविश्वास नहीं गया, जिसे उसने पोतदार के मरे हुए मुख पर चिपका देखा था। उस समय उसे लगता कि मरे हुए व्यक्ति का चेहरा कभी न भूलने वाली तस्वीर होता है और जीवन से ज़्यादा वज़नदार मृत्यु होती है।

इस दौरान वह सामने बैठी निर्मिति को खोई आंखों से घूरता रहता। वह उबासियां लेती और जब चुप्पी से परेशान हो जाती, तो कमरे में संगीत बजा देती। उससे परेशान

होकर राजकुमार बेचैन हो जाता। रात को जब निर्मिति उसके चित्त को स्थिर करने के लिए उसकी छाती पर बेतरतीबी से उगे बालों के साथ खेलती, उसे बेतहाशा चूमकर उकसाती, तो सुबकने लगता और बच्चों की तरह उसके स्तनों के बीच छिप जाता। सभी की तरह निर्मिति को लगता, वह एक पुराने साथी के पूरे हो जाने के सदमे से उबर नहीं पा रहा। वह उसे समझाती कि पोतदार अपनी नैसर्गिक मृत्यु मरा है, उसे दो हार्ट अटैक पहले ही हो चुके थे और यह तीसरा था, तो राजकुमार उसी अविश्वास से देखता। जैसे सूखी त्वचा समय के साथ जगह छोड़ने लगती है, उखड़कर गिर जाती है, वह अविश्वास भी जाता रहा और राजकुमार के चेहरे पर विश्वास की नई त्वचा उभरने लगी।

और महीने-भर बाद जब वह ऑफ़िस लौटा, तो पहले से ज़्यादा किलर था। मुस्कराता हुआ, ख़ूबसूरत। किसी सीरियल किलर की तरह जब वह गलियारे से गुज़रता, तो लोग मुंह बाए उसे देखते रह जाते। इतना सुंदर वह पहले कभी नहीं लगा था। आते ही उसने सबसे पहले कॉन्फ्रेंस रूम का नाम बदलकर रामनाथ पोतदार कॉन्फ्रेंस रूम रखवा दिया और 22 लाख रुपए देकर, मुंबई के सबसे बड़े आर्टिस्ट से पोतदार की एक शानदार पेंटिंग बनवाई, जिसे भावभीनी श्रद्धांजलि के साथ उस कमरे में टांगा गया। दाधीच ने इस पूरी घटना को एक इवेंट माना और इस तरह मैनेज किया कि दीवार पर टंगी उस पेंटिंग की तस्वीर सारी प्रमुख बिजनेस मैग्ज़ीन्स में छपी, जिसके नीचे पार्थ की टॉप लीडरशिप के एंप्लॉई-फ्रेंडली रवैये का ख़ास उल्लेख किया गया था।

तीसरे दिन राजकुमार ने पूरे ग्रुप में सुंदरकांड का पाठ कराने का फ़ैसला किया। उसने अपने पंडित से पूछा था कि क्षमा मांगने के लिए कौन-सा अनुष्ठान करना चाहिए, तो उसने बताया कि आदि शंकराचार्यरचित देव्यपराधक्षमास्तोत्रम् का पाठ करना फलदायक होता है, लेकिन क्षमा के साथ अगर धन-धान्य, सफलता और आसन्न संकटों से मुक्ति की कामना हो, तो सुंदरकांड का पाठ करना चाहिए। पंडित के बताए अनुसार, राजकुमार ने एक सुंदरकांड कमेटी बनाई, देश-भर से पार्थ की 108 यूनिटों को चुना और अगले हफ़्ते एक ही दिन, एक ही समय सारी जगहों पर एक साथ सुंदरकांड पढ़ने, हवन करने का सर्कुलर जारी कर दिया। हर यूनिट में आठ लोग सस्वर पाठ करेंगे, यानी 864 लोगों की वाणी गूंजेगी, हर यूनिट में कम से कम 11 श्रोता होंगे यानी 1188 लोग पाठ का रसानंद लेंगे, हर यूनिट में आम की लकड़ी के 108 टुकड़ों का प्रयोग किया जाएगा यानी 11,664 टुकड़ों, जो कि एक युवा आम्रवृक्ष के आकार के हो जाएंगे, से प्रज्ज्वलित अग्नि से आराधना होगी और हर यूनिट में कम से कम 1008 लोगों के बीच प्रसाद बंटेगा यानी एक लाख आठ हज़ार 864 लोग हवन के हिस्सेदार बन जाएंगे और इस तरह इन सबका सामूहिक पुण्य राजकुमार और पार्थ के पक्ष में प्रार्थना करेगा। यह हवन यूनिट के भीतर ही होगा, पाठ और हवन एक सेकेंड के लिए भी बाधित न हों और पाठ करने वाली भजन मंडली में कम से कम एक सदस्य पार्थ का हो, यूनिट हेड हो, तो सर्वोत्तम।

मुंबई हेड ऑफ़िस में हवन के समय इलेक्ट्रिशियंस फ़ायर अलार्म ऑफ़ करना भूल गए। केले व सेब में खोंसी गई अगरबत्ती का धुआं धीरे-धीरे छत की ओर गया, तो एक ख़तरनाक आवाज़ ने पूरे ऑफ़िस को हिलाकर रख दिया। लोग अगरबत्ती की तरफ़ देखना भूल गए और आग की आशंका से सीधे बाहर की ओर भागे। सीढ़ियों पर भगदड़ मच गई। भीतर दौड़ता हुआ कोई कंप्यूटर से टकरा गया, तो टेबल पर रखे गिलासों को किसी की कुहनी लग गई और पूरा पानी काग़ज़ों पर ढुलक गया। पाठ में बैठे लोगों ने हवनकुंड से दूर जूते उतारे थे, लोग वहां से भी दौड़े और जूते न जाने कहां जाकर गिरे। हवन के बाद किसी को एक पांव का जूता मिला, तो किसी का जोड़ा ही ग़ायब। पूजा में बैठे लोगों की समझ में न आया कि आख़िर यह शोर क्यों, यह भगदड़ क्यों। दाधीच जो बैठकर पाठ सुन रहा था, तेज़ी से रामदीन इलेक्ट्रिशियन को खोजने दौड़ा। राजकुमार ने एचआर हेड को खा जाने वाली नज़रों से देखा और सिर पकड़कर बैठ गया। जब इलेक्ट्रिशियन मिला, तो वायर काटकर फ़ायर अलार्म को चुप कराना पड़ा, क्योंकि कंट्रोल रूम में लाल, हरे, नीले और पीले रंग के बीसियों बटनों-तारों के बीच उसे समझ में ही ना आया कि इस वक़्त किसे छूने की ज़रूरत है। रामदीन इलेक्ट्रिशियन चार साल से नौकरी कर रहा था और कभी उसे वह बटन खोजने या जानने की ज़रूरत ही नहीं पड़ी थी। आनन-फानन उसने दो-चार बटन बंद कर दिए, तो पता चला कि कुछ डिपार्टमेंट्स की यूपीएस सप्लाई ही कट गई है, जिससे एक सर्वर उड़ गया। बाद में कई दिनों तक लोग अपना डाटा उड़ जाने की शिकायत करते रहे। बीस मिनट की ऊहापोह और सिर पर खड़े दाधीच के लगातार कोंचाकांची से तंग हो उसने तार ही काट दिया। जब तक लोगों को समझ में आता या समझाया जाता, पूजा करने लायक़ मनःस्थिति और शांति बन पाती, काफ़ी समय निकल चुका था। अलबत्ता, पाठ समाप्त होने पर पंडित ने बताया कि शुभ मुहूर्त बीतने में अभी भी बारह मिनट बाक़ी हैं। लगातार तनाव में बैठ आहुतियां देता राजकुमार इतनी देर में पहली बार मुस्कराया। दाधीच ने बताया कि अगर तुरंत वह इलेक्ट्रिशियन को खोजने न निकला होता, तो हो सकता था कि वे बारह मिनट भी निकल जाते। सुनकर राजकुमार के भीतर, कहीं बहुत गहरे से, सुकून दिखाती एक मुस्कान निकली। काले फ्रेम के चश्मे के पीछे उसकी आंखों में हवन के धुएं के कारण निकला पानी था, जिसमें छत की कोई ट्यूबलाइट रोशनी का एक बिंदु बनकर चमक रही थी।

लिफ़ाफ़े पर मिसेज पोतदार का सिग्नेचर था, जिसके नीचे दो बिंदु बनाए गए थे, जो ख़ास स्याही के इस्तेमाल के कारण चमक रहे थे। हैंडराइटिंग भी मिसेज पोतदार की ही थी, जो दाधीच की स्पेलिंग में कन्फ़्यूज़ हो गई होगी, क्योंकि उस शब्द को तीन बार काटा गया था। बूढ़े हाथों के कंपन को उन लिखावट में साफ़ देखा जा सकता था, जो सीढ़ी की तरह लगातार नीचे को जाती थी।

दादर स्टेशन पर वेस्टर्न और सेंट्रल रेल्वे को जोड़ने वाले लंबे पुल से अज़रा जहांगीर का एक बड़ा-सा बैग उठाए जब दाधीच उतर रहा था, तो सीढ़ियों पर रेलिंग को पकड़कर

उतरता एक बुजुर्ग दंपति उसे याद आ गयी। बूढ़ा दो सीढ़ियां आगे था, उसके हाथ में एक झोला था, उसके पीछे उसकी स्त्री थी, जिसे वह बहुत सलीक़े और नज़ाकत से हाथ पकड़ उतार रहा था। अज़रा जहांगीर ने दाधीच के कंधे पर हाथ रखा और अपनी जगह रुक गई। वह तब तक उन्हें देखती रही, जब तक कि वे दोनों सही-सलामत नीचे उतरकर प्लेटफॉर्म की भीड़ का हिस्सा न बन गए। तब उसने दाधीच से कहा कि वह ठीक उसी तरह उसका हाथ पकड़कर हिफ़ाज़त से एक-एक सीढ़ी उतारे। उस समय दाधीच ने ख़ुद को सौ साल का बूढ़ा महसूस किया और अज़रा को सैकड़ों साल बूढ़ी एक स्त्री, जिसके भीतर की अतृप्त इच्छाएं, अशक्त इच्छाओं में बदल गई हों। चेहरे पर हर वक़्त शरारत का सलमा टांके रहने वाली अज़रा झुर्रियों के एक ढेर की तरह दिखी। आसपास से भीड़ का रेला आ-जा रहा था, लेकिन अज़रा ने ख़ुद को सारे धक्कों से बचा रखा था। वे उसी दंपति की तरह एक-एक सीढ़ी, हाथ पकड़े नीचे उतरे। आख़िरी सीढ़ी पर अज़रा को लगा कि हर सीढ़ी, दरअसल, एक पूरी उम्र होती है। दाधीच के पूछने पर उसने कहा, 'मुझे पता है, जब मैं उतनी बूढ़ी हो जाऊंगी, तो इस तरह उतारने के लिए तुम मेरे पास नहीं रहोगे।'

हर सेकंड, हर सीढ़ी और हर सांस को गिनते हुए उस उतरने को अज़रा जहांगीर याद करती है, तो उसे अपने भीतर अनगिनत क्षणों का एक साथ होता विस्फोट सुनाई पड़ता है। वह चौंककर आसपास देखती है कि उसकी ध्वनि और किस-किसने सुनी। उसे हमेशा यह आभास होता था कि दाधीच जितनी तेज़ी से उसके जीवन में आया है, एक दिन उसी तरह चला भी जाएगा। एक दिन जब वह उसके ख़ुद आने या उसके फ़ोन या एसएमएस का इंतज़ार कर रही होगी, वह न आकर बता देगा कि वह कभी नहीं आएगा या एक दिन किसी कॉफ़ी हाउस में उसकी पसंदीदा फ्रैपुचीनो कोल्ड कॉफ़ी ऑर्डर करते हुए वह रुआंसा-सा मुंह बनाएगा, कुछ पलों तक यहां-वहां की बात करते हुए या उसके प्रेम की गरिमा के आगे अपने तुच्छ होने को गिनाते हुए या उसके साथ एक सुखमय जीवन को सबसे मूल्यवान सपना घोषित करते हुए, दो पल की ख़ामोशी को जीते हुए, अटक-अटक कर कह देगा कि आई थिंक, वी शुड अपार्ट। आय कान्ट मैनेज इट एनीमोर। अज़रा जहांगीर का मन करेगा कि वह उसका गला पकड़ ले, सबके सामने चेहरे पर चार चमाट जड़ दे, रो-रोकर गले को रेगिस्तान बना ले, पर वह बहुत हल्के-से मुस्कराएगी, उस वक़्त उसके होंठ कांपेंगे, आंखें भरी होंगीं, रुंधे हुए गले से वह कहेगी–आय अंडरस्टैंड और चुपचाप कॉफ़ी के ठंडे गिलास से बाहर निकली पानी की बूंदों को उंगली से पोंछती रहेगी। ऐसा करते हुए वह उस पुरुष को धीरे-धीरे माफ़ी देती रहेगी और बिना कॉफ़ी पिए वे वहां से अलग-अलग चले जाएंगे। पुरुष को लगेगा कि वह जितना मुश्किल सोच कर आया था, यह सब तो उतना ही आसान निकला। स्त्री सोचेगी कि वह जितना आसान समझ कर उसे बोल आई, असल में वह तो उतना ही मुश्किल निकला। कार में बीवी और बच्चों के साथ चौपाटी जाता पुरुष रास्ते में वैसी ही टाइट जीन्स और स्टेप-

कट हेयर्स को देख चौंकने की शिकन भी चेहरे पर आने से रोक देगा। अपने कमरे में बत्तियां बुझा धीरे-धीरे जिस्म से जुदा होती स्त्री ख़ामोशी से रोती अपनी आंखों को झपेगी और महसूस करेगी कि पुरुष दरवाज़े पर दस्तक दे रहा है, लौट आने की एक पनीली मुस्कान के साथ।

वह सोचती, अगर एक पुरुष पूरी ईमानदारी से अपना जीवन जिए, तो तमाम उम्र सिवाय माफ़ियों के, और कुछ न मांग सके।

किसी के जीवन का दूसरा विकल्प बनने का अर्थ अपने लिए विकल्पहीनता की एक स्थिति का निर्माण करने जैसा ही होता होगा। कोई इसे संयोग कहे, अज़रा की आदत या उसकी क़िस्मत कि उसके जीवन में जो आया, शादीशुदा निकला, जिससे प्रेम का हर क्षण पाने के बाद भी वह कभी यह न कह सकी कि सबको छोड़कर पूरा का पूरा, साबुत मेरे पास आ जाओ। उसने टुकड़ों में स्वीकार किया और एक दिन पाया कि वह ख़ुद ऐसे टुकड़ों में तब्दील हो गई है, जिन्हें जोड़कर वापस वही अज़रा जहांगीर बनाना उसके लिए असंभव हो गया है। उसे लगता कि उसने सारे टुकड़ों को समेटकर एक लिफ़ाफ़े में पैक किया था और लेटर बॉक्स में छोड़ आई थी, लेकिन उस पर पाने वाले का पता लिखना भूल गई।

दाधीच को अंदाज़ा नहीं हो रहा था कि उस लिफ़ाफ़े में क्या होगा। मिसेज पोतदार के साथ उसका संपर्क कभी ऐसा नहीं रहा कि पति की मृत्यु के बाद वह उसके नाम कोई लिफ़ाफ़ा भेजे। उसे खोलने से भी डर लग रहा था। लगता, खोलते ही उसमें से पोतदार साहब की आत्मा निकलेगी और उसे असहज कर देने वाले सवालों की बौछार कर देगी। फिर लगता, कहीं अज़रा ने मिसेज पोतदार से संपर्क तो नहीं कर लिया, क्योंकि कई बार वह कहती थी कि वह मिसेज राजकुमार से जाकर मिलेगी और उसकी वीमेन्स लिबरेशन कमेटी में अपना मामला लिखाएगी। कुछ भी हो, इस लिफ़ाफ़े से कोई भावनात्मक झटका ही बाहर निकलेगा।

उसने लिफ़ाफ़े को दराज़ में रख ताला बंद कर दिया और सिगरेट की तलब से परेशान होकर बाहर निकला। बाईं तरफ़ एक हाफ़ क्यूबिकल में रावत बैठता था। पिछले प्रेज़ेंटेशन के मिनट्स मांगने के लिए वह उसके पास गया। वह अपनी डायरी में कुछ हिसाब-किताब लिखने में खोया था। उसके हाथ में एक लाख रुपए का चेक था। वह शायद चेक का नंबर भी अपनी डायरी में लिख रहा था। उसे अपने आने का अंदाज़ा न हुआ जान दाधीच ने खंखारकर उपस्थिति जताई। रावत हड़बड़ाकर खड़ा हो गया और चेक को डायरी में रखने का जतन करने लगा। दाधीच ने छेड़ा कि क्या घोटाला कर रहे हो? उसके मज़ाक़ का रावत पर बुरा असर पड़ा। वह दुखी बूढ़ों की तरह गंभीरता से बोला कि हम लोगों की क्या औक़ात, जो घोटाला भी कर सकें। ऐसी दुखभरी बानी पर दाधीच होंठ सिकोड़ता चला गया। रावत ने दिन-भर के कामों की फ़ेहरिस्त उसके सामने रख दी थी, लेकिन दाधीच तय नहीं कर पा रहा था कि किससे शुरुआत करे।

वह एएफ़एम उत्प्रेक्षा जोशी के क्यूबिकल पर उचककर खड़ा हो गया। उसके कंप्यूटर पर एनिमेटेड स्क्रीनसेवर चल रहा था, जिसमें एक लड़की फ़्लाइंग किस देती, जो गुब्बारा बनकर उड़ने लगता, फिर एक दिल में तब्दील होकर फूट जाता, फिर वह लड़की आंसुओं के फ़व्वारे उलीचने लगती। उसकी टेबल पर एक मैग्ज़ीन का वह पेज खुला है, जिस पर रितिक रोशन की मसल्स वाली तस्वीर है। वह झुककर नीचे की दराज़ में कुछ खोज रही थी। उसने शॉर्ट ब्लैक टी-शर्ट पहनी थी, जिससे उसके कमर का कुछ हिस्सा दिख रहा था, जहां की त्वचा शिद्दत से कोई मॉइश्चराइज़र मांग रही थी। उस पर खड़ी-खड़ी धारियां उभरी हुई थीं। लो-वेस्ट की ब्लैक जीन्स पीछे और नीचे हो गई थी, जिससे उसकी गटरलाइन का ऊपरी हिस्सा दिख रहा था। वह तुरंत आगे बढ़ गया। दो पल के लिए उसकी आंखों में उस लड़की की उघड़ी कमर एक तस्वीर बनकर क़ैद हो गई। वह सोच रहा था कि क्या उसने आज पैंटी नहीं पहनी होगी? जब उत्प्रेक्षा जोशी सलवार-समीज़ पहनकर आती है, तो उसने कई बार महसूस किया है कि बात करते-करते उसका हाथ पीछे जाता है, सलवार और समीज़ के बाहर से ही वह अपनी पैंटी की निचली इलास्टिक पकड़ कर खींचती है, फिर छोड़ देती है। ऐसा करने से चट्ट की पतली आवाज़ आती है। एक बार दाधीच ने उसे टोक दिया था, शरारत या इशारे में, पर वह शरमा कर वहां से चली गई थी। नताशाबेन उत्प्रेक्षा की ट्रैजडी बताती है। उसका कहना है कि छह साल से इसके लिए रिश्ते आ रहे हैं, लेकिन कभी लड़का हाइट में छोटा होता है, तो कभी उम्र में दोगुना। दाधीच ने कहा कि ऐसी लड़कियां तो बहुत आसानी से लव-मैरिज या लिव-इन कर सकती हैं, तो नताशाबेन ने उसे घूरते हुए बताया कि वह लड़की उससे उम्र में आधी है, लेकिन दूर के किसी रिश्ते में उसकी मौसी लगती है। दाधीच ने कई बार उस लड़की को इस तरह देखा है, जैसे दुनिया की सबसे उदास लड़की। अक्सर कुछ सोचती हुई और अपनी सोच में भी मुस्कराने जैसे किसी करतब से सैकड़ों मील की दूरी रखती, पर जैसे ही कोई उसके सामने जाता, वह इस तरह चहक कर बात करती कि दुनिया की सबसे ख़ुश और बिंदास लड़की लगती। सिगरेट पीकर लौटते हुए दाधीच को वह क्यूबिकल में नहीं दिखती। मैग्ज़ीन उसकी टेबल पर वैसे ही खुली पड़ी है। वह आसपास देखता है। कुछ दूरी पर एक बैठे हुए लड़के के कंधे पर झुकी है और अपने मोबाइल में उसे कुछ दिखा रही है। झुकने के कारण, ब्लैक कपड़ों के बीच उसकी कमर फिर उभरकर बाहर आ रही है।

उसे दूर से ही दिख जाता है कि नताशाबेन उसके कमरे में इंतज़ार कर रही है। दाधीच को ब्लैक-टी पसंद नहीं, लेकिन नताशाबेन के कारण उसे पीनी पड़ती है। उसके कुछ फंडे क्लीयर हैं, जैसे दफ़्तर में दोस्ती जैसा कोई रिश्ता नहीं होता, वहां हर आदमी आपका प्रतिस्पर्धी है। दो लोगों के बीच कोई भी रिश्ता महज़ काम का रिश्ता होता है। जिसे आप सबसे क़रीबी मानते हैं, हो सकता है, वह आपको सबसे क़रीबी दुश्मन हो। नताशाबेन का स्वभाव ही ऐसा है या अनुभवों से ऐसा बना दिया है या यह फ़ाइनेंस मैनेजर की उस कुर्सी का कमाल है, जिस पर वह छह साल से बैठी है कि उसे हर

आदमी धोखेबाज़, झूठा और मक्कार दिखता है। वह किसी भी बात पर सहज विश्वास नहीं करती और हर चीज़ को क्रॉस चेक करती है। दाधीच ने उससे कहा था कि इन चीज़ों से प्रोफ़ेशनल सक्सेस तो मिल सकती है, लेकिन निजी जीवन बर्बाद होने लगता है। यह सुन नताशाबेन उठकर चली गई थी। एक दिन ब्लैक-टी पीते हुए उसने बताया था कि वह आठ साल से अपने पति से अलग रहती है, साथ में ग्यारह साल का बेटा है और उसे अकेलेपन की इतनी आदत पड़ गई है कि कोई ज़्यादा देर के लिए साथ रह जाए, तो घबराहट होने लगती है। अपने पति से अलग होने का कारण उसने नहीं बताया था। सिर्फ़ इतना कहा था, 'एक-दूसरे को देखकर हम चिड़चिड़े हो जाते, झगड़े होते और हर झगड़ा इस बात पर ख़त्म होता कि तुम मुझे कभी नहीं समझ सकते। एक सुबह हम बाल्कनी में खड़े थे। झगड़कर थक चुके थे। उस समय सूरज पूरी तरह उगा नहीं था। रोशनी और अंधेरे का बड़ा मोहक मि..ग था। वह चाय बनाकर लाया। बहुत ठंडी हवा चल रही थी। हमने महसूस किया कि हम दोनों ने कभी उगती हुई सुबह को साथ नहीं देखा। हवा की इस गमक को कभी महसूस नहीं किया। उसकी आंखें पानी से भरी थीं और उसने मेरे कंधे पर सिर रख दिया। मैंने उसके बाल सहलाए और मुझसे गले लगकर वह पहली बार रोया। उसे चुप कराते हुए मैं भी रो पड़ी। हमने पहली बार पवित्र महसूस किया। बहुत हल्का। उसने मेरा माथा चूमते हुए कहा कि लगता है, हम एक-दूसरे को कभी नहीं समझ सकते। मैं उससे सहमत थी। उसी समय हमने फ़ैसला किया कि अब हम अलग रहेंगे। उसने स्नान किया और चला गया। वह घर अभी भी उसके नाम है। दहिसर में उसने नया फ़्लैट लिया। उसे उसने मेरे नाम कर दिया। इस तरह वह मेरे घर में और मैं उसके घर में रहती हूं।'

थोड़ी देर तक वह चुप रही। टेबल पर पड़ा पेपरवेट तौलती रही। फिर कोस्टर्स पर बनी मुग़ल डिज़ाइन देखती रही। दाधीच उसी को देख रहा था, लेकिन वह उसके केबिन में नहीं, किसी बालकनी में खड़ी थी। बोली, 'वह हमारे बीच की सबसे अच्छी सुबह थी और हमने अलग होने का फ़ैसला कर उस सुबह का सम्मान किया। हम लड़कर अलग नहीं होना चाहते थे और प्रेम का वैसा क्षण बहुत मुश्किल से आया था। हम पंद्रह-बीस दिन में मिलते हैं, साथ डिनर करते हैं। सिर्फ़ उस सुबह और उसकी पवित्रता याद करते हैं। उस स्मृति को ज़रा-सा मैला नहीं करना चाहते। फिर हममें कभी झगड़ा नहीं हुआ। अलग रहने से हम दोनों को ख़ुशियां मिलीं और शायद एक-दूसरे से ज़्यादा प्यार करने लगे।'

वह चुप हो गई। लगा, शायद इससे आगे बोलने पर वह रोने लगे। उसे रोकने के लिए वह मुस्कराने की कोशिश कर रही थी। चाय का कप रखते हुए उसके हाथ कांप रहे थे। गला साफ़ करते हुए वह बोली, 'देखो, ऐसी भी होती है गृहस्थी। है न?' हर मौक़े की तरह उसे अपनी लिखी अंग्रेज़ी की कुछ पंक्तियां याद आ गईं, जिन्हें वह कभी ग़ज़ल, कभी कपलेट्स कहती–

एवरीथिंग रनिंग डाउन माई चीक्स इज़ एक्चुअली इमोशन्स ऑफ़ हिज़ वेदर
ही लेफ़्ट मी इन द मिडिल, टुक द साइडवॉक व्हेन वी वर वॉकिंग टुगेदर...

उन दोनों की एक शर्त थी कि अगर दस साल तक उनमें लड़ाई नहीं हुई, तो समझो, वे साथ रह सकते हैं। आठ साल हो चुके थे और दोनों को अकेलेपन से भरी गृहस्थी की इतनी आदत हो चुकी थी कि वे दुबारा साथ होने से डरने लगे थे। वे दस साल का समय पूरा नहीं होने देना चाहते थे। हर बार पूछते, 'अभी कल तक तो हम साथ ही थे न?'

एक सुबह जब वह उठती, बाल्कनी से दिखता कि ऊपर बादल हैं, रिमझिम हो रही है, पेड़, इमारत, गाड़ियां, सड़क नहाए हुए हैं, धरती से लोबान जैसी ख़ुशबू आ रही है, और उसे अहसास होता कि कोई नहीं, जिसे पुकार कर कहा जा सके कि देखो, कितना ख़ूबसूरत मौसम है, उस समय नताशाबेन को बहुत बुरा लगता, घुटन होने लगती। बाद में ऐसी किसी भी फ़ीलिंग को वह अपने पति या किसी दोस्त को एसएमएस कर देती। उसने महसूस किया कि ज़िंदगी की ख़ूबसूरती देखने के लिए किसी साथ की ज़रूरत नहीं, एक एसएमएस काफ़ी है।

फिर बोली, 'सिर्फ़ वही रिश्ता सबसे मज़बूत होता है, जिसमें हमें यह भरोसा हो कि सामने वाला हमारे रोने का अपमान नहीं करेगा।'

इस समय जब वह सामने बैठी है और पार्थ की इनहाउस मैग्ज़ीन पलट रही है, उसे लग रहा है कि उसने आज सुबह भी बाल्कनी से या ड्राइव करते वक़्त या कहीं और, ज़िंदगी के किसी ख़ूबसूरत क्षण को देखा होगा। वह ऐसी सख़्त मिज़ाज औरत है कि दाधीच उससे कुछ पूछ नहीं पाता। यह सिर्फ़ नताशाबेन पर है कि वह क्या बताना चाहती है और हर वह बात जान लेती है, जो जानना चाहती है। जब अपने बारे में बात करती है, तो लगता है कि किसी छाती में बनी एक गुफ़ा तलाश रही है, जिसके भीतर छुपकर रो सके और चुप कराने वाली ढांढ़स की उंगलियों को अपने केशों में फिरता महसूस करे। दूसरे मौक़ों पर उससे बात करते समय लगता कि वह सिर्फ़ आपको रुलाना जानती है और उस पर मुस्कराना। दाधीच की कभी हिम्मत नहीं होती कि वह किसी फ़ाइनेंशियल मसले पर नताशाबेन के साथ पंगा ले। वह बाक़ी कई का हाल देख चुका है। कोई भी प्रोजेक्ट सबमिट करने से पहले वह नताशाबेन को पर्सनली दिखा लेता है, उसकी राय से बदलाव करता है, तब एमडी को देता है।

नताशाबेन उससे पूछती है कि क्या उसे पता है, स्लोडाउन का पार्थ पर कितना असर पड़ेगा? उसके इंकार करने पर वह कहती है कि शायद दे आर गोइन टु फ़ेज़ सम पीपुल आउट। वह मुस्कराता है–आई डन नो, यार। वह चाय की चुस्की लेते हुए अजनबी लग रही है। नताशाबेन का मानना था कि अज़रा जहांगीर ने दाधीच का इस्तेमाल किया और आगे बढ़ गई। अक्सर इस बात पर दुख जताती और त्योरी चढ़ाकर पूछती, 'वाय डिड यू प्ले अ डैडी फॉर हर?' वह बता रही थी कि उसे यह पाप फला नहीं है।

वह दो दिन पहले ही नासिक गई थी और देख आई है कि अज़रा की आंखें पीली पड़ गई हैं, गालों की हड्डियां बाहर को आ गई हैं और चेहरे का रंग काला हो रहा है। वह नासिक यूनिट नहीं संभाल पा रही है और कुछ दिनों में परफॉर्म नहीं किया, तो उसे दिक़्क़त हो जाएगी।

अभी भी यही लगता है कि अज़रा नासिक नहीं गई, बल्कि इसी ऑफ़िस में काम करती है। यहां के हर आदमी के साथ शायद उसकी रोज़ बात होती है, यहां का सारा हाल-चाल पता होता है। उसे यह भी पता होता है कि किस दिन दाधीच ने छुट्टी ली है, किस दिन वह टूर पर गया है और किस दिन उसने क्या पहना है। जिस समय अज़रा का प्रमोशन हुआ था, वे दोनों ब्रेकअप के क़गार पर थे। एक शाम दोनों मरीन ड्राइव की रेलिंग पर बैठे थे और दाधीच सोच रहा था कि किस तरह इससे कहा जाए कि अज़रा के कारण वह अपने जीवन को नर्क की तरह मानने लगा है। अगर वह बहुत साफ़-साफ़ कह देगा, तो संभव है, यह इसी रेलिंग से नीचे कूद जाए जैसे कि कुछ पल पहले यह रेलिंग पर ही खड़ी हो गई थी, चट्टानों में अपट कर सिर फोड़ ले या अभी तो यहां से चुपचाप चली जाए और कल दफ़्तर में सबके सामने किसी बात पर बुरी तरह अपमानित कर दे। एक बार ऐसा हुआ था, जब अज़रा ने ग़ुस्से मे डाइनिंग हॉल में उसकी प्लेट गिरा दी थी। खाना ज़मीन पर बिखर गया था और सारे लोग इसी तरफ़ देखने लगे थे।

उस दिन रेलिंग पर बैठे हुए उन्हें कुछ बोलने की ज़रूरत नहीं पड़ी। उस समय दाधीच को नताशाबेन की कहानी याद आ रही थी–रोज़ का लड़ना, हर बात पर डिमांड करना। वह नताशाबेन की तरह बहुत चुपचाप अलग हो जाना चाहता था। अपने भीतर कटु अलगाव की फांकों को निरस्त करते हुए। वह बताना चाहता था कि अज़रा के आवेगों को झेलने की हिम्मत उसमें नहीं बची। उसे समझाकर थक चुका है कि वह उसके साथ रात-भर नहीं रह सकता, उसे अपने परिवार में जाना ही होगा, पर हर शाम वह इसी ज़िद पर आ जाती। उसे पता नहीं, अज़रा उस समय क्या सोच रही थी।

रेलिंग पर बैठे-बैठे अज़रा जहांगीर के मन में वही चल रहा था, जो सामने था। अंधेरे के बीच समंदर की मौजूदगी का अहसास। उसके शोर से। उससे आने वाली ठंडी-नमकीन हवा से। दिन के झगड़े के बारे में सोचना बंद कर वह अपने जाने को लेकर दुखी थी और चाहती थी कि दाधीच एक बार उसके हाथ पर अपना हाथ रख दे, वह समझ जाएगी कि वह स्पर्श से क्षमा मांगना चाहता है। वह उसके कंधे पर हाथ रखकर रेलिंग पर खड़ी हो जाती है। दाधीच चौंककर उसे देखने लगता है। वह बिना कुछ कहे उसे चलने का इशारा देती है। दोनों उठकर आगे तक जाते हैं, जहां ढलान बनी है और फुटपाथ, किनारे की चट्टानों के बीच जाकर खो जाता है। अपना हाथ इस तरह रखती है कि चलते समय अजाने ही छू जाया करे। ऐसे हर स्पर्श के बाद दाधीच दो क़दम दूर होकर चलने लगता है।

वहां एक तरफ़ अनगिनत दाने बिखरे हुए थे। जिसने उन्हें बिखेरा होगा, वह कहीं नहीं था या शायद कहीं दूर बैठ देख रहा हो, बीसियों कबूतर शोर मचाते हुए दानों पर झुके थे। कोई उनके बीच से गुज़रता, वे एक साथ फड़फड़ाते हुए ऊपर उठते और वापस बैठ जाते। न जाने कितने लोग उसी तरह साथ चल रहे थे, उन सबके साथ न जाने कितनी कहानियां चल रही थीं, जो नमकीन हवा के झोंके से दहक जाती होंगी या हमेशा के लिए बुझ जाती होंगी। एक लड़का और एक लड़की बहुत तेज़ी से गुज़रे। उनका इतना तेज़ चलना अजीब था, जबकि सब सुकून की ठंडे प्रति-वेग में थे। वह लड़की शायद नाराज़ थी, लड़का उसे मनाता हुआ कुछ बोल रहा था। एक बच्ची गुब्बारों के लिए ज़िद कर रही थी और एक बूढ़ी होती स्त्री समंदर की ओर पीठ किए इस तरह बैठी थी, जैसे तमाम विशालताओं का निषेध कर रही हो। उसकी स्लीवलेस बाजू पर झुर्रियां थीं, पत्तियों के बीच खंज़र का एक टैटू बना था, जिसके नीचे से फ़िजूल होने की घोषणा करता गोश्त लटक रहा था। वह बीच-बीच में छोटी-सी बोतल से पानी के घूंट लेती और चश्मा पहनकर, गुज़रते लोगों को इस तरह देखती, जैसे कोई चेहरा खोज रही हो या बहुत सारे चेहरों को, बहुत सारे कारणों व बहुत सारे तरीक़ों से बदला हुआ देख रही हो।

अज़रा जहांगीर उस स्त्री के पास खड़ी हो गई, तो दाधीच को उसके रुकने का अहसास ही न हुआ। वह उसी तरह आगे बढ़ता चला गया। कुछ देर बाद जब उसने पीछे मुड़कर देखा, तो अज़रा लौट रही थी। इतने लोगों के बीच वह उसे एक पहचानी हुई पीठ से पहचान रहा था।

तीन दिन बाद दाधीच का एसएमएस आया, इट्स ओवर नाऊ! उसी समय अज़रा ने कॉल कर पूछा कि दो साल का रिश्ता वह कैसे सिर्फ़ एक एसएमएस पर ख़त्म कर सकता है? दाधीच ने बहुत ठंडे लहजे में जवाब दिया, 'हमारे बीच अगर कोई रिश्ता था, तो वह भी एक एसएमएस से ही शुरू हुआ था।' जब अज़रा जहांगीर चीख़ने लगी, तो दाधीच ने फ़ोन काट दिया। उसके बार-बार कॉल करने पर फ़ोन को स्विच ऑफ़ कर दिया।

एक दिन उसने कहा कि तुम मुझसे पहले भी कई लोगों को भुला चुकी हो, इसलिए मेरे मुक़ाबले, तुम्हारे लिए ज़्यादा आसान है यह काम।

सुनने के बाद अज़रा ने कहा कि फिर तुम्हें जल्द ही विश्वास हो जाएगा कि मैंने तुम्हें भुला दिया है। उसने फिर कभी फ़ोन नहीं किया।

एक बार ऑफ़िस में मिली, तो बोली, वह साथ बिताए सारे क्षणों को अनडू कर देना चाहती है, की-बोर्ड का एक बटन दबाकर, एक कमांड देकर वह पीएस दाधीच को अपने जीवन से डिलीट कर देना चाहती है। उस समय दाधीच चौकन्नी निगाहों से अपने चारों ओर देख रहा था और अंदाज़ा लगा रहा था कि उन दोनों को साथ खड़े कौन-कौन देख रहा है। उसके बाद दिन-भर कई बार वे एक-दूसरे के सामने आए, बिना एक-दूसरे की तरफ़ देखे ख़ुद को किसी काम या ख़्याल में डूबा जता दिया।

नासिक में वह दिन-भर दफ़्तर में काम करती। कई बार सुबह उठकर पूरे शरीर में दर्द महसूस होता, तो उसके कम होने के इंतज़ार में शाम कर देती, दिन-भर अकेलेपन की एक खोह में बंद रहती, शाम होते ही परेशान होने लगती, सिरदर्द की गोलियां मुट्ठी में भर गटक जाती, फिर पेट दर्द होने पर उल्टियां करती, बेतहाशा सिगरेट फूंकती, दाधीच का नंबर डायल करती और घंटी जाने से पहले ही काट देती। दीवारों पर मुट्ठियां मारते चीख़ने लगती, चार्जर उठाकर ज़मीन पर फेंक देती, पत्रिकाओं के पन्नों को चर्र से फाड़ती और इतनी छोटी-छोटी चिंदी बना देती कि बीनना मुश्किल हो जाए, फिर पंखा चला देती और उड़ती हुई चिंदियों के बीच अपना रोना दबा रही होती। अलमारी से सारे कपड़े निकालकर बिखेर देती, पूरा कमरा अस्त-व्यस्त कर देती और ख़ुद को शांत करते हुए एक-एक कपड़े को तहकर वापस जगह पर रखती। उस टर्टलनेक टी-शर्ट को देखकर रोती, जिसे उतारने की कोशिश में दाधीच ने फाड़ दिया था, जिस छीना-झपटी में दाधीच की कानी उंगली के बड़े नाख़ून ने उसके बूब्स को कई जगह से खुरच दिया था। फिर वह अपना टॉप उतारती और आईने के सामने देर तक अपने बूब्स देखती, उस खुरच के अदृश्य हो गए निशानों को लोकेट करती, फिर उन बातों के बारे में सोचती, जो दाधीच ने सबीना पाल के बारे में बताई थीं कि किस तरह प्रेगनेंसी के दौरान उसे शक हुआ था कि दाधीच के किसी दूसरी औरत के साथ रिश्ते हैं, और असुरक्षा में उसने पागलों जैसी हरकतें की थीं, जिन्हें देखने के बाद दाधीच उससे नफ़रत करने लगा था। आईने में अपना चेहरा देखते हुए वह महसूस करती है कि उसका पुरुष उससे बेहिसाब नफ़रत कर रहा है। उसे लगता है कि वह लगातार सबीना पाल होती जा रही है। दाधीच को बनाए रखने के लिए वह अपने भीतर थोड़ी-सी सबीना ले आई थी–स्टबर्न, हार्ड हिटर, ब्यूटी इन एंगर, पर 'थोड़ा-सा', एक दिन 'पूरे' में बदल गया। ग़ुस्से की एक और लहर आती, वह कोई चीज़ बिखेर देती। फिर उसे समेटने लगती। इसके बाद भी उसे थकान न महसूस होती, तो दौड़ते हुए सीढ़ियां उतरती और दनदनाते हुए बीच सड़क चली जाती। उम्मीद करती कि अभी कोई ट्रक उसे कुचलता हुआ निकल जाएगा, कोई कार सेकेंड्स में उसके शरीर को नष्ट कर देगी। पर गाड़ियां हॉर्न बजाते हुए उसके किनारे से निकल जातीं। उसे पता भी न चलता, वह कब सड़क के दूसरे किनारे पहुंच गई। उस वक़्त उसका ग़ुस्सा बेक़ाबू हो जाता। वह कान पर फ़ोन लगाती, बिना किसी को डायल किए सैकड़ों सवाल पूछती, कोई जवाब न मिलता, तो फ़ोन पर चीख़ने लगती और पाती कि उसके मुंह से वे सारी गालियां निकलती हैं, जो सबसे एकांत क्षणों में उसने मन ही मन भी कभी न कही होंगी। फिर ख़ुद को रबर की गेंद की तरह दबाती, फिर छोड़ देती, फिर अपना ही उछल-उछलकर जहां-तहां गिरना देखती रहती। सिगरेट मुंह पर लगा वह फिर सड़क के बीच चली जाती और सोचती, आज नहीं तो कल, कोई तो गाड़ी होगी, जो उसे इन सबसे मुक्त कर देगी। अंत में थक कर वापस अपने कमरे पर आ जाती, हादसों, दुर्घटनाओं और मृत्यु की इच्छा करते हुए, हादसों, दुर्घटनाओं और मृत्यु द्वारा ख़ारिज।

कमरे से बाहर निकलती नताशाबेन ने मुड़कर दाधीच को देखा और लंच साथ करने की इच्छा जताई। वह केबिन के दरवाज़े पर खड़े होकर मुस्करा रही थी। दाधीच ने सिर हिलाकर हां कहा और पीछे मुड़कर एक किताब निकालने लगा। रैक से किताब खींचने तक उसे लगता रहा कि नताशाबेन अब भी खड़ी है। उसने किताब टेबल पर रखी। नताशाबेन ने एक झलक किताब का कवर देखा और बाहर चली गई। उसके ब्लाउज़ और साड़ी के बीच खुली पीठ पर धुंधला-सा बर्थमार्क था, जिसे देखते ही एक बार छू लेने की इच्छा उसमें जाग जाती थी। वह बहुत तेज़ी से किताब के पन्ने पलटने लगा। नताशाबेन के साथ बात करते-करते ही उसे ख़्याल आया था कि वह उस लाइन का इस्तेमाल कर सकता है, जिसका कभी कोकाकोला ने अपना एक नया सब-ब्रांड लॉन्च करते वक़्त किया था। वह भी एक कोल्ड ड्रिंक था, लेकिन पैरेंट ब्रांड के मुक़ाबले युवाओं में ज़्यादा लोकप्रिय हुआ। उसे ख़ास यूज़ एंड थ्रो केन में सर्व किया गया था। कैंपेनिंग में उस ड्रिंक को मैचो इफ़ेक्ट दिया गया था। उसे उसका वीडियो याद आ रहा है। उसमें कुछ ऐसा था जैसे–जिन्हें चुनौतियों से डर नहीं लगता, उनका ड्रिंक। उसकी कैचलाइन क्या थी...शायद...ड्रिंक्स फॉर द वीमेनइटर्स...। नहीं, ये तो एकतरफ़ा हुआ, कुछ और था शायद। किताब में वह वही चैप्टर खोज रहा है; सोच रहा है कि जेंट्स अंडरवियर्स की जो नई रेंज लॉन्च होने वाली है, उसमें यह मैचो इफ़ेक्ट बहुत काम आएगा।

तभी रावत भीतर घुसता है। उसे देख दाधीच को मिसेज पोतदार का भेजा लिफ़ाफ़ा याद आ जाता है। वह दराज़ से लिफ़ाफ़ा निकालता है। उसमें कॉस्ट कटिंग पर स्टैनली की एक पुरानी बुकलेट थी, जिस पर दाधीच के साइन थे। पोतदार कुछ समय पहले वह बुकलेट दाधीच से मांग कर ले गया था। उसके मरने के बाद उसकी बीवी उसे लौटा रही थी।

वह रावत से बाद में आने को कहना चाहता है, लेकिन उसके चेहरे पर जो बूढ़ी उदासी है, वह उसे ऐसा कहने से रोक देती है। वह सकुचाता है, डिस्टर्ब करने के लिए माफ़ी मांगता है और कहता है कि आप घोटाले-वोटाले की बात मत समझिएगा। वह डरा हुआ है कि अगर सीजीएम साहब ऐसी बात मज़ाक़ में भी कहेंगे, तो ऐसे बुरे माहौल में उसकी नौकरी को ख़तरा हो जाएगा। दाधीच उसे मज़ाक़ को मज़ाक़ ही समझने को कहता है, जिसके जवाब में वह थोड़ी देर चुप रहता है और किसी को न बताने का वादा लेते हुए कहता है, वह चेक मिसेज पोतदार ने भेजा था। जब रावत पोतदार का पीए था, तभी उसने उसकी बेटी के इलाज में मदद करने का वादा किया था। जब तक पोतदार साहब थे, हर महीने कुछ पैसे देते थे। वह नहीं रहे, तो अब मिसेज पोतदार ने अगले चार महीनों के पैसे एक साथ भेज दिए हैं।

उसने देखा, चालीस साल का रावत यह कहते-कहते चार सौ साल का बूढ़ा बन गया है। उसका शरीर न जाने कितने बोझों से दबा दिखा। यक़ीनन, रावत रोना नहीं चाहता होगा, लेकिन उसकी आवाज़ उसे ऐसा करने से रोक रही है। दाधीच उससे शांत रहने

को कहता है। रावत सिर झुकाए अपनी बेटी की बीमारी के बारे में बताता है। वह अपनी तनख़्वाह, स्थितियों और किसी न किसी के सामने झुके रहने की बेबसी से बेतहाशा असंतुष्ट है, पर चेहरे पर जैसा संतोष और निस्पृहता लिए भटकता है, उसे देख दाधीच को पिता की याद आ जाती है। उसे लगता है, उम्र में उससे बड़ा रावत उसके पिता में तब्दील होता जा रहा है। वह किताब बंद कर एक तरफ़ रख देता है और 'भगवान तुम्हारी बेटी को जल्दी ठीक कर देगा, चिंता मत करो' कहकर रावत को तब तक देखता रहता है, जब तक वह उसकी उपस्थिति को भूल नहीं जाता। प्लेयर में अटकी सीडी की तरह दाधीच स्क्रीन पर अब भी वैसा ही दिखाई दे रहा है।

## 4

*पानी बनना सबसे बड़ी चुनौती है। पानी में पैर डालकर बैठना, अपनी ही देह में प्रविष्ट हो कुछ खोजने जैसा है। पानी की मांसपेशियां लहराती हैं, जैसे आत्मा झिलमिलाती है। पानी को भी पानी से ही धोना चाहिए, जैसे एक आत्मा, दूसरी से रगड़ खाती है और सब कुछ स्वच्छ हो जाता है।*

*हम हमेशा दूसरी आत्मा की तलाश में भटकते हैं और घबराते हैं, कंटीली झाड़ियों की खुरच कहीं दाग़ न बन जाएं। हर दाग़ कुछ बुरी स्मृतियों को जगा देता है। एक दिन हम पाते हैं कि हमारी आत्मा के हर हिस्से पर दाग़ लग गए हैं।*

*फिर हम तलाश छोड़ देते हैं और समय का इंतज़ार करने लगते हैं। ऐसी ही किसी संधि पर मुझे लगता है, मैं समय को नहीं, समय मुझे गुज़ार रहा है।*

*मैं जाती हुई कई पीठ देखता हूं, लेकिन कभी वह चेहरा थी, कब मुड़ गई, नहीं देख पाया। वे पीठें इतनी तेज़ी से चली गईं कि अभी भी वहीं खड़ी दिखती हैं। मैं उन तक इस तरह जाता हूं कि लगता है, कभी न पहुंचने के लिए ही चल रहा हूं।*

*मैं उतना ही थमा हूं, जैसे एक प्रार्थना हूं।*

*मुझसे व्याकरण के स्वर खो गए, व्यंजनों का क्रम बदल गया, एक दिन मेरे शब्दों के पास न ध्वनि थी, न अर्थ। जैसे तार पर टंगे कपड़ों से पानी उड़कर कहीं चला गया। भाग्य कि तुम्हें पानी का पता मिल गया। मैंने कभी कपड़ों को सूखने नहीं देना था। दुर्भाग्य कि मैं जीवन का जल नहीं सहेज पाया।*

*मैं तुम्हें अपना नाम देता हूं और ख़ुद तुम्हारा नाम ले लेता हूं। सच बताओ, हमने पहचान खोई या एक-दूसरे को नई पहचान दे दी?*

*या इन्हीं शब्दों में पहचान छीन लेने का दोष भी है?*

*कभी सोचा है, तब क्या होगा, जब चंद्रमा, सूर्य की तरह महसूस करे; एक सुबह अंतरिक्ष में लटका बुध पाए कि वह शुक्र में तब्दील हो गया है; गुरु जब आईना देखे, तो उसे अपने चारों ओर शनि के वलय दिखें...*

*मैं अभी-अभी सौरमंडल से लौटा हूं। देख आया हूं कि वहां का हाल ठीक यही है। सब हैरान-हलाकान। और सब ही जानते हैं, इस तरह बदल जाना एक पुरानी इच्छा थी, जो अपने रहस्यमयी विस्तार में*

*जितना दोष दिखती है, उतना ही पारितोष।*

आख़िरी घूंट लेने के बाद पीएस दाधीच को लगा कि उसने मिट्टी के उस कुल्लड़ में ज़रूरत से ज़्यादा कॉफ़ी छिड़क दी थी। उस कड़वाहट को हटाने के लिए वह देर तक ग़रारा करता है। फिर किचन में जाकर खाने के लिए कुछ खोजता है। एक डिब्बे में थोड़ी-सी काजू और नमकीन मिलती है, जिसे स्टडी में ले आता है। बार में बहुत समय से व्हिस्की की एक बोतल में टेकीला पड़ी है, जिसे सबीना ने अपने लिए बचा रखी है। वह जब भी उसे खोलने जाता, सबीना उसे हड़का देती, कहती, यह कम से कम एक साल यहां पड़ी रहेगी, उसके बाद सबसे पहले मैं इसे टेस्ट करूंगी, फिर हम साथ पिएंगे। उसका कहना था कि व्हिस्की की ख़ाली बोतल में टेकीला डाल दें और वह एक साल तक बिना हिले वर्जिन पड़ी रहे, तो उसका टेस्ट दस गुना बढ़ जाता है। वह उसकी तरफ़ हाथ बढ़ाता है, फिर रुक जाता है। उसे लगता है, सबीना आसपास ही खड़ी है और उसे डांट रही है। इस बात पर वह ख़ुद ही हंसने लगता है और यहां-वहां देखते हुए बोतल उठा लेता है। उसे हल्के-से हिलाता है और साल्ट्री मार्गारीता गिलास में उंड़ेलकर नीट अन्येहो टेकीला बनाता है। फिर फ्रिज से सांग्रीता निकालकर उससे एक गिलास भरता है। वह बारी-बारी से दोनों के सिप लेगा। एक प्लेट में थोड़ा नमक रखता है। यह 'लिप-सिप एन सक' का उसका आनंद है। पहला सिप लेते हुए वह 'टु सबीना' कहना चाहता है, पर महसूस करता है, भाषा ने उससे पुराना रिश्ता स्थगित कर लिया है। एक महीने में सबीना का फ़ोन तीन बार आया है और तीनों ही बार उसने बताया है कि वह बहुत ख़ुश है, उसे पता नहीं था कि उसके भीतर इतनी हवा भरी हुई है कि वह सारी ग्रैविटी के ख़िलाफ़ उड़ रही है, उसने क्का की आवाज़ भी सुनाई है, जो अब क्का से ज़्यादा बोलने लगा है, उसके पास या-या, मेम्मा, त्धा-त्धा जैसे नए शब्द आ गए हैं। वह कब आएगी, इस का कोई जवाब

नहीं दिया। हालचाल बताते हुए सिर्फ़ इतना कहा, 'कुछ लोग साथ रहकर ख़ुश होते हैं, तो कुछ दूर रहकर।'

एक पल को उसे लगता है कि सबीना मर गई है और उसे मातम का घूंट लेना चाहिए। उसने शायद किसी ट्रक में कार ठोंक दी है, या शायद हवाई जहाज़ से कूद गई है और उसका पैराशूट नहीं खुल रहा। वह घबराई हुई है, प्रफुल्ल कहकर उसे आवाज़ दे रही है, जबकि उसे सुनाई नहीं दे रहा।

जैसा कि जयंत लाल अपनी फ़ेयरवेल पार्टी के बाद उसके साथ ड्रिंक्स लेते हुए कह रहा था, 'बीस साल से मुझे लग रहा था कि मेरे भीतर कोई सिसकी उठती है। मुझे स्वप्न में एक रोती हुई औरत दिखती थी। मुझे अब जाकर पता चला कि वह औरत विंध्या थी, जो मेरे भीतर और मेरे सामने भी, सिसक रही थी, लेकिन मुझे कभी सुनाई नहीं पड़ा।'

*

**पिछले** पंद्रह दिनों में तीन लोगों ने अपने पद से इस्तीफ़ा दिया है। सबसे पहले उत्प्रेक्षा जोशी गई। वह लड़की, जो उसे नॉन-वेज जोक्स भेजती थी, जिसके चेहरे पर अजीब क़िस्म का एक अवसाद झलकता था, जो तेज़ी से अपने भावों को स्विचओवर करती थी, जिसकी कमर पर बनी सफ़ेद धारियां उसे छूने को बुलाती थीं, जिसकी शॉर्ट टी-शर्ट और लो-वेस्ट जीन्स के बीच से झांकती नाभि उसे उस समय भी दिख जाती थी, जब वह सबीना या पृशिला के शरीर पर आंख बंद कर झुका होता था। उसके जाने का लॉजिक उसकी समझ में नहीं आया। उसने नताशाबेन से कहा था कि इतनी उम्र तक शादी न हो पाने के कारण वह फ्रस्ट्रेट हो गई है, इसीलिए उसने ऐसा फ़ैसला किया है, जिसके जवाब में नताशाबेन ने मुंह बनाते हुए कहा था कि उसे नहीं लगता कि उसे लड़कों की कोई कमी थी, उसे ख़ुद कोई पसंद नहीं आता था, जैसे उस लड़की को कभी नरीमन पॉइंट पसंद नहीं आया और डेट के लिए वह लोकल ट्रेन चुना करती, दरवाज़े के पास खड़ी रहती और लड़के को अपने शरीर के चारों ओर बांहों का घेरा बनाकर खड़े रहने को कहती, इससे बाक़ी लोगों के धक्के उसे न लगते, लड़का उसे बचाता-बचाता पूरी तरह उस पर आ चुका होता, उस समय भारी भीड़, पैसेंजर्स की चांव-चांव और डिब्बे में बौराई भटकती हवा की तड़प के बीच अपने शरीर पर उस लड़के के दबावों को महसूस करती, अपने चेहरे के पास आ गए उसके चेहरे को क्लोज़-अप में देखती और एक दिन बिना कोई कारण बताए उस लड़के से दूर हो जाती। वह उसे बीसियों फ़ोन करता, वह बहुत सीधे कह देती–यू आर नॉट दैट स्टफ़!

संडे के दिन घर से निकलती और मिठीबाई कॉलेज के सामने रोड डिवाइडर पर बैठ जाती। उसके साथ उसके दसियों दोस्त होते। वह एक-एक लड़के के क़िस्से को मज़े ले-लेकर सुनाती। कभी अपनी मूर्खताओं, कभी लड़कों की मूर्खताओं पर हंस-हंसकर

दोहरी होती, दोस्तों के पीछे पड़ जाती कि उसका मोबाइल पूरी तरह ख़ाली हो गया है, उसे शिद्दत से एक हॉट एमएमएस की ज़रूरत है और जब क्लिप्स देखती, तो बाक़ी लड़कियों की तरह मुंह खोले अवाक् रहने की जगह स्क्रीन पर चल रही हरकतों पर दिल खोलकर हंसती। उसे वह एरोटिक से ज़्यादा कॉमिक लगता और कई बार मुंह कड़वा कर पूछती–हाऊ डर्टी इट इज़ टु हैव हिज़ कम इन योर माउथ...। फिर वहां से लौटते हुए आशा पारेख हॉस्पिटल का रिक्शा करती, उसके नीचे फ़्लॉवर पॉइंट से तीन गुलाबों का बुके बनवाती, भीतर ही भीतर साहस जुटाती और पीसीओ से फ़ोन कर उस लड़के को नीचे आने को कहती। वह पिछले छह महीने से उसके साथ ऐसा कर रही है। जब वह लड़का घर में नहीं होता, तो उस दिन वह मारे गुस्से के सारे फूलों को नोंचकर वहीं फेंक देती। हर संडे को वह लड़का उसके फ़ोन पर नीचे उतरता है, बिना यह जाने कि फ़ोन करने वाली यह लड़की कौन है, या शायद वह जानता है, साइप्रस के पेड़ में खुंसा हुआ बुके उठाता है, चारों ओर देखता है और किसी को न पा वापस ऊपर चला जाता है। उससे पहले वह पेड़ में गुलाब खोंस भाग जाती है। दूर एक ऑटो में बैठ उसकी पिछली दीवार में लगे कांच से उस लड़के को हैरान होता देखती, उसके चले जाने पर फिर फ़ोन करती और फूल स्वीकार करने के लिए शुक्रिया कहती। वह झींकता कि आख़िर तुम हो कौन? वह खिलखिलाकर फ़ोन काट देती। वहां से लौटते हुए रास्ते से बुक शॉप से मिल्स एंड बून का कोई सेकेंड-हैंड नॉवेल लेती और अपने में गुम लगातार मुस्कराती रहती।

उत्प्रेक्षा जोशी, नताशाबेन से कहती है, 'मुझे लगता है, मैं मर जाऊंगी अगर उसके सामने गई तो। हार्टबीट्स पर कंट्रोल नहीं होगा और यह ब्लास्ट हो जाएगा।' रिज़ाइन देने के बाद उसने नताशाबेन से हंसते हुए कहा था, 'मैं संडे टु संडे जाती थी, सिर्फ़ फूल देती थी, मुझे पता भी नहीं चला, दो संडे के बीच किसी वेडनसडे को उसने शादी कर ली।'

उससे पहले वह नताशाबेन से लगातार पूछती कि जीवन क्या है, हम क्यों जी रहे हैं और हम सब ताउम्र सिर्फ़ ख़ुशी और प्रेम ही क्यों चाहते हैं। नताशाबेन के पास इनका कोई जवाब न होता, वह अल्लम-गल्लम कुछ कहती, जिस पर उत्प्रेक्षा चुप होकर वापस बाहर चली जाती, अपने क्यूबिकल में बैठ जाती, मोबाइल से खेलने लगती या टैली खोलकर कोई लेजर चेक करती। एक दिन उसने रिज़ाइन कर दिया और बताया कि उसने फुल टाइम गुरु मां को ज्वाइन कर लिया है।

उसने मिस्टर लाल से इन सवालों का जवाब पूछा था, तब लाल ने उसे गुरु मां के आश्रम का स्पेशल इन्वाइटी पास दे दिया। केरल के बैकवाटर्स में नारियल के घने पेड़ों के बीच बने गुरु मां के आश्रम में उसने सात दिन बिताए। जब पहली बार प्रेयर हॉल में दो हज़ार लोगों को एक साथ, लय में डूबी तालियों की मद्धिम आवाज़ के साथ उसने गाते हुए सुना,

Hold me
Like the river Jordan
And I will then say to thee
You are my friend

Carry me
Like you are my brother
Love me like a mother
Will you be there?

तो वह हैरान हो गई थी कि कोई माइकल जैक्सन के नंबर को भजन की तरह भी गा सकता है, लेकिन जब उसने गुरु मां से बात की, तो उसे अहसास हुआ कि हां, यह एक फ़रिश्ते के मख़मली पंखों में समा जाने का विनम्र आग्रह है। उस समय गुरु मां हाथ ऊपर कर ऑलमाइटी से कह रही थी कि लीड मी, होल्ड मी, किस मी एंड फ्री मी, तो लग रहा था कि कोई ऊपर है, जो सुन रहा है और उसकी हर बात का जवाब भी दे रहा है। गुरु मां ने कहा, 'मनुष्य से करुणा, पशु से स्नेह और ईश्वर से प्रेम करो। कल्पना करो कि वह आसमान में खड़ा तुम्हें देख रहा है, तुम उससे कह रही हो कि मुझे एक नदी की तरह थाम लो। उसे दूर से देखो और इच्छा करो कि वह ख़ुद तुम्हारे पास आए, बादलों पर चलता हुआ, इंद्रधनुष पर कुहनी टिका तुम्हारी अधीरता पर मुस्कराता हुआ। अपने भीतर का सारा प्रेम सिर्फ़ उसे दे दो। उसे अपना दोस्त बना लो, अपना बॉयफ्रेंड। देखो, वह तुम्हारी लाइफ़ और आफ़्टरलाइफ़ दोनों बदल देगा।' उस समय उत्प्रेक्षा जोशी को आभास हुआ कि प्रेम और भक्ति दोनों एक ही हैं, जिनके लिए मूर्तियों या देहों की ज़रूरत नहीं होती। बैकवाटर्स में पक्षियों के उड़ते हुए जोड़ों के सतह पर उतरने, तैरते हुए एक-दूसरे की गर्दन में चोंच खुभोने और वापस उड़ने से पहले पानी के सैकड़ों छींटे मोतियों की तरह उड़ा देने को देर तक देखते रहने के दौरान उत्प्रेक्षा जोशी को महसूस हुआ कि उसके भीतर कुछ पवित्र घटित हो रहा है। न उसने सफ़ेद कुर्ता पहना है, न सख़्त स्पर्श वाली गुलाबी कैपरी; दरअसल, उसने कुछ नहीं पहना है, उसके भीतर से रंग-बिरंगी रोशनियों के पुंज निकल रहे हैं और उन पक्षियों के झुंड में शामिल होकर उड़ रहे हैं। उन रोशनियों को पता है कि कहां पहुंचना है, बस, ख़ुद को एक संदेश में तब्दील कर उनके हवाले कर दो।

वह आश्रम में रहती। हर संडे को तीन गुलाबों का एक बुके बनाती और बैकवाटर्स के पास जहां नाव रुकती हैं, वहां लकड़ी के गीले तख़्ते पर बैठकर गुनगुनाती–लव मी एन फीड मी, किस मी एन फ्री मी, व्हेन लॉस्ट विल यू फाइंड मी...और आसमान में उसके खड़े होने की कल्पना कर फूलों को पानी में धीरे-धीरे बहा देती। उसकी कल्पना

में ईश्वर का चेहरा उस लड़के के चेहरे की तरह दिखता था। उसे लगता, यह पानी एक दिन जॉर्डन के पानी में जाकर मिल जाएगा।

**नताशाबेन** कहती थी कि गुरु मां, जयंत लाल का उठाया हुआ प्रोडक्ट है, तो फिर लाल उसका भक्त कैसे हो सकता है? अपने प्रोडक्ट की भक्ति करना मैनेजमेंट की बात तो है नहीं। उसने यही बात एक बार मिस्टर लाल से पूछ ली, तो उसने कहा, 'अगर आप सिरदर्द की दवा की मार्केटिंग करते हैं, तो इसका मतलब यह तो नहीं होता कि उस दवा में आपका विश्वास नहीं रहा।' उसके बाद नताशाबेन गुरु मां को सिरदर्द की दवा कहकर पुकारने लगी।

उत्प्रेक्षा जोशी के इस्तीफ़ा देने से सबसे बड़ा झटका जयंत लाल को लगा था, क्योंकि उसे उम्मीद भी नहीं थी कि वह लड़की इतनी जल्दी फ़ैसला ले लेगी। उसे अपने अनिर्णय पर क्षोभ हुआ। वह न जाने कब से, पार्थ से दूर होना चाहता था, पर राजकुमार वैसा करने नहीं देता। वह ख़ुद को फ़ाइलों के फ़ैसले में अभूतपूर्व तेज़ी और निजी फ़ैसलों को हमेशा लटकाए रखने का दोषी मानने लगा। उसी दौरान एक दिन राजकुमार ने उसके साथ एक ख़ास मीटिंग की और पोतदार के बाद फाइनेंस का काम भी उसे देते हुए कहा था कि ग्रुप नें फ़िज़ूलख़र्ची ज़्यादा हो रही है और उसे रोकने का कोई तरीक़ा सोचा जाना चाहिए। वह स्लोडाउन पर बहुत चिंतित था और उसे लग रहा था कि कॉस्ट कटिंग ही बचाव का एकमात्र तरीक़ा हो सकता है। लाल अभी उस प्रोजेक्ट पर आगे काम कर पाता कि राजकुमार ने उससे छंटनी के लिए कहा। लाल कुछ समय तक टालता रहा और उसके बाद उसने मना कर दिया कि वह किसी कर्मचारी को निकालने की सिफ़ारिश नहीं कर सकता, न ही उसका मन है। राजकुमार ने पिछले साल भी कुछ लोगों को निकालने का ऑर्डर जारी किया था, जिन्हें चंदूलाल चेयरमैन से बात कर पोतदार ने वापस रखवा लिया था। इस कारण पोतदार और राजकुमार में कुछ दिनों तक तनातनी भी चली थी। कुछ दिनों बाद बोर्ड की मीटिंग में राजकुमार ने बताया कि कंपनी ने दस फ़ीसदी लोगों की छंटनी का फ़ैसला ले लिया है और जल्द ही इस पर काम किया जाएगा। जयंत लाल मीटिंग के दौरान पूरी तरह चुप रहा। राजकुमार ने उसकी ओर देखते हुए कहा कि जो कुछ लोग इसका विरोध कर रहे हैं, वे ख़ुद अंडर-यूटिलाइज़्ड हैं और कोई अतिरिक्त ज़िम्मेदारी लेना नहीं चाहते। बोर्ड रूम में सारे लोग जयंत लाल की ओर देखते हुए इसे सुन रहे थे।

मीटिंग के बाद लाल ने राजकुमार से निजी बातचीत में इस्तीफ़ा ऑफ़र किया, जिसे उसने हंसते हुए इंकार कर दिया। लाल की समझ में नहीं आ रहा था कि वह क्या करे। वह अपमानित था, लेकिन गुस्से में नहीं जाना चाहता। जब वह अपने लोगों के सामने खड़ा होता, तो उनकी चिंता करने लगता। ज़्यादातर समय वह अकेला रहता। घर के लॉन में बैठा विंध्या के लगाए फूलों को तरह-तरह से देखता। उनमें एक पौधे का नाम उसने

विंध्या रख दिया। उससे होने वाले फूलों को अपने बेड पर लगे दूसरे तकिए पर रख देता। इस तरह उसे अहसास होता कि विंध्या उसके ठीक बग़ल में ही सोई हुई है। गाढ़ी नींद के बीच वह एक औरत के रोने की आवाज़ सुनकर जाग जाता और हर कमरे में देख आता। आधी रात उठकर खिड़की से झांकते समंदर को देखता। उसका मन करता कि वह नमक बन जाए और समंदर में शामिल हो जाए। जिस जगह से विंध्या नीचे गिरी थी, उस जगह पर खड़ा होकर ऊंचाई का अंदाज़ लेता और महसूस करता कि वह एक भयंकर सपने के बीचोबीच खड़ा है। सुबह उठकर जब वह विंध्या नाम के पौधे को पानी देने जाता, तो आभास होता कि उसके आने के ऐन पहले एक चिड़िया वहां आई थी, पौधे की किसी पतली झुकी हुई डाल पर बैठी थी और पंख फड़फड़ाकर वहां हवा कर रही थी। उसे लगता, वह अपने पंख से उसके पैरों का स्पर्श कर रही है। उम्मीद करता कि एक दिन वह अपना एक पंख उसके पैरों के पास भेंट रख जाएगी, जिसे वह अपने तकिए के नीचे रखेगा।

एक दिन वह चंदूलाल से मिलने गया, जो पिछले दिनों इतना बीमार रहा कि सैकड़ों साल का बूढ़ा लगने लगा। उसका दिन एक कमरे में और एक पलंग पर बीतता था, जिस पर लेटे-लेटे वह बुरे सपने देखता, चौंक कर जाग जाता, लैंप लगाकर कल के अख़बार पढ़ने लगता और जब नींद आती, तब तक सुबह हो चुकी होती। डॉक्टर उसे कमरे से बाहर निकलकर तफ़रीह करने की सलाह देते, पर उसका मन पलंग से उतरने को न करता। बाद में डॉक्टरों ने उसे ऐसी गोली दे दी, जिससे उसके सपनों का बनैलापन ख़त्म हो जाता है, नींद भी आती है, फिर भी कभी-कभार वह चौंककर जाग जाता है और पलंग को ऐसे देखता है, जैसे वह बुरे सपने बनाने वाली कोई फ़ैक्टरी हो। उसे लगता, उस गोली से उसके दिमाग़ पर असर पड़ रहा है और वह चीज़ों को भूलता जा रहा है, वह उस अनजान बूढ़े में तब्दील होता जा रहा है, जो एक दिन पीएस दाधीच के केबिन में बैठा था, जो हज़ारों साल पहले विलुप्त हो गई किसी सभ्यता के अवशेष की तरह एक दिन अचानक उपस्थित हुआ था और सहस्राब्दियों पुराने अपने अकेलेपन की तहों को हिफ़ाज़त से संजो रहा था, विलोप के अंतरिक्ष में कांपती हुई लटकन के साथ। जब वह हिलता, तो अपनी हड्डियों के हिलने की आवाज़ को सुन सकता, आंख झपकने जैसा कोई कार्य उसे सहज न लगता, घंटों दीवार को घूरता और पाता कि आंखें देखने का पुराना अभ्यास भूल गई हैं। चित्त संभालने को वह राजकुमार के बच्चों को बुलाता, लेकिन वे उसके पास न आते। सुबह जब राजकुमार उसे देखने आता, तब वह सो रहा होता। दोपहर को जब निर्मिति उसे देखने आती और उसे जागता हुआ पाती, तो कहती कि उसे डॉक्टरों ने आराम के लिए कहा है, उसे सोए रहना चाहिए। शाम को उसे देखने कोई पुराना दोस्त आता, तो वह चुप ही रहता। कभी अपने कंबल की सिलवटें ठीक करता, कभी दवा की बोतलों पर लिखे शब्दों को पढ़ने की कोशिश करता। पलंग पर लेटे-लेटे ही शाम को वह 'ऊं नमो भगवतो वासुदेवाय' की 108 माला जपता। जब

नौकर आकर उसकी दाढ़ी बनाता, तो उस वक़्त वह बहुत ध्यान से आईना देखता और सोचता कि क्या यह चेहरा भगवान को दिखाने लायक़ हो गया है? जब जयंत लाल उससे मिलने गया, तो वह आईने में अपना चेहरा ही देख रहा था। लाल को देखकर उसके चेहरे पर ख़ुशी आ गई, जैसी तूतनख़ामन के चेहरे पर दिखती होगी। तमाम जगहों और लोगों के हालचाल पूछने के बाद वह काफ़ी देर तक चुप रहा और बोला, 'हमारे साथ का तो कोई बचा नहीं, जयंत। एक पोतदार था, वह भी जाता रहा।' ऐसा कहते समय मीलों लंबी उसकी श्वासनली से हवा के चलने की आवाज़ आई थी, बचे रह जाने का अफ़सोस आंखों से झांक रहा था और होंठों पर नष्ट होते जाने की मुस्कान थी।

सुनकर जयंत ने उससे कहा कि वह अब उसे भी इजाज़त दे दे, जिस पर चंदूलाल ने उसे डांटना चाहा, लेकिन खांसी के झोंकों से उसे चुप हो जाना पड़ा। उसने याद दिलाया कि वह उसका चौथा बेटा है और पार्थ को छोड़कर कहीं नहीं जा सकता। जयंत लाल चुप हो गया। कमरे से अजीब क़िस्म की बू आ रही थी, जैसे चंदूलाल की उम्र जितनी कोई पुरानी सीलन वहां भटक रही है। इस कमरे में कुछ नहीं था, सिवाय एक पलंग और चंदूलाल के। दो कुर्सियां थीं, एक मेज़ और दरवाज़े के पास डोरमैट की तरह लगा हुआ एक चौड़ा क़ालीन था। उसकी सारी दीवारें ख़ाली थीं। उन पर लगे निशानों से पता चलता था कि यहां कोई पेंटिंग रही होगी, जिसे चंदूलाल ने हटवा दिया। रात को अचानक दीवार पर उसे देख वह डर जाता था। जयंत लाल को उस कमरे में रहता एक डर भी दिखा, जो कभी दवा की बोतलों के बीच बैठ जाता, तो कभी पलंग के नीचे छिपा रहता। चंदूलाल, उसकी पलंग और कुर्सियों से ज़्यादा उस कमरे में उसी डर का अहसास होता था। देर से तैरती ख़ामोशी से लग रहा था कि उन दोनों के बीच करने के लिए कोई बात नहीं बची, हालांकि कप में चाय तब भी बची हुई थी। जब जयंत लाल उठकर जाने लगा, तो उठने की कोशिश करते चंदूलाल ने सिर्फ़ इतना कहा, 'मैं हिंदी में कहता हूं और वह अंग्रेज़ी में। इसलिए दोनों के अर्थ बदल जाते हैं। हम दोनों के बीच यही सबसे बड़ी मुश्किल है।'

निकलते वक़्त जयंत लाल को महसूस हुआ, जैसे वह अपने मुंहबोले बाप का सारा बुढ़ापा अपने साथ ढोए ले जा रहा है। जब वह अपनी आंखें मल रहा था, तो महसूस कर रहा था कि उसमें भी बचे रह जाने का अफ़सोस भटक रहा है। वह दुनिया के किसी भी कोने में अपने लिए महज़ एक कमरा और एक पलंग पाना चाहता है, जहां से उतरने की ज़रूरत न पड़े। वह चंदूलाल से उस गोली का नाम पूछना चाहता था, जिसे खाने पर सपने ठीक हो जाते हैं और स्मृति जाने लगती है। ठीक उसी वक़्त उसके भीतर इस अहसास ने हल्ला मचाया कि वह चंदूलाल चेयरमैन की तरह हो गया है। उसका हृदय जो भाषा कहता है, उसके कान समझने से इंकार कर देते हैं।

वहां से लौटने के बाद उसने राजकुमार को अपना इस्तीफ़ा दे दिया। बोर्ड की मीटिंग में उससे बार-बार पूछा गया कि पार्थ छोड़ने के बाद वह क्या करेगा, कहां जाएगा, जिसके जवाब में वह कंधे उचका देता। बोर्ड को अंदेशा था कि वह कोई राइवल ग्रुप ज्वाइन

करने वाला है, पर जब लाल ने खुलकर कहा कि वह बचे जीवन में किसी की नौकरी नहीं करेगा, क्योंकि नौकरी में हमेशा वही काम करने होते हैं, जिन्हें करने का मन नहीं करता, तो राजकुमार ने ठंडी सांस ली। उसका इस्तीफ़ा मंज़ूर कर लिया गया। एमडी ने उसके लिए एक बड़ी फ़ेयरवैल पार्टी दी, जिसमें एक पावरपॉइंट प्रेज़ेंटेशन दिखाया गया, जिसमें जयंत लाल की पूरी बायोग्राफ़ी थी, उसके बचपन की दुर्लभ तस्वीरें जुटाई गई थीं, उसके कई कामों का ज़िक्र था और उसे पार्थ की बुनियाद का सबसे मज़बूत पत्थर कहा गया था। मंदी के दौर में दर्शकों को एक गुप्त संदेश देने के लिए, कुछ पंक्तियों के वायसओवर में अतिरिक्त ईको जोड़ा गया था, जैसे लाल का वह भाषण कि *मैंने कभी यह नहीं देखा कि पार्थ ने मुझे क्या दिया, बल्कि हमेशा फ़िक्र की कि मैंने पार्थ को क्या दिया...।* उसमें भावुक कर देने वाला संगीत था, विदाई के गीत थे और विभिन्न सेमिनारों में दिए वक्तव्यों का वायसओवर था। उसे देख ख़ुद लाल की आंखें भी डबडबा गईं और एक पल को अहसास हुआ कि जाने का उसका फ़ैसला ग़लत है। अपनी फ़ेयरवेल स्पीच में उसने सिर्फ़ चार शब्द कहे, 'थैंक्यू फॉर एवरीथिंग, पार्थ!' लोगों के बार-बार आग्रह पर भी उसने इससे ज़्यादा एक शब्द नहीं कहा।

लॉन में बैठा लाल जब विंध्या के लगाए फूलों को देख रहा था, तो ख़ुद को उनकी तरह हल्का और ताज़ा महसूस कर रहा था। उसे न शेयर्स की चिंता थी, न पावर प्रोजेक्ट में सीएम की टांगअड़ाई की। पानी देते समय जब पौधे लहराकर उसकी ओर झुकते, तो महसूस करता, वे उसका सम्मान कर रहे हैं और उसकी हथेलियों को स्पर्श कर आभार जता रहे हैं, जैसा कभी ड्राइव करते समय गीयर पकड़े उसके बाएं हाथ पर विंध्या अपना दायां हाथ रख देती थी। इसके तुरंत बाद उत्प्रेक्षा जोशी की तरह उसने भी गुरु मां को फुल टाइम ज्वाइन कर लिया। उत्प्रेक्षा, गुरु मां की प्रेस अटैची बन गई थी। वह दिन में आश्रम के अकाउंट्स में मदद करती, मीडिया को मैनेज करती और श्री गुरु मां देवी ट्रस्ट के स्कूलों में जाकर बच्चों की तस्वीरें खींचती। जयंत लाल गुरु मां के संध्या-वचन के समय अगली क़तार में हाथ जोड़कर बैठता, उसके मैनेजर को सलाहें देता और दिन में एक मल्लाह से नाव चलाने का हुनर सीखता। किनारे पर जहां नाव खड़ी होती हैं, वहां गीले तख़्ते पर बैठकर वह पानी में पैर लटका देता, पानी की सारी मांसपेशियों को तनते-सिकुड़ते देखता और इंतज़ार करता कि एक छोटी मछली उसके पैरों का स्पर्श करेगी, तब वह एक जलाशय में बदल जाएगा।

**रिज़ाइन** देने वाली तीसरी व्यक्ति थी सबीना पाल। उसने पत्नी होने से रिज़ाइन कर दिया था। एक रात अचानक उसका चेहरा बदल गया था और वह एक दोस्त की तरह उन्मुक्त और मुस्कराती नज़र आई थी। आधी रात जब वह अपनी स्टडी में कुर्सी पर सिर टिकाए बाहर और भीतर के जगत से उलझा हुआ था, सबीना पाल उसके सामने के सोफ़े पर

बैठ गई। उससे पहले वह क्का को सुला रही थी। उससे पहले वह अपनी अलमारी में झुकी हुई खोज रही थी। उससे पहले वह किचन में कुछ गर्म कर रही थी और उससे पहले शायद, दाधीच के आने का इंतज़ार कर रही थी, और उससे भी पहले एक इंतज़ार को हमेशा के लिए ख़ारिज कर, किसी दूसरी रफ़्तार को अपनाने की जुगत कर रही थी। जब दाधीच ने आंख खोलकर देखा, वह वोदका की बोतल से एक गिलास भर रही थी। उस वक़्त उसने कहा कि डोंट यू थिंक, वी शुड अपार्ट नाऊ...तो दाधीच बल खा गया कि अचानक अलग हो जाने की बात कहां से आ गई।

ये बात अचानक नहीं आई थी। डेढ़ साल पहले एक दिन भयानक ब्लीडिंग के बीच उसने दाधीच को फ़ोन लगाया था, जिसे उसने काट दिया था। तब सबीना ने उसके पीए रावत को फ़ोन कर पूछा था कि सर कहां हैं और पाया था कि वह अपने केबिन में अज़रा जहांगीर के साथ बैठा हुआ है। उस समय नीचे उतरकर उसने टैक्सी पकड़ी और डॉक्टर के पास गई। इस दौरान बार-बार अपना ट्राउज़र चेक करती, उसे लग रहा था कि ख़ून उसके पैड से बाहर निकलकर ट्राउज़र में चिपक रहा है, फिर उसकी जांघों, पिंडलियों और टखनों तक जाकर जूते में भर रहा है। वह जितनी बार पैर उठाती, छप्प की आवाज़ आती, जैसे ख़ून के समंदर से बामशक़्क़त अपने पैर खींच रही हो।

क्का के पैदा होने तक वह नींद के भीतर और बाहर सपने देखती, डरती और पाती कि उसके डर की सांझ के लिए कोई नहीं। इतने बरसों तक वह सिर्फ़ एक सूर्य की परिक्रमा करती रही, जबकि उसकी आकाशगंगा बहुत बड़ी थी। एक दिन उसने यह भूलना शुरू कर दिया कि वह कौन है। फिर एक दिन यह भूलने लगी कि वह कहां और किसके साथ रह रही है। ख़ुद को भूलकर, ख़ुद को याद करना एक खेल था, जिसमें वह ख़ुद के साथ खेलती, खेल के सारे नियम भी ख़ुद ही बनाती, ख़ुद ही खेल का फ़ैसला करती, और पाती कि हर बार वह ख़ुद ही जीतती है और हर बार ख़ुद ही हारती है। उसने दाधीच का इंतज़ार बंद कर दिया, क्योंकि उसे समझ में नहीं आता था कि वह आदमी कौन है। छह साल पहले द्वारका के एक फ़्लैट के दरवाज़े की घंटी बजाते समय उसने कुछ चीज़ों को सीढ़ियों पर ही छोड़ दिया था, जिनमें उसका घर, परिवार और मित्र-दोस्त थे। क्का के आने के बाद बहुत दिनों तक वह अपनी आलमारियों में खोजती रहती कि कोई एक तो ऐसा काग़ज़ मिल जाए, जिसमें उस ज़माने के किसी दोस्त का फ़ोन नंबर हो। जब वह सब कुछ भूल रही थी, तो क्या याद रख सके, इस पर उसका नियंत्रण नहीं रह गया था। जब उसे किसी का नाम न याद आता, तो वह इक्कीसवीं मंज़िल की बालकनी से खड़े होकर नीचे लोगों को देखती और उन्हें पहचानने की कोशिश करती। उसे लोगों के नाम पर सिर्फ़ बिंदु दिखाई देते, जैसे कि इक्कीस मंज़िल नीचे जो सड़क है, वह कुछ और नहीं, उसकी स्मृतियों का पटल-मात्र है। उस समय वह बहुत हल्के से, ऐसे कि उसके सिवाय कोई और न जान सके, मुस्कराने लगती। जब कभी आईने में ख़ुद को इस तरह देखती, तो उस गुब्बारे की तरह लगती, जो हवा में सदियां गुज़ारने के बाद ज़मीन

पर पड़ा हो, उसके भीतर हवा तो हो, जिससे उसका गुब्बारा रहना बना रहे, पर उस हवा में इतना दबाव न हो कि गुरुत्वाकर्षण से लड़ वापस ऊपर की ओर जा सके। उसे ख़ुद अचरज होता कि उसमें कोई क्रोध नहीं था, कोई संताप नहीं, कुछ था, तो सिर्फ़ पतली-सी एक मुस्कान, जिसे उसके सिवा कोई देख न पाता। एक दिन उसने पाया कि उसका पूरा जीवन इसी पतली मुस्कान की डगर पर डग भरता है।

उसने ऑरकुट, फेसबुक और न जाने कितनी कम्युनिटी साइट्स पर अपना प्रोफ़ाइल बना लिया। पुराने दोस्तों को ढूंढ़ने के लिए हर दिन सर्च करती, लेकिन उसे किसी दोस्त का नाम याद ही नहीं आता। वह अंदाजे लगाती और पाती कि हर बार ग़लत है। उसने याद किया कि उसने क्या-क्या पढ़ रखा है, और क्या उसमें से कुछ भी उसे याद है। अपने पुराने सर्टिफिकेट्स और बायोडेटा के आधार पर एक रिज़्यूमे बनाया और जॉब हंट की साइट्स पर अपलोड कर दिया। वह जिस तरह अख़बारों में पढ़ती, उम्मीद करती कि बहुत जल्द कहीं से कॉल आ जाएगा। उसके मेल का इनबॉक्स तमाम कम्युनिकेशंस से भरा रहता, लेकिन जो वह चाहती, वह नहीं आता। वह ग़ुस्से में नहीं जाना चाहती थी, बिना कुछ पाए देहरी से बाहर नहीं निकलना चाहती थी, अधीरता उसमें कुलांचे भरती, अपनी पतली मुस्कान से जिसे वह सिलकर रख देती। कई बार उसे लगता कि अगर वह चली गई, तो प्रफुल्ल बिखर जाएगा, क्योंकि उसे नहीं पता, वह दुष्चक्रों के बीच है। वह ख़ुद बहुत अच्छा है, लेकिन उसका साथ अच्छा नहीं। या शायद कुछ भी अच्छा नहीं, लेकिन उसके साथ सबकुछ अच्छा-अच्छा होता रहे, इसके लिए वह सारे मंत्रों को उसके लिए पढ़ डालती, हर रोज़ पूजा के बाद कहती कि आज शायद मैं आख़िरी बार उसके लिए यह आराधना कर रही हूं, कल कहीं और रहूंगी। जब ख़ुद पर क़ाबू नहीं रख पाती, तो संगीत सुनती, नाचने लगती और क्का के साथ खेलने लगती। यह सब इसलिए कि उसकी स्मृति का लोप बना रहे, लेकिन हर बार यही पाती कि हम जिन चीज़ों को भूलना चाहते हैं, उन्हें, दरअसल, कभी नहीं भूल पाते।

दाधीच के सामने काजू की प्लेट बढ़ाते हुए उसने वोदका का एक घूंट भरा। उस समय उसका माथा त्योरियों का घना जंगल लगने लगा। बंद आंखों के पीछे भी उसकी पुतली हिल रही थी, जैसे पूरी तफ़्सील से कोई दृश्य देख रही हो। फिर बोली, 'मालूम, कौन थी वह, जो मुझे डराती थी? मुझे अब जाकर पता चला है कि वह मैं ख़ुद ही थी। मेरा ही चेहरा था, वीभत्स, जो एसी के बीच से निकलकर मुझे डरा देता था। मैंने तुम्हें बताया नहीं, क्योंकि तब तुम मेरे बताने, डरने और रोने पर हंसने लग जाते।'

एक दिन नेट पर उसे वह लड़का मिला, जिसने फ़र्स्ट ईयर में उसे प्रपोज़ किया था और बदले में उससे एक चमाट खाई थी। उसके बाद वह लड़का कॉलेज छोड़कर चला गया था। सबीना पाल इतने बरसों में उसका नाम तक भूल गई थी। उसके ज़रिए उसे पुराने दोस्त मिलने लगे, जिनसे बात करते समय वह शर्मिंदा होती। इतने बरसों तक ग़ायब रहने का कोई कारण न बता पाती और कहती, घर से फ़ुरसत ही नहीं मिलती।

जब वह यह सब बातें बता रही थी, दाधीच को नताशाबेन की कहानी याद आ रही थी। उसे लग रहा था, वह ख़ुद नताशाबेन में तब्दील होता जा रहा है। शायद सबीना भी नहीं चाहती थी कि उनके बीच कोई तनाव होकर अलगाव हो। उसने एक बार भी कोई ताना नहीं मारा, एक बार भी उसके चरित्र पर कोई उंगली नहीं उठाई, सिर्फ़ इशारे में इतना कहा कि उसे सब कुछ पता है और वह अंदाज़ा नहीं लगा सकता कि उसने कैसे ख़ुद को हर बात भूल जाने पर मजबूर किया है।

यह सब करने में उसे डेढ़ साल लग गए। उसने अपने लिए दिल्ली में एक नौकरी का इंतज़ाम कर लिया है और चाहती है कि परसों यहां से रवाना हो जाए। डेढ़ साल तक उसने ख़ुद को संयत रखा, एक बार भी यह नहीं जानने दिया कि उसके भीतर क्या चल रहा है, जैसे दाधीच ने कभी यह नहीं जानने दिया कि वह क्या कर रहा है। जब सबीना ने यह बात कही, तो दाधीच ने ज़ोरदार आवाज़ में विरोध किया कि वह कुछ ग़लत नहीं कर रहा था। उसने उसे रोकने, मनाने और समझाने की कोशिशें कीं, लेकिन सबीना सब कुछ तय कर चुकी थी। किसी कहानी में आए एक अप्रत्याशित किरदार की तरह। दाधीच की बेबसी चिड़चिड़ाहट में बदल गई।

उसने उठकर कमरे का एसी बंद कर दिया। उसे ठंड लगने लगी थी। कमरे में इतनी चुप्पी हो गई थी कि घड़ी की टिक-टिक सुनाई पड़ने लगी। जब वह अपनी कुर्सी पर पीछे होता, तो चीं की आवाज़ किसी भयानक जानवर की चिंघाड़ जैसी लगती। छत से धप-धप की आवाज़ आती। लगता, इतनी रात कोई ऊपर दौड़ रहा है, नीचे वालों के भय, अनिश्चय और सदमों से अनभिज्ञ। या वह स्वयं ही एक भय, अनिश्चय और सदमे के कारण बेचैन-बेक़ाबू चहलक़दमी कर रहा हो।

क्का एक बार फिर डर गया था। उसके रोने की आवाज़ से उस निस्तब्धता में हरकत हुई। सबीना उठकर भीतर गई, फिर उसे गोद में लेकर किचन में चली गई। वह गैस पर दूध गर्म करते हुए मेड को आवाज़ें देने लगी। वह किचन के फ़र्श पर बिस्तर लगाकर सोती है। उसकी नींद मुश्किल से टूटती है।

जाते समय सबीना ने बमुश्किल इतना कहा, 'इसी चीज़ से बचने के लिए मैंने नौकरी छोड़ी थी, तुम उसी चीज़ में जाकर उलझ गए।'

उसने अपनी सारी प्लानिंग बता दी थी, लेकिन दाधीच को समझ में नहीं आया कि वह कैसे रहेगी, कहां जाएगी और छोटे बच्चे को ले कैसे नौकरी करेगी। वह बता रहा था कि अब सब कुछ ख़त्म हो गया है, अब सबीना को कहीं जाने की ज़रूरत नहीं, लेकिन उसने नहीं सुना। एक चीप फ़्लाइट में सीढ़ियां चढ़ते हुए जब उसने वेलकम कहती एयर होस्टेस को देखा, तो उसके चेहरे पर मुस्कान आ गई। उसकी आंखों में इतनी चमक थी कि एयर होस्टेस को अपनी आंखें झपककर झुका लेनी पड़ीं। सबीना को लगा कि वह अज़रा जहांगीर में तब्दील हो गई है। बेशुमार आत्मविश्वास से भरी हुई स्त्री, जो पलक झपकते ही सबको ध्वस्त कर देती है, तीन शब्द कहती है और पूरी मजलिस उसकी

ओर चमकती आंखों से देखने लगती है, जिसमें एक उन्मुक्त जोश, स्वप्न और उसे पूरा करने का हंसता हुआ पागलपन है।

लेकिन उस समय उसके भीतर एक बगूला उठ रहा था, रोने की अदम्य इच्छा उसके कंठ और कान के बीच कहीं अटक गई थी, उसे बाहर निकलने का रास्ता नहीं मिल रहा था। उसे ख़ुद को अपना जाना अच्छा नहीं लग रहा था। वह सोच रही थी कि डेढ़ साल से उसने जैसे ख़ुद को शांत रखा है, वैसे ही और भी रह लेती। एक द्वंद्व चल रहा था, जिसे वह किनारे बैठ देख रही थी, उसके भीतर कोई युद्ध का मैदान था, जहां अज़रा जहांगीर और मिसेज लाल मध्ययुग के सम्राटों की तरह आमने-सामने लड़ रही थीं।

यह वही दिन थे, जब दाधीच जिस पलंग पर लेटता, एक बुरा सपना मिलता। एक छोटी-सी ध्वनि भी उसे भय दे जाती। उसकी नींद और जाग का फ़र्क़ ख़त्म हो गया था।

गिलास में भरी टेकीला पीते हुए दाधीच की समझ में नहीं आ रहा था कि वह किस स्मृति को सजाकर रखे, नताशाबेन की तरह उसके हिस्से एक पवित्र सूर्योदय नहीं आ पाया था, लेकिन जिस तरह नताशाबेन प्रसन्न रहती है, क्या उसे उसी तरह रहना चाहिए? जब सबीना उससे मिलेगी, तो वे किस स्मृति की पवित्रता को बनाए रखते हुए हर बात भूल चुके होंगे, या याद रखते हुए भी उस ओर नहीं देखेंगे। वह उसके जाने से पहले किसी मेघ की तरह उमड़ना चाहता था, जिससे सारी कलुषताएं बह जाएं और उन दोनों की स्मृति में सिर्फ़ उस वक़्त की निर्मलता बची रहे। वह किसी वेगवान झरने की तरह उसके कंधों पर गिरना चाहता था। उसकी स्मृति में वह जाती हुई एक पीठ की तरह रहती है, जिसका कोई चेहरा नहीं।

उसे नताशाबेन का कोई अंग्रेज़ी शेर याद आ रहा था कि पक्षी उड़ने के लिए पैदा होते हैं और मनुष्य ख़ुश होने के लिए, लेकिन दोनों ही अपने पंखों से बैर रखते हैं, आग में झोंक देते हैं।

## 5

*जो युद्ध में लड़कर दूसरों को मार देते हैं, वे जांबाज़ होते हैं। मारे गयों पर करुणा नहीं, गर्व किया जाता है। मुझे यही सिखाया गया है, चाहे दुनिया के किसी भी हिस्से, किसी भी संस्कृति से पलकर आया होऊं मैं।*

*मुझे प्रेम विरासत में मिला, यह मेरी मनुष्यता की लाखों वर्ष पुरानी परंपरा है। मैंने अपने देवताओं से छल सीखा, इतिहास से संहार। बादशाहों ने मुझे क्रूरता व घृणा सिखाई और माताओं ने स्नेह। मौक़ा देखकर भाषा भूल जाने की मासूमियत मैंने क्का से सीखी। राज्य ने मुझे उदासीनता सिखाई, कोतवालों ने दबंगई और क़ैदियों की आंखों से मैंने*

*भय सीखा। जनजातियों और क़बीलों से मैंने श्रम और न्यायपद्धति सीखी। ऐसी बहुत सारी शिक्षाओं के साथ एक दिन मैं एक देश बन गया।*

*मैंने पाया, हर रिश्ता एक राजनयिक संबंध होता है, एक सामाजिक नौकरी। चाहें, तो रिश्तों में भी पिंक स्लिप दे सकते हैं। हर संभव जगह युद्ध के मैदान में बदल जाती है। इस पर भी युद्ध संभव है कि मैंने तुमसे ज़्यादा प्रेम किया, तुम उतना क्यों नहीं लौटा पाए।*

*पेड़ अगर आग में जल गया, तो आग को अपराधी मानूं?*

*सृष्टि का कई बार अंत हो चुका है, कुछ नहीं बचता, पर क्या हर बार यही बचता है कि हम कुछ भी समझ नहीं पाए? कोई तो होगा, जो सृष्टि के हर चक्र की समीक्षा कर रिपोर्ट बनाता हो। वह अंत किसकी विजय है? या किसकी मौज है?*

*कहीं पढ़ा था यह शेर, निदा फ़ाज़ली का :*

*मैदां की जीत-हार*
*तो मुक़द्दर की बात है*
*टूटी है*
*किसके हाथ में तलवार,*
*देखना*

.......................

.......................

**घंटी** बजाने से पहले वह उस बालकनी को देख लेना चाहता था, जिससे सूर्योदय इतना सुंदर दिखता है, जैसे पहले कभी जीवन में आया ही न हो; जहां हवा इस क़दर सुकून से भरी हो, ज्यों पहली बार खिड़कियां खोली हों; स्मृति किसी मूर्ति की तरह ठहरी हुई हो, जैसे एक लंबा सफ़र तय करने के बाद रुक कर सुस्ता रही हो। लेकिन बिना घर में घुसे उस बालकनी को देख पाना संभव नहीं था। उसका हाथ बार-बार कॉलबेल की तरफ़ जाता और वापस आ जाता। वह अभी भी पसोपेश में था। रास्ते में कहीं कार रोक कर उसने 42 फूलों का एक बुके बनवाया था, जो कि नताशा (बेन) की उम्र थी। जब दुकान का लड़का उन फूलों पर ख़ुशबूदार पानी स्प्रे कर रहा था, वह सोच रहा था, इन्हें देखकर नताशा(बेन) का चेहरा भी इतना ताज़ा हो जाएगा? गुलाब की एक पंखुड़ी पर इस तरह दाग़ लगा था, जैसे नताशा(बेन) की पीठ से झांकता हल्का-सा बर्थमार्क। उसने उसे छीलकर ऊपर की जेब में रख लिया। उसके दरवाज़े पर अभी भी उसके पति की नेमप्लेट लगी थी। उसका बेटा इस समय घर में नहीं होगा। उसे पता नहीं था कि वह जगह यहां है; यहां वह पहले भी आया था, इतना पहले जैसे पिछले किसी जन्म में, जब

मां मरी थी और उसे जला देना था; उसके बाद के किसी जन्म में, जब मिसेज लाल को यहां लाया गया था।

*

**लाल** के जाने के बाद लाल का सारा काम उसे सौंप दिया गया है। उसे उम्मीद भी थी, लेकिन अभी तक उसे वाइस प्रेसीडेंट नहीं बनाया गया है; ऐसा होने की उसे उम्मीद नहीं थी। इस समय उसके सामने एक नया प्रोजेक्ट पूरी भयावहता और विशालता के साथ खड़ा है। जब राजकुमार ने उसे अपने केबिन में बुलाया था, तो उसे लगा था कि अगली बोर्ड में उसके वीपी बनने का प्रपोज़ल रखा जाने वाला है, लेकिन उसके कमरे में बैठने के बाद भी जब पूरे बीस मिनट तक उसने काग़ज़ों के बीच से अपना सिर ऊपर नहीं किया, तो उसे लगा कि वह जिन अच्छे स्वप्नों को अपने साथ लिए घूम रहा था, उन्होंने राजकुमार के केबिन में घुसने की हिम्मत नहीं की, बाहर ही बाहर निकल गए। राजकुमार के सामने लगभग पांच सौ पन्नों की एक फ़ाइल थी, जो प्लास्टिक की शीट में स्पाइरल बाइंड की हुई थी। वह उसमें सिर झुकाए हरी पेन से कुछ निशान लगा रहा था और थोड़ी-थोड़ी देर में कंप्यूटर पर देख रहा था। वहां एक्सेल में कोई लिस्ट खुली हुई थी। दाधीच अच्छे बच्चे की तरह सिर झुकाकर उसके फ़ारिग होने का इंतज़ार कर रहा था।

उसके केबिन से निकलने के बाद सबसे पहले उसने बाहर छूट गए अपने अच्छे स्वप्नों को खोजना चाहा, लेकिन वे दूर-दूर तक नहीं दिखाई दिए। वे शायद आतंकित थे, साथ छोड़कर भाग गए थे, अपना होना स्थगित कर दिया था या फिर पूरी तरह ख़ारिज। उसके हाथ में वह फ़ाइल थी, जिस पर राजकुमार की हरी स्याही के निशान थे। उस समय उसे लगा कि भय का रंग हरा होता है। फिर अचरज हुआ कि राजकुमार ने पारंपरिक लाल रंग का इस्तेमाल क्यों नहीं किया। रंगों का अर्थ बदलने की इससे बेहतर मिसाल क्या हो सकती थी, सोचकर भी वह मुस्करा नहीं पाया। अपने केबिन में घुसते ही उसने सबसे पहले उन पांच सौ पन्नों को टेबल पर ज़ोर से पटका, उसकी आवाज़ से घबरा गया और चारों ओर देखने लगा।

केबिन में राजकुमार ने फिर उसे अहसास कराया कि कंपनी उसकी क्षमता का पूरा इस्तेमाल नहीं कर पा रही है, जिस पर उसने स्वीकार का सिर हिलाते हुए बताया कि वह कोई भी नई ज़िम्मेदारी लेने के लिए तैयार है; जिस पर राजकुमार ठठाकर हंसा, फिर उसने कंपनी के बढ़ गए ख़र्चों, स्लोडाउन के असर और तमाम फ़िज़ूलखर्चियों की बात की, जिनका आशय दाधीच को तब तक समझ में नहीं आया, जब तक राजकुमार ने उसके हाथ में फ़ाइल दे दी और साफ़-साफ़ कह दिया कि हमें दस फ़ीसदी छांटना है। वह एंप्लॉईज़ की लिस्ट थी, जिसे ग्रेड के हिसाब से बांटा गया था और ग्रेड वन में ख़ुद राजकुमार ने हरी स्याही से निशान लगाए थे। उन सबको पिंक स्लिप दे देनी है। बाक़ी ग्रेड्स की मार्किंग दाधीच को करनी है और जल्द से जल्द इस प्रोजेक्ट को पूरा

भी कर देना है, क्योंकि जल्द से जल्द उसे जयंत लाल के रिप्लेसमेंट के तौर पर तैयार हो जाना है।

कुर्सी पर बैठते ही उसके मुंह से गाली जैसे कुछ शब्द निकले और चाय की पागल कर देने वाली तलब महसूस हुई। उसने घंटी पर से हाथ तब तक नहीं हटाया, जब तक उसके शोर से घबराया हुआ प्यून उसके सामने नहीं आ गया। बाहर काम कर रहे लोग उसे देखने लगे, जिनकी तरफ़ देखे बिना उसने एक और गाली दी। फिर दूसरी। फिर तीसरी। वह तब चुप हुआ, जब उसे लगा कि उसे इससे ज़्यादा गालियां नहीं आतीं। उसने कोई गाली दुहराई नहीं थी। उसने लिस्ट की फ़ाइल पर लैपटॉप रख दिया, ताकि सीधे-सीधे वह उसे दिखे भी नहीं। अगले दो दिनों तक वह उसे अपने बैग में रखकर घूमता रहा। उसे देखने का न मन होता, न हिम्मत।

राजकुमार के हरे निशानों से पहले ही स्लोडाउन की धमक सुनाई पड़ गई थी। मोबाइल फ़ोन के बिल्स की लिमिट घटा दी गई थी, कार के पेट्रोल को री-एंबर्स करना बंद कर दिया गया था, टूर बिल्स पर रोक लग गई थी, प्रिंटर पर काग़ज़ कम कर दिया गया था और पेपरलेस काम पर ज़ोर था; प्यूनों को छांट दिया गया था, जितने बचे थे, फ़ौजियों की तरह अलर्ट रहते; जिस कमरे या गलियारे को ख़ाली पाते, तत्परता से वहां की बत्ती बुझा देते; किसी कंप्यूटर को बिना मतलब चलता देखते, तो एचओडी को फ़ोन कर देते। ऐसी सतर्कता से लोग यूं ही घबराए रहते। दाधीच को लगता, वह दफ़्तर में नहीं, किसी लोअर मिडिल क्लास फ़ैमिली में बैठा है, जहां बचत का कोई तरीक़ा नहीं भूला जाता; वह सोचता, यह सब पहले से क्यों नहीं किया गया, और किसी से पूछने की कोशिश करता, तो उन घबराए हुओं को और घबरा गया पाता। दफ़्तर में घुसते ही हर कोई साथ के लोगों को अजीब निगाह से देखता, सीनियरों से बातचीत के दौरान जान-बूझकर ख़ुद के द्वारा की गई बचतों का अहवाल देता, डाइनिंग हॉल से लेकर पार्किंग लॉट तक जितने मिलते, उन्हें गिनाया करता कि उस पर कितने बोझ हैं; हर कोई हर वक़्त दौड़ता-भागता नज़र आता, कोई ख़ुद को ख़ाली नहीं दिखाना चाहता था। उन्हीं दिनों कुछ लोग नताशाबेन के पास एक नया प्रपोज़ल लेकर गए। वे चाहते थे कि पांचवें फ़्लोर पर ख़ाली पड़े स्पेस में टेबल टेनिस और कुछ कैरम बोर्ड रखवा दिए जाएं, ताकि कुछ लोग फ़ुरसत के समय वहां खेल सकें। हर नए पैसे को दांत से पकड़ने वाली नताशाबेन ने सिर्फ़ इतना कहा था, 'मुझे लिस्ट बनाकर दे दीजिए, किस-किस के पास फ़ुरसत रहती है', जिसे सुन कोई दुबारा उसके पास फटका तक नहीं था। नताशाबेन यह क़िस्सा सुनाते हुए हंस-हंसकर दोहरी हो जाती है।

नताशाबेन पहली थी, जिससे उसने इस पर चर्चा की। वह उसकी जानकारी में इज़ाफ़ा कर रही थी कि उसे पहले से पता था, और यह भी कि हरी स्याही किन-किन पर लगी है। वह चिढ़ा हुआ था कि यह एचआर का जॉब है, जिसे बलि का बकरा बनाने के लिए उसे सौंप दिया गया है, क्योंकि कुछ भी हो, दस फ़ीसदी को एक साथ

पिंक स्लिप देने पर बहुत बड़ा हंगामा खड़ा हो जाएगा, जिसे हैंडल करना पार्थ के लिए आसान नहीं होगा और उसे पार्थ की नहीं पीएस दाधीच की असफलता मानी जाएगी और उसके आगे के सारे पत्ते कट। नताशाबेन उसे समझा रही थी कि ऐसा नहीं है, वह इसे आसानी से कर लेगा। इस काम को सिर्फ़ तीन लोग कर सकते थे, लाल, पोतदार या दाधीच। दो तो रहे नहीं, अब सिर्फ़ वही है। जिस समय नताशाबेन उसे छेड़ रही थी कि देख लो, उस लिस्ट में मेरा भी तो नाम नहीं, उसी वक़्त रावत एक वाउचर लेकर आया, जिस पर उसे दाधीच का साइन चाहिए था। बिना उसकी तरफ़ देखे दाधीच ने उस पर अपना इनिशियल पीएसडी लिख दिया, तो उसके जाने के बाद नताशाबेन और हंसने लगी। बोली, 'अब समझी, यह काम तुम्हें क्यों सौंपा गया है। तुम्हारा नाम ही ऐसा है। पीएसडी यानी पिंक स्लिप डैडी।' और पागलों की तरह हंसने लगी। फिर हंसते-हंसते ही अटक-अटक कर कहती रही, 'यू ऑर डैडी फॉर वन एन ऑल। हम तो तुम्हें रोज़ सलाम करने आएंगे, पीएस।' और वह हथेली को माथे पर लगाकर सैल्यूट करने लगी।

वह चुहल करती कोई गाली देना चाहता था, लेकिन उसे उतनी मुलायम गाली नहीं मिली। वह उसे डांटना चाहता था कि लोगों की नौकरी, छंटनी और बेबसी का मख़ौल न उड़ाए, लेकिन हर बार की तरह वह उस स्त्री से कुछ नहीं कह पाया।

ये वही दिन थे, जब उसे लगता, जिस जगह वह बैठता है, वह जगह ही बुरे सपनों की सप्लाई करती है। ये दिन कब से चले आ रहे हैं, उसकी समझ में नहीं आता। घर में रहता, तो दीवारें उसे खाने को दौड़तीं। कोई बूढ़ी रूह हर क़दम उसका पीछा करती रहती। दरवाज़े लकड़ी से नहीं, ख़ालीपन से बने हुए हैं, खिड़कियों पर परदे नहीं, ख़ालीपन टंगा हुआ है, उसके कपड़े, चप्पल, जूते, बैग, कुर्सियां और मेज़ ख़ालीपन से भरे हैं। पलंग पर लेटता, तो खिसियाकर बदन की हर हड्डी तोड़ डालना चाहता, गद्दे में कपास और फ़ोम की जगह ख़ालीपन ठुंसा मिलता। यह उसके जीवन में आई नई धातु है, नया भौतिकीय पदार्थ है, जिसका घनत्व और द्रव्यमान इतना ज़्यादा है कि उसका जड़त्व डिगाए नहीं डिगता। उस समय अकेलेपन का रसायन उसकी नसों में घुलता रहता।

नींद के आवाह्न में देह की समिधा को अर्पित कर देता, फ़ोन की कॉन्टैक्ट बुक को शिद्दत से सर्फ़ करता, पर ऐसा कोई नहीं मिलता, जिसे वह रात के इस पहर फ़ोन कर सके। फिर उसका मन करता कि वह अपना कुछ सामान पैक करे, गाड़ी निकाले और सीधे पृशिला पांडे के पास चला जाए। वह उसे एक एसएमएस करता है, पर उसका जवाब नहीं आता। वह मोबाइल ऑफ़ करके सोती है। इससे पहले वह कह चुकी है, जब मन करे, आ जाया करो। उसका मन बहुत करता है, पर सामान लेकर घर से बाहर निकलने की हिम्मत नहीं होती।

दफ़्तर में बैठा-बैठा वह दस फ़ीसदी की कल्पना करता है। उन्हें कैसे पहचाना जाए, कैसे मना किया जाए, कैसे उनके सामने जाया जाए, उसकी समझ में नहीं आता। उसे

लगता, उसके भीतर एक पेड़ है, जो लगातार सूख रहा है, जिस पर उतनी पत्तियां बची हैं, जो शायद पूरे पेड़ की दस फ़ीसदी हों; सब पीली पड़कर गिर रही हैं, गिरने से पहले लयहीन कांपती हैं और एक डरावनी आवाज़ करती हैं। वह ख़ुद को कांप कर गिरती पत्ती जैसा देखता है। दफ़्तर में वह सारा दिन यहां से वहां भटकता है, कभी नताशाबेन के पास चला जाता है, तो कभी किसी के पास। उत्प्रेक्षा जोशी की कुर्सी अभी तक ख़ाली है। वह उसे छूकर गोल घुमाता है और सोचता है, 'किसी को जीवन से निकाल देना आसान होता है, नौकरी से निकालना उतना ही मुश्किल।'

जब वह पृशिला पांडे के फ़्लैट में घुसा, तो वह 'लेडी इन व्हाइट' थी। सफ़ेद रंग के टॉप में उसका भीतर साफ़ दिख रहा था। उसने काले रंग की ब्रा पहनी थी, जो उसके स्तनों को पूरा नहीं छिपा रही थी, उल्टे उन्हें ऊपर की ओर उठाए हुए थी। पेट और पीठ के पास कहीं-कहीं टॉप गीलेपन से सटा हुआ था, जिससे लग रहा था कि वह अभी कुछ सेकंड्स पहले ही नहाकर निकली है। उसके कान के पास लटों से भी पानी चू रहा था, लेकिन बाल सूखे हुए थे। उसने सफ़ेद कॉटन का लोअर पहना था, जो बाहर से ही मुलायम दिख रहे थे। उसमें से उसके बड़े हिप्स दो बड़ी गेंदों की तरह बाहर निकले थे। लोअर उसके घुटने से पहले ही ख़त्म हो जाता था। उसके घुटनों के पास रंग थोड़ा गाढ़ा था, जिसे देखकर दाधीच अक्सर कहता, 'इनके गाढ़े होने के कारण ही तुम्हारी थाइज़ इतनी गोरी हैं। सारा गाढ़ापन नीचे जो गिर गया।' कमरे में घुसने के बाद वह पृशिला को भरी-पूरी निगाह से देखता, जैसे एक महीने पुरानी उसकी देह को अपने भीतर ताज़ा कर लेना चाहता है। वह घुसते ही उसे छूना चाहता, उसे चूमना चाहता, या उसके उठे हुए स्तनों को पकड़कर झिंझोड़ देना चाहता, उसके हिप्स पर एक मज़बूत चमाट जड़ना चाहता, पर पृशिला पांडे बहुत हल्की मुस्कान, ऐसी कि ख़ुद उसे भी पता न चल पाए, के साथ उसे देखती और उंगली से बाथरूम की तरफ़ इशारा करती। पृशिला की हंसी रोकने की कोशिश उसकी आंखों में दिख जाती। वहां छत की कोई ट्यूबलाइट प्रकाश का एक छोटा बिंदु बनकर चमक रही होती।

नहाकर निकलने के बाद वह देखता है कि पृशिला चेंज कर चुकी है। उसने टैरो रीडर वाली अपनी प्रोफ़ेशनल पोशाक पहन ली है, जो एक चोग़े जैसा है, जो कहीं से उसके बदन से सटता नहीं, जिसे देख कई बार दाधीच को अहसास होता कि किसी स्त्री ने अपने आकार से कई गुना बड़ा एक ब्रह्मांड पहन लिया हो, जिस पर सारे नक्षत्र, चांद, सूरज बने होते; जिसके बारे में मदर सेबास्टियन बताती कि शहर की एक बड़ी फ़ैशन डिज़ाइनर हर तीसरे महीने उसे एक नया चोग़ा गिफ़्ट करती है। वह बताता है कि तुम पर नहीं जंचता, तो मुस्कराती है, मेरे क्लाइंट्स को बहुत भाता है यह लिबास, वे मुझे इसमें भव्य पाते हैं। फिर वह कहती है, 'मैं चाहती भी नहीं कि प्रोफ़ेशनल लाइफ़ में मैं शेड्यूसिंग लगूं। उसके लिए मेरी आंखें काफ़ी हैं।' फिर वह अपनी आंखों को नाटकीयता से फटाफट झपकाती, मुस्कराती हुई।

दाधीच उसे 'गिली-गिली-गिली माई बेबी' कहता हुआ टीज़ करता है, उसे किस करना चाहता है, पर वह उसे दूर कर देती है–'पहले काइर्स।' जिस समय वह काइर्स शफ़ल कर रही होती है, सबीना के लौटने और दफ़्तर के हालात के बारे में भी पूछती है। दाधीच रुक-रुककर बताता है कि उसके आने की कोई उम्मीद नहीं दिखती और दफ़्तर में उसके सिर पर नया ठीकरा फूटने वाला है। वह हमेशा हर कार्ड को देर तक एक्सप्लेन करती है, लेकिन दाधीच को सिर्फ़ वही याद रहता है, जिसे वह जबरन नोट करवाती है। इस समय कार्ड ऑफ डेथ आया है, जिसका नाम सुनकर ही दाधीच हमेशा डर जाता है। वह बताती है कि पीछे घटी कुछ घटनाओं से उसके व्यवहार में बदलाव आया है, लेकिन कार्ड बताता है कि उसका अच्छा समय भी आने वाला है। लगातार तनावों के बाद कोई नया और बेहतरीन रिश्ता शुरू होगा, तो दाधीच के मन में आता है कि वह उसका हाथ पकड़कर एक नए रिश्ते की पेशकश कर दे, लेकिन उस समय पृशिला, पृशिला नहीं, मदर सेबास्टियन दिख रही थी। वह कई बार सोचता है कि जिन लोगों के दो नाम होते हैं, वे एक साथ दो व्यक्तित्व को जी रहे होते हैं। वह ख़ुद घर में गुड्डू था, बाहर प्रफुल्ल। दोनों ही पूरी तरह अलग। बाद में वह घर में प्रफुल्ल हो गया और बाहर पीएस। ये दोनों भी दो अलग-अलग लोग थे, परस्पर विकर्षण करते हुए। मदर सेबास्टियन और पृशिला पांडे भी कभी एक-दूसरे जैसी नहीं होना चाहतीं, एक-दूसरे से दूर भागती हुईं, फिर भी लगातार एक-दूसरे की ज़द में आती हुईं। डेढ़ घंटे की रीडिंग के बाद मदर सेबास्टियन थककर निढाल हो जाती है। उसकी आंखें फूलकर बाहर आने लगती हैं। ऐसा लगता है, जैसे समय की अदृश्य लिपि की बारीक लिखावट को पढ़ने में उसकी आंखों को ख़ासा मशक़्क़त करनी पड़ती है, जिस पर कोई चश्मा भी काम नहीं कर सकता। जब वह उठने लगती है, तो दाधीच आवेग में उसका हाथ पकड़ लेता है, जिसके जवाब में वह कहती है कि सब ठीक है, कोई बहुत बड़ा परिवर्तन नहीं होने वाला तुम्हारे जीवन में; उसकी थकी आंखों से लगता है कि वह उस आवेग की फ्रिक्वेंसी नहीं पकड़ पाई। दाधीच उसके बेडरूम में चला जाता है, जहां एस्ट्रो की कई किताबें उसने बिस्तर पर बिखेर रखी हैं। वह उन्हें उठाकर क़रीने से रखने लगता है।

लौटकर आई औरत पृशिला पांडे है, जो हॉलीवुड एक्ट्रेस की तरह है, जिसमें से वह ख़ुशबू निकलती है, जो करोड़ों साल पुराने किसी मिथ में खोया है। वह उसकी कमर में हाथ डालकर उसका स्वागत करता है और कानों में उसकी फूलती हुई सांस से निकली आवाज़ और तपिश को महसूस करता है। वह मरकरी से भरी एक ट्यूब की तरह दिखती है। वह उसका टॉप उठाने की कोशिश करता है, फिर उसे फाड़ डालना चाहता है, लेकिन उसी समय वह पीछे हटती है और उसे बैठ जाने के लिए कहती है। गुड बॉय की तरह वह बैठ जाता है। वह अलमारी से एक लिफ़ाफ़ा निकालती है, जिसमें एक नई सफ़ेद शर्ट है। वह बताती है कि यह चांद का महीना है और सफ़ेद उसका रंग है, दाधीच को यह हर सोमवार पहननी है, लेकिन इस पर एक खरोंच या दाग़ भी नहीं आना चाहिए,

वरना उसका चंद्रमा ख़राब हो सकता है। पूछने पर बताती है कि ख़राब चंद्रमा आपको बेचैन कर सकता है, लगभग पागल बना सकता है। इसीलिए उसने अपना सफ़ेद टॉप भी उसके हाथों फाड़े जाने से बचा लिया है। वह मुस्कराती है, और बहुत सलीक़े से अपना टॉप उतारती है, और कहते हुए उसकी तरफ़ आती है, 'आज मैंने अपने बेबी के लिए बहुत ख़ास चीज़ें पकाई हैं। गेस व्हाट?'

जब वह चलकर आती है, काली ब्रा उसके स्तनों के हिलने को संयोजित कर रही होती है। वह उसके बीच की ख़ाली जगह में अपना चेहरा रखता है, उसकी आंखें मुंद जाती हैं, पृशिला की लंबी सांस से उसके माथे के बाल उड़ते महसूस होते हैं और उसे लगता है, वह एक फ़ायरईटर में तब्दील हो गया है। वह पृशिला का एक-एक अंग अपने मुंह के आगे रखता है, उसके भीतर से सांस का गहरा झोंका निकलता है और आग की लपट हवा में दूर तक उड़ती चली जाती है। उसकी काटेदार वेजिना में संपूर्णता पाने के बाद वह जब वह उसका चेहरा देखता है, तो वहां एक नई ही स्त्री दिखाई देती है, जो थोड़ी देर पहले देखी गई स्त्रियों से पूरी तरह अलग थी। पूरी तरह बंद आंखों और कांपते हुए अधखुले होंठों वाली स्त्री, जो थोड़ी देर बाद उसे भींच लेती है और आंख खोलकर उसके माथे पर एक गहरे चुंबन से तिलक करती है। दाधीच के मुंह से बरबस निकलता है, 'हाऊ वाज़ इट?', पृशिला की आंखों में थकान है, जो एक पल के लिए बंद होती हैं और जब खुलती हैं, वहां बेशुमार प्रेम और चमक भरी हुई है। यही उसका जवाब है। जब पहली बार दाधीच ने यह सवाल पूछा था, तो वह देर तक हंसती रही थी और बोली थी, 'कुछ बच्चों को हर काम के बाद शाबासी भरी ताली की ज़रूरत होती है।'

वह उसके शरीर से निकलती भाप को अपने चेहरे पर पसीना बनते देखता, धीरे-धीरे उसके साथ खेलता हुआ। आंखें बंद किए हुए। फिर पूछता है, 'क्या मैं हमेशा तुम्हारे साथ नहीं रह सकता?'

वह हर महीने उसके शरीर को तकिया बनाकर लेटे हुए यही सवाल पूछता है। उस समय वह छत पर लगे पंखे की व्यर्थता को देखता, एसी के ठंडेपन के ख़िलाफ़ चद्दर खींच कर सिगरेट सुलगा लेता। पृशिला पांडे हर बार 'काम भी तो करना है' जैसा कोई जवाब देकर चुप हो जाती। उस समय दाधीच का सिर उसके इतने पास होता कि वह उसे देख नहीं पाती, हिलते हुए पर्दे की सिलवटें गिनती, उंगलियों से दूर दीवार पर कोई चित्र बनाती; और सोचती रहती, इस सवाल का क्या जवाब हो सकता है। महीने के दूसरे दिनों में जब कभी फ़ुरसत मिलती, कई दूसरी बातों के बीच दाधीच का यह सवाल ज़हन में आता, तो सिर झटकते हुए टाल देती, जैसे परीक्षाओं में सबसे कठिन सवाल को सबसे अंत के लिए टाल दिया जाता है।

दाधीच कहता है कि उसके लिए काम और तीनों धाम छोड़ सकता है, अब तो सबीना भी नहीं है, वह तो उसे भी छोड़ चुका है, कम से कम अब तो वह उसके साथ रहना शुरू कर दे। पृशिला चुप रहती है; उम्र में बड़ी, मदरहुड वाली एक मुस्कराहट के

साथ, जैसे किसी ज़िद्दी और दुखी बच्चे को मनाने के लिए उसे कूल रहना होगा। वह बिल्कुल रुआंसा होकर बार-बार उसके साथ रहने की बात कहता है और चुप कराते-कराते रोने लग जाता है।

वह कहती है, 'हम रोज़ नहीं मिल सकते। मेरी साधना का सवाल है।'

दाधीच की समझ में नहीं आता। वह सिर उठाकर उसे देखने लगता है, उसकी साधना के बारे में पूछता है, तो वह बताती है कि उसके लिए हर रोज़ सेक्स करना संभव नहीं, क्योंकि वह एक साधक है। इसकी अनुमति महीने में सिर्फ़ तीन दिन ही है। इससे ज़्यादा होने पर उसकी विद्या चली जाएगी, उसका पूरा बिजनेस ठप हो जाएगा, वह निर्बल हो जाएगी और फिर एक दिन मारी जाएगी।

'पर मैं तो एक ही दिन आता हूं।'

'हम्म। सही बात है।'

'मैं ही हूं न?'

वह एक बार फिर उसके स्तनों के साथ खेलने लगा है, उसे कान की लौ को दांतों के बीच रखकर ज़ोर से काटता है, जिसके बदले एक हल्की चीख़ सुनाई देती है। पृशिला उसे छुड़ाकर खड़ी होने लगती है।

'देखो, ऑल डू आई नीड, एक सैजीटेरियन, एक टॉरियन और एक लियो...थ्री...ये सब मेरी साधना का हिस्सा हैं।'

दाधीच की आंख पूरी तरह खुल जाती है, लगता है, उसके दिमाग़ में कोई केमिकल रिएक्शन हो रहा है, उसका ऑर्गन मृतप्राय अवस्था में चला गया है, जहां से उसकी वापसी अब कभी नहीं होगी और हृदय के भीतर बेशुमार क्षणों का एक मिला-जुला विस्फोट हुआ है, उसका चेहरा पृशिला की दी हुई शर्ट की तरह सफ़ेद है, लेकिन जिस पर धब्बों को पड़ने से वह रोक नहीं पा रहा।

'वट्डीयू मीन?'

'या, अम्मीन व्हटेवर अस्सैड।'

वह उतरकर कपड़े पहनने लगती है, वही सफ़ेद टॉप, सफ़ेद लोअर, जो घुटने से पहले ही ख़त्म हो जाते हैं। दाधीच उसी सफ़ेदी के साथ उसे निशब्द देख रहा है।

'योआ नथिंग बट्ट अ हॉर्नी पुस्सी, फक्क्क्कर! अ ब्लडी होर।'

'शटअप एस्सहोल! मुंह नोंच लूंगी, अगर दुबारा यह शब्द कहा तो...' पृशिला ख़ुद को कूल करने की कोशिश कर रही है, फिर भी उसकी आवाज़ बढ़ जाती है, 'समटइम्स अत्थिंक, यू डन डिज़र्व द लव आई डू...'

दाधीच का शरीर अब भी अपने निर्वस्त्र होने को नहीं मान रहा था, वह उसी तरह पृशिला को देखता बैठा है, जिसके होने पर भी उसे यक़ीन नहीं हो रहा। अचरज, अविश्वास और आतंक। पृशिला उसके क़रीब आती है, 'देखो, तुम पर है, चाहो, तो आना बंद कर सकते हो, बट लेम्मी टेल्यू द ट्रुथ, अफ़्फ़ील द ग्रेटेस्ट लव, डीपर इनसाइड

मी, फॉ द सैजीटेरियन ऑनली...अल्लव्यू एस्सहोल, मोर देन एनीवनेल्स...बट साथ नहीं रह सकते...अगर किसी के साथ ही रहना होता, तो 45 पहुंचने से पहले ही खोज लेती...'

उसके मुंह से निकला, 'फ़किंग बिच्च...,' उसने उसकी ओर घूंसा तान दिया।

'कान्ट हेल्प। वी आर व्हाट वी आर...'

कहकर वह उठी, दूसरे कमरे में चली गई और दरवाज़ा भीतर से बंद कर लिया। वह भीतर रो रही थी या कोई साधना कर रही थी; उसका रोना कोई साधना था या उसकी साधना एक दीर्घ रुदन, नहीं पता। न कोई आवाज़ आ रही थी, न ही कोई चुप्पी।

वहां से जाते वक़्त पीएस को अपने पैर सबसे ज़्यादा निर्बल महसूस हुए। उसने कैसे ड्राइव किया, कितनी देर तक वह पेडर रोड से प्रभादेवी के बीच किन-किन सड़कों पर भटकता रहा, उसे कभी नहीं याद आया। गोरखा को कार पार्क करने को बोल वह लिफ़्ट में चढ़ा, तो उसकी आंखें बंद हो रही थीं, बिल्डिंग के बाहर सूर्योदय हो रहा था, जिसे एक क्षण की तरह अपने जीवन में भर लेने के लिए वह कब से प्रतीक्षा में था। उस समय उसे लगा कि डर का रंग सफ़ेद होता है, पृशिला पांडे के पारदर्शी टॉप के रंग जैसा।

तीन दिन तक वह घर से बाहर नहीं निकला। अंदर पड़े वह ख़ुद को बीमार महसूस करता, या सच में बीमार कर लेना चाहता। उस पर रह-रहकर अकेलेपन का दौरा पड़ता है। हर वक़्त लगता है, जैसे पीछे कोई चल रहा हो। मुड़ने पर नहीं दिखता। सफ़ेद बाल-लिबास वाली कोई बूढ़ी रूह है क्या, वह घर का कोना-कोना देख आता है, पलंग के नीचे तक झांकता है, किचन की आलमारियों में एक-एक डिब्बे को पुलटकर देखता है, कहीं कोई नहीं। कॉफ़ी का डिब्बा नीचे गिरता है, धड़ाम से फ़र्श को छूने के बाद उछलकर उसके पैर पर आ जाता है, दाधीच चिहुंक कर चार क़दम पीछे हट जाता है, वह डिब्बे के गिरने से डर गया है या उसके पैरों से आ लगने से? उसकी समझ में नहीं आता। जैसे भी हो, वह डर गया है। डर की आवाज़ कैसी होती है, उसका गंध और स्पर्श कैसा होता है, किस रंग में वह सामने आता है? वह डिब्बा उठाने के लिए जैसे ही झुकता है, उसकी पीठ पर कोई चढ़ जाता है, उसकी कमर टूटने लगती है, बड़ी मुश्किल से खड़ा होता है। यह डर ही पीठ पर चढ़ा है? यह अकेलापन है, जिसमें हर दीवार असुरों की तरह दिखती है?

सिर्फ़ इतना पता है कि कोई है, जो उसके साथ इस कमरे में रहता है, लेकिन दिखता नहीं। जब दाधीच जागता है, तो वह बेसुध सोता है, जब दाधीच सोता है, तो वह जाग जाता है। सोचता है, दोनों के बीच अदला-बदली का कैसा अघोषित अनुबंध है। इधर उसे नमक खाने की आदत पड़ गई है। किचन से एक प्लेट में थोड़ा नमक ले आता है, घर में बची किसी शराब में डुबा वह उंगली को गीला करता है, फिर उसे नमक के बीच खोभ देता है। उंगली पर जितना नमक चिपका, उसे एक साथ जीभ पर लपेट देता है। और जब तक नमक का स्वाद गले के नीचे उतरे, एक सिप ले लेता है। गले से उतरती हुई शराब में उसे अतिरिक्त झाग उगता हुआ दिखता है। सर्रर्र से उसके उतरने की आवाज़ भी उसे सुनाई देती है। फिर जब सिगरेट का धुआं छोड़ता है, तो गले के भीतर से हवा

की फंसान सुनाई पड़ती है। वह नम होना चाहता है और भीतर नमक का भंडार बनाना चाहता है। उसके बिना उसका आंसू नल से टपकते पानी की तरह ही होगा।

थोड़ी देर बाद वह दीवार से रंग खुरचकर उसका स्वाद लेता है। फिर दरवाज़े की कुंडी पर जीभ रख देता है। उसकी ठंडक उसके कानों को झनझना देती है। थोड़ी देर में उसके जीभ पर लोहे का स्वाद बस जाता है। फिर कोई किताब खोलकर देर तक उसके काग़ज़ को सूंघता है। कोई बहुत पुरानी गंध उसके नाक में घर बना लेती है। वह गहरी सांस छोड़ते हुए सब कुछ अपने भीतर से निकाल देता है।

उसे लगता है कि सारे किरदार एक-दूसरे में बदल जाने के लिए ही बनते हैं, जैसे लंबे समय तक मियां-बीवी साथ रहें, तो एक जैसे होने लगते हैं, एक-सा चेहरा, एक-सी आदतें। उसके जीवन में आया हर व्यक्ति का ख़ुद, ख़ुद नहीं रहता, किसी और जैसा हो जाता है, शायद वैसा, जैसा होने से वह लगातार इंकार करता है। जब पृशिला उससे वह सब बोल रही थी, तो वह पृशिला नहीं, पीएस दाधीच लग रही थी, फिर अगले ही पल राजकुमार की तरह लगती, जो उसे अंडर-यूटिलाइज़्ड कहता, बुलीइंग करता। उसके बाद वह फिर पीएस में तब्दील हो जाती।

पूरी तरह ठहर गए जीवन को राजकुमार के कॉल्स ने धक्के मार-मारकर गति दी। वह उस दिन ऑफ़िस गया, जब राजकुमार ने उससे कह दिया कि मुझे नहीं लगता, ये प्रोजेक्ट तुम्हारे बस की बात है। उस समय उसे इतना ग़ुस्सा आया कि लगा, अभी ऑफ़िस जाए और पांच सौ पेज का पोथा इतनी ज़ोर से मारे कि उसका सिर फट जाए। जब वह राजकुमार के कमरे में बैठा था, तब वह किसी कुशल बिजनेस लीडर की तरह उसके सामने स्टिमुलीज़ फेंक रहा था, इनवर्ट-मोटिवेशन दे रहा था, प्रोवोक कर रहा था कि वह अभी एक तलवार लेकर उठे और दस फ़ीसदी लोगों का सिर छांटकर उसके क़दमों में डाल दे। दाधीच को उतना ही ग़ुस्सा आ रहा था, लेकिन फ़ाइल उठाकर मारना उसने स्थगित कर दिया। अपने केबिन में बैठकर जब वह एक-एक एंप्लॉई का नाम और प्रोफ़ाइल पढ़ रहा था, तब उसकी आंखों के आगे बार-बार जयंत लाल, विंध्या, चंदूलाल, राजकुमार, पोतदार, सबीना, अज़रा, उत्प्रेक्षा, पृशिला, शशिकांत के चेहरे घूम रहे थे, जो एक-दूसरे में लगातार गड्डमड्ड हो रहे थे। सारे नामों के बीच से कॉमा हटा दिया जाए, तो ये सब एक ही आदमी का नाम लगेंगे। उनके बीच उसे अपना चेहरा नहीं दिखता, तो कभी सारे लोग उसका ही चेहरा ओढ़कर आते। उसे लगता, ये सारे लोग ख़ुद उसके भीतर रहते हैं, वह सबको अपने भीतर की दुनिया से पिंक स्लिप दे देना चाहता है। उसे लगता, एक-दूसरे में बदल जाने वाले ये लोग, लोग नहीं, बल्कि एक महाद्वीप के अलग-अलग देश हैं, जो एक-दूसरे का विरोध करते हुए भी एक-दूसरे जैसे बनते जाते हैं। एक-दूसरे की संस्कृतियों को अपनी बना लेते हैं और फिर लड़ते हैं। वह ख़ुद को भी एक देश मानता है और उन सारे देशों के ख़िलाफ़ एक युद्ध छेड़ देना चाहता है।

उसकी समझ में नहीं आया कि अगले तीन महीने उसने किस तरह गुज़ारे। लगता,

उसने सफ़ेद रंग की शर्ट ख़राब कर दी है, उस पर खरोंचें पड़ गई हैं, बेशुमार धब्बे हैं, जिनके कारण उसका चंद्रमा ख़राब हो गया है, जो उसे पागलपन के मुहाने पर ले आया है। दस फ़ीसदी लोगों की शिनाख़्त करने के बाद वह एक देशव्यापी टूर पर निकल गया। वह जिस शहर में घुसता, उसे फ़तह कर लेना चाहता। उसके पास उन लोगों की लिस्ट होती, जिन्हें बाहर करना है। वह चाहता, तो लिस्ट बनाने के बाद सारा काम लोकल मैनेजमेंट पर छोड़ देता और उनसे रिपोर्ट फ़ाइल करने को कहता, लेकिन वह ख़ुद उन दस फ़ीसदी लोगों को देखना चाहता था, जो एक लंबे समय से एक ज़िंदगी का हिस्सा बने रहने के बाद उस ज़िंदगी से बाहर हो जाने वाले थे। वह देखना चाहता कि उनके चेहरे किसके जैसे दिखते हैं, और जब उन्हें कहा जाएगा कि अपना हिसाब कर लो, तो उनका चेहरा, किसके चेहरे में तब्दील हो जाएगा।

जब पहली यूनिट में उसने सबसे पहले आदमी को बुलाया, तो उसके पास ऐसे किसी काम का अनुभव नहीं था। उसने जीवन में अब तक किसी को नौकरी से नहीं निकाला था, सो, उसे समझ में नहीं आया कि क्या बोलना चाहिए, इसलिए उसने लोकल जीएम और एचआर हेड को अपने साथ बिठा लिया। जब कर्मचारी आया, तो उससे उसका हाल पूछा। उसे काम में कोई दिक़्क़त तो नहीं आती, वह पार्थ और पार्थ के माहौल को कैसा मानता है, उसे अपने मालिकों पर कितना विश्वास है, उसके घर में कौन-कौन हैं और क्या करते हैं। इन सारे सवालों के जवाब क्या मिले, उसे याद नहीं। दरअसल, उस मैजिक सेंटेंस को कहने के लिए वह एक सही-साट भूमिका बना रहा था या अपनी हिचक का इम्तेहान ले रहा था। यक़ीनन, उसने कहा होगा कि कोई दिक़्क़त नहीं, उसने पार्थ को दुनिया का सबसे अच्छा ग्रुप या कंपनी कहा होगा, अपने मालिकों को उसने भगवान जैसा दर्जा दिया होगा, उसने बताया होगा कि उसके घर में एक बीवी, दो बच्चे हैं, वे पढ़ रहे हैं, यह भी कहा होगा कि एक बूढ़ी मां या बाप हैं, जैसा अमूमन होते हैं, और यह भी कि उनकी तबीयत ठीक नहीं रहती और उनके इलाज में पूरी तनख़्वाह निकल जाती है। जब उसने यह सब कहा होगा, तो उसकी निरीहता, लाचारी और सर-सर वाली विनम्रता उसकी झुकी हुई पीठ से निकलकर बाहर नृत्य करने लगी होगी। ठीक उसी समय, अग़ल-बग़ल बैठे दोनों लोगों की तरफ़ देखकर पीएस ने दन्न से कहा कि उसकी नौकरी पूरी हो चुकी है, पार्थ मानता है कि वह अंडर-यूटिलाइज़्ड है और जाकर अकाउंट्स से अपना हिसाब कर सकता है। यह सब बोलते हुए बीच में वह दो-एक बार लड़खड़ाया था। उसकी बात सुनकर सामने वाला उसी तरह अचरज, अविश्वास और आतंक से भर कर उसे देखने लगा, जैसे पलंग पर बैठा वह पृशिला पांडे को देख रहा था। कुछ लोगों के सामने उन्हीं बातों को बोलने के बाद उसे अभ्यास हो गया और वह बेधड़क, बिना रुके और बिना एक पल को भी विचलित हुए सर्रर-सर्रर ऐसी बानी बोलता कि दस फ़ीसदी वाले सन्न रह जाते। उसे वैसा ही आनंद आने लगा, जैसा संभोग के दौरान स्खलन का आनंद। एक आख़िरी प्रहार और आंखें बंद कर अपने भीतर का सर्वस्व

विगलन बह जाने का सुख। वह हर प्रहार पूरी ताक़त से मारना चाहता, उसके मुंह से अब तक सबसे अटपटे शब्द निकलते; वह पूछता, कैसे हो, जैसे चूम रहा हो; फिर पूछता, यहां कैसा लगा, जैसे अंगों को स्पर्श कर रहा हो; फिर घर-परिवार के बारे में पूछता, जैसे उसकी देह की कंदराओं में तफ़रीह कर रहा हो; और एक निर्वात चुप्पी के बाद आख़िरी प्रहार...पूरा आवेग, आवेश, दम और क्रोध मिलाकर। जैसे इन सारे प्रहारों से बेदम हुई सबीना या अज़रा या पृशिला चीख़ रही हों...उस समय उसे शरीर का सबसे लचीला और मज़बूत हिस्सा कमर ही लगता। उसकी बात पूरी हो जाने पर जब कर्मचारी उठकर जाने लगते, तो पीएसडी उनके नाम एक गाली उछालता और महसूस करता कि वह गाली सीधे 207, सॉलीटेयर, पेडर रोड पर रहने वाली पृशिला पांडे को लगी है। जब वह किसी से कहता कि उसे नौकरी से निकाला जा रहा है, तो महसूस करता कि वह सबीना पाल को अपने जीवन से निकाल रहा है। जब कोई उसके सामने रुआंसा हो जाता, तो उसे लगता, वह अज़रा जहांगीर है, उसे कोई कारण भी नहीं बताना; सिर्फ़ उंगली से जाने का इशारा कर देना है। उसे लगता, वह इतिहास की किताबों से निकलकर आया चंगेज़ ख़ां, तैमूर लंग या कोई हिटलर है, जो सिर उठाकर ज़ोर-ज़ोर से अट्टहास कर रहा है; जिस शहर जाता, वहां लोगों को एक मैदान में इकट्ठा कर क़तार से सिर क़लम करता जा रहा है; बख़्तरबंद पहन ख़ौफ़ज़दा कर देने वाले अंदाज़ में तलवार भांज रहा है और वे सारे लोग उसके सामने खड़े चीत्कार कर रहे हैं। ऐसा सोच उसके चेहरे पर अजीब-सी मुस्कान आ जाती, फिर एक चुप्पी, जो एक अबूझ भावहीनता में बदल जाती, फिर वह सिर झुकाकर उंगलियों को चट-चट फोड़ने लगता।

एक सौ सत्रह लोगों के सामने वही-वही बातें दोहराने के बाद एक दिन वह थक गया। एक दिन उसका मन किया कि वह अपने बदन से अपना सिर उतारकर वैसे ही फेंक दे, जैसे किसी ज़माने में हेलमेट फेंका करता था। एक दिन उसका मन किया कि जो तलवार वह भांज रहा है, उसे उल्टा करके अपने ही पेट में भोंक ले। एक दिन वह अपने चेहरे से इतना परेशान हो गया कि उसका मन हुआ, बिल्कुल एक नया चेहरा पा ले, जिसे कोई पहचान भी न सके। उसने बाक़ी काम लोकल मैनेजमेंट पर छोड़ दिया और छुट्टी लेकर घर चला गया, जहां उसे याद नहीं कि वह लगातार कितने घंटों तक सोया रहा, उसकी ज़िंदगी से कई दिन सिर्फ़ इसलिए ग़ायब हो गए कि वह उस समय नींद में था। जब उठता, तो भयंकर बुख़ार, अकेलापन और पगलाहट महसूस करता। सिर और बदन में होता दर्द, श्वासनली से निकलती हवा के फंसे होने की आवाज़, हड्डियों के जोड़ में रहने वाली वायु और नसों में बहते ख़ालीपन को सुनता, कुछ खाता या न खाता, यूं ही नींद से भरी आंख लिए बार में बची हुई कोई शराब पीता और फिर सो जाता। उन दिनों उसे स्वप्न में भी भयंकर चीज़ें देखकर भय नहीं होता। लगता है, डर का रंग पिंक स्लिप की तरह मुलायम और रूमानी गुलाबी होता है।

जब वह ऑफ़िस पहुंचा, तब तक आसमान का रंग पिंक हो चुका था, तेरह फ़ीसदी

लोगों को पिंक स्लिप दी जा चुकी थी। उसके कुछ दिन न होने से उस काम में और रफ़्तार आ गई थी, क्योंकि तब एक ही समय, एक ही साथ, कई लोग उसका चेहरा पहन उसकी भूमिका में आ गए थे। स्लोडाउन का समय था, हर जगह का यही हाल था, सो, न कहीं कोई हल्ला हुआ, न मोर्चा। पीएफ, ग्रैच्युटी, दो महीने की एडवांस सैलरी और अमकां-ढिमकां के साथ जिसे जो मिला, वह उसी में राज़ी होकर बाहर हो गया। सिर्फ़ रोज़ अख़बारों में काली स्याही में ख़बरें छपतीं, छंटनी की बड़ी-बड़ी संख्याएं होतीं, और कॉर्पोरेट्स की बेबसी होती। उस समय लगता कि डर का रंग काला होता है।

जब वह राजकुमार के सामने बैठा, तो उसके चेहरे पर वही ठसक थी, जो बराबरी के राजाओं में होती है। राजकुमार ने उसका ख़ूब स्वागत किया और उसकी तारीफ़, अपनी दोस्ती, दोनों के बीच के ऐतिहासिक रिश्तों, राजनयिक-व्यापारिक द्विपक्षीय संबंधों और भरोसे के नाम चुन-चुनकर शब्द कहे। उसने तीन महीनों का पूरा हाल किसी विश्वविजयी एडवेंचरस यात्रा की तरह बताया, रास्ते में मिले समुद्री डाकुओं, अनजान द्वीपों, अनाकार देशों, उनके सनकी राजाओं और हेकड़ी रखने वाली प्रजाओं के बारे में बताया; उनसे अपनी मुठभेड़, जान पर खेलकर भी मस्तूल नीचे न होने देने के बारे में, फिर उन्हें चित कर देने के बारे में, अपनी जीत के बारे में। उसने बताया कि उसे डर था, उन सारे देशों के पास हथियार होंगे, वे उसे नष्ट कर देंगे, उसके जैसे दिखकर उसकी संस्कृति को ख़त्म कर देंगे, पर उनके ऐसा करने से पहले ही पीएसडी ने उनके बाज़ारों, चौराहों, प्रयोगशालाओं और सदनों को तहस-नहस कर दिया। राजकुमार लंबी सफ़ेद दाढ़ी वाले उस ईश्वर की तरह हल्के-हल्के मुस्कराते हुए उसकी बात सुन रहा था, जो अलस्सुबह सिर्फ़ पीएस के सपनों में ही आया करता था। काले फ्रेम के चश्मे के पीछे राजकुमार की आंखों में ऊपर की ट्यूबलाइट, प्रकाश का एक बिंदु बनकर चमक रही थी। वह दोनों हाथों को जोड़कर बैठा था, जैसे प्रार्थना कर रहा हो। उठकर उसने पीएस की पीठ ठोंकी। सिर झुकाकर मुस्कराते हुए पीएस ने कहा कि इतनी थकान उसने कभी नहीं महसूस की।

जब वह अपने केबिन में आया, तो लग रहा था, उसके शरीर से मनों भारी कोई बोझ हट गया है। उसने पूरे बदन को हल्का छोड़ दिया और हवा में उठने की कल्पना करने लगा। ऐसा करते हुए वह बहुत तल्लीनता से दस से एक तक काउंटडाउन कर रहा था। आख़िरी गिनती पूरी होने तक उसे लगा कि वह एक बहुत सुकून-भरी नींद में पहुंच रहा है और किसी रॉकेट की तरह प्रक्षेपित हो जाएगा। वह एक विजेता क़ौम, विजेता संस्कृति, विजेता भाषा और विजेता देश की तरह महसूस कर रहा था। उसकी कुर्सी दुनिया के सबसे ताक़तवर आदमी की कुर्सी जितनी ऊंची हो गई थी।

*(2009)*

●●●